秋叶集

石锋 著

南开大学出版社

图书在版编目(CIP)数据

秋叶集 / 石锋著. —天津:南开大学出版社,
2013.6(2014.3重印)

ISBN 978-7-310-04200-5

Ⅰ.①秋… Ⅱ.①石… Ⅲ.①中国文学－当代文
学－作品综合集 Ⅳ.①I217.1

中国版本图书馆 CIP 数据核字(2013)第 113751 号

南开大学出版社出版发行

出版人:孙克强

地址:天津市南开区卫津路 94 号 邮政编码:300071

营销部电话:(022)23508339 23500755

营销部传真:(022)23508542 邮购部电话:(022)23502200

*

天津泰宇印务有限公司印刷

全国各地新华书店经销

*

2013 年 6 月第 1 版 2014 年 3 月第 2 次印刷

230×155 毫米 16 开本 31.125 印张 4 插页 447 千字

定价:58.00 元

如遇图书印装质量问题,请与本社营销部联系调换,电话:(022)23507125

石锋在南开校园中(2006)

石锋与江蓝生、李宇明、王洪君、黄行诸友在普通话审音委员会会议中(2013)

石锋与夫人田美华和学生们在一起庆祝新年(2008)

《秋叶集》序

陈　洪

　　石锋兄嘱我为他的自选集作序，我原已欣然从命，岂料看到文稿后，内心却不自禁地纠结起来。

　　石锋兄的文集定名为《秋叶集》，其意谓将近暮年，如秋叶之自然飘落。此说洒落、通达，然却令我悚然心惊。我与石锋兄相识相交已有半个世纪。在南开中学读书时，我高他一个年级。当时，"恰同学少年，风华正茂"，我俩都不是学校中活跃的大红大紫人物，但都因读书较为出色而彼此知名。文革后，读研究生，我是七八级，即文革后第一批；他是七九级，与我相差仍是一个年级。所以他总以此和我开玩笑：这个世界上，只有你欺压了我一辈子。所以，在我的心目中、感觉里，石锋兄总是比我小，比我年轻，比我有活力。骤然听到他以"秋叶"自况，无怪乎要惊心了。

　　当然，心惊只是瞬间，很快就意识到自己同样也是早逾花甲了。石锋兄只是平静地陈述了一个事实而已。而身临迟暮，回首前尘，实在是人之常情。

　　石锋兄这个集子分为八个部分，如果再加概括的话，大致可分为两个大类：一类是学术方面。计有缅怀学界前辈吴宗济、林焘和恩师胡明扬、邢公畹的文章，对前辈王士元、丁邦新、梅祖麟的访谈记，为自己的学生作的序跋，以及有关语言的随笔散论。另一类是记游、忆旧等。他的著述多多，何以选了这些内容呢？细寻绎，这些文字有一个共同的特点，就是其中都有作者人生的足迹，有作者在人生各个阶段情感的印痕。

石锋兄是一个极好相处的人。豁达、随和，老者安之，少者怀之。我和他一起两赴日本，又同行美国、加拿大、香港。每遇困顿、坎坷，他必锐身自任。说来也怪，只要他去出面，一切难题都能迎刃而解。想来这既与他较多的国外经历有关，也是他与人为善的处理问题方式起了作用。文集中处处流露着他对长者的尊敬，对同仁的友善，对晚辈的提携。可以说，这一片小小的"秋叶"，记录了一棵根深叶茂的大树在生命的年轮中蓄积的温暖的阳光。

当然，这些文字并非石锋兄学术建树的代表作。如前所说，他选了这些内容，"予揣度之"，在很大程度上，是着眼于其中映射出的心灵历程。虽然如此，滴水可以见月，他治学的一些特色还是可以窥见一二的。

石锋治学，一个突出的特点是眼界开阔，具有自觉的国际视野。记得一起出访美、加时，几乎每个所到学校都有他熟悉的同行。蒙特利尔、哈佛、哥伦比亚、麦迪逊、斯坦福，等等。不仅如此，他还连续多年，组织语言学和语音学讲习班，邀请海内外学术名家讲学。每期听课的都超过百人——来自全国各高校的中青年教师和研究生。文集中提到的王士元、丁邦新、吴宗济、林焘、胡明扬、邢公畹诸先生当时都是共襄盛举者。

他治学的第二个特点是不囿于传统，有很强的创新意识，特别是跨学科的意识。上世纪九十年代初，他就与朱思俞先生一起开发语音实验软件，取代了昂贵的语图仪。当时，此项成果应是国际领先的，因为美国、日本等国家的学者和高校纷纷来南开学习交流，每年的培训班至今还有着巨大吸引力。在工作中，他的创新意识也有强烈的表现。十年前，他到汉语言文化学院做院长后，大胆改革该院教学，一个重要的思路就是借鉴国外非母语教育的理念与方法。虽然阻力很大，但坚持几年，效果昭然，得到了多数教师的赞许与支持。如今汉语教学界都知道这个"南开模式"。

石锋治学的第三个特点是有合作精神。上述与计算机专家合作开发软件是一例，筹划、主持语言学讲习班又是一例。其他如多年来与美国威斯康辛大学张洪明教授相互配合，两次把国际中国语言学会年会拉到南开来举办；推动支持兄弟院校建设语音实验室，指导青年教师进行实验研究等，都体现了他重视合作，善于合作的长处。人文学科的性质决定了学者中"自了汉"居多的现状，在这样的背景下，石锋的合作精神尤显难能。

这些特点，与石锋共事者多有体会。不曾与他共事的学界朋友，读了这本文集，也必能感受一二。

刘禹锡《秋词》诗云：

> 自古逢秋悲寂寥，
> 我言秋日胜春朝。
> 晴空一鹤排云上，
> 便引诗情到碧霄。

石锋兄之文集以"秋"命名，而披阅此集，深感他这"秋"的境界正如梦得所咏排云而上之"晴空一鹤"，生机勃勃，达观而淡定。故乐为之序，且乐与石兄分享这一份秋的愉悦、从容。

---

*陈洪先生是南开大学教授，前南开大学常务副校长、文学院院长。

题《秋叶集》

洪　明

石佛显灵一学人，

锋芒小试在津门。

南音北调存《秋叶》，

开撮合齐八卷文。

*张洪明先生是美国威斯康星大学教授，南开大学长江学者讲席教授。

秋叶歌

——《秋叶集》编成随感

石　锋

歌曰：等到秋风起，秋叶落成堆，
　　　能陪你一起枯萎也无悔……

金风起，黄叶飞；

飘飘落，聚成堆；

渐成泥，终无悔；

高歌送我乘风归。

目　录

序跋

访谈

缅怀

记言

散　论

音义结合是任意的吗?
——重读雅可布森评索绪尔之一[*]

石 锋

内容提要：本文在学习雅可布森对于索绪尔的评论的基础上，考察语言符号的任意性。指出索绪尔在论证任意性问题中的四个矛盾之处并逐一进行了讨论：1. 论述任意性意义的倒退；2. 对约定俗成的错位认识；3. 对语言起源问题的回避；4.对不同语言作用的差异。作者主张任意性和理据性都是普遍存在的。任意性不可论证，无需论证。理据性则是需要语言学者下大力气去探寻的语言研究的目标。当代语言学正经历着理论和方法的全面更新。

关键词：任意性 理据性 约定俗成 语言起源 语音象似性

一、索绪尔和雅可布森

索绪尔和雅可布森是 20 世纪语言学的两座高峰。从 1916 年的《普通语言学教程》到 1951 年的《语音分析初探：区别性特征及其相互关系》，代表了现代语言学历史上的两个里程碑。中国语言学界对索绪尔很熟悉，对雅可布森较陌生。这其中有着历史的、社会的和学术的原因。我们首先简短介绍两位语言学大师的成就，随后将展开相关的讨论。

*原文载《大江东去—王士元先生 80 华诞庆祝文集》香港城市大学出版社，2013 年。
*本文写作过程中得到王士元先生的指教；并曾与刘丹青、施向东、曾晓渝、阿错、王红旗等诸同仁讨论；初稿曾在南开大学和兰州大学报告，得到张文轩等老师的评论；在收集文献讨论观点方面得到刘晓敏、王敏媛、郑晓杰同学的帮助。在此谨致谢忱。

德·索绪尔(1857-1913)在 1878 年写出专论《论印欧语言元音的原始系统》，从语音系统出发，推论出早期喉辅音的存在，开启了内部构拟的方法。他在巴黎建立了法兰西学派。

索绪尔 1906 年开始在日内瓦大学讲学。他去世之后，学生们把他的授课内容整理成书，《普通语言学教程》于 1916 年出版。索绪尔强调纯语言学的主体："我们的关于语言的定义是要把一切跟语言的组织、语言的系统无关的东西，简言之，一切我们用'外部语言学'这个术语所指的东西排除出去的。"（见 43 页）书中所讲的语言和言语的区分、共时与历时的划分、组合跟聚合的关系、抽象性与自主性等观点，在现代语言学史上影响深远，引领了后来各个不同的语言学流派。

罗曼·雅可布森（1886-1982）是莫斯科语言学小组的发起人和布拉格学派的奠基人，欧美语言学之间的重要桥梁（钱军 2000）。他首先提出结构主义术语。著名的《音位学原理》一书在作者特鲁别兹柯伊(Trubetzkoy)去世后，由雅克布森继续完成定稿并付印。1941 年出版《儿童语言，失语症和语音普遍现象》，开辟了语言习得、语言病理的研究领域并建立了二者与语言共性之间的密切联系。

1951 年他在哈佛大学任教期间完成《语音分析初探：区别性特征及其相互关系》。在声学分析基础上提出 12 对区别性特征，就像在原子中发现了粒子，成为当代语言学各学派的主要理论基础之一。合作者还有瑞典声学语音学家方特（G. Fant）和雅可布森的博士生哈勒(M. Halle)，即后来生成音系学的奠基人。从中可以看到雅可布森的多学科合作研究语言的思想和视野。王力（1981）曾亲自执笔全文翻译，足见此文意义不凡。

雅可布森仰慕索绪尔，然而他们对语言学作为一门科学的看法，却几乎是完全对立的（王士元 2006）。从上述简介中，我们可以看到两位大师不同的语言学理念：一个是只研究共时、同质、静态、封闭的小语言；一个是研究共时与历时结合、异质、动态、开放的大语言（王洪君 2010）。一个是独门独户单一学科的语言学；一个是跨学科多领域的语言学。

二、雅可布森评索绪尔

雅可布森从语言学史的立场来评价索绪尔的《教程》：这部著作处于两个时代的十字路口，处于观察事物的两种不同方式的边界上。这样一部著作，尽管在本质上是概论性的，但绝不可能完全没有矛盾。（雅可布森1942，见2001：65）

雅可布森高度称赞索绪尔《教程》开创现代语言学的历史功绩，同时也不掩盖其中的错误和矛盾。他明确指出：索绪尔的《教程》是天才的著作，甚至《教程》的错误和矛盾也能给人启示。20世纪没有哪一本著作对世界各国的语言学产生过如此巨大和深远的影响。《教程》的思想、定义和术语直接或间接渗透到极不相同的著作当中。《教程》纲领性的论点成为各语言学诸多讨论的出发点。正是通过发展和修正这些论点，新的语言学流派才涌现出来，并得以成型。（雅可布森1942，见2001：66）

索绪尔的语言符号的任意性原则曾一直被奉为语言学的经典。其实这个原则提出以后，就不断受到学者的质疑，包括他自己的学生。这说明西方语言学界并没有认同任意性原则。雅可布森对于任意性的评论最多也最直接。下面节选三处为例：

"在索绪尔所说的《教程》的两个基本原则当中，人们今天可以把第一个基本命题，即符号的任意性看作是一条任意原则。……从共时观点看语言社团使用语言符号，绝不可以赋予语言符号任意的性质。在法语里说fromage表示'奶酪'，在英语里说cheese，这根本不是任意的事情，而是不得不这样做的事情。……我认为从有关'任意性'和'无动机'符号的所有讨论当中，人们可以得出一个结论，术语'任意'是极不恰当的选择。"

"索绪尔把能指（语音）与所指（意义）之间的关系武断地说成是任意的关系，而实际上这种关系是一种习惯性的、后天学到的相邻性关系。这种相邻性关系对于一个语言社团的所有成员具有强制性。但是，伴随相邻性的还有相似性的原则表现出来。"

"相似性原则在派生领域和词族领域作用重大。在这些领域，同根词

之间的相似性至关重要，不可能谈论任意性。"（雅可布森 1959，见 2001：135-136）

雅可布森认为音义关系表现为相邻性和相似性的原则。人们常说的隐喻就是根据事物之间的相似性；而换喻则是重在关联的相邻性。这些极有意义的论述对于揭开音义结合之谜很有启发，已经成为当代认知语言学讨论的重要内容。

尽管雅可布森的许多努力都是反对索绪尔的抽象的形式主义，反对索绪尔推到语言身上的那些矛盾（比如在共时与历时之间、能力与表现之间、形式与意义之间、语言的内在研究与外在研究之间他所宣称的鸿沟），但是他一直不知疲倦地赞扬索绪尔在克服 19 世纪语言学的孤立、片面的历史主义方面所具有的意义（斯坦科维茨 2000 见 2001：40）。这是讨论索绪尔的一种严肃认真的、历史客观的学术态度。

三、《教程》书中任意论的四个矛盾之处

索绪尔《教程》书中对于同一个事物或概念的说明论述有时会在词句、语义上互不一致，前后矛盾。这给质疑者和辩护者都造成很大困难，使他们在很大程度上要依靠各自设法诠释来理解。这样，每个人都会有自己的索绪尔。我们需要还原真实的索绪尔。

按照雅可布森所讲的：《教程》的错误和矛盾也能给人启示。《教程》对语言符号的任意性原则论述过程中有四个矛盾之处。下面依次将原文照录，并加以说明和讨论，希望能从中得到在教学和研究方面的启示。

1. 关于总体评价的前后矛盾

任意性作为《教程》最重要的原则，书中对于语言符号任意性的总体评价方面，前后内容并不一致，有的甚至完全相反：（下文括号中的数字表示《教程》的页数。）

"我们的意思是说，它是不可论证的，即对现实中跟它没有任何自然联系的所指来说是任意的。""这个原则支配着整个语言的语言学，它的后果是不胜枚举的。……这个原则是头等重要的。"（102）

"在这一方面，语言不是完全任意的，而且里面有相对的道理。"（111）

"即使在最有利的情况下，论证性也永远不是绝对的。"（183）

"事实上，整个语言系统都是以符号任意性的不合理原则（荒谬原则）为基础的。"（184）

以上有关任意性的论述带有互不衔接的特点。非常像是在讨论中步步后退：从开宗明义式的宣讲"头等重要"到"不是完全任意"，开始有所松动；讲"论证性不是绝对的"，已经退到最后；再到"任意性的不合理原则"，可以看作是自我否定。很可能当初讲课进程中索绪尔自身思路在不断调整，尚未最后定型。

任意性不可论证，这有两种含义：一种是任意性就是不可论证性；另一种是任意性本身是不可论证的，不需要论证的。任意性又可以跟偶然性相通。现象学称为随机性。任意性是不可论证的，无可论证的，无须论证的。正如人类出现也不过是在宇宙发展中的一个小概率随机事件。有谁能写出一篇论文讲自然界为什么是任意的，人类社会为什么是偶然的，人类本身为什么是随机出现的？雅可布森把任意性原则称为任意原则，也就是无原则。任何一个事物我们都可以说它是任意的、偶然的、随机的。也即是不可论证的、毫无理据的。所以凡是论证任意性、偶然性、随机性的，无不出错，因为它无须论证。偏要去论证，就会发生矛盾。

本来一般的学术研究都是：说有易，说无难。可是在任意性原则下就成为：说无易，说有难。说无理据随口而出，很省力，不用去论证，不用动脑筋，别人打不倒。任何人都可以说，任何事都可以说。世上任何两种不同事物之间的关系都可以说成是任意的，无理据的。然而说有理据则要花费气力，去探索寻找。有人能找到，有人一时找不到；有的事能找到，有的事一时找不到。

哲学上讲"世上万事皆事出有因"。任何一个自然发生的随机事件都是看似偶然，实则必然的。只讲偶然，而不去寻求必然的因素，则毫无意义。黑格尔讲"存在即合理"[注1]。这个理就是理性，也即理据。一切客观存在的事物都有它存在的理由，有它产生发展的原因。因此理据性跟任意性一样是打不倒的。任何事物都有两重性：既有偶然性，又有必然性；既有任意性，又有理据性。

　　小到蚂蚁搬家，婴儿啼哭，大到战争爆发，地震海啸，哪一样没有原因呢？原因就是理据。理据的本质其实就是事实。月晕而风，础润而雨。这都是事实。认识了事实就掌握了理据。摆事实讲道理，事实是第一位的。发现事实并不那么容易，要花功夫，费力气。

　　这里还要弄清楚"可论证"并不等于"能论证"。"可论证"指有没有理据；"能论证"讲有没有能力。可论证是指客观是否存在理据；能论证是指主观是否知道理据。一个是客体的内在规则；一个是主体的认识水平。哲学上有"无意识"观念，即客观事物的规律不因人们主观是否意识到而发生变化。子曰：天何言哉？四时行焉，百物生焉。（《论语·阳货》）可见孔夫子早已通晓这种自然之道。

　　其实，我们面临的问题常常是知道不知道理据，而不是存在不存在理据。不能论证并非不可论证。目前还不能讲出理据的并不说明没有理据，只是暂时我们还没有发现。同时每个人的论证能力也是各不相同的。发现的事实越多，掌握的理据就会越充分，论证的能力也会越高。实际上我们正在不断地发现更多事实，掌握更多的理据，也就是论证能力在不断增长。在这个意义上，我们可以说：可论证是绝对的，能论证是相对的。在绝对真理的长河中，有无数相对真理去接近。这正是语言学家的职责所在：发现语言的事实，探索语言的奥秘。

　　2. 对于约定俗成过程的误解

　　约定俗成是语言符号音义结合的重要原则。中国的荀子和古希腊的柏拉图对此早有论述。《教程》中关于约定俗成的说明也有前文跟后文在语义上的错位：

　　"任意性这个词还要加上一个注解。它不应该使人想起能指完全取决于说话者的自由选择。"（104）

　　"在整个现象中相互抵触的因素之间有一种联系：一个是使选择得以自由的任意的约定俗成，另一个是使选择成为固定的时间。"（111）

　　前面先是否定任意性跟说话者自由选择的联系，到后面又把任意性跟约定俗成相联系，认为约定俗成是选择的自由。这里面有两个问题：

一是书中对于任意性跟约定俗成之间的关系的说明前后不一致，表现出一种错位；二是认为约定俗成就是选择的自由，其实约定俗成并非选择的自由，反而恰恰是选择的不自由。

语言符号的约定俗成从古至今一直在进行中。约定俗成应该分为两个阶段：第一个是语言初始期原发性音义结合，即原发性约定俗成；第二个是语言出现以后继发性音义结合，即继发性约定俗成。到如今网络时代还在约定俗成，不断有新词新语，新的结构和新的用法出现，被热炒流行。从网上的虚拟空间到现实的社会生活都是如此。

原发性约定俗成的过程因时代久远，已经很难找到直接证据。可是它并不是那么神秘莫测、难以琢磨的。我们可以观察到一些继发性的约定俗成的过程。从中得到启示，去考虑原发性约定俗成的情况。这正如我们可以从语言的个体发生（儿童语言习得）得到语言群体发生（人类语言产生）的线索和启示。幼儿常常称汽车为"嘀嘀"，称狗为"汪汪"。模仿这一事物的声音来命名。这应该是反映了人类语言初始期的情景。同样，我们可以从现在能看到的文字的象形去类比语音的拟声；从句法结构的临摹性去推测音响形象的象征性；从各种手语的构建规律去解析口语构建演化的情形。以此为基础，再利用计算机进行数学的概率统计和建模仿真的实验。如今已经初露端倪，深入的研究定会揭开这一语言的奥秘。

起初不同的人各自用不同的声音代表同一个事物，最初的理据可能会很简单：容易发音；自己喜欢听；容易引起注意……等等。世界的本源是简单的。"就像数学的开始也只不过是发明数字来数东西而已"。（王士元 2001）

约定俗成是什么？不是自由任意；而是择优选取，是优胜劣汰的选择过程。可以比作是海选超女，直选总统。不用举手，不是用脚，是用嘴投票。最后得出的优胜者既有任意性，又有理据性；既有偶然性，又有必然性；都是可论证的。理论上人人有份，自由任意，实际上都是条件占优者胜出。条件就是理据。约定俗成就是理据的竞争。语言跟社会不能分离。语言是在社会中产生，在社会中生存的。约要有人群，俗要有社会。在人群中、在社会中，无理寸步难行。

生物进化是物竞天择，适者生存。语言演化是词竞人择，优者存留。自然界中能生存下来的都是有适应能力的生物；在语言中能保留下来的都是有理据优势的。我们今天使用的每一个语言符号，包括音义结合、词义结合、块义结合、句义结合，都是历经了如此理据竞争之后的优胜者。

人们常常惊叹于语言中各种语法规则的精妙，以为是神来之笔。其实从人群中随机的用法到形成语法的规则，同样是经历一个约定俗成的过程。不是上帝，而是人们自己成就了史上世上无可比拟的灿烂辉煌的创造发明——语言。有多少诺贝尔奖才能配得上这项伟大的发明呢？

我们已经知道：任意性和理据性并存。那么哪一方面更有意义呢？索绪尔讲到："语言符号的任意性在理论上又使人们在声音材料和观念之间有建立任何关系的自由。"（114）正如在理论上世间任一男子和任一女子都有结合为夫妻的自由。这种理论上的任意性是毫无意义的。世上根本没有这种绝对的自由。所有的自由都是相对的。讲任意是在意念中，讲理据是在现实中。任意性打不倒，正如理据性推不翻。如果只讲任意性，不讲理据性，就是片面的观点。空谈任意性会引向毫无意义的论争，不会给科学研究带来任何理论上与实践上的收获和进步。相反，找出语言现象的条件和理据，这才是对人类的知识积累有意义的事情。

索绪尔全书就是论述语言的理据。每个语言学者的工作就是在自觉或不自觉地寻求语言理据。语言学就是找理据。一切科学研究都是探索发现理据。没有哪个学者是要以证明事物的非理据为己任的。然而却常常有这样矛盾的现象：人们手里整日做的都是寻找理据性，口中却时时不忘信仰任意性。

3. 对于语言起源问题的回避

语言符号音义结合问题就直接联系到语言起源。索绪尔应该是意识到了这一点并曾提及语言起源问题："曾几何时，人们把名称分派给事物，在概念和音响形象之间订立了一种契约—这种行为是可以设想的，但是从来没有得到证实。"（108）但是他随即讲到："语言起源问题并不像人们一般认为的那么重要。它甚至不是一个值得提出的问题。"(108)这其实是一种不恰当的回避方式。语言起源问题的重要意义并不因为当时不能证实而消失。

由于研究水平和研究能力的历史局限，十九世纪欧洲很多语言学家因缺少实证而拒绝讨论语言起源问题。在那种学术背景下回避语言起源问题是可以理解的。但是语言符号的音义关系跟语言起源密切相关。讨论语言符号的性质而缺失语言起源问题。这就使得索绪尔关于任意性的认识和理解处于先天不足的状态。

索绪尔以后近百年来的语言学、考古学、遗传学都有了长足发展，特别是计算机问世和神经科学的新发现，使语言学插上科技翅膀，使我们可以在多学科的新理念和新成果的基础上，用新的理论和新的方法来探索语言起源的难解之谜。如利用概率论的计算推测语言的多起源和单起源的可能性（Freedman & Wang 1996）；利用计算机建模仿真实验模拟语言产生的原发性约定俗成的具体过程（王士元 2001）。这里分别简单介绍这两项在语言学史上极有意义的创新成果。

语言起源是在单一地点还是在多个地点，即单源还是多源问题。传统的说法是单源的，有的现代学者可能以概率的乘积为依据也支持单源说：如果语言起源于一个地点的概率 p 很小，那么源于两个地点的概率 p×p 会更小，以此类推，地点越多概率越小。这样的结果就是单源的可能性最大。Freedman 和王士元指出了其中的谬误：这种计算涉及的地点是指定的而不是任选的。如果考虑在所有地点中的任意组合，计算结果就会完全相反。假设总共有 n 个地点，每个地点产生语言的概率为 p，其中产生语言的地点数目 λ 可用二项式（n, p）求出，即 λ=np。统计学上用泊松分布（Poisson distribution）模型来描述罕有事件的出现次数。采用近似泊松模型计算的结果如下表（摘录）：

所求地点数目	单源概率	多源概率	语言出现总概率	语言出现情况下的多源概率
0.1	0.09	0.005	0.095	0.05
1.0	0.37	0.26	0.63	0.42
5.0	0.03	0.96	0.99	0.97

　　表中第一行是所求地点个数很小的情况，语言出现的概率很小，单源大于多源；第二行是地点数目居中的情况，语言出现的概率大于50%，其中单源概率稍大于多源；最后是地点数较大的情况，语言出现概率为99%，这时多源的可能性远远大于单源，为97%。考虑到语言已经实际发生，那么最后一行是跟事实最为接近的数据。(Freedman & Wang 1996) 考古学发现远古人类的地点分布广泛，有许多证据支持语言产生的多源说。数学模型的概率计算使我们在这个重要问题的解决上又前进了一大步。

　　在研究复杂系统的产生时，仿真是个重要的方法。任何复杂的系统都是从简单的现象开始的。"我们假设一开始时个人可能用不同的声音来表示同一个事物，各自表达的方式不一样，但后来经过彼此交流，互相模仿，最后在人群里形成一个统一的信号系统，这就是约定俗成，语言的开始。"（王士元 2001）

　　王士元根据动物学研究的模仿的本能，采用计算机仿真建模解决复杂系统的分析方法，设计模拟在原始人群中语言产生的最初始的情景。假设五种不同策略分别进行仿真实验：1. 随机模仿；2. 模仿多数；3. 避免同音；4. 模仿多数同时避免同音；5. 模仿多数或者避免同音 。

　　利用有限的马尔科夫链（Markov chain）作为计算这一随机过程的数学模型，证明了人群形成统一信号系统的必然性：在人数少，声音数目也少的时候，人群很容易形成统一的信号系统。这也就是达到约定俗成的结局。计算结果同时表明，如果信号数足够多（大于概念数的2倍），则策略3和5为最优；如果信号数不够多，则策略5为最优方法，即，模仿多数和避免同音二者择一的策略为最优方案。（王士元 2001）当然还可以增加更多的因素，如强者对弱者的影响，模仿时的偏差出错等等。我们可以把语言的各种重要因素作为参数逐步加入模型，进行分析。如果要了解语言的本质，重构语言产生的过程，建立模型进行模拟实验是一种必要而有效的方法。

　　语言起源的研究对于认识语言符号性质的极端重要性是不言而喻的。以上两个研究对于我们讨论的问题至少有两点启示：一是多源产生的语言不可能是同一种语言。但是虽然初始条件各有不同，它们的规律和原则应该是一致的。正如相同地质条件下产生的石头，尽管形状各不一样，构造都是相同的。二是语言符号在形成的过程中就是有理据的：最优方案就是最优理据。这就进一步证实了前文所论的观念：约定俗成并不是任意的选择。约定俗成就是理据的竞争。

"索绪尔是一个不断革新的人。"如果索绪尔能够穿越时空来到今天，一定会为当代语言学在语言起源方面以及语言各个方面的精彩纷呈的新拓展而欣喜若狂。或许他会亲自动笔，写出一部全新的《普通语言学教程》。我们也确实需要也应该有一部全新的《普通语言学教程》，能够总结近百年来语言学在不同领域中开拓发展的全部成果。

4. 关于不同语言差别观点的自我否定

世界上有丰富多彩的数千种语言，这是我们进行语言学研究，探寻语言理据的巨大资源宝库。索绪尔却把这种语言的多样性作为语言符号任意性的理由，他在第一编第一章讲到，"语言符号是任意的。……语言间的差别和不同语言的存在就是证明：'牛'这个所指的能指在国界的一边是 b-ö-f（bœuf 法），另一边却是 o-k-s（Ochs 德）。"（103）

书中第六章接着又举出一个不同语言间的实例："拉丁语的 inimïcus '敌人'还会使人想起 in-'非'和 amïcus '朋友'，并可以用它们来加以论证，而法语的 ennemi '敌人'却无从论证"。（185）

这个例子原本是要进一步说明语言的任意性，可是我们经过逆向推理，恰好得出了相反的结论，也即寻找语言理据的一个重要途径：在单一语言中无从论证的词项可以在不同语言间加以论证。索绪尔自己举例推翻了自己提出的理由。

我们知道法语是从拉丁语分化出来的亲属语言，它们之间有演化对应关系。法语的 ennemi '敌人'单从法语来看"无从论证"，可是如果联系它的近亲拉丁语来看就可以知道它的来历，"可以用它们来加以论证"了。索绪尔为法语的这个词在拉丁语中找到了理据，这是用实际行动为我们示范了如何在不同语言之间寻求理据。这正如雅可布森在另处所讲的：索绪尔不知不觉否定了自己。

至于索绪尔另一个著名的词例："'姊妹'的观念在法语里同用来做它的能指的 s-ö-r（sœur）这串声音没有任何内在的关系；它也可以用任何别的声音来表示。"（102）我们前面的讨论已经明确了：音义结合是约定俗成的关系，约定俗成是理据的竞争，经过理据竞争的胜者不可能再用别的声音来任意改变。

常常看到有这样的模糊观念：把人类不同语言的差别说成是任意性的表现。他们会问到：如果语言产生是有理据的，为什么世界上的语言千差万别？正如在相同的规律下，地球上形成的石头形状、大小各不相同。在不同地点的不同人群中产生的语言，规律相同，但因为初始条件不同，会产生差异。每种语言都有各自的理据性，都体现了人类语言的共性本质，这显然不能作为任意性的理由。从逻辑学上说，如果人类不同语言各自都没有理据，讲不出道理，可以总括说成是任意的；如果各自都是有理据的，还能总括说成是任意的吗？用数学公式来表示：

无理据+无理据+无理据=无理据（符合逻辑可以接受）

有理据+有理据+有理据=有理据（符合逻辑可以接受）

有理据+有理据+有理据=无理据（不合逻辑不可接受）

一般人们以为理据性只是存在于单一语言内部。实际上，探寻不同语言间的分合与接触，考察对比世界语言的类型和共性，为我们探索发现语言理据，拓展提高论证能力，提供了重要的途径和广阔的空间。

格林伯格（Joseph H. Greenberg）曾经汇聚了几十位语言学家研究世界上数千种语言，得到了很多具有重要意义的跨语言的共性特征，编成三卷本巨著《语言的共性》（1963）。开拓了语言类型学研究的新领域，这充分显示出不同语言之间表面上的差别背后存在着本质上的共性。格林伯格亲自撰写的语序共性的不同类型的分析成为语言结构分类的重要标准。中国学者近年来以汉语诸方言和汉藏系诸语言为基础，在语言共性和类型方面做出了很好的建树。中国第一部语言类型学专著《语序类型学与介词理论》（刘丹青 2004）参考语言类型学的最新理论及研究成果，对汉语的介词和语序做了全面梳理和分析，重新定位汉语中的介词，并提出了新的理论观点。明确指出：必须有一种跨语言跨方言的视角才能成为类型学研究。这些都使我们从单一语言的个性理据走向人类语言的共性理据。

语言接触产生借词，发生双语现象或语言转用，在特定条件下会形成混合语。阿错（2003, 2004）研究的倒话就是一种汉、藏混合语。汉语和藏语交错重组构建倒话的系统，在语音、词汇、句法三方面的各自有不同规律性的表现。如下表：

	语法结构	语音结构	词汇要素	语音要素
源自汉语	−	+	+	−
源自藏语	+	−	−	+

即：基本词汇多源自汉语，文化词多源自藏语；语音结构与汉语严格对应，语音要素与藏语有共同沿流；语法结构和功能与藏语高度同构。这是两种语言经过深度接触产生系统整合的结果，只有经过汉、藏不同语言之间的对比分析才能得到的内部规律。

Thomason（2007）认为："我们……无法预测接触带来的影响；有些学者试图发展出一套能够准确预测接触引发的演变的理论模型，但这样的理论根本就不可能存在，为达到该目标所做的努力必然是徒劳无功。"（Thomason 2007，据谷峰译文 2011:167）

曾晓渝（2012）在充分进行田野调查和文献收集的基础上，把中国境内多种混合语及其相关语言的结构特点比较分析列为下表：

	源语言		语言质变结果	母语者民族	语言系统构成特点	始发语与目标语的类型关系
	始发语	目标语				
甲类	藏语	汉语	**倒话**	藏族	100 核心词以汉语为主，语法以藏语为主。藏语语音要素。	SOV 与 SVO 语言相接触，语法形态差异很大。
	藏/蒙语	汉语	**五屯话**	藏族	100 核心词以汉语为主，语法以藏/蒙语为主。藏语语音要素。	
	东乡语	汉语	**唐汪话**	回族	100 核心词以汉语为主，语	

			东乡族	法以东乡语为主。东乡语语音要素。	
乙类	壮语/仫佬语	汉语	**诶话（五色话）**	壮族	100 核心词以壮语为主，语法以汉语为主（中心语在后）。侗台语语音要素。	都是 SVO 语，形态较缺乏，但修饰成分前后相异。
	水语	布依语	**莫语**	布依族	100 核心词倾向于水语，语法细微处倾向于布依语。水语语音要素。	同语族 SVO 语，语法基本一致。
	达让/格曼语	藏语	**扎话**	藏族	核心词以达让、格曼语为主，语法体现藏语的主要特点。达让、格曼语语音要素。	同语族语言，都是 SOV 语，均有丰富的形态。

从中提炼归纳出：

类别	语言结构模式				始发语与目标语的类型差距	语言案例
	核心词	语法特点	语音要素	一般常用词		
甲类	**目标语**为主	**始发语**为主	**始发语**为主	**目标语**为主	差距大	倒话、五屯话、唐汪话
乙类	**始发语**为主	**目标语**为主	**始发语**为主	**目标语**为主	差距小	诶话、莫语、扎话

可见，"语言质变现象有类别之分，即如：甲类，相接触语言之间类型差距大，核心词以目标语为主，语法特点以始发语为主（以倒话、五屯话、唐汪话为例）；乙类，相接触语言之间类型差距小，核心词以始发语为主，语法特点以目标语为主（以诶话、莫话、扎话为例）；甲、乙两类的共性在于语音要素均指向始发语，常用词均指向目标语。"同时，"可知相接触语言之间的类型差距，在一定程度上控制着语言质变的构成特点。因此，可以以核心词、语法特点、语音要素、常用词作为四个参项，对深度接触引发的语言质变结果进行预测。因此，托马森'接触引发的演变无法预测'的结论是值得商榷的。"可预测性源于对理据的认识。

如果说阿错的研究是"混合语理论的重大突破"（胡明扬 2006），那么曾晓渝的研究则是语言接触理论的全面提升。Thomason 的"无法预测"跟索绪尔的"不可论证"如出一辙,说明所了解的语言事实还不够充分,过早关闭了通向语言理据的大门。说"无法预测"是很容易的,得到可预测性却需要付出多年的艰苦努力。在这里又遇到"说无易,说有难"的一个生动实例。

人类语言发展史就是一部语言接触演化史。我们今天的语言在历史上经过了多次不同方式的借用与混合,早已经是你中有我,我中有你。只有在大量不同语言之间进行对照比较,才有可能知道它的庐山真面目,发现语言当中的理据。语言间的差别和不同语言的存在正是为我们提供了寻找语言理据的广阔天地,而绝不可简单地用来作为语言任意性的借口。权威性宣称"不可论证",实际上是堵塞探索语言奥秘之路。

四、语音象似性

语音象似性(phonetic iconicity),又称为语音象征(sound symbolism)或者音义联觉(phonaestheme),指语言形式与意义相关联的现象。索绪尔曾讲到对于任意性的可能的两种反对意见:"拟声词和感叹词都是次要的,认为它们源出于象征,有一部分是可以争论的。"(102-103)雅可布森却认为语音象征意义的问题"是语言研究的一个重要而迷人的问题。"(1959,见2001:136)

语言起源除了神授论(divine origin theory)之外有手势说、摹声说(bow-wow theory)、感叹说(pooh-pooh theory)、吭唷说(yo-he-ho theory)等(维柯1725;卢梭1775;赫尔德1769)。意大利哲学家维柯最早提出摹声说,他认为语言由拟声开始。语言起源的各种假说都能在现代语言中找到程度不等的蛛丝马迹,因而可以认为是以模仿为基础的多种方式共同构建的结果。其中手势不是摹声而是摹态,对于有声语言起着辅助和补充的作用。摹声说就是模仿自然界的客观事物的声音,人本身其实也是源自自然界的一部分;感叹说是模仿人类个体无意识的声音;吭唷说是模仿人类群体有意识的声音。模仿自然界的声音就是拟声词;模仿人类自己的声音就是感叹词。总之是模仿声音或用声音模仿。

　　这里就有一个问题：拟声词的界限还算清楚，从外界的声音到人类模仿的声音就成为语言中的词。感叹词因为都是人自己发出的声音，就要深入分析它是如何从自然的声音到语言的声音的过程。现在各种语言中都有丰富的感叹词，考察感叹词中音义结合关系的形成和发展，有助于揭示语言的形成机制。由感叹词分化出来的生理要素、物理要素、辨义要素存在渗透、转化、演化、复合等一系列简单的系统活动，在发生学上，为语言系统的形成提供了基础（马清华 2011）。

　　感叹词其实是广义的拟声词的一类。拟声词还应该包括鸭、鹅、布谷鸟这样的名词，撕、踢、拍这样的动词以及大量拟声拟态的形容词。拟声是模仿声音，拟态是用声音去模仿。这种模仿是多方面、多层级的：从生物到物理，从表情到表态，从形似到神似，从音近到义近。也可以多种方式叠合交错。拟声词进入语言之后，经过词义的分化并合、扩大缩小，引申派生，转移借代等嬗变，加之语音的历时演化，原有的拟声拟态的印迹不断淡化模糊，时过境迁，留下来的就是一个个的音义结合体，有很多已经难以考证理据了。

　　象似性在语言符号产生过程中的作用和意义极为重要，处于中心的和基础的位置。这里讲的语言符号包括语音、文字、手语三种形式。美国手语的历时变化就显示出从具体的图像式到抽象的记号式的发展过程（Frishberg 1975）。文字的演化也是同样的过程。虽然现代文字中象形的痕迹已经不多，但是没有人会否认象形原则对文字产生所起到的重要作用。它们都是源自人类和动物共有的最基础的本能：模仿。人是高级动物，模仿能力更强。人类可以把模仿的本能发挥到极致的地步。

　　达尔文（Darwin 1874）就曾经讲到，形体小者发出高调表示驯顺亲密；形体大者发出低调表示强悍威严。动物如此，人类亦然（Morto 1977；Ohala 1980，1984；朱晓农 2004；许毅 2008）。声音象征有着生理和物理的自然基础。

　　当代神经科学的最重要发现——镜像神经元（mirror neuron）能够像镜子一样通过内部模仿作出相关反应：看到别人吃东西，你就会流口水；看到别人打球，你就浑身是劲。这种直观的、直觉的顿悟形式是人类更为远古、更为基本的思维形式，使人们学会从简单模仿到更复杂的模仿，由此逐渐发展了语言、音乐、艺术及制造工具等等。尤其是发现人脑中产生语言的布洛卡区就是镜像神经系统的协调中心。这对于理解人类文明的起源和进化有重要意义（Rizzolatti et al 2006）。正如有学者所说的："镜像神经元之于心理学，犹如 DNA 之于生物学。"它将使人们对于语言的认识发生全新的变革。[注 2]

语言的产生跟人类的进化是同步的。我们要有历史的观念，原始人类的思维还是基于感性形象的原始思维。正如任何复杂事物都是源自简单的开头一样，现代的非常复杂非常精细的语言，在起初时应该是以很简单的模仿本能开始的。从生理、物理到心理的模仿，从无意识、下意识到有意识的模仿。

由于人们对于象似性的理解和认识过于片面和肤浅（张敏 1998），象似性的作用和意义曾经被大大低估，只是看做语言的边缘现象。这是从现代视角出发产生的误解。象似性在语言符号中是普遍存在的（王寅 1999）。象似性是人类语言的重要特性，贯穿于语言的各个方面：语音、词汇、句法、语义、语用，到处可以看到象似性如影随形。

Haiman（1980）认为句法结构跟人的经验结构之间有一种自然的联系。直接映照人的概念结构。句法象似性分为成分象似和关系象似。关系象似又分为距离象似、顺序象似和数量象似等原则（见沈家煊 1993）。类推是语言变化中的基本方式。类推也即是模仿。隐喻和换喻是认知语言学研究的重要领域。喻就是比喻，二者相似才可比喻。语用学有模因论的分析，就是词汇和句法中的仿造。

象似性在具体的语言材料中并不是那么容易找出来的。许多表面看不出理据的语言现象实际上是不同理据相互作用的结果（陆丙甫、郭中 2005）。Haiman（1985）也曾经从象似性以及经济性与象似性磨损两个方面进行探讨。例如很多语言中的句法形态的不对称现象都是跟它们的使用频率相联系的：使用频率较多的形式会更为简单，因为可预测性更大。说话人语言使用中的经济性模式扩散开来就会造成语言的变化（Haspelmath 2008）。这种情况不仅发生在句法现象中，而且在语言系统的各个层面都是如此。象似性不仅是形式模仿意义和形式模仿形式，还可以是意义模仿意义和意义模仿形式（卢卫中 2011）。

五、汉语的理据性

《教程》认为重语法的语言理据性强，重词汇的语言则相反。还特别指出"超等词汇的典型是汉语"。（184）意即汉语是理据性最差的典型。这是对于汉语的一种误解。实际上，各种语言本来都是有理据性的。汉语由于方言丰富和文献悠久，可能从中发现更多的理据性的实例。

中国古代的"声训"[注3]就是通过语音之间的联系来探求词义。声训在先秦典籍中已有采用。汉末刘熙《释名》全书的名物语词都是用声训解释。尽管其中不免有牵强之处，然而在当时条件下能把那么多音义联系理出线索，确是为后人开辟了道路。清儒按照"因声求义，音近义通"的原则研究训诂，有义类说或右文说。王力的《同源字典》依据汉语上古音系，把音义皆近，音近义同，义近音同的字作为同源字，全面梳理和考证，得到一千余组，共三千余字。汉语经过千百年的岁月风雨，沧桑变迁，还能有这么多音义相联的实例，令人称奇。

从文字的象形可以启示语音的拟声。汉字是世界上唯一可以追溯到文字初始时期的现代文字。对于许慎《说文解字》中汉字的"六书"做初步解析，就可以看到文字的象形所起到的重要核心作用。跟拟声是仿拟客观事物的声音一样，象形字是摹画客观事物的形状。如：山、水。指事是象形再加标示符，实际是意义的摹画，属于抽象的象形，或称象意。如：本、末。会意是两个象形字义的加合，既有象形又有象意。如：休、林。转注是象形字的形义发生的分化现象。如：老、考。商周时代曾大量出现假借字。假借把象形字的音义分离，解决虚词无法象形以及象形字数有限的困难。如：其、然。形声是后出的，形旁取其义，声旁取其音。如：婚、竿。其实形旁和声旁原都是象形字。形声最初是为解决假借带来的混淆，后来成为汉字的主要来源。战国时形声字已经达到三分之二，现代汉字更是占了十分之九。汉字不绝，功在形声。尽管变化方式各有不同，然而溯其源，都离不开象形的基础。

经过了数千年字形字义的孳乳繁衍，篆、隶、真、草的历史演替，现代汉字中需要认真考察才能得出象形字的缘起。语音的拟声应该就像文字的象形一样，在语言的初始期起到重要的基础作用。经过各种方式的交替演化，存留到今天能够瞬间认定的拟声词已经不多了。

在汉语字音声母方面，前人有"戛音如剑戟相撞，透音如弹丸穿壁而过，轹音如轻车曳柴行于道，捺音如蜻蜓点水一即而仍离"（劳乃宣）的描绘。韵母方面有"一等洪大，二等次大，三四皆细，而四尤细"（江永）的判断。一、二等多表大义之词，三、四等多表小义之词。在韵律方面有"大"字之声大，"小"字之声小，"长"字之声长，"短"字之声短。（陈澧）[注 4]的观察。这种语言规律性应该是以概率表现的分布趋势。

朱晓农（2004）根据高调多表亲密的原理分析汉语方言各种小称调，对北京女国音等现象做出生物学解释。刘丹青（2008、2009）考察统计了汉语的晋语、赣语、西南官话、闽语、湘语、吴语、粤语等多种方言的指示词。发现汉语的指示系统跟很多语言的情况一样，基本符合象似性。具体表现为声调、元音、辅音都以响度原则体现距离象似性：近则响度小；远则响度大。以上这些以及诸如此类的汉语象似性研究的很多成果，都为说明汉语的理据性做出了贡献。

六、理念和方法的思考：语言学的方向

我们要有历史观。索绪尔有局限性。指出这一点并不是否定他。正如牛顿也有局限性，但是仍不失其辉煌。物理学的进展常常在理论和方法上具有学科共通的普遍意义。

经典物理学所遵循的经典逻辑有三个基本原则：1. 识别原则如：A就是A；2. 对立原则如：A不是非A；3. 排中原则（excluded middle）如：不存在既是A又是非A的第三方。但是这不能与真实世界完美的结合起来，因为在量子水平上的粒子样态打破了上述逻辑规律。经典物理学认为粒子不是波，波也不是粒子。而在量子层面上，粒子同时也可以是波。从而为反对经典逻辑二分法的理论提供了微观世界的证据。量子

逻辑把过去的排中原则修正成为含中原则（included middle）：存在一个 T 值，同时既是 A 也是非 A，也就是具有三个真值 A，非 A 与 T。(Nicolescu 2002) 这种三分法（主体、客体、主客体交互作用）与形而上学的二分法（主体、客体）是有着很大区别的。(Nicolescu 2008)

在《教程》中，任意性和必然性非此即彼，没有可选性这一中间状态。没有给理据性预留空间，这是典型的二分法原则。任意性和必然性的关系如同黑和白的相对反义，约定俗成的理据性就是位于二者之间的中间地带。这就是三分法原则。两端是确定的，中间是动态的不确定。这中间态才是需要关注的最为重要的部分。其实大小、黑白、生死、天地万物都有中间态，都是连续统。按照三分法并不否定任意性，只是限制它的范围。采用含中原则，就空出了广阔的中间地带，等待我们去大力开发探索。语言形式的语音理据性是个大有可为的领域。

雅可布森曾指出对待《教程》的两种错误态度："把《教程》视为一种纲要，一种合理的教条，这既错误也危险。不幸的是，这种情况很常见。由于对《教程》有错误的理解，有人陷入了一场错误的斗争，试图掩盖《教程》所包含的矛盾。而另一些人则相反，紧紧抓住这些矛盾不放，误会了《教程》的根本价值，从整体上谴责《教程》。"（雅可布森 1942，见 2001：65）这都是源自二分法的排中原则：有些争论可能是无谓的各执一端。"束书不观，挥麈清谈"（俞敏 1978），却把语言学的根本任务放在一边。

英国生物学家赫胥黎曾经讲过："历史告诉我们，人类的智力是靠经常增加的知识来培养的，每经过一定时期的增长，就会超出它的理论覆盖物，以新的面貌出现。好像在发育状态下的幼虫，经常要蜕下它的皮壳，换上另一暂时的皮壳。"（赫胥黎 1971）语言学正是处于这种新的蜕皮过程中，对于语言任意性的重新认识会起到很好的促进作用。

无数历史事实已经从正面和反面告诉我们：无论在学术上还是在社会中，只有一种声音是危险的。在科学研究中没有禁区。只有百花齐放，学术竞争才会促进科学的发展。语言学的各个流派各个分支好似瞎子摸象。其实瞎子摸象是好事，正如"横看成岭侧成峰"。从不同角度才能得出完整全面的认识。

当代语言学肩负着理论和方法的创新。语言研究本质上就是发现语言理据。理据性是目标。目标要经常校正。有方向和没有方向大不一样。语言是经验科学，不是经院科学。要到社会中、田野中、实验室中，只有在研究实践中才能得到语言事实，发现内在规律，使认识有所进步。

正如索绪尔所说："直到今天，普通语言学的基本问题还有待于解决。"（25）我们应该提倡虚实结合：搞理论的人做一点儿实际的研究；做具体研究的人要关心理论问题。理论与实践不应该分工，分工就可能割裂。只有虚实结合才能有所发现。这是语言学者的使命：多语种、多领域、多学科并进，去探索语言的奥秘。

参考文献：

Chuenwattanapranithi, S., Yi Xu & B. Thipakorn 2008 Encoding emotions in speech with the size code — A perceptual investigation, Phonetica (2008) 65:210-230.

Darwin, C. 1872 The Expression of the Emotions in Man and Animals , John Murray, London, England.

Freedman, David A. & William S-Y. Wang 1996 Language polygenesis: a probabilistic model. Anthropological Science, 104.2.131-138. 中译文题为：语言的多源性：一个概率论模型，王士元《语言的探索》，北京语言大学出版社，2000。

Frishberg, Nancy. 1975. Arbitrariness and Iconicity: Historical Change in American Sign Language. Language 51.696-719.

Greenberg, Joseph H. 1963 *Universals of Language*. Cambridge: MIT Press.

Haiman, J. 1980 The iconicity of grammar: Isomorphism and motivation. Language 56,5615-540.

Haiman, J. 1985 *Natural Syntax: Iconicity and Erosion*, Cambridge University Press.

Haspelmath, Martin. 2008. Frequency vs. iconicity in explaining grammatical asymmetries. Cognitive Linguistics 19.1-33.

Morton, E. W. 1977 On the occurrence and significance of motivation-structural rules in some bird and mammal sounds. American Naturalist *111*: 855-869.

Nicolescu, Basarsb 2008 In Vitro and Vivo Knowledge---Methodology of Transdisciplinarity, in Basarsb Nicolescu (ed.) Transciplinarity---Theory and Practice, Hampton Press, INC. 2008.

Nicolescu, Basarsb 2002 A Stick Always Has Two End, in Basarsb Nicolescu, Manifesto of Transdisciplinarity, State University of New York Press，2002.

Ohala, J. J. 1980 The acoustic origin of the smile. Journal of the Acoustical Society of America *68*: S33.

Ohala, J. J. 1984 An ethological perspective on common cross-language utilization of F0 of voice. Phonetica *41*: 1-16.

Rizzolatti, Giacomo, Leonardo Fogassi & Vittorio Gallese 2006 镜像神经元,大脑中的魔镜(赵瑾译),《环球科学》2006 年第 12 期。

Thomason,Sarah Grey 2007 Language contact and deliberate change, Journal of Language Contact, 1: 41-62.中文译文《语言接触和蓄意演变》（谷峰译，曾晓渝校），《语言学译林》第 1 期，世界图书出版公司 2011 年 7 月，第 167-189 页。

阿　错 2003《藏、汉语言在"倒话"中的混合及语言深度接触研究》,南开大学博士论文。

阿　错 2004《倒话研究》, 北京：民族出版社。

赫尔德 1769《论语言起源》, 姚小平译, 商务印书馆, 1998。

赫胥黎 1971《人类在自然界中的位置》, 科学出版社。

胡明扬 2006 混合语理论的重大突破——读意西维萨·阿错著《倒话研究》,《中国语文》第 2 期。

李葆嘉 1994 论索绪尔符号任意性原则的失误和复归,《语言文字应用》第 4 期。

刘丹青 2004《语序类型学与介词理论》, 商务印书馆。

刘丹青、陈玉洁 2008《汉语指示词语音象似性的跨方言考察（上）》,《当代语言学》4 期。

刘丹青、陈玉洁 2009《汉语指示词语音象似性的跨方言考察（下）》,《当代语言学》1 期。

卢　梭 1775《论语言的起源》, 洪涛译, 上海人民出版社。

卢卫中 2011 语言象似性研究综述,《外语教学与研究》43 卷第 6 期 840-849。

陆丙甫、郭中 2005 语言符号理据性面面观，《外国语》第 6 期，32-39。

马清华 2011 论叹词形义关系的原始性，《语言科学》第 10 卷第 5 期 482-496。

沈家煊 1993 句法的象似性问题，《外语教学与研究》第 25 卷第 1 期。

索绪尔 1980《普通语言学教程》高名凯译，商务印书馆。

索振羽 1995 索绪尔语言符号的任意性原则是正确的，《语言文字应用》第 2 期。

王洪君 2010 南开大学学术报告。

王士元 2006 索绪尔与雅柯布森：现代语言学历史略谈，《四分溪论学集 庆祝李远哲先生七十寿辰》，刘翠溶编，669-86. 台北：允晨文化。

王士元、柯津云 2001 语言的起源及建模仿真初探，《中国语文》第 3 期，收入《王士元语言学论文集》商务印书馆，2002。

王　寅 1999《论符号象似性 —— 对索绪尔任意说的挑战和补充》，北京：新华出版社。

维　柯 1725《新科学》朱光潜译，商务印书馆，1997。

许国璋 1997《论语言和语言学》，北京：商务印书馆。

雅可布森 2001《雅可布森文集》，钱军、王力译注，湖南教育出版社。

俞　敏 1978 译者的话（主语和谓语 丹麦 奥托·叶斯柏森著 俞敏译），《语言学动态》1978 年第 5 期。

曾晓渝 2012 语言接触的类型差距及语言质变现象的理论探讨，《语言科学》第 1 期。

朱晓农 2004 亲密与高调：对小称调、女国音、美眉等语言现象的生物学解释，《当代语言学》3: 193-222。

[注 1] 在黑格尔《法哲学原理》（11 页）和《小逻辑》（43 页）有"凡合乎理性的东西都是现实的，凡现实的东西都是合乎理性的"。即所谓的"存在即合理"，在黑格尔那里，理性是事物的本质，合乎理性的东西一定会成为现实；因而一切现实的东西就都是合理的。在这个意义上，也可以说"理性即现实"。

[注 2] 1996 年意大利的里佐拉蒂和同事们发现，恒河猴脑中有些神经元在看到别的猴子或人的动作跟自己做过的动作相似时会产生同样的兴奋。他们把这类神经元命名为镜像神经元。随后发现人脑也有镜像神经元，而且有一部分存在于布洛卡

区（控制语言产生的区域）。2000 年西谷信行和哈里的研究表明，布洛卡区是镜像神经系统的协调中心。2003 年科勒发现当两个动作同时具有听觉和视觉信息时，镜像神经元对它们的分辨率达到 97%。分别由真第卢奇和迈斯特进行的研究证实，镜像神经元系统是肢体语言和口头语言交流的共同基础，揭示了它在语言进化中的作用。这一发现为文明的进步提供了生物学基础。镜像神经元通过感觉而非思想，直接吸收了文明。不是通过概念推理，而是通过直接模仿、观察和分享，一代代传授下来。它触动了许多科学规则，改变了人们对哲学、语言、艺术、以及移情作用、孤独症和心理疗法的理解。

[注 3] 声训是利用声音相同或相近的字来解释词义。如《易经》：乾，健也。坤，顺也。《孟子》：庠者养也，校者教也，序者射也。汉代《尔雅》、《方言》、《说文解字》等书中，也有很多声训用例。汉末刘熙著《释名》全部用声训来解释词义。可分为四种：（1）同音。例如，"景，竟也，所照处有竟限也。"（2）双声。例如，"木，冒也，华叶自覆冒也。"（3）叠韵。例如，"山中丛木曰林。林，森也，森森然也。"（4）音近。例如，"船，循也，循水而行也。" 这样就从音义的结合上说明了一个名称的来由。虽多出于推测，但是其中自有可取之处。

[注 4] 戛音即不送气塞音与塞擦音；透音即送气塞音与塞擦音；铄音即擦音与边音；捺音即鼻音与半元音。语出自清劳乃宣《等韵一得外编》（页 7）。江永语出《音学辨微》（页 19）。陈澧语出《东塾读书记·小学》。古时汉语上声为短调。

君子之学如蜕
——邢公畹先生语言学学术思想初探*

石　锋　曾晓渝　意西微萨·阿错

　　著名语言学家邢公畹先生在中国语言学领域孜孜不倦辛勤耕耘，治学态度严谨求实，在语言理论、汉语研究、语言应用和语言教学、汉藏语比较研究特别是汉语与侗台语比较研究等诸多方面做出重要成就，硕果累累，为中国语言学发展贡献了毕生精力，在国内外语言学界具有重要影响。邢公畹先生的精神和风范为中国语言学者树立了一面旗帜。本文对邢公畹先生的语言学学术思想作初步解析和探讨。

一、语言理论的求索

　　邢先生经常讲："治学必须有坚强的动力，然后才能不中断。对故乡和祖国的山川风物、土地及人民的深沉的、执著的爱，建设社会主义的理想，就是一种坚强的动力。"（1990）他亲身实践了这一信念。邢先生一生历尽坎坷，然而无论是身处逆境还是顺境，每日读书思考，笔耕不辍，直到耄耋之年还有论著发表。

　　治学的目的是什么呢？邢先生认为："治学的总目的在于探索宇宙间（包括人类社会）的各种规律，以便人去利用。至于具体学某一门学科，则常常带有一定的偶然性。从我说，现在不过是通过语言研究来进行这种探索罢了。"（1990）有这样坚强的人生动力，有如此高远的治学

　　*原文载《汉藏语学报》第六期，2012年。

理念，邢先生在语言学研究中高屋建瓴，视野开阔，不断寻求新的视角，尝试新的方法，认识人类，认识语言，博古通今，多有创获。

邢先生非常注意古今学者关于语言观的阐释，关注语言理论的发展。他说："中国古代语言理论与名学不分。汉以后名学衰微，语言学向应用方面发展，如文字、训诂、音韵。关于墨翟、荀卿提出的理论问题，洪诚说：'一唱之后，赓和无人。精义微言，光沉响绝。'"（1999a）《邢公畹语言学论文集》（2000a）38 篇文章，专门论及语言理论的就有 11 篇，可见先生用力之重。书中即以《谈荀子的"语言论"》（1962）列为诸篇之首。

1.1　古人的语言论——评荀子《正名篇》

邢先生（1962）赞赏"荀子是公元前三世纪的一个唯物主义思想家"，认为他所写的《正名篇》是"公元前三世纪的一部极有价值的'语言论'。"古希腊的哲学家在争论思维和语词的联系，事物跟它们的名称之间的关系是规约论还是本质论的时候，也正值春秋战国时期的诸子百家在讨论意义相类的"正名"问题。荀子提出："名无固宜，约之以命；约定俗成谓之宜，异于约则谓之不宜。名无固实，约之以命实，约定俗成谓之实名。"邢先生认为："这里值得重视的还不在于他能正确地解决在古希腊争辩了几百年的问题，而在于他指出了语词成立的社会因素。"这里所讲的社会因素就是约定俗成。邢先生一语中的，抓住了问题的中心。

约定俗成是语言符号音义结合的重要原则，事物的名称由社会成员经过长期群体实践而确定或形成。约定俗成要受到双重约束。一是用什么样的声音来代表事物能够让人听懂呢？二是不同的人用不同的声音代表同一个事物，怎样达到一致呢？

邢先生引述荀子有关语词起源的言论："然则何缘而以同异？曰：缘天官。凡同类同情者，其天官之意物也同，故比方之疑似而通，是所以共其约名以相期也。……心有征知。征知则缘耳而知声可也，缘目而知形可也。"根据什么来辨别事物呢？根据人的感觉器官。相同的事物，人的感受也相同，所以相互比喻模仿都能够听懂。因此人们创制的语词应该都是"比方之疑似而通"。

对于第二个问题，囿于时代，荀子没有讲。邢先生把约定俗成概括为社会因素是很精辟的。语言是在社会中产生，在社会中生存的。最初的理据应该很简单：跟事物本身的声音相近；容易发音；容易引起注意……等等。约定俗成就是理据的竞争，是优胜劣汰的选择过程。约要有人群，俗要有社会。语言跟社会不能分离。利用计算机建模仿真的实验（王士元 2001），证明了人群形成统一信号系统的必然性：在人数少，声音数目也少的时候，人群很容易形成统一的信号系统。这就是达到约定俗成的结局。

1.2 西人的语言论——评索绪尔和乔姆斯基

邢先生（1994）曾经用"他山之石，可以攻玉。"（《诗经·鹤鸣》）来说明学习借鉴国外语言学理论方法的道理。他自己更是身体力行，对于西方语言学理论积极引进，这种引进和借鉴并不是盲从照搬，而是经过头脑的认真思考，经过研究的实践检验。

邢先生《从对外汉语教学看"语言""言语"划分的必要性》（1993）既看到索绪尔"语言""言语"学说在语言研究和语言教学中的功绩具有重要意义，又看到其中矛盾之处：

1. 索绪尔说："语言是形式而不是实质"。又说："语言科学……正要没有这些要素掺杂在里面，才能建立起来"。邢先生则认为"体系和局势（棋局）是不能凭空存在的"。

2. 索绪尔说："语言的能指……不是由它的物质，而是由它的音响形象和其他任何音响形象的差别构成的。"邢先生坚持唯物主义认识论原则，摆明一个很浅近的道理："如果没有'音响'本身，怎么能有'音响形象'？可见'音响'是第一性的，'音响形象'是第二性的。"

3. 邢先生指出：索绪尔的"文字属于语言"这个说法有矛盾。"比如一个人有一些'意思'用话对人讲出来，这当然是'言语'，可是要是他把这些'意思'写成一封信告诉别人，却要算进'语言'，这是说不通的。"因此，对索绪尔的学说应该"进行一些必要的修正"。

邢先生最早将乔姆斯基《句法结构》译介到中国大陆，并写《论转换生成语法学》（1981）予以评介。在赞赏其"生成模式"方法的同时，也讲到乔姆斯基的"欠缺"多种：

1. 邢先生讲："要求语法理论必须能描写、解释人们的'语言能力'"。"这种作为'天生的知识'的'语言能力'，在没有得到充分的证据以前，我们只能认为是一种'信仰'，不属于语言科学。"

2. 邢先生讲："企图只从'形式'去建立语言理论，肯定会成为一种可以破坏其所建立的'形式'本身的空理论。"因为要是当真抛弃语言中的信息，空谈编码，编出来的只能是与自然语言无关的"人工的形式语言序列"。

3. 针对乔姆斯基"合语法而无意义的句子"的说法，邢先生在《语词搭配问题是不是语法问题》（1980）中，引用当时学界对"我喝饭"问题的讨论，剥笋抽茧，层层深入，指出：句子里的语词彼此之间的互补作用，是产生语法结构作用的不可缺少的基础，"我喝饭"这样的句子是不合语法的句子。并且进一步论证："语言结构公式的真实性在于它能反映语言事实，它的正确性在于把它用到语言实践中又能行之有效。"

1.3 从信息论的现代观念看人类语言

量子论创始人普朗克讲过："科学是内在的整体，它被分解为单独的部门不是取决于事物的本质，而是基于人类认识能力的局限性。实际上存在着从物理学到化学，通过生物学和人类学到社会学的链条，这是任何一处都不能被打断的链条。"语言研究的不同领域在整体上来看，就是这个总的链条上从人类学到社会学之间的一环。

邢先生的语言研究是开放式的，在语言学内部是泛领域的，在语言学外部是跨学科的。从信息论的新思想到考古学的新发现，都在他的关注之中。在 1980 年代，他就极力筹组人员并用自己的科研经费，在南开大学建立起国内较早的语音实验室。当年他应邀在北京大学做学术报告，提倡信息论和控制论跟语言研究相结合，立意走出一条语言学的新路。

邢先生在《语言和信息》（1986）一文中讲道："动物（包括人类）在自然界的活动和机器的自动控制，都可以看成是他本身各部分之间的信息传送过程。所以控制论就是扩大范围的信息论。"从信息论的窗口来观察世界，观察人类，观察语言，使他有了全新的思考和认识。以下这些精辟的论述，在今天仍然焕发勃勃生气，启迪理念的更新。

对于客观世界，邢先生说："不少人承认客观世界有三大要素：物质，能量，信息。……物质是实物，推动物质运动的是能量，传输事物存在方式或运动状态的是信息，三者合起来，不停地运动，组成我们这个宇宙。"

对于人类的认识活动，邢先生说："从地球这个天体来说，经过几十亿年的演化，……最后出现了作为万物之灵的人类，产生了意识和自觉能动性。"他认为：这许多"我"对宇宙所进行的认识，……用信息论的话来说，就是大自然的自我"反馈"。他还引用维纳（1954）的话"人是束缚在他自己的感官所能知觉的世界中的。"来说明人的认识活动的生理限度。

对于人类的语言，邢先生说："一般认为，猿人掌握了两个开发自然界的武器：一个是石器，一个是火。……应该说还有一个重要武器，甚至应该说是最重要的武器，那就是语言。""语言是一种把人们互相连接起来的看不见的'神经系统'。"因此，邢先生赞同赵元任（1980）讲的："语言是人跟人互通信息，用发音器官发出来的、成系统的行为方式。语言是传递消息的一种信号，标记语言的文字也是一种信号。"并提出要把语言定义为："人类社会最常用的信息载体。"这跟当时很多教科书上的定义都是不一样的。

1.4 从考古学的史前文化看语言演化

著名语言学家王士元对于人类知识的相互贯通有一个生动的比喻：不同学科之间的边界犹如画在沙滩上的线条，随着每一次先进知识的波涛到来，这边界就会发生变化，甚至完全消失。他还把考古学、遗传学和语言学作为考察历史的三个窗口。

邢先生早年曾攻读宋史，对于考古并不陌生。他在《汉藏语系研究与中国考古学》（1996）文章中写道："离开社会生活，语言就不能存在；所以要探索汉藏语的起源和演变，就必须探索中国原始社会的情况。"所以，把语言学和考古学结合起来，成为邢先生研究汉藏语言学的一个重要分支，他先后发表《汉藏系语言及其民族史前情况试析》（1984）、《原始汉藏人的住所和火的使用》(1997)、《原始汉藏人的宗教与原始汉藏语》（2001）等重要文章，对汉藏语研究产生重要影响。

根据考古学家张光直（1986）的描述：公元前四千年"虽然自北到南，在中国可以辨认出来好几个区域性文化，但这些文化显然全都是同一个交互作用圈的成员。这一点最显著的可以自它们共有的陶器特征上看得出来。这些特征有时可以称为'龙山形成期'的作风。"

邢先生认为：龙山时代庙底沟二期文化与当时其他各文化之间的强烈交互作用，可以称为"华夏化"运动。伴随发生的还有"夏语化"运动。"华夏化"运动是华夏文化与其他文化之间的交互运动，三代以后，几乎浸润全国；而"夏语化"运动则是单向地以夏方言为标准音的运动，远离中原的方言区对此有一定的抗拒性，所以仍然独立发展为侗台、苗瑶等语言。至于形成藏缅语的方言，由于在铜石并用时代的早期就已经从原始汉藏语中分出，所以不受夏语化影响。

邢先生（2000b）把考古学和语言学结合起来，论证了汉藏语历史演化的过程，进而形成了关于汉藏语系语言谱系关系、分化层次与相对历史深度的谱系图：

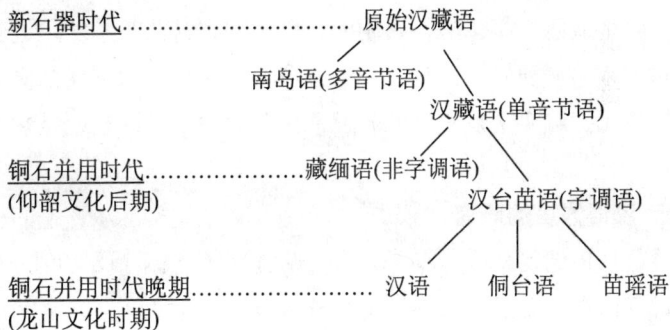

<u>新石器时代</u>..............................原始汉藏语

　　　　　　　　　　南岛语(多音节语)
　　　　　　　　　　　　　　汉藏语(单音节语)

<u>铜石并用时代</u>....................藏缅语(非字调语)
(仰韶文化后期)
　　　　　　　　　　　　　　　汉台苗语(字调语)

<u>铜石并用时代晚期</u>.......................汉语　　　侗台语　　　苗瑶语
(龙山文化时期)

二、汉语研究

关于中国语言研究，邢先生从不同角度谈到自己的看法：

"以印欧语言研究为中心的语言科学一遇到许多东方语言，就不大能用其概念和理论去解释，因而近十年来，国际语言学界逐渐认识到现

代语言学对各国各民族语言学的传统继承得很不够，所以目前的语言理论是不全面的。"（《汉语篇》1991：55）

"世界各民族的语言研究的逐步深入，将有助于对语言共性的认识，有助于语言科学的更好建立。"（《语言论集》1983：252）

"在汉、藏缅、壮侗、苗瑶这四个语族中，有最古的文字记录的语言是汉语，研究汉语以外的任何一支汉藏系语言，古汉语的知识也是非常重要的。"（《汉语篇》1991:106）

邢先生强调中国语言研究的必要性，指出研究中国语言的最终目的是为了寻求人类语言的共同规律，而要研究好中国的语言，汉语知识、尤其是古汉语知识非常重要。

那么，应该如何进行汉语研究呢？邢先生的基本思路是："第一，研究古汉语应当尽可能地跟某时某地的自然语言结合起来；第二，古代汉语下头有各地汉语方言，这些都是从古代汉语演变出来的具体的自然语言；古代汉语上头还有一个更大的系统，这就是汉藏语系，我们对这些知道得越多，研究的路子就宽广。"（《汉语篇》1991:106）

先生的这种思路至今仍具有指导意义。因为，现代语言学研究的趋势之一，就是从研究简化的、封闭的、静态的语言共时系统，进展到纷杂的动态语言的变异研究，从单个语言自身发展规律的进展到研究多种语言系统彼此接触而引发变化的研究，由此观察总结隐性或显性的语言规律。

2.1　汉语方言的研究

2.1.1　从声调的角度分汉语方言为两大区（《汉语篇》1991：45-47）

现代汉语方言要是只从声调上来分类可以分为两区：一个是声调复杂的汉语方言区，一个是声调简单的汉语方言区。因为这两个大区的语音特点都可以从声调上看出来。之所以能用声调的演变作为重要的分类标志，是因为声调是汉藏系语言的主要特征之一。

声调复杂的汉语方言区除两个平声，一个或两个上声之外，多数还有两个去声，两个入声。其中粤方言、客家方言和赣方言、闽南方言等保持了古辅音韵尾-m、-p、-t、-k。从现代方言看，赣方言的临川话有-m

尾字，所以有-p 尾字；南昌话舒声字失去-m 尾，所以入声字也失去-p
尾，只有-t、-k 两尾。从一个方言内部也可以看出这种鼻音尾和塞音尾
的依存关系，比如广州话（"—"表示无此韵）：

a元音韵		i元音韵		ε元音韵		y元音韵		œ元音韵		ɔ元音韵		u元音韵	
-m	-p	-m	-p	—	—	—	—	—	—	—	—	—	—
-n	-t	-n	-t	—	—	-n	-t	-n	-t	-n	-t	-n	-t
-ŋ	-k	-ŋ	-k	-ŋ	-k	—	—	-ŋ	-k	-ŋ	-k	-ŋ	-k

　　还可以看出，-m 尾及其相依存的-p 尾是比较容易丢失的。总起来
可以得出两条规律：

　　第一，一种方言（或一种方言内部的一个元音韵类）如果舒声韵里
-m 尾丢失了，入声韵里也就没有-p 尾；但是它可以有-t 尾、-k 尾跟它们
相依存的-n 尾、-ŋ尾；可是有-n、-ŋ尾韵的方言却不一定有-t、-k 尾韵；

　　第二，一种方言（或一种方言内部的一个元音韵类）如果保留了-m、
-n、-ŋ尾韵，就会保留-p、-t、-k 尾韵。

　　这些规律不仅汉语许多方言可以证明，壮侗语的许多方言也可以证
明。

　　声调简单的汉语方言区的语音特点是声调只有四个或五个（当然还
有少到三个的），音系也比较简单。把声调简单的汉语方言区的方言分为
江淮、晋、西南、北方四种。其中江淮方言、晋方言都有入声；西南方
言大多无入声；北方方言的共同特点是古全浊入声现在说成阳平。

　　根据邢先生的声调划分标准，汉语分为"粤、客、赣、闽"和"江
淮、晋、西南、北方"两大区，从中总结出塞音尾-p、-t、-k 与鼻音尾-m、
-n、-ŋ的某种依存关系，并以侗台语言予以旁证，这种现代语言类型学
的观察发现，在当时是相当先进的。

　　2.1.2　安庆方言连读变调的轻重现象分析

　　在《安庆方言"字调群"的组结模式》（《语言论集》1983：91-106）
中，邢先生详细描写了安庆方言两字组、三字组、多字组的连读变调，

涉及前变调、后变调、轻声等变调规律，指出"在安庆方言里，接在重音字、次重音字之后的轻声字在字调群的组结模式中起着很重要的作用"。

邢先生对自己家乡话两字组、三字组、多字组的连读变调观察入微的描写，区分了"重音""次重音""轻声"，实际上已涉及韵律层面的研究分析，这在当时也是前沿性的，为我们今天汉语连读变调的深入研究，提供了很有学术价值的典型个案材料。

2.2 汉语语法研究

2.2.1 《诗经》"中"的倒置现象研究

在《诗经"中"字的倒置问题》（1947，《语言论集》1983:135-141）中，邢先生讨论了《诗经》中许多"中林"（林中）"中心"（心中）的这种"方位中心语+限制词"的"倒置"用法。同时列举出现代侗台语龙州土话里普遍存在的直译为"中田""中房""中坑""中家""中山"等类似《诗经》"中林"的痕迹，由此认为这依稀可以辨认出汉语和台语在原始汉台语（Primitive Sino-Tai）中的血缘关系。

2.2.2 汉语的"连锁复句"研究

邢先生连续发表的三篇论文《说汉语的"连锁复句"》（1984）、《就汉语的"连锁副词"问题答史存直先生》（1985）、《论汉语的"连锁复句"》（1990）（均收于《邢公畹语言学论文集》2000），将汉语中的"NP$_1$+VP+NP$_2$，ø+VP+NP"（如"台湾回归祖国是中国的内政，/ø/不容任何外人干涉"）类复句称为"连锁复句"，并与英语、俄语相比较，指出了汉语"连锁复句"与英、俄语结构上的不同；还从清末北京口语课本《官话类编》中搜集了 141 句"连锁复句"进行分析。

针对史存直先生"'连锁复句'说法不能成立""还是沿用'承前省略'的说法好"的批评，邢先生作了回应解释：因为"承前省略"的说法太笼统了，没有给出规律性的东西。要是只满足于它的"灵活"，就不能比较彻底地解决问题。"承前省略"是一个大类，内容太多，还得分出各种各样的细类来。所谓"省略句"不只是省略主语，还有省略其他句子成分的；而且被省略的主语也不一定都从前一分句的宾语来。所以，有必要分出"连锁复句",以便对此类现象进行理论探讨。邢先生在文章中还提到:"为什么在英语里没有相应句式的汉语句式我们就不能谈?为什么中国过去无人谈过的,我们也不能谈?特别是,为什么西洋语法书从未谈过的,我们也不能谈呢?""我认为分析汉语语法应以中国人说的话为标准,不应以英国话或其他任何话为标准。"

关于语法研究,邢先生还发表有《<论语>中的对待指别词》(《国文月刊》1949)、《语法和语法学》(1979)、《论转换生成语法学》(1980)(此三篇收于《语言论集》1983)、《现代汉语的构词法和构形法》(1956,《南开大学学报》第 2 期)、《现代汉语具有"位置移动"语义特征的动词》(1993,《邢公畹语言学论文集》2000:266-275)等论文,内容包含古代汉语和现代汉语,还涉及多种外语及西方语法理论。

2.3　汉语音韵学研究

2.3.1　《切韵》完整地储存了汉语中古音音位的信息

邢先生认为:"《切韵》并不能代表六世纪的某一个具体的地点方言的音系,而是一种统计出来的方言调查字表,更确切地说,是一个有关晋隋间汉语音类的分韵同音字表,它比较完整地储存了汉语中古音音位的信息。"(1982:64)

"《广韵》是隋代定下的理想的标准读音系统。一方面,方言与《广韵》作对比,以求得从中古音到现代音的大致演变情况。另一方面,《广韵》的音韵系统可以用具体的汉语方言去印证,这种印证可以逐渐分清公设性的复杂的《广韵》系统的合成层次;又可以用来跟上古经籍中韵文的韵脚和形声字的谐声系统对比,参之以明清以来古音学者的研究成果,以求出上古音韵(周王朝官话音韵)到中古音韵的大致演变情况;而陈述从上古音到中古音到现代音的演变情况都必须建立在演变程式的合理推导上;而在实际工作的程序上,这种推导其实是建立在具体的现代汉语方言的调查基础上的。"(1990)

关于《切韵》音系的性质,目前学界仍有争论。从语言类型学的视角分析《切韵》音系知、庄、章三组声母在现代汉语方言中的复杂对应现象,观察《切韵》音系声韵调格局与现代汉语方言的明显差异以及《切韵》的小韵数量成倍高于现代汉语方言音节平均数等现象，再根据"均变性原则"，可以质疑《切韵》音系的单一性，而肯定邢先生的观点至今依然具有正确性。

2.3.2　从安庆话入声看中古后期官话的音系格局

在《安庆方言入声字的历史语音学研究》（1984b）中，通过对安庆话入声韵元音的详细分析，邢先生得出结论：（1）安庆方言入声韵字元音是紧的，这可以证明汉藏系某些语言，当塞音尾消失后，可能产生元音紧化的现象；（2）安庆话的i、ๅ 两韵似从类似《中原音韵》的齐、微韵来，ๅ、ɚ 两韵似从类似《中原音韵》的支、思韵来，但安庆仍有入声，那么，安庆方言应是早于《中原音韵》的一种音韵格局。（3）设想中古之韵和《中原音韵》支、思韵的元音近似于[ɨ]音；（4）安庆方言入声韵母跟舒声韵母的搭配情况，可以从中把等韵学上的内外转分开来。

2.3.3　古平声调形可能是平调，去声可能为降调

在《说平声》（1983：80-90）一文中，邢先生根据现代方言及侗台语言声调系统调值情况的考查，并参考唐代处忠《元和韵谱》、元代日本僧人了尊《悉昙轮略图抄》等文献中关于声调的描述，得出几点结论：（1）绝大多数汉语方言及台语、侗水语的平声或平声之一都是平调；（2）古四声只有四个调，其后各调首先受声母清浊影响一分为二，其调值大概一个是新生的，一个是旧有的。汉语方言平调多属阴平，是否意味着阴平可能近似旧有调值？（3）关中方言和山西第四区平声却是降调，这大概就是陆法言所见的"梁益则平声似去"的现象，说明当时通语的去声是降调。

2.3.4　汉语史上[ɚ]音的产生是由于汉语内部关系变化所致

邢先生在《对外汉语[ɚ][ๅ]两音位的教学及[ɚ]音史的问题》（1995）一文中充分肯定了李思敬先生关于[ɚ]音史的研究成果，同时对高本汉"北方汉语的[ɚ]产生原因与辽金语言影响相关"的观点提出不同看法，认为"汉语音韵系统发展史上的因为系统的变化都是内部关系的变化，没有任何外部原因。……汉语是一个系统，但是在汉藏语系统中，它只是一个子系统，而历史上北方民族语言一般不在这个系统之内。"

　　邢先生的以上看法，重视语言内部结构系统的调整变化是语音演变的主要动因。不过，为什么南方方言少[ɚ]音？高本汉的解释也是有道理的。语音演变的动因一是规则音变，二是接触音变，三是类推音变。就汉语语音史看，汉语通用音系的重大结构变化总是发生在汉族与北方少数民族密切接触交融的朝代，如南北朝时期、宋末、元（明）清时期，所以，汉语史上北方汉语[ɚ]音的产生不一定"没有任何外部因素"，当时辽金语言的接触影响的可能性是比较大的。

　　2.3.5　上古汉语阴声韵的塞音尾*-g、*-gw、*-kw 和*-d

　　邢先生《汉语塞音韵尾*-g、*-gw、*-kw 和*-d》（2002）一文指出："根据《诗经》押韵和文字谐声的情况，我们必须把带-p、-t、-k 尾的字群和带元音尾的字群（阴声韵）配合在一起。李方桂继承了这个优秀的音韵学传统，并且为那些带元音尾的字构拟了*-g、*-gw、*-kw、*-d 等塞音尾。本文作者根据藏文-b、-d、-g 尾是破裂音这一事实，认为上古汉语中的*-p、*-t、*-k 和*-g、*-gw、*-d 等塞音尾也都是破裂音。当*-g、*-gw、*-d 等塞音尾消失后，*-p、*-t、*-k 尾也就变成唯闭音。"

　　在这篇晚年写作的论文中，邢先生根据藏文材料，列举了许多汉语非去声阴声韵字与藏语收浊塞音尾对应的同源词，如：

上古韵部	词义	汉语（李方桂拟音）	藏　文	泰　文
鱼部	肤	* ₋pljag	pags-pa "皮肤" lpags(<*plags) "皮革"	pluak^{7c}<*pl- "树皮"
	举	* ₋kjag	bkjag (ɦgjogs)	jok^8

还列举出不少汉语平声、上声与入声相谐的谐声字系列，如：

阴声韵			入声韵	
上古韵部	平　声	上　声	入　声	上古韵部
之部	该* ₋kəg　孩* ₋gəg	亥* ₋gəg	核*grək₋	职部
幽部	萧* ₋siəgw		肃*sjəkw₋	觉部
		搅* ₋krəg	觉*krəkw₋	

对于上述非去声阴声韵字也与入声韵发生关系的现象，按照李方桂先生

的构拟系统是有一定解释力的。由此，邢先生坚持维护他的导师李方桂先生的观点，并进一步论证予以支持，这种执著严谨的学术精神令人感动和敬佩。

上古汉语的阴声韵是否有浊塞音尾，一直是学界争论的焦点之一，其关键问题在于怎样解释处理《诗经》里入声韵与阴声韵通押以及一些谐声系列里阴声入声相谐的现象。学者们的思路和办法不同：高本汉、李方桂等学者采用了为阴声韵构拟浊塞音尾的办法，而王力先生（继而有白一平、潘悟云、郑张尚芳等）则是将上古与入声通押相谐的那部分阴声韵去声字归到上古入声韵中。

古音构拟的目的在于解释语音的历史演变。如何处理《诗经》及谐声字中与入声韵通押相谐的那部分在《切韵》里属阴声韵的字，我们认为各家古音韵尾构拟方案都有其合理性，但是，上古阴声韵中与入声发生关系的平、上声字究竟如何解释，若与入声发生关系的平声字有浊塞音尾，到中古脱落变为阴声韵的条件是什么？还值得再深入研究。

三、汉藏语研究

邢先生在《我和汉藏语研究》（1998）中谈到："汉藏语是指汉语、藏语以及和它们可能有亲缘关系的许多语言的群体。研究汉藏语有四件重要的事：第一，语言研究并不是以'意义'为索引的语音形式的研究；第二，语言史的研究并不只是语音形式演变史的研究，应当更要关心这些语音形式所包含的反映客观实际的意义；第三，汉藏语系除汉语和藏缅语外，还必须包含侗台语、苗瑶语以及南岛语，侗台苗瑶等语是和汉语有亲缘关系的；第四，研究汉藏语系必须启用丰富的、古老的汉语文献。"

汉藏系语言特别是汉台语比较研究，一直是邢先生学术思考的重心，最能体现他的研究特色和巨大的学术贡献。

3.1 侗台语言调查研究

按照导师李方桂先生的指引，邢先生在研究生时期开始语言学田野工作，调查了远羊寨布依语，随后发表《远羊寨仲歌记音》（1942），《评埃斯吉罗与韦野氏<仲法字典>》（1942）等文章。

在西南联大边疆人文研究室工作期间，邢先生进一步深入云南罗平、新平、元江等地区，调查了侬语、偻语、傣仲语、黑彝语、傣雅语等多种民族语言、尤其是傣雅语。1943 年调查了傣雅语，四十多年后重新整理当年的调查材料，出版了专著《红河上游傣雅语》（语文出版社出版1989）。1980 年，年近古稀的邢先生带领研究生到广西三江侗族自治县调查侗语，随后出版《三江侗语》（南开大学出版社 1985）。这两部调查研究专著分别有 63 万字和 46 万字，是继李方桂先生之后，对于侗台语单点语言最为翔实的记录。

3.2　汉台语言比较与"关系字"概念

1942 年南开大学边疆人文研究室人类学乙种双月刊《边疆人文》的创刊号上，邢先生发表了第一篇汉台语比较的论文《台语中的助词 luk 和汉语中的"子""儿"》，文章发现汉、台语两语言的这种"助词"，从音韵特征、本义引申义，以及构词功能、语序等方面都有着很大的一致。继而，《<诗经>"中"字说》（1942）、《汉台语构词法的一个比较研究——大名冠小名》（1949）、《论调类在汉台语比较研究上的重要性》（1962）、《现代汉语和台语里的助词"了"和"着"（上、下）》（1979）、《论汉藏系语言的比较语法学》（1979）等系列论文（分别收于《语言论集》和《邢公畹语言学论文集》），广泛利用田野资料和汉语古老丰富的历史文献，考查汉语与台语之间在构词、调类、虚词功能等结构类型方面的共性，其方法上以汉语文献考据的"字"音"字"义为轴心，再与其他亲属语言比较，日后则发展成为汉藏语历史比较研究的一种典型范式。

1962 年，在《论调类在汉台语比较研究上的重要性》一文中邢先生首次提出日后影响重大的"关系字"概念，并理出了 168 对汉台关系字。1976 年李方桂先生在国外发表的"Sino-Tai"一文中总结了 128 组汉台语"关系字"，在 1977 年《台语比较手册》中把有关邢先生关系字的论文录入"有选择的"参考文献中。改革开放后，邢先生相继发表《原始汉台语复辅音声母的演替系列》（1980）、《"别离"一词在汉语台语里的对应》（1983）、《汉语侗傣语里的-m，-ŋ 交替现象》（1986）、《论汉语台

语"关系字"的研究》(1989)、《古无轻唇音是汉语侗台语的共有现象》
(1990),《台语-am,-ap 韵的汉语"关系字"》(1990)、《台语-an 韵的汉
语"关系字"研究》(1991)、《台语-i 韵字里的汉语"关系字"》(1991)
等论文,在他的引领下,"关系字"与"关系词"的观念在汉语侗台语言
比较研究领域流行,学者们从同源与借贷相纠缠的困惑中解脱出来。

邢先生以深厚的传统小学功底,对汉台关系字,包括李方桂先生已
经指出的关系字,以丰富的汉语文献考证,发现对应的关系字往往是一
些相关联的字组与字组的对应,这为日后形成同源体系、深层对应研究
方法奠定了基础。

3.3 从同源体系到语义比较法

在 1982 年第 15 届国际汉藏语言学会议上,邢先生发表了论文《汉
语遇蟹止效流摄的一些字在侗台语里的对应》(《语言论集》1983:
265-317),这是邢先生汉台语比较研究的重要转折。文章首倡"同源体
系"说。比如,"筷子"汉语古称"箸",而侗台语的说法与汉语音义相
通,"箸"用以夹菜,"梜"汉语上古音为 kiap,泰语就称"箸"为 ta²kiap⁷,
这就是所谓同源体系上的一致性(邢 1983:314)。这种理念方法促进了
汉台比较以致汉藏语的系统性音义对应研究,直接催生了施向东《汉语
和藏语同源体系的比较研究》(2000)等重要成果。

可是,由于感到"同源体系"方法"找不出多少规律性的东西",
邢先生又苦苦思索(《我和汉藏语研究》,1998),鉴于汉藏语的历史比较
法无法移用西方历史比较法的"形态学比较法",如果只借用其语音形式
对应的方法,必然产生难以判断是发生学关系还是借贷关系的弊病,所
以必须建立"语义学比较法"——在被比较的两种语言的词之间建立起
一种"形同(形近)义异对应程式"。例如:

广州 kau(阴上)〈*kjegw(上)"九":曼谷 kau(阴上)〈*k-"九"
广州 kau(阴平)〈*kjegw(平)"鸠":曼谷 khau(阴平)〈*khr-"鸽子"

邢先生认为泰语不可能为了要从汉语借用"九"字,所以连"鸠"
字也借过去,所以这一组"形同(形近)义异对应式"所显示的是一种
发生学关系。

邢先生陆续发表了《汉台语比较研究中的深层对应》（1993），《台语 tɕ、s- 组声母的字和汉语的深层对应》（1993）《汉苗语语义学比较法试探研究》（1995），《汉台语舌根音声母字深层对应例证》（1995）等（均收于《邢公畹语言学论文集》2000）。由此建立了一种规范化、形式化的求证汉台语同源词的方法。

后来，丁邦新（《汉藏系语言研究法的检讨》，《中国语文》2000-6）、聂鸿音（《"深层对应"献疑》，《民族语文》2002-1）对邢先生的"语义学比较法"（亦称"深层对应"）提出了异议，邢先生为此又发表《说深层对应——答丁邦新、聂鸿音两位先生》（《民族语文》2002-6）予以回应。

学界争论的焦点问题是：侗台语里有大批与中古汉语《切韵》音系对应的"关系词"。按照历史比较法，成系列音义对应的词可以认为是同源词。但是，语言的深度接触，也会形成上述的深层对应现象，而这种现象不宜按传统历史比较法的思路，纳入谱系树框架内加以解释。可以认为，侗台语言与汉语之间的关系是动态发展的历史过程，二者之间存在同源——分化——接触的关系，同源与接触并不完全对立，肯定接触关系，不一定就否定同源关系。

3.4　《汉台语比较手册》

《汉台语比较手册》（1999b）是邢先生集毕生研究之大成的巨著。全书按照语义学比较法揭示了 1122 组汉台"关系字"（邢先生统计为 909 组），根据汉语上古韵部统摄编排，每一组关系字都列出上古汉语与原始台语的语音对应，同时分别给出从现代汉语广州话到上古汉语和从现代泰语到原始台语的历时语音面貌。对于其中的汉字字义，征引大量的古代文献加以详尽的训诂诠释；并广泛采用台语的田野调查材料论证，还尽可能利用藏缅、苗瑶等亲属语言的材料作旁证。从中归纳上古汉语和原始台语的声、韵对应规律，细化已有的声调对应关系。

邢先生非常严谨，因为"区别同源字和借字是不容易的。台语的现代借词易于辨别，古代借字就不易分辨"（1999b：21），因此书中始终使用"关系字"包容"同源字（词）"和"借字（词）"，尽管这里的"关系字"实际是"排出可以确认的借字之后的关系字"。这数量众多的"关系字",为汉台语比较研究提供了重要的基本事实材料。这是对李方桂《台语比较手册》的拓展和深化,大大推动了汉台语的比较研究。

正如王均在《台语比较手册·序》中所述:"邢先生是在李先生的基础上前进的,不仅是所寻得的比较研究材料多倍的增加,而且在研究方法上提出了不同类型的深层对应体系的比较方法,……这是两代语言学家、两位语言学大师的接力赛。""在这里,邢先生旗帜鲜明的重新确立了'汉台语'的名称,指出它们之间是'发生学关系'。这是作者经过多年辛勤工作后充满自信的论断。""应该看到本《手册》的重大贡献和历史地位。"

3.5 汉藏澳泰语系学说

1990 年,法国著名语言学家沙加尔(L. Sagart)首次提出汉语与南岛语同源说,并将论文寄给邢先生征求意见。邢先生对此十分关注,连续发表系列文章进行述评补正,并进一步提出"汉藏泰澳语系"学说(《民族语文》1991 第 3、4、5 期)。

邢先生在文中以大量的汉语文献考证,补正或否证沙加尔氏的研究,并结合人类学家、考古学家、艺术史家的辅证材料,如考古学家张光直(1959,1980)之"尚未区分开来的汉藏南岛综合体"(undifferentiated Sino-Tibetan-Austronesian complex),提出:"我们似乎有根据提出这样的假设:在人类语言史上有两支规模最大的语系:一支从南向北延伸,叫做印度欧罗巴语系,一支从北向南延伸,叫做汉藏泰澳语系(郑张尚芳同志主张称'华澳语系',这也很好)。"

1992 年沙加尔发文答谢邢先生的评述,接受补正多处,并进一步讨论有分歧的地方。1998 年,沙加尔专程赴天津邢先生寓所研讨(见袁明军 2000)。2001 年 9 月,沙加尔在北京大学的学术报告 "Evidence for Austeonesian-Sino-Tibetan Relatedness" 中,补充了汉语、侗台语与南岛语之间同源词的证据,之后形成了他的 "汉藏南岛语"(Sino-Tibetan-Austronesian)理论(2004:305-327),与邢先生的观点异曲同工。

3.6 汉藏语比较中的"字单位"思想

邢先生十分强调汉藏语历史研究中以"字"为"基本比较单位"的重要性，可以称为"字单位"理论。在早年多篇论著里已有端倪，后来则明确指出："在印欧系语言的比较研究工作里，用来做比较研究的基本单位是'词'，而在汉藏系却是'字'。""字是用声母、韵母和声调所构成的有意义的音节"（《论调类在汉台语比较研究上的重要性》1962，《语言论集》1983:142-172）。同时认为，在印欧语系语言里，音节不能和语素直接对应，而在汉藏系语言里，音节则有语素意义。事实上，在汉藏语研究中采用"字"这种有意义的带调音节为基本单位，的确有着非常大的便利。邢先生很多论著都是以"字"为基础的比较成果，这也正说明其符合汉藏语的特点。

邢先生的《论汉藏语言的比较语法学》（1979，《语言论集》1983:123-135）参考李方桂（1977）关于 intrasyllabic juncture（字间组结）与 intersyllabic juncture（字内组结）的表述，讨论了"字内结构"、"字间组结"和"虚字"三个方面的研究。即，根据字内结构探求"原始语的可能的实字的可能形式来"；字间组结"其间既有音位学上的组结，也有语法关系上的组结"，"实质上都是语法关系的组结"；虚字"本身就是表示语法关系的，但是也有字间组结为其边界"。并具体用树形图分析字间组结结构与层次。这实质上是在探索如何把语言类型特征的历史发展与"发生学"结合起来，从而全面探究"原始语"的面貌。徐通锵后来提出"字本位"理论，二者确乎有异曲同工之妙。可见，无论从历时层面还是共时层面来看，"字"在汉藏系语言研究中都有着重要地位。

邢先生喜欢引用《荀子·大略》中的话："君子之学如蜕，幡然迁之"来比喻治学应当不断地从旧范围里走出来，走向新的境界。先生的学术研究就是这样不断突破自己，以极大的勇气探索前进。邢先生胸怀大爱，一生孜孜不倦，创新不懈，无愧是一位现代中国语言学研究的领跑者，他崇高的精神境界和重要的学术贡献，永远值得我们敬仰怀念！

参考文献：

一、邢先生学术著作目录（限于本文所引的篇目，论文集中所收的不再列出）

邢公畹：《远羊寨仲歌记音》，西南联大·南开大学边疆人文研究室人类学专刊甲种第1卷，昆明油印，1942年。

邢公畹：《评埃斯吉罗与韦野氏<仲法字典>》，西南联大·南开大学《边疆人文》1942年乙种第1卷第2期。

邢公畹：《现代汉语的构词法和构形法》，《南开大学学报》1956年第2期。

邢公畹：《汉语方言调查基础知识》，华中工学院出版社，1982年。

邢公畹：《语言论集》，商务印书馆，1983年。

邢公畹：《汉藏系语言及其民族史前情况试析》，《语言研究》1984年第2期。

邢公畹：《三江侗语》，南开大学出版社，1985年。

邢公畹：《红河上游傣雅语》，语文出版社，1989年。

邢公畹：《治学经历自述》，载《文献》1990年第3期。

邢公畹：《汉语篇》，载马学良主编《汉藏语概论》（上），北京大学出版社，1991年a。

邢公畹：《L.沙加尔<汉语南岛语同源论>述评补正之一、二、三》，《民族语文》第3、4、5期，1991年b。

邢公畹：石锋编《海外中国语言学研究》序言，语文出版社，1994年。

邢公畹：《原始汉藏人的住所和火的使用》，《民族语文》第5期，1997年。

邢公畹：《我和汉藏语研究》，载《学林春秋——著名学者自序集》，中华书局，1998年。

邢公畹：《评马学良、瞿霭堂主编的<普通语言学>》，《民族语文》第4期，1999年a。

邢公畹：《汉台语比较手册》，商务印书馆，1999年b。

邢公畹：《邢公畹语言学论文集》，商务印书馆，2000年a。

邢公畹：《瞿霭堂、劲松<汉藏语言研究的理论和方法>序言》，中国藏学出版社，2000年b。

邢公畹：《原始汉藏人的宗教与原始汉藏语》，《中国语文》2001年第2期。

邢公畹：《汉语塞音韵尾*-g、*-gw、*-kw 和*-d》，《南开语言学刊》2002 年第一期，南开大学出版社。

邢公畹：《说深层对应——答丁邦新、聂鸿音两位先生》，《民族语文》第 6 期，2002 年 b。

二、其他参考文献

丁邦新：《汉藏系语言研究法的检讨》，《中国语文》2000 年第 6 期。

聂鸿音：《"深层对应"献疑》，《民族语文》2002 年第 1 期。

沙加尔：《汉藏语南岛语系：对汉藏语和南岛语关系的补充解释》，收入沙加尔《上古汉语词根》附录二，（龚群虎译），上海教育出版社，2004 年。

施向东：《汉语和藏语同源体系的比较研究》，华语教学出版社，2000 年。

王士元、柯津云：语言的起源及建模仿真初探，《中国语文》2001 年第 3 期，收入《王士元语言学论文集》商务印书馆，2002 年。

袁明军：《沙加尔、邢公畹对话录》，《民族语文》2000 年第 4 期。

张光直：华南史前民族文化史提纲，台湾中央研究院《民族学研究所集刊》1959 年第 7 期，第 43-73 页.

张光直：《考古学专题六讲》，文物出版社，1986 年。

赵元任：《语言问题》，商务印书馆，1980 年。

朱宏一：著名语言学家邢公畹治学答问录，《河北师范大学学报》2001 年第 4 期。

Chang Kuang-Chih. *Shang Civilization*, Newhaven and London: Yale University Press，1980.

Li, Fang Kuei. Sino-Tai, 1976 王均译：汉语和台语，载《民族语文研究情报资料集》（4），中国社科院民族所语言室编印，1984 年。

Li, Fang Kui. *A Handbook of Comparative Tai*,The University Press of Hawaii.（《台语比较手册》）1977.

Sagart, Laurent. *Chinese and Austronesian are Genetically Related*, 23rd International Conference on Sino-Tibetan Languages and Linguistics, , Arlington, Taxas, U.S.A. October 5-7, 1990

Sagart, Laurent. *Evidence for Austeonesian-Sino-Tibetan Relatedness*,. Beijing

University, May 9,2001

Wiener，Norbert. The Human Use of Human Beings, Cybernetics and Society.（中译本):《人有人的用处》，商务印书馆，1978 年。

胡明扬先生语言学成就和贡献*

石锋　贺阳

　　胡明扬先生曾是中国语言学界硕果仅存的老一代学术泰斗之一。他学养深厚，视野广阔，注重借鉴国外理论方法，结合中国语言实际，脚踏实地，锐意创新，为中国语言学走出了一条坚实的道路，树立了一面前进的旗帜。

　　先生一生夙兴夜寐，笔耕不辍，凡六十载如一日，发表学术论文二百余篇，撰写主编论著近三十部，另有多部语言学重要译作和不少文学作品与文集出版。先生讲学足迹遍及大江南北，欧美东瀛。先生倾力奖掖后学，精心培育的弟子以及弟子的弟子，早已桃李满天下。

　　先生在语言学理论、现代汉语语法、近代汉语、汉语方言、北京话研究、汉语语音史、社会语言学、计算语言学、词汇学与词典学、语言教学等多个领域都有开创性研究成果，为中国语言科学的发展做出了卓越贡献。

一、务实求真的理念

　　胡明扬先生提倡务实求真。先生的务实求真不仅是学风，也是他的研究理念。务实者，从实际出发，尊重事实，脚踏实地研究语言；求真者，注重规律，探求真理，以科学态度研究语言。务实求真，既是出发

---

*原文载《烛照学林--胡明扬先生纪念文集》，商务出版社，2013 年。

点，又是目的地。这是先生治学的第一原则。先生务实求真理念的重要
体现是语言学分析思考从语言实际出发，立足于解决语言的实际问题；
以事实为依据，执着于探究语言现象的规律与本原。因此先生才能见人
所未见，言人所未言。这就是先生的学者本色，大师风范。

先生非常重视语言材料的收集、核实和取舍，这使得他的研究建立
在坚实的基础之上，立足于不败之地。先生从一些文章征引的例句看到
问题，写出了《语法例证的规范性和可接受性》（1985），这是曾被一些
人忽略的语言研究的一个基本准则。他写到："规范应当理解为操这种语
言、语言变体或方言的多数人认可的语言形式。根据不合规范的例证进
行的论证是缺乏科学价值的，用不合规范的例证进行论争是没有意义的。
有一些例证合乎规范还是不合乎规范是有争议的。语言学家当然最好尽
量避免引用有争议的例证。一个严肃的语言学家应该力求使自己使用的
例证合乎规范并且是多数人所能接受的。"先生是一位严肃的语言学家，
且常常是于平凡之处见义理。这也是他能够胜出常人，屡有创获的缘由。

先生写文章通常不是在书斋里用内省的方法取得材料，而是采用文
献引证和实际调查的方法收集材料，并且常常是在文章中对于语言材料
收集的方法加以说明。分析北京话的时候，文章中的词语和语句例证都
要找北京人逐一核实；做社会语言学研究时，采用大样本实地调查资料；
做汉语词类调查，多是穷尽式分析。先生治学，既注重语言事实，又并
非简单罗列，而是能于语言事实的层层迷雾中洞察规律。先生在学术上
取得的累累硕果，来源就是这种务实求真的理念和方法。对于语言材料
的真实可靠不敢有半点含糊，对语言规律的探究不曾有些许懈怠，这种
做法应该成为语言学研究的一个范式。

先生的每一部学术论著，无不贯穿着务实求真的理念。务实求真的
理念就是科学的理念。用科学的理念研究语言，才能让语言学走在科学
的轨道之上。

二、语言理论研究

学界很多人都知道胡明扬先生学贯中西，语言理论学养高深，其实

先生的实际研究用力更勤，他的理论研究是以大量实际研究为支撑的。先生的语言理论有两个源头：一是借鉴国内外同行的研究进展；二是总结和提炼自己的研究实践。因而先生写出的理论文章都是结合实际，言简意赅，具有很高的实际应用价值，带有普遍的宏观指导意义。

早在 1958 年先生就发表了《语法形式和语法意义》一文，全面、科学地阐述了语法形式和语法意义的本质属性以及相互依存关系，指出语法范畴的建立离不开语法形式和语法意义的结合，提出了在语法研究中语法形式和语法意义不可分割的理论原则。该文成为中国语言学的经典性文献。三十多年之后先生又写了《再论语法形式和语法意义》（1992），详细论述了先生提出的语义语法范畴的概念，指出这种范畴有别于传统意义上的语法范畴，是一定的语义内容和相应的语法形式，主要是隐性语法形式相结合而构成的语法范畴。文中还指出语法形式有显性和隐性两类。隐性语法形式不体现为也不依附于一定的语音形式，而是某一类词的潜在的组合可能性或者说是分布特征。事实上隐性语法形式是更根本的。这对于汉语这样的非形态语言除了极具重要的理论价值，还特别富有切合实际的方法论意义，从而把我们对于语法形式和语法意义的认识大大向前推进。

在《句法语义范畴的若干理论问题》（1991）中，先生分别评述了菲尔墨的"格"语法和韩礼德的"及物性"理论的得失，首次提出句法语义范畴，即句法形式所表示的语义范畴。句法语义范畴指句子中不同范畴的语项之间抽象的句法关系意义，是一种高度概括的句法语义类别，是一定的句法形式的语义内容。文中详细论述句法语义范畴的意义及其确定方法，并初步划分出句法语义范畴的类别，勾勒出句法语义范畴系统。这是先生倾注多年的学术积累，全心投入之力作。它不仅属于汉语，而且带有普遍性。句法语义范畴的提出，突破了西方语言学对语法范畴的传统认识，具有里程碑意义，是中国语言学家对普通语言学的一个重要贡献。

先生在语言理论方面还有很多重要贡献。如，关于语言和方言的关系的论述（见《语言和方言》（1991））；关于民族共同语和基础方言的关系的论述（见《普通话和北京话》（1986））；关于语体和语法之关系的论述（见《语体和语法》（1993））。在谈到语言和方言的关系时，先生指出："语言和方言就其作为某一社会群体的交际工具而言并无二致，就其结构系统而言也都是自足的，因此作为纯语言学的研究对象可以说没有任何差别。语言和方言的差别事实上只在于社会政治身份的不同。语言是和民族联系在一起的，方言是从属于民族语言的，和方言联系在一起的只是有关民族的某个地区。"先生的观点不仅深刻，而且对世界范围内的语言和方言关系也有很强的解释力。

在谈到普通话的性质时，先生对普通话的经典定义进行了质疑和批评，并最早提出普通话的基础方言"不是泛泛的北方话"而是北京话，普通话是"在北京话的基础上形成的"，而且进一步提出普通话的基础方言"是一种在现代典范的白话文著作的影响下通行于北京地区知识阶层的社会方言。"先生的观点改写了普通话的定义，但更符合普通话的实际情况，从理论上看也更为可信，其对汉语研究和汉语规范化的影响定将是深远的。在谈到语体因素对汉语语法的影响时，先生指出：现代汉语口语和受欧化语法影响的书面语之间存在巨大的差异，而不是象很多人认为的那样差别细微，语体之间的差异对现代汉语语法研究有严重影响，因此在归纳语法规律时注意语体因素的制约作用，注意区分不同的语体，是十分必要的。这是总结了多年实际经验，是饱含着切身体会的真知灼见，也得到学界越来越多的认同。

先生精通英语，兼通法、俄、德语。他翻译发表了大量西方语言学重要论文和著作，帮助国内学者借鉴西方语言学的理论和方法，了解国际学术动态，有很大影响。先生主编的《西方语言学名著选读》精选西方十一位语言学名家的代表作，译出重点章节并加评介导读，受到海内外许多高校语言专业师生的普遍欢迎，传播广泛。先生精心翻译的法国学者科恩的《语言》（Language 1959）和美国学者菲尔墨的《"格"辨》（The Case for Case 1980），都出版了单行本。经典文献《"格"辨》将语义和句法连接起来，创建格语法体系，在乔姆斯基学派中异军突起，发出了一种不同声音。译文 1980 年发表后，在中国语言学界引起高度重视和广泛反响，单行本一版再版，激发了人们关注句法结构之语义问题的兴趣，对现代汉语配价语法研究起到了重要的引领和推动作用。

三、现代汉语语法研究

现代汉语语法是胡明扬先生研究的重点，创新成果也最多。这里择要列出几个方面：最早发现并提出"完句成分"；现代汉语词类的全面考察；北京话叹词和语气助词的研究；语法研究方法论的探索。

长期以来，受西方结构主义语法学的影响，很多人主张短语结构跟句子结构是一致的，短语加上语调就成为句子，这曾经几成汉语语法学界的定论。先生在《流水句初探》(1989)中却敏锐地观察到：汉语中"句段有两类，一类是独立句段，一类是非独立句段。……非独立句段加陈述语调不能成句。"在这一观察的基础上首次概括并提出"完句成分"的概念，"对比相应的独立句段和非独立句段可以发现非独立句段缺了一点东西，这就是所谓'完句成分'。"先生所说的"完句成分"具有使一个语言表达式能够独立成句的完句功能，它是句法结构上的成句条件。这反映了先生不囿于西方的既有理论，而是从语言事实出发，对汉语语法特点进行独到的发掘与思考。"完句成分"的提出引起汉语语法学界的关注和响应，引导人们重新审视汉语中句与非句的区别，在句法结构分析中注意成句与不成句的差异，并为汉语语法研究开启了一个重要的新领域。此后有不少人对此进行了考察和探讨，一些硕士论文和博士论文也以此为题。先生引领了这一具有基础理论价值的语法研究方向。

词类研究是汉语语法研究的一个核心领域，是建立语法体系的基础，同时也是争论与分歧最多的领域之一。先生认为：现代汉语词类问题至今仍没有得到妥善解决，这就影响到建立一个能得到公认的、基本可行的语法体系。为了摸清汉语词类的基本事实和基本问题，先生在古稀之年带领研究团队对汉语词类问题进行了全面的考察和研究，重点放在具体事实的考察和统计分析上，成果收入由他主编的《词类问题考察》(1996)。《词类问题考察》考察了汉语各个词类的内部差异和再分类，考察了名、动、形以及其他一些词类相互之间的纠葛，考察均是限定范围内的穷尽考察，并以统计数据呈现考察结果，在此基础上，提出了不少有价值的观点和结论。该书出版后，受到学界重视，被认为是现代汉语词类研究的总结与突破，是迄今最全面、最深入阐述汉语词类问题的论著之一。此后，先生又主编了《词类问题考察续集》（2004），延续了这一研究范式，进一步扩展了考察的范围，为汉语词类问题的研究提供了更多的事实依据。

　　一般认为语气助词和叹词研究难度很大，对研究者的语感要求很高，因此最好是本地人来做研究才方便。先生却知难而进，写出力作《北京话的语气助词和叹词》（1981）。先生为保证语料真实准确，除采用书面记录和录音资料外，还向九位老北京人当面调查。先讲读音，再论意义。文中有三个特色：一是把语气词的分析跟社会和心理因素关联起来。如"哟"表惊讶，老太太的"哟"发音很长，男性说得较少，知识女性也不大说。这已有社会语言学研究的雏形。二是把语气分为表情、表态、表意三类。这种三分法具有普遍意义，对后来的语气情态研究有相当影响。三是开创性地将语调意义和语气助词的意义分离开来，以便对后者做独立分析。这在研究方法上对后续研究有重要影响，对于语调研究同样极有启发。

　　先生非常重视语言研究方法，有多篇关于语法研究方法论的文章，除前文讲到的《语法例证的规范性和可接受性》（1985），还有《规则化 系统化 计量化——当代语言学的特征》（1995）、《单项对比分析法——制订一种虚词语义分析法的尝试》（2000）等。先生从"语言是一个系统"出发，提出"当代语言学的方向是力求科学化和精密化，对语言现象的描写和解释力求规则化和系统化。"但语言内部的系统性又是不均衡的，先生清醒地认识到这一点，主张对于语言中系统性较强的现象，其描写和归纳要努力实现规则化和系统化；对于非系统性的现象，则应采用计量化的方法，利用概率来处理。计量化实际上是一种采用现代技术的归纳法，是对规则化、系统化强有力的补充。不同质的现象需用不同质的方法来处理，这是汉语语法研究以及中国语言学研究走上科学之路的方法论。

　　先生提出的单项对比分析法强调：在对比分析中，要尽可能排除各种无关因素和次要因素的干扰，以便找到起作用的单一因素或主要因素。这种方法实际上是自然科学单一变项实验方法在人文社会科学领域的运用。由于人文社会现象不同于自然现象，所以先生又有所变通，以便使这种方法更适合用来分析语言现象。文理相互渗透，相互借鉴是当代科学发展大势，先生高瞻远瞩，早得风气之先。

四、北京话研究

　　北京话研究是胡明扬先生致力的一个重要领域，成果集中，影响很大。《北京话初探》（1987）在先生的学术历程中意义重大，是一座重要的里程碑。标志着先生开始向新的目标进行新的探索。先生后来多方面研究的纵深拓展都是以此为起点。除了《北京话初探》之外，先生指导弟子们完成的多项考察编成的《北京话研究》论文集也是该领域的重要成果。

　　为什么要研究北京话？语言研究的对象和材料问题是语言学的基本问题，对于汉语语法研究关系重大，也是先生一直在思考的问题。一般研究现代汉语语法都是以书面语为对象，但先生在《初探》自序中指出：现代汉语书面语"夹杂各种方言成分，古汉语成分，还有各种欧化语法成分。从如此驳杂的对象中整理出条理来，的确是难上加难。"先生在这篇自序中还对研究北京话的缘由做如下解释："长期以来我总想选择一种比较单纯的对象来分析研究，最后选中了北京话。……对北京话的研究在一定意义上也就是对现代汉语的研究。"如此重要的问题因基本而平凡，进而往往被忽略。先生将北京话作为现代汉语相对纯净的样本来研究，体现了自索绪尔以来力图纯化语言学研究对象的现代语言学思想。

　　《北京、北京人、北京话》一文详述北京自周初燕国都城蓟丘以后历代地理政区沿革。在先生看来，"这些历史因素在分析北京话的某些方面时也许还需要考虑进去。"然后列举自商周以来北京历代人口数字和居民情况，因为"一个地区的语言变化是和居民成分的变化分不开的"。这些都体现了在社会环境中研究语言的当代社会语言学思想。

　　称谓是社会交际的纽带。先生依据北京人的称谓习惯梳理出《北京话的称谓系统》一文。文中注意到亲属称谓和社交称谓这两类称谓的不同：前者地方特色很浓，后者时代特色很浓；前者可分为面称和背称，后者则有敬称、谦称、通称之别。先生指出：北京话新的社交称谓系统目前还很不稳定，也还有一些缺漏的环节，正处在一个不断完善的过程中。先生后来专门出版了《汉语礼仪用语及其文化内涵》（2004）和《书面称谓和礼仪用语》（2011），可谓大师写小书，提高社会文明，普及语言文化。那写作的缘起就是由这篇文章发端的。

　　《北京话形容词的再分类》一文凭借过硬的语料——北京话四百个常用形容词，采用新的理论和方法研究汉语的词类问题。对于前人时贤的定论都要重新检验，决定取舍。如：不采用形容词生动形式的成说，因为那大多表示主观感情。语法书上说形容词可以重叠，而北京话口语中只有半数常用形容词可以重叠。书上说形容词可以修饰名词，可实际就有少数形容词是"非定形容词"。书上说形容词可以修饰动词，而实际只有少数形容词可以不改变意义修饰动词。文末列出待解决的八个后续问题，提出的问题比解决的问题还要多。后来先生亲自组织攻关进行汉语词类问题考察（1996；2004），这篇文章应该是最初的设计蓝图，展现出先生在汉语语法研究实践中高屋建瓴的气魄和深思熟虑的目标。

　　《关于北京话的语调问题》应该是北京话语气词研究的延伸和拓展。语调跟语气词分合互动，弄清了语气词，也就同样弄清了语调。如果句子用了疑问语气词，就可以不用疑问语调；如果句子语义足以表达命令语气，就不一定再用命令语调；"太好了！"足以表达感叹语气，就不一定再用感叹语调；也就是各种语气都可以使用陈述语调。"在这种情况下如果再使用专用的其他各种语调，那就是表示强调或所谓'加重'。"我们正在进行的汉语语调的实验研究，实际上就是先生卓见宏论的量化描述。

　　《初探》收入的《普通话和北京话》，《北京话的语气助词和叹词》已经在前文论及。《北京话社会调查》将在社会语言学一节评述。

　　学术的价值是由时间来衡量的。至今还在网上看到对《初探》的评论：学汉语必读的大师作品。真是恰如其分。后来先生又带领研究生组成课题组做了三年基础性的调查，其中的部分成果结集为《北京话研究》（1992），这些调查和研究报告从选题到具体内容都是在先生的直接指导下完成的。

五、社会语言学研究

胡明扬先生的社会语言学研究可以大致分为两个领域：一是宏观社会语言学研究，先生对语言和方言的关系、共同语和基础方言的关系、语言的规范化问题的研究可以归入这个领域；二是微观社会语言学研究，即拉波夫倡导的以变异形式为基本对象，以社会调查统计为基本方法的社会语言学研究,先生对北京话所做的各项调查研究可以归入这个领域。

先生的《北京话社会调查（1981）》是国内最早采用微观社会语言学方法的研究成果。先生亲自翻译过特雷杰尔的社会语言学名著，研读过拉波夫的研究论著，早在上个世纪八十年代初就已深知这种研究范式的学术价值，并以深厚的学养将其中国化。可谓高瞻远瞩，一骑绝尘。社会语言学不只是把语言现象跟社会现象联系起来举几个例子，而是要走出书斋，深入社会，通过田野调查获得正在使用的鲜活的语言事实，从中洞察语言变异与社会因素的关联，把握语言发展演变的征兆和趋势。先生设计了数十个北京话语音、词汇调查项目，如"胰子（肥皂）""伍的（等等）""哷么（我们）""且（从）"等，根据 500 名被调查人的调查结果，按照地区、年龄、性别、文化、职业、民族等社会因素进行分组统计分析，在此基础上，先生得出结论："在目前，各种影响北京话的社会因素，最突出的是家庭语言环境这一因素，其次是年龄因素，再其次是文化程度和职业因素。""北京话正在迅速向普通话靠拢，土话土音在迅速消失。新北京话已经十分接近普通话。"在先生看来，北京话的这种显著变化是以当时 30 岁上下的北京人为分界线的，与老北京话相比，"30岁上下的北京人的语言有明显差异"，其原因诚如先生所言，"这是和 30多年前发生的重大社会变革密切相关的。"先生的这项北京话社会语言学调查，不仅揭示了北京话演变的趋向及其相关社会因素，更为重要的是，这是中国大陆语言学家将西方社会语言学的方法中国化的首次尝试，所产生的示范和引领作用是不言而喻的。

在此项调查中，先生着眼于家庭语言环境的影响，首次提出老北京人和新北京人的区分：老北京人"指的是父母双方都是北京人，本人在北京出生和长大的人。"新北京人"指的是父母双方或一方不是北京人，但本人在北京出生和长大的人。"这两类人说的都是北京话，但由于家庭语言环境不同，二者的北京话存在明显差异。这种新老北京人的区分可以类推为老本地人和新本地人的区分，其依据是家庭语言环境对语言习惯形成的深刻影响。事实证明，这一区分对语言的变异研究有重要价值，因此一经提出就得到学界公认。现在不仅应用于各种语言和方言的社会语言学调查研究中，而且在语言习得、语言统计研究中也得到广泛应用。

关于《北京话社会调查（1981）》还有一件轶事：先生当年在中国语言学会首届大会上报告这个调查结果，吕叔湘先生即席发言，热烈支持。可是事后文章要在《中国语言学报》创刊号发表的时候，那一期的主编来信质问：怎么能证明调查数据反映了语言实际？只是由于吕先生的支持，文章才没被枪毙，但是内容和题目都被删改了。先生对此却很通达：语言学者大多是文科出身，不熟悉统计分析的方法，另外，社会调查费时费力，还有经费问题，这些都阻碍了以社会调查和统计分析为主要手段的微观社会语言学在中国的发展。

为提倡和推广微观社会语言学的研究，先生投入更多的精力和心血。仅在《北京话研究》（1992）中先生完成或指导的调查项目就有：北京牛街回民的北京话调查；京西火器营满人的北京话调查；北京人的口语语体；北京话"女国音"调查；70～80年代北京青少年流行语；非教师称"老师"的社会调查；北京话与四周邻近地区四声调值的差异；北京话量词；北京话部分儿化韵读音调查。后来还专门主持了社会语言学研讨会，主编了《社会语言学研究论集》（2003）。

其实，早在1978年先生的《上海话一百年来的若干变化》（1978），就论证了不同社会因素对于语言演变的影响；《海盐方言的人称代词》（1987）也涉及城镇和乡村和文化水平等因素对方言的影响，只不过都是用的传统方言的研究方法。先生曾满怀热情地"希望更多的语言学家学习和掌握随机调查和量化研究方法，以促进我国语言研究方法的现代化和多样化，特别是对民族语言的规范化工作做出更大贡献。"先生以身体力行实践了自己的理想和愿望。

六、方言研究

传统的方言研究多只注重语音和词汇，方言语法研究一直是薄弱环节，胡明扬先生从 1957 年开始先后发表多篇方言语法研究成果，积极倡导方言语法研究，对扭转传统方言研究只注重语音语汇的局面做出重要贡献。

先生对自己家乡浙江海盐方言情有独钟。从上个世纪 50 年代开始起步，一直到 90 年代，先生对家乡方言反复进行调查研究，发表过一系列论文，并著有《海盐方言志》。其中有《海盐通园方言的代词》（1957），《海盐通园方言中变调群的语法意义》（1959），《海盐方言的人称代词》（1987），《海盐方言的存现句和静态句》（1988），《海盐方言的动态范畴》（1996）等。海盐方言的代词中，人称代词最具特色，几乎三个人称的单数和复数都有 I 式和 II 式两种形式。I 式双音在动词前，II 式单音在动词后，类似主格宾格的变化。当地农村和文化水平低的人还能严格区分，城镇和文化水平高的人已不大能区别。先生分析海盐方言双音节至五音节变调群，指出变调连读的基本语法意义表现在一些辅助成分和附加成分在语音上没有独立性；详细列举各种语法结构和语法成分在变调时的连读与分读跟语法意义之间的关联；以后又以此为基础，进一步从动词附加成分的体貌表现梳理出海盐方言中的八种动态范畴；考察发现海盐方言存现句有不同于书面语的较强系统性：存在句和隐现句各有静态和动态之分，各有确定的形式标志和一致的句式变换关系。

先生研究家乡方言语法成果丰硕，不仅是因为对于母方言能驾轻就熟，更多的是源自先生敏锐的学术洞察力。一般认为方言研究传统上都是以语音为主，其实，从刘复《中国文法通论》（1920）、黎锦熙《新著国语文法》（1924）、赵元任《北京、苏州、常州语助词的研究》（1926），到吕叔湘《中国文法要略》（1942），已经"形成了一个在汉语语法分析中运用方言材料进行比较分析的传统。"（胡明扬 1998）先生首先从方言语法开始，而且始终以语法为中心，是忠实继承了这一传统。不过后来这个传统有一段丢失，多年后才又得到回归。如今，方言语法研究已经大行于世。在这个意义上，先生堪称方言语法研究承前启后的先驱者。

先生曾对 1853 年艾约瑟的英文版《上海方言语法》、1941 年布尔其瓦的法文版《上海方言语法》、1928 年赵元任的《现代吴语的研究》以及 1960 年《江苏省和上海市方言概况》所载语言资料进行认真比对分析，并核对参考了有关方志和年鉴，梳理出《上海话一百年来的若干变化》（1978），划分为三个时期，在语音、语法、词汇各方面条分缕析，列出各项演变的脉络轨迹和不同特点，并结合移民来源解释演化的变异，为我们展现出上海方言百年来与社会互动共变的图景。

前文所述先生关于北京话的研究也可以看做方言研究。正如变体是音位的存在形式，方言则是语言的一种存在形式。方言的研究就是语言的研究，透过不同方言的描写和分析，使我们既看到汉语的丰富多彩，又看到汉语的源远流长。

七、近代汉语研究

胡明扬先生从上个世纪六十年代开始研究近代汉语，是为数不多的近代汉语早期拓荒者之一。先生对近代汉语的研究不限于语音，也包括语法和词汇，并在近代汉语上下限和分期问题上自成一家，做出重大贡献。

先生利用朝汉对音资料先后发表《〈老乞大谚解〉和〈朴通事谚解〉中所见的汉语、朝鲜语对音》（1963）和《〈老乞大谚解〉和〈朴通事谚解〉中所见的〈通考〉对音》（1980），梳理得出 15-16 世纪北京话的语音面貌：浊声清化；知照合流；入派三声；疑母转喻；无闭口韵。从而填补了汉语语音史上的这一段空白，成为研究近代汉语语音的经典性文献。

《老乞大》代表的是十四世纪的汉语口语。在《〈老乞大〉复句句式》（1984）一文中，因《老乞大》原本早已失传，先生采用保存在日本"奎章阁丛书"之九的影印本，逐句分析统计各类复句，得出百分比。先生认为复句分类应该以一定的形式标志为依据。复句的形式标志主要是分句前面或内部的关联词语（连词和关联副词）和分句末了的句助词。据此划分出有标志复句和无标志复句两大类。前者再分为并列和主从两类；后者分出排偶和非排偶两类。非排偶句又称为流水句。流水句下再分主从、连动、承说、意合各类。其中意合流水句约占全部复句的53%。我们从文中可以看到先生对语料的精心辨析梳理，同时首次正式使用流水句的术语，这实际上是提出了一种新的复句分类系统。以形式标志为依据的复句分类原则同样适用于现代汉语的复句分类。

　　先生写《〈西游记〉的助词》（1989）的方式跟写《老乞大》的复句相似，这是他的习惯做法：在辨析语料的基础上提出理论原则，然后对语料条分缕析，旁征博引，对照比较，从中得出文章的结论。《西游记》是十六世纪的作品，先生认为：要确定《西游记》时代汉语的助词系统，首先得剔除传统的文言成分和方言成分。其次要从历史演变和共时系统两个方面来探讨。文章结尾在跟古代汉语和早中期近代汉语助词系统对比中得出《西游记》时代的助词系统。先生用列表方法，分结构、动态、语气三类，逐一说明各类中每一个助词出现的句法分布和语义条件。把事情变复杂很简单，把事情变简单很复杂。先生从如此庞杂的语料中提炼出看似简单的系统，靠的是深厚的语法分析功力和理论造诣。其实用分布列表方法说明助词系统，这本身已经是一种创新，是建立了一种研究范式。

　　先生所写《说"打"》（1984）一文，通过考察典籍文献并对比方言和藏语彝语等民族语言，辨析了东汉以后"打"字在字形、字音、字义方面的演变，详列动词义项九十八个，另加介词和衬字用法，共计上百个。从六千多条例句中，摘引数千条，逐一注明书页，入选书目四十余种，上至汉魏，下到当代，堪称汉语历史词典的典范词条，也为我们研究汉语词汇做出榜样。

　　《近代汉语的上下限和分期问题》（1992）集中反映出先生的务实求真理念。先生明确指出语言史分期不是给有关民族的历史分期。在先生看来，解决语言史分期问题，首先是分期的语言特点标准选哪些，其次是分期的对象语言是口语还是书面语，这又涉及如何从文献资料中搜寻口语的材料。"看来，多数人在近代汉语上下限问题上的主张深受白话文学史分期的影响，也深受书面语史的影响，而考虑'汉语本身的发展经过'（吕叔湘 1985）似乎稍嫌不够。" 甚至"五十年代有一种把社会政治史分期强加给各专业史的倾向"。先生以语言特征为标准，提出了独到的分期意见：近代汉语上限不晚于隋末唐初，下限不晚于《红楼梦》以前。并且把语音、语法、语汇几方面的特征逐项细加考察，列表对照，划分出近代汉语的早、中、晚三期。先生的隋末唐初说与王力先生的宋元说、吕叔湘先生的晚唐五代说三足鼎立，成为近代汉语历史分期的代表性看法之一。

八、词汇学和词典学研究

胡明扬先生主持编写的《词典学概论》（1982）系统总结了词典编纂的实际经验，是国内第一部词典学理论著作。全书共分十二章，包括词典的功用、类型、编纂简史、单语和双语语文词典的资料、选词、注音、释义原则和词条体例、编排方法等。先生曾经校对过联合国组织编纂的《词典学概论》中译本，又仔细阅读并翻译了几部权威英法词典的前言部分，还实际编写了一个词条"打"。这些都直接促成了《词典学概论》的成书。这部著作对于促进词典学研究，提高词典编纂水平发挥了很大作用，打破了我国辞书界历来有"典"无"论"的状况，在我国辞书理论研究史上揭开了新的一页。

胡明扬先生在数十年研究实践中形成了自己独特的学术思想、学术理念、学术风格。注重语料的真实可靠；注重方法的科学有序；注重选题的前沿意义。一位学者能在一个领域有一种开创性工作已属优秀，然先生在多个领域都有创见，并且在同一领域有多种创见，此诚非常人所能及。先生数十年来锲而不舍，勤奋执着的努力是最为重要的根源。先生将此都归功于吕叔湘先生多年的引领和指教，直到晚年，还深深感念吕先生"把我领进了语言学的大门。"

九、理解与宽容

胡明扬先生虚怀若谷，海纳百川，严谨以律己，宽容以待人。他在语言学界大力提倡理解和宽容精神，这对于开展学术讨论，促进学术繁荣至关重要。先生曾说：我估计到二十一世纪，中国语言学、语法学要出现一个百花齐放的局面。所以多年来一直在各种会议上讲宽容。先生自己为我们做出了榜样。

先生学生时代投身革命，1952 年从外交部转入大学任教，因莫须有的所谓"历史问题"，二十七年后才得以晋升副教授，文革浩劫中又饱受折磨，但从没听到半句怨言。先生讲：如果没有昔日的挫折和坎坷，也许就不会有今天的我。他常常谦虚地自嘲说自己搞语言研究是"半路出家"，是非科班出身的"野狐禅"，还多次讲到五十年代大批判的教训：很抱歉我也参加了，批过高名凯先生，还批过唐兰先生，至今还觉得惭愧。

多年前有人点名指责他主张语言学家不当立法者的正确观点，学生们都感到不平，可是先生却淡淡一笑，处之泰然。宽容需要有宽广的胸怀，先生正是有着这样与人为善，以德报怨的巨大精神力量。

先生特别提醒我们转变僵化的思维方式。他说：如果一个人的思维停止在一定的模式上，那么他就会认为看到的新东西都是不对的。同样一个事物，可以从不同的角度、出于不同的目的、使用不同的方法去加以研究，为什么只能有一种研究是对的，别的都不行呢？他认为不同的声音反映了对世界不同的观察角度，与不同观点的人交流，才能拓宽思路、开阔视野。

先生希望青年人要理解老一辈的学者，老年人对青年人要宽容。他说：青年人有犯错误的权利。谁在年轻的时候能不犯错误？同时，先生一贯以满腔热情支持鼓励青年学者勇于探索，因而深受青年学者的尊重和爱戴。

有一次，先生看到高更生、王红旗《汉语教学语法研究》书中引用刘复使用转换分析的例句，"深深感到自己读的书太少了。"立即找来刘复原书研读，写出评介文章《刘复〈中国文法通论〉读后》（1998）。文中称赞"高更生和王红旗他们读的书比我多，并且独具慧眼，在他们的著作中专门引了一大段有关刘复使用转换分析的文字，从而把使用转换分析的历史又提前了 20 年。"字里行间看到先生的谦虚严谨和对晚辈学者的赞许鼓励。

先生读了阿错的《倒话研究》，非常赞赏作者的高度理论意识，发表书评《混合语理论的重大突破——读意西维萨·阿错著〈倒话研究〉》（2006）。文中肯定"阿错的贡献还不在于他详细描写了倒话的语音、词汇和语法系统，而主要在于他总结出了混合语的一般性的理论。"先生语重心长地指出："如果我们永远只会引进国外的语言理论和方法而没有自己的理论和方法，那么中国语言学就没有前途，就只能永远是西方语言学的附庸。从这样的角度来看问题，阿错的成就给我们提供了一个榜样，值得大家重视和学习。"先生是从中国语言学的前途和方向的高度出发，满腔热忱地寄希望于后辈学者。

十、学术愿景

胡明扬先生于 1990 年离休。那正是在写《句法语义范畴的若干理论问题》（1991）的时候。先生的宏伟计划是要写一部全新的现代汉语语法。先生"从五十年代起就想寻找一条研究现代汉语语法的新路子"，到九十年代终于找到句法语义范畴的道路，确定了"建立一个能得到公认的，并且在实践中基本可行的语法体系"的宏伟目标。先生很清楚这条路艰难漫长，却义无反顾，乐此不疲，为中国语言学事业做出一生的奉献。

当年有人觉得先生那篇文章前面理论阐述很详尽，后面的系统描述较简略。其实这是一部巨著的开篇，先生以实际工作继续着这部巨著的写作。他亲自组织的现代汉语词类问题考察就是这部巨著的第一章节，为新语法体系的构建奠定了必要的基础。先生发表的最后一篇文章是《汉语语法理论探索之愚者之见》（2011），文中还念念不忘探索汉语语法理论。这不只是先生个人的学术愿景，而且是整个中国语言学界的学术愿景。

先生已经离开了我们，但他为中国语言学做出的卓越贡献和丰硕成果还留在我们中间。先生的学术思想和学术成就对于中国语言学是宝贵的财富，具有深远的影响，鼓舞着我们，激励着我们，继续前行。

参考文献：

胡明扬　1987，2005《北京话初探》，北京：商务印书馆。

胡明扬　1991《语言学论文集》，中国人民大学出版社。

胡明扬主编　1996《词类问题考察》，北京语言学院出版社。

胡明扬　1998　刘复《中国文法通论》读后，《汉语学习》第 5 期。

胡明扬　2011《胡明扬语言学论文集》(增订本)，北京：商务印书馆。

胡明扬主编　2004《词类问题考察续集》，北京语言文化大学出版社。

胡明扬　2011　汉语语法理论探索之愚者之见，《语言研究》第 1 期。

汉语作为第二语言习得的研究与思考*

石　锋　温宝莹

引　言

随着汉语在国际上广泛传播，汉语作为第二语言习得（以下简称为汉语二语习得）的研究开始兴起。本世纪以来，汉语二语习得的研究发展迅速，这给主要以英语等西方语言作为二语习得的研究增加了推动力。本文对第二语言习得的理论作简要的述评，纵观汉语二语习得研究的概况，同时提出作者的一些思考，以期在广度和深度上推进汉语二语习得的发展。

原文载 *Journal of Chinese Linguistics*. (2009) 37.1.130-144。

* [Editor's note: Now that JCL has established a base at the Chinese University of Hong Kong, it will extend its coverage to include applied linguistics, especially with reference to the Chinese language. The conviction which underlies this move is that our understanding of language can draw important insights from observations on how it is acquired, either as a native language or as a foreign language. The infant's brain is remarkably plastic, and not yet 'committed' to any specific language.　In contrast, the adult needs to 'graft' a foreign language onto structures formed by other languages he has already learned. Indeed, I expect that reflecting on these distinct behaviors can tell us a lot about the associated cognitive and neural processes which support language.

The present paper is one in a series of contributions JCL will publish on Chinese teaching from a variety of regional and theoretical perspectives. Comments from our readers regarding these contributions are always welcome.　WSYW].

一、第二语言习得研究理论概述

1.0　第二语言指的是任何一门在母语之后学习的语言。习得是相对于学习而言的，属于下意识（subconscious）的活动，而学习则属于有意识（conscious）的活动。目前习得研究的范围更为宽泛，Ellis（1994）把第二语言习得定义为：人们在目的语环境中或者在教室里学习任何一门母语之外的语言。我们简称为二语习得。

实践表明，一种语言只有达到相当程度的国际化，才有可能成为二语习得研究的对象。目前二语习得研究的理论成果多是以英语等西方语言的习得为对象获得的。我们分为三个方面作简要评介。

1.1　学习者的语言——中介语

Selinker（1969；1972）提出中介语的术语，认为中介语是第二语言学习者在学习过程中各种语言习得因素相互作用构建的过渡语言系统，既有别于学习者的母语，也有别于他们所学习的目标语。它是学习者在所接触的目标语基础上构建起来的语言体系。Nemser（1971）的"近似系统"（approximarive）和Corder（1971）的"特别用语"（idiosyncratic dialects）和"过渡能力"（transitional competence）与中介语意义相近。

语言习得过程中，偏误的出现是正常的。偏误是中介语发展的表现，偏误分析是观察中介语发展的窗口，使我们更好地认识和理解中介语发展的过程。

研究表明，中介语的发展既有变异性，又有规律性，是一个不断变化的动态系统。Tarone（1983）认为变异性是中介语的最重要的特性。有变化并不意味着没有规律。这种变化是根据具体的语言环境、社会环境、心理环境而发生的，是有规律可循的，甚至是可以预测的。因此可称作系统性变异。

考察英语二语习得在语素、否定句、疑问句中的情况，发现学习者在习得这些项目时都遵循一定顺序。这一顺序会因母语及个别差异而有所变化，但在总体上是一致的。习得顺序（order of acquisition)研究进一步发展，就是关注某一特定结构的习得过程（sequence of acquisition)要

经历哪些不同的阶段。（Burt 1980）

二语习得分为三个阶段：初学—熟练—精通。语言接触也是分为三阶段：拼合（pidginization）—混合（creolization）—融合（decreolization）。中介语和混合语都是两种语言之间的过渡态，具有可比性。Schumann（1978）指出，拼合语的形成过程可以解释二语习得早期阶段，混合语后期的合流过程（decreolization）可以解释二语习得后期阶段。实际上，二语习得是一种特定类型的语言接触。中介语研究的意义由此大为提升。

1.2　影响二语习得的内部因素

人类语言的普遍性对于语言习得的影响是系统内部的重要因素。人们的二语习得跟母语习得有着密切的联系。雅可布森（1941）提出了"非逆向一致性"的法则（Laws of inirreversible solidarity），任何民族的儿童掌握母语语音的先后顺序都是一致的。一个音位习得的早晚，主要取决于它在世界语言中的分布情况，分布广泛的音位习得较早，母语中特有的音位习得较晚。雅可布逊的语音获得理论把儿童的语音发展同人类语言的普遍现象联系起来，具有开创性意义。他的贡献将越来越受到语言学史家的认同。（王士元 2007）

Chomsky 后来提出的普遍语法理论跟雅可布森的学术思想是一致的，实际上是雅可布森法则的扩展。二语习得最为关注的是普遍语法的标记理论。Eckman（1977）通过语音标记性的强弱来推测习得中的难易程度，即习得无标记的音素先于有标记的音素，习得标记性弱的音素先于标记性强的音素。

二语学习者的语言迁移是带有共性特征的内部因素。语言迁移是指已经形成的语言习惯对于学习新语言的影响。传统的迁移理论认为，两种语言特征相似导致正迁移，差异则导致负迁移。两种语言的差异越大，学习越困难。

新迁移理论（Flege et al 1995）认为二语跟母语相似程度不同的语音，会有不同的习得方式。对于相似的语音，最初阶段会直接用学习者母语中的语音替代二语中的音，但以后就很难改进。对于相异的语音，尽管初期表现较差，学习者会逐渐建立新的语音范畴，其过程与母语习得非常相似。因此，对于初学者，传统的理论还是适用的：相似的音优于相异的音。而对于熟练者，则是相异的音优于相似的音。新迁移理论是对传统理论的补充和发展。

学习者的个体差异是带有个性特征的内部因素。Ellis（1994）将一般个体差异归为：学习者的情感因素，包括动机与态度、自尊心、焦虑以及抑制；认知因素，包括学习风格、认知风格、语言能力倾向；年龄因素，包括年龄对习得速度、习得过程和学习者的二语水平的影响。学习者的个体差异影响了学习策略的选择及其效果。学习策略可以分为三类（O'Malley & Chamot,1990）：认知策略、元认知策略和社会/情感策略。学习策略的研究把关注点从教法转向学法，推广成功者的策略。

1.3　影响二语习得的外部因素

社会影响是一种广义的外部因素。二语习得的成败是由学习者与第二文化之间的社会及心理距离所决定。（Schumann 1978）学习者对第二语言与文化的态度决定学习动机，这是取得成功的关键。学习者在与母语者接触时会不断地调节和改变自己的态度和彼此的关系。（Beebe & Giles 1984）

Tarone（1982）把中介语描述为一种语体连续统（stylistic continuum）。在谨慎语体端（careful style），学习者对语言规则循规蹈矩；在自由语体端（vernacular style），学习者随意地选择语言形式。不同的交际目的和语境影响学习者的语言形式。

Peirce（1995）认为，二语习得过程是斗争的过程，是投资的过程。学习者是斗士（combatant），为了成为话题的主导而斗争；又是投资者（investor），为了得到好的社会回报而努力学习。

语言输入及交流是一种狭义的外部因素。学习者与母语者交流的语言输入是专对外国人的经过修改的话语 （foreigner talk）。学习者之间进行的交流输入的是中介语话语(interlanguge talk) (Ferguson 1971)。

Krashen（1976）用 i 代表学习者现有的语言水平，1 代表新输入的内容，　公式 i+1 是学习者应达到的水平。学习者从 i 开始向 i+1 移动。因此输入的语言信息既不能过易，也不能过难。

Gass（1988）指出，被注意的语言输入是语言学习的第一阶段，不是所有被注意的语言输入都能被学习者所理解。不是所有已被理解的输入都被学习者的大脑吸收（内在化）。实现内在化的语言输入才会成为学习者的语言输出。

语言教学方面的努力，包括教学法的改进、语言教材的编写、语言教师的训练等等，这些应用领域的进展都是以语言习得研究的成果为基础的。

二、汉语作为第二语言习得的研究

2.0   中国的第二语言习得研究是从英语教学开始的。汉语二语习得的研究起步较晚，是从学生的发音、练习、作业、作文中收集错误的音、字、词、句进行分析归纳、辨析说明起步的，这种研究符合对比分析的原则。自鲁健骥（1984）介绍中介语理论，并开始汉语二语习得的偏误分析，学者逐渐加大理论的关注和方法的改进，不断提升研究水平。自本世纪以来，在借鉴评介西方的理论方法的同时，着重考察汉语的二语习得特点，研究成果日趋丰富。汉语二语习得的研究日益成为汉语语言学研究的一个重要分支。

近年来中国引进出版英文原版的二语习得理论和方法的专著十余部，说明了学界对于学习理论的需求。同时，作为学术发展的标志，在汉语二语习得领域出现了一批专著和文集，如：王建勤（1997）、赵金铭（1997）、江新（2007）、温晓虹（2008）、温宝莹（2008）、王永德（2008）等。还有一大批博士论文和硕士论文以汉语二语习得为研究选题，促进了学术水平的提升。这一领域主要的成果是大量散见于学术刊物的研究论文。可以分为以下不同的方面。

2.1   汉语语音习得研究

接触一种新的语言，首先就是接触它的语音。二语习得中最初的教师相当于母语习得中的母亲，对于学习者建立正确的二语发音习惯至关重要，影响深远。汉语二语习得的语音研究中，关于汉语声调习得分析最多，其次是汉语元音的习得，汉语辅音和语调习得的分析相对薄弱，这跟汉语辅音研究和语调研究难度较大有直接联系。近年来，汉语二语语音习得研究有了稳步的进展：实证研究和实验研究已经成为主流的方法；习得顺序和习得过程的研究成果越来越丰富；从认知和心理角度对二语语音知觉特征的研究也开始有成果发表。

声调习得的分析较多的是不同母语背景的学生汉语声调偏误的分类和溯因，也有从单字调的发音分布情况和二字组声调表现找出带有共性的规律特点（陈彧 2006，胡秀梅 2005），考察学生母语语调对学习汉语声调的干扰（桂明超、杨吉春 2000），进而探讨汉语声调特征的教学方法（王安红 2006）。

元音习得的分析以单元音的实验研究为主。研究者注意分析汉语元音习得过程中的母语迁移现象以及不同国别的学生感知汉语元音的特点，在感知汉语 5 个高元音中错误率最高的是将/y/同化为/i/，这种知觉范畴中的归类是母语音系和普遍语法共同作用的结果（王韫佳 2001；石锋、温宝莹 2004；高玉娟 2006）。考察初学者和熟练者对汉语元音习得的表现，语音的标记性越强，习得难度越大，学习时间的作用也有所不同（邓丹 2003）。从发音的准确性和集中性两个方面对学习者汉语元音的习得进程和中介语元音系统的建构次序进行考察，得到带有共性的规律（温宝莹 2008，李晶 2008）。

在辅音习得方面，有卷舌声母的发音变异及其分布条件，塞音声母不送气/送气的区分和加工，以及鼻音韵母的感知与产生等，多是在汉语特色项目上的研究。从认知心理方面开始的研究有考察影响外国学生汉语语音短时记忆的因素等（田靓、高立群 2005；王韫佳 2002 等）。

研究者开始从更深的层面考察汉语二语语音习得的基本方法和思路（王韫佳 2003）。语音习得实际上就是语音系统的转换。语音格局是可见的语音系统（石锋 2002）。将语音格局的思路和方法引入汉语语音习得的研究，把语音习得分析的实验结果纳入音系习得的框架，已经有了初步成果。

2.2　汉语语法习得研究

相比之下，汉语二语习得的语法研究成果最为丰富。研究焦点在汉语虚词的习得以及汉语中典型句型句式的习得。研究者更为关注的是，语法项目的难度等级、习得顺序和习得进程，探索中介语的发展模式。

在汉语虚词的习得研究方面，有对于汉语"再"、"又"、"没有"、"不"、"都"等的偏误分析及习得过程研究；以及汉语连词及反身代词的习得考察（李晓琪 2002；袁毓林 2005 等）。在汉语介词习得研究中注意对不同国籍的留学生进行考察，并基于汉语中介语语料库的分类统计得出使用频率、偏误率和偏误类型，考察汉语介词习得的特点。（赵葵欣 2000；崔希亮 2005）

助词是汉语习得的难点之一，学者们对助词"了"的习得进行了持续的研究。较早的调查是列举"了"在习得过程中的各种错误类型，分析原因为语际干扰和语内干扰（孙德坤 1993；赵立江 1997）；稍后的研究注意对于"了"的正确使用与错误使用作出客观全面的分析（余又兰 2000）。邓守信（Teng Shou-hsin 1999）的考察表明，"了 2"的习得较早，"了 1"的习得难度更大，时间也较晚；一般不会用"了 1"和"了 2"同时出现的双"了"结构。这跟很多教材中的出现次序正好相反。在汉语本体研究中已有不少讨论助词"了"的见解，习得研究与本体研究常常在同一个语言项上交汇。

对于汉语中典型句型句式的习得研究成果较多。施家炜（1998；2002）采用语料检索统计、测试问卷、个案跟踪三种方法，探讨 22 类汉语句式的习得顺序、阶段性特征与发展趋势。得到学者关注的有"被"字句和是非问句的习得特点和习得顺序，以及比较句、存现句、话题句等的习得表现。研究的内容多是考察它们的分布特征，探求制约因素与习得发展过程。（温晓虹 1995；赵果 2003；黄月圆等 2007 等）

汉语"把"字句的习得吸引了众多学者的研究兴趣。研究者从"把"字结构的语义及其语用分析看语言分类规律在第二语言习得过程中的作用（张旺熹 1991；靳洪刚 1993）；调查不同母语的学生使用"把"字句的偏误情况（余文青 2000），并对学生回避"把"字句这一难点句式的现象进行了分析（刘颂浩 2003）。此外，还从心理语言学的角度对"把"字句的习得进行位移图式心理现实性实验研究（高立群 2002）。这些工作都使"把"字句的习得研究得到多侧面多角度的深化。

同样已有学者们在进行宏观的思考：作为第二语言的汉语语法应该研究什么？（齐沪扬 2007）找出正确句与错误句的"最小差异对"，从而将语法错句排出等级序列，并为汉语不同句型排序（赵金铭 2002）；对汉语二语习得中的语法偏误进行分类考察，并从语言差异难度、语言发展难度、语言认知难度和偏误分析四个方面探讨学习难度的序列（周小兵 2004；朱其智、周小兵 2007）。这些都是学者们在理论、方法和实践上的努力。

2.3　汉语词汇习得研究

儿童最初是以词为语言学习的稳定单位。（王士元 2007）二语习得也是如此，词汇量是习得水平的重要标尺。词汇学习是贯通二语习得全过程的中心问题。词汇和语音互为表里，学生每学一个生词的同时都会建立和强化他的发音习惯；许多语法方面的错误根源在于词汇的学习程度不足，特别是虚词的学习实际上就是语法的内容；汉语词汇的学习跟汉字的学习相互促进，这是汉语习得的重要特色。

二语习得的词汇研究相对薄弱，词汇习得曾是语言习得研究中被忽视的一面（Meara1980）。汉语二语习得的词汇研究最初是始于教学中遇到的词义辨析，包括同义词和反义词，词的基本义和附加义，直到各种用法语境的说明。张博（2007）认为，词语辨析应该转换视角，从本体研究提供的标尺，改为基于中介语词语偏误的现实更有针对性地进行辨析。

词汇习得要研究以下的问题：怎样才叫学会了一个词?如何评测词汇习得的质量水平?词汇知识发展的进程如何?有哪些因素影响词汇习得?怎样有效地学习词汇?这些问题的答案包括词汇知识的界定和分类,词汇知识的质（深度）和量（广度）的测量,词汇学习策略的选择。中国学者在这方面主要是概述和分析国外的研究并基于国内的英语教学实践得出一定的研究结论（孙晓明 2007；鹿士义 2001）。

研究汉语二语词汇习得的学者还不多，成果较少，但却起步并不低。例如，定量调查中级水平以上外国学生汉语词汇的学习状况，发现学习者进入汉语中级水平以后,词汇量扩展速度呈明显衰减趋势（张和生2006）。这应该就是词汇学习中的停滞现象即化石化问题。另外还有通过实验考察欧美学生的汉语词汇结构意识（冯丽萍2003）；分析汉语复合词语素结合的理据有利于激活学习者对语素语义关系的感知，促进词汇学习（朱志平2006）。

通过实验考察汉语双字词学习中的频率效应，结果显示整词和单字复现率对学习低频词的影响大于高频词，对非汉字圈的学生影响更大。（江新2005等）对于汉字圈的日语同形词和韩语汉字词对学生习得汉语词语的影响分别进行实验研究发现:日本学生的学习受到词形和汉语水平的影响；而韩国青年学生因汉字词知识很差则影响不大。（高立群、黎静2005；全香兰2006）汉字和词汇之间的悠久的历史联系及其广泛的地理分布，为汉语二语词汇习得的研究增加了影响因素,拓展了研究内容。

2.4　汉字习得研究

汉语二语习得的汉字研究涵盖汉字认读、汉字书写和文本阅读。跟世界上多数语言的表音文字相比，表意的汉字在音、形、义几个方面跟语言系统中的语音、语义紧密相连，浑然一体，作用独特。学习汉语在开始阶段中实际上主要就是认读汉字。这在语言习得中成为汉语的显著特征，近年来出现不少研究成果，有蓄势待发的前景。

汉字认读的研究常常需借助心理认知方面的实验。王建勤（2005,2008）基于人工神经网络和自组织模型，模拟汉字构形认知效应及汉字结构类型效应，探索外国学生汉字知识的获得机制和汉字构形意识的发展过程，以及汉字结构类型的影响作用。这是一个有价值的建模研究的尝试。

形声字在一定程度上表音。在识别形声字的词频效应、规则性效应、语境效应以及交互作用的基础上，经过实验发现，外国学生对形声字表音功能相当敏感，而语境效应则影响很小（陈慧、王魁京2001等）。实验表明，汉字频率影响学习效果，频率效应的大小受笔画数多少的制约（江新2006）；汉字分解水平的发展中，学生母语背景影响汉字分解的速度，而不改变分解的类型（徐彩华2007）；正字法意识的发展中，部位意识的建立早于部件意识（郝美玲 2007）。

汉字书写的研究通过汉字偏误分类及讹误原因探讨汉字书写知识的形成和发展规律。在外国学生汉字书写错误类型中，错字多于别字；字形相似的错误多于字音相似的错误，随着识字量的增加发生反向变化（江新、柳燕梅 2004）。

学习阅读是探求书写系统和口头语言之间相互关系的主要活动之一。多种多样的书写系统为考察人类认识能力的研究者提供了极好的机会。（曾志朗、王士元 2002）实验表明，外国学生汉语阅读中字形意识强于字音意识，并且不会随着汉语水平的提高而出现变化（高立群、孟凌 2000）。利用眼动实验探讨字词边界信息对美国大学生汉语文本阅读的影响，结果发现，词间空格条件下被试汉语阅读时间显著短于无空格的情况，即词间空格促进了汉语阅读。因此，词比字更具有心理现实性。（白学军　待刊）

在汉字偏误分析和习得研究的基础上，提出了汉字学习策略问题。采用个案跟踪的方法（马明艳 2007）以及学习策略和学习成绩的相关分析，发现初学者选择应用策略很有效果；字形策略不利于学习；形声字学习对策略的使用更敏感。（江新、赵果 2001）学习策略的研究在汉字习得中有广阔的前景。

三、关于汉语作为第二语言习得研究的思考

3.1　研究对象:学习者的语言—中介语

二语习得研究是多学科交叉的领域，在主体上是语言学研究的一个分支。语言学的研究对象是语言，二语习得研究的对象则是学习者的语言—中介语。中介语是二语学习者在接触目标语的基础上构建起来的语言体系。中介语不同于自然语言，有它自身的特点和规律，自成系统。二语习得是一种特定类型的语言接触。

对于中介语的考察、描写和分析是全部二语习得研究的基础。学习者的习得过程、教师的教学效果、各种影响二语习得的内部因素和外部因素的作用，都会以不同的方式表现在中介语的发展进程中。因此，离

开中介语，二语习得的研究就成为无本之木，就失去了意义。

近年来，汉语二语习得研究中出现研究对象细化的趋势。研究中注意区分学习者的母语背景，并且区分学习环境是汉语还是非汉语。在汉字习得中比较汉字圈和非汉字圈学生的不同特点；在语音习得中对比母语为声调语言和非声调语言的学生的差异；还有华裔和非华裔学生的不同学习动机和学习规律。这说明随着研究水平的提高，语料选择和收集的标准要求也在提升。对不同背景学习者的中介语表现进行比较分析，有利于中介语研究的进一步拓展和深入。

3.2 理念和方法的更新

中介语是一种动态的语言系统。对中介语的研究要注意系统性，从整体上观察思考、设计实施，把单项的工作纳入系统的全局中，而不只是做原子式的孤立研究。语音的系统性最强，在语音习得研究中，语音格局的观念和方法初见成效。汉语语法、词汇和文字也存在着系统性，从系统性的角度对汉语中介语的语音、语法、词汇和文字进行分析，更容易发现规律，取得成果。理论的建构需要系统性研究作为基础。

方法的更新常常会带来理论的创获。这说明研究方法的重要性。早期以经验内省为主的阶段已经基本结束。目前汉语二语习得研究正在处于一个转变的阶段:从定性研究到定量研究的转变，从经验型分析到实证型分析的转变，从单纯描写到解释探源的转变。教育学、心理学、统计学等方面的知识和方法都被应用到汉语二语习得研究中。研究方法呈现出可喜的多样性。研究者越来越多地通过严格的实验程序和数据的统计分析来得出结论。因此应特别注意遵循科学的原则。

建立《汉语中介语语料库》进行各种语言项的分类检索，统计分析，这种做法值得推广。如果可以像国际上的儿童语言习得语料库那样，成为开放式的合作平台，可能会发挥更大的作用。

3.3 拓展研究的广度和深度

汉语二语习得的研究发展呈现不平衡的状态。首先，在汉语各个分支上不平衡:语法习得研究成果最为丰富，语音习得研究也不少，汉字和词汇的习得研究起步较晚，成果有限；当然数量的多少并不对应着水平的高低。

其次，在每个分支内部的各语言项上不均衡：对于汉语跟学习者母语之间差异大的、或者标记性强的语言项，研究相对集中；汉语本体研究中成果较多的语言项，习得研究成果也比较丰富。

最为重要的是，在二语习得的各研究领域上不平衡：已往的研究多集中在对比分析、偏误分析；目前的研究重在母语迁移、习得顺序和习得进程的分析；少数研究涉及学习策略及认知特征；而二语习得的其他重要研究领域特别是与应用和实践紧密联系的环节则较少有人涉足。而且我们还需扩大学术眼界，开辟新的领域。汉语二语习得研究有广阔的拓展空间。

研究的深化就是追求成果的质而不是只看成果的量。研究的深度是学术水平的标志。对于个人表现学养和造诣，对于学科反映发展和成熟。在重要的语言项上进行持续性研究是增加研究深度的一个途径。可以是同一个人对于同一个问题的多次研究，也可以是不同人对于同一个问题的多次研究。多层次多侧面地钻研一个语言点就象解剖麻雀，常常可以举一反三，带动全局的研究进展。

3.4　理论创新的追求

目前国内的二语习得研究多是在国外二语习得的理论框架内进行的。国外二语习得的理论又多是以英语等西方语言为习得对象获得的。西方的二语习得理论对于汉语二语习得实践，不能套用，只能活用。结合汉语的特点，解决汉语二语习得的问题，理论上的自主创新是非常必要的。

创新需要比较，有比较才能有发现。现代语言学就是在比较基础上发展的。语言习得研究也是如此。这里有两个比较的题目：一是把二语习得跟母语习得相对照；一是把二语习得跟语言接触相比较。

把汉语二语习得跟母语习得相对照的工作，包括在汉字、词汇和语音习得方面，已经有几位学者在做。例如，对汉语儿童母语元音习得和美国学生汉语二语元音习得的进程分组对照，统计排序，得到中介语元音的系统发展和建构规律。（温宝莹 2008；李晶 2008）

　　把汉语二语习得与语言接触相对比的工作，目前尚未见到，却有学者借用二语习得的交际压力度来说明语言接触中混合语形成的机制（阿错 2005,待刊）。在汉语方言接触变化中有过渡、越位和反弹三种方式，其中的反弹引人注意（贝先明 2008,待刊）。汉语习得中也会有不同的变化方式，等待学者发现和探究。

　　达到相当程度的国际化而成为二语习得研究对象的语言为数不多，汉语已经位列其中。汉语有自身的特点：缺乏句法形态，基本语素由带调单音节构成，文字是表意系统的方块汉字，汉字、语素和音节之间相互对应，双字词居多。这些个性特征，必然使汉语二语习得带有自己的特色。

　　不识语言真面目，只缘身在言语中（王士元 2008）。汉语二语习得理论的创新，将是对整个二语习得理论的推动和发展。汉语二语习得的研究大有希望。

本文的写作得到梁磊博士、舟启斌博士和夏全胜同学的帮助，谨致谢忱。

参考文献：

　　阿错，意西微萨 2005 语言深度接触机制与藏汉语言类型差异问题,《中国语言学报》JCL 33.1。

　　阿错，意西微萨 2010 交际压力度与混合语形成机制—以倒话为例,《研究之乐——庆祝王士元先生七十五寿诞辰学术论文集》,上海教育出版社。

　　白学军等 2009 词切分对美国大学生汉语阅读影响的眼动研究,《南开语言学刊》第 1 期。

　　贝先明 2011 方言接触中的元音表现,《中国语言学报》JCL 39.1。

　　贝先明 2008 方言的接触在元音格局的表现,《南开语言学刊》第 1 期。

　　陈慧、王魁京 2001 外国学生识别形声字的实验研究,《世界汉语教学》第 2 期。

　　陈彧 2006 苏格兰留学生汉语普通话单字音声调音高的实验研究,《世界汉语教学》第 2 期。

崔希亮 2005 欧美学生汉语介词习得的特点及偏误分析,《世界汉语教学》第 3 期。

邓　丹 2003《日本学习者对汉语普通话舌面单元音的习得》, 北京语言大学硕士论文。

丁雪欢 2006 初中级留学生是非问的分布特征与发展过程,《世界汉语教学》第 3 期。

冯丽萍 2003 中级汉语水平留学生的词汇结构意识与阅读能力的培养,《世界汉语教学》第 1 期。

高立群、孟凌 2000 外国留学生汉语阅读中音、形信息对汉字辨认的影响,《世界汉语教学》第 4 期。

高立群 2002 "把"字句位移图式心理现实性的实验研究,《世界汉语教学》第 2 期。

高立群、黎静 2005 日本留学生汉日同形词词汇通达的实验研究,《世界汉语教学》第 3 期。

高玉娟 2006　德国学生汉语元音学习中母语迁移的实验研究,《教育科学》第 2 期。

桂明超、杨吉春 2000 美国英语语调对美国学生学习汉语普通话声调的干扰,《世界汉语教学》第 1 期。

郝美玲 2007 留学生汉字正字法意识的萌芽与发展,《世界汉语教学》第 1 期。

黄月圆、杨素英、高立群、张旺熹、崔希亮 2007 汉语作为第二语言"被"字句习得考察,《世界汉语教学》第 2 期。

胡秀梅 2005 零起点韩国学生阳平二字组声调格局研究,《汉语学习》第 4 期。

江新、赵果 2001 初级阶段外国留学生汉字学习策略的调查研究,《语言教学与研究》第 4 期。

江新、柳燕梅 2004 拼音文字背景的外国学生汉字书写错误研究,《世界汉语教学》第 1 期。

江　新 2005 词的复现率和字的复现率对非汉字圈学生双字词学习的影响,《世界汉语教学》第 4 期。

江　新 2006 汉字频率和构词数对非汉字圈学生汉字学习的影响,《心理学报》

第 4 期。

江　新 2007《对外汉语教学的心理学探索》，教育科学出版社。

靳洪刚 1993 从汉语的把字句看语言分类规律在第二语言习得过程中的作用，《语言教学与研究》第 3 期。

李　晶 2008 《中介语元音系统建构与发展的实验研究》南开大学博士论文。

李晓琪 2002 母语为英语者习得"再"、"又"的考察，《世界汉语教学》第 2 期。

刘颂浩 2003 论"把"字句运用中的回避现象及"把"字句的难点，《语言教学与研究》第 2 期。

鲁健骥 1984 中介语理论与外国人学习汉语的语音偏误分析，《语言教学与研究》第 3 期。

鹿士义 2001 词汇习得与第二语言能力研究，《世界汉语教学》第 3 期。

马明艳 2007 初级阶段非汉字圈留学生汉字学习策略的个案研究，《世界汉语教学》第 1 期。

梅　丽 2005 日本学习者习得普通话卷舌声母的语音变异研究，《世界汉语教学》第 1 期。

齐沪扬 2007 作为第二语言的汉语语法应该研究什么，《世界汉语教学》第 3 期。

全香兰 2006 韩语汉字词对学生习得汉语词语的影响，《世界汉语教学》第 1 期。

石　锋 2002 北京话的元音格局，《南开语言学刊》第 1 期。

石锋、温宝莹 2004 中、日学生元音发音中的母语迁移现象，《南开语言学刊》第 4 期。

施家炜 1998 外国留学生 22 类现代汉语句式的习得顺序研究，《世界汉语教学》第 4 期。

施家炜 2002 韩国留学生汉语句式习得的个案研究，《世界汉语教学》第 4 期。

孙德坤 1993 外国学生现代汉语"了.le"的习得过程初步分析，《语言教学与研究》第 2 期。

孙晓明 2007 国内外第二语言词汇习得研究综述，《语言教学与研究》第 1 期。

田靓、高立群 2005 影响外国留学生汉语语音短时记忆的因素，《语言文字应用》第 2 期。

王安红 2006 汉语声调特征教学探讨，《语言教学与研究》第 3 期。

王建勤　1997《汉语作为第二语言的习得研究》，北京语言文化大学出版社。

王建勤　2005　外国学生汉字构形意识发展模拟研究，《世界汉语教学》第 4 期。

王建勤　2008　汉语学习者汉字知识获得机制模拟研究，《语言文字应用》第 1 期。

王士元　2007　索绪尔与雅可布森　现代语言学历史略谈，刘翠溶主编《四分溪论学集　庆祝李远哲先生 70 寿辰》允晨丛刊 112。

王士元　2008　演化论与中国语言学，《南开语言学刊》第 2 期。

王永德　2008《留学生习得汉语句子发展研究》，复旦大学出版社。

王韫佳　2001　韩国、日本学生感知汉语普通话高元音的初步考察，《语言教学与研究》第 6 期。

王韫佳　2003　第二语言语音习得研究的基本方法和思路，《汉语学习》第 2 期。

吴门吉、周小兵　2005　意义被动句与"被"字句习得难度比较，《汉语学习》第 1 期。

温宝莹　2008《汉语普通话的元音习得》，南开大学出版社。

温晓虹　1995　主题突出与汉语存在句的习得，《世界汉语教学》第 2 期。

温晓虹　2008《汉语作为外语的习得研究：理论基础与课堂实践》，北京大学出版社。

徐彩华　2007　外国留学生汉字分解水平的发展，《世界汉语教学》第 1 期。

余文青　2000　对留学生口语词汇和笔语词汇的调查，《世界汉语教学》第 4 期。

余又兰　2000　汉语"了"的习得及其中介语调查分析，第六届国际汉语教学讨论会论文集，北京大学出版社。

袁毓林　2005　试析中介语中跟"不"相关的偏误，《语言教学与研究》第 6 期。

张　博　2007　同义词、近义词、易混淆词：从汉语到中介语的视角转移，《世界汉语教学》第 3 期。

张和生　2006　外国学生汉语词汇学习状况计量研究，《世界汉语教学》第 1 期。

张旺熹　1991　"把字结构"的语义及其语用分析，《语言教学与研究》第 3 期。

赵　果　2003　初级阶段美国留学生"吗"字是非问的习得，《世界汉语教学》第 1 期。

赵金铭　1997《语音研究与对外汉语教学》，北京语言文化大学出版社。

赵金铭　2002　外国人语法偏误句子的等级序列，《语言教学与研究》第 2 期。

赵葵欣　2000 留学生学习和使用汉语介词的调查，《世界汉语教学》第 2 期。

赵立江　1997 留学生"了"的习得过程考察与分析，《语言教学与研究》第 2 期。

曾志朗、王士元　2002 人脑对书面文字的处理，载《王士元语言学论文集》，商务印书馆。

周小兵　2004 学习难度的测定和考察，《世界汉语教学》第 1 期。

朱其智、周小兵　2007 语法偏误类别的考察，《语言文字应用》第 1 期。

朱志平　2006 双音节复合词语素结合理据的分析及其在第二语言教学中的应用，《世界汉语教学》第 1 期。

朱志平　2008《汉语作为第二语言教学理论概要》，北京大学出版社。

Beebe, Leskie and Howard Giles: 1984. Accommodation theory: a discussion in terms of second language acquisition. *International Journal of the Sociology of Language* 46.

Burt, M.K.& Dulay, H.C., 1980. On acquisition orders. Felix, S.(ed.) *Second language development*. Tubingen: Narr.

Corder, S. P. 1971. Idiosyncratic dialects and error analysis. *International Review of Applied Linguistics*, 9.

Dulay,H. C., & Burt, M.K., 1974. Natural sequences in child second language acquisition. *Language Learning*, 24.

Eckman, F.R., 1977. Markedness and the contrastive analysis hypothesis, *Language Learning*, 27.

Ellis, R.1994. *Second language Acquisition*. Oxford : Oxford University Press.

Flege, J.E., Munro, M.J., MacKay, I.R.A., 1995. The effect of age of second language learning on the production of English consonants. *Speech Communication*. 16.

Ferguson, C.1971. Absence of copula and the notion of simplicity: a study of normal speech, baby talk, foreigner talk and pidgins . Hymes (ed.)

Gass, S.1988. Interlanguage research areas: a framework for Second language studies . *Applied Linguistic*,9.

Krashen,S.D., Sferlazza, V., Feldman, L., & Fathman, A.K.1976. Adult performance on the SLOPE test: More evidence for a natural sequence in adult second language acquisition. *Language Learning,* 26.

　　Nemser, W. Approximative 1971. Systems of Foreign Language Learners. *International Review of Applied Linguistics*, 9.

　　O'Malley, J and A. Chamot, 1990. *Learning strategies in second language acquisition.* Cambridge: Cambridge: University Press.

　　Peirce, Bonny. 1995. Social identity, investment, and language learning. *TESOL Quarterly* 29.

　　Jakobson, Roman 1941 *Kindersprache, Aphasie, und allgemeine Lautgeset.* Uppsala: Almqvist & Wiksell.　(Allan R. Keiler, trans.) 1968 *Child Language, Aphasia, and Phonological Universals.* The Hague: Mouton.

　　Rutherford, W., 1982. Markedness in second language acquisition. *Language Learning,*32.

　　Schumann, John 1978. *The pidginization process: a modal for Second Language Acquisition.* New House.

　　Selinker,L. 1969. Language Transfer. *General Linguistics,* 9.

　　Selinker, L. 1972. Interlanguage. *International Review of Applied Linguistics* 10.

　　Teng Shou-hsin. 1999.　The acquisition of le in L2 Chinese, 《世界汉语教学》第 1 期。

　　Tarone, E. 1982. Systematicity and attention in interlanguage. *Language Learning,* 29.

　　Tarone, E. 1983. On the variability of interlanguage systems. *Applied Linguistics*, 4.

普通话审音工作的初步研究和体会[*]

石 锋 施向东

提要：普通话异读词审音是语音规范化工作的重要组成部分，本文说明对于普通话审音工作的初步研究，并提出在审音工作中需要处理好的十种关系，为今后的审音工作提供基本材料和参考意见。

关键词：普通话 异读词 审音 语言规范

一、审音研究工作概述

汉语规范化是汉语生命之树长青的内在原因。世界上许多语言在历史发展的长河中消失了、分化了、变质了，而汉语在几千年的漫长岁月中经历了冲击和考验，依然生机勃勃，并不断向世界传播，这与它在历史上几经规范、一直存在共同的标准有重要的关系。

语言在社会中生存。现代社会改革开放，世界变小，信息如潮。语言规范在新形势下面临新的挑战。仅从语音方面来看，一些不规范的读音通过强势媒体不断扩大其影响；一些地区方言的读音，以及港台的国语读音，通过文艺形式、广告宣传、商业行为等等向普通话规范读音不

原文载《南开语言学刊》2012 年第 1 期（总 19 期）1-6。

* 本研究项目 BZ2005-02《普通话审音研究及审音库的建设》受到国家语委科研基金的资助。项目参与人员：陈希、荣蓉、李大明、叶雪梅、吴燕萍、徐世英。本文据石锋代表项目组在"审音工作研讨会"上的发言增删而成。文稿由陈希整理。

断渗透。近年来汉语国际传播不断发展，国内和海外大量汉语教材在读音上的歧异，也迫切需要对汉语语音进行进一步的规范。

我国过去几次审音工作很有成绩，但是还存在若干疏漏现象。如：1）规范力度不足。审音所涉及的字音还不够普遍，普通话常用字、常用词还没有全部包含在内；港台和海外的情况未在考虑之中。2）不同类别混杂。未能将普通词语和特殊词语（如人名地名、专业术语、轻声儿化、文白异读等情况）区别对待，审定的读音尚有类别混杂的现象。（高更生2002：422）

随着我国社会政治经济不断发展，现代信息社会对汉语语音规范提出了新的要求。我们必须在新形势下站在新的高度来认识和进行审音工作。

为使汉语的语音规范跟上新时代的需要，我们在语言学理论的指导下，对于过去的审音工作的原则、方式和成效做了初步的调查研究，并对于普通话异读词的历史和现状作了深入的考察分析，为今后的审音工作提供了基本资料和有益的参考。

二、过去审音工作的研究

2.1　普通话审音工作的历史回顾

现代汉语审音工作按时间来划分，可以分为民国时期的审音工作和新中国建立后的审音工作。民国时期的审音工作共有两次，分别称为"老国音"和"新国音"。其中"老国音"由各省代表投票决定，是汉语的南方音和北方音的一个混合。这种带有入声的"老国音"由于没有一个实际方言做为基础，很难推广。后来"新国音"的审定，就开始有了以北京话——当时称为"北平话"——音系为基础音系的读音标准。"新国音"得到了比较好的推广。

新中国的审音工作又可以分为六十年代和八十年代两个阶段，实际的审音工作从五十年代就已经开始了，到六十年代做了一个总结。八十年代又发表了《普通话异读词三次审音总表初稿》和《普通话异读词审音表》。总的来说，建国后的审音工作因为政府的支持和宣教部门的配合，取得了很大成绩。

　　但是，因为历史条件等因素，过去的审音工作也存在着一些缺陷和偏差。通过对以往审音工作的总结，我们在新形势下新时期的审音工作将会吸取成功的经验，避免过去的缺失。

2.2　海峡两岸异读词审音的对比分析

　　台湾在 1999 年发布的《国语一字多音审订表》[①]中，已经参考了大陆的审音成果。《审订表》参考了大量字典辞书，审订了 4253 个异读字，数量庞大，覆盖面较广。然而其中有大量书面用字和生僻汉字，并且整个字表并不是按照使用频率来安排顺序，所以在实际使用中会有诸多不便。我们把大陆《普通话异读词审音表》和台湾《国语一字多音审订表》两相对比，重点对照那些两岸选字相同而选音不同的字，考察两岸读音差异的原因，包括审音取舍的原则和方法以及审音工作的具体实施情况。看来如何取舍审音的对象以及如何划定审音范围是今后的审音工作需要首先考虑的问题。

三、异读词研究

3.1　现代汉语异读词的历史来源

　　异读词是语言共时平面上的现象，同时也反映了语言的历时变化。从历时角度考察异读词的来源问题有重要的学术意义和应用价值。在参考以往考证方法的基础上，我们首先将现代汉语常用的 248 个异读字放入相应的异读词中，对它们在《广韵》及《中原音韵》中的音读进行了详尽的考察，并对比了《新华字典》中的相应读音。然后对这些异读音在声韵调三个维度上的具体差异情况作出统计、分析，发现其中呈现出的规律大部分可以用音系的发展演变来解释。

　　从韵书的记载中推测 248 个异读字的异读音的发展轨迹，以此划分出三类异读形成因素：音系的规则变化；音系的不规则变化；非音系的变化。总体来看，半数左右的常用异读词在中古汉语时已经形成，并且

---

①《国语一字多音审订表》，台湾"国语推行委员"1994 年 5 月公告试用，经审议修订于 1999 年正式颁布使用。

音系演变对异读的形成影响巨大。这 248 个异读字在《广韵》中已经是多音字的有 124 个，其中有的还不止两个读音；《广韵》无异读的 124 个字后来也都发生了分化。

审音工作应适当考虑历史因素。把异读字音的源流梳理清楚，分清哪些是具有历史来源的规则变化，哪些是另有来源的不规则变化，根据异读词的来源及分类，可以为审音取舍提供一个方便的参考。

3.2 《现代汉语词典》多音字研究

《现代汉语词典》共收 901 个多音字，注音多达 1900 余项，远远超出异读词表中的字数。这会增加人们学习使用的负担，也造成了很多的异读现象。通过对《现汉》全部多音字在意义、用法上的分类梳理以及与《现代汉语常用字表》①的对照考察，我们看到：大部分字的多音是表达特殊意义和用法的。因此，普通话的审音工作，应考虑将普通语词和特殊语词区分开来，对于古语字音、人名地名读音、文白异读、音译及科学术语等特殊用法的多音字读音逐项进行重点审订。

3.3 现代汉语异读现象的问卷调查分析

我们借鉴社会语言学的调查方法，在北京市区调查了 500 余人对于 97 个异读字约 300 项读音的实际选择情况。对大量的调查结果进行数据统计，计算了每个人和每个字音的正确率百分比。从性别、年龄、文化程度这三个方面来看影响读音选择的情况。结果显示这三个方面对读音选择都有影响：年龄方面影响最大，文化程度次之，性别方面影响最小。年龄大小与正确率成反比，即年龄越小读音越标准。文化程度与正确率成正比，即文化程度越高读音越标准。女性则比男性读音更标准些。这些对于今后的审音工作和语音规范工作有一定的借鉴意义。

在调查中有一个现象值得注意。有些早已经过审定的字音，至今还有多数调查对象都没有采用。这些审定的读音为什么到现在还得不到群众的认可呢？审音的目的是为了便于大众交际服务的，应尊重广大群众的实际语言习惯。社会语言学调查的方法能够给我们提供现在在大众口

---

① 《现代汉语常用字表》，1988 年 1 月国家语言文字工作委员会和国家教育委员会联合发布。表中给出了在日常语体的现代汉语书面语中使用频率较高的 2500 个常用字和 1000 个次常用字。

头广泛使用的读音。所以，这次的调查也是一种尝试，把专家的审音和广大群众的语言实际结合起来。

3.4 审音数据表

我们将普通话 940 个多音字在《现代汉语词典》、《新华字典》、《辞源》、《辞海》、《现代汉语规范字典》、《普通话异读词审音表》和《国语辞典》[①]中的异读情况逐一作出统计记录，并且把各种读音按次序输入计算机。电子信息形成了可以任意查询检索的异读词审音数据库，便于进一步的对比分析。可以作为今后审音工作的基础参考资料。

四、体会：审音工作中的十种关系

以上的初步研究成果准备了资料基础和经验借鉴，可为以后的审音工作提供参考，进行取舍。同时整个研究过程也是提高对于审音的理解和认识的过程，我们深深体会到，审音工作一定要明确工作目的，认清根本方向，要注重科学性和程序性。程序性是指审音工作应该依照一个严格的程序来进行。审音工作的每一步内容都制定出稳妥的程序，对异读词的每一个音的取舍都按照程序来决定。在这个总原则指导下，有以下十种关系需要认真考虑，妥善处理。

4.1 理论认识与实际运作的结合

审音工作的科学性牵涉到多方面的理论问题。首先就是语言学的理论。不同的字音是音的变化、字的变化还是词的变化，是实词还是虚词，词义是古义还是今义，如何认识轻声与儿化等等问题，都需要语言学各个方面的理论作为基础。此外还有社会心理学、大众传播学、教育学，包括儿童发展教育和成人的教育。审音结果能否被成年人接受以及儿童教育中如何贯彻都需要考虑进来。这些理论如何与实际运作结合起来，在实际运作中体现理论精髓，把这些理论结合在一起。

---

① 《国语辞典》，商务印书馆 1936 至 1945 出版，1947 年出校勘本，1981 台湾商务印书馆出版《重编国语辞典》。1994 年完成《重编国语辞典修订本》，台湾商务印书馆放弃印行，改以电子版本面世。2000 年公布多媒体辞典《重编国语辞典简编本》，所收的字音，参照"国语一字多音审订表"标注。

　　广播影视媒体是传播规范语音的有力工具，其影响面和影响力度比其他规范方式大。目前一些广播电视节目中出现的不规范读音"有七成以上是汉语中的异读词。"[①]在教育领域，相当多的教师不了解《审音表》的具体内容。有些语文课本的注音没有按照审音表的注音执行。这样会影响学生的学习，对推广普通话十分不利。

4.2　专家审音与大众参与结合起来

　　这两者既对立又统一。审音工作关系到所有的人，影响力和影响面很大。群众如何参与审音，需要认真考虑。我们建议设立一个审音的常设机构，吸收各方面的专家参加。同时要十分重视网络的利用。

　　专家审音要透明。增强审音的透明度，能促进广泛的讨论，听取各方面的意见，有助于审音工作的顺利进行。可以考虑设立专门网站，将审音政策、《审音表》以及审音新闻报道等相关资料都放在网站上，便于大众查询。同时，设立大众通过网络提交建议的专门网页，方便民众对审音工作提出意见。与其让网民无序地在网络上发帖，不如主动设立专门的机构和网站供群众参与讨论。

　　可以建立标准音的示范点，这在国外是有先例的。如英国 BBC 电台就曾设立由语言学家和工作人员组成的正音小组。还可以在电视节目中专设栏目，定期讨论和纠正不规范的读音。这必然会引起广大群众对语言规范的兴趣和关注。

4.3　集中审议与平时监测相结合

　　语音的变化和歧异是语言发展过程中的正常现象。最好是出现问题及时解决。间隔时间越长，积累问题越多。审音工作不是一个短期奏效、一蹴而就的工作。对异读字的审音需要与时俱进，每隔一段时间对已颁布的审音表进行修订，对新出现的问题加以解决。国家语委每年公布年度流行语，审音工作是否也可以考虑每年发表一个指导性审音公告，经过一个时期再集中审议。

---

① 彭红，《播音规范与<普通话异读词审音表>》，语文建设，1997 年 6 期。

4.4　实际语言的调查研究与审音工作实践相结合

审音不能作为单纯的行政工作，而是一种严肃的学术工作，绝不能"去学术化"。审音工作自始至终要以实际语言的调查研究为基础。凡是出现问题的，多是因为调查研究得不够。在调查研究的基础上，尊重发展规律，进行合理取舍；以北京音系为标准，以群众乐用、常用、并能代表语音演变方向的读音为主要选择对象，严格按照一定的使用频率和使用范围，对繁杂的多音字进行归并精简。

社会语言学的调查方法对审音工作有重要的参考价值。在审音开始可以调查实际读音情况，征求大众意见；在审音结束可以调查规范效果，得到反馈意见。可以考虑在今后的审音工作中适当发放调查问卷。只有到群众中去，才能真正了解语言事实，了解语言的实际使用情况，才能真正做到尊重语言事实。

4.5　严格规范与适当灵活相结合

规范标准可以分为刚性标准和柔性标准。刚性标准是规定性的，从确立到执行都要从严从简。柔性标准是指导性的，表明推荐的或提倡的读音样式，可以适当宽松。例如：对书面语音要从严，口语语音要从宽，因为其各自的影响力不同。再如：对于区别意义的轻声、儿化的审音应该从严，使用规定性标准；对于那些不区别意义的审音要从宽，有一个指导性标准。有些现象可以先做出指导性标准，经过一定时期之后，如果条件成熟，可以从指导性标准转为规定性标准。两级标准可以相互转化。这样的两级标准会使审音工作比较主动。

4.6　处理好通用词语跟专用词语的关系

以下几项是关于审音的具体内容问题。审音对象要区分通用词语跟专用词语。重点在通用词语的语音，这是涉及大多数人的情况，要统一规范。对于那些只在专门领域使用的词语，如：人名、地名、动植物名、专业术语等等，要分别情况单独加以处理。在过去的审音工作中没有做出这样的区分，是一个缺失。

4.7　处理好常见词语跟罕见词语的关系

这跟 4.6 节的内容是相互联系的。通用词语中有常见词语，也有罕见词语。对比海峡两岸审音的范围可以看出，台湾的《审音表》有四千多字，原因就在于没有区分常见词语跟罕见词语。

选取规范对象时，常用性应在考虑之中。审音要以常见词语为主，尽量多审定常见词语中的异读字和人们经常会遇到的人名地名中的异读字，以方便群众的工作与生活。

4.8　分清个案异读和共性异读分别处理

异读音多以异读词个案表现出来，其中也会有共性。词汇现象多是个案，需要逐个处理。语法现象和语音现象多是以类相从，需要按照类别处理。例如：做后缀的"子"都读为轻声，就不用逐个规定读音。因此，还要认真分清规范的对象是属于词汇现象、语法现象，还是语音现象，以便分别加以处理。

4.9　处理好最简方案与最佳方案的关系

一般人们都是希望审音表能够简单些。然而最简方案不一定是最佳方案。当然最繁方案也不一定是最佳方案。如何选定适当的审音范围和适当的异读词数量，都是制定最佳方案需要考虑的问题。最佳方案应该是尽量精减不必要的多音；尽量符合多数人的读音习惯；尽量符合北京话发展规律；尽量与已有的审音结果基本一致。其实，最佳方案就是如何在最简和最繁中按照适用原则进行取舍，得到一个合适的平衡点，这是专家审音水平的体现。

4.10　应适当考虑到港、澳、台、以及海外汉语的使用情况

最后一点就是普通话审音应该将台湾、香港、澳门以及国外汉语的使用情况纳入考虑范围。将审音的范围扩大到港澳台地区和海外，促进汉语普通话的规范化，不仅有利于大陆、港澳台及海外华人使用汉语交流，也有利于汉语国际传播的标准化。

五、结语

在现代信息社会，科技进步，网络发展，语言规范具有极为重要的意义，关系到每一位使用汉语的人。现代汉语读音的规范是汉语规范化的主要内容之一。审音工作非常必要，又非常复杂。一方面，对于审音

工作的难度之大我们要有清醒的认识。同时，在总结历次审音工作的基础上，依靠各方面的专家学者和广大群众的积极参与，我们有充分条件做好审音工作。汉语一定能够显现出更为生机勃勃的活力，更加方便、更加有效地服务于社会大众，更快地走向世界。

参考文献：

《普通话异读词审音表》，1985 年 12 月 27 日，国家语言文字工作委员会、国家教育委员会、广播电视部联合发布。

高更生 2002 《现行汉字规范问题》，香港商务印书馆。

彭 红 1997 《播音规范与<普通话异读词审音表>》,《语文建设》第 6 期。

南开汉语教学新模式的探索*

石　锋　施向东

一、探索汉语教学新模式的概况

　　南开大学汉语言文化学院自从 2004 年开始，经过三年的时间，进行了新的汉语教学模式的实验和探索。

　　学院首先在零起点的基础班开始实验新的模式，我们称为实验班。开始一句汉语也不会讲的学生在新模式下经过一个学期的汉语学习，可以流利地用汉语讲话，能够通顺地用中文写文章。实验班的学生大部分取得了汉语水平考试的三级成绩，一小部分取得了四级成绩，还有少数同学甚至达到五级水平。实验班取得了很大的成功。

　　基础班的实验成功以后，我们逐步提高新模式实验班的层级，在一、二年级汉语言专业的留学本科生和初中级汉语进修生中间依次向上延伸。每个学期增加一个层级，到目前已经在基础一级、基础二级、一年级上（初级一）、一年级下（初级二）、二年级上（中级一）、二年级下（中级二）共六个层级中间全面实行了新模式的汉语教学。学院的课堂面貌有了很大改进，取得了良好的教学效果。

　　我们的新的汉语教学模式，是基于以学生为中心，以教师为主导的教学理念，以最大限度地调动学生学习主动性、促进学生语言能力的发展，从而提高学习效能为目的，在教学管理、教学方法、教材使用、测

---

*原文载《南开语言学刊》2007 年第 2 期（总第 10 期），124-128。

试方式等各个方面进行的全面改革。新的汉语教学模式提倡教师系统性
地教学，鼓励学生全方位地学习，我们将其命名为"系统型、全方位的
汉语教学模式——南开教学模式"。

二、南开教学模式的四个来源

南开汉语教学新模式的形成是学院长期致力于教学质量的提高，开
展国内外的教学研究的交流，不断努力进取所获得的成果。新模式有四
个方面的源头。

1. 南开五十多年对外汉语教学丰富经验的总结和发展。南开大学是
新中国最早接收留学生学习汉语和最早派出教师赴国外进行汉语教学的
先驱学校之一。南开对外汉语教学有五十多年的历史，特别是改革开放
以来得到全面发展。几代南开人在这个领域挥洒下汗水，付出了心血，
积累了经验，作出了贡献。南开成为国家对外汉语教学和研究基地。这
是南开新模式的最重要的基础。

2. 南开——爱大合作项目教学管理模式近十年成功运作的启发和示
范。日本爱知大学跟南开合作进行汉语现地教学，每年约两百名学生到
南开学习汉语五个月。单独进行管理，单独组织教学，在分班、课程、
教材、考勤、实习、测试等各个方面都有细致周密的计划和安排，受到
教师和学生的欢迎，成为融教学和管理为一体的南开——爱大模式。到现
在这个模式在南开已经成功运作十年，实际上已经为我们进一步在全学
院建立新的教学和管理相结合的汉语教学模式提供了一个初步的示范。

3. 对国外欧美主流学院汉语教学模式的学习和借鉴。我们跟美国哈
佛大学、哥伦比亚大学、威斯康星大学、普林斯顿大学等有着很好的交
流和联系。学院有多名教师曾在美国和欧洲担任汉语教师，对于欧美主
流学校的汉语教学模式非常熟悉，很有经验，很有热情，从而成为我们
根据南开实际探索新的教学模式的先头部队、骨干教师、中坚力量，在
南开模式的建立过程中，功不可没。

4. 近年来对外汉语教学事业迅速发展的实际需要。到南开学习汉语
的留学本科生和进修生近年来越来越多，成倍增加，为此学院也补充了

一批新教师。新的教学模式可以促进新老教师共同备课、彼此听课、互相交流、统一管理，保证教学水平稳步上升。在对外汉语教学的新形势下要继续保持南开多年来高质量的汉语教学的声誉，采用新的教学模式势在必行。

三、新模式的几种新做法

南开汉语教学新模式的主要做法分为几个方面，包括组织管理、教学安排、教材整合、测试评估等。下面分别说明。

（一）组织管理的四个制度

1. 主任教师制

我们在每一个教学层级设立一名主任教师，负责整个层级的教师配备、课程安排，主持集体备课，协调教学进度，检查教学质量。根据学生人数，一个层级可以分为几个大班，一个大班再分成两三个小班。主任教师负责组织管理所有大班和小班的老师。

2. 集体备课制

新模式要求同一个层级使用统一的教学计划，统一进度，统一要求，统一测试，所以必须集体备课。同一个层级所有的大小班教师在一起备课，一般每周进行 1~2 次。备课会议的主要内容有：

a. 交流总结本周教学情况：问题反馈、对应措施等；

b. 修订下周大班和小班的教学计划；

c. 落实教学计划中的各项材料（作业、小考、补充训练等）；

d. 准备小班课：教学重点难点、操练方法、辅助手段、时间分配等；

e. 教学研讨：针对教学问题商议对策；

f. 整理周考勤成绩档案。

此外，学院建设了网上教学平台——教学在线，供老师们及时交流教学信息，如每次课后学生掌握知识的情况、作业的情况、发现的问题等等。有的层级还设立了公共信箱，老师之间能够及时交流情况。

3. 教师轮换制

在同一个层级里，大班老师轮换给每个班上课，小班教师也轮换给每个班上课，大班教师有时候也上小班课。教师轮换的目的是：使学生接触所有的老师，增加他们的目的语国语境的实现度；平衡各个大班小班的教和学的水平、活跃课堂气氛；轮换也是对每一位教师教学水平和工作责任心等方面的检验，有利于教师之间互相促进和互相交流，共同致力于教学质量的提高。

4. 培训上岗制

新模式对于大多数教师都是新的，我们对所有进入这一模式教学的教学人员都要求经过岗前培训。学院设有培训部，负责对他们进行培训。我们除了请本校本院的优秀老师介绍经验外，还聘请海外的客座教授、讲座教授进行培训。一些短期班对教学有类似的要求，我们也利用这些短期班的岗前培训，训练我们的教师。此外，我们还利用与美国明德学院的合作，派出老师和研究生参加明德学院的暑期教学工作，同时学习国外的教学组织和教学方法。

（二）教学安排

新教学模式最重要之处就是把教和学作为一个系统，通过精讲多练，使学生全方位地掌握知识。

1. 大班导入：大班小班有不同的分工。大班课导入重点词语、语言点等方面内容，进行精讲；小班课对重点内容反复操练。大班以老师讲为主，让学生充分理解，但是也要有20%的时间让学生练习。

2. 小班操练：小班则以学生练习为主，让学生充分掌握所学知识，练习要占80%的时间。小班人数少，使得每个人在课堂上都有实践练习的机会，更便于因材施教、师生交流，让学生愉快地学习。

3. 听说读写全面发展：新模式整合了听说读写互相分离的几门课程，使学生在课上有大量时间练习。以基础班为例，每节课有大量的课上练习，每天有作业（包括汉字、词汇、完成句子、完成对话、阅读理解），每周2~3页的复习题（大约100题），一个学期共7~9次周考试、7~9次口头报告、7~9次作文、2次口语考试、15次补充阅读。这样就全面提高了他们听说读写的能力。

4. 提倡使用生词卡片、图片和课件：通过"教学在线"平台和网上公共信箱，公布课程重要语言点的讲义，建立学生总档案，包括考勤、成绩、作业、课堂表现等，实行对同一层级学生的统一管理。

由于课上学生开口时间大大增加，老师对学生的了解更多，实行教师轮换，使每个教师都能接触到本层级的每个学生，集体备课又使教师掌握学生的情况，增强了教学的针对性。

（三）教材的改革和使用

1. 整合教材

配合各课型的统合，教材也相应进行整合，原先按技能分课型的教材往往不能很好配套。每本教材各出各的生词，致使生词量比较大，但复现率很低。语法点的安排也是难以协调统一：有些语法点各门课都讲，但是讲的深浅角度不同，学生无所适从；有些语法点各门课都不讲，给学生的学习造成不便。整合过程中，将相应的课组成一个单元，每个单元作为一个整体，统一进行教学设计和教学安排。对教材内容进行合理取舍，避免重复，避免分歧，既节省了时间，又提高了效果。对于语法点，根据教材内容选出要讲练的部份，按照这些语法点的难易度及相关性加以调整，安排到教学过程当中，排序不再受课型限制。对于生词和词语，选出那些常用、搭配性强的词语安排练习。根据一个单元的内容安排口语练习的内容，并且和听力练习结合起来进行听与说的综合训练。写作方面则是与单元主题相关的内容进行练习。

2. 编制教师用书和学生练习册

配合教材，我们还整理出教师手册和学生练习册。制作了一系列的教学辅助材料，生词卡片、图片、课件等。这些教学资源既是本层级的共享资源，也是学院的共享资源。新来的老师很快就可以利用它们熟悉教学，避免了重复劳动。

（四）测式和评估

新教学模式加强了对学生的测试和评估。

1. 实行阶段考试：以教学单元为基准实行阶段考试，一学期有 4~5 次阶段考试，学期成绩为各阶段考试的平均值，改变了将期末一次考试作为衡定学生成绩标准的做法，促使学生平时就很重视学习的过程，及时进行预习、复习，改进了日常的教学。

2. 课堂测试：按照新模式，几乎每天的大课都有小测验，两周就有一次小考，这样教师随时都能对学生掌握教学要求的情况做到心中有数。

3. 作业和讲评：每天的作业，由大班老师布置，小班老师收交和判分，并通过网络平台和公共信箱登录成绩，交换有关作业情况的信息，使轮换接替的老师及时了解学生对课程要求的掌握程度，便于讲评授课内容和把握后续练习的分寸。

四、师生对于新教学模式的反映

1. 学生方面

通过问卷调查，88%的学生对大小班、教师轮换这种形式持正面的评价，74%的学生对进行大剂量的操练持肯定态度，81%的学生对先写作文、老师批改后进行口头报告的方式给予肯定，81%的学生欢迎课堂上使用生词卡。采用新模式后，教学质量全面提高。以基础班（零起点班）为例，通过一个学期的教学，学生普遍能够流利地进行口语表达，与他人交流没有障碍，能写 500 字左右的短文。许多人要求下一个学期跳过初级班，升入中级学习，还有些学生要求直接升入高级班学习。

2. 教师方面

通过问卷调查，教师反映，新教学模式是把语言技能教学引向科学规范的有益探索，有系统、有成效；在提高学生水平的同时，也提高了教师的综合素质，使教师能胜任不同课型的教学。教师们认为新模式的计划性强，安排科学、合理；集体备课的形式很好，效率很高，有针对性；备课材料都非常宝贵，可以资源共享；集体讨论加深了对教材的理解，对语言点和词语的把握更准确，上课时可以更加有的放矢。

通过三年来的试验探索，我们已经培训出一批适应这种新模式的优秀的主任教师和一支优秀的教师队伍，其中包括一批年轻的教师和研究生。

南开大学汉语言文化学院实行这种新的教学模式以来，在留学生中引起了良好的反响，比如在韩国的一些网站上，就有"学汉语，到南开"的说法。韩国外国语大学孟柱亿教授将这种新模式称赞为"南开模式"。

五、前景

对于新教学模式的探索，我们学院内部也经历了一个艰苦的认识过程。目前已经基本上达成了共识，在全院初中级汉语技能课程中实行了新模式的教学改制。其实，新的模式是一种开放的形式，对于不同级别的学生完全可以有不同的方法和安排。我们鼓励教师在新的教学模式中发挥积极性和主动性，开创自己个人的讲课风格和教学特色。实际上，这种新模式给教师带来的好处更为明显，经过勤奋努力的实践，很多年轻的老师在短时间内就成为了教学的骨干力量。

我们的新教学模式仍然在探索和改进之中，还有不少问题需要积极恰当地解决：教学管理的方法需要进一步完善，教学和教材的研讨需要进一步改进，教学计划和教学规范需要进一步加强，新教师培训工作需要寻求更合理更高效的方法。随着工作的进展还会有一些新问题不断出现，等待我们妥善处理。在这些方面还要下大力气，花大工夫，才能使新模式的优点充分展现出来。

我们过去所做的事情只是一个开头，只是一个起点。万事开头难，我们要准备在以后的道路上迎接更大的困难，使南开汉语教学新模式成为一个不断发展不断完善的过程。我们希望能够尽力搞好南开的对外汉语教学和研究基地，为汉语更快走向世界作出一份贡献。

语调研究的实践与认识
——研究生沙龙讲话①

石　锋　　　　　　　　　　　　　　　　2012 年 9 月 3 日

　　语调实验的总结我们本来准备上学期期末讲的，后来因为事情太多没排上，现在开学先补上，以后再讲听觉实验的总结和叹词研究的综述。

　　我算了一下，我们语调的研究开始得很早，从 98 年就开始了，我写了一篇文章讲不同语速的语调表现。后来到 99 年，梁洁做的失语症病人的声调和语调的实验研究，从那个时候到现在已经 14 年了，前后投入人力超过 30 人，这是下力量下的最多的。梁洁、江海燕、邓丹、梁磊、温宝莹、王萍、杨晓安、黄彩玉、张锦玉、根本晃、郭嘉、向柠、贝先明、金熹成、石林、田野、孙颖、陈怡、曾炫、陶媛、燕芳、韩维新、王敏媛、郑晓杰、王毓筠、刘叶、阎锦婷、刘静、江姗、王丽莉，香港的刘艺也加入了，还有广西师大的同学也有研究。语调研究是重头。做听辨研究有多少人呢？我算了一下，有 12 个人。我说的这些人都不算我自己啊。做心理实验投入了 8 个人，如夏全胜做动词名词的 ERP 特征，于秒利用眼动做歧义结构。有的是跨领域的研究，如张锦玉利用呼吸带做语调。

　　下面主要讲三个问题：语调实验中的收获，语调研究涉及的各种关系，我们今后的计划。

---

① 本文已经收入《语调格局——实验语言学的奠基石》（商务印书馆 2013 年出版）为代后记。

一、语调实验中的收获

现在我们做了这么多语调实验，就可以来讨论语调研究中的认识，讨论语调中的各种关系。如果没有做实验，没有实践，我们就不能够讲，因为我们不知道这里面有些什么奥秘。这也符合唯物论的认识论，实践——认识——再实践——再认识，所以我们在实验当中，一步一步的就懂的多一点，知道的多一点。

我们语调研究的中心是语调格局。《语调格局》的书现在我们已经拿到校样，版权页上印了两个项目，一个是社科基金的项目，陈述句的语调；还有一个教育部的项目，疑问句的语调。在这个基础上现在我们又增加了社科重点项目，做语气语调。我们还是要把语调放在一个重心位置。

总结过去的语调研究，我写过《语调格局》的序言，我给你们发过。那里大概讲了语调研究的整个思路和过程，所以我们就不再多讲了。讲讲我们的收获。

我们经过这么多人，这么长时间做实验，这么大的投入，得到的最重要的收获是什么啊？我们知道了语调具有层级性和系统性。过去我们只是说一个假设，因为语言是个系统，语调也肯定是个系统，实际上心里面并不是很有底气，但现在我们就底气足了。语调是一个系统，而且语调有一个格局，这个就有点儿把握了。因为我们已经从实践中得出来了，把格局都做出来了。

我去年沙龙报告，讲语调层级系统，里面有一个竖向的层级图，现在又做了一个横向的，给你们看一看：

上层是句调。下层是词调。句调加上句群。词调包括短语。最底下是单字，单字中有声韵调，都是成格局的。王洪君的书就是从音系方面讲单字音格局。我们以前做的元音格局、辅音格局和声调格局，实际上在为语调格局这个大楼在打地基。多字组就是二字、三字和四字，单字调有格局，连读调也有格局。我们有人做过，邓丹、孟晓淋、陶媛，做的不很多。下层还有很多空白，需要深入。

语调层级体系

- 上层 句调
  - 句群—句与句之间的相对关系
  - 复句（有标志、无标志、流水句）
  - 单句
    - 变式：焦点（强调、对比）语气（疑问、祈使、感叹）
    - 基式：陈述（自然）边界、下倾、变阶
- 下层 词调
  - 短语—词与词之间的相对关系
  - 词（连调格局：二字、三字、四字）
  - 字（带调音节：声韵调格局）

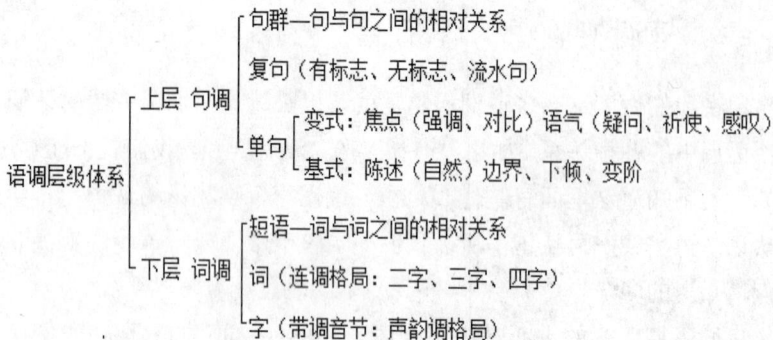

句调的基式是自然焦点陈述句，或者叫无焦点。基式里面包括边界调、下倾和变阶。变式包括焦点，就是强调焦点，实际上还有对比焦点等等，不同的人对焦点有不同的分类。陈述是一种基本的语气，还有就是疑问、祈使和感叹，里面还可以再分，外面还可能再加。我们过去多是做单句，以后要注意复句。复句是我们将来要做的一个重点，单句和句群的过渡地带。复句中最多的是流水句。

流水句的文章是胡明扬先生写的。商务出版社要出胡先生的纪念文集，开头有一篇全面概括总结他学术成就的文章，这个任务就交给我。我上个星期刚把初稿完成发过去给贺阳师弟修改。我是胡老师的学生，其实他好多文章我都没好好看，借这个机会认真读了一下。他研究的面特别广，古今中外，什么都有兴趣。他只要研究一个领域，肯定就有创造，就能够达到这个领域的前沿。他研究《老乞大》复句的分类，自己搞出一套分类方法，跟现在的教科书都不一样，对我们研究句群、复句很有用处。他是要用形式标志来分复句的类别。

什么叫形式标志？就是关联词语。有形式标记下面有并列句、主从句。大量没有形式标志的作为一类别划分出来，里面再分排偶句、非排偶句。非排偶句就是流水句。流水句下面再分类。他这样分，对我们研究复句的语调就很有帮助。

为什么要把层级画出图表呢？画的好处，便于观察。能够直观的看到我们前进的轨迹，看到我们的进度，知道我们目前在哪个位置上。这图上一层一层的，实际上就是语言结构。语言是一座很大的山，横看成岭侧成峰，从语法方面看，从语义方面看，我们是从语音韵律、从语调方面来看，都能看到语言的系统。

陈述句包括肯定句、否定句、连动式和兼语式，还有"把"字句、"被"字句、存现句、话题句。学语法的时候都应该学过。刘叶做出"了1"和"了2"的语音表现，我很高兴。还有其他的助词也要做。

我们的重点在变式。基式还有一些问题要继续深入，但是重点要放在变式上。主要就是语气调和焦点调，这两个有联系的。其实语调问题主要是语气调，大家关注的就是语气调。我们现在对语气调做的还很少很少，刚刚开始，因为我们从声调格局开始，一直在做打基础的工作。打到现在，打了二十多年。现在才开始接触到语调的重点问题、核心问题，要害就在语气调。我们只做了一点点语气调的试探性工作，刚刚接触到重点。

语调层级系统是我们语调研究一个很大的收获，里边很多内容都是我们通过实验得出来的。另外一个收获就是我们知道了语调和语气不是一回事。表达语气并不唯一，有多种形式，语调只是其中的一种形式。胡明扬老师有一篇文章叫做《北京话的叹词和语气助词》，那里面讲得很清楚。就是语调表达语气，语气助词也表达语气，另外有些词汇意义和句法形式也可以表达语气。如疑问句有疑问助词和疑问代词，同样可以表达疑问。所以语调的功能并不唯一。这是很重要的一个原则。胡老师有这样一个很重要的论述，有这样的一种理论，我们用实验的办法去证实它确实如此。所以我们的收获还是不小的。

实际上我们做了这么多年，就是在从下层到上层，先找到立足点，再一步一步地攀登，先易后难。如果说过去做的已经不是很简单的东西，但是那还是比较容易的问题。容易的事情我们先把它做了，最难的放到后面。最难的现在要开始干了。怎么干呢？要多动脑筋思考，多做实验探索。把这两方面结合起来，就能有所发现，有所前进。

二、语调研究当中的各种关系

这里我要讲语调研究中涉及的宏观和微观的一些重要的关系。

第一，我在考虑人和动物之间的关系。语气、感情，这是比较原生性的东西，原始的东西。所以，越是原始的东西，越能和动物找到共同点。我曾经在给本科生讲课的时候讲到思维问题。我先不讲动物有没有思维，我先问他们："感情算不算思维？"他们说："感情算思维啊。"我说："学习算不算思维？""学习算思维啊。"那么，"动物有没有感情？""动物也应该有感情。""动物会不会学习？""动物也会学一点东西。"实际上，动物应该是有思维的，动物之间也有交际。当然有好多反对的，说人怎么能跟动物画上等号，其实人就是高级动物，就是灵长类。现在有人叫动物学人说话，学不来就证明动物没有语言，这很不公平。应该叫人去学动物的交际，看看结果怎么样。语言表现情绪，表达感情，越原始，共性会越强。

语调最原始的部分带有人类语言的共性。语调共性最早是听荷兰的文森特讲的，赵元任很早曾经提到过这个意思。语言当中有各个语言的个性，有各种语言之间的共性。个性的东西往往是后起的继发性的；共性的东西往往是比较早的，原生性或原发性的。语调中有很强共性。各个语言当中，各个方言当中，不管你懂不懂，但是说话的音高啊、说话的快慢啊、轻重啊，你就能够知道他是什么样的语气，基本上能够感觉出来。因为这是原始的。

我还讲过镜像神经元的问题。正好，曾志朗教授要到天津开第三世界院士会议，他是台湾中研院副院长，中国神经语言学第一人。我们91年在美国就认识了，这次我请他开会中抽出时间来，讲一讲对于汉语的语音和汉字的最新的神经语言学的研究进展。他在台湾的一个研究小组专门研究镜像神经元。一开始意大利科学家在猴子的脑子里发现有镜像神经元，后来有更多人研究，发现人的大脑里的镜像神经元比猴子要多，还有镜像神经元的中心，和语言中心相重合。这对于人类认知、语言、文化的发生具有重要意义。镜像神经元的意义不亚于 DNA 的发现对生物遗传学的重要性。实验证明婴儿是透过模仿来学习的，而不是皮亚杰所说的"婴儿是透过学习才会模仿"。我们在研究语调的时候，要考虑到这一点。我写索绪尔的任意性那篇文章实际就是语调研究的副产品。镜像神经元国内很少有介绍，很奇怪。

第二就是语言和非语言的关系。什么是非语言？我们在讲语音的时候讲过，一定是代表语言意义的声音，才是语音。不代表语言意义的声音，虽然是人的发音器官发出来的，也不能叫语音。比如说哭啊、受伤疼得直叫、痛苦发出的呻吟、高兴时的笑声，都不能叫语音，还有咳嗽、哈欠等等。非语言和语言的界限并不是不可跨越的鸿沟。疑问还好，我们可以分类；祈使也有强弱的分别。比如说这个感叹语气就复杂了。有人在研究情感语调。情感调和感叹调有什么区别呢？这个界限怎么划呢？所以语言和非语言中间有一个过渡带。

对叹词的分析是一个很重要的问题。叹词在语言系统当中是一个边缘词类，它的语音不进入语音系统。因为一个叹词可以有各种各样的变化。我已经看到至少有三篇重头文章。有两篇是刘丹青写的。一篇叫做《叹词的代句性》。一个叹词，就可以代替一个句子。我曾经跟小郑讲过，"唉，又输了！"开头的叹词"唉"的调型，跟后面"又输了"的调域的起伏正好一样的。她实验后告诉我确实如此，我听起来就是这样。"欸，你来了？"也是一样，前面"欸"的曲线是升的，后面也是上升的调域，很有意思。当然，刘丹青主要从语法方面来说明叹词的代句性。最近他又有一篇《叹词的去叹词化和实词的叹词化》。叹词本是在语言的边缘，它可以进到语言核心。"哈哈，你真可笑。"到"我哈哈大笑。"再到"你别打哈哈。"这个"哈哈"就去叹词化了，进到语言系统里来了。实词也同样可以叹词化，"天哪，怎么办哪？""我的妈哟，真可怕！""天"、"妈"本来在语言系统中心的，到这儿叹词化了。所谓的独立成分，都具有叹词性。还有一篇是南京马清华写的《论叹词形义关系的原始性》，叹词是现代语言里的化石。它的价值就像远古动植物的化石，使我们能看到当时的情景。语言的原始状态我们不知道，叹词"保留着语言初始期的遗迹。认真考察叹词的各种特征，有利于破解语言产生之谜"。让我们了解远古人类语言是怎么发生发展起来的。所以语言和非语言的关系是非常值得我们注意的事情。

第三个是语音、语法、语义的关系，包括语用。我们不能单打一的搞语音，搞语法。都说汉语是单音节语素，英语多是一个词有几个音节。英语也有单音节的词，像 dog、cat、go。现在我们知道，汉语字音叫带调音节。什么叫音节？发音的自然单位。这个不能算是语素。语素的语音形式是带调音节，就是一定要带调，单个的一个音节不表示任何意义。英语也同样，英语叫带重音的音节，一定要有这个重音的标志，它才能够代表意义。所以语音和语义、语音和词汇、语音和语法，这个不能够分开的。真正想在语音学上做出成绩来，不去研究词汇、不去研究语义、不去研究语法，做不出来的。特别是语调研究，语调研究如果不和词汇、语义、语法，以及语用结合在一起，寸步难行，即使做出来之后也是漏洞百出。所以我们提倡语音、语法、词汇、语义、语用都要去学，然后你再来研究语调，得心应手。

第四个关系是词调和句调的关系。因为我们现在做的实验句都比较短，所以是字调、词调、句调。这样分成三层。实际上，这是最简单的一个划分。字调组成词调，词调组成句调，实际上中间还应该有一个短语调。要按照音系学的说法，可以分成七级。词调和句调，一个是下层，一个是上层。沈炯曾经讲过，声调是音节水平上的音高调整，语调是对于全句各部分调域的调整，这中间还有一个词调和短语调。词调和短语调是以单字调为基础的连调。单调到连调肯定是变的。只要连起来都会变，只不过要看调位有没有发生变化。像普通话就是上上相连，前字变调。如："油井"和"有井"，我们听起来是一样的，但是在发音的时候，实际是有差别的，这种差别可能会反映在语调当中。本来的阳平调在语调当中是很随便的，总是在调域的上下限之间浮动的，不稳定的；由上声变调的阳平，却大都都在调域的上限。这可能有点物极必反、矫枉过正的效应。这可能影响到语调的调域变化。

词调是解决意义的问题。句调实际上就是调域的扩展或压缩，时长的加大与缩短。句子内部的停顿，实际上多是结尾的延长。句和句之间有空白停顿。这就是词调和句调的关系。短语调是词调和句调之间的结合部。我们为什么没有专设短语调，第一是在前一段的语调实验当中，用的都是比较短的句子。其中的动宾短语，如"修收音机"，我们可以把它作为一个单位，也可以作为两个单位来处理它。

要研究活的语言，从现象中看出语调的特征。一方面是通过形式认识本质，更重要的是了解本质才能更深入地认识形式。感觉到了的东西我们不能立刻理解它，只有理解了的东西才能更深刻地感觉它。你认识不到语调的本质是调域的变化，怎么能做出语调格局呢？阳平和上声明明是不同的调位，有人就是找不出边界。他把上声的调型定错了，定成214，和阳平去找界限。怎么找呀？我们把上声本质看为低平调，边界就得出来了。所以语调的问题，语言的问题，你认识得越清楚，实验设计就更合理，也就越能够得到其中的特征和规律。

第五个就是基式与变式的关系。语调的基式就是任何一个语气都可以用它。疑问句用它，感叹句用它，命令句也可以用。用陈述语调的时候，表达命令是靠词汇意义。如果又带有命令的词汇意义，又有命令句的语调，那这个命令就很强，很厉害了。疑问句也是一样，又有疑问词，又有疑问语调，就使它的疑问程度加强。其他都是这样。我们当时叫基式是很重要的术语。基式就是基本式，任何东西都可以用它。基式就是默认形式，默认的另外一个说法叫缺省，就是无标记的。从这一点有可以看到语音和语法、词汇都是打通的。

基式表达不同的语气要用词汇手段，有的也要有句式的手段。变式表达语气就是用语音手段，也可以加上词汇手段和句式变化。变式就是用语音手段表达不同语气的一种方式。基式和变式可以相互对比来发现他们的特征。所以我们要先做基式的实验，然后再做变式实验。这等于先有一个立足点，然后再扩大。先占领一个阵地，再去扩大。做任何事情都是这样，一步一步，先易后难，不断前进。

第六个就是单句、复句、句群之间的关系。王萍已经做过字调域在词调域里的表现，词调域在句调域里的表现，都是一种近似同构的关系。同构关系就是拷贝关系、模仿关系、象似关系、递归关系。递归是语法上的术语。由此我们可以推想，单句和复句是不是也有这样的关系，然后句子和句群是不是也有这样的关系，或者是在这样的关系基础上进行调节。我们可以照着这个思路再去设计一些实验。

第七是语气表达的手段之间的关系。前面讲了语气表达手段有几种，词汇意义是实词的意义，像疑问代词是实词；疑问助词、语气助词属于虚词。实词、虚词、句式、语调、语境这些都可以表达语气，他们之间有哪些关系，是互补的关系还是叠加的关系？互补的时候怎么互补？叠加的时候怎么叠加？还有它们在语音表现上的量化程度怎么样？这些都是很重要的，叫做语调表达语气的作用并不唯一。语调的作用有限度。但是只要一个人说出句子就有语调，所以语调又是不可缺少的。此外成句的语调和不成句的语调，说一个词、一个短语和说出一句话来，这个语调有什么差别？首先是特征点，还要有量化，做到心中有数。

第八个关系到不同语言、方言的语调研究。我们为什么要研究英语的、日语的、韩语的、还有粤语的语调？就是要看语调有什么共性和个性的表现。有的相同，是共性的；有的不同，是个性的。如焦点调就有不同表现。有的焦点后的调域有一个大的落差，压缩得很厉害。汉语、英语、日语是这样的，但有的就不是这样的，如我们做的粤语，就没有明显的落差。许毅把它做为一种类型的划分。其实焦点位置上调域扩展的凸显表现都一样。这些邻接成分的陪衬的表现，在不同的位置、不同的语言之间有差异。

不同语言之间，还有一个重要的方面就是研究二语习得、语言接触，其中的语调都有怎样的表现。中国人学外语和外国人学汉语都会出现这种语调上的问题，洋腔洋调或者土腔土调。林焘先生很早就提出解决洋腔洋调的问题。我们也开始做了几种实验研究，有了一些初步了解。还需要进一步去探讨。究竟是学生对语音的掌握不熟练，还是对语义的理解有问题？其中有哪些规律性？这对于汉语的二语习得和教学有理论上和应用上的意义。

以上这八种关系是我们在语调实验研究中的认识和思考。

三、下一步的研究

我们至少还要增加 5 到 10 个人，才能把语调研究初步做出眉目。第一个是要拓展、扩大范围，另一个是要深入，条分缕析。要以语气语调为中心，跟陈述句对比参照。陈述句也要再加不同的焦点、不同的句式。疑问句要划分成不同的类别，不同情况下的强疑问和弱疑问。祈使句也有命令、请求、乞求的不同。口令是最强的，像大一新生的军训，教官发的口令。感叹句要从叹词入手，把感叹的各种类型做出来。大概一两个星期以后，我们再找机会来讲叹词。

　　一定要分类去做，量化得出的结果才好相互对比。如果把口令和其他句子混在一起，其中的特征都相互遮掩了，就像把几张透明胶片写上字叠在一起，你怎么认出来？一张一张地分开来看，立刻就一目了然。其实分类就是分层，分类是研究的基础，也是成功的关键。

　　以语气语调为重点，以声学分析为基础，起伏度、停延率、音量比，这是研究语调的三件法宝。"工欲善其事，必先利其器"嘛。以声学数据作为依据，展开听觉、呼吸、眼动、脑电研究，相互结合，立体式研究。其实生理、物理、心理都是有联系的，有对应关系的。张锦玉研究呼吸得出，一个句子的呼吸是有节奏的，可以量化为呼吸度。这跟我们做出来的时长停延率、音高的起伏度能够对比分析。人说话的时候，呼吸的快慢强弱不是用大脑来指挥的，而是以语义表达的心理体认，不自觉地、无意识地调整。分析说话人的呼吸曲线可以开启新的窗口来看语义表达的方式。在语调听觉方面，以前江海燕、曾炫做过一些工作，主要用莱顿大学的文森特的方法，以后我们要继续进行下去。眼动、脑电我们也都启动了，开始有了硕士论文和博士论文。眼动就是在一句一句阅读的时候，眼睛注视点是怎么停留、怎么变化。大脑的研究怎么跟语调联系，心理所杨玉芳老师做的工作对我们很有启发。这些都要先找到突破点，边学边做。

　　在研究对象方面，中国人说母语跟外国人讲汉语，儿童讲汉语跟成人讲汉语不同的比较。把外国人讲汉语跟中国成人讲汉语进行比较。然后外国人讲汉语跟中国儿童讲汉语进行比较，相互对照。然后再跟方言区人讲普通话作比较。普通话、方言、民族语、外国语，我们说有语感，萨丕尔叫语言直觉，比如维吾尔族人说汉语，就有他们的特点，我们一听就知道是哪儿的人。我们把这种感觉、直觉变成数据、变成图形，从中找出量化的证据。相同的方案，同一个设计，可以用于不同的对象，得到的结果可以相互对比，拓展我们的认识。

四、方法和目标

语言研究应该有一个中心，两个基本点。一个中心是语言系统的理念。体系的研究、格局的研究是中心，语调就是其中的一个子系统。两个基本点就是两种基本的研究方法：一个是量化，不管多么复杂，把它量化变成百分比，就会心中有数。这是一个现代研究的基本思路。另一个是对比，横向的，纵向的，从不同的角度来进行对比，尤其是量化的对比。人类的发现都是从比较中出来的。语言学就是从比较开始的，历史比较语言学。这是一个传统的研究思路。一个现代的，一个传统的，古今结合，继承发展，缺一不可。

在研究方式上面要大力提倡开放性的研究：参与人员的开放，理论方法的开放、眼界胸怀的开放。这是相互联系的。人员的开放，不只是南开大学的人来做，其他的人来做都可以。北京的人、兰州的人、广西的人、四川的人、广州、香港、包括国外日、美、韩、欧洲都有人来做，都欢迎。鼓励更多人的人来做。现代科学是要集体性地、团队性地来进行研究，合作式地、交流式地进行研究。个体户式的小作坊里搞不出什么名堂。

理论方法的开放，我们的理论和方法公开透明，谁愿意学我们都高兴教给他们。每年办语音班就是请进来，公开我们的方法，还有走出去，到北京去讲，大连去讲，河北去讲，哪里需要到哪里去教。理论可以看书看文章，方法有的就要当面学才方便。有的人思想很狭隘，很保守，自己的方法保密。像幼儿园小孩一样，自己的仪器不许别人用，甚至语料库也垄断起来。他们哪里知道，你的方法用的人越多，越有价值，我们的 T 值、V 值、Q 值等，希望大家都去用。国家经费成百万成千万花出去，仪器没人用等于废铁，语料库没人用就是垃圾，只能哄骗去视察的领导。有些领导也是做样子走过场，就不会多问一句：你们用这仪器做出哪些研究？你们用语料库做出多少成果？

　　眼界胸怀的开放很重要。在语言学外部要跨学科，文、史、哲、社会、经济、法律，文科当中首先要打通；再要文理结合，把心理、生理、物理都结合起来，量化离不开数学的统计。当然，由于语言现象不同于自然现象，所以自然科学的方法一定要根据语言学的特点有所变通，才能适合用来分析语言现象。在语言学内部则要跨边界和跨领域，语音、语法、词汇、语义、语用，以及古代、现代这些都把它打开，都要去看一看，都要去关心。学无止境，科学无禁区。不要给自己划禁区，不敢越雷池一步，也不要给别人划禁区，这是我的地盘，别人不得进入。在开放面前我们都要学习，学会合作，学会交流，学会学习。学习前辈学者，学习国外学者，学习同行学者，同时要在实践中学，在实验中学。使我们的思想能够真正地开放。现代科学最重要的特点就是合作，所以我们要有合作的心胸。老师和同学合作，同学和同学合作，老师和老师合作，南开和外校的师生合作，中国的和外国的学者合作，那我们就一定会成功。

　　我最近看《中国社会科学报》一篇文章讲复制性研究，就是我们社会科学的定量研究应该可以被再现。需要学术透明化和开源机制使数据和方法能在更大范围交流。这个开源机制应该就是我们讲的开放性。语言学，不管是中国的、外国的还是不同流派的，研究对象都是语言，所以是一种集体性的学术事业。横向具有集成性，纵向具有继承性。例如形式派、功能派，认知派，各领风骚。语法研究有词本位、短语本位、句本位，还有字本位，每人各有自己的本位，谁也不可能一手遮天、包打天下。横看成岭侧成峰，百花齐放才是春，学术上只有一种声音会很危险。所以横向需要集成，就是要和其他学者互相借鉴、互相交流。

　　我们的研究是很多前辈学者努力的积累，不是像孙悟空一样从石头缝里蹦出来的。科学不断发展，长江后浪推前浪。前人有前人的贡献，后人总应比前人更先进，可是绝不能以现在的认识去苛求前人。要像王士元先生讲的，站在前人肩上，不要总是站在前人脸上。这是尊重学术的继承性。开放性研究可以把个人的学术进步跟学科的长远发展融为一体，我们应该大力提倡。

最后是我们总的研究目标。我们做了这么多的实验，测算、分析，写文章，到底是要解决什么问题呀？目标是什么呢？总的学术上的目标就是要揭开人类语言的秘密。胡明扬老师早就说过：长期以来，对各种语法理论、语法体系和语法分析方法只有主观评价而缺乏客观的验证。所以我们用实验来验证理论，同时，用实验来发现规律，建立理论。用实验建立的理论是最科学的、最可靠的。

我对总结性的、概论性的东西也愿意做，但是见到挑战性的、探索性的新东西，立刻就把我吸引过去了。以前我说"语调是语言学家永远的诱惑。"实际上是讲我自己。它总是诱惑我去揭开它神秘的面纱。所以语调是很微妙的东西。现在又多一个，听觉也很神秘、很微妙。挑战性的、探索性的东西有更大的诱惑性，因为做这些事乐趣更多一些。

马克思说过："最先朝气蓬勃地投入新生活的人，他们的命运是令人羡慕的。"我曾经在语音班通知中写过这句话。你们做的是没有人做过的探索性研究，所以你们进入新生活了。你们要是被动地，老师让我做，只好去做，你们就不幸福。要朝气蓬勃地投入研究，那么你们的命运就是让人羡慕的。这也就是王士元先生讲的：乐在其中。让我们一起，忙并快乐着，累并快乐着，苦并快乐着。

（王敏媛、邓文靖、张金爽记录整理）

评　译

通向汉语语音的便捷之路
——评林燕慧《汉语的语音》*

石 锋 梁 磊

打开《汉语的语音》(*The Sounds of Chinese* by Yen-Hwei Lin)*，立刻为作者简洁流畅的文笔、条理清晰的内容所吸引。这是为母语为英语的学生了解汉语语音知识，学习汉语普通话的发音而写的一部重要的教科书。

《汉语的语音》全书共分为 12 章。首先结合汉语普通话的语音实例介绍语音学和音系学的基础知识，然后依次讲解汉语普通话的辅音、元音和声调的基本情况；以汉语音节结构为基础，详细分析了辅音、元音和声调的结合与变化；介绍了汉语词语中的重音和轻声的表现以及声调跟语调的相互影响；作者用借词音系学的理论方法分门别类列举了汉语吸收英语借词的各种方式；最后还说明了汉语方言的变体以及台湾国语跟普通话的语音差异。论述全面，内容充实。

《汉语的语音》一书吸取了很多学术界新近的研究成果，采用了一些广为接受并且容易理解的学术观点，其中也融进了作者多年来在汉语语音方面努力钻研辛勤耕耘的收获。对于从事汉语教学的教师和研究学者说来，这也是一部关于汉语语音的重要参考著作，很值得一读。

原文载 *Journal of Chinese Linguistics*. (2011) 39. 1. 238-244.

*《汉语的语音》(*The Sounds of Chinese*) 于 2007 年由剑桥大学出版社出版，正文加附录共 316 页。作者为美国密西根州立大学语言及语言学系林燕慧 (Yen-Hwei Lin) 教授。

　　书中显现出学术的亮点和作者的创见表现在各个章节。这里择要指出几个方面的特点略做探讨：一、全书自始至终都体现语音学跟音系学的对接与结合；二、使用国际音标对于汉语拼音作出系统标注；三、采用英汉对比方式举例进行语音分析，既是教学的坦途又是发现的捷径；四、英汉借词音系学的解说加深对于汉语语音系统的理解和认识。

一

　　语音学跟音系学的结合已经成为近年来的学术潮流。"这两个领域彼此区别，但又相互联系。……二者之间的边界并非完全划分清楚的。若想更好地理解众多音系学的模式和论题，就需要把语音研究考虑在内；同样，若要进行任何语言的语音学研究，就必须了解这种语言的音系知识。"（见 14 页）作者身体力行，纵然在音系学中已经颇有建树，然而从本书开头的简述汉语普通话辅音、元音的语音分类及特点，到最后借词语音的吸收过程和普通话与台湾国语的语音对比，不仅思路清晰，条理分明，而且结合实际，细致入微。看得出来是在语音学方面做了很多努力，下了很大工夫的。

　　作者把语音学和音系学结合取得重要成果的实例之一，就是对汉语普通话舌面元音的语音学表现详尽描写之后，按照语音系统的原则分成/i、y、u、ə、a / 5 个音位。（见 82 页）相比很多汉语教材中划分 7 个舌面元音的做法，本书的分析颇有新意，符合音理，引人注目。

　　笔者曾通过语音实验分析北京话的基础元音，得到的同样是这 5 个舌面元音。（石锋 2002）因此感佩书中的高论，犹如他乡遇到知音。这里还想对中元音/ə/加几句说明，这是一个强游移性元音。在单韵母中/ə/的发音大体是从[ɯ]到[ʌ]纵向滑移，具有明显的动程。如：小河的"河"，汽车的"车"。在拼合不同的韵头和韵尾时有[e]-[ə]-[ɤ]的横向移变。如：雷[lei]、分[fən]、科[kɤ]。这种游移性常常使学者分析普通话的中元音时出现犹豫、产生分歧。教师应该对此特别加以注意，对于母语非汉语的学生要详加解释，作好示范。

　　对普通话两个舌尖元音/ɿ、ʅ /，本书中是作为音节化辅音（syllabic

consonant）/ɹ/来处理。这可以作为一种教学策略，方便学生。我们在实践中是按照跟声母辅音同部位的舌尖前元音（平舌）和舌尖后元音（翘舌）来教学。其中的舌尖前和舌尖后分别是指舌尖位于齿龈的前部和齿龈的后部。这样教学的效果也不错。

二

对于外国学生讲汉语拼音，一定要用国际音标详加注明，这是很多汉语教师的切身体会。使用国际音标对于汉语拼音作出全面标注，这是本书的重要特色，也是重要优点。

汉语拼音跟国际音标性质不同，绝不能把汉语拼音看作是国际音标。国际音标用来记录和描述实际说话的语音。汉语拼音只是汉字的注音，相当于汉语的罗马字母转写符号，可以直接帮助已经会说汉语母语的学生认字读书。对于汉语非母语的学生发音说话只能有间接的帮助作用。这是因为汉语拼音不是实际发音的记录，跟实际发音是一对多的关系。把汉语拼音当作国际音标来教外国学生的危害性之大，不言而喻。然而至今尚有不少汉语教师在这样做，胶柱鼓瑟，误人子弟。本书自始至终如影随形，用国际音标对应注明各例汉语拼音在不同条件下的实际发音情况，在第六章中还把汉语拼音和实际语音表现进行了系统性对比，高明之处，醍醐灌顶，振聋发聩，意义重大。

作者讲解卷舌元音的特点很实际："一、发音为卷舌元音的字很少；二、卷舌元音韵母前面没有辅音声母；三、目前还不清楚这个韵母是只包括一个单元音，还是一个音节化的辅音，亦或是一个复合元音，还是一个元音后加一个辅音。"（第 80 页）书中相应地用四种方式标注卷舌元音的发音。这是一种客观的做法。

对于卷舌元音，前贤已有很多论述。赵元任（1980）把/ə/归为舌尖元音，与/ŋ/、/ʅ/同类。李思敬（1986）关于它的实际音值确定为[ɚ]的看法得到王力、邢公畹等很多学者认同。业师邢公畹先生（1995）提出："我主张在一定的场合要明文规定现代汉语舌尖元音一共有三个,两个是单元音，即[ɿ]、[ʅ]，可以合并为一个/ï/音位；一个是复合元音，即/ɚ/,

它有一个以/ə/作起点的卷舌过程，可以写作/ɚ/，即/ər/。" 我们的语音实验也证实普通话卷舌元音/ɚ/的发音有一个舌尖翘起的动程，是一个复合元音，也就是央元音/ə/后加一个卷舌的/ɻ/作韵尾。（石锋 2002）本书作者实际采用的也是复合元音的标示方法。（第 184 页）

另外，实验表明，"儿、耳"的发音为[ɚ]；而"二"的发音为[ɐɻ]，开口稍大一些。这是/ɚ/音位在不同声调条件下的变体，教学时也需要注意的。

三

对比的方法是发现的捷径，是教学的诀窍。针对英语为母语的学生的习惯特点，采用英汉对比方式举例进行语音教学和分析，是本书的一大特色。书中在讲解汉语语音现象时，注意对比英语中的相关语音现象进行说明，并提供实际可行的发音建议。安排恰当的英汉语音比较，对于母语为英语的学习者十分便利。

在汉语音节结构的讲述中，关于零声母问题的分析不乏亮点。（第113、163、171、178 页）作者对比英语词例，解释了普通话的零声母如何组织成音节，不同类型零声母音节的发音及变化等情况，明确指出汉语普通话中对于"音节重组" (resyllabification)有严格的制约。

汉语零声母是一个假设还是确有其实，人们并不都很清楚。赵元任曾经指出："这个零声母，大部分的人发音时，都有一点像辅音似的闭塞，或者发成无摩擦的舌根或小舌部位的浊通音。这就是为什么'棉袄'mian'ao 里的 n 跟 ao 不像英文的 ran out 可以连读的缘故。"（Chao 1968）这就是说，零声母是一个音位，这个音位并不是真空，什么音都没有，而是有一些不成音位的喉塞音或是浊通音这样的语音成分。具体说来，零声母音节以高元音/i、u、y/开头时，会分别带有同部位的通音[j]、[w]、[ɥ]；而以中、低元音开头时，会带有喉音[ʔ]或者 [ɦ]。因此，零声母不是假设，是真实的客观存在。汉语中音节重组受到零声母的阻隔。检验的方法就是："天安门"不能说成*tian- nan- men；"天鹅湖"不能说成*tian- ne- hu。英语中没有零声母，音节重组就会畅通无阻，所以

good idea 和 an apple 这样的情况都可以很自然地连在一起来说：good idea 和 an apple。

作者对于"好哇、天哪、来呀"这类音节重组情况解释为后面是弱化轻声的零声母音节。其实如果依据语气词的发音属于边缘语音现象的观念（参见王洪君 1999），可以认为语气词"啊"的发音是非零声母的边缘结构，不纳入基础音系。因此语气词这种边缘语音现象并不影响上述有关零声母的结论。

四

汉语中有大量外来的借词。对于英汉借词音系的分析说明是本书的又一特色。其他的汉语语音教材或著作对于借词语音问题多是寥寥几笔，简略带过，或者就是阙如。作者凭藉深厚的研究基础，独辟蹊径，列出专章解说汉语借词音系学的基本原理和具体做法，引人注目。

书中主要以英语的人名地名等专名的汉语音译为例，分为音节结构的调整、辅音的调适和元音的调适三个部分，例解说明了一个英语音节如何调整为汉语中允许的音节类型，哪一类英语的辅音被调适为哪一类汉语中的辅音以及哪一类英语的元音被调适为哪一类汉语中的元音。如：音节结构调整的两个策略是：（1）插入元音；（2）删除辅音。（见 241页）。对于辅音和元音调适的制约规则也都条分缕析，举例得当，论述清晰。

汉语借词音系学的解说使我们拓展了对语音学和音系学普遍规律的认识，加深了对汉语语音系统规则的理解。这种做法非常有利于英语为母语的学生学习汉语语音，使他们从实际中体会到英语和汉语的语音差异，增加很多实际的知识。这真是一举多得，事半功倍。

五

世上任何事物都不会是完美无缺的。这本书也有一些可以改进完善的地方。有的论述可以适当补充；有的处理可以再行斟酌。

例如：书中主张把 j、q、x 这组舌面辅音跟 z、c、s 这组舌尖辅音根据音位互补原则进行归并，使汉语普通话的辅音音位成为 19 个。（见50 页）在普通话的辅音声母中，j、q、x 只能跟齐齿呼、撮口呼韵母相拼，不能跟开口呼、合口呼韵母相拼；而 z、c、s，zh、ch、sh 和 g、k、h 这三组声母则是正好相反，都只能跟开口呼、合口呼韵母相拼，不能跟齐齿呼、撮口呼韵母相拼。这是一对三的多重互补关系。按照本土的汉语教学和研究习惯，以上三组辅音声母都不与 j、q、x 归并，保留全部 22 个辅音音位。这是可以再行斟酌之处。

　　汉语是声调语言，正确掌握声调的发音至为重要。外国学生的洋腔洋调主要就是连读中的声调和语调发音没有解决好。书中分析了普通话的单字调和连读变调。根据我们最近的大样本实验统计（石锋、王萍2005），普通话的四个单字调单念的时候，调值分别是 55、35、213、51。如果排除单念时的边界调表现，上声在连读中前字时多是 211，后字时多是 212。我们建议在教学时只教 212 或 211 的念法，费力少，效果好。这是可以考虑补充之处。

六

　　书中每章后面都列有一些练习题，难易适度。书后还列出了各个章节可以分别参考的文献以及术语解释。随书附有一张 CD 光盘，由地道的发音人朗读了书中讲到的各种普通话语音。这些做法为学生复习巩固知识提供了方便，深受欢迎。特别需要提及的是，该书附录包括了三部分：国际音标表、普通话全部音节的汉语拼音与国际音标对照表、学习汉语的网站。便于进一步的拓展学习，很有实用价值。

　　综上所述，林燕慧教授所著《汉语的语音》一书，理论全面，方法创新，简单明晰，结合实际，是一本不可多得的了解和学习汉语语音的好著作、好教材。这本书为学习汉语的学生增添了得力的指导和帮助；为研究汉语的学者呈现了奋力的探索和开拓。《汉语的语音》展示出一条通向汉语语音的便捷之路。

参考文献：

李思敬 1986《汉语"儿"［ɚ］音史研究》，北京：商务印书馆。

石　锋 2002 北京话的元音格局，《南开语言学刊》第 1 期。收入《语音格局》，商务印书馆，2008。

石　锋 2007 汉语语音教学笔记，《海内外的互动与互补》，北京：商务印书馆。收入《实验音系学探索》，北京大学出版社，2009。

石锋、王萍 2006 北京话单字音声调的统计分析，《中国语文》第 1 期。

王洪君 1999《汉语非线性音系学——汉语的音系格局和单字音》，北京大学出版社。

邢公畹 1995 对外汉语[ɚ][i]两音位的教学及[ɚ]音史的问题，《语言教学与研究》第 3 期。

赵元任 1980 《语言问题》，北京：商务印书馆。

Chao, Yuen-Ren. 1968. *A Grammar of Spoken Chinese*. Berkeley: University of California Press. 丁邦新译，《中国话的文法》，1980，香港：香港中文大学出版社。

北京话韵律特征的多角度研究
——读《语音探索集稿》[*]

石　锋

林焘先生的《语音探索集稿》(北京语言学院出版社，1990)是国内第一部现代语音研究的个人论文集。书中汇集了 12 篇语音研究的论文，其中有 30 多年前的力作，更有近年撰写的新篇。在现代语音研究领域中，涉及语音的实验分析、感知研究、语音变化、方言调查、语音和语法的关系、语音的个性差异以及语音教学等各个方面。虽然时间跨度大，内容涉及广，然而纵览全书，贯穿于各篇论文的一条基本脉络是：以北京话为基本素材，其中特别以韵律特征为主要对象进行了多层面、多角度的考察分析。韵律特征正是现代语音研究的难点所在。对于汉语这种典型的声调语言来说，韵律特征的研究就更为重要。

几年前，林焘先生组织指导出版了国内第一部现代语音学研究的论文集《北京语音实验录》。如今，林先生又出版了个人论文集。看到先生在书中深入浅出、引古论今、阐微发宠，以古稀之年仍保持着学术上的青春，感到非常高兴。这里把自己读书之后的体会写下来就教于先生和师友。

一、北京话和北京官话

书中除有五篇论文以北京话为题之外，还有两篇专门论及方言研

---

*本文原载《语言教学与研究》1991 年第 2 期。

究，即《北京官话溯源》（1987）和《北京官话区的划分》（1987）。北京官话不同于北京话。北京话仅指北京城区的话。北京官话则是分布在东北地区，包括内蒙古东部，经过河北省的围场、承德一带直到北京的这一广大区域里，声韵系统十分相近，调类完全相同，调值极其相似的汉语方言。

研究北京话的历史一定要考虑到它所具有的特殊的语言背景。把北京话和北京官话联系起来，在北京官话的形成和发展中来看北京话的历史源头，就会得到令人信服的结论。文中分析了大量的历史文献，指出辽、金两代居住在北京地区的汉族人民和契丹、女真等族经过几百年密切交往逐渐形成，到元建大都时已趋成熟的元大都话是现代北京话的源头。现代北京话就是在三百年来北京内外城人口结构完全不同的条件下形成的。内外城两种方言来源相同，长期密切交流，逐渐融为一体，成为现代北京话。作者还特别提出东北方言在金代和清代曾两次"回归"北京。这两次的语言回归对北京官话区的形成和现代北京话的发展都起了很大的推动作用。

在中国有着世界上最丰富语言和方言的矿藏。研究语言不能不研究方言；研究语音同样不能不研究方音。作者研究现代汉语并不只是研究普通话。他不但关心历史，而且把方言研究看作份内之事。这跟那种"画地为牢，不愿越雷池一步"的治学态度成为鲜明的对照。

作者认为，语言和社会一样，越是封闭，发展得越慢；越是开放，发展得越快。北京官话始终处于一种相当开放的语言环境之中，因而成为发展最迅速的汉语方言。正是从这样一种历史的观点来认识北京话的地位，从这样一种理论的高度来理解研究北京话的意义，作者组织领导并且亲自参加了对北京话进行的广泛而深入的调查工作。《北京话儿化韵个人读音差异问题》、《北京话去声连读变调新探》、《北京东郊阴阳平调值的转化》等论文，就是这种调查分析的成果。

二、关于轻音的认识和实验

书中涉及现代汉语轻音现象的四篇文章中，作者从轻音音节的语音性质，轻音的地位和作用，以及轻音的听辨实验等几个方面分析研究了这一问题。

轻音就是一个轻而短的音节。作者认为轻音这个名称只能反映音强减弱的特点，并不能反映出音长变短的特点。其中后一个特点比较重要，由于短，就容易丧失它的音节独立性。因此它们不能和有声调的音节处在同一个语音层次。在以音节作为一个层次来分割语音音位时，应该只限于有声调音节，不能包括这些轻音节。在这个语音层次里，这些轻音音节只能依附于它前面的有声调音节构成一个语音单位。汉语声调的调值有超出一个音节的范围而把后面轻音音节包括进去的趋势。

作者的上述观点在《探讨北京话轻音性质的初步实验》（1983）一文中得到进一步证实和发展。作者对于用计算机合成的几对比较接近自然语言的轻重音（如：鸭头—丫·头）变换音高、音长和音强的合成参数，然后测验 60 位听音人对随机排列的样品听辨的结果。实验表明：（1）减弱"重重"型或增强"重轻"型后一音节的音强，听辨结果都没有显著变化。因此在北京话里，音强对区别轻重音所起的作用很小。（2）"重重"型后一音节的音长越短，听成轻音的比率越高。然而后一音节的起点音高具有制约作用，起点太高，比率就要下降。"重轻"型情况与此相似，但趋势没有那样显著。因此，音长在听辨北京话轻重音中起了非常重要的作用。（3）音高在听辨北京话轻重音节时的作用远没有音长重要。它的作用主要在音节起点的高低，调型的升降起作用比较小。音长越短，起点音高的作用越明显，调型升降的作用就越小。音高所起的作用要受到音长的制约。（4）汉语是有声调语言。音高的变化在重音音节中已经起到了非常重要的辨义作用。在分辨轻重音时以音长的变化为主。这样，音高和音长在语言中所起的作用就有了明确分工。

这个实验的结果极具启发性。汉语跟印欧系语言不同。音节的独立，调型的表现，都需要一定的时长来实现。音强是物理量，而人们对轻重音的辨别是依据心理感受。很多研究说明，正像人类的其他感官一样，人耳的听觉也表现出时间积累的效应。在短期间内一个刺激的效应是作用时间的某种积分的结果。试验表明，当纯音时长在 200—300 毫秒以下发生变化时，人耳听感相应地发生较大的变化。例如，听阈处的纯音时长如果由 200 毫秒缩短到 20 毫秒，那么必须把强度增加 10 分贝才能使听感不受影响，如果在 300 毫秒左右，轻音时长的缩短正是在 300 毫秒以下发生的变化。人类的语音不同于纯音，然而对于人耳听感的时间效应影响的趋势应该是相同的。我认为作者提出了语音时长对于语音听辨的重要性，这是很有意义的。人们往往忽视了这个事实：语音是在时间中存在的。

值得提出的是，作者在书中一律使用"轻音"而不用"轻声"。我想这不是简单的术语选用的差异，而是基于作者对于轻音的认识和研究。首先，轻音失去音节独立性，不能单独出现。轻音音节本身没有固定的音高，因而不能作为一个独立的调类。其次，轻音不仅是音高的变化，更主要的是音长的缩短。同时还有元音的央化，辅音的弱化以及语音脱落等音质特征的变化，这些都超出了声调的概念范畴。另外，轻音的出现不只是语音问题，而且更多地关系到语法问题和词汇问题。这样，从轻音的角度来认识它更为恰当。

三、关于声调的分析研究

作者对于汉语声调的研究既有实地的语言调查，又有仪器的实验分析。共时和历时的对照分析再加上心理—物理的感知测听，无论在方法上还是在理论上，都是独具特色的。

在《北京官话区的划分》一文中作者注意到调值是汉语语音成分中最敏感的，提出北京官话区的范围应该根据调值的异同来确定。具体方法是把全部四个调类的调值放在一起比较，如果全部都相同或相似，关系必然密切，应同属一个方言区。这为我们提供了一种重要的方法来研究和比较不同的汉语方言以至汉藏系语言声调系统的共时表现，并可以从中分析历时的变化。过去的研究对于调类注意较多，对于调值重视不够。作者指出了调值研究的重要意义。

一种语言（或方言）中全部单字调的调型构成一个声调格局（石锋，1990）。这也就是一种语言中声调的规格和布局。规格是指声调的高低升降等；布局是调型曲线在调域中的分布关系。吴宗济先生认为这种声调格局概括出一种"调貌"，类似于地理学中所说的"地貌"的意义。每一个语言或方言的声调都有其一定的格局。声调格局的比较和分析是调值分析的基础，是声调分析的出发点。

在《声调感知问题》（1984）一文中，作者通过声调感知实验大大加深了对于声调信息传递的认识。这种考察方法跟国外的元音感知实验相类似。文中选择北京话的一些阴平音节作为考察对象，把它们放在另一音节之前构成双音词，然后再改变后一音节的音高及音长。设计的听辨材料有两种，一种是用计算机合成的语音，另一种是自然语言的重新组合。合成语音的听辨结果表明：随着后一音节的音高变化，前一音节有可能被听成三种声调：原来的阴平调，阳平调和上声调。对于自然语言重新组合的听辨结果进一步证实了前后两个音节的音高差D值和前一音节的音长对听辨结果具有重要影响。两种结果都证明听觉在感知一个言语时是存在着差异性的。这种差异性是由听错觉而产生的。声调感知的差异性对研究变调现象和声调的历史音变都有很大的参考价值。

四、理论上的借鉴和创新

（1）语音观的阐述

书中几次讲到语音结构的层次问题。《现代汉语轻音和句法结构关系》（1962）一文中有这样的认识：一句话是由许多语音单位构成的。语音单位的分割可大可小，语音结构也就分成若干大小不同的层次。语音结构和语法结构很相似，它也是一个层次套着另一个层次的。书中对于语音的结构层次的划分有这样四个层次的描述：音位层、音节层、音节组合层、语句层。另外，书中还有下面三种层次的说明：语音层次、音位层次、语素层次。这可以看作是一种语音功能的层次划分。语音的层次是客观存在的，是语言层次的组成部分。语言具有多系统性。语音作为语言的基本组成部分也必然具有多系统性。这就是说，人们可以从不同的角度认识和描述语音的层次性。

在语音的结构层次和功能层次之外，我们还可以对语音从总体上作这样的划分：音位平面、音素平面、音子平面。其中音子是指语音的物理表现。这样的描述实际上是一种语音的认识层次（石锋，1991）。语音层次的问题实际是一个语音观的问题。正如人们生活在世界上要有正确的人生观和世界观一样，研究语言要有恰当的语言观，研究语音也要有合适的语音观。

（2）词汇扩散理论的补充

《北京话去声连读变调新探》（1985）和《北京东郊阴阳平调值的转化》（1990）两篇文章都是对北京话实地调查的分析成果。作者有语音实验作辅助手段，对新发现的重要声调变化现象做了细致准确的记录分析，同时采用社会语言学抽样调查的方法对于这种正在进行中的声调演变过程进行研究，得出了具有理论意义的结论。这突出地表现在作者对于"词汇扩散理论"的吸收和发展。

美国语言学家王士元提出的"词汇扩散论"指出语音变化通常在音值上是从一个音跳跃变为另一个音，而在词汇中则是从一个字逐渐扩散影响到其他更多的字。世界上的许多语言中都存在这种语音上的突变和词汇上的渐变的音变过程（王士元，1969）。书中关于北京话两种声调变化现象的分析也证实了，这一重要的音变理论同样适于汉语。

作者发现不少北京人把两个去声连读时的前一个去声变读成阳平。从去声读为升调到去声调读为降调是一种语音的历时演变。这种变化显然已经经历了比较长的时期。看来可能是通过一个个词或词组读音的变化逐步扩散开的，这个扩散过程直到今天也还没有最后完成。文中又进一步考察得出去声读为升调的现象在现代北京话中只是在说话人文化水平低、漫不经心的谈话和日常生活的常用词三种情况中出现。读为降调可以说是有文化修养和讲话认真的一种标志。

作者对北京东郊阴平和阳平调值的相互转化所做的调查分析说明这种语音变化同样是以词汇扩散的方式进行的。调值的转化首先出现在连读变调中，并且由新词开始，逐渐扩展到常用旧词。这里就提出了一个新的问题。过去的研究证明，语音变化在词汇中的扩散是从常用词开始逐步影响到非常用词。而这里的扩散方向却是完全相反的。作者指出这种新词向旧词扩散的现象是有其特殊条件的。这些反向的扩散都是在北京标准音的强大影响下进行的，都是向北京标准音靠拢的表现。这种研究结论无疑是对词汇扩散理论的重要补充和完善。

（3）从"零音位"到"零变体"

很多人对于北京话中儿化韵的分析结果各不相同，其原因是从分合或从新从旧，难以分清，不能取齐一致。《北京话儿化韵个人读音差异问题》（1982）一文中采用"承认一个音位的音位变体可以是零，即不发音"的办法恰当地解决了这一问题。

从音位结构关系的角度来看，我们常用的"零声母"这个概念实际上就是一种"零音位"。林焘先生把"零"的概念从音位之间的结构关系进一步扩及一个音位内部的结构关系，认为一个音位的音位变体也可以是零。即不仅存在着零音位，而且还存在着零变体。正如恩格斯所说："事实上，零比其他一切数都有更丰富的内容。"这样看来，对于"袋儿、板儿、词儿"这类在儿化时-i, -n, -ȵ 不发音的现象，并不是由于语音脱落，而是这些音位各有一个"零变体"。

与此同时，作者又从 ian 和 ie 中的 a 和 e 都读为[ɛ]这种音位重叠现象出发，进而提出"把儿"和"板儿"的同音是不同音位之间的结构重叠现象。"把儿" bar 和 "板儿" banr 本是完全不同的音位结构，可是因为 n 处在 r 之前时的音位变体为零，这就使得本来是两种不同的音位结构变成了同音。目前这种现象只是出现在一部分北京人嘴里。这样就圆满解决了北京儿化韵个人读音差异所带来的分合两难问题。

以上所述都充分表现出作者不但善于发现那些具有理论价值的语言材料，而且善于发现语言材料中所具有的理论意义。书中每篇文章都体现了作者在语音研究中对于理论的探索。

（4）语音的语法作用

林焘先生研究语音学，一开始就把语音研究和语法研究结合起来，从语音的角度来考虑语法和语义问题。他认为一个语言的句法结构关系有时能从语音现象中（包括语音的停顿、高低、轻重等）反映出来，因此弄清楚一句话语音结构的特点对于分析它的句法结构有很大帮助。

　　30 多年前他写出的《现代汉语轻音和句法结构的关系》一文中把普通话的轻音分为两类：语调轻音和结构轻音，并且从语法功能、句中位置和读音特点三方面加以说明。指出结构轻音不但能反映出语音结构层次，而且跟语法结构之间具有密切关系。如作者提出，把"住·在北京"和"住北京"都分析成述宾结构（"住·在/北京""住/北京"），不但跟语音结构的分析相关联，而且也跟其他轻读语法成分省略的结果相一致（如：我的帽子→我帽子）。这种分析后来已被很多语法学家所接受。

　　《现代汉语补语轻音现象反映的语法和语义问题》（1957）一文是最早探讨现代汉语语音同语法、语义关系的论文。该文深入分析了趋向补语、可能补语、程度补语和少数结果补语中跟轻音现象相关联的语法和语义问题。如，对可以充当结果补语的"死、开、到、着"这四个词的三类不同意义举例如下：

动词	非轻音补语	轻音补语
他死了	看死了	乐·死了
开门了	想开了	走·开了
到北京	想到了	提·到你
火着了	买着了	打·着了

其中动词和非轻音补语在意义上的不同取决于语法作用的不同，非轻音补语和轻音补语在意义上的不同则是取决于声音形式的不同。作者认为这种现象最足以说明语音和语法以及语义之间的密切联系，也正可以提醒我们绝不可把语言的这三方面割裂开来孤立地进行研究。为使语法或语义的研究有可能得到进一步发展，我们应该多注意有声语言在语音上的特点。这在 30 多年前的论述今天读来仍然具有重要的现实意义，仍然给我们以启迪。

　　作者在另一篇文章中曾写道，语音教学应该贯穿于语言教学的始终。我非常赞同。并且我认为，语音研究同样应该贯穿于语言研究的始终。语音的作用远远超出了作为语言系统中的一个层次的传统理解。语音学应该是研究有声语言的声音形式及其各种功能表现的科学。

五、结语

在学术界有人去做"阳春白雪"的工作，也有人去做"下里巴人"的工作。林焘先生却是把教学和研究结合起来的。他在自序中写道："1952年以后担任了现代汉语方面的课程，研究兴趣也就自然由古代转到了现代。"书中最后两篇文章就是专论语音教学的。《汉语的韵律特征和语音教学》（1989）一文简略而准确地描述了汉语韵律特征在语流中的复杂变化，主张语音教学内容也应该是很丰富的，不仅要注意单个音节的字音教学，还应该充分注意一个音节进入语句后韵律特征的变化。《语音在语文教学中的地位》（1989）一文从汉语语音在节拍、声韵和四声上的特色揭示了汉语语音的形式美、声音美。指出语文教学要口目并用，把吟诵和背诵作为重要环节。学习普通话本身，原就是一种语音训练，应是语文教学的重要内容之一。语音教学应贯穿于语言教学的始终。我认为这是积几十年经验而发的非常中肯的总结。

笔者十年前曾有幸听到林焘先生讲授语音学课程，现在又读到林焘先生的语音学著述，更觉眼界开阔。书中行文流畅，论述严谨，每篇论文都给人以学术上的启迪。有的学者爱把简单的道理弄得复杂难解。林焘先生却是把复杂的问题讲得浅显易懂，使人不知不觉之中渐入佳境。听好的学术报告是一种享受，看好的学术著作同样是一种享受。《语音探索集稿》就是这样一种学术著作。这本书在理论上有新的建树，在材料上有新的发现，在方法上有新的探索。无论是对于从事语言研究的同志，还是对于从事语言教学的同志，这本书都是值得读一读的。

参考文献：

方至 1986《听觉》，编入林仲贤等主编《实验心理学》，科学出版社，转引自吴宗济、林茂灿主编《实验语音学概要》，高等教育出版社，1989 年。

石锋 1990《汉语和侗台语的声调格局》，南开大学博士论文。

石锋 1991 试论语音的层次，载《中国语言学报》第 4 期。又见《语音学探微》，北京大学出版社,1990 年。

王士元 1969 竞争性演变是残留的原因,原载美国 Language《语言》45 期,石锋、廖荣蓉译文载《语音学探微》,北京大学出版社,1990 年。

恩格斯 1984《自然辩证法》(于光远等译编),人民出版社。

现代汉语研究的成功途径
——读《北京话初探》*

石锋　李泉

　　近年来，北京话的研究越来越受到语言学界的重视，出现了许多专著、词典和论文。其中，从学术眼界的开阔，理论方法的创新来看，胡明扬先生的《北京话初探》（商务印书馆，1987 年）尤为引人注目。

　　书中收入作者于 1983 年以前写的八篇论文。内容涉及北京话的语法、语汇、语音几方面。这些论文体现了语言研究领域中的一种中国特色。这在今天的语言学研究中，有着特别重要的意义。

一、语言材料的精心选择

　　选择北京话作为研究对象这一点，作者是有过深思熟虑的。从 50年代开始，作者在研究语法的过程中，对于已有的汉语语法体系觉得不满意，但是又苦于拿不出新的东西来代替。这里所遇到的困难之一就是语料的庞杂。现代汉语书面材料严重不纯，很不规范，夹杂着各种方言成分，古汉语成分，还有各种欧化语法成分。正是看到了书面语料的这种严重不纯的情况，所以，长期以来，作者"总想选择一种比较单纯的对象来分析研究，最后选中了北京话。相对而言，北京话是比较单纯的，特别是日常生活中使用的北京话的口话形式。"（1——原书页数，下同。）

　　从我国语言学界 80 年代初期的实际状况看来，口语研究在当时还

---

*本文原载《语言教学与研究》1992 年第 3 期。

没有受到普遍的重视，北京话的语法研究还不多见。作者强调语料的纯正可靠和研究北京话的重要性，指出"北京话作为一种地方方言有其特殊地位和特殊价值。因此对北京话的研究本身就很有意义。对北京话的研究在一定意义上也就是对现代汉语的研究"。(1)这种看法代表了语言学界很多学者对现代汉语研究方向的一种共识。这样探索研究具体问题的理论和方法，目标针对的还是现代汉语。选择北京话的材料特别是北京口语材料作为研究对象，在当时是代表了一种新的导向。

书中开始的两篇文章，《北京、北京人、北京话》和《普通话和北京话》对于作为研究对象的北京话作了深入实际的分析，并在理论上进行了阐述。在前一篇文章中，作者把在北京居住的人首先区分为北京人和外地人。"北京人"就是在北京出生和长大的人。然后再把北京人分为"老北京人"和"新北京人"两类。"老北京人"就是父母双方是北京人，本人在北京出生和长大的人。"新北京人"就是父母双方或一方不是北京人，但是本人在北京出生和长大。在此基础上又定义"北京话是北京人说的话。老北京话是老北京人说的北京话，新北京话是新北京人说的北京话。"(11)这样，根据父母双方是否北京人和本人是否北京出生和长大，第一次提出了"老北京人"和"新北京人"，以及"老北京话"和"新北京话"的概念和明确的定义。这已经为许多研究北京话的学者所接受并采纳。作者在文中还指出"北京话从总的说来比其他方言更接近普通话，但是北京话不等于普通话。北京话是北京的土话，和其他方言一样，是一种方言。"(11)

在后一篇文章中，作者更明确提出"普通话实际上是在现代白话文影响下，在北京话的基础上形成的，通行于广播、电影、话剧等群众性宣传渠道的汉民族标准语。"(15)"是规范的现代汉语书面语的口语形式。"(27)"因此，普通话既不是以北京话为基础的'官话'，也不是作为一个地点方言的'北京话'"。(15)作者在文中不仅从理论上明确划分了普通话和北京话的区别，还具体分析了北京话和普通话的发展趋向：北京话在迅速向着普通话靠拢；同时"普通话在日益向北京话靠拢，这也是一个无可辩驳的事实。"(36)

对于北京话的历史和现状有了如此明晰的分析，对于普通话的认识和实践有了这样精到的见解，作者在收集材料，把握材料，运用材料的时候，才能高屋建瓴，挥洒自如。

二、理论方法的不断创新

研究对象确定以后，随之而来的就是研究方法的采用。作者自序中写道："我虽然在北京已经生活了三十多年，但不是北京人，要研究北京话就得经常向地道的北京人请教，就得做一些调查，未免事倍功半，并且还免不了有失误，不过费点事也有好处，可以摸索一些新的研究方法。"（1）这样作者就摆脱了一般写文章所常用的内省和举例式的方法。方法的变化常常具有理论的意义，有时会带来理论上的突破。这本书中所收的论文有一个共同的特点，就是在研究方法的借鉴和创新上面下了大功夫，因而每一篇文章都能提出理论上的新见解。

（1）社会语言学的研究方法

《北京话社会调查（1981）》是国内用社会语言学的调查方法研究汉语的第一篇论文。

西方社会语言学从本世纪 60 年代开始在美国兴起。它的调查方法不同于传统的语言调查法。传统的方法是对个别的个人语言进行系统的静态描写。这可以反映语言结构系统方面的一般特点，但是难以反映语言的内部分歧和变化的过程。语言的社会调查注重的是语言变化中的动态描写，是一定的社会因素和某种语言现象之间的关联程度。这可以得到某些语言现象的分布数据和出现频率，并据以分析语言发展演变的趋势。作者所组织的两次北京话社会调查，"就是为了探索在我国的具体条件下进行这一类社会调查的途径和方法。"（39）

文章中对外来的某些观念术语和具体方法作了适当调整。如把调查变项改为调查项目，把被调查人称为调查对象等等。调查采用美国语言学家拉波夫经过变通的随机抽样方法，组织十几名师生，前后共调查了五百人。工作量很大的。作者就是这样结合中国的条件和汉语的实际，引进外来的新方法。在近年来很多社会语言学的论著中可以看到这篇论文的影响。

作者分析了调查的数据结果，得出结论：北京话的内部差异目前主要表现为新老北京人之间的差异；影响北京话的社会因素最主要的是家庭语言环境，其次是年龄因素，然后是文化程度和职业因素；语汇形式的选择比语音形式更多地受到社会因素的影响；北京话正在发生迅速变化，向普通话靠拢。

作者在文章中关于调查数据的见解是值得我们认真注意的：社会现象本身的复杂性决定了社会语言学调查的统计数字只能反映一种概率、一种倾向，而不可能像自然科学的实验数据那么精确可靠。这方面是不能等量齐观的。只要我们不把这些社会调查的数据绝对化，那么就可以利用这些数据作出合理的结论。并且，"对于社会调查的数据和理论都应该这样看待，既不要绝对化，也应该承认有一定的参考价值。"（46）作者这样的观点是非常实事求是的，可以看作对待社会语言学调查数据和结论的一个原则。

早在 1967 年，作者就写成《上海话一百年来的若干变化》（《中国语文》1978）。文中依据某些历史资料和实际调查的材料，参考了上海话近百年来的某些变异现象，并分析了变异的社会因素。在那篇文章中已经明显地表现出社会语言学的倾向。对于北京话采用社会语言学的调查方法进行研究，正是作者在探求新的研究方法的学术道路上的进步。

（2）北京话语气词的研究

在《北京话的语气助词和叹词》一文中，作者总结出北京话语气助词的迭用顺序是：结构（或时态）语气助词+辅音语气助词+元音语气助词。这一成果现在已得到公认。这篇文章在方法论方面有以下的特色。

首先是材料使用上的特色。文章选择用了三种老北京话的材料：北京作家的作品，相声录音和调查材料。这种选用语料的方法是很新颖的。既有书面材料和口语材料的结合，又有书面材料和调查材料的结合。作者认为书面材料在反映语气词的实际读音方面并不十分可靠。因此，对于连读音变和一些叹词的读音分析都是以调查材料为准。这样把不同的材料结合起来使用是很有见地的，可以使分析更加全面可靠。

跟语言材料的结合相联系的是分析方法的结合。传统的语法研究往往只凭借书面材料进行分析。在这篇文章中却是传统的结构分析方法和社会调查方法相结合。例如对语气助词连读音变的分析就结合采用这两种方法，从而得出连读音变不是绝对的只有一种可能，也不是一个纯粹的语音问题，而是由很多心理和社会因素决定的。这样不仅指出了北京话语气助词的多种连读音变规律，还分析了不同的心理和社会因素对连读音变的影响。

把语法分析跟语音分析紧密地结合起来，是文章的又一特色。我们随处可以看到作者在对语气词进行语法分析的同时，对于语气词的语音表现给予了特别的注意。除了上文所述语气助词的连读音变之外，还有叹词在语音上的不稳定性和超系统性，都是分别以专节来论述的。文中在逐一讨论各种语气词的功能意义时，也把语音表现作为重要内容。例如：同一语气词在不同语调条件下意义会有细微变化。有的叹词有时候前面带浊辅音[ɦ]，声调低而长；有的叹词有时候后面带有喉塞音[ʔ]，语音短促。语言本来是一个整体，研究中可以各有侧重，但是不能画地为牢，而应该全局在胸，从语言的总体系统上来把握具体问题的形式和意义。作者在这方面是身体力行的典范。

虚词的意义，特别是语气助词的意义，历来很难把握。这是因为语言环境、句子语调以及句中语气词的影响而使语气助词的意义富于弹性。文中采用的解决办法是，一方面尽可能把语气助词的意义描写得概括一些，使它富于弹性；另一方面，尽可能排除句中的其他语词和语调对语气助词本身意义的干扰。(86)作者用这种办法对每一个语气词的功能和意义以及出现的条件和场合都逐一作了论述，并分别举例说明。这里应该注意到作者所用的具体分析原则：在其他条件都相同的情况下，只是改用不同的语气词。这样来考察不同的语气词在意义上的区别。这是一种很有效的方法。实际上这就是一般科学实验中所遵循的单一变项原则在语言研究中的运用。

过去人们对语气助词有一种模糊的看法，认为可以一词多用。然而作者在这里却认为每一个语气词者各有自己独特的功能。在语言系统中，语气词是一个共时子系统。因此，在理论上，各种语气词也应该在功能和意义上互相排斥。作者虽然只是就语气助词的分析尝试了这种方法，但是实际上这种方法可以适用于所有虚词的分析。作者后来在《语气助词的语气意义》(《汉语学习》1988) 一文中对这种方法进一步作了说明。

（3）北京话形容词的研究

书中《北京话形容词的再分类》一文，分析了四百个北京话常用形容词的构词形态和句法功能。据此对这些形容词进行了再分类。作者选择材料并不是取用别人现成的东西，而是自己亲手搜集，请教了八位老北京人，全部资料又请祖居北京的语言学专家核定。这体现出作者对于语言材料的严格要求和高度重视。

在构词形态的分析中，作者第一次详细地整理出了北京话形容词和各种情态词缀的附加形式。文中针对一些语法书把"碧绿碧绿""冰凉冰凉"等看作是双音节形容词的另一种重叠形式，指出这类 ABAB 的形式，实际是句法上的重复，而不是形容词的重叠形式。双音节形容词的重叠只有 AABB 这一种形式。作者举出的理由包括重音格式、能否儿化以及语义方面的不同。双音节形容词重叠后表示情感色彩。句法重复格式则是以凝固的短语表示强调。这种情况通常仅限于某些比喻形容词。

对于一般语法书上所讲到的形容词可以重叠的问题，作者做了认真具体的统计。结果表明，在北京话口语中只有半数形容词可以重叠。文中并引证在书面语里双音节形容词可以重叠的只有 17.3%。因此，"泛泛而言'形容词可以重叠'是不符合实际情况的。"（136）

在句法功能的分析中，作者认为语法书上有关形容词可以修饰动词的种种说法出入相当大。文中指出："形容词一般不能直接修饰动词。表示品质的形容词修饰动词的时候，如果意义不变，那么在语义上修饰的不是动词本身，而是和动词有关的名词（这个名词可以在句中不出现）。"（138）

对于"非谓形容词"这一概念，作者经过考察，指出北京口语中常用的形容几乎全都能用作谓语。因此，"非谓形容词是书面语和普通话的现象。"（132）同时，作者在文中第一次提出了"非定形容词"的概念，并说明，"语法书上说形容词可以修饰名词，用作定语，但是实际上有少数形容词不能直接修饰名词，不能直接作用定语。"（138）以上各点都是在对于传统的或过去流行的一些看法和说法经过检验有所否定的基础上所取得的理论和观念上的进步。

书中另一篇文章《北京话的称谓系统》认为，每一种语言或方言的称谓系统都有浓厚的民族特色、地方特色和时代特色。文中把称谓分作亲属称谓和社交称谓两类，并整理出了北京话的这两类称谓系统。作者依据不同的亲戚关系和不同的场合，把人们常用的语体区分为家常语体、社交语体和正式语体（或典雅语体）三种。在亲朋之间的家常语体使用的是北京话，在一般社交场合的社交语体是用普通话，在特别隆重的场合用的正式语体是直接使用书面语。这种区分方法已经为语言学界的很多同行所采纳。

（4）汉语语调的分析

语调整的研究中既有语音问题，又有语法问题。而汉语的语调又同声调问题结合在一起，格外复杂。研究汉语的人们一向视语调为畏途。书中《关于北京话的语调问题》在这方面提出了一些很中肯的见解，并采用了别具一格的方法来分析北京话语调。这在汉语语调研究中是极有启发性的。

语调可以指全句的语调，也可以指句终语调。句终语调指的是在句子中从最后一个重音节算起，一直到句子结束的这部分语调。句终语调表达全句的语气。作者认为"结合句子类型和语气来研究语调主要是研究句终语调"。并且"根据对西方非声调语言的语调的研究得出的一般结论未必完全适合像汉语这样一种声调语言。"（147）

文中评介了国内外对汉语语调的研究和论述，纵观各家的长短得失，指出"赵元任关于并合迭加的四种方式（即整个声调音域的提高、降低、扩大、压缩——笔者注）的描写是很精辟的，也是符合汉语的实际情况的"。（150）作者认为北京话（句终）语调是独立于声调之外的语音现象，它跟音高、音长、音量都有关系。其中语调的音高问题并不是"升"和"降"，而是字调起点的高低问题。这里的高低是相对而言的，

"是和全句或末尾的小句或短语中的字调的起点的平均高度比较来说的。"（155）文中还依据句终语调在音高、音长、音量方面的不同表现，列出区别特征。用这个方法把北京话语调区分为陈述、疑问、命令、祈使、惊叹、感叹、呼唤、待续等八种情况。这也是第一次在语调分析方面使用区别性特征的一种尝试。

作者还进一步分析了各种句子类型跟不同的语调之间的对应关系，发现二者之间的关系不是一对一的。各类句子和不同的语调可以交叉混合使用。另外，在不同的具体语言环境中，同一类句子，同一类语调还可以表示各种不同的语气，这就使语调和句子类型之间的对应关系相当复杂。

正如作者所说：不少人觉得北京话语调没准儿，理不出一个头绪来。原因就是没有看到北京话有一个特点，就是使用各种语法和语音手段极为经济，尽可能节省多余的重复的信息。凡在句子结构上或语汇意义上已经足以表明某种语气，就可以不再使用语调这种语音手段（疑问语调、惊叹语调除外）。这样，就都可以用最没有个性的陈述语调或平叙调。"在这种情况上，如果再使用专用的其他各种语调，那就是表示强调或所谓加重。"（159）这些分析对于汉语语调的进一步深入研究是很有价值的。

总的说来，《北京话初探》一书，采用了新的研究方法，尝试了新的研究角度，使认识和观念达到了一个新的境界。其意义和价值远远超过了这些论文所提供的结论本身。

三、严谨求实的研究态度

研究态度也就是学风。透过书中各篇文章，我们可以看到作者治学中的严谨求实的学风。作者一贯反对华而不实，哗众取宠的风气。作为胡明扬先生的学生，笔者对于这一点深有体会，获益匪浅。培育并树立一种正确的学风，这在学术研究中是比写几篇访美，出几本著作更为重要的事情。尤其是在今天的中国语言学界，更有其现实的意义。作者的治学态度反映在书中以下几个方面。

重视材料的收集和核查，重视方法的选择和使用。作者有很多新的发现，新的结论就是来源于此。面对汉语的实际，作者甘愿在语言材料的收集、整理等最基本的事实方面下大功夫，在繁复的分析处理方法上面花大力气。正因为作者不厌其烦地进行了大量的实际调查，才得到一批可靠的材料，发现了一些不在实际中调查就反映不出来的问题。文章之所以能够别具一格，不落窠臼，形成独创性的观点，想人所未想，发人所未发，这其中并无半点"捷径"，只是因为作者肯花心血，肯流汗水。

　　不唯书，不唯上，这是作者求实精神的一个重要特色。形容词的语法性质在很多语法书上都有详论。普通话的定义更是早已在有关文件中做了规定。作者却从实际语言材料的分析出发，澄清了过去一些语法书上对于形容词的论述，提出并讨论了普通话定义中存在的问题。例如，作者认为普通话的定义过去不够明确，但是"通过推广普通话的实践，完全可以修改，使它逐步明确起来。"（27）书中各篇文章都体现出作者是在那里实事求是地研究理论，而不是像有的学者那样只是生吞活剥地传达理论。

　　另外，书中很多结论都留有充分余地。作者从不说自己绝对正确。承认自己有未知领域，愿意对自己的见解作进一步的研究，这使作者的学术思想和研究工作得以不断保持充分的活力。例如对于形容词的划分问题，作者坦率承认"我们还没有找到一种好办法来区分形容词和不及物动词。"（212）在《关于北京话的语调问题》一文后面公开说明"这些描写不少是凭语感和听感来确定的，因此不一定全对，尚待通过今后的实验来加以纠正或证实。"（164）这种唯物主义的态度表现了作者宽阔的学术眼界，是作者研究工作的一种坚实基础。

　　《北京话初探》向我们展示了现代汉语研究的成功之路，是近年来国内的一部语言研究的重要著作。

汉语方言研究的方法论
——读《汉语方言及方言调查》[*]

石　锋　余志鸿

一、前言

读过詹伯慧主编，由詹伯慧、李如龙、黄家教、许宝华合著的《汉语方言及方言调查》(湖北教育出版社 1991)，深刻感到这是一部汉语方言学的重要著作，实际上也是一部汉语方言调查研究方法论的集大成之作。作者以深厚的功力和丰富的经验，深入浅出地阐述了汉语方言研究的意义，回顾了汉语方言研究的历史，论述了汉语方言的分区，描写了不同汉语方言的特点，以主要的篇幅说明了汉语方言调查的步骤和方法。

作者不仅概括了汉语方言研究的成果，总结了汉语方言调查的经验，使人有耳目一新之感；而且还在书中提供了汉语方言语音、词汇和语法调查表格，给读者以实际考察的工具；最后还附有国内外有关汉语方言研究的重要文献目录，打开深入钻研的方便之门，也拓宽了有志于学习和研究方言学的人的眼界。因此，这本书既是一本荟萃学术成果，凝聚研究经验的专著，又是一部可以引人入门识路，便于循序渐进的教材。在汉语方言研究中，不论是初学者，还是老学者，都会得益匪浅。

---

*原文载《语文研究》1993 年第 4 期。

二、总体安排独具匠心

本书跟过去的汉语方言学专著和教材相比，突出的不同之处，首先就在于从总体结构上把方言调查方法的论述作为重要的内容。全书共分九章。除1-3章是汉语方言的基础知识外，4-6章分别论述语音、词汇、语法调查研究的方法，第7章是汉语方言论著的编写方法。8、9两章分别是汉语方言语音调查表和词汇语法调查表。把大部分的篇幅用在方言材料的调查记录和分析整理的方法上面。

本书之所以用较大篇幅在理论和方法上启迪读者，其旨在着力于培养方言调查研究的实干人才。这充分反映出作者在学术上的远见，事业上的责任感。

一方面，这是学科发展的需要。汉语方言学发展到今天已经有了长足的进步，取得了可观的成绩。但是跟广阔的汉语方言地区和丰富的汉语方言资源相比，我们还有大量的方言现象需要发现整理，还有很多的方言资料需要核查研究。汉语方言学的突破和发展都有待于深入的方言调查，而要调查首先就要解决方法问题。

另一方面，这也是培养语言学人才的必经之路。中国的语言学者要研究语言，第一步就是要认识汉语方言。很多前辈语言学家就是从调查家乡方言开始语言学研究的。

本书的四位作者都是著名的方言学家，具有丰富的方言调查和方言教学的经验，并且已有多种著述出版。如詹伯慧的《现代汉语方言》、《珠江三角洲方言音对照》、《珠江三角洲方言词汇》、《珠江三角洲方言综述》；许宝华的《上海市区方言志》；李如龙的《闽语研究》等等，都在方言学界有着重要影响。其中詹伯慧还曾参加袁家骅主编的《汉语方言概要》的撰写工作。这是中国第一部汉语方言学的教材，其中对各大汉语方言分别作了描写，给人以总括的了解。后来詹伯慧又独自写成《现代汉语方言》，从语音、词汇、语法三方面把不同的汉语方言作了对照比较，脉络清晰、简洁明快，给人深刻印象。从中已可以看到本书主编对于方言材料的把握、取舍和运用，已经具有相当的功力。

如果说第一部教材是分区的描写，第二部教材是综合的对比，那么这第三部教材就是从学科的发展和人材培养的角度，着重于方法学方面的论述。在学术上给人的感觉是更上一层楼。

三、方言分区问题的论述和处理

汉语方言分区问题一直是学者们关心和讨论的重要问题。这是一个理论问题，又是一个实践问题。作者在书中既评介了过去对分区讨论的各家之见，又考虑到未来学术的不断发展，对汉语方言的分区问题做了合理的论述和慎重的处理。

作者首先论述了汉语方言分区的原则和依据，明确提出以语言特征作为划分方言的主要依据，同时，还要以社会人文历史背景作为主要参考。至于那些语言因素和社会历史背景以外的一些因素如自然环境、山川地理以及行政区分等因素，对于划分不同的方言也有一定的参考作用。然而并不是决定性因素，不能作为必备的条件。作者特别指出，充分尊重客观事实，不从概念出发，不掺杂主观意图，也应该看作是一项分区的重要原则。方言分区的最终目的是为了如实反映方言差异的情况。

跟多数方言学者的意见一样，作者主张在方言划分中采用多层次分区法：第一层方言区，即"大方言"；第二层方言片，即"次方言"；第三层方言小片，即"土语群"；第四层方言点，就是一些具体的地点方言。此外，对于相邻方言之间的过渡地带以及方言岛等复杂情况，作者认为在划分方言时可以灵活处理，作为过渡点、特殊点独立于各区各片之外。

在讨论选择这些语言特征作为划分方言的依据时，作者认为一定要充分考虑两方面的因素：一是对于这一方言系统以外的其他方言具有"排他性"，可以充分显示出这一方言不同于其他方言的个性；一是对于这一方言系统以内的诸方言具有"一致性"，能够充分显示这一方言内部各方言相同的共性。书中对于语音方面归纳出 14 条方言特征：1）古全浊塞音並、定、群等母的演变；2）古轻唇音声母的读法；3）古知、彻、澄母的读法；4）古照、穿、床、审、禅等母的读法；5）古泥、来母的分混；6）古舌根音声母是否腭化；7）古鼻音韵尾的演变；8）古寒音韵尾的演变；9）古平、上、去各调的分合；10）古入声的演变；11）古非、敷、奉母和晓、匣母合口的分混；12）介音的分合；13）复元音和单元音的转化；14）元音的长短。这些特征反映了汉语语音的历史演变，在划分方言区、方言片、方言小片时都可以用作依据。

　　作者还提出了在划分方言时要注意整体性的语音特征，并且同时注意词汇和语法方面的因素。整体性的语音特征如文白异读、连读音变、同义训读等现象。词汇语法方面的因素如独特的方言词、人称代词及其复数的表示法、量词跟名词、动词的搭配等等。总之，在划分汉语方言时，语音、词汇、语法要同时注意，整体性的语言特征更要注意。只要是具有典型性，能够对划分方言起作用的语言特征都应该充分利用。

　　作者回顾了章太炎、黎锦熙、赵元任、李方桂、王力、董同龢、丁声树和李荣等学者关于汉语方言分区的主张，比较同异、分析取舍。同时又对于当前方言分区讨论中有关闽方言、官话方言和客家方言的分合处理这三个焦点问题作了分析介绍。参照国内外多数学者的意见，暂时按照官话方言以及吴、湘、赣、闽、粤、客家七大方言区来划分。作者认为随着调查研究工作的不断深入，汉语方言的分区问题也许在不久的将来还会有新的修正。这样的解决办法是颇为允当的。

四、方言例证的恰当使用

　　书中引述了大量的方言资料作为例证，而读者却丝毫没有繁杂臃赘的感觉。这就是因为作者把方言调查方法的论述和方言材料的说明有机地结合在一起。方言材料的选用恰当而得体，调查方法的论述充实而具体。读者可以在了解方言知识的同时学到方言调查的方法。

　　过去的方言著作一般是用大部分篇幅放在语音方面，而词汇和语法常常是内容很少。这也跟过去的方言研究在这些方面的成果不多有关。作者在书中吸收了近期的研究成果。从拓展方言研究的领域出发，注意把语音、词汇、语法三个方面的内容平衡起来，取得了成功。仅从所占用的篇幅来看，语音调查有 54 页，词汇调查是 66 页，语法调查用 62 页。三者基本是等量齐观，而且词汇语法还略多一些。这是过去的方言著作中少见的，对于未来的方言研究具有重要意义。

调查方言首先要从语音入手，从书中讨论内容的详尽而周密可以看出作者在这方面丰富的实际经验。以《方言调查字表》为基础，作者仔细说明了辨调、辨声、辨韵的方法以及如何记录单字音，同时还特别提出字音的审核，也就是"考察发音合作人提供的字音材料是否合理可信"。一般方言调查者对于文白异读还比较注意分辨，但是对于训读、新旧读音和俗读误读往往缺乏了解。因此字音的审核是记音中很重要的一环。

在这方面，书中举出了很多例子。如：闽方言普遍把"人"训读为"侬"。其中海南方言的训读现象最为突出。见"怕"读"惊"，见"不"读"无"，见"眼"读"目"，见"看"读"望"，见"衣"读"衫"，把"解放思想"读成"解放想想"等。作者还分别用北京话、闽西长汀话、厦门话、福州话、梅县话、汉口话和苏州话的例子说明语音材料的整理方法，并且还列出 24 个方言代表点的材料说明汉语方言的语音差异。

词汇的调查包括音义两个方面。在标音方面，它是以语音的调查为基础，却比语音调查更为复杂。这是因为词汇的调查涉及词内的语流音变。作者用简明的实例剖析了变声、变韵、变调、轻声、儿化、合音、衍音等多种音变现象以及调查记录的方法。在释义方面，作者举出了许多生动的实例，详细阐述了词义的分析和解说，词汇类别的区分和反映，语法意义的鉴别和表示第三个方面的内容。如为了说明有的方言词的词义一再引申的情况，引用了四川话中的"安逸"，可以指身体"舒服"，心情"舒畅"，工作"轻松"，内容"精彩"，形态"美观"，味道"鲜美"，还可以反义引申为"糟糕"（"安逸了，钱包丢了。"）等等。

作者还从方言词汇和普通话的比较，方言词汇特点的归纳，方言词的词源考证，方言词汇演变的考察几个方面举例说明了方言词汇研究所包含的内容，读来引人入胜。

方言语法的调查比语音和词汇的调查要薄弱得多。其中一个重要的原因就在于调查方言语法的难度比较大，它要在调查语音、词汇的基础上进行才有可能。作者对汉语方言语法材料的调查、分析和研究作了详尽论述之后，又从几个方面比较了汉语方言的主要语法差异，其中包括实词的不同形态变化；虚词的不同用法；各种句子成分在句中的不同语序；几种常用句式的不同特点，如比较句、被动句、把字句、疑问句等。

作者在论述中把很多方言中的各种语法现象随手拈来作为例证，无不妥贴。在讲到双宾语句的指人宾语和指物宾语的相对位置时，作者举出了东南各方言中跟普通话语序相反的现象：

普通话：我给他一本书。

广州话：我畀一本书佢。（我给他一本书。）

梅县话：我分一支笔。（你给我一支笔。）

南昌话：你拿一本书到我。（你给我一本书。）

福州话：书驮蜀本我。（给我一本书。）

上海话：拨本书伊。（给他一本书。）

这样，使读者对不同方言在这方面的表现一目了然，鲜明生动，印象深刻。

五、几点感想

1. 方言学是语言学的主要分支学科之一，方言调查是从事语言研究的基本功。作者以自己多年实践的经验之谈，既为许多人视若畏途的方言调查提供了入门的钥匙，又对一些急功求利不务实际的年轻学人提出了严肃的告诫。

2. 方言调查要讲究方法。面对汉语方言纷繁多样的各种表现，如果只是像记流水帐一样机械繁琐地做平面描写，是不会有很大价值的；如果贪图捷径甚至抄袭剽窃，以"现代常用汉字只有3500多个，国际音标符号也只有400多个（不含附加符号），谁都可以使用"为辩解，更是十分可耻的。本书作者抓住了"差异"这一关键问题，指出只有抓住差异才能使研究深入一层，使人们的认识前进一步。

3. 方言调查的主要手段是记音，当方言研究进入到词汇、语法研究阶段时，比语音调查的记音要求将更高。例如词汇中的连读变调规则、音变和语调在句法中的作用等，都是有待深入研究的课题，总之语音研究应该贯穿于语言研究的始终。作者的这一卓有远见的观点，我们是非常赞同的。

4. 中国不仅有丰富的汉语方言，而且有多种少数民族语言。在悠久的历史长河中，汉语和少数民族语言相互影响，融合分化，有着密切的关系。加上社会的变迁、人口的流动、山川的阻隔等因素，汉语方言显得十分错综复杂。因此，方言学者应在纵横两个方面开阔眼界，拓宽思路，建立起适合于汉语方言研究的层次理论。作者在书中对纵横两方面都有所论述，并认为汉语方言为汉语史研究提供了极重要的活素材，也有助于社会学、民俗学、历史学和考古学的研究。纵的历史演变和横的地理推移的结合，与其他相关学科的结合，全方位多角度的研究将使汉语方言踏上一个新的学术台阶。读如作者所说："汉语方言这一取之不竭，用之不尽的语言科学宝库，对于研究古今及其相关的汉藏语系诸语言具有重大的意义，对于普通语言学理论的研究，特别是对建立一套结合我国实际、具有民族特色的语言学理论，更有着积极的推动作用，这是毋庸置疑的。"

Book Review:[*]
Chinese Surnames and Genetic Differences Between North and South China

By Ruofu Du, Yida Yuan, Juliana Hwang, Joanna Mountain, L. Luca Cavalli-Sforza.

Journal of Chinese Linguistics, Monograph 5, 1992.

Reviewed by SHI Feng

Since the 1960s, surname analysis has been widely used in studies of population, migration and social mobility, for example, to calculate the frequency of marriages between persons of the same surname in order to evaluate the inbreeding coefficients of a population or to give an interpretation based on geography and history. Surname frequencies have also been used as a source of information in the research into isolation by distance.

Based on earlier investigations, "Chinese Surnames and the Genetic Differences Between North and South China" has broken new research ground in surname analysis by Ruofu Du and Yida Yuan of the Chinese Academy of Sciences; and Juliana Hwang, Joanna Mountain and L. Luca Cavalli-sforza in The Department of Genetics, Stanford University. Their data of Chinese Han surnames covered 291 population units, i.e. whole

---

[*]原文载 *Journal of Chinese Linguistics*. (1993) 21. 1.180-183.

The author appreciate Jordan Galler's help in proofreading.

villages in rural areas and sections of towns and cities in urban areas. In total, about half a million people in 28 provinces were surveyed in a random sample census of 1/2000 of the population of the People's Republic of China in 1982. This is really a large corpus for statistical research and it is an enormous and complex task, involving knowledge of various fields of mathematics, genetics, and some fields of social sciences, such as history and geography.

The purpose of this study of the distribution of Chinese surnames was to examine different aspects of the genetic population structure of Chinese people, such as comparing the distribution of the number of surnames with that of genetic analysis, estimating the population isolation by distance, and looking at migration in different areas.

The statistical approach they used in this work is Fisher's theoretic distribution parameters, which he employed in the study of the relationship between the number of species and the number of individuals in a random sample of animal populations. Karlin and McGregor have given a satisfactory genetic model for the distribution of the number of alleles at a single locus. "Alleles" refers to a number of different states in which a given gene can exist. Fisher's distribution is an excellent approximation to that of mutant alleles drawn by Karlin and McFregor. Furthermore, the parameters of Fisher's logarithmic distribution are much easier to estimate. They get a specific genetic meaning from the Karlin-McGregor distribution when the words "alleles" or "surnames" replace that of "species" in the ecological case. Surnames are considered formally as alleles at a single locus. Based on this parallel relationship, the biological or genetic model is used for the data on surnames. Thus allele distributions are applied to the distribution of surnames here.

In general, the examined distribution of numbers of surnames represented by a given number of individuals agree with the theoretical distribution for neutral alleles. The values of Chi Square testing goodness of fit, found to be on average higher than expected, are explained by the redundancy of the samples, which contain parents and children having the same surname.

The authors found a considerable similarity of distributions of surnames with geographic distance. A marked difference between north and south can be detected by measuring the rate of fall of the logarithm of relative isonomy, i.e. the kinship measured using surnames treated as alleles at a single locus. The rate in the north is over three times lower than that in the south.

It is necessary to introduce to the comparison between surnames and genes the differences and similarities of various aspects which are shown in the work. First, there is a marked difference of the sample number between genes and surnames. There is also the issue of the usual technical conditions of alleles of a gene and the number of individuals analyzed; the detectable alleles of a gene are rarely more than five or six per locus, and the individuals analyzed are usually limited in number. On the other hand, Chinese surnames are of a huge number. The number of examined Chinese Han surnames is over one thousand — in fact, 1,054. Furthermore, the total number of individuals from the sample census in 1982is about half a million. Thus surnames offer a very rich source of information in the research.

Then comes the shortcoming of surnames: the means or condition of transmission. Evidently, it is much more valid for genes that the condition of transmission is strictly from parents to children, i.e. only among the people who are related by the same sibship. Nevertheless, it is not as valid for the transmission of surnames. In general, Chinese surnames are transmitted via the male line and also passed to females. It is a kind of patrilineal transmission. But surnames may change or new surnames be generated more often than genes. The causes of mutations include slip of a pen, taboos against using certain words, adopting a child with another surname, the bestowing of a noble surname by the emperor, and course of history. However, these are not crucial factors influencing the whole situation.

There is another aspect concerning the history of genes and surnames. The genetic difference between north and south China parallels the difference known from paleoanthropolgical and archaeological studies. Such a difference existed in the Paleolithic period, and persisted through the Neolithic. Any migrations that took place during Chinese history do not seem to have seriously eroded the original genetic gradients. Chinese surnames are much older than those in any other culture. In most of Europe the use of modern surnames began during the late Middle Ages and spread to the whole population by the beginning of the Renaissance. In Japan, they were not used until the last century. However, they are probably over 4,000 years old in China. This is the earliest known use of surnames. And it might be part of the explanation as to the question of how surnames that appeared relatively late can show features similar to genes that have a much earlier origin.

After considering those factors mentioned above, we can understand the conclusion of the paper. Thus we know why the same pattern is found for gene frequencies from the data of surnames, and the data from surnames probably even give a more precise picture than gene frequencies because of the large number of "alleles" and the larger and more representative samples of the Han population.

Considering the terms and topics are unfamiliar ones from statistics and genetics, I would like to suggest here to the authors to give up a more detailed interpretation in order to give an easier understanding of a few chapters concerning formulae and parameters, although most of the chapters are interesting and very easy to understand.

The work of "Chinese Surnames and the Genetic Differences Between North and South China" reminds me of the paper "Spatial Distance and lexical replacement" by L. L. Cavalli-Sforza and William S.-Y. Wang

(Language 62. 1986, 38-55). In that paper, a biological model for genetic similarity was applied to a body of linguistic data from a chain of Micronesian Islands. The logarithm of the lexical similarity shows a pronounced upper concavity not found in the genetic investigations when plotted against geographic distance. Rates of replacement in space show a significant positive correlation with those of time. Languages, as well as surnames, are the phenomena of human culture. They both have a relative and close relationship with genetic analysis in the process of evolution. I agree with the authors on the point that it is interesting to compare the genetic and surname patterns of geographic differentiation with the linguistic patterns. (See the article by Joanna Mountain et al in JCL 20. 1992: 315-332.) A positive correlation is expected, as it compels reciprocal feedback between the phenomena of migratory exchange and cultural differentiation.

《越人歌》解读*

郑张尚芳著　孙琳　石锋译

　　曾经生活在中国南方的越人是一个人口众多的大族群。他们主要居住在长江以南的沿海地区。由于几乎全没有文字记录，他们所说的语言已经不为人知。《越人歌》（全称《榜枻越人拥楫歌》是流传下来的唯一的一篇完整的越语作品。它用汉字记录了越语的发音。同时它后面还附有一个根据原来歌词的大意译出的汉语歌词。这个汉语意译歌词采用了楚辞的诗歌形式，那是在大约公前 528 年左右，在这首歌歌唱当时，由一个楚国人译成的。

　　上面所说的这首歌的越语汉字记音和古译汉语歌词，都见于汉代学者刘向所著的《说苑·善说篇》。

　　由于当时唱歌所用的语言是我们所不知晓的，因而长期以来这首歌留给我们的一直是一个谜。1981 年韦庆稳教授最早提出把这首歌词的汉字记音跟某些台语（主要是壮语方言）进行比较，并且试着写出了这首歌新的汉语对译。尽管译文还不完美，然而韦庆稳教授用台语来比较对照的方法是朝向解开《越人歌》之谜迈出了重要的一步。我依照他的导向进行了比较分析。可我主要是用书面泰文来跟这首歌的汉字记音来比照，这是因为泰文在泰语和其他台语支的语言中有着最古老的经过验证

---

　　*本文原题为 Deciperment of Yue-Ren-Ge,以英文发表于法国 C.L.A.O.20 卷，1991 年第 2 册，159-168 页。译文原载《语言研究论丛》第 7 辑, 57-65.

的形式，同时人们一般都相信古时的越人讲的是一种台语。

　　本文中所用泰文转写，低组声母采用浊声母表示。声调上，第一调（maix ek）用-h 表示，第二调（maix do）用-x 表示。

　　我构拟了一个上古音系统（参见郑张 1984，1987）。本文《越人歌》的汉字记音就用这一系统标写古音。我的系统概貌介绍如下：

　　（1）有 6 个长元音和 6 个短元音：

短元音：	i	脂部	ɯ	之部	u	幽部
	e	支部	a	鱼部	o	候部
长元音：	ii	脂部	ɯɯ	之部	uu	幽部
	ee	支部	aa	鱼部	oo	候部

其中长元音发展为中古的一、二、四等韵；短元音演变为中古音的三等韵。而且认为在原始汉语和上古汉语里，大部分中古三等韵字的音节里没有-j-介音。

　　（2）中古二等韵，以及三等韵中的重纽三等和非轻唇音化的三等韵，在上古音里有-r-介音；而中古一等四等韵以及三等韵里的重纽四等和轻唇音化韵母在上古音里或者没有介音，或者介音是-1-。

　　（3）中古上声字在上古音里有喉塞音–ʔ韵尾，中古去声字在上古有-s 或 h 韵尾，中古入声字在上古有-b、-d、-g 浊塞音韵尾。

　　（4）中古声母"来"母（1-）来自上古的 r-或复辅音ɦgr-、ɦbr-；中古"以"母（j-）来自上古的 l-或复辅音ɦgl-、ɦbl-。

　　（5）中古腭音声母（即照三）的"章 tɕ-、昌 tɕ'-、禅 dʑ-、日 nʑ-、书 ɕ-、船 ʑ-"各母，大多数分别来自上古的 k1j-、kh1j-、g1j-、ŋlj-、lj-、ɦlj-。部分中古"端 t-、透 th-、定 d-（包括"知、彻、澄"）"母字来自上古的一类复辅音，构成它们的两个辅音成素的结合要比一般复辅音更为紧密（以"ˡ"为标志）：klˡ-、khlˡ-、glˡ-、ʔlˡ-、ɦlˡ-、plˡ-、phlˡ-、blˡ-。

　　我把汉字记音的《越人歌》原文分为五句，每句各字下面分列五栏：（1）该汉字的上古读音；（2）该字在泰文里对应相当的对当词；（3）该泰文词读音的拉丁字母转写；（4）该词的汉语释义；（5）该词的英语释义。

根据上古汉译歌词，可知《越人歌》有下列三项主要内容：（1）夜晚，我和王子同舟荡桨；（2）因此我很害羞；（3）认识王子令我感到高兴，我暗暗地喜爱他。这些正跟我的解读内容相合。

第一句

原文记音	滥	兮	抃	草	滥
上古读音	ɦgraams	ɦee	brons	tshuuʔ	ɦgraams
拉丁字转写	glamx	ɦɛɛ	blɤɤn	cɤɤ,cɤʔ	glamx
泰文词义	夜晚	哎（语助词）	欢欣，陶醉的	遇见	夜晚

歌词第一句不与其他句押韵，但首字与末字同音，或许是句内自韵。另外，歌中第三句末字为"胥"（对泰文 saʔ），与第五句的"湖"（对泰文 gaʔ）押韵。

第二句

原文记音	予	昌	枑	泽	予	昌	州
上古读音	la	thiang＜ khljang	gaah	draag	la	thjang	tju＜ klju
拉丁字转写	raa	djaangh	kraʔ–ʔdaak		raa	djaangh	cɛɛu
泰文词义	我俩，我	很会，多么	害羞，难为情		我们，我	很会，善于	摇船

第三句

原文记音	州	(饎)（玉篇"口敢切"）	州	焉	乎	秦	胥
上古读音	tju	khaamʔ	tju	jen	ɦaa	dzin	sa
拉丁字转写	cɛɛu	khaamx	cɛɛu	jɤɤnh	ɦaa	djɯɯnh	saʔ
泰文词义	摇船	渡越	摇船	漫长，久久	哪	愉快	满意，称心

第四句

原文记音	缦	予	乎	昭	澶	秦	踰
上古读音	moons	la	ɦaa	tjau＜ kljau	daana	dzin	lo
拉丁字转写	mɔɔm	raa	ɦaa	caux	daanh	djin	ruux
泰文词义	污秽的	我们，我	语助词	王子，君	阁下，您	熟悉	知晓，了解

第五句

原文记音	渗	惿（集韵"上纸切"）	随	河	湖
上古读音	srɯɯms	djeʔ<gljeʔ	ljoi	gaai	gaa
拉丁字转写	zumh	caï	rɯaih	graih	gaʔ
泰文词义	隐藏	心	始终不断	思慕	语助词

第一句记音原文里的"滥"（上古音 *ɦgraams）与泰文词 glamx 相比对，泰文 glamx 的意思是"黑暗"，但又有"夜晚"义（李方桂 1977《台语比较手册》214-216 页；注意阿含语 khaam 为长元音，武鸣壮语 xam[6]、布依语 ɣam[6] 为去声调，跟古越语音"滥"读长元音去声相合）。把歌中"滥"字与"glamx"相比对，韦庆稳教授是第一人。他引用了壮语龙州话 kam[6]、融水话 gam[5]、来南语 ŋam[6] 以及水语 ȵam[5] 都有"夜晚"之义这一事实为证。我认为来南话和水语里读鼻音声母 ŋ- 和 ȵ- 都是由于受到 ɦgr- 的前缀 ɦ- 影响的结果，这个 ɦ- 还造成上古"滥"字的软腭塞音 -g- 后来消失（比较上古的"蓝" *ɦgraam 到了中古同样读为 lam，泰文"蓝" graam 则演变为 khraam[2]；但苗语"蓝"字叙永话读为 ŋkaŋ[2]，复员话读 ntɕen（A），吉伟话读 ni[2]，也都有鼻音化声母）。韦教授对"滥"字的解释是对的，这也是我从他那里吸取的唯一的一个说法。

第二句里泰文的 raa 意思是"我们俩"，也有"我"的意思。参见吕语 hra"我"，白泰语 ha"我"（李方桂 1977，143-144 页注 1）。

第三句有一个三字格的三音节语"秦胥胥"，和一个四字格的四音节词"州㿻州焉"。在台语里这些也是很平常的词语形式。

此句中以泰文的 saʔ"称心"对当"胥"字。"胥"字也见于"姑胥"（古音*klaa-sa），那是吴王在都城郊外山间的夏宫之名（见《越绝书》卷二），与泰文 kraʔ-saʔ（称心的地方）正可比对。kraʔ 现多写作 traʔ，意为"地方、地区"。"姑胥"又作"姑苏"（*klaa-saa），是苏州的旧称（"苏州"二字上古音为*saa-*tju），我另有文（郑张 1990），论证过吴国人民也是说归属于台语支语言的越语的。

第四句的"缦"字对当于泰文的 mɔɔm，意为"肮脏、褴褛、不整齐"。从字面上看，这一句似乎让人难以理解，实际上它在这里表现的是摇船者这个"下等人"在王子面前的自卑感。所以古汉译歌词把它译成愚顽无知之意。

第五句的"偍"在《集韵》里有两种读音，一为"上纸切"，一为"田黎切"，这差不多与泰文 caɨ 和 ʔdɛɛ（皆表"心"）分别相应。其中可能是从高棉语里来的借词，因而我在对比中选择了 caɨ。另外，此句中"河"相当于泰文"愿、想望、思慕、喜爱"。"河"字读平调，与毛难语 gai[1] "爱"和壮语、布依语 kjai[2] "爱"（但武鸣壮语 klai[2] "想望、恋"）同源，注意广州话和客家话都同用"爱"（ɔi[5]）兼表"想望、想要"和"喜爱"等意思。

值得注意的是，歌中有不少古越语词与汉语词同源："兮"；"乎"；"予"；"抃：忭"；"草：遭"；"昌：匠"；"州：舟"；"昭：主"；"踰：喻"；"秦：亲"；"滥：阴/暗"；"河：爱"等等，都音义相合。

依据上述比较表，我现在可以为《越人歌》拟出新的现代汉语解读和英语译文如下：

> 夜啊，欢乐会晤的夜晚！
>
> Oh, the fine night, we meet in happiness tonight !
>
> 我多么害羞啊，我又很能摇船。
>
> I am so shy, ah! I am good at rowing
>
> 慢悠悠的摇船横渡啊，满怀喜欢！
>
> Rowing slowly across the river, ah! I am so pleased!
>
> 污秽的我啊，尊贵的王子殿下竟然相识了，
>
> Dirty though I am, ah! I made acquaintance with your highness the Prince.
>
> 藏在心底的，是我始终不渝的思恋。
>
> Hidden forever in my heart, ah! is my adoration and longing.

试比较原来的古译歌词：

> 今夕何夕兮？搴舟中流，
>
> Oh! what night is tonight, we are rowing on the river.

今日何日兮？得与王子同舟！

Oh! What day is today, I get to share a boat with a prince.

蒙羞被好兮？不訾诟耻。

The prince's kindness makes me shy, I take no notice of the people's mocking cries.

心几顽而不绝兮，得知王子。

Ignorant, but not uncared for, I make acquaintance with a prince.

山有木兮木有枝，

There are trees in the mountains and there are branches on the trees,

心悦君兮君不知

I adore you, oh! you do not know.

显然，古译里的"今日何日兮"和"山有木兮木有枝"两句，在原歌词的解读里没有了(韦庆稳教授 1981 年的译文里也没有)。人所周知，诗歌是很难单依字面上的意思去译的，更无法逐字逐句地翻译。古译歌词只是译意，也不是依原歌逐字逐句译。原记音歌词 32 个汉字，即 32 个音节，即使依《诗经》里的诗歌格式，四字为句分，至多也只可分为八句。而古译歌词有 54 字，可分成 10 或 12 诗行（多数也是四字句）。两者一比，显然古译文不可能是对原歌逐字逐句的死译，而应包含有不少添加成分，以便据楚辞歌式来调节韵律。拿"山有木兮木有枝"来说，它在意义上与上下文没直接联系，只不过用"枝（*klje）"来跟下行的"知（*te）"押韵。

《诗经》里的诗以"兴"起韵是较为普遍的一种现象，也叫"起兴"。《古史辨》卷三中收录了顾颉刚、钟敬文、何定生的三篇文章。他们在各自的文章里（还引证了宋代著名学者朱熹、郑樵的说法）证明"兴"是歌谣里一种为歌唱趁韵而插加的趁韵句，与本意没有直接联系。由于不同的语言有不同的语音系统，汉语译歌所用的一些为歌唱趁韵需要而添加的成分，是不可能与原文恰好一致，同样趁韵的。这样就可以知道为什么古译中的"树""枝""山"呀，"今日""今夕"呀，在解读的原文中没有出现。这些都是古译歌词的译者为了凑楚辞歌式韵律而加上的。

　　本文用来说明古越语词的泰文词语，是根据不同泰汉辞典的解释（棠花 1946；广州外国语学院 1990；蔡文星 1958.1970[①]）。两者比照所以不难，[因为辞典远比活语言词汇丰富。——作者补加]这些辞典积累了大量不同历史时期出现于泰语的词汇以及古代文献语词和不同地方的方言词等等。何况，现代泰语文字形式（正字法）还直接反映着古泰语的音韵情况，以此，我相信，书面泰文对台语支诸语言是有代表性的。

　　尽管我们可以把《越人歌》同泰语相比，但歌词的泰文译解由当今的泰国人来读也还是不容易理解的[②]，因为这首歌毕竟创作于两千五百年前，可想而知，其语言与今天的任何活的台语肯定差异不小，尤其是在词汇、字法方面。

　　最后我衷心感谢邢公畹、张公瑾、周序鸿、应琳以及沙加尔等先生对此文的帮助。

参考文献：

蔡文星（1958）《实用中泰英辞典》，泰华编译社，曼谷。

蔡文星（1970）《泰英中大辞典》，南美有限公司。

广州外国语学院（1990）《泰汉词典》，商务印书馆，北京。

顾颉刚（1931）《古史辨》，上海古籍出版社 1982 年重印。

李方桂（1977）《台语比较手册》，夏威夷大学出版社。

棠花（1946）《泰华大辞典》，第二版。

韦庆稳（1981）《越人歌与壮语的关系试释》，《民族语文论集》，北京。

郑张尚芳（1984）《上古音构拟小议》，《语言学论丛》第十四辑，北京。

郑张尚芳（1987）《上古韵母系统和四等、介音、声调的发源问题》，《温州师院学报》第四期。

郑张尚芳（1990）《古吴越地名中的侗台语成分》，《民族语文》第 6 期。

①蔡文星二书是作者补加的。

②此处原文有误，作者做了勘误。

《中国语言学报》创刊词*

王士元 著　　石锋 译

　　中国语言学与两个不同的但又相关的知识领域深有渊源。其中的一个领域目的在于通过研究它的主要表达媒介——它的语言，加深我们对于中国文化（从这个词的最广义的内容）的理解。要判断一段译解的碑文，要分析古代的一派哲理，或是要拟测一首古诗的用韵，对于那个时代的语言没有坚实的知识是不行的。在汉学中这些研究都有悠久的传统。一直到近代，对于汉语有兴趣的学者实际上还是在从事这些研究。

　　另一个知识领域的目标就是发现那些作为一个整体的人类语言内部的基本原理。中国语言对于这种研究具有特别的重要性，这不仅是因为至今仍保存有历史久远的文献资料和复杂多样的语言及方言宝库，更是由于独具特点的句法和语音系统。从研究语音的演化到考察社会语言学变异，中国语言可以成为供语言学汲取的一种无比丰富的资源。

　　这样两个知识领域，语言学和汉学，把它们对于中国语言的研究兴趣汇合在一起。在中国语言研究上的中心问题是一样的：一方面是它的语言结构，它的个体发生，它的种族发生及其跟中国语言之间的相互影响；另一方面是中国语言与中国思想、中国文化，以及社会体系之间的相互影响。同样令人关心的是中国语言跟其他语言进行接触的时候所出现的那些问题，这可能发生在一个语言阶层的特定语言环境中，也可能

---

*原文载 *Journal of Chinese Linguistics*.1.1.1，1973。

在一个移民社区的街道上。总而言之，这里有很多事情要做。

在今天以前，研究中国语言学的论文只能在不同的普通语言学杂志和各种东方学出版物当中寻求寄人篱下的位置。无论如何这也是一种令人讨厌的尴尬状况，况且这到底是对于我们这个领域中交流和进步的一个严重的障碍。

让我们期盼，在这本刊物中，中国语言学将找到属于自己的声音。

序　跋

《大江东去——王士元先生 80 华诞庆祝文集》前言[*]

石 锋 彭 刚

> 大江东去，
> 浪淘尽，
> 千古风流人物。
> ——（宋）苏东坡

翻开语言学悠久的历史长卷，闪烁着一个个熟悉的姓名。众多的语言学家把自己的人生和智慧投入到语言研究之中，在探索语言奥秘的道路上，前赴后继，奋力前行。二十世纪以来最具活力的语言学家中，我们可以看到三个光辉的大字：王士元。

王士元先生是跨学科语言研究的先驱，演化语言学的巨匠。王士元先生是享誉世界的语言学大师，是划时代的语言学家。

《王士元先生 80 华诞庆祝文集》的编纂得到中国大陆、港台、东亚及欧美众多语言学家的热情支持，汇集六十余篇当今语言学各领域的精美华文，分为中文、英文两辑，在王先生 80 寿诞之日正式发行。这是中国语言学界的一件大事，也是国际语言学界的一件大事。躬逢其盛，与有荣焉！抚今追昔，心潮澎湃。

文集名为《大江东去》，有两层含义：一是比喻王士元先生的语言学研究如滚滚长江奔涌东流，一江春水汇入大海；一是形容当代世界语

---

* 《大江东去—王士元先生 80 华诞庆祝文集》，石锋、彭刚主编，香港城市大学出版社，2013 年。

言学研究从欧美向东方的潮流气势磅礴，充满创新的活力。诗人的"大江东去"四字，极简洁、质朴又气象宏大、抒发对英雄豪杰的怀念，并富含千古兴亡的哲理，自古以来，无人超越。

我们庆祝王士元先生 80 华诞，不仅是为王先生在语言研究中的卓越贡献，而且是为王先生所代表的当代语言学的目标和方向。从国际语言学的现状和全局来观察，从现代语言学历史发展来思考，王士元先生五十余年来的语言学研究工作给我们以珍贵的启示，是半个多世纪以来语言学行进足迹的投影。

一、从雅克布森说起

索绪尔（Ferdinand de Saussure）和雅克布森（Roman Jakobson）是二十世纪语言学的两座高峰。然而，他们在中国的境遇却迥然不同。雅克布森似乎还鲜为人知。这是在非正常的历史和社会条件下形成的亟待改变的学术盲区现象。

索绪尔因克服十九世纪语言学的极端历史主义倾向而被誉为"现代语言学之父"。然而，一种倾向掩盖另一种倾向，索绪尔强调共时研究又走向另一极端。他"就语言而研究语言"，排除"所有属于'外部语言学'的东西"（1980:20），提倡封闭的小语言学。语言研究越走越窄，走进象牙之塔。一个学科矫枉过正了。

雅克布森是二十世纪最有才华和最富想象力的语言学家与文学家之一。他受到索绪尔影响，最早提出结构-功能的分析方法，奠定布拉格学派理论基础，被誉为"结构主义之父"。他把结构作为分析方法，而不是研究目标。他把人类学引入语言学，使诗学和语言学结合，到医院里考察失语症（1941），与声学家合作写文章（1951）。雅克布森提倡开放的大语言学。他不是简单地重复索绪尔的词句，而是真正继承发展了索绪尔创新的精髓。他是一位跨学科、跨领域、跨学派的开放式语言学研究的先驱。

王士元先生的语言研究理念跟雅克布森一脉相承，从语言演化的高度，把考古学、遗传学跟语言学作为三个窗口（1998），从广度和深度上开拓了语言研究的领域。王先生开阔的跨学科视野集中表现在两个方面：一是王先生最早把语言学和计算机结合起来，使得语言学插上了现代科技的翅膀；二是王先生把人类在脑科学上的进展应用于语言演化研究，一直探索在语言研究的最前沿。

早在上世纪六十年代，王先生与郑锦全等同事率先做成第一部汉语方言计算机词典，也即最早的语言资料数据库。词汇扩散理论的创立就是当时以这个数据库为基础而引发的，是最早的计算机和语言学结合得到的成果。他曾经跟世界上杰出的数学家弗里曼（D. A. Freedman）合作利用概率计算的方法解决人类语言是单起源还是多起源的问题。近年来他利用计算机建模仿真方法模拟语言起源的约定俗成过程（2001），还成功地把计算机建模用于研究语言演化中横向的和纵向的传播（2005）。他跟"遗传算法之父"贺兰（John H. Holland）密切合作，推进了对语言这个复杂适应系统的建模仿真研究。

王先生从上世纪六十年代开始进行汉语声调的听感实验（1967），还与著名心理语言学家曾志朗等同事探究语言与大脑的联系（1977），开启了汉语和汉字的心理语言学与神经语言学研究。他们在1970年代的伯克利校区合开一门课"语言的生物基础"。多年后曾先生还怀念那段彼此切磋的精彩时光带来的"淋漓尽致的畅快"。王先生一直没有停止前进的脚步，他的《语言、演化与大脑》（2011）、《演化语言学论集》（2013）以及一系列论文反映出研究的最新进展。

王先生以他丰硕的独创性研究成果，走出了一条多学科结合的语言研究的新路，改变了当代语言研究的面貌，使语言学跟人类科学同步发展。语言学理论体系以及研究方式由此发生的深刻变革将随时间推移而愈加显现。王士元先生举旗开路，是跨学科开放式语言研究的大师，是继雅克布森之后的又一座高峰。

二、跟赵元任同事

赵元任先生是现代中国语言学的开拓者。赵先生的研究具有多面性。赵先生跟雅克布森很相近，雅克布森是语言学家兼诗学家，赵先生是语言学家兼音乐家。他用田野调查和实验方法研究方言，他录制国语留声片，设计国语罗马字，创制五度值，提出音位分析的多能性，出版《中国话的文法》，被誉为"汉语语言学之父"。

王士元先生早年应赵先生之约，从俄亥俄转到伯克利，成为赵先生的同事和忘年交。他们同是来自中国，一个来自常州，一个来自上海；他们大学都是理工科，一个是数学，一个是电子；最重要的是他们都有一颗中国心，赤子情，以振兴中国语言学为己任。

王士元先生倾力推动中国语言学发展。王先生在俄亥俄州立大学同时创设了语言学系与东亚语言文化系。他在加州伯克利大学创建的音系学实验室是美国最早的语音实验室之一。他创办的《中国语言学报》（Journal of Chinese Linguistics，简称 JCL）是中国语言学第一个国际性的刊物，创刊号就是献给赵元任先生的，同时刊载了"非汉语语言学之父"李方桂先生关于汉藏语系属的经典文章。王先生曾在伯克利主持语言分析研究所（Project on Linguistic Analysis，简称 POLA）三十余年，使 POLA 成为中国语言学的标志。很多前辈学者至今还在心中珍藏着"永远的 POLA"。他担任国际中国语言学学会首届会长。他在美国语言学会所办的暑期讲习班以及圣菲研究所（Santa Fe Institute）的暑期课程都曾多次授课。他还全力帮助在中国举办首次中国语言学暑期讲习班并亲临南开大学讲学。

王先生曾亲赴吉尔吉斯考察东干语跟汉语西北方言的联系，曾亲赴泰国北部、中国南方调查民族语言，完成汉藏语言的计算机集群分析。前面已经讲到探索汉语声调和汉字的心理认知和大脑加工机制，以汉语词汇句法的资料进行语言演化的计算机仿真建模研究，获得多种成果，使汉语研究立于国际语言学之林。

王士元先生为中国语言学培养了众多人才：桥本万太郎、余蔼芹、陈渊泉、谢信一、柴谷方良、廖秋忠、邹嘉彦、连金发、沈钟伟、小仓美惠子、孔江平、彭刚、汪锋、龚涛等等，都出自王先生门下。王士元先生待人谦和真诚、胸怀宽广，很多人都是在他的直接或间接的启迪和影响下，走上语言学的道路。

赵先生在三十年代从汉语方言的语音资料引发出音位分析多能性理论；王先生在六十年代据汉语方言计算机词典创立词汇扩散理论。完成了中国语言学影响国际语言学的又一次重要的创新。词汇扩展理论的主旨是，语言的演变不只是音类的转移，而是与词汇有互动关系，一种音变其实就是在这个音类所辖的语词中随时间扩散的过程。词汇扩散对语言演变的微观或宏观的研究提供了开创性的研究方法和理论模式。

斯坦福大学教授、遗传学家卡瓦里-斯佛扎（Cavalli-Sforza 1994）认为："词汇扩散理论已经公认为是语言演化研究中最重要的创新理论。"中国语言学的成果得到国际学术界杰出科学家的认同，已经进入各种语言学论著和百科全书。

哈佛大学教授、人类学家张光直（1994）曾这样评论二十世纪中国人文社会学科对国际学术界的贡献和影响："只有在语言学上，中国语言学者如赵元任、李方桂、王士元等先生的著作在普通语言学的书刊里给人引用。"在这一方面，王士元先生与张光直先生有着共同的理念："争取主流地位，甚至可以说是中国人文社会科学者对于世界的责任。"

如果说十九世纪的语言学瞩目欧洲，二十世纪的语言学瞩目美国，那么，二十一世纪的语言学将开始瞩目中国。这其中离不开王士元先生的努力，他为中国语言学引入了新观念和新方法，为中国语言学的多学科发展注入了活力。王士元先生是当代中国语言学的开拓者，是继赵元任、李方桂之后的中国语言学巨匠，是当代世界划时代的语言学家。

三、与拉波夫对话

2012 年 5 月在香港中文大学有一场别开生面的世纪学术盛事：拉波夫和王士元两位语言学巨匠以"音变：过去、现在和未来"为主题的深度对话。他们在几十年的学术生涯中，各自从不同的起点出发，朝着相同的方向，构建了变异的演化的语言观，如今相聚在一起。

拉波夫（William Labov）在社会中研究语言的变异，主张语言研究不应仅限于语言内部，更要考察各种社会因素如何影响语言的演变，拨转了索绪尔以来的语言学方向。拉波夫调查语言不仅到田野中，而且到

街区中、商店里，调查成百上千的样品，做实验，做统计。他借助庞大
的资料库阐明语言是异质有序的大系统。拉波夫为语言变化研究开拓了
一个新方向。

　　王士元先生提出词汇扩散的理论（1969）与文莱奇（Weinreich）和
拉波夫等人发表语言变异文章（1968）几乎是在同时。拉波夫在 1971
年就任美国语言学会主席的任职演说中最早肯定词汇扩散理论的意义。
他在后来的三卷巨著《语言变化原理》开头致谢中写道："本书的许多研
究、调查、论述都是对于王士元在竞争性语音演变、词汇扩散、方言混
合方面极具远见卓识的开创性研究工作的响应。……虽然我自己的团队
在这些问题上的研究跟他们不都一样，但是他们理论观点的冲击力和与
之密切相关的语言资料对我影响至深。"（1994:xvi）。

　　确实，拉波夫的《语言变化原理》采用词群（word class）分析方法，
根据共有同一音位的词群成员的变化来考察语音的演变，虽然在具体的
方法上不完全一样，但是在宏观的思维方式上跟词汇扩散理论具有本质
的一致性。王先生讲过，词汇扩散论预测所有活的语言都会呈现大量的
"有序异质性"（orderly heterogeneity）。既肯定了拉波夫的说法非常有用，
又阐明了词汇扩散与语言变异之间的密切联系。王士元和拉波夫的思想
是一种全新的语言观和语言演化观。在这个意义上，王士元和拉波夫代
表着语言学的新变革，语言学的新方向。

　　王士元先生的词汇扩散论实际上是运用生物进化论的变异-选择的
观念解释语音演变。王先生由此走上演化语言学之路。他认为：语言演
化和生物演化有许多重要的共同点，很可能物理界和社会体系的演化之
间，也存在诸多的共同点。语言就是一种复杂适应系统（complex adaptive
systems）。在这个理念下，王先生的研究团队对于语言起源、词汇涌现、
声调发展、词汇和句法共变、语言消亡等语言学重要问题进行计算机建
模及多个体仿真模拟（multi-agent simulation）分析，取得了新进展，拓
展了新天地。

　　从最远古的语言产生到最现代的大脑机制，都汇集为演化语言学。
在这个方向上，语言的系统性和社会性完美整合，语言的共时研究和历

时研究高度统一。语言学者的天职是解开语言之谜，揭开语言演化之谜。语言之谜也就是人类之谜。在这个意义上，研究语言也就是研究人类自己。难怪王先生感慨：不识语言真面目，只缘身在言语中。

量子论创始人普朗克指出："科学是内在的整体，它被分解为单独的部门不是取决于事物的本质，而是基于人类认识能力的局限性。实际上存在着从物理学到化学，通过生物学和人类学到社会学的链条，这是任何一处都不能被打断的链条"。语言研究的不同领域在整体上来看，就是这个总的链条上从人类学到社会学之间的一环。

王士元先生讲过："不同学科之间的边界犹如画在沙滩上的线条，随着每一次先进知识的波涛到来，这边界就会发生变化，甚至完全消失。人类的知识，特别是研究语言的知识，应该是彼此相连的，并且最终是相互贯通的。"跨学科、泛学科的开放式研究是当代科学的重要特征。

赢得人类学、基因学、数学、心理学等其他学科中最杰出学者的肯定和认同，是王士元先生研究工作的一个重要特征。王先生多年来致力于在多学科视野下研究语言。这就是他的巨大学术魅力的来源：总是充满活力站在研究的最前沿。

让我们祝福王先生，永葆青春，永无止境。

参考文献：

Cavalli-Sforza 1994 An evolutionary view in linguistics. Interdisciplinary Studies on Language and Language Change, ed. By Matthew Chen and Ovid Tzeng. 17-28. Taibei: Pyramid Press.

Chao, Yuen Ren. 1934 The non-uniqueness of phonemic solutions of phonetic systems. Bulletin of the Institute of History and Philology, Academia Sinica 4. 363-97.

Ho, D.-a. & Tzeng, O. J. L. (eds.) 2005 POLA Forever: Festschrift in Honor of Professor William S-Y. Wang on his 70th Birthday. Taibei: Institute of Linguistics, Academia Sinica.

Freedman, D. A. & W. S-Y. Wang. 1996 Language polygenesis: a probabilistic model. Anthropological Science 104. 2. 131-8.

Jakobson, Roman. 1941 Kindersprache, Aphasie, und allgemeine Lautgesetze. Uppsala: Almqvist & Wiksell. Allan. R. Keiler, trans. 1968. Child Language, Aphasia, and Phonological Universals. The Hague.

Jakobson, Roman, Gunnar M. Fant, & Morris Halle. 1951 Preliminaries to Speech Analysis. M. I. T. Press. 王力译：语音分析初探：区别性特征及其相互关系,《国外语言学》(1981)。

Labov, William 1994 Principles of Language Change, Vol. 1: Internal Factors, Blackwell Publishing Ltd..

Tzeng, Ovid J. L., D. L. Hung & William S-Y. Wang 1977 Speech recording in Chinese Characters, Journal of Experimental Psychology: Human Learning and Language 3. 6. 621-630. Reprinted in Wang, W.S-Y. 1991 Explorations in Language. 249-262.

Wang, W.S-Y. & J. W. Minett. 2005 Vertical and horizontal transmission in language evolution. *Transactions of the Philological Society* 103. 2. 121-146. 张静芬译：语言演变中的横向传递与纵向传递,《演化语言学论集》, 商务印书馆。

Wang, W. S-Y. & Kung-Pu Li 1967 Tone 3 in Pekinese, *Journal of Speech and Hearing Research,* 10. 3. 焦立为译：北京话的第三调,《语言的探索—王士元语言学论文选译》, 北京语言大学出版社。

Wang, William S-Y. 1969 Competing changes as a cause of residue. *Language* 45. 1. 9-25. Reprinted with postscript in P. Baldi and R. N. Werth eds. Readings in Historical Phonology: Chapters in the Theory of Sound Change, 236-257. Pennsylvania University Press, 1978. Reprinted in Wang 1991, 3-19. Also in Wang 2010, 132-153.

Wang, William S-Y. 1991 Exploration in Language. Taibei: Pyramid Press.

Wang, William S-Y. 1998 Three windows on the Past, The Bronze Age and Early Iron Age Peoples and Eastern Central Asia, Mair, V. (ed.) University of Pennsylvania. 508-534.

Weinriech, Uriel, W. Labov and M. Herzog. 1968. Empirical foundations for a theory of language change. *Directions for Historical Linguistics*, ed. by W. P. Lehmann and Y. Malkiel, 97-195. University of Texas Press.

张光直 1994. 中国人文社会科学该跻身世界主流.《亚洲周刊》七月十日 p. 64.

索绪尔 1980《普通语言学教程》高名凯译，商务印书馆。

王士元、柯津云 2001 语言的起源及建模仿真初探，《中国语文》第 3 期。282: 195-200. Also in 2002. 《王士元语言学论文集》，280-298.

王士元 2010《王士元语音学论文集》北京，世界图书出版公司。

王士元 2011《语言、演化与大脑》，商务印书馆。

王士元 2013《演化语言学论集》，商务印书馆。

曾志朗 2004《人人都是科学人》，台北远流出版公司。

《乐在其中——王士元先生 70 华诞庆祝文集》前言*

石　锋　沈钟伟

　　王士元先生是当代中国语言学的开拓者，享誉国际的语言学大师。他提出语言演变过程中词汇扩散的理论，对于语言动态研究具有极为重要的影响，用中国语言的研究成果促进了普通语言学理论的发展。他以振兴中国语言学为己任，多年来走遍世界各地讲学和研究，开创了语言学和其他学科之间富有成果的联系，为中国语言学引入了新观念和新方法，推动了中国语言学的多学科发展。

一、不平凡的学路历程

　　王士元先生 1933 年生于中国上海，十五岁赴美。1955 年获哥伦比亚大学学士学位。后来又到密西根大学，在著名语音学家 G. Peterson 教授的实验室作研究，于 1959 年完成博士论文。这是最早把语言学跟物理声学的知识结合起来应用在言语的机器识别方面的研究之一。此后，王士元先生曾先后在 IBM 研究中心从事俄-英机器翻译的研究，在麻省理工学院（MIT）电子研究中心进行博士后研究，并在密西根大学任教。

　　1963 年至 1965 年，王士元先生在俄亥俄州立大学筹设了语言学系和东亚语文系，并担任系主任。王士元先生到伯克利加州大学任语言学教授时，只有 32 岁，这是学校中少有的。他创办了该校的语音学实验室。

---

*《乐在其中—王士元先生 70 华诞庆祝文集》，石锋、沈钟伟主编，南开大学出版社，2004 年。

他连续三十余年主持语言分析研究所（Project on Linguistic Analysis，简称 POLA）至今。自 1973 年发起并主编国际性的《中国语言学报》（Journal of Chinese Linguistics，简称 JCL），专门刊登中国语言学研究的论文，促进了中国语言学研究。国际中国语言学学会 1992 年在新加坡成立，他担任首届会长。1994 年担任加州大学研究生院教授。1995 年担任赵元任中国语言学中心主任。

王士元先生目前在香港城市大学电子工程学系语言工程学任讲座教授，并且主持语言工程实验室。近年来，王士元教授在跟遗传学家合作进行语言起源和语言区别类型的研究，这是从工程学、语言学和遗传学方面对语言进行的跨学科的研究。王先生对于语言起源的研究已经得到国际学术界的关注，世界上权威的学术机构如：圣菲研究所，普林斯顿高级研究所，以及巴黎的法兰西学院都曾邀请他去做学术讲演。

王士元先生从大学时代就热爱语言的研究。数十年来，他跳出了传统的窠臼，以渊博的科学知识，用现代的科学方法，开启了语言研究的各种新领域，这些成果已经发表在一些世界著名的学术刊物以及百科全书中，其中包括《美国科学家》、《自然》、《科学美国人》、《美国国家科学院院刊》等著名的权威科学杂志。由于对实验语音学、音系学、历史语言学等多方面的杰出成就，王士元先生曾获纽约哥根汉（Guggenheim）奖金，两次获颁美国斯坦福行为科学高级研究中心的奖金，并且荣获瑞典国家级教授和意大利 Bellagio 高级研究中心的研究基金。

二、创立词汇扩散理论

从 19 世纪末的新语法学派发现语音演变规则性之后，经萨丕尔和布龙菲尔德的结构主义，一直延续到当今所见的各派生成语法理论，都热衷于规则化和形式化。这就是传统的决定论的观念。

王士元先生的研究小组在运用统计方法分析汉语声母从中古到现代汉语方言的演变时却遇到了大量不规则的变化。他们最早设计做出了"汉语方言计算机字典"这个资料库，用来检验和量化有关的分析。这个协作的集体中，包括有陈渊泉、谢信一、郑锦全等语言学家。他们认为，规则只是表述了演变的最终结果。如果把考察的焦点放在演变的过程上，就会发现语言演变很难实现全然的规则性。在某个演变正在进行的同时，时常还会有另外的某些演变来相互竞争。这些相互交错的演变总是造成丰富的共时变异，这正是每个语言赖以生存和发展的基础。我们今天已经可以看到，这不仅是一种全新的方法论，更是一种全新的语言观。

起初，词汇扩散理论曾被美国的某些学者看作是一群华裔语言学家搞出的怪论，经受了不少非常严厉甚至没有道理的批评。随着研究的深入，词汇扩散的实例不断在各种语言中被发现出来，既有 Nitinat 语和 Telugu 语这些不大为人知的语言，也有德语和瑞典语这样位于欧洲的语言，甚至在英语中也找到了词汇扩散式演变的大量例证。统计的非决定论的思想显示出强有力的优势。当年美国语言学会会长拉波夫在年会致辞中肯定了词汇扩散理论的正确和适用。

词汇扩散理论充满活力，不断地在研究中得到发展。早期的研究大多集中在语音演变中，梅祖麟在 1980 年最早注意到句法演变中的词汇扩散。余蔼芹 1993 对此提出"两维扩散"的观点，即句法演变中新形式的成长和旧形式的衰退在某种程度上是彼此独立的，这可以作为语音扩散和形态——句法扩散之间的重要差别。桥本万太郎于 1981 年首次提出可以从词汇扩散的角度研究方言之间的借用。连金发对潮州话中的官话层读音和闽语层读音相互作用的分析中，发现了"双向扩散"的变化方式（1993）。沈钟伟考察上海话和温州话的元音合流现象的时候，采用了 S 形曲线的数理模型和区分年龄层次的统计方法。系统地比较不同年龄组的语言变异情况，可以充分地把共时研究和历时研究结合起来（1991）。

三十余年来，这个理论在世界上好几十种语言的分析中得到应用，使语言研究面貌焕然一新，研究内容不断深化，并且引发出一系列与此相关的研究理论和方法。当代的大多数历史语言学教科书都介绍词汇扩散理论，《语言和语言学百科全书》也有专文说明。1995 年美国威斯康星大学还组织了词汇扩散专题讨论会。词汇扩散理论发源于对中国语言的研究。中国的语言提供了能激发人们提出问题和观念、假说和理论的极为丰饶的资源。词汇扩散理论是中国语言学对于现代语言学理论所作的重大贡献。

三、使命感、事业心、赤子情

王士元教授多年来致力于提倡和推动中国语言学研究，他的学术生涯中有着很多的第一。

俄亥俄州立大学建立第一个东亚语言系，后来应赵元任先生之约到伯克利加州大学，他是语言学系第一位华裔教授。《中国语言学报》是海外第一个国际性的中国语言学专刊。设于伯克利大学的语言分析研究所（POLA）也可以说是海外第一个中国语言的学术研究中心。几十年来，来自海峡两岸及各国的学者都曾在位于皮特曼大街 2222 号（2222 Piedmont Avenue）的木楼中访问研究、切磋交流。这里见证了中国语言学的很多重要历史进程。POLA 成为中国语言学的一种标志，一面旗帜。

1973 年，王士元先生访问中国，是中美建交后第一个来到北京的美国语言学家。他曾给刚刚复苏的中国语言学界带来学术交流的春风。在北京大学讲演时，由于王先生坚持要当面送交赵元任先生的信件，才使王力先生从牛棚中走出来，穿一身新装，来到讲演会场。回到美国之后，王先生立刻在华盛顿特区通讯上发表了一篇访华报告，对新中国寄予了深切的期望。对于在当年强烈的反华气氛包围中的一位美国华裔学者来说，这是非常勇敢的举动。报告发表之后，还曾招致联邦调查局派员拜访。

1979 年，他应林焘先生之邀，在北京大学主讲了第一个实验语音学系列讲座。并帮助建立起北京大学语音实验室，这是中国内地大学的第一家。对于实验语音学在中国的发展起到重要的作用。1991 年，他跟丁邦新、黄正德等先生促成第一次在美国的语言学讲习班上增设中国语言学课程并讲学。1995 年，他又积极支持在中国举办第一次中国语言学研讨班并亲临南开大学讲学。

王士元先生为中国语言学培养了众多人才：桥本万太郎、余蔼芹、陈渊泉、谢信一、 柴谷方良、廖秋忠、连金发、邹嘉彦、小仓美惠子等等，很多著名的语言学家都出自王士元先生门下。王士元先生鼓励和提倡学术研究的团队精神。他以词汇扩散理论的创建为例来说明，合作所带来的永远是更少的错误、更好的解释、更大的收获。王士元先生待人谦和真诚、胸怀宽广，很多人都是在他的直接或间接的启迪和影响下，走上语言学的道路并明确了研究的方向。

四、学无界限，学无止境

读一篇王士元先生的文章就可以知道他学识广博，见识犀利，逻辑严密，更是文辞精美。他的学术研究涉及语言学的各个领域。生成句法学、生理/物理语音学、音系学、历史语言学、语言学历史，凡他研究所及，均有重大建树。他的学术兴趣更是超越语言学之外，人类学、考古学、遗传学、生物学、数理统计、物理声学、计算机科学，都具有深厚的修养。

王士元先生广阔的学术视野使他总是站在学术研究的最前沿。他的语言学研究涉及古今中外，涵盖宏观微观，更极力主张跨学科的综合研究。早在六十年代，他就和数学家合作进行了语言分类的数理研究。他还主持过移民和方言关系的学术会议，他也探讨过人种分类和语言分类的关系。王先生创立的词汇扩散理论，也可以说是运用生物进化论的变异-选择的观念解释语音演变的结晶（Wang 1987）。王士元先生在学术研究上从不满足，他大力提倡采用各学科中最先进的数理方法来研究语言问题。遗传学、数学界的一流专家是他的办公室的常客，因此他的文章中经常出现最先进的分析方法。最近王士元先生跟以"遗传算法之父"闻名的密西根大学计算机科学教授 John H. Holland（2004）合作完成了词汇和句法共同演化的计算机建模的研究。这些新的分析方法不仅为语言学研究提供了新的研究思路，更重要的是极大地开拓了语言学研究的广度和深度，使语言学跟人类科学同步发展。

王士元先生那广博的学识形成了他所独有的学术魅力。他的影响不但超出了汉语语言学，并且超出了语言学范围。他罕见的学术魅力不但使得非汉语语言学家对汉语语言学产生了浓厚兴趣，也使得其他学科的学者对语言学的研究投入了大量精力。斯坦福大学的遗传学教授 L. Cavalli-Sforza（1986；1994），伯克利加州大学的统计学教授 D. Freedman

（1996）和遗传学教授 V. Sarich（1994）对语言进化和分类上的出色研究可以说是最有代表性的例子。

在王士元先生的研究室门上有"乐在其中"四个大字。他认为教与学两种工作都有各自独特的乐趣。"看到学生因为了解一个新观念或新方法而雀跃，或是自己在研究上有所突破，能入无人之境，这二者所带来的喜悦，都是独一无二的。"这是多么令人钦敬的一种心胸，一种境界！我们就以《乐在其中》作为这部文集的书名，来庆祝先生七十岁华诞。

参考文献：

L. Cavalli-Sforza 1994. An Evolutionary view in linguistics. In Honor of William S-Y. Wang (Chen & Tzeng eds.), 17-28.

L. Cavalli-Sforza and W. S-Y. Wang 1986. Spatial distance and lexical replacement. Language, 62:38-55.

D. A. Freedman and W. S-Y. Wang 1996 Language polygenesis: a probabilistic model. Anthropological Science, 104. 2. 131-138.

Gong, T., J. Ke, J. Minett, J. H. Holland, and W. S-Y. Wang. 2004. A computational model of the coevolution of lexicon and syntax.   Submitted to Complexity.

M. Y. Chen and O. J. L. Tzeng (eds.) 1994. In Honor of William S-Y. Wang: Interdisciplinary Studies on Language and Language Change. Taipei: Pyramid.

V. M. Sarich 1994. Occam's Razor and historical linguistics. In Honor of William S-Y. Wang (Chen & Tzeng eds.), 409-430.

W. S-Y. Wang 1995 Lexical Diffusion: Retrospect and Prospect. concluding remarks offered at Panel on Lexical Diffusion, Madison.

W. S-Y. Wang 2001 The Joy of Research. CityU Press, a lecture delivered at the Symposium on Broadening Research Frontiers at City University of Hong Kong.

《中国语言学的新拓展——王士元先生 65 岁华诞庆祝文集》序言*

潘悟云　石　锋

　　无论是在海内还是海外，王士元的名字已经跟中国语言学联接在一起，跟现代语言学联接在一起。王士元在 60 年代提出的词汇扩散理论是中国语言研究对于现代语言学理论所作的重大贡献。一般认为中国语言学影响国际语言学的研究有两个里程碑：一是赵元任在 30 年代对音位学理论的阐发；再有就是王士元的词汇扩散理论。

　　从历史的角度和宏观的视野来看词汇扩散理论的意义，我们不能把它仅仅看作是一种音变理论，它在语言学中具有全局性的指导意义。语言学在人文科学中的位置与物理学在自然科学中的位置很有些相似之处。因此，从物理学在近代的发展历史来观察语言学走过的道路，可以给我们有益的启示。王士元与拉波夫的理论对于现代语言学所起的作用，可以与近代物理学中的革命作一对比。

　　在本世纪初，物理学界出现了一场伟大的革命，波尔等人提出的量子理论，改变了经典物理学的思维方式，物理学从而进入到现代物理学的时代。经典物理学中占统治地位的是决定论的思想。每一个物理现象的出现都有它的起因，地球在某个时刻会出现于绕太阳轨道的哪一个位置，下一次月蚀会在什么时候出现，都可以从已知的因素推算出来。但是在微观世界却不是这样，电子飞快地围绕原子核转动，它在某个时刻

　　*《中国语言学的新拓展——王士元先生 65 岁华诞庆祝文集》，石锋、潘悟云主编，香港城市大学出版社，1999 年。

会出现于哪一个空间位置是不可知的，我们只能知道它在某个时刻会以多大的可能性出现在某个位置。在现代物理学中，统计的非决定论的思想取代了决定论的思想。现代语言学所发生的是与此相似的情况。

语言学的主流思想一直是决定论的，所有的语言特征似乎都是确定的。王士元、拉波夫把统计的、非决定论的思想引入了语言研究。在新语法学派看来，只要知道某一个音在某一个历史时期发生了一种语音变化，那么带有这个音的任何一个词在这个历史时期以后的语音形式就是确定的。但是词汇扩散理论却认为带有这个音的某个词在这个历史时期以后的某个时间是否已经发生了这种音变是不确定的，我们只能预测这个词在那个时候发生音变的概率是多少。在传统方言学中，一个方言的每个音位都是确定的，只要调查一个上海人似乎就能知道所有上海人的发音。但是在拉波夫看来，一个语言社团中每一个成员的读音是不确定的，我们只能根据这个成员的年龄、性别、社会地位、说话的风格、语言环境等等，讨论他的读音在语音空间中的统计分布。

在美国语言学界颇有影响的生成学派，其支配的思想也是决定论的。在他们看来，所有的表层形式都是由深层形式决定了的，一切的语言特征都是二分的，非此即彼。索绪尔以后共时语言学的主导地位的确立，是语言科学精密化的需要。但是语言与万物一样都处在不断的运动中。语言的共时现象只不过是运动着的语言现象抽掉时间维以后，在共时平面上的投影。所以在这个平面上只有关系，没有运动。语言研究应把它的共时方面和历时方面结合在一起。

可以预料，随着语言学研究的不断深入，语言的时间维又会成为语言学家们的关注焦点，语言的历时研究会吸引越来越多的学者的兴趣。然而，一旦涉及到语言的运动和变化，决定论的思想就会捉襟见肘。这个时候，人们就会真正领会王士元和拉波夫的思想。这是一种全新的语言观。从这个意义来说，王士元和拉波夫代表着一场革命、一个方向。

近三十年来，词汇扩散理论不断在世界各种语言中得到验证和充实，溯源於内部音变进而适用於接触音变，兼以在研究历史句法演变中启迪思路，更引发出一系列跨学科的相关研究。如今，词汇扩散理论已经被写进教科书中专章讲授，被收入百科全书详文诠释。王士元先生却时时不忘提醒人们：词汇扩散理论的发起是一个集体协作的产物。

陈渊泉和曾志朗曾经作过这样生动的描述："对于我们中从远处观察的人，王士元先生高耸的身影令人敬畏和钦佩。对于有机会接触他的人，他是平易真诚的挚友，使人难以忘怀。对于特别荣幸跟他一起工作的人，他是循循善诱的良师，对人体贴入微。我们大家都深深地受益于他那渊博的学识。他比其他别的学者更多地推动中国语言学取得今天世人瞩目的成绩。他的影响力更为深远：不仅因为他曾经涉足语言学中几乎每一个领域，而且由于他开创了语言学和其他学科之间富有成果的联系，这是无人所及的。我们很多人都是在他的启迪、指导和鼓励下，开始被吸引进入语言学殿堂中，或是重新确定语言研究的路向。"我们对此深有同感。

在先生六十五岁华诞之际，我们献上这部文集，作为祝贺的礼物。

愿先生青春常在。

《语言的探索——王士元语言学论文选译》后记[*]

石　锋

收在本书中的译文的原稿虽然只是王士元先生那长达数页的论著目录中的一小部分，但是却有着相当的代表性。我们可以从中看到王士元先生的学术视野、学术思想、学术风格和研究方法。

中国语言学影响国际语言学的研究有两个里程碑：一是赵元任先生在 30 年代对音位学理论的阐发；再有就是 60 年代王士元先生的词汇扩散理论。词汇扩散理论是中国语言研究对于现代语言学理论所作出的重大贡献。从历史的角度和宏观的视野来看词汇扩散理论的意义，这不仅仅是一种语音变化的理论，而且在语言学中具有全局性的开创性的意义。这是一种语言研究中的统计的、非决定论的思想。这是一种全新的语言观。从这个意义来说，这代表着一场革命、一个方向。

三十年来，这个理论陆续在世界各种语言的研究中不断得到验证和充实。从单向扩散的研究到双向及多向的扩散的阐述，从考察语音的演变发展到应用于句法的演变，并且引发出一系列跨学科的相关研究。进入 90 年代，王士元先生从人类学、考古学、遗传学、统计学、民族学和语言学等多学科结合进行语言进化的研究，开拓了研究的领域，展现出广阔的前景。

我曾荣幸地有机会跟王士元先生一起工作了两年，亲身体会到在学

---

[*]《语言的探索——王士元语言学论文选译》，王士元著、石锋等译，北京语言大学出版社，2000 年。

术上他是一位循循善诱的良师，在生活上他是一位平易真诚的挚友。他以振兴中国语言学为己任，在世界学术之林独树一帜。我深深感受到他的一颗拳拳的中国心和强烈的使命感。在他的感染、启迪、指导和鼓励下，我学到了很多很多。把王士元先生的论著更多地介绍给中国的语言学者特别是年轻的朋友们，是我很高兴做的事情。希望能有更多的人认识王士元先生的学术思想和学术方向，使自己的学习和研究增加新的活力。

翻译是一门学问。翻译难，翻译王士元先生的论著更难。困难来自两个方面。一是语言问题，二是专业问题。王士元先生是中学时期到美国的，他的英语比土生土长的美国人讲的还好。他的语言造诣非常高，英语运用的优雅纯熟，阐述意义的言简意赅，言语风格的诙谐细腻，令众多欧美学者赞叹不已。再加上他的文章中视野的开阔和思维的敏捷，往往使译者自觉笔拙，找不到合适的汉语词句来把这全部内容都恰当表达出来。

王士元先生的一个重要想法，就是学术研究没有界限。为了研究的一个问题，可以采用各个有关学科的理论方法和资料成果，而且大都是最前沿的、最新的信息。他的文章中涉及的学科内容非常广泛。在语言学内部就有语音学、音系学、词汇学、词源学、句法学、文字学、音韵学、方言学、历史语言学，等等。在语言学之外，更有人类学、社会学、民族学、历史学、考古学、地理学、生理学、心理学、生物学、遗传学、统计学、物理学、以及电子工程学等等。不言而喻，这会给翻译工作提出新的问题。

当然，困难并不能作为缺点的遁词。收入本书的译文除了石锋参加翻译的几篇之外，其他十几篇也都经过石锋的校改。因此，译文中的缺点和错误，首先由石锋负责。希望读者提出批评，以利于今后的改进。

为了这本书的出版，王建勤先生和王飙先生竭诚努力，方希女士付出艰辛劳动，张洪明博士和王洪君教授给予热情帮助，谨志谢忱。

《语调格局—实验语言学的奠基石》自序[*]

一、格局的意义

"语调格局"这个词是我在 1998 年的一篇文章里讲到的。当时只是一种概括的朦胧的想法，觉得既然声调有格局，语调也一定有格局，所以就对语句内部调域之间的相对关系做了一些初步的探索。

这就引出一个问题：格局是什么？其实格局并不神秘。当年鲁迅写的"孔乙己"一文，开头就是："鲁镇的酒店的格局……"语言学中的格局应该是以此为基点引申出来的。吴宗济先生曾对于格局做过很简洁的说明："言出于我口，入于尔耳"。尽管言者所说的每个音节和声调并不那么"到位"或规范，但由于人的听觉系统可以对听到的语音进行加工处理，通过大脑的分析、记忆、比较等等功能的综合处理，只要听来的语音"框架"不差，语境相近，就能被理解。这个"框架"就称为"格局"。（吴宗济 2008）

格局就是这种共有的语言框架。我们通过实验测算，按照统计数据作出表格图形，把隐性的框架变为显性的格局。格局就是可见的系统。萨丕尔（Sapir 1925）很早就写过 Sound pattern in language 一文发表。后来又有哈勒（Halle 1959）的 The Sound Pattern of Russian 和乔姆斯基与哈勒（Chomsky & Halle 1968）合写的 The Sound Pattern of English，以

---

[*]《语调格局——实验语言学的奠基石》，石锋编著，商务印书馆，2013 年。

及很多关于 sound pattern 的书和文章。其中 sound pattern 译成汉语就是
"语音格局"，只不过他们的格局是耳中听到的，我们则是把它变成了眼
中看到的格局。

科学发现的基本途径就是观察。格局就是可以用眼睛进行观察的系
统。把听见的系统转变为看见的系统，观察起来直观便利，容易进行对
比，发现特征，找到规律。因此，格局是一种思路，是一种方法，是一
种程序。或者就当做是一种像望远镜、显微镜一样的工具，让我们观察
得更广阔、更细微。

二、缘起与历程

记得在上个世纪八十年代初，有一次我和沈炯学长在北大校园漫
步，他对我说："我这一辈子如果能把汉语语调搞出一点眉目，就心满意
足了。"沈炯对语调情有独钟，而且立志要研究一辈子，这让我心中十分
敬佩，暗自决定向学长学习。

毕业之后，每次看望业师胡明扬先生，他都一直鼓励我研究语调，
还跟我讨论他对汉语语调的思考和设想。胡先生分析北京话语调的文章
在出版之前，就多次给我讲过其中的内容。他还启发我设法作出汉语语
调的基线。这对我极有助益，使我在思想上有了一定储备。

1999 年，我指导的博士生梁洁分析失语症病人的声调和语调的表
现，启动了我们的语调研究。2002 年，荷兰莱顿大学的文森特教授到南
开作报告，讲到了语调的共性问题，又给了我很大的促进。我们先后安
排博士生江海燕、张彦和邓丹对汉语语调做了试探性研究，写出博士论
文。她们的成功为我们的语调研究积累了经验，创造了条件，增强了信
心。

到 2008 年，我们全面推进语调格局研究。有两个原因：一是吴宗
济先生在《语音格局——语音学与音系学的交汇点》序言最后写道："作
者如能在此基础上，在不久的将来为汉语语句多变的韵律梳理出'格局'，
更有望焉。"吴先生明确提出了殷切的期望，既是激励又是鞭策。二是当
时我们经过多年努力，已经把声调格局、元音格局、辅音格局初步搞出

了眉目，具备了向语调推进的基础和力量。于是，我们下定决心全力投入语调研究。我们几位老师加上几届本专业博士、硕士研究生，先后共三十人陆续加入梯队，研究方兴未艾，成果层出不穷。

这本《语调格局》就是从我们研究团队已经写出的几十篇语调研究文章中精选出来，作为一束鲜花，告慰吴先生的期盼和重托。

三、实验语言学

回顾我们走过的路，从声调格局的 T 值公式（石锋 1986）到元音格局的 V 值公式（石锋 2006），用了 20 年；从"试论语音层次"（1991）到"语调层级刍议"（2011），也是 20 年。这真是一个巧合。语音格局包括声调格局、元音格局、辅音格局。广义的语音格局应该包括语调格局。语调格局所涉及的因素远远超出语音学的范围。以语调研究为标志，进入了实验语言学领域。

语调格局研究是实验语言学的奠基石。语音格局的研究是语调格局研究的基础：元音、辅音组成音节，单字调在字音-语素层面，连读调属于词调层面，这都是负载语调的基础，是基层建构；语调是语句韵律的高层调节，语调内部又有不同的层面。语言是一个大系统，语音、语法、语义等是互相关联的小系统。语调格局不仅仅是语音问题，它还涉及了语法、语义等，比如说边界、焦点和语气都是语法问题，所以单从语音学角度研究语调是不能解决问题的。

语音格局把实验语音学、实验音系学和实验语言学联系起来。语音格局的研究应该涵盖三个方面：声学格局、听感格局和生理格局。我们的实验也要有三种：物理声学的实验，心理听觉的实验和生理发音的实验。因此我们还在呼吸节律、眼动分析、ERP 脑电和 B 超生理研究等方面做了初步尝试，特别在语音听辨方面做了较多努力。看来，声学的、心理的和生理的研究都是互相支持、彼此补充的，最后都会殊途同归，帮助我们了解语言的奥秘。

四、梯队与接力

十五年来，先后有 40 多名博士生和 60 多名硕士生在我指导下以团队的形式进行研究。每位研究生的工作有双重意义：完成自己的毕业论文，取得学位；同时为后面的工作打下基础，开通道路。这种梯队型、接力型的研究方式，使我们的工作避免了徘徊在起点处的低水平重复。大家目标一致，互帮互学，团结合作，用系统的观点、对比的方法、量化的工具，共同促进研究工作滚动式不断前进。

我们在教师主导下，实行立体设计、平行推进的原则。例如，我和王萍老师合作研究汉语陈述句和疑问句的起伏度，取得经验，指导全局。梁磊老师研究了语调的停延率和音量比。温宝莹老师研究汉语语调的习得。根据学生个人优势、知识背景，统筹规划研究方向和论文选题，充分发挥个人长处。比如，郭嘉是英语教师，做的是英语语调研究；日本的根本晃做的是日语语调；韩国金熹成做韩语语调；香港来的韩维新做的是粤语语调。再如，根据焦点调本身的特点，安排了三名硕士生，分别做焦点的音高起伏度、音长停延率和音强音量比研究，他们的工作相互联系，相互补充，相互合作，都取得了很好的进展。

这样立体设计、平行推进的安排很有好处：一方面老师同时获得几个方面的结果，心中有数，总揽全局，掌握方向，便于指导；另一方面，学生的具体研究得到及时反馈，相互交流，彼此协调，不走弯路，便于深入。他们在团队中都学会了互助，学会了合作，这是最可宝贵的，也是最使我感到欣慰的。

五、开放与包容

语音格局是一种开放式、包容性的研究。我们曾多次申明，T 值、V 值、起伏度和停延率等计算方法并不唯一。我们采用的只是一种最简算法。记得 2011 年香港的国际语音学会议上，一位欧洲学者详细列举出十余种相对化的算法进行对照比较。当问到哪一种最好，答曰：各有优劣。这跟我的看法一样。常有学生问我同样问题，我说：没有最好，只有最爱。只要能够得出规律，我喜欢用简单的方法，喜欢奥卡姆剃刀[①]。

平和开放的心态与宽广包容的胸怀，来自对于自己的研究充满信心。做学问有两种：一是把简单的东西搞得很复杂，一是把复杂的东西搞得很简单。我喜欢后者，但不排斥前者。排他性的做法是源于缺乏自信。学术研究中只有一种声音是危险的。学术为天下公器，需要合作共处。以前各派的研究文献，现在各家的工作成果，包括同行学者的实验报告，都值得我们认真参考和借鉴，都是我们继续探索的基础和阶梯。只有不同流派的观点和方法百花齐放，学术研究才能和谐健康发展。

语调格局的研究只是刚刚开始，语音格局的研究也才初见眉目，还需要有很多继续补充和完善的工作。研究理论上的进展常常有赖于工具和方法的更新。我们高兴地看到海内外已经有不少同行朋友利用语音格局去研究各种语言材料，设计课题项目，撰写学位论文。希望有越来越多的老师和同学来了解格局的理念，使用格局的方法，取得更多的研究成果，促进我们的语言研究不断进步。

石锋

2012 年 5 月 1 日
于南开园马蹄湖畔

参考文献：

石　锋 1986 天津方言双字组声调分析，《语言研究》第 1 期（总 10 期），71-90。收入《语音学探微》，北京大学出版社，1990。

石　锋 1991 试论语音的层次，《中国语言学报》第 4 期，1-16。收入《语音学探微》，北京大学出版社，1990；又见《实验音系学探索》，北京大学出版社，2009。

石　锋 2006 实验音系学与汉语语音分析，《南开语言学刊》第 2 期（总第 8 期），10-25。收入《语音格局——语音学与音系学的交汇点》，商务印书馆，2008。

石　锋 2011 语调层级刍议，南开大学语言学沙龙报告。

吴宗济 2008《语音格局——语音学与音系学的交汇点》序，商务印书馆。

Sapir, Edward 1925 Sound pattern in language,Language, Vol. 1, No. 2, Jun., 1925.

Halle, Morris 1959 The Sound Pattern of Russian, In The Netherlands. Mouton & Co. N. Y. , Publishers, The Hague. 1959.

Chomsky, Noam & Morris Halle 1968 The Sound Pattern of English，MIT Press. 1968.

①　　奥卡姆剃刀原理是由 14 世纪逻辑学家、圣方济各会修士奥卡姆的威廉（William of Occam）提出。他在《箴言书注》2 卷 15 题说："切勿浪费较多东西去做用较少的东西同样可以做好的事情。"又称为"思维经济原则"，概括起来就是"如无必要，勿增实体"（Entities should not be multiplied unnecessarily）。

《语音平面实验录》自序[*]

前些年语言学界曾有三个平面的讨论。那是探讨如何在语言研究中把句法、语义、语用几个方面结合起来。国外也早有类似的看法。我很赞同这种结合的意见，同时在想：语音在语言研究中处于何种位置？这时，丹青友的一篇不长的文章（1993）引起我的注意，那题目中赫然出现"语音平面"四个字。当时我是眼前一亮，更是心头一亮：这正是我要做的。

语音是语言的物质外壳。文字是语音的记录，也是语言的记录。可是语音和文字在语言学中的位置一直是附属性的，进入另册的，至少是身份不明的。我常常疑惑：如果没有语音和文字在听觉和视觉上的感知，一个人怎么能够认识语言，更别说去学习和研究语言了。在实际生活中，人们是如此离不开语音和文字；在语言研究中，却常常是听而不闻，视而不见。

单从语音方面来看，在欧美一般大学语言学专业里，语音分析是基础课程，是语言研究的基本功。赵元任、王力等很多语言学家都是从语音学起步，进入语言学殿堂。我们有的学者把语音学排斥在语言学之外，究其原因，可能是只看到索绪尔把语言系统跟国际象棋相比："例如我把木头的棋子换成象牙的，这种改变对于系统是无关紧要的；但是假如我减少或增加了棋子的数目，那么。这种改变就会深深影响到'棋法'。"

* 《语音平面实验录》，石锋著，北京语言大学出版社，2012 年。

（1982：46）却没有看到索绪尔同样讲到："在我们耳朵里产生的印象不仅与器官的发动形象一样直接，而且是整个理论的自然基础。"（1982：67）语言跟象棋毕竟有多方面的不同。因此，不仅要注重发音，更要重视听感。语音的声学分析则是联结发音和听辨的桥梁。

从研究语音的学者本身来看，也一直有不同的倾向。"语言学问题的基本特点是，离开了对系统的认识，细节的研究往往带有盲目性，因此对整体系统的把握特别重要。"（沈炯 1999）语言学的语音研究注重语言的系统性，把语言学的问题作为研究目标。非语言学的研究则是把目标放在语言学之外，做原子式的研究。索绪尔当年就批评过脱离语言实际的过分的语音分析。王士元（1967）指出："过度的划分只能导致混乱。这就好像要把英语塞辅音的送气程度标记为七种的做法一样。正如 Gleason 批评 Doke 用九个调级标写祖鲁语所说的，……'对于本族学生的教学是完全不可能的。' Doke 这种九个调级的划分方法就是没有理论约束的语音研究的后果。"如同一个人远离社会，社会也会远离他。谁的研究远离语言学，语言学也会远离他。所以，结果就是：语言学的语音研究在语言学之内，非语言学的语音研究在语言学之外。

语音是语言的外在表现。没有语音，就没有语言。"皮之不存，毛将焉附？"赵元任讨论口语语法都列出语音的表现。吴宗济提出研究语法语音学。林焘分析了汉语补语中的轻音现象。语音平面具有双重性：一是语音平面自成系统，例如：元音聚合、辅音聚合、声调聚合、声韵配列、字音结构、连读音变等等，都有规则；二是语音在实际话语中承载句法、语义、语用等平面的表现，是语言的基础平面。各种语音规则在动态话语中扩展表现，又在与其他平面结合中表现出新的更多规律。语言中所有意义内容都体现在语音中，这可以通过电话对话得到证实。

语音格局是研究语音平面的基本途径。语音格局或语言格局，是观念、是方法、是程式。格局是系统的表现。系统是隐性的，需要被揭示出来。用实验的方法，量化的方法，统计作图的方法把系统直观化，揭示出语言内部的规律性表现。这就是语音格局或语言格局。格局是可见的系统，是语言规律的数据化和图示化。这是一条开放的大路，一条发现的捷径。

继《语音格局——语音学与音系学的交汇点》（商务印书馆 2008）和《实验音系学探索》（北京大学出版社 2009）之后，这本《语音平面实验录》汇集了我跟南开的年轻学子在语言学的语音研究中共同探索的新收获。书中所收文章大多已在国内外学术刊物发表。同时在编辑整理中的《语调格局——实验语言学的奠基石》一书，记录了我们在汉语语调探索中的足迹，随后将由商务印书馆出版。这四本文集在时间上的连续性反映出研究工作在实践中的渐进性。这就是，从实验语音学起步，经过实验音系学，到达实验语言学的方向。

实际上，连读音变中就有句法语义的因素，如：语音的变调、变音、轻重、增删、分合，以及构词、搭配、句式、解歧等等；语调的研究更超出了语音的范围，这应该是语言学的各个领域联合进行的课题。可见不仅在语言学外部要打破学科界限，在语言学内部也要打破领域藩篱。这样才符合现代科学发展的方向。

共同的研究对象决定了语音学和音系学一定要结合，语音学和语言学一定要结合。现在语言学里面的假设很多。一个学科没有假设不能前进，但是我们不能停留在假设。一个学科只有假设同样也不能前进。语言学不是玄学。语言学是经验科学，语言学是实证科学，语言学是实验科学。语音研究集中反映了当代科学的发展特征：多学科、多领域的结合。同时又继承了传统的朴学精神：实事求是，不尚空谈。没有调查研究，没有实验数据，没有语言事实，就没有发言权。实践是检验真理的标准。各种语言学理论都可以在实验中得到证实或证伪。毕竟真理只有一个。

记得有人讲过东西方的思维特点可能不一样。有些欧美学者善于经院式思辨，推出一个个体系，变换一套套理论，这是我们的特短，只能跟在后面跑。我们的特长在于埋头苦干、求实创新。在实验、实证、实践的基础上，经过比较对照，演绎归纳，发现规则，得出规律，跟西方的研究互为补充。赵元任的音位多能性和《中国话的文法》，王士元的词汇扩散论和《语言演化与大脑》，都是这样走过来的。"其实地上本没有路，走的人多了，也便成了路。"或许这就是一条我们自己的路，一条漫漫的长路，等待着我们去上下求索。

十年来，南开语言学沙龙每周举行。这是成果的展示、见解的交流、思想的碰撞、相互的激励。我们从中得到研究的灵感、论文的思路、实验的方法、前沿的动态。它是学生成长的摇篮，是学术研究的源泉，是别开生面的课堂。书中是我们团队的共同成果。正如王士元先生所说的：合作带来的永远是更少的错误，更大的收获。感谢师友们的切磋磨砺，感谢同学们的勤奋努力。我们愉快的合作，使得教学相长。我也因此而变得年轻，变得富有，更快乐，更幸福。在这个躁动喧嚣的世界上，有这一片净土，有这一个团队，是多么幸运啊！

参考文献：

刘丹青 1993 汉语形态的节律制约——汉语语法的"语音平面"丛论之一，《南京师大学报》1 期。

刘丹青 1996 词类与词长的相关性——汉语语法的"语音平面"丛论之二，《南京师大学报》2 期。

沈　炯 1999 汉语音高载信模型，《中国语言学的新扩展》，香港城市大学出版社。

索绪尔 1982《普通语言学教程》，高名凯译，商务印书馆。

王士元 1967 声调的音系特征，石锋中文译稿见《王士元语言学论文集》商务印书馆，2002。

《实验音系学探索》后记[*]

1990 年，我还是一个小字辈的时候，北京大学出版社接受出版我的习作集《语音学探微》，这在当时确实是一个大胆的决定。这本书成为了我辈语言学人中的第一部个人文集。我对此一直心怀感激。从那时到现在，我基本上没有离开语音学的教学和研究。近年来，北大出版社跟我联系再版增订《语音学探微》，我觉得义不容辞。可是动起手来却发现有点问题。这本书中收集的有些习作的内容，现在已经有了较大的发展。无论是国内外的学术界还是我们自己的工作，面貌都改变了很多。

首先是语音实验的手段和方法上，当时用语图仪两分钟烧出一张语图；现在用语音分析软件，如桌上语音工作室（Mini-Speech-Lab）和 praat，鼠标一点就出来语图，甚至自动测算数据并统计作图。当时采用 T 值的办法分析声调是出于一种技术层面的考虑；现在采用 V 值分析元音已经是从语音观念上自觉地进行实验数据的归一化、相对化、系统化。

同时在语音研究的理论认识上，过去多是对单一的语音现象的考察，补听官之缺，信而有征；现在语音学和音系学的结合由少数人的主张变为学术界的共识，从一种良好的愿望到具体的操作程序。在语音层次的基础上，用语音格局的理念来分析各种语音表现。实验音系学的系统研究代替了原子式的个案研究。关注语音的系统性表现和规律性变化，以及联系语法、语义的内在因素探求语音外在表现的对应一致性，研究

---

[*]《实验音系学探索》，石锋著，北京大学出版社，2009 年。

语言学的语音学，这已经成为语音实验工作的努力目标。

语音是语言的物质外壳。借助实验音系学的理论方法和语音格局的分析程序，语音实验在语言学研究中的应用领域得到拓展：城市语言调查中声调统计、元音统计、辅音统计，以及与语音有关的词汇语法项目的统计分析；都市新方言的调查取样分析；儿童语言发展中的元音、辅音、声调、语调的习得分析；语言病理研究中的语音相关内容的分析；第二语言习得中母语语音迁移现象的分析；中介语语音系统构建和发展的过程与因素的分析；语言和方言语音系统不同类型对比研究；各种语言和方言语音接触影响分析；语言规范声学标准参数的提取。考察语音的规律会为考察语言的规律打开一个窗口，揭示语音的秘密就是揭示语言的秘密的开始。语音研究的视野广阔无垠，语音研究的前景无限风光。

为了使增订工作赶上目前学术发展，经过编辑的同意，决定在《语音学探微》（石锋　北京大学出版社 1990）和《语音丛稿》（石锋、廖荣蓉　北京语言学院出版社 1994）两本书中选出十篇旧作，加上近年来的十几篇新作，集为《实验音系学探索》，希望能对初学者有所帮助，愿意得到师友批评，方家赐教。

借此机会，对于跟我愉快合作的冉启斌、时秀娟、温宝莹、王萍、高玉娟、向柠、黄彩玉、亓海峰等各位同学表示真挚的感谢。同时向北京大学出版社胡双宝、沈浦娜、白雪诸位编辑表达由衷的谢忱。

石　锋

2007 年 7 月 24 日于美国明德校园

《语音格局——语音学与音系学的交汇点》前言
——关于语音格局的沙龙讨论*

石锋（主持人）

我们近些年所做的工作主要贯穿的一个想法，就是从语音格局的分析出发，把语音学和音系学结合在一起。语音学和音系学按学科分类应该是两门学科，但它们的研究对象都是语音。过去，人类的科学并没有划分得这么细，这个是语音，那个是音系。后来科学发展了，语音学和音系学分出来了。语音学研究语音的实际内容，它的物理和生理的表现；音系学研究语音之间的关联、系统和规则等。现在科学进一步发展，要求它们再结合起来。这真是应了那句话：天下大势，合久必分，分久必合。

在第 12 届国际语音科学会议上，美国学者欧哈拉（John Ohala）曾有一个主题报告，主张把语音学跟音系学结合在一起，成为总合音系学（integrated phonology）。当时我觉得很好，开会回来就把它译成汉语，发表在 1992 年的《国外语言学》（现为《当代语言学》）上。国际语音学会会长、美国语音学家拉德福吉得（Peter Ladefoged）提倡语言学的语音学，也就是把语音学跟音系学相结合的意思。

在中国，这个问题也需要得到很好的解决。语音学和音系学为什么要结合？怎样结合？音系学在中国还没有发展起来，怎么就要和语音学结合呢？我们一直在主张这样做。在纪念中国语文研究 40 周年的会上，

---

* 《语音格局——语音学与音系学的交汇点》，石锋著，商务印书馆，2008 年。

我报告了一篇文章说明这个想法。应该说，跟音系学相比，语音学对于这种学科结合的需求，更为强烈，更为迫切。

语音学和音系学有一个很好的结合点，就是语音格局。语音格局的分析是用语音实验得出的数据和图表来考察各种语言音位系统的表现，包括的内容可以有不同音位各自的定位特征、内部变体的分布规律、整体的配列关系等等。

语音格局的说法并不是我们首创的。在刘复的《四声实验录》里，每个方言点有声调的分图和总图。分图是一个声调为一幅图，总图是用一条中线作为标准，把一个方言中所有的声调画在同一幅图上。他的北平（北京）音有五个调，阴平、阳平、上声、去声、入声。当时规定的标准音是这样，后来才改过来的。之后，还有几位学者也作过类似的声调图。沈炯还提出过声调聚合的术语。王洪君《汉语非线性音系学》副标题也讲到语音格局。

我们所做的事情只是把语音格局的概念跟语音实验的数据联结在一起，成为一种接口、一个平台。英语中常用的说法是 interface。在声调格局的分析中，我们曾得到很多师友的启迪和支持，特别是得到了吴宗济先生的热情鼓励。当时我请教他："您看这种提法是不是合适啊？"吴先生很高兴，说："这种提法很好。格局嘛，'格'就是格式，每个声调有什么样的格式，表现形式；'局'就是布局，各声调的分布，相互之间的关系。中国本来就有格局这种说法。一个声调系统中各声调的表现并不是自由的，相互之间是有关联的，是相互制约的。单个地看，不容易看出它们之间的关系。这样做很好。"这是十几年前的事情。

后来我们又考虑元音的格局。透过声学元音图来看它们的层级配列和分布关系。现在初步看来是有效果的。一种语言或方言，其元音的数目及相互之间的关系，都是成系统的。我们做了几个汉语方言点，也做了日语和汉语元音的对比，都很有效果。一个人的发音包括了个性成分和共性成分，其中的共性成分就是格局的内容。各种不同的语言和方言，语音格局的差异会有类型学方面的因素在里面。因此，语音格局的分析看来可能具有类型学的意义。现在我们已经有博士生在做这方面的博士论文。

　　辅音的问题也在考虑中。辅音比较复杂一点。它是离散性的，跳跃性的，不像元音是连续的。辅音应该也是成格局的。一种语言或方言，塞音有多少，擦音有多少，浊音有多少，发音部位有哪些，应该是有规律的。

　　另外我们还需要进一步考虑静态分析跟动态分析的关联问题。现在做的元音格局是用静态的单字音。如果是动态的连续发音，在话语音流当中，元音的变化应该还有更丰富的内容。声调也是如此。现在单字调的声调格局做得比较多，若是两字组、三字组、四字组等，在这些连续的变化中，它们的声调从系统的角度看会有怎样的关系，都还有更多的内容等待我们去探索。

　　以上讲的都只是从声学角度进行的研究。我们还要考虑从听感的角度来分析。声学和听感是从两个不同的方向来证明同一个事情。如果它们能够达到一定的统一性，结论可以相互印证，对我们来说就很受鼓舞。我们用不同的方法，从不同的角度，得到同一个结论，这说明我们的结论是可信的。

　　我们的研究程序是从语音系统出发，通过实验分析，又回到系统。语音格局的分析表明，语音学和音系学的结合不仅在道理上是讲得通的，而且在实践中也是行得通的。

　　（后面的发言略）

《语音丛稿》后记*

　　这本书里有我们分别写的以及合作写的文章，也有跟其他同志合写的。这些都记录着我们在语音学领域中探索前进的足迹。在此谨向关怀我们的各位师长、帮助我们的朋友们以及北京语言学院出版社致以衷心的谢意。我们深深地感谢吴宗济先生、鲍怀翘先生和张家騄先生，他们是我们从事语音学学术研究的启蒙老师。今天，在繁忙的学术研究中，他们又抽出宝贵时间为我们两个学生的习作集写出了序言，其中饱含着对我们的鼓励和期望，还对中国语音学的过去、现在和将来作出了回顾、总结和展望，对语音学的研究具有重要的意义。

　　学术研究在不断发展，我们过去的观点和方法可能变得陈旧。希望会有同行（包括我们自己）做出更新的补充。记得有位导演讲过，电影是一种遗憾的艺术。在同样的意义上，我们可以说语音实验是一种遗憾的学问，它需要事先周密精细的设计。即使如此，我们也常常在事后为一些疏漏感到遗憾。这样，在下一次实验时，我们就会做得好一些。然而，下一次又会有新的遗憾。这或许反映出人们认识事物的一种规律。

　　收入本书的文章尽量保持已发表的形式，只有个别的有所改动，多是因原文的误印或缩减篇幅，有的是恢复原稿中的字句。错误和不足之处，恳请专家和读者指正。

石锋　廖荣蓉

1993.11.3.

---

*《语音丛稿》，石锋、廖荣蓉合著，北京语言学院出版社，1994 年。

《语音学探微》后记*

　　本书所收论文都是近几年写成并陆续发表的，包括分析天津话声调问题的系列文章和关于塞音声母的实验分析。这次作了必要的修改或补充，并把各篇的参考文献统一整理，列在书后。附录中收入我和廖荣蓉女士分别翻译的三篇关于声调和语音问题的重要文献。

　　随着语音实验迅速向深度和广度发展，书中的一些观点可能会因新资料和新成果的出现而落后。如天津话的高平调和低平调在书中不同论文里提法不尽一致，这反映了我对这个问题的认识过程。这些论文的方法是以音系分析为依据的声学实验。我希望以后能够结合听辨实验从语音感知方面来深入进行分析和探讨。

　　本书的主要工作是在邢公畹先生具体指导和全力支持下进行的。书中一些文章在写作中都曾分别得到中国人民大学胡明扬、谢自力，北京大学林焘，中国社会科学院语言研究所吴宗济、林茂灿，中国社会科学院民族研究所鲍怀翘，中国科学院声学研究所张家騄先生的指导和帮助，以及瑞典隆德大学 Eva Gading，美国伯克利加州大学王士元和圣地亚哥加州大学陈渊泉诸位教授的鼓励和关心。书中涉及的语音实验工作分别由廖荣蓉女士和田美丽女士协助完成，胡双宝先生为本书的编辑出版工作做了大量精细辛劳的工作。在此一并表示衷心的感谢。

　　限于水平和能力，书中一定会有不足和错误之处，诚恳地希望得到专家和读者的批评指正。

石锋
己巳年十二月二十六日

---

* 《语音学探微》，石锋著，北京大学出版社，1990 年。

《汉语研究在海外》后记[*]

汉语教学已经在世界各国有了很大发展。汉语研究也应走向世界，成为语言学研究的一个重要领域，为普通语言学作出更多贡献。

现代科学的很多成果是以跨学科的研究为土壤的。这也同样适用于语言学的研究和学习。你总会用到其他学科的理论、方法，甚至具体的结论。同样，语言学也向其他学科输出。

编这本书的目的，是将海外汉语研究的一些情况介绍给国内的同行。由于主观和客观的条件限制，一两本书不可能把海外汉语研究的各个领域介绍得那么全面和系统，只是希望通过这打开的窗子给读者带来一些新鲜的感觉，尤其是为那些志在语言学领域的青年朋友们在学术领域里不断攀登增添一份力量。

本书的出版得到北京语言学院出版社鲁健骥先生的热情支持和帮助，业师胡明扬先生惠赐序言，并承蒙郑张尚芳先生多次精心校读改误，在此谨至谢忱。

石锋

1993 年 5 月于南开园

---

*《汉语研究在海外》，石锋编，北京语言学院出版社，1995 年。

《海外中国语言学研究》前言

　　语言学是一门领先的学科。瑞士心理学家皮亚杰认为：语言学，无论就其理论结构而言，还是就其任务之确切性而言，都是在人文科学中最先进而且对其他各种学科有重大作用的带头学科。

　　历史比较语言学的建立使语言学成为真正科学的研究。此后，结构主义语言学的理论和方法成为一个时代的科学思潮。影响所及，有哲学、社会学、人类学以及文学理论等领域。转换生成语法的出现及其发展引起语言学研究的重大变化。语言分析跟电子计算机技术的发展和人工智能的研制日益密切地结合起来。

　　现代语言学吸收自然科学的研究成果，借鉴自然科学的研究方法，取得了多方面的进展。语言学家和生理学家、心理学家、遗传学家、物理学家、电讯专家以及计算机专家等广泛而有效的合作，使语言研究达到了新的广度和深度。

　　当前的语言学研究呈现出一种多元的发展的景象。它日益走出为语言而研究语言的象牙之塔。越来越多的人开始对语言的功能给予关注。一方面，语言学跟文学、历史、哲学、民族、考古等社会文化的研究进一步交融结合；另一方面，现代技术如信息处理、机器翻译、人机对话等课题，又为语言分析的深入拓展提供了实际应用的广阔天地。

　　科学是人类的共同财富。中国语言学在自身的发展中一直在不断地吸收和借鉴西方语言学的理论和方法。从《马氏文通》到如今，中国的语言学家们就是以中国境内丰富的语言和方言资源为材料，对于西方语言学理论和方法加以选择和改造，而成为独具中国特色的语言学研究。

现代语言学的理论主要是来自西方特别是欧洲的语言学传统。然而，"欧洲中心论"的偏见常常使人们看不到东方语言资料的价值和东方语言学研究的成果。实际上，中国语言学研究是人类语言学研究的重要部分。中国语言学成果对于完善和发展普通语言学的理论和方法有着重要的意义。远的如赵元任《音位标音法的多能性》所论述的分析音位的原则和方法；近的如王士元《竞争性演变是剩余的原因》中阐明的语言发展中的竞争性变化和由此而产生的语音上突变、词汇上渐变的"词汇扩散"理论。这些对国际语言学发展有重要影响的理论都是在对中国境内的语言和方言进行深入分析的基础上建立的。

近年来，改革开放之风也吹开了学术交流的大门。海内外语言学者的交流大大促进了中国语言学的发展。打开了人们的学术眼界。一批批的访问学者和留学生出国学习和访问进修。他们直接在国外的学术环境中，感受更为深刻。作为一个具有中国语言背景的人，通过自己的眼光去看外面的语言学研究，希望自己的一些认识和收获能对国内的同行有所补益。本书的每一位作者都有着这样的愿望。

这里汇集的十篇文章，有的是对一种理论的系统介绍，有的是对汉语某一方面的分析研究；有的述及一个学科，有的只是一个问题。角度不同，内容各异。由于主客观的条件所限，这里不可能包括语言学的每一个分支，所述及的内容也确有"一瞥"的性质。至于每位作者的观点和论述，也是可以讨论的。我们在选编时，注意到了不同的分支、不同的流派、不同的方法，希望对于我们的学术界有一个借鉴的用处。

我们认为，在语言研究中，一般性的介绍读得再多，仍旧会感到是在"圈外"，只有把理论和方法拿来解决具体问题，才能了解这个理论的实际内容，从而决定取舍，确有收获。愿我们的中国语言学研究中多一些理论和方法的实际研究，少一些堆砌术语的纸上清谈。

石　锋

1992 年 4 月于南开园马蹄湖畔

《海外中国语言学研究》后记*

　　1991 年 6 月至 9 月，我赴美国参加第一届汉语语言学暑期讲习班，之后到法国出席第十二届国际语言科学会议，又去英国访问了几所大学。在此期间，除会见外国语言学者之外，还遇到很多国内出来进修和学习语言学的学者和留学生。他们各有不同的专业方向，又师从不同的语言学流派。大家在一起交谈讨论，极有收获。我于是约请各位海外学人把他们自己的所见所闻所学所得写出来给国内的同行参考，有的是当面相约，有的是通讯联系的。他们大都欣然应允。不久就陆续收到了他们写好的文稿。我把这些文稿作了整理加工，有些又请作者进行了修改补充。最后把它们编排在一起，请语文出版社出版。

　　书中所收的文章内容是以国外情况为主，可是学术的研究很难以国界来划分，因此也涉及了一些国内的研究情况，如北京的语音合成系统的研制，台北的神经语言学方面的分析，等等。文章的体例也不尽一致。这些都是应该向读者说明的。

　　邢公畹先生认真阅读了本书样稿，并写出序言。李行健先生一直关心本书的组稿和整理工作，语文出版社顾士熙同志和马毅同志为本书的出版付出了辛勤的劳动和努力，在此一并致以深切的谢忱。

石　锋

1992 年 5 月于南开园马蹄湖畔

---

　　*《海外中国语言学研究》，石锋编，语文出版社，1994 年。

《语音格局专栏》开场白*

　　《现代外语研究》要组织一个语音研究的专栏，我很高兴地答应了。因为这正中下怀。语音研究近年来有很多进步，这也是语言学的进步。但是语言学界常常了解不多，搞个专栏很有必要。

　　语音是语言的外化形式，是语言的物质表现。语音是语言的基础平面。在这个意义上，语音就是语言。语言中的所有意义，都要通过语音才能使别人知道。语音研究是语言研究的主要组成部分。但是有些语言学人对于语音常常敬而远之，尤其是语音实验更是觉得神秘、艰深。似乎那是理工科的专利，非文科人所能涉足。

　　实际上，语音并不神秘。很多语言学家都是从语音入门，进到语言学殿堂的。常规的语音实验大多是使用软件进行，复杂的计算分析以致数据统计都用计算机来做。只要会用计算机就可以做实验。语音实验就像电脑游戏一样。不一定摆开架势非要一个实验室，一个计算机就是一个实验室。这就是说，入门并不难。关键是入门之后怎么走。

　　那么实验从哪里开始呢？从语音格局开始。实验就是把系统变成格局。语言是系统，语音也是系统。系统是隐性的、内在的，格局是显性的、可见的。通过实验得到数据，做出图形。那些声调格局、元音格局、辅音格局，以致语调格局，就都可以展现在我们面前了。所以有人讲，语音实验就是得到可见的语言。

---

*原文载《现代外语研究》2011 年第 5 期。

　　用语音格局的方法，可以提高研究水平。分析自己实验的结果，比看别人的空话要实在多了。研究二语习得、方言接触和语言演化等等，还可以比较不同语言和方言的特点，进行类型学的分析；也可以从数据的统计和图形的分布去观察和解释语言演化的倾向和趋势。现代语言学是数据之学。语音格局的分析提供了一种直观而便捷的方法，也提供了检验各种理论的基础。

　　语音格局的分析可以促进语音教学。以往的语音教学大多仰仗教师的个人经验，使用的方法基本上是"口耳之学"。把语音实验的研究成果应用到教学领域，可以把一发即逝的声音变成图像，除了用耳朵听，还可以用眼睛看。发音的偏误、努力的进步，都可以量化地表现在图表中。这样就能帮助我们在语音教学中突出重点和难点，有针对性地安排练习，促使语音教学更为客观，更加科学，从而提高教学水平，增进教学效果。

　　语音格局应该有物理、生理和心理三个方面。这里的几篇文章只是介绍了在物理方面的初步成果，可以说是语音的声学格局，还有语音的生理格局和心理格局，展示出语音研究的广阔前景。这也应该是我们的努力方向。

《语调研究专题》主持人语[*]

说出来的句子都要有语调。分析语调看来似乎是语音的问题，实际上却是关系到语言的各个方面：词语、句法、语义、语气、语用，甚至涉及非语言的情感。因此单从语音方面来考虑是解决不了语调分析问题的，因此用实验的方法研究语调就不只是实验语音学，而应该是实验语言学了。

怎样用实验方法研究语调呢？"工欲善其事，必先利其器。"在音高方面有起伏度，时长方面有停延率，音强方面有音量比。这都是我们研究语调方便有效的得力工具。这些工具的一个共同特征就是量化。把每个发音人音高、音长、音强的具体数值转变为百分比。

现代语言学研究中，常规的基础工作是从文献收集、田野调查、实验测算中得到语料的数据。我们在分析这些数据过程中关注的常常不是具体的绝对数值，而是表示量化结果的百分比之间的相对关系。这在语言系统考察中具有更为重要的意义。

语言是一个巨系统。下面有各种子系统，子系统下面又有子系统。语调也是一个子系统。研究系统要有格局的观念。格局是系统的表现。语言研究目标就是探索语言系统的范畴定位、相互关联、变化规则。要达到这个目标就要采用量化的方法把语言事实描述出来；同时还要利用对比的方法发现语言特征和规律，解决理论问题，也解决实际问题。我

---

*原文载《南开语言学刊》2012 年第 1 期（总 19 期）。

们的语调研究就是这样进行的。

　　本期的语调研究专栏在对汉语普通话陈述句和疑问句语调初步对比的基础上，又对汉语方言、外语、以及外国人学汉语的洋腔洋调进行对比分析。这些都是起步的工作，只是一个开头。今后的路还很长。需要很多人再做更多工作才能看出眉目。重要的是事情已经开始了。

《南开汉院博士文库》总序

　　"博士"的名称最早出现于战国时代，到秦代成为一种官职名。《汉书·百官公卿表》载："博士，秦官，掌通古今。"汉朝以后，历代都设置博士之官，掌管礼乐、祭祀、法律、教育、讲经、天文、历法、壶漏、音律、医药、卜筮等事务，都是学养醇厚、博古通今之人才能胜任的。

　　这一称谓也是对具有专门技艺的人的称呼。比如明代《何氏语林》："骆宾王文好数对，号算博士。"清代陆廷灿《续茶经》："是又呼陆羽为茶博士也。"后来流传到民间，对有一技之长的人也称为博士。宋代孟元老《东京梦华录》："凡店内卖下酒厨子，谓之茶饭量酒博士。"明代洪楩《清平山堂话本》中有"染坊博士"、"花博士"、"茶博士"诸种称谓，著名古典小说《西游记》中也有"梁博士"的说法。

　　及至近代，西方教育制度和学位体系传到东方，日本人首行用"博士"这个汉语借词翻译 Doctor，然后汉语又从日语中回借了这个词。这就使这一名称的含义接近了它最初的意义。

　　按照现代通行的认识，获得博士学位的人应该是一个时代中受教育程度最高的人，博士论文应该是其所专攻的学术领域中最前沿的高水平论文。博学、博识、博大精深，这就是人们对博士和博士论文的期许。

　　学术是天下的公器。前辈学人的研究成果为这些博士论文的完成铺就了基础，那么它们的出版，使他们经过艰辛探索所获得的学术成果为全社会所共享，必将为今后学术的发展和后来者的进一步超越提供一个新的更高的出发点。另一方面，学术著作的公开出版，把各种新的思想、理念、观点、方法、假设、结论公诸于众，有利于学术的争鸣，也有利于它们接受社会实践的检验，这是学术发展的必由之路。

南开大学汉语言文化学院决定出版这套"博士文库"丛书，还因为我们现在正面临汉语国际传播的重大历史机遇和挑战。随着新世纪的到来，南开大学汉语言文化学院的发展驶入了快车道。

2001年，在经历了近半个世纪留学生教学之后，学院成为独立的实体学院。

2003年，经过教育部专家组严格的评审，学院入列国家对外汉语教学八大基地。

从2001年以来，学院老师已经有了22名博士。他们来自南开大学、北京大学、复旦大学、上海师范大学、香港城市大学等著名高等学府，所学的专业有语言学、文学、历史学、哲学等不同的学科。他们的加盟不仅大大改变了学院的学位结构、学缘结构，而且极大地提升了学院的师资水平。科研项目、科研成果不断增长，有力地促进了教学质量和教学水平的提高。

我们希望通过"博士文库"丛书的出版，造成奋发向上、勇攀高峰、争创一流、生气勃勃的学术氛围，使海内外的学子向风慕义，负笈而至，使我们学院派往海外的老师更具魅力，把汉语言、汉文化传播得更加广阔更深远。倘若能够如此，那就不负我们出版这一套丛书的初衷了。

石锋　施向东
二〇〇七年十二月序于南开园

《学者文丛》出版前言①

　　在汉语加快走向世界的潮流中，南开大学汉语言文化学院出版"学者文丛"，就是要提倡研究汉语规律，拓展文化传播，总结教学心得，弘扬学术精神。

　　汉语的研究是世界语言研究的组成部分。

　　汉语的研究是要探寻古今汉语的发生、发展、演变、创新、完善的内在机制和规律、外部环境和条件，探寻汉语内部的结构、元素、规则和格局，探寻它们相互之间的依存、制约、互动的状态和趋势，探寻汉语跟周边民族、周边国家的各种语言的互相渗透、互相影响给汉语和对方语言带来的变化动因和变化结果，探寻汉语作为中华文化的一种载体如何不断完善其记录、表达、传播功能的适应能力和创造能力，探寻汉语作为汉民族乃至整个中华民族的交际媒介如何适应国家和民族的繁荣振兴而"日日新、又日新"。也就是说，对汉语本体既需要宏观的综合的研究，也需要在各个不同层次上进行分门别类的微观的研究，还需要在相关的领域进行交叉的研究。

　　汉语的研究也要为汉语教学提供理论和方法的依据。特别是汉语作为第二语言的习得研究是基于汉语本体研究之上的应用理论研究。只有达到相当程度的国际化的语言，才会成为第二语言习得研究的对象。世

---

① 本文由石锋和施向东合写。

界上这样的语言为数不多，汉语就位列其中。汉语的本体研究和应用研究相互促进，定会取得新的进展。

　　和世界范围内的"汉语热"同步，悠久的中华文化传统在当今世界得到广泛的传播。语言和文化密不可分。文学是语言的艺术。一种民族的语言就蕴含了这个民族的文化。语言的传播跟文化的传播相辅相成，我们在讲授汉语的同时，必然还要传习中华文化，要有中华文化与异文化之间的比较和交流，进而成功实现跨文化交际。这些现实的因素会引发对于中华文化更为深入的思考和探索。

　　语言教学是把语言和文化的研究付诸实践，是应用学科。面对学生，如何驾驭课堂，需要有学识，有方法，有激情。作为教师的最大欢乐，就是亲眼看到通过自己的传授和讲解，学生学会了新的知识和新的技能。因此，教师的职业应该是一种充满欢乐的职业。每一节课都可以看到学生的进步，从而在心中产生成就感。好的教学模式会增强这种成就感。

　　南开大学汉语言文化学院已经走过了十五年的历程。如果从当年邢公畹先生赴莫斯科东方大学教授汉语开始，那么南开大学把汉语作为第二语言进行教学已经将近五十五年了。这半个多世纪以来，从南开大学走出去的汉语学习者已经数以万计，他们今天活跃在世界各地各个领域，其中有许多已经成为各国汉语教学的骨干。诚如古语所说："教学相长"。在这个过程中，南开大学汉语言文化学院也成长起一批中青年学者，他们在语言学研究和语言教学研究的第一线崭露头角，他们的著述已经开始在这个领域产生了影响。为了推动学术的交流，为了鼓励更多的中青年学者跻身学术研究的前沿，我们推出这一套丛书，应该是不无裨益的举措吧。

南开大学汉语言文化学院

2008 年 10 月 1 日

《傣语的声调格局和元音格局》序言[*]

　　荣男同志的《傣语的声调格局和元音格局》是用语音实验方法对傣语及泰语的声调和元音进行研究分析的论著。在一种少数民族语言的几个方言之间作出声调和元音的实验分析，进行系统的比较研究，这是我见到的第一篇，难能可贵。用语音实验进行语言研究，不只是方法的改变，更重要的是引起了很多观念的改变。

一

　　人们一般都是通过语音来实现语言交际的。研究语言，首先要看看语言所使用的物质材料——语音是怎么回事。现在分析语音要用口耳之学结合语音实验来进行。

　　语音实验的优点首先就是客观。这是显而易见的。一个语音现象，张三认为是甲，李四觉得是乙，语音实验的结果一出来，就迎刃而解了。罗常培先生讲过："解决积疑，可资实验以补听官之缺；举凡声韵现象，皆可据生理物理讲明。从兹致力，庶几实事求是，信而有征。"语音实验把听感中转瞬即逝的印象变为可视的图形。吴宗济先生诗曰："语音今可见，不待听斯聪。"邢公畹先生称赞：利用了语音实验仪器，能见到一般人所不能见到的，能想到一般人所想不到的。后面一点最为重要。存在决定意识，实践产出真知。见到才能想到。关键是如何想，想什么。这

---

　　[*]《傣语的声调格局和元音格局》，蔡荣男著，四川大学出版社，2007 年。

就联系到语音实验的另一个优点。

语音实验的另一个优点是科学。这可不是一下子就能讲清楚的了。是不是只要语音一实验了，就自然而然达到科学了？不一定，甚至可以说，一定不。

我们分为几个方面来说明。就如同劳动的要素包括劳动者、劳动工具、劳动对象，语音实验也有三个要素：实验人；实验仪器；实验语料。要使语音实验得出科学的结论，必须是由合格的实验人按照适当的程序和方法使用合格的实验仪器分析合格的实验语料。

二

先来说实验语料。我们通过精心设计、周密安排而录制下来用作实验的这些音是什么？是音素、音位、还是音位变体？是语言、言语还是言语行为？有人提议叫话语或音流，也是一说。其实这就是语言和言语问题的争论中所讨论的内容。我们暂且称为语音样品。这里的中心焦点是怎样把实验语料跟语言系统和语言规律联系起来？这是语音实验的基本问题，也是根本问题。

人类所发的语音都离不开语言，都是具体语言里的成为系统的声音。因为有语言必定有系统，语音是语言系统的外在表现，或者说语音是语言系统的物质外壳。语音实验的目标应该是从这个物质外壳作为切入点，从外在表现入手，来探求语言的内在系统，首先就是探求语音本身的内在系统，即语音系统，也即是我们所说的语音格局。

常用的音位概念有两个特点：首先是音位的分合必须要在具体语言中才有可能；其次是音位的确定需要人的主观介入，即，音位是心理的现实。因此音位无法直接用于录音实验，只有把心理的现实变为物质的现实才能用来录制语音样品，进行实验分析。

语音样品的设计和选取决定语音实验的成败。选取什么样品，找什么人发音，在什么条件下录制，这里就要根据研究目标，由实验人的水平，研究者的能力来发挥作用了。

三

语音格局是语音系统性的探求和揭示，包括的内容可以有语音的切分和定位特征，音位变体的类别和分布趋势，不同音位之间的相对表现和配列（phonotactics）关系等等。语音的表现受到语音格局的制约，语音的变异也是在语音格局中发生的，因此研究语音离不开语音格局，正如一个音位不能脱离它所在的语音系统。

怎样从样品得到格局呢？通过语音实验可以得到实验数据，有了数据我们就有了用武之地。使用数据统计方法可以进行相对化、归一化的计算，例如计算声调的 T 值和元音的 V 值。不同的人发同一个音或者同一个人发不同的音，绝对的数据常常会差别很大，但是经过相对化、归一化的计算处理之后，就会显示出各自的定位一致性。这就为进一步分析数据的相关程度、相对关系、分布趋势、动态变化等提供了条件。我们就可以在此基础上进行不同音位和不同音系之间的的分析对照，找出规律。

马克思认为，一种科学只有在成功地运用数学时，才算达到了真正完善的地步。我们可以沿这个方向去努力探索。

我们已经开始用实验证明，每一种语言或方言都有一种独特的语音格局；使用同一种语言或方言的所有说话人的语音格局在整体上是一致的，也即是从一个人的发音就能得到一个系统。这跟传统的方言调查有点儿类似，可以只找一个发音人。当然，我们同样可以找很多发音人来进行语音统计，把语音实验跟社会语言学的研究结合起来。

其实，以上讲的都涉及实验人的要素。语音理念、研究选题、确定思路、处理程序、分析综合、演绎归纳，都要人来做。做对做错，做高做低，结果大不一样。可见从语音实验到科学结论，中间还有很长的路。因此，语音实验不会自然而然地得出科学结论。

四

再来看实验仪器。现在人们多是使用计算机语音分析软件来做实验。较为常用的有 Praat 和"桌上语音工作室（Mini-Speech-Lab）"，把语音实验室放在桌子上或者随身携带。我们在 80 年代初写毕业论文的时候，每天到实验室用 KAY7800 语图仪，两分钟烧出一张语图，还要用人工方法测量计算，一个规模不大的实验就用了两、三个月。现在计算机的鼠标一按，就可以出现图形，测算数据，"桌上语音工作室"还可以自动统计作出语音格局图，真是方便多了。

尽管现在已经如此方便，其中对于语音长度的切分输入、测量时点的选择确定、语音分界的辨别处理，实验样品和实验数据的有效筛选，都要求实验人要有很好的实验技术和一定的实验经验，熟悉具体的程序和步骤。因此虽然同是实验，但是往往失之毫厘，差之千里。实验仪器只是武器和工具。武器和工具要靠人去使用。光有武器和工具是没有用处的。现在很多学校不重视人的培养和训练，使重金购置的大量仪器闲置无用，这是一种浪费。

五

我们对于语音实验，既要破除神秘感，又要防止低俗化。首先要破除神秘感。语音实验作为语言研究的一种手段、工具，一般文科语言专业的大学生和研究生都应该而且能够掌握这个工具，胜任语音实验。这是因为语音实验所需要的大量声学分析和数学计算的过程都由计算机承担了。中学数学水平加上初步的统计知识对于一般的语音实验就足够了。关键要有正确的语音理念并了解方法程序。这里最根本的还是加强语言学素养。

语音实验不是万能的，并不能包打天下。语音实验只能对共时的言语活动的生理、物理、心理方面的表现作出静态和动态的分析，给出直接的证据。语音实验不能为语言历时变化提供直接的证据。人们可以依据语音实验的共时结论对于语言的历时变化过程和原因进行推测，就像我们利用其他资料进行语言历时研究一样。

同时，我们也要防止语音实验的泛化或低俗化的想法，以为语音软件有如游戏软件，随便一个人做几张图，得出几个数据就可以用做论据证明。很多时候我们看到的并不真实。怎样用实验方法进行语音分析，是一门探索中的学问。用于科学研究则需要有语言理论指导和方法论的基础。

六

　　荣男同志通过大量的实验数据及统计图表的分析，得到傣语的德宏方言、西双版纳方言、金平方言以及泰语的声调格局和元音格局，探讨语音的内部规律及共性特征，并将语音实验结果与前人的调查结果对照比较，解释了傣语中有争议的音值问题。同时还考察了德宏傣语不同年龄说话人的声调和元音系统的声学表现。

　　学科的交叉性和相容性是现代语言学发展的一个鲜明特点。《傣语的声调格局和元音格局》将田野调查与语音实验相结合，语音学和音系学相结合，语言的社会调查和统计分析相结合，取得了可喜的成绩。

　　荣男同志谦虚好学、刻苦用功、专心钻研，取得了成功。她那种顽强学习的精神给我留下深刻印象。希望荣男同志不骄不躁，继续努力，辛勤工作，不断前进。在云南这个民族语言的百花园中，开出绚丽的花朵。

石　锋

2007 年 1 月 23 日于南开园

《汉语声调的浮现过程》序言[*]

    陈默是从南开走出去的。我不是她的导师，却对她印象很深。有两个原因：一是陈默并不沉默，在我讲课时经常提出疑难的问题，往往使我更加拓展所讲的内容。这是我非常喜欢的一种讲课方式。不是让学生听我从头讲到尾，而是在跟学生的互动中逐步深入。二是她曾写过一篇文章在研究生沙龙报告，对比中外学生汉语语流中停顿的位置和时长有哪些差异，从中得到母语跟中介语的不同特点。因此，尽管她后来到北京去读博士，我还是一直关注这位善于思考勇于创新的学生。如今陈默同学已经成为陈默老师，并且远赴美国去传播汉语。在她的博士论文修订成书之际，我跟以往对我的学生出书一样，很高兴地写下几段"老生常谈"的话。

    汉语声调是外国留学生学习汉语中的难点之一。在这方面国内外已经有一些研究成果发表。陈默的选题又是研究母语为非声调语言的留学生汉语声调的学习问题。该怎样深入？该怎样开拓？她在理论上和方法上都做了大胆的创新，对于留学生汉语声调涌现（emergence）过程做了实验分析，并且进行了计算机建模研究；在此基础上，对汉语声调的教学策略也做了相应的探索。把语音的声学和听觉的实验分析跟计算机建模的模拟研究结合起来，把语言规律的探求跟语言教学的应用二者结合起来，陈默走出了研究第二语言习得的一条新路。

    陈默的创新研究有三个方面的内容：首先，把前沿性的涌现观作为理论基础，探究汉语声调的涌现过程，对母语为非声调语言学生的汉语

---

[*]《汉语声调的浮现过程——基于无声调语言母语者的研究》，陈默著，北京语言大学出版社，2013 年。

声调的动态发展过程进行了系统性的实验分析，深入研究了汉语声调特征和声调范畴的涌现过程。这样就从研究理念上为解决这个汉语声调学习的难题准备了有利条件。

其次，采用了语音实验分析和数学模型的计算机模拟相结合的研究方法，彼此对照，相互补充。为了较好地模拟汉语声调的涌现过程，基于已有的模拟研究，进一步在模型结构和功能设计上创新，构建了动态的生长型树形自组织特征映射模型（GTS－SOFM），克服了一般自组织网络记忆遗忘的缺陷，又能够把学习的动态发展过程可视化。理论的进步常常依赖于方法的更新。这样就便于发现汉语声调的涌现机制。

最后，理论和实践结合，面向对外汉语教学的实际应用。建立了英语母语者学习汉语声调的动态双语模型，包括零起点、初级和中级三个子模型。模拟显现汉语声调特征的自组织过程、汉语声调的浮现过程以及三种教学策略的学习效应。用可靠的实验和模拟的依据证实：声调的感知建立在音节感知的基础之上。从而提出建议如何具体实施声调特征的教学方法；认为"不同声调+不同音节"是有效教学策略；主张声调教学要贯穿汉语教学的始终等。这些对于现实的汉语声调的教学都是极有应用价值的。

从以上的说明可以看到，陈默的研究是走出象牙塔，以鲜活的语言实际为出发点，又以鲜活的语言实际为目的地。记得有人讲过：越是民族的，越有国际性。在这里可以借来套用：越是来自实际生活的，越有理论价值。因此，本书的研究结论对探索人的大脑中语言习得的普遍机制应该也会有重要的理论价值。

英语的 emergence 本书中译为"浮现"，也被可以称为"涌现"或者"突现"。我还是习惯用"涌现"。语言的涌现是基于复杂性科学理论的研究内容。语言是一个典型的复杂适应性系统。王士元曾经讲到：就语言而言，"涌现"一词有几层不同的意思。"涌现"的本义，是一个从无到有的变化过程，至于这个过程的性质或时长则不一定要交代。因此，当一个汉语使用者学习英语时，我们可以说一个新的语言在此人的脑海涌现了出来（2008）。同样，当一个英语使用者学习汉语时，我们说此人的大脑中涌现出汉语。这就是如本书所述的，在第二语言习得方面的涌现。还有语言的群体涌现即语言的发生，语言的个体涌现即儿童的母语发展。王士元等就用计算机建模的方法研究过语言起源问题（2001）；我也曾指导过一篇博士论文对第二语言习得采用建模方法模拟涌现的过程（2005）。此外，语言的接触、语言的演化、语言的消亡等等，都可以采用涌现的理念和方法来考察的。

本书得到的一个重要结论是，母语为非声调语言的留学生学习阴平和去声好于阳平和上声。这跟汉语母语儿童的声调习得研究和已有的留学生汉语声调学习的研究结果是一致的。零起点、初级和中级三个等级上都出现阳平和上声的调值和调形范畴的混淆。这说明阳平和上声的声调范畴较难建立。作者用"共性特征的聚类"和"声调特征权重调整"来加以说明。这也是基于人类认知的普遍规律的很有新意的解释。

"共性特征的聚类"就是学习者在学习过程中会抽取声调特征的相似点进行聚类，来建立声调范畴。例如阴平和去声都属于高调，阳平和上声都属于非高调，就可以分别聚集为不同的类。"声调特征权重"则是不同的声调特征的地位并不一样，例如对阴平和去声赋予的权重明显多于阳平和上声。"共性特征的聚类"和"声调特征的权重"彼此联系，密切相关。书中对此有着更为具体详尽的说明，无须我再赘述。我只想"借题发挥"一下，讲几点自己的理解，也就是它们生成过程中的三种语言学制约因素。

一是母语迁移的作用。母语是否有声调关系到对于汉语声调的加工策略。一般说来，语调是以调高（实为调域）的变化为主来表现的；声调则是既有调型变化又有调高变化。语调的调型多以高平调和高降调为常见。因此非声调语言的母语者对于调高差异敏感，对于高平调和高降调敏感；而对于其他调型则需要经过学习训练来建立新的认知范畴。

二是语言的共性规律。有人统计汉语方言中高调比低调多，降调比升调多。也就是高调和低调不对称；降调和升调不对称。其中高调和降调占有优势地位。如果把平调和拱度调相比，则是平调占优势。弱势成分是有标记的，优势成分是无标记的。正好汉语普通话阴平和上声是以高低区分的；去声和阳平是以升降辨别的。人类的感知总是倾向于优势地位的无标记成分。权重分配就会以优势地位和标记性的差异为重要参照，造成阴平和去声优于阳平和上声。

三是训练和经验的影响。这就包括教学者如何教和学习者怎样学两个方面的情况。例如，很多人不理会或不理解王力（1979）中肯而明确的论断：北京话的上声基本上是个低平调。调头的降、调尾的升，都是次要的。我曾有专文（2011）阐明上声的本质是低平调。海外很多学者早就主张并实行将上声教为低平调。然而仍在用214训练外国学生的还很普遍，造成大量的洋腔洋调。这可能是前人的上声听辨实验中双音节的错误率大大高于单音节的原因。本书并非直接研究上声的调值，可能也许会间接受到现有教学方式的影响。

本书的内容属实验语言学，即用物理、生理、心理实验和计算机建模的方法研究语言学问题。涉及语言的实验设计和程序安排不同于一般的实验，要充分考虑语言学的制约因素。目前实验语言学的研究虽然还不多，虽然很困难，然而实验是方向，实验是希望。实验是检验语言理论的标准，是探索语言奥秘的捷径。

陈默的研究只是一个开头，以后的路还很漫长。愿她在科学的崎岖小路上做一位不畏劳苦的攀登者，希望就在光辉的顶点。

是为序。

石锋　　辛卯春日清明时节

于南开马蹄湖畔

参考文献：（本书中已经出现的参考文献不另列出。）

王士元（2008）《语言涌现：发展与演化》，语言暨语言学专刊，台北：中研院语言所。

王士元、柯津云（2001）语言起源及建模仿真初探，《中国语文》，第3期。

陈瑞雪（2005）《语言系统演化与语言习得建模》，南开大学博士论文。

王　力（1979）现代汉语语音分析中的几个问题，《中国语文》，第4期。

石锋　冉启斌（2011）普通话上声的本质是低平调，《中国语文》，第6期。

《豫北晋语语音演变研究》序言*

　　我们把人类语言看作是一种复杂适应系统。语音是语言系统中的一个重要的子系统。语音在语言系统中具有双重的作用：一方面，音段音位和超音段音位以及韵律特征的彼此区分和配列，相互关联和影响，形成语音的本体系统；同时，另一方面，语音是基础语言系统的物质外壳，物化表现，语言中的词汇、语法、语义、语用的全部内容都要通过语音形式来表现。语言无时不处在演化运动之中。语音演化是语言演化的重要内容。语法化的研究表明，语法化的过程常常伴随着语音的系列弱化表现。我们常常讲研究语音不能单从语音来考虑，而要着眼于语言的整体。美国著名语音学家 Ladefoged 主张语言学的语音学，我国著名语音学家吴宗济提倡语法学的语音学，这都有英雄所见略同的意味。

　　尽管我们可能习焉不察，语音在语言整体中的重要性是我们每日每时都离不开的。人自出生后的咿呀学语开始，首先是通过语音而感知并获得语言的。在人类进化史上，有声语言的产生表明了原始人完成体质和文化的决定性进化，在生理机能和大脑思维方面有飞跃性发展，是人猿相揖的重要标志之一。

　　学者们对于语音的关注可以追溯到公元前 4 世纪印度的《巴尼尼经》，其中对于梵语的语法分析就是从语音分析开始的。明代陈第已经认识到语音因时地而变："时有古今，地有南北，字有更革，音有转移，亦

---

　　*《豫北晋语语音演变研究》，陈鹏飞著，延边大学出版社，2004 年。

势所必至。"(《毛诗古音考》序) 语音研究在语言学史上常常有着先锋的地位和作用。如：语音对应规律的发现之于历史比较语言学，音位理论的讨论之于结构语言学，音系规则的探求之于生成语法学，语音变异的分析之于现代社会语言学，等等。语音研究在语言研究中是最具有物质性和实践性的领域，也是最具有系统性和规律性的领域。

研究语音要以语音格局为着眼点。乔姆斯基和哈勒的 *The Sound Pattern of English* 其实应该译为《英语语音格局》，而不是译为《英语音型》。语音格局的观念对于语音研究至关重要，可以从广义和狭义两个角度来看。从广义的角度，使用语言说话的人是社会的人，又是生理的人。他们说话所用的语音音流都是心里想说（发）而且嘴上又能说（发）的音。人们都有发音的生理极限范围，人类语言中的有声表现全部都会在这个有限的空间里建立各自的定位范畴及特征，确定彼此的关联和规则。从狭义的角度，每一种语言或方言都是以有限的音类和变异去表现无限的意义。同时，每一个人各自的发音习惯，不同背景和条件下的话语和音流都会给语音格局的分析增加内容。如：单字发音和连读发音，平静的叙述和激昂的讲演，会使语音格局有不同的表现。

语音的演化也是以语音格局为基础的。一个语音的变化会受到相关语音的条件制约，又会引起相关语音的相应变化。即使是非语音条件的音变，也一定不能游离于语音格局之外。如：音类分合的重组，音位的链移变动，这都是在语音格局的框架内进行的。

一派气象万千的山水风光，人们可以从各自的视角和兴趣来观察和欣赏。"横看成岭侧成峰，远近高低各不同"，这正像是语言研究的情景。个中原由可以分为两个方面来看：一是作为研究对象的语言庞大而复杂；二是作为研究者的个人学识和能力都是有一定限度的。

量子论创始人普朗克指出："科学是内在的整体，它被分解为单独的部门不是取决于事物的本质，而是基于人类认识能力的局限性。实际上存在着从物理学到化学，通过生物学和人类学到社会学的链条，这是任何一处都不能被打断的链条"。语言被分解为语音、词汇、语法、语用等不同领域的情景也是如此。

世界之大，学海广袤，一人一家难以概全。研究中博采众家之长，常常是成功的要诀。新语法学派的音变主张、拉波夫社会变异观念、王士元词汇扩散理论以及徐通锵叠置式音变分析原则，对它们兼收并蓄，才能取得成绩。

从方法论的角度，共时与历时结合，描写与解释结合，资料与理论结合，田野调查结合实验分析，这些都是现代语言学的研究理念。说来容易做来难，需要照这个方向一步一步努力实践。其实从方法上的问题出发常常可以得到理论上的收获。

石　锋

二〇〇四年九月于南开园马蹄湖畔

《汉语韵律词研究》序言[*]

　　记得多年前有一次去看望吴宗济先生，他讲到自己的汉语语调研究，从中国的音乐、绘画到书法的源流，无一不能跟语言的韵律相通相合。他一边说一边随手从书架上取下书来给我看：这是嵇琴阮啸图，是不是像现在的口哨语？那是怀素的自叙帖，草书的连绵跟说话的连读是不是如出一辙？坐在他的书房里听他兴致盎然地讲述中国语言学的过去、现在和未来，那真是引人入胜、如醉如痴，获益良多。我每一次去看吴先生都是这样至少几个小时的学术升华，精神充电。那一次给我印象极深，是因为吴先生讲到应该写一本语法语音学，并且列举出包括的各项内容，从词语调群到语调韵律。吴先生期待的目光使我深感这是对我们后辈学人的嘱托。就是从那时起，我跟一批又一批年轻的学生们逐步开展了汉语语调的分析，以不负先生的希望。邓丹同学就是我们这个团队中的佼佼者。

　　语句韵律的研究前一时期较多关注宏观方面的架构，而对韵律基本单元在不同条件下究竟受到了哪些影响，发生了怎样的具体变化，分析还不够深入。邓丹的博士论文正是从这一角度入手去考察，用实验语言学的方法分析普通话韵律词的语音表现。作者充分掌握前人的研究成果，做了更加深入细致的探索。例如，韵律短语的位置、停延边界、相邻声调和不同声调组合，乃至不同句法结构对韵律词的音高、音长、重音和

　　*《汉语韵律词研究》，邓丹著，北京大学出版社，2011 年。

轻声的声学特征产生的影响，发生的变化，出现的规律，都通过实验得到了科学可信的结论。论文实际上是解决语调单元的分析问题。在语句韵律变化规律的研究中，邓丹做得十分精细，也有敏锐的发现。例如，韵律词在韵律短语中的位置对其音高的影响最为显著，停延边界对韵律词时长的作用最显著，等等。跟前人相比，这些发现在深度和精度方面都有显著进展，深化了我们对汉语韵律特征的认识。

邓丹对汉语韵律的研究是基于语料库进行的。具有播音风格的朗读语句更接近人们日常的口语表达，包含了更多的语言现象和丰富的韵律信息。因此，基于语料库语句的研究可以使我们对实际语流的认识更加深入，更加客观具体，更具有普遍意义。

邓丹的博士论文曾经获得全国优秀博士论文提名奖。现在经过修订后，定名为《汉语韵律研究》出版，就像在语言学花园中绽放的一剪新梅，真是令人高兴，可喜可贺。

当今语音研究领域中，语调韵律的分析是一个热点、难点，又是一个制高点。语调研究的关键是要解决韵律结构的问题。语调和韵律的研究，实际上已经远远超出了单纯的语音学的领域。决定韵律结构的相关条件有语音、词汇、句法、语义、语用、情感等等，需要多种视角多种因素综合考察。进行实验的构思设计、语料收集、数据分析，都要考虑到语言的全局表现，整体效应。韵律特征依存于变化万千的话语中，语言研究的工作就是要善于透过纷繁复杂的表面现象，梳理出一般的共性的规律。

不识语言真面目，只缘身在言语中。在对于人类语言奥秘的探索中，邓丹的研究只是滔滔江河的一朵浪花，莽莽冰山之一个棱角。愿邓丹今后在语言探索中取得更多的成果。语言学的路还很长，仍需我们继续努力。

石　锋

2010 年 2 月 14 日于爆竹声中

《大连方言声调研究》序言[*]

一

汉语正在加快走向世界，这必将极大地开阔我们的视野，拓展学术的领域，促进汉语的研究，包括汉语的本体研究和汉语作为第二语言的本体研究，以及汉语作为第二语言的习得研究。

汉语在哪里？汉语存在于各种汉语方言之中，存在于各种汉语的语言变体之中。一种语言表现为它的不同方言。方言的研究就是语言的研究。汉语方言的研究就是汉语的研究。方言是语言的一种变体，分为地域变体和社会变体。过去很长的时间里面，人们注重地域变体远远多于社会变体。现在大家已经越来越多地把研究语言社会变体的工作提上日程表。游汝杰认为：社会语言学是方言学发展的新阶段。事实正是如此。玉娟同志的《大连方言声调研究》就是一项采用社会语言学和实验语音学方法的方言研究。

二

社会语言学非常重视和依赖研究方法。拉波夫和特拉吉尔等人的论著都是用很多篇幅说明研究的方法和程序。工欲善其事，必先利其器。理论的创新在很大程度上依赖于方法的改进。社会语言学利用语言变项

---

*《大连方言声调研究》，高玉娟著，辽宁师范大学出版社，2007 年。

探求社会方言的层化特征，阐释"异质有序"的语言演化规律，使我们对于语言的本质特征和发展规律有更为深入的认识。

王士元的词汇扩散理论主张：一种语音演化通过带有这种语音的相关词项的扩散变化得以实现。这些词项变化的先后和趋势决定于语言内部和外部的因素，其中包括使用这些词项的说话人。人都是生活在社会之中，只要涉及到人，就离不开人的社会背景。因此，词汇扩散理论在揭示微观的语言演化过程方面跟社会语言学有异曲同工的作用。二者在研究方法上也有相近的地方，如，抽样调查、统计分析等等。

《大连方言声调研究》运用社会语言学和词汇扩散的理论方法对大连方言中去阴连读和去上连读的变异现象进行考察分析，根据说话人的社会背景跟声调变异的相关程度，合理地推断出变异产生的原因、出现的年代、发展的趋势。依据抽样调查的结果，对变异的语体分布、词汇分布、社会分布作出说明。这些研究成果具有较高的认识价值，丰富了方言学的研究方法。这种多角度多层面的方言语音研究是值得肯定和提倡的。

三

大连方言的去阴和去上变异都发生在年轻人群体中，前者归因于共同语的影响作用；后者来自对本地话的归属意识。两种方向相反的语音变异同时并存于同一个语言社群之中。这种情况并不奇怪，反而是汉语方言在当代发展的正常现象。我们不止在一种方言中发现方向相反的语音变异。

例如天津话原来有四条两字组变调规则，在普通话影响下发生了不同的变化。其中：上上、阴阴、去去的变异是向普通话靠拢；去阴变异是方言特色的强化。一种是朝向标准语的方向，一种是背离标准语的方向。两种变化在说话人年龄分布上具有相同的趋势，都是随着年龄的降低而增加变化的比率。在语体和词汇分布上，二者的表现相反：靠近标准语的变化是书面语先变，低频词先变；背离标准语的变化是口语词先变，高频词先变。

由此看来，方言在普通话影响下发生的并非都是向普通话靠拢的变化，还可能发生方言特色的反弹。大连方言的研究又给我们增添了一个实例。

四

《大连方言声调研究》通过语音实验揭示了大连方言声调在时长和音高方面的声学特征，并按照语音格局的理念归纳出大连方言的声调格局和变调规律，从而为整个研究打下科学求实的基础，达到"实事求是，信而有征"。（罗常培）

索绪尔讲过："在我们耳朵里产生的印象不仅与器官的发动一样直接，而且是整个理论的自然基础。"长期以来，人们往往关注理论而忽略基础，重视理论的更新而忘记基础的理解。

每一种有声语言的语音都具有系统性。这种系统性包括两重意义。一是作为语言系统的子系统之一，语音内部自成系统；二是作为语言信息的载体，在与语言意义和非语言意义的音义结合关系方面，具有严格一致的对应规律。语音格局是语音系统性的表现。我们希望通过语音格局的分析，来探索和证实这种系统性。

五

玉娟同志原来的专业是英语，这为她完成博士论文打下了很好的基础。她在在学校里谦虚好学、刻苦勤奋、善于思考、勇于实践，最终取得成功。这里最重要的是谦虚。谦虚使人进步。我祝愿玉娟同志继续努力，不断进步。同时我也愿意与玉娟同志和各位同学共勉，在语言园地中耕耘，在学术探索中前进。

石　锋
2007 年 1 月 1 日

《汉语语调问题的实验研究》序言[*]

语调是人类语言中的共有现象。各种语言的语调表现却是形式多样，精彩纷呈。英语语调和重音一目了然，似乎简单；汉语声调和语调相互交融，显得复杂。赵元任是汉语语调研究的先驱。后来的学者多是在他的基础之上前行。

记得当年我在北京上学的时候，有一次师兄沈炯跟我讲到："我这一辈子如果能够把汉语语调搞出眉目，就不虚此生了。"他的话令我敬佩，使我警醒。敬佩他为学术献身的精神；醒悟到汉语语调研究非同一般，绝不能轻易涉足。这也是我曾多年关注这个经典课题的众议纷争，而没有贸然动手的原因。直到我们请莱顿大学实验语言学教授文森特来南开讲语调研究方法之后，才决定派出一名尖兵尝试探索汉语语调。这位身负重任的尖兵就是江海燕。

海燕同学确实像一只翱翔蓝天的海燕，迎着风风雨雨，冲破重重困难，完成了博士论文，顺利通过了答辩。现在精心增补修订，付梓出版，真是可喜可贺。书中以语音实验为基础，选择汉语陈述与疑问语调的对比作为切入点，作了深入细致的研究。研究结论既有理论意义又有应用价值。其创新性主要表现如下：

第一，以语句的首、尾音节为例，从语调对字调的改变入手，用语音实验证明了语调对字调的调节不仅表现在音阶上，还表现在对一定调位范围内基频曲线倾斜度的改变上。并进一步应用声调格局的观点，解

---

[*]《汉语语调问题的实验研究》，江海燕著，首都师范大学出版社，2010年。

释和论证了这种变化的范畴特性；同时，还论证了跟语调相关的字调音高调节遍及整句，但分布不一定平衡。这无疑可以加深人们对于声调和语调关系的认识。

第二，通过疑问与陈述语调的对比分析，发现疑问语调对字调拉力的"右重"现象，联想到字调与语调的"代数和方式叠加"的具体因素既有音阶，又有调形，由此推导出可以用此法生成不同语气下的基频的结论，进而试图解决许毅提出的"叠加观"的"尚未解决 F0 生成的许多细节问题"的缺陷。这个看法很有新意，对于言语处理上的语调建模具有一定的启发作用。

第三，首次应用声调聚合的方法，探讨语调的调位问题。提出既能反映语调调阶走势，又能表现调域宽窄变化的调域上、下限标志法。这种方法既体现了用音阶走势描写语调的精神，又通过采用声调聚合序列法计算音域上、下限，使得音阶的计量更具有统计意义，便于言语处理技术的把握和操作。

此外，书中还探讨了陈述和疑问语调之间在音高上的分辨界线问题，并提出区分疑问和陈述语调模型的设想。这个设想很好，如何确立两者的音高分界的一般规范？作者采用感知分辨实验的方法，找到了两者分辨的相对范围。对于语调与语气词之间的关系问题这里也做了有意思的探究。

海燕在语调研究中遭遇"撞衫"，值得一提。第一次参加全国语音学会议，早早就准备好的论文竟跟一位"权威"专家方法相近，结论一致。以后又有这种情况发生。每当海燕向我诉说时，我一面鼓励安慰，一面感到骄傲自豪。其中有一种"英雄所见略同"的意味。

现在海燕研究语调的伙伴越来越多了。去年大连的汉语韵律语调研讨会之后，今年南开的全国语音学学术会上又有语调专题讨论会。汉语语调研究将会有新的进展。我们也希望不断听到海燕在学术研究中的好消息。

石锋　　　2010 年 6 月 15 日

《〈训世评话〉的语法系统》序言[*]

　　近年来汉语在国际上广泛传播，汉语作为第二语言教学的研究蓬勃兴起。这个学科一直叫做对外汉语教学。我曾经在《汉语作为第二语言习得的研究与思考》（2009）一文中写道："实践表明，一种语言只有达到相当程度的国际化，才有可能成为二语习得研究的对象。"

　　回溯历史，中国作为东方大国，对各个邻国以至整个世界曾有着重要的影响。例如唐代日本遣唐使和朝鲜新罗、百济"遣子入学"的留学中国。汉语其实早就达到了相当程度的国际化，只不过那时还没有二语习得这门学问，也没有对外汉语这个学科。历史上早期的很多"对外汉语"的课本都是西洋的或东洋的外国人到中国学会汉语之后，为他们国内自己的同胞编写的。现在世界很多国家更是都有大批本土的汉语教师。所以"对外汉语"其实并不是一个很合适的名称。

　　历史上各种海外的汉语课本具有重要的研究价值，不仅可以作为汉语教学史上的重要资料，尤其是为汉语的历史研究提供了域外的实证和不同的视角。汉语研究因此获益良多，无论是历史语音，还是词汇语法，都已取得不少成果。

　　业师胡明扬先生最早利用对音材料研究元代成书的朝鲜汉语课本《老乞大》和《朴通事》，先后发表《〈老乞大谚解〉和〈朴通事谚解〉中所见的汉语、朝鲜语对音》（1963）和《〈老乞大谚解〉和〈朴通事谚解〉中所

---

　　[*]《〈训世评话〉的语法系统》，刘春兰著，南开大学出版社，2013年。

见的〈通考〉对音》（1980），梳理得出 15-16 世纪北京话的语音面貌，填补了汉语语音史的空白，成为研究近代汉语语音的经典性文献。他还在《〈老乞大〉复句句式》（1984）一文中，提出了一种以形式标志为依据的新的复句分类系统，引起学界关注朝鲜汉语课本的研究。

春兰研究朝鲜早期汉语课本《训世评话》的语法系统，应该是属于同类性质的工作。成书于 1473 年的《训世评话》是继《老乞大》、《朴通事》之后又一种重要的朝鲜汉语课本。它不用对话，而是用讲历史故事的形式，而且是言文对照。这种独创的体例成为它区别于其他课本的重要特点。在对编著者李边的生平详加考证和梳理比较现存不同点校本的基础上，春兰全面考察了《训世评话》中的汉语语法现象，得到了很多新的认识。

如，《训世评话》中使用的代词系统从总体上看，仍是反映了明代前期北方汉语的称代词的特点。其中人称代词复数已具有排除式和包括式，另外基数和序数的表示法也已跟现代汉语基本相同。特别是在书中发现一例动词拷贝结构，因此可以推断：汉语动词拷贝结构在元末明初已出现。这至少把学界目前一般公认的年代提前了二百多年。

特别值得注意的是《训世评话》中出现的特殊语法现象。如"…住的…"、"…道的…"结构，"人称代词/指人名词+上"表示受事以及方位词"根前"在名词后表示受事的用法，方位词"裏"用作副词，"N+每"表示名词复数，"介"和"丁"做量词，以及一些来历待考的名词等。《训世评话》编写者是朝鲜学者李边，尽管他精通汉语，也不能避免语言接触的影响和自身母语的迁移，这些特殊语法现象都是语言演变过程中值得深入研究的。

在当前汉语国际传播的新形势下，海外汉语课本的研究应该是一个重要的领域，有着珍贵的历史价值和重要的现实意义。春兰的研究工作才仅仅是一个开始，深入的理论发掘是很有前景的。另外，依据海外汉语课本进行汉语教学史的研究也是有待于深入开拓的一个新领域。

赵元任《中国话的文法》就是为在美国的汉语教学而写出来的。赵元任不只是"汉语语言学之父"，还是名副其实的"汉语教学之父"。汉语教学和汉语研究相互促进，这是一种广义的教学相长。正如海外汉语课本为我们的研究提供了不同的资料，对外国学生的汉语教学向我们提出新问题、新视角，都会促进我们的思考和认识，使汉语研究不断前进。

如果说春兰的研究是一条小溪，将来会汇入大潮。希望以此为起点，不断进步，在学海舟航中，做出更好的成果，取得更多的成绩。我期待着。

是为序。

石锋

2012 年仲夏日

参考文献：

胡明扬（1963）<老乞大谚解>和<朴通事谚解>中所见的汉语、朝鲜语对音，《中国语文》第 3 期。

胡明扬（1980）<老乞大谚解>和<朴通事谚解>中所见的<通考>对音，《语言论集》第 1 辑。

胡明扬（1984）<老乞大>复句句式，《语文研究》第 3 期。

石锋、温宝莹（2009）汉语作为第二语言习得的研究与思考，*Journal of Chinese Linguistics*. 37. 1. 130-144。

《拉祜语四音格词研究》序言[*]

　　《拉祜语四音格词研究》就要出版了。这是刘劲荣博士近年来倾注心血刻苦钻研的最主要成果,我们都为此感到高兴。

　　　四音格词是汉藏语系诸语言词汇系统中的一种特殊成员。四音格词是语言交际中十分活跃的单位,在口语和书面语的表达中都有很高的使用率。四音格词独有的描写性特征又使其具有重要的修辞功能,是提高表达效果的有效手段。因此,如能对汉藏语四音格词中存在的共性特征进行深入研究,必能丰富类型学的理论及研究方法;而且能够为历史比较研究补充参考证据;还有助于语用研究。

　　《拉祜语四音格词研究》全面系统地研究拉祜语四音格现象的语音格局、构成方式、语义特点和语法形式,对汉藏语四音格词的深化研究具有重要的作用。总的说来,该书有以下几个方面的特点:

　　第一,首次对一种语言的四音格词进行了全面的专题研究。全书对5200个拉祜语拉祜纳方言四音格词进行了穷尽式的考察分析。这些四音格词相当一部分是刘劲荣博士多年来通过田野调查搜集整理而来的语料。

　　第二,使用了计量分析的方法,对拉祜语四音格词进行了定量分析。例如书中对四音格词性的分析统计,揭示出谓词性与名词性的比率,并统计得出了四音格词双音节结构的比率等。这些分析都得到了很多富有价值的数据和结论。

---

　　* 《拉祜语四音格词研究》,刘劲荣著,民族出版社,2009年。

第三，使用声学实验的方法对四音格词的语音特征进行了实验分析。拉祜语四音格词的声母、韵母、声调及其语音类型特征、语音变化形式、声调变化方式等都得到揭示。书中通过这些分析认为重叠、音韵和谐、双音化、四音格词语型是形成拉祜语四音格词的动因，并存在音变特点。

刘劲荣在书中还将拉祜语四音格词与汉语和傈僳语四音格词进行了比较，显示了这三种语言的四音格词既存在共性也存在个性和差异。书中也对与拉祜语四音格词密切相关的丰富多彩拉祜族文化进行了阐述，显示了四音格词所承载的拉祜族历史文化、宗教信仰、文学艺术、以及生活习俗等多方面的文化内涵。

目前对拉祜语四音格词有"四音联绵词"、"四音格"、"四音格词"等有不同的称谓，本书在吸收前人合理解释基础上，对拉祜语四音格词条理清晰的进行了定义，认为拉祜语四音格词是一种特殊的语法单位，有部分四音格词由于词汇化的作用，四个音节组成一个构块（construction），并生成了整体的含义，有相对固定的特殊语音形式，内部结构较为紧密，语义上具有较强的概括性，其孳乳能力是其他词所难以达到的。这为后文从拉祜语四音格词的语音、语义、语法等方面进行深入分析明确了分析依据。

刘劲荣学术理想坚定，将个人的求学理想融入到求知若渴的实践之中。他以"亡羊补牢，未为迟也"喻其求学心境。多年来，从未停止过奋斗的脚步，付出了不懈的努力。刘劲荣是拉祜族的第一位博士，有着强烈的民族自豪感。他认为这部书的出版与其说是自己多年来学术追求的收获，不如说是拉祜民族历史传承的集体智慧的结晶。对于没有历史文字记载的拉祜族语言来说，这本书将翻开拉祜族语言研究的新的一页，具有不同寻常的意义。

我们期待着刘劲荣博士更多更好的学术成果问世。

石　锋

2009 年 5 月 12 日

《汉语语音探索》序言[*]

　　听说启斌的新著《音学新探》即将由中国社会科学出版社出版，我真是非常高兴。当老师的都是如此，看到学生在学术上的进展比自己得了奖还要快乐。我常常告诉学生们，我不需要物质上的礼物。学生们在学术上做出成果，就是给我最好的精神上的礼物。

　　那还是 2002 年我刚刚从日本讲学归国不久，就收到启斌从四川大学寄来装订整齐的一册厚厚的文稿。那是他在本科和硕士学习期间的多篇语音学的习作和译述文章，寄给我作为报考博士生的自荐书。看着那一行行隽秀的字体写出的清新的思考和细致的阐述，使我暗自惊奇。他在川大师从董志翘教授专攻古代汉语，名校名师，打下坚实的汉语基础。谁知道他竟然同时又在语音学方面做出这么多的成绩！我当即写信欢迎他报考。结果天遂人愿，榜上有名。

　　当时我正面临《二十世纪的中国语音学》一书限期交稿，忙得不亦乐乎，正缺人之际，就让刚刚接到录取通知的启斌提前到校，来帮助我完成书稿的最后几个章节。启斌立即赶到，出色完成任务。这本书及时交稿，很快出版了，启斌成为第二作者。

　　入学后，在确定研究方向和论文题目的时候，他做的题目是最难的——辅音格局。这个题目之所以最难，因为我是有着亲身体会的。我当初的硕士论文就是做苏州话的浊音声母。相比于声调曲线的音高音长

---

[*]《汉语语音探索》，冉启斌著，中国社会科学出版社，2012 年。

的数据和元音几个共振峰的频率数据可以做出各种统计处理，辅音声母的研究有点儿像巧妇难为无米之炊的状况。测量哪些参数要自己去找，怎样统计分析要自己去想，启斌的困境跟我当年做硕士论文时如出一辙。我们多次讨论切磋，他也到处查找文献，改变了我们原来把各种辅音标示在同一个图上的设想，把辅音分为塞音、擦音、通音三类，分别作出塞音、擦音的子格局。他在顺利完成博士论文的同时，也填补了语音格局研究的空白。

毕业后在南开任教，启斌不仅没有放松，更是在学术研究中表现出过人的刻苦和勤奋。多年来，他在圆满完成繁重的教学任务之余，还负责天津语言学会秘书处和《南开语言学刊》编辑部两项重要工作，以及指导硕士研究生的工作。然而，每年他都有多篇重要论文发表出来，并且成功申请获得国家社科基金课题。启斌确实是一个埋头苦干的人。他的博士论文《辅音和辅音现象》早已经整理出版，这次的《音学新探》收入的是他坚持不懈，深入钻研得到的新成果的一部分。

启斌的语音研究有三个特点：一是学术眼界较宽；二是理论意识较强；三是分析方法多元。学术眼界主要是指在人类语言的大背景下来考察汉语的特征和规律，在语言研究中对于各家学说兼收并蓄，不拘一格，研究语音跟语法语义相结合，研究现状跟历史演化相联系。理论意识并非到处搬弄理论的字眼，也不是只为现成的理论添缀汉语的实例，而是自觉地立足于语言的系统性，分析汉语的语言事实，从中提炼出内在的理据。本书各篇都充满这样的理论意识，语言事实的规律与成因，语音现象的性质与认识，清新贴切，开启思路，读来别有一番天地。

启斌纯熟地采用传统的比较方法和现代的量化方法，把汉语跟英语比较，北京话跟四川话比较，现代音跟中古音比较，语音的声学表现跟听觉感知比较，并引入类型学的视角，再加上基于语音实验的量化研究相互结合，进行多角度的考察。现代语言学不缺少理论，而缺少方法。有了可靠的方法，才能鉴别那各种理论的真伪虚实。当代语言学非常需要这种多元化的研究方法。应该在有志创新的青年学者中大力提倡多元化开放式的研究理念和研究方法。

　　我总是以为，一个老师如果教不出超过自己的学生，是很悲哀的事情，那是教学的失败。这些年来，我高兴地看着我的学生们在不同的方面超越我。在启斌的新作中我又看到不少创新的成果和独到的见解在我之上，心中充满欣慰。

　　教学之乐，研究之乐，超越之乐，被超越之乐，我就是生活在快乐之中。我期待着我的学生们带给我更多的快乐，并因此对于启斌和他的同学们寄予厚望。

　　是为序。

石锋

2012 年 11 月 18 日于马蹄湖畔

《汉语方言的元音格局》序言*

　　记得鲁迅的小说《孔乙己》的开头有"鲁镇酒店的格局……"一句话，其中的"格局"是人们古老的文化、传统的习俗和生活方式的外在表现。我们常讲的"语音格局"也有类似的含义。一种语言或方言的语音格局就是这个语言社群的人们世代相传、习以为常的发音习惯、说话方式的外在表现。

　　一种语言中的一个音只要被人发出来，就陷入了各种关系的团团包围之中，这正如一个人出生在世上就进入了各种社会关系的一张大网，处处管约，不得自由。语音是有组织的，语音所受到的制约有三个层面：

　　第一个层面是受人类发音器官约束。不是你想发什么音，而是你能发什么音，不能发什么音，这方面叫做人类发音的共性。有些好心的学者训练黑猩猩说话，实际上是强"兽"所难，不然你让人去学一学黑猩猩的"语言"试试看，仅仅发音器官一条就是不可逾越的障碍。

　　第二个层面的约束来自特定的语言或方言的语音系统。不是人能发出的音都可以进入系统，哪些音采用，哪些音不用，采用的音怎样分类配列，还要不要加声调、加重音等等，也就是那些音位系统、音系规则，早已安排就绪，不得擅自改动，只能顺其自然。这一个层面对于语言学研究最重要。

　　第三个层面是发音人的个性特征，受到个人生理条件、心理状态和生活经历制约，也是很难改变的。所谓未见其人，先闻其声，就是我们

---

　　*《汉语方言的元音格局》，时秀娟著。中国社会科学出版社，2010年。

凭借语音的个性特征可以辨识说话人。这种个性特征并不影响语音系统。

我们考虑把"音质"和"音色"两个词的意义加以分工：用"音质"指语音系统中的特性，跟音高、音长、音强等非音质特性相对应；用"音色"来表示语音的个性特征。于是我们可以说，语言学关注的主要是音质而不是音色。

语音格局是语音系统的表现，是理念原则，又是方法程序。语音格局是用实验数据解析语言系统的一种观念和方法，在理论上必要，在实践中可行。一种语言的声调、元音、辅音、韵律特征和语调的研究都可以采用语音格局的理念和方法来分析。语音格局的研究只是刚刚开始，就已经展现出巨大的潜力和广阔的前景。

学习语音学要注重两个方面的训练：一是会用实验的方法来分析语音，埋头苦干；一是须以学术的思想去探索理论，刻苦钻研。前一个比较难，需要文理结合的知识基础和跨学科的思考方式，还要花时间，出力气，一般人都做不到。后一个更加难，需要全身心投入，"为伊消得人憔悴"，要准备经过十年、二十年、三十年的不懈努力、上下求索，才能达到"蓦然回首"的境界。

秀娟同志的博士论文是研究汉语方言的元音系统，把语音实验跟类型的比较结合在一起，从系统格局方面进行分析。以前没有人这样做过，她却取得了很好的成果。在目前社会上流行的一些思想浮躁、急功近利的不良风气中，她仍然保持一种沉静、奋进的心态，致力于学术的追求。她原来并没有很深的基础，但是她在学习中的刻苦努力，理论上的探求精神，都给我留下深刻印象。

秀娟同志的博士论文当年在答辩时得到专家肯定，给予好评，现在将要付梓出版，我在高兴之余，深深感到：成功的鲜花是汗水浇灌出来的。

我充分相信秀娟同志在学术上具有的潜力，能够作出更大成绩。让我们共勉，在广度和深度上继续努力，在理论与应用中奋力探索，作出一流的研究，揭示语音的秘密。

石　锋

2007 年 7 月 26 日于美国明德校园

《北京话声调和元音的实验与统计》序言*

　　王萍告诉我，她在博士论文的基础上经过修改补充而完成的《北京话声调和元音的实验与统计》即将出版，这真是一件令人高兴、值得庆贺的事情。从开始学习语音实验，到现在初步学有所成，王萍付出了八年刻苦的努力、勤奋的思考、不懈的探求。出版专著一方面是对于过去学习收获的总结，另一方面是对未来研究路向的体认。

　　语言学正处于变革的时代。现代语言学的发展趋势正在逐渐发生转变，这种转变主要表现在：从经验科学转到实证科学，从定性研究到定量研究，从发现、描写语言现象和事实到对这些现象和事实进行解释和探源，从静态研究到动态研究，从单一领域到多领域的结合（从语言学内部各单个领域的研究到语言学内部各领域的结合），从单一学科到多学科的合作（从语言学这个单一学科的研究到语言学与社会学、心理学、物理学、考古学、遗传学等多学科的合作）。在现代社会中，科学飞速发展，文理分家已经远远落后了。所以，很多新的创见、新的发现都建立在学科交叉的节点上。这些节点就是新的学术理论和成果的生长点。人们越来越多地通过严格的实验程序和数据的统计分析来得出结论。大量研究证明，语言在各个方面的表现都具有统计特性，而不是全有或全无式的简单判断。传统语言学是卡片之学，现代语言学是数据之学，数据就是量化的资料，语言学正逐渐从卡片之学走向数据之学。

---

*《北京话声调和元音的实验与统计》，王萍著，南开大学出版社，2009年。

　　我的老师们曾经告诉我：语言学是卡片之学。这种说法代表了语言学的"朴学"精神。卡片之学代表传统语言学的优良方法。卡片的内容包括：1. 语言调查的资料记录。比如在一个方言，这个字音读什么，那个字音读什么，一个字音一张卡片，一个例句一张卡片。一套卡片就代表一个语言/方言的系统。2. 卡片记录所有阅读过的参考文献摘录、笔记。3. 卡片记录自己的学习收获和体会。所以，今天我们仍需要"朴学"精神，更要发扬这种精神，现在有的人太功利，太浮躁，有损学术和学者的清名。数据之学要有卡片之学的基础，数据之学不排斥、不否定卡片之学，而是在卡片之学的基础上的提升和进步。在卡片之学的基础上，我们才能建立和转向数据之学。

　　数据之学是量化分析。它使研究实证化、科学化、系统化，甚至将来成为自动化，使我们做到"心中有数"。"心中有数"有两个意义，字面意义和实际意义。字面意义是心里要有数目的概念，实际意义是要对事物有大体、全局的把握。这两个意思实际上是一致的。只要心中有了数目，我们就能够把握全局。如何获得真实的数据，这只是数据之学众多问题中的一个重要环节，当然是一个关键环节。我们知道，有了现象才能获得印象，有了印象才能最终得到真相。现象和印象都不一定是真相。有了真相，有了事实，才能获得理论。现象不能直接产生理论，印象也不能直接产生理论，只有真相才能产生理论。这就是我们经常说的那句话：实事求是。

　　数据之学大体有三个方面：1. 我们需要什么样的数据？哪些数据作为研究对象？事实上，我们的研究对象很广泛：古代、现代的语言现象，语音、语法、词汇、语义的研究，生理、心理、物理的研究，不同方言、语言的研究，第二语言习得、儿童语言习得、语言接触研究等。语言接触现象很普遍，第二语言习得就是一种特定类型的、方向确定的语言接触。这些都是我们研究的对象。

　　2. 怎样取得数据？用哪些工具？用什么作为武器？比如说使用仪器、问卷、调查、记音、查考文献等都是取得数据的方法。不过，方法随社会时代和科学技术不断地进展。使用的仪器、工具不一样，取得数据的途径不一样，这方面有很多可以进一步发挥的余地，空间很大。比如说，取得多少数据、多大的样本，问卷是发 10 个还是发 100 个、500个；调查什么样的人；找人发音，找多少个，找什么地方的人，找年轻人还是找老年人，发什么样的音，这些都有很多可以来由自己设计、确定的空间。怎样取得数据直接影响到最后数据的处理。我们往往在最后处理数据的时候，才感到在前面的某个步骤和程序出现了缺陷。有时候这种缺陷可以补偿，有时候不能补偿。所以，在怎样取得数据这个问题上，需要我们仔细周密地进行思考。这个过程就像我们在纸上谈兵，要把全部过程都推演一番，就像实战演习一样；或者可以先做小型的试点实验后，再做大规模的考察。

3. 如何处理数据？如何驾驭数据？尤其是数据越来越多，大样本的情况。我们要利用归一化处理。但实际上，归一化不是目的，脑子要清楚。我们不能迷失方向，迷失自我，不能掉进去出不来。我们要清楚我们的路线，我们的目标。归一化就是为了获得语音格局。归一化是量化分析的第一步，后面还有很多的步骤。归一化就是把最大值和最小值之间的跨度看作百分之百，看作单位一。归一化之后就是相对化，相对化是在归一化基础上，所有最大值、最小值中间的数据都转化为百分数，就是把所有数据的名数去掉，变成无量纲的数据。相对化之后就是范畴化。在语言学中，不同单位（音位、词类、句法结构、语义特征）都有各自的分布范围，这种分布范围表现为数据分布的范畴。归一化和相对化之后，要把不同范畴的分布范围、分布界限找出来。不同范畴之间的关系不是线性的、平面的，而是立体的关系，具有层级性。语言是一个系统，系统的特点是层级性。不同范畴在不同平面、层级上才能更清楚地显示出各自有规律的关系。这种有规律的关系就是系统。只有层级化之后，才能得到系统——格局。格局化和系统化是一致的，系统是隐形的，格局是显性的，格局是可见的系统。经过量化分析一系列的过程，得到语言的格局，这才是我们最后的目的。衡量一个方法、做法是不是有效、有优越性，就是看能不能使我们简单地、便捷地得到语言、语音的格局。

怎样得到数据，如何处理数据，语音格局的分析提供了理论方法的基础。相应地，我们的研究也要更加关注如何提高认识和理解数据在语言学中的意义，如何增强和驾驭处理语言学数据的能力，其中，统计方法的运用就是一个重要的方面和手段。为什么？

语言的根本属性是系统性和社会性。语言学中所有的规律、规则都是围绕这两个根本属性展开的，语言中的成分都是处在内部系统和外部社会的网络之中。语言的系统性和社会性都可以在语言的统计分析中得到体现和验证。所以，语言学的研究和物理、化学等自然科学的研究存在本质的区别，主要表现在：语言学中的规律、规则、范畴、层级等，并不像物理、化学等学科那样能够用清楚的界限划分出来，而是要用具有统计性的概率变化表现出来。语言学中的各种范畴，如动词、名词；元音、辅音，它们均各自组成一个连续统。

现代社会中，随着"系统论"、"控制论"和"信息论"的出现和影响，自然科学的方法在社会科学、人文科学中得以成功运用，其中，运用统计学的方法来研究语言学的现象和概念就是一个典型的例证。语言学中的统计研究不但包括语音、词汇以及句法等方面，而且语言或方言的共时表现、历时变化也可以用统计学的方法精确计算，进而作为语言发展的依据和参考。我们的任务就是去发现和揭示语言内部的系统性和规律性，利用统计方法得到的研究结果可以使我们能够越来越清楚地认识到语言的这两种特性，因此，对语言学研究而言，统计学方法是一件很好的武器和工具。

学无止境。这本书反映出王萍这方面作出的努力和取得的成绩。这只是前进路上的一块标记里程的小石头，标志着一个新的起点。向着更高目标的攀登已经开始。我愿与王萍及各位同学共勉，参与探索语言奥秘的过程，乐在其中。

石　锋

2009 年 7 月 12 日于明德绿荫中。

《十三世纪傣泰语言的语音系统研究》序言[*]

　　汉语属于汉藏语系。汉藏语系其实是一个假设，吸引了近百年来的众多中外学者作出了不少研究成果，使我们对于汉藏语系的认识有了很大的进步，使这一假设的基础越来越坚实。尽管对于具体包含哪些语言还有分歧，汉藏语系已经成为学者的共识。

　　较早的又较为通行的意见是汉藏语系包括汉语、藏缅语、苗瑶语、壮侗语四个语族。其中对于壮侗语族壮傣语支（或称"台语"）的研究学者应该首推李方桂先生。他的《台语比较手册》（1977）对原始台语语音系统进行了全面的构拟。书中把台语支分为三个语群进行比较：西南语群以泰语为代表；中部语群以龙州壮语为代表；北部语群以剥隘壮语为代表。其后又有邢公畹先生创立语义学比较法，以台语资料跟汉语进行比较，得到汉语和台语关系词约千余条，出版了《汉台语比较手册》（1999）。这都是以数十年艰苦的语言田野调查和深入的比较研究为基础结出的硕果。前辈学者的榜样鼓舞着我们奋力进取。

　　光远同志的《十三世纪傣泰语言的语音系统研究》是在他的博士论文《论十三世纪傣泰语言的语音系统》的基础上修改而成的。他在前人研究的基础上，以有文字的西南语群中的几种语言做为研究对象，证明十三世纪时期，傣、泰语言的语音系统具有一致性。文中资料翔实，论述严谨，这是在台语比较研究中的一部力作。纵览全文，我认为有以下

　　---

[*]《十三世纪傣泰语言的语音系统研究》，杨光远著，民族出版社，2007年。

几个长处值得称道。

首先是资料可靠，言之有据。研究古代的语言，多是苦于文献证据难寻，有了文献又需辨别确定年代。古藏文创制于 7 世纪，古缅文创制于 12 世纪。光远同志有石为证：以 1283 年创制的泰国素可泰王朝时期的兰甘亨碑文上古泰文的语音考释和音标转写为全文论证的主要基础。古今对照，可谓证据确凿。随之而来的事情就不须多说：这项工作的难度之大，非有攻坚精神不能成功。

其次是多种文字相互比对。台语的西南语群包括傣语、泰语、老挝语、掸语和印度阿萨姆邦阿洪傣语等。其中基本上处于同一时期的文字还有西双版纳老傣文和印度阿萨姆邦的阿洪傣文。光远同志把他的比较研究定位在十三世纪这一有文字的时期，把这三种文字的材料放在一起，并且结合现代语言的调查资料进行语言的音系比较研究。这样整个工作就始终处在坚实的基础之上。

这里的一个关键是理清德宏傣语跟阿洪傣语的联系。历史记载和传说中均认为阿洪傣族是从"勐冒弄"（傣语，即"瑞丽"一带的地名）迁徙过去的。泰国清迈大学的学者列努·威差辛女士翻译、整理的《阿洪姆兰基》（即"阿洪傣族的历史记载"）中提到，阿洪傣族"是带着自己的文字搬迁过去的。"因此，尽管现存的德宏傣文与阿洪傣文不尽相同，但是我们可以得出结论：德宏傣语是阿洪傣语的根。

第三是方法得当、分析严谨。文中把古泰文的高、中组辅音与古清声母相对应，低组声母同古浊声母相对应；把西双版纳老傣文中的高组声母同古清声母相对应，把低组声母同古浊声母相对应，再结合同源词进行比较。这样，把语音系统的各个要素都梳理了一遍，找出了傣语西双版纳方言、德宏方言同泰语在声母、韵母、声调诸方面的对应规律及各自演变的途径。最终得出十三世纪傣、泰语言语音系统一致性的结论，很有说服力。

光远同志是一名杰出的泰语专家，母语是德宏傣语，长期从事民族语言的教学和研究工作。这些都为他完成博士论文准备了充分条件和深厚功底。然而更为重要的是他刻苦努力、坚持不懈的学习和进取的精神，使他在担任繁重的教学和行政工作的同时，出色完成了博士论文，取得成功。

光远同志在推进壮傣语的历史比较研究方面提供了重要文献材料和分析结论，这对开展汉、台语言的比较，也是很有助益的。我想，如何利用最后一章提供的傣、泰同源词汇，来进一步进行台语以及汉、台语言的比较研究，应是他的新课题。

我期待着光远同志作出更多的成果。

石锋

2007 年 1 月 10 日

《现代维吾尔语元音的实验语音学研究》序言[*]

    各种元音和谐的现象在世界语言中是一个令人感兴趣的研究领域。维吾尔语属阿尔泰语系突厥语族。突厥语族语言的一个特点是具有元音和谐现象。目前突厥族语言的元音和谐现象在理论上如何定位尚无定论，因此，对于维吾尔语元音的研究具有重要的理论意义。

    传统的语音研究都是口耳之学，现代语言学采用实验的方法来研究语音的越来越多。目前用实验方法对维吾尔语进行语音研究的成果还不多见。易斌老师对维吾尔语的元音进行语音实验研究，并从元音格局的角度探讨元音格局与元音和谐的关系，取得了可喜的成果。

    语音格局是一种研究理念，也是一种可行的研究方法。语音格局是语音系统性的表现。任何一种语言或方言的语音都具有系统性。语言研究就是要在个体语言特征之中探索语言的共性，语音系统性正是语音共性的一个体现。因此，语音格局的研究具有十分广阔的前景。

    易斌老师出生在新疆，本科是维吾尔语专业，有较为扎实的少数民族语言基础。2001 年考来南开大学攻读博士学位，跟我学习实验语音学，掌握了语音格局的理念和方法，用来研究维吾尔语的语音格局和元音和谐现象，写出了博士论文。这本书就是在她的博士论文的基础上修改而成的。

    《现代维吾尔语元音的实验语音学研究》在国内是第一部对维吾尔

---

[*]《现代维吾尔语元音的实验语音学研究》，易斌著，中国社会科学出版社，2012 年。

语进行系统的实验语音学研究的专著。本书在以下两方面有所创新：首先，是对现代维吾尔语的主要元音逐一进行了声学实验，尤其对以往传统研究中有争议的元音问题进行了细致的实验语音学分析与讨论。以实验数据为依据，对每个元音的音值进行了客观的分析与描写，对以往传统语音学的研究结论进行了验证与补充，为维吾尔语语音研究提供了有价值的语音学研究资料。其次，是从元音格局的角度探讨元音和谐现象得以形成的语音内部机制，这一研究角度是前人未曾涉及的。这对于从深层次探讨元音和谐现象的本质很有意义，尽管研究中可能仍然存在一些有待进一步探讨和解决的问题，但研究由表及里，将研究视角推向了深层。

语言学是经验科学，又是实验科学。我们当今面临着语言学理念和方法上的更新换代。有的学者称为是语言学的转向。其实就是从单一学科的语言学研究的乡间小路走向多学科或跨学科的语言学研究的康庄大道。

莫道君行早。易斌老师在这方面做了有益的探索。我们期待她在这个方向上继续前进，有更多的创获。

是为序。

石锋

2011 年 11 月 9 日于南开园

《北京话语气词韵律特征研究》序言*

　　张彦从硕士研究生阶段就对现代汉语语气词感兴趣，当时做的硕士毕业论文就是关于现代汉语语气词语气意义的研究。2003 年考到我这里来攻读博士研究生，在定博士学位论文的选题时，很自然地选择了从语法和语音相结合的角度来继续研究语气词。语气词在不同方言中有不同的表现和特点，考虑到要先从普通话的语音基础——北京话入手，她确定此次研究先以北京话语气词为研究对象，其他方言语气词留待以后再做。《北京话语气词韵律特征研究》就是她研究这个课题所取得的成果。

　　语气词是汉语表达语气的重要手段，是人们一直关注的课题。但是，长期以来人们主要是从纯语法的角度关注语气词的语气意义，对语气词的韵律特征却没有予以足够的重视，更缺乏系统和深入的研究。语气词的韵律特征在语气意义的表达上具有什么样的作用，人们至今还没有明确的认识。使用语音实验的手段系统地研究分析语气词自身的韵律特征，国内外文献尚未见有记载。这部著作旨在利用语音实验的方法，在考察北京话句末语气词表达不同语气时的韵律表现的基础上，揭示语气词韵律特征同语气意义的对应关系，揭示这些韵律特征的语气表达功能。这一选题不仅具有开创性，而且对于汉语语音学的理论研究有很大意义，对汉语的语音合成也有借鉴意义。

　　运用语音实验的研究手段来分析语气词的韵律特征，从语音表现来

* 《北京话语气词韵律特征研究》，张彦著，吉林文史出版社，2009 年。

审视语气词的语气表达功能，将语音研究与语法研究结合起来，探寻新的规律，是这项研究的主要创新之处。

作者考察了语气词在表达不同语气意义时的韵律特征变化，并采用最大共性归纳法，归纳其语气表达功能。作者还分析了句末语气词跟语调的两种关系：一种是同前面重读音节共同承载句末语调，一种是独立于句调之外。作者发现语气词的各种韵律参数都有语气表达作用：音高的作用最为突出，时长次之，能量通常作为辅助参数。音高升降幅度的大小可以表达语气确定程度的高低。语气词带升调尾可以表达不信任、不耐烦或提醒、警告等语气；带平调尾可以表达傲慢、不满以及央求等语气。再如，强祈使句的"吧"跟弱祈使句的"吧"相比，音高差异不大，但时长短，能量大。文中的这些发现和认识不仅在语音学原理方面有意义，在语言教学和语音工程方面也很有价值。

实验语言学是近年来兴起的新学科。如何从语音学跟语法学相结合的角度来解决语言问题，现在还在探索中。正所谓"摸着石头过河"。用语音实验研究语气词的韵律特征就是探索过程中的一件工作。书中有些看法属于作者个人见解，有些问题有待深入研究。我们希望更多的语言学家能够采用多学科的广阔视角来解决语言问题。

我很高兴张彦的这部著作能够出版。希望作者再接再厉，有更多的成果问世。

是为序。

石锋

2008 年 11 月于南开

《英语语调格局初探》序言*

　　郭嘉老师考上博士生的时候，正赶上我们团队全力以赴投入语调格局的探索。我们已经有一位日本同学在研究日语语调，一位韩国同学在研究韩国语调。因为郭嘉有着很好的英语背景，又实际从事英语教学，研究英语语调的任务自然就落在她的头上。郭嘉确实不负众望，经过艰难困苦，终于玉汝于成，完成博士论文，把英语语调做出了眉目，使英语语调成为我们语调格局研究中进展最快的领域。毕业后她继续前进，又有新的成果。现在她的博士论文经过认真的修改补充，付梓出版，真是可喜可贺。

　　英语语调跟汉语语调有一个很大的不同，它不像汉语那样每个字音都有声调。因此说出来的句子得出音高曲线就是语调的表现。然而语调研究又都有一个共同点：凡是语调问题都是调域的变化，而不只是简单的高低升降。英语也不例外。很多英语语调研究者都忽视了这个问题，因而无法把英语语调进行量化研究。其实既然是调域的变化，就可以用百分比的办法，用起伏度的标尺来进行分析。因此同样可以得到英语的语调格局模式。

　　语调格局就是语调结构系统的量化表现和可视模型。语调格局也有不同的范围。我们一般所说的都是单句型的语调格局，即以同一个说话人的同样语气和结构的语句为样品作出的量化分析模型。理想的语调格

---

* 《英语语调格局初探》，郭嘉著，南开大学出版社，2013 年。

局应该有组合型跟聚合型两种。组合型分析同一个人所说的一组语句，即句群格局。聚合型考察同一个人所说的几种典型语气的语句或者不同语义结构的语句，即句型格局。本书的英语语调研究属于后面的聚合型的格局分析。

实验分析是一种重要的实证研究。实验设计常常联系到现有的理论框架，但是实验结果并不一定总是跟那些理论一致。如果不是实验过程的问题，那就是理论需要修改了。其实语言学的很多理论都只是假设，还要等待实证的检验。另外因为实验它本身就属于一种普遍的发现程序，不一定非要联系哪种现有的理论。首先是要在实验得出的数据中分别找出不同个体各自所具有的全部特征；然后再从中选出那些共有的特征，这就可能是某种规律；如果不同的语言中共有一些特征，或者是共有相似的关系，就很可能是某种原理。这样得到的结论是很坚实的。

郭嘉老师在职攻读，还承担了《生态语言学》的翻译，可是她却在完成教学和翻译任务的同时参阅了大量国内外文献，设计进行了多种英语语调实验。她用语调格局的理念和方法精心分析，在纷繁复杂的表象中发现了英语语调的共有特征。这其中付出的艰苦努力是可想而知的。然而她却从中体验到发现的愉悦，并且乐此不疲。毕业后继续前进，又做出了新的成果。

我曾讲过：语调是语言学家永远的诱惑。在众多海内外学人的倾力探索中，人们说话所用的语调已经变得不再那么神秘。这其中也有郭嘉的一份贡献。

让我们坚持不懈，继续前进，逐渐揭开遮盖语调那雾一般的面纱，使人类语言的语调的庐山真面不断显露得更加清晰。

是为序。

石　锋

2013 年 3 月 26 日

《汉语素质教程》序*

　　有一次去听一位心理学家的报告，其中印象最深的一句话就是：语言能力是人类各项能力当中的核心能力。这给我们语言学者以极大的鼓舞。我们的工作原来具有如此重要的意义：语言的教学和研究关系到提高中华民族的整体素质。

　　一种语言的地位高低决定于使用这种语言的民族和国家的实力强弱。中国的和平崛起带来的一个重要影响就是汉语的国际传播。且看今日之寰宇，学习汉语的外国学子与日俱增。汉语正在加快走向世界。

　　随着科学技术的飞跃发展，地球正在日益变小。语言在现代信息社会中的重要性越来越凸显出来。语言是联结各个国家各个民族以及不同群体和不同个人之间的纽带和桥梁。无论是有声语言、书面语言还是网络语言，都不断地标新立异，各种媒体铺天盖地，影响着人们的工作内容、生活方式以及思想和情趣。

　　很多家长有感于斯，纷纷为子女的前途殚精竭虑，要从小在语言方面取得优势。于是，外语幼儿园如雨后春笋，小留学生出国如过江之鲫。其实这是走进了一个误区：忽视了母语的学习和提高。提高母语的水平是其他各种学习的基础。

　　中国人要学好汉语，学好普通话，提高使用汉语和汉字的能力。这是提高国人素质的根本，也是捷径。只有以汉语母语为基础，才能进一

---

*《汉语素质教程》，余江主编，天津教育出版社，2010年。

步学好外语。只有对汉语母语从熟练达到精通，才好帮助指导外国人学习汉语。教外国人学汉语并不简单，并不是随便叫一个会说汉语的人就可以干好的。

余江教授主编的这部《汉语素质教程》，以普及汉语的基本知识入手，包含了汉语的语音、语法、文字和修辞知识。行文简洁，内容丰富，通俗易懂。教学对象定位于非中文专业的学生是很适合的。它至少有以下三个好处：

一、这本教材重视实际应用能力的培养，淡化抽象的理论分析，通过汉语基础知识的教学，提高学生的普通话水平，增强学生语言表达和写作能力。这对于初入大学的一年级新生，确实是及时而又必要的基础课程。

二、母语水平的提高可以促进外语的学习效果。只有深入地了解汉语母语的特点，在学习外语的过程中，才能自觉地进行对比分析，发现相同和相异的特征，找出语言学习的规律，从而提高外语学习的成绩。

三、外语专业的学者常常要担任翻译的工作。翻译要做到"信、达、雅"，这需要有很好的汉语知识作基础才能胜任。因此，要做好翻译工作，不仅需要学好外语，也要学好汉语。

听说现在很多外语专业的学生不注意语言学课程和汉语课程的学习，有的院校甚至减少或取消了这方面的课程。这是很短视的做法，应该改正过来。学校要对学生的一生负责，提高学生的基本素质。我记得自己刚毕业那些年就给外语系学生教现代汉语和语言学概论。那已经是几十年前的事情了。说明过去是有传统的，现在也不该丢掉才好。

是为序。

石　锋

2009 年 12 月 6 日于南开园

《晓康歌谣学文化》第一集（节日版）序言[*]

　　从《晓康歌谣学汉语》的传播到《晓康歌谣学文化》的出版，晓康把歌谣跟汉语和文化紧紧融合在一起，用炽热的激情和专注的坚毅走出了一条充满阳光的道路。

　　有人曾提出：最初的人类语言产生于歌谣。汉语的第一部古籍——《诗经》，就是记录了华夏先人的歌谣。人类的生活离不开歌谣。从粗犷激越的劳动号子到轻柔优美的摇篮儿歌，每一个人都是在歌声中长大。歌声给我们愉悦的情趣，歌声给我们积极的心态，歌声给我们健康的体魄。晓康用歌谣的方式来教汉语，让学生伴着歌声学习，既是独辟蹊径，又是回归自然。

　　当今世界，神奇的汉语负载着中华文明，古老的东方文化正在慢慢揭开神秘的面纱。文化在哪里？文化在心灵中。晓康知道：一种文化的集中表现是传统节日。春节、元宵节、清明节、端午节、中秋节、七夕节、重阳节，都是反映中华文化的传统节日；圣诞节、复活节、感恩节、万圣节、母亲节、父亲节、情人节，则是反映西方文化的传统节日。再加上新年、妇女节、劳动节、儿童节这些国际化的节日，放在一起来教学，是希望学生有多文化的素养。同时，把纪念汶川地震、怀念歌王杰克逊以及庆祝北京奥运会和上海世博会的歌谣也放进来，是为了同样的目标：东方和西方交融，传统与现代共处，期盼人类和平和世界安宁。

---

　　*《晓康歌谣学文化》第一集（节日版），周晓康著，北京大学出版社，2010 年。

多年来，我坚信学习汉语应该是一种愉悦的体验，一直在追求一种快乐汉语的教学模式。现在晓康用成功的实践给出了答案。用歌谣教汉语的优越之处是为课堂注入了快乐，激发学习的兴趣。晓康十分注意调动学生的听觉和视觉，利用多种接收通道来进行学习。晓康歌谣全都配上中文演唱、中英文配乐朗诵和动画光盘。可以说是一种全方位的学习。另外晓康还有博客网站跟学生及读者互动交流，又可以说是一种全天候的学习。快乐不仅体现在过程，更收获在结果。学生取得进步，增强了自信心；老师看到成果，充满成就感。这就是师生同乐，良性互动。还有什么比这更快活呢？

晓康跟我应该是老朋友了。二十年前我在主编《海外中国语言学研究》时曾特邀晓康赐稿"系统功能语法与汉语研究"。那时她是墨尔本大学语言学的博士生，系统功能语法领域的一位非常有希望的年轻学者。后来我一直关注着她从研究到教学的成功发展。从新金山教育基金优秀教师奖到国家汉办的创新示范课奖，从澳大利亚维多利亚州政府颁发的多元文化杰出贡献奖到美国"月光"（Moonbeam）最佳国际少年图书奖，我深深理解晓康在鲜花和笑脸背后所付出的艰辛和努力。

2010年初，晓康回国参加汉语教学会议，同时赴广州、北京、天津、上海、苏州多所大学讲演报告歌谣教学法。我亲眼看着她在南开大学面对二百多位师生，做"吟唱歌谣学汉语"的精彩报告。还是那样热情洋溢，还是那样充满活力。我不禁深为感叹：我们少了一位功能语言学家，却多了一位汉语传播的开拓者。

让我们为晓康而骄傲，为晓康而自豪。

石 锋

2010 年 5 月 4 日于南开园

《南开缘 汉语情》序*

　　这本选集收入了南开大学汉语言文化学院外国留学生的 160 篇习作。面对这一篇篇熠熠生辉的短文，我们感到非常亲切，眼前仿佛又浮现出一张张洋溢青春气息的笑脸，仿佛又看到他们翻着字典、苦思冥想、认真写作的情景。

　　言为心声。这些稚嫩的习作表达了南开留学生的心意。他们告别可爱的故乡，远离自己的祖国，来到南开求学。他们在南开刻苦地学习汉语，付出了艰辛的努力，在不长的时间里就写出如此内容新颖、视角独特、语句流畅的文章。字里行间流露出他们对中国人民的真挚感情和对中国文化的深深热爱，同时还有他们对祖国家乡的怀念眷恋和对青春生活的快乐憧憬。这本选集中的每一篇作品都是他们用心努力的结晶。

　　我们不能用中国学生的写作水平作为标准来衡量这些习作，因为用母语写作跟用外语写作大不一样。有些中国学生学了几年英语，可以读英文报纸，可以和外国人谈话，但是用英文写一篇文章，就不那么容易了。这说明，听、说、读、写这四种能力，相对而言，写是比较难的。因为写作是一种综合能力的运用和发挥。

　　南开留学生的汉语写作是有良好传统的。在各班各年级经常性作文比赛的基础上，学院每年至少进行一次作文比赛，奖励优胜者。展示优秀作文并推荐给报刊发表。学院网站专栏刊登留学生习作。另外还特别

---

　　*《南开缘 汉语情》，杜学忠选编，天津社会科学院出版社，2007 年。

建立了"佳佳中文"网站，刊载留学生优秀作文。不少留学生的父母在家中上网看到自己孩子的作品和照片，十分高兴。这都大大提高了学生的学习和写作的兴趣。

这本选集也是南开对外汉语教学成果的展示。我们把提高教学质量看作生命线，鼓励教师努力探索行之有效的教学方法。让学生多说、多写、多练，在实践中增强汉语能力，提高写作水平。我们为留学生组织各种多姿多彩的课余活动，为他们的写作提供了丰富的素材。这在书中的许多篇章里都有生动的反映。这本选集同样凝聚着我们南开教师们辛勤汗水。

这本选集又是一个有力的证明：汉语并不那么难学。世上无难事，只要肯登攀。我们出版这本选集，是对学生作者的鼓舞和激励，希望他们在汉语学习中更上一层楼；也是给有志于学习汉语的外国朋友树立一个榜样，愿他们早日加入学习汉语的热潮。

石　锋

2007 年 5 月 20 日

于南开园马蹄湖畔

《汉语高级写作教程》序言*

一个人从小在母语环境中开始呀呀学语，一直到熟练地说话，几乎是无师自通；可是要想识字读书却一定要有老师来教才能学会，更不要说写文章了。语言学习要求"听、说、读、写"，其中的"听、说、读"需要用心于口耳，进入到"写"则必须要有前面三者的基础再加上动手动脑才行。这是母语或第一语言学习的情形。

对于外语或第二语言的学习来讲，"听、说、读、写"都是要有老师来教的，尤其是"写"，难度最大，要求也最高。我们在学习外语的时候，对这些事情深有体会。汉语对于外国人来说也是外语，因此，外国人学汉语的时候同样是"写"的难度最大。

对外国留学生的写作教学跟对本国学生的写作教学不一样，一方面要考虑到口语和书面语的不同特点，另一方面还要考虑到母语写作和外语写作的不同特点。留学生除要提高写作能力以外，还要进一步提高汉语表达能力。因此，在遣词造句谋篇的教学过程中，需要增加书面语词汇的教学，各种复杂句式的组织和表达的实践教学，以及不同文体格式和汉语标点使用方法的教学。

李增吉先生多年来一直在南开大学汉语言文化学院担任汉语写作课程和其他课程的教学工作。他投入了满腔的热情和大量的精力，编写过很多很好的汉语教材，还选编过多部优秀留学生作文集，对于各个层

---

* 《汉语高级写作教程》，李增吉、陆平舟、方向红著，北京大学出版社，2006年。

级的汉语写作教学有着丰富的经验。陆平舟老师有着长期在中国和日本进行汉语教学的经历；方向红博士的专业是应用语言学专业。因此，由李增吉先生、陆平舟老师和方向红博士这样老中青三结合来编写这部教材，真是最合适不过的人选。

这部教材有以下三个特点：

联系实际，不尚空谈。从自我介绍开始，到消息、故事，最后是议论文，利用难易程度不同的范文来介绍写作的格式和要求，教师有实际的内容来讲解和分析，学生写起来有亲身体验，也有实际的例子可参考或模仿。

有讲有练，便于教学。每一章都有"留学生习作点评"，并且增加"词语辨析"内容。教师可以结合学生习作中出现的问题和难点来分析、讲解，进行练习，使课堂教学生动活泼，对促进留学生汉语写作水平的提高会有直接的帮助。

留有余地，适应性强。留学生的水平常常会有较大的差距，需要适当灵活地掌握内容和难度。这部教材中的范文、练习和素材较多，并且注意在难易程度上的搭配，为教师提供了较大的选择空间。

现在的留学生汉语教材中，初级中级的各种教材很多，高级汉语教材比较少。随着汉语走向世界的不断发展，我们应该重视和加强高级汉语教材的编写工作。《汉语高级写作教程》正是这样应运而生，真是可喜可贺。

希望老师们和外国同学们能够喜欢这部《汉语高级写作教程》。

石　锋

2006 年 1 月 20 日

访　谈

王士元教授访谈录*

石　锋　徐　雯

王士元教授简介

王士元先生，1933 年生于上海市，籍贯安微省怀远县。15 岁赴美。1955 年获哥伦比亚大学语言学学士学位，次年获密西根大学硕士学位，1960 年获密西根大学语言学博士学位。

1963 年至 1965 年，王先生筹设了俄亥俄州立大学的语言学系和东亚语文系，并担任系主任。自 1966 年以来，一直任教于加州大学伯克利校区语言学系。他创办了该校的语音学实验室，并且连续主持 POLA（Project on Linguistic Analysis）长达 20 多年。前后共指导过 20 多个博士研究生的论文写作。

王先生一直热心于提倡和推动中国语言学研究，并致力于用中国语言学研究的成果来促进普通语言理论的完善和发展。自 1973 年起主编了《中国语言学报》（Journal of Chinese Linguistics），专门刊登中国语言研究的论文，使中国语言学研究开始了新的局面。他曾经到中国十多所学校和学术机构短期讲学，并协助指导建立了好几所学校的语音学实验室。

由于对实验语音学、音系学、历史语言学等多方面的杰出研究，王先生曾获哥根汉（Guggenheim）资金，并两次获美国行为科学高级研究中心的资金。1992 年王先生被选为台湾中央研究院院士。同年国际中国

---

*原文载《语言研究》1993 年第 2 期。

语言学学会在新加坡成立，王先生被选为第一届会长。

王先生从大学时代就热爱语言的研究。数十年来，他跳出了传统的窠臼，以渊博的科学知识，运用现代的科学方法，开启了语言的各种新领域，这些成果散见在世界著名的语言学刊物以及他在各地的讲学中。

问：人们常常谈到中国语言学这个名称。您主编的刊物名称就是《中国语言学报》。请问您认为什么是中国语言学？中国语言学包括哪些内容？

答：讲起中国语言学，很容易使人想到中国传统的小学，就是关于汉语声韵、文字和训诂的学问。中国语言学当然要包括这些历史上传留下来的丰富的知识和方法。可是中国语言学不应只是包括传统的学问，不论是历史的学问还是现代的学问，也无论是中国的理论还是外国的理论，只要是以中国语言（包括方言）作为对象，作为研究的材料，都是中国语言学的研究。这里不只是汉语，还有少数民族的语言，如藏语、壮语等等，都应该包括在内的。因此中国语言学的内容应该是很广泛的。用一句话来讲，中国语言学就是指对中国境内语言的研究。中国的语言和方言那么多，文物又那么丰富，中国语言学应该为普通语言学理论作出贡献。

问：讲到中国语言学自然要想到它的意义，您能不能讲一讲中国语言学在全部语言学研究中的地位和作用？

答：我们知道用现代语言学的方法来研究语言，做得比较多的是一些欧洲的语言。西方学者讲到"语言"的时候，他们想的常常就是西方语言。因为他们对这些语言研究得多，认识得深。这就是我过去常提到的"欧洲中心"（Eurocentric）的思考方式。如果用这样的思考方式去研究语言，有些重要的课题就会轻易地放过去。因为这些现象可能在西方语言中是少见的。而在汉语这样的非西语言里面，这些问题可能占有重要地位，并且很可能在整个语言学研究当中是有价值的题目。

这里可以用一个例子来讲。我提出"词汇扩散"的说法来解释语音变化。我是说语音并不是一下子在所有的词里都同时改变的，而是慢慢地、三三两两地，先在一些词里改变，以后又在另一些词里改变。当时就有人反对说，这可能是汉语里面的情形，在我们西方语言里头可没有这种事情，而是规规矩矩地一下改变过来的。其实现在我们可以在很多语言当中找到很多证据来支持我们的看法，并且这种证据是很容易找到的。所以"欧洲中心"这种心态可能忽视重要课题，而导致学术上的偏见。这样就会影响到这门学科的发展。

我们可以想到，按照"欧洲中心"的思考方式建立起来的语言理论，由于忽略了一些非西方语言中提出的问题，这样最多只能是一个片面的语言理论，不能做为一般性人类语言的理论。另外，"欧洲中心"的心态还会让人得出错误的想法，以为那些非西方语言的资料所建立起来的理论作为一般性的理论，只能局限在那些语言中运用。这样就不可能发展新的理论，取代旧的理论。

再举一个例子，我看到很多西方语言学的书里提到一个观念或一项发现时，往往是用"这是人类第一次……"的字眼，我很不喜欢。其实很多语言学上的观念在中国很早就有人讲到了。西方的一些学者甚至完全不知道中国早在两千多年前的荀子就开始注意语言和宇宙的关系了。因此，我们要靠我们对于汉语的研究来消除"欧洲中心"的偏见。当我们做出令人信服的成果之后，语言学界自然要透过今天汉语研究的成就而认识传统上汉语研究的种种创见。这样也可以使语言学的前进越过欧洲中心的限制，得到比较平衡的进展。

要讲汉语的特色，它的独特之处有很多。比方说构词方面没有那些罗罗嗦嗦的东西，名词的变格、动词的变位等等，一概没有。另外，汉语中绝大部分的词素是单音节，而且每个音节都有自己一定的声调。还有一个跟汉语相联系的文字的特色，就是汉字的字形和音段没有固定的联系，这和西方拼音文字是大不相同的。汉字是一个字代表一个音节，一般情况下也代表一个语素。汉语的这些特色跟世界上其他语言很不相同的。

我主张研究汉语，研究中国的语言，要从了解人类语言的考虑出发。任何一种语言，只要它具有自己的特色，都值得进行研究。而汉语由于以上所讲的一些特色，这样如果我们来研究汉语，那么对于了解人类语言，对于建立一般性的语言学理论，肯定都是有价值的，很有意义的。

汉语有丰富的历史文献，对文字、声韵的研究有浓厚的传统，这对于研究汉语的历史演变是一个很好的基础。明朝的陈第写过《毛诗古音考》，提出"时有古今，地有南北，字有更革，音有转移"，这是一种时间和空间的观念，他那个方法就已经是有系统地拟构古音了。这比英国的威廉·琼斯还要早一两百年。所以我们有这个好基础，如果不很好地加以利用，我感觉是太可惜了。探讨汉语的语言变迁，对于我们认识人类语言的演变规则也会有所启发的。

问：王先生举了"词汇扩散"的例子，自从您 1969 年在美国《语言》杂志上发表"竞争性演变是剩余的原因"一文，正式提出"词汇扩散"理论，在语言学界产生了很大影响，能不能请您把"词汇扩散"理论的提出和它的内容为我们解说一下？

答：词汇扩散这个想法，当初是郑锦全、陈渊泉、谢信一等等，我们好几个人常常在一起讨论这些语言变化的问题，渐渐形成这样的看法。"词汇扩散"的看法跟欧洲共同体的新语法学派的说法恰好相反。新语法学派的传统看法是：语音是渐变的，而词汇是突变的，是完全一致地一下子改变的。词汇扩散的新看法主张语音变化本身往往是突变的，而在整个语言的词汇里都是渐变的，是透过一个一个的词而实现的渐进式的改变。因为新语法学派的看法已经被人们久信不疑，视为当然，所以我们的新主张就引起了不少争论。

事实上，可能并不是每一个音变都走同样的道路。我在 1979 年写的"语音变化的词汇透视"这篇文章中提到，不同的音变因为有语音的性质和社会环境等的不同，可能会走不同的演变道路，美国著名的社会语言学家拉波夫（W. Labov），作为 1981 年美国语言学会会长，在致辞中发表"解决青年语法学派的争论"（Resolving the Newgrammarian Controversy）的论文，认为词汇扩散理论至少在辅音变化上是绝对可信的。越来越多的学者在各自研究的语言中已经找到这个理论来研究语言中别的系统的变迁，例如句法上的变迁，这方面也有不少学者作出了成绩。

问："词汇扩散"理论已发表了 20 多年，在这期间，这个理论是不是有什么修订？您对它有什么新的认识吗？

答：我觉得这个词汇扩散的观念在基本上是正确的，不过这二十年来，有的我们当初只起了个头，有的我们虽然当时想到了，却还想得不很清楚的问题，现在已经有了成果做出来。今天我们对于语音的变化有了更深的理解。词汇扩散理论在语言研究中应用也有更广泛的认识。

有时候由于条件的限制，问题就很难有令人满意的解决。这条件包括材料的积累，研究的深入等等。这里可以举一个例子来说明。有一回谢信一对我讲：用词汇扩散的方式进行的音变，会不会有可能变到一半就中断了？他还提出潮州话中有人注意到这种情况。当时正好是我和郑锦全在把《汉语方音字汇》输入电脑。因为"字汇"中的潮州话是文白混在一起的，我们也把它们放在一起来分析潮州话声调阳去变为阳上的变化，用了七种方式来检查，包括声母、韵母、介音等呼的各种条件，没有一项能够清楚地显示出阳去变为阳上的理由。我感觉我们是用当时所能得到的材料尽了力量作出分析来供大家参考，后来参考了一些新材料，发现文白异读跟语音的变化有很大关系。最近连金发跟我给英国刚要出版的一本历史语言学的书里合写了一篇文章，叫 Bidirectional duffusion in sound change. 主要就是说明像潮州声调这样的音变由于方言相互影响，经常会发生双方向的扩散。这样就使我们加深对音变的理解和认识。我想做学问就要有这样的积累性。我们做的学问才能进步。那种中断的变化，就是已经开始变，可是还没有进行到底的那种变化，或者说是正在进行中的语音变化，是很多学者感兴趣的题目。

问：我跟这里的同行们都谈到，中国语言学影响到世界语言学界，一个是 30 年代赵元任先生的"音位标音法的多能性"，一个是 60 年代的"词汇扩散"理论。请您讲一讲这一理论在语言学理论中的意义，以及它引起的积极作用，对于语言学研究提出哪些新的问题？

答：我认为 20 世纪以来，在历史语言学方面提出的两个重要的新观念，一个是拉波夫推动的社会语言学，一个就是词汇扩散理论。赵先生的音位学是对描写语言学的影响。词汇扩散理论是对于整个历史语言学的影响。对于这一点，我们是可以自豪的。这就是中国语言学的影响。这就是中国语言学不只是影响到中国国内的语言研究，而且影响到普通语言学。词汇扩散理论已经影响到很多方面的研究。这里有语言之间的亲属关系问题，语言中的词的使用频率问题，小孩学话的问题，而且还包括句法演变的研究。

用词汇扩散的理论来研究语支的划分，就是通过测量词汇变化的过程来决定语言的亲属关系。同一个音变 A→B，在几个有关系的语言中可能表现不一样，在这个语言里是这一部分词 A 变为 B，在那个语言里是那一部分词 A 变为 B。如果把它们的词汇作一个比较，看谁跟谁的关系更近。这样更可能找出分化的根据。在这方面有一位印度的学者，叫克里什那莫提（Krishnamurti），我觉得做得最好。他研究的是 Dravidian 诸语言（LANGUAGE 1983）。

关于小孩学话问题，以前人们大都以为小孩子是一个音位一个音位那么学的。如果他学会了一个音，例如 b，于是在所有的词里只要有 b 这个音他就会说了。可是事实上并不是那么简单。谢信一很早就注意到这个问题（GLOSSA 1972）。其实，小孩学说话是一个词一个词这么学的，而不是一个音一个音地学。斯坦福大学的弗各森（C. Ferguson）和法威尔（C. Farwell）观察了好几个小孩子，从呀呀学语开始，一直到学会 50 个词，做得很仔细，资料也很多（LANGUAGE 1975）。结果他们发现同一个音比方 b，有的小孩在 book 中会说，而在 boy 这个词里面却不会说。有的小孩把 baby 的第一 b 音说成 v，而在 bounce 里面的 b 却说成 f。这样看来小孩学话的过程跟词汇扩散的程序很相似，的确是在那里一个词一个词地学的。并且小孩学习这些词的先后次序不可能跟父亲小时候学话的次序完全一样。这就可能构成语言演变上的一个环节。语言在上下两代之间的传递过程当中发生变化，这种变化是透过词汇扩散来进行的。

还有一个重要的研究方向是关于词的使用频率问题。我们已经知道词汇的变化是有的先有的后，有早有迟。那么为什么这些词先变，那些词后变？这里面有没有一个原则？一位美国女学者菲利普丝（Betty Phillips）发表过一篇文章（LANGUAGE 1984），讨论这个问题，很有成果。她注意到在词汇扩散当中，词的变化的早晚跟词的使用频率之间的关系。她认为词汇变化的快慢大致是跟频率有关系的。变化的种类不一样，它们跟频率之间的联系也不同。有的是语音上的简化，这种就是频率高的先变；有的是构词上的类推，这样就和上面的趋势正相反，是频率低的先变。并且词汇变化和使用语言的社会文化也很有关系的。因此词汇的变化还可以跟社会语言学联系在一起来研究的。上面我讲的这几方面的研究成果包括语言亲属关系方面，小孩学话方面，还有词汇出现频率方面都曾经发表在美国《语言》杂志上面的。其实早在一百多年前有位方言学家斯库查德（H. Schuchardt）就曾经讲到这个问题。他认为频率高的词变得早，频率低的词变得晚，他是第一个站出来反对新语法学派的学者。当然他那个时候并没有现在这样的《频率词典》，因此他这么说还没有这么多的证据。现在我们有了频率调查的资料，研究起来要方便得多了。

语言的变化当然不只是语音在变，句法方面也有变化的。那么句法变的方式和词汇扩散有没有相似的地方呢？例如汉语里面的词序、动词和宾语的顺序，变化起来是一下子在所有的句子里都倒过来，还是三三两两地慢慢变化的呢？现在讨论的人还不多，梅祖麟在这方面做一篇很好的文章。他就是研究"动+宾+了"的结构，改变了"动+了+宾"的结构。在他的研究中显示出这种句法变化的现象的确是以一种扩散的方式变化的。他的文章题目是"三朝北盟会编里的白话资料"，发表在《中国书目季刊》第14卷第2期。我相信词汇扩散在句法演变的研究上也会起到积极的作用。

近年来，这方面的研究有日本小仓美惠子的论文发表在加拿大的学报 DIACHRONICA 里。她是用词汇扩散理论来分析英语里 Do 这个词的功能的历史。比方说，英语历来是 I like it not. 现在是 I do not like it. 这种句法演变是很有趣的。汉语方面也有一些新的进展，主要是余蔼芹主持的方言句法比较计划，包括了复旦的游汝杰、北大的张敏等等。他们发现在汉语方言里，反复问句及某些补语的历史变迁往往可以看到一些扩散的痕迹。

另外还有两个方面可以作为未来研究的方向。我想在中国语言的研究上会是很有前途的。

一个是怎样把词汇扩散应用到方言学里面去，在这方面小仓美惠子曾经跟我讨论过很多。我们讨论的一个概念叫做动态方言学。她在这方面已经出版了一本很有用的书，英文叫 DYNAMIC DIALECTOLOGY, A STUDY OF LANGUAGE IN TIME AND SPACE（东京：研究社 1990）。我们在一个大的语言区里选择一些方言点，可以根据一种语音变化来调查那些受到影响的词汇。如果这一点有 50 个词改变了，那一点有 40 个变了，又有一点只变了 20 个，还有一点没有。这样我们就可以把每一个变化的相对程度用统计的方式做出来。这种结果可以画在地图上，就好像地形高低起伏的变化。如果只从一个点来看，看不到移动的过程，把很多点的变化程度画在一起，就看到这种波浪式的传播。波浪说（wave theory）提出已经一百多年，可以通过这种方法表示出来。这使我感到很高兴。

再有一个就是研究语义的演变问题。现在好像还是一片空白。有的书上只是讲有时词义扩大，有时词义缩小，有的是变为褒义，有的是变为贬义，可是没有什么内容的原则讲出来。我倒是觉得如果我们研究汉语的语义是最讨便宜的，因为语言资料非常多，中国有那么多不同的方言，又有几千年的历史文献，历史上的语义变化都记录在文献中，再加上几百年研究的学问。这些都是世界上其他语言很少有的。我可以举两个例子，一个是"闻"字，这是个很有意思的字，里头是个耳朵的耳，本来是讲用耳朵听，怎么变成用鼻子闻了？这可能要联系到人是如何认识世界的，如何了解环境的。再有一个是"侬"字。南唐后主李煜有一句诗："世上如侬有几人？"意思是世界上像我的人有几个呢？其中的"侬"就是"我"的意思。可现在吴语里"侬"却是"你"的意思。这里是如何从我变成你的呢？这些很有趣味的语文变化，很值得研究。我希望词汇扩散这个观念能够在语义研究中有所帮助。让研究语义变迁能够越来越成系统。

问：您刚才提到拉波夫的社会语言学，国内也有不少学者对他很感兴趣。您能不能够介绍一下拉波夫的变异理论以及这个理论跟词汇扩散的关系？

答：1968 年，拉波夫跟他的老师 Weinreich、同学 Herzog 一起发表了《语言演变理论的经验基础》（Empirical foundations for a theory of language change），提出了社会语言学中语言变异的学说。这跟我的那篇"竞争性演变是剩余的原因"前后不到一年，差不多是同时。拉波夫变异理论的核心概念就是变异规则。拉波夫认为对处于变化中的词汇通过统计学的方法可以描写成为一种新的语音演变规律。他不是用"A 在 C 条件下变为 B"这种旧的方式，而是用一种新的方式来表述他的语音规则：在概率是 X 的条件下 A 变为 B，在概率为 Y 的条件下 A 变为 D，在概率是 Z 的条件下 A 变为 E，就是说词汇在变化的时候，常常是一开始只改变百分之五，过了 10 年 20 年以后，就可能变到 10%，再以后就可以发展为改变到 20%，30%……。语言的变化是逐渐发展的，不是突然一下子就全部从这样变到那样，因为变化如果太突然，失去了连续性，人们就很难听懂了。

谈到词汇扩散和变异理论的关系，谢信一曾在一篇文章里比较过这两种理论的异同。他们确实在性质上极为相近，或者说是大同小异，我们可以从不同的时间尺度出发来考察语言的发展变化。这里有三个时间尺度。第一个是宏观语言史。这个时间尺度包括几千年、几万年直到几十万年当中语言的发展。语言起源的问题也包括在其中。第二个中观语言史，过去传统的历史语言学研究都是在这个范围里。第三个是微观语言史，我们观察语言的变异就是在这个尺度中。拉波夫是以微观语言史为出发点，他研究过纽约市和其他地区的英语，并且特别注意黑人、波多黎各人所说的言语。研究语言的种种复杂的情形，提出了变异理论。我们开始研究汉语历史的时候是从中观语言史出发，这里有几百年、上千年的文献资料，最后得出扩散的看法。所以可以说我们是从不同的角度出发走到一起。这就是我们都希望把中观语言史和微观语言史联系起来。把我们的理论作为一种桥梁。当然，由于语音的性质、社会条件各不相同，并不是每一种音变都要走相同的路。拉波夫关于这一点曾经讲到：有的音变是用变异的方式，有的是用扩散的方式，也有的是用青年语法学派的方式进行。我曾经写过一篇"语言变化的词汇透视"，其中就提到重要的问题是：不同的音变方式到底是由哪些因素来决定的。我想这个问题的研究将会使我们对语言演变的认识更加深入。

最近沈钟伟在他的博士论文里，分析了两个正进行中的音变。上海的材料是他自己1986年回国时作的，温州的材料是潘悟云供给的，每批材料都包括有三百多人，而且这些人的年龄老中少都有。有趣的是虽然这些人多数都在词汇扩散的行程中，可是人跟人之间单词变化的先后并不相同。因此很可能在这种情况里久而久之，音变就会变得很完整。钟伟在研究这些问题时，利用了一些很先进的统计方法，他走的是一条新开的道路，很值得收集些新材料继续工作下去。

问：您和郑锦全等先生搞出 DOC，也就是计算机上的字典，这样在计算机中存入很多汉语方言的资料，对于研究语言的演变非常方便，请您介绍一下这方面的情况。

答：那是在1967年，我刚到加州大学这里不久，建立了一个语音实验室，有了一台中型的电子计算机。当时我们正在跟别人辩论词汇扩散的问题，有的人举出三五个例子来反驳，我觉得这样个别的例子没有很大的意义。我要找到一种办法来分析大量的材料，这样在讨论理论问题的时候才有力量。正好那时候我得到一本北京大学的《汉语方音字汇》，其中有17个方言点的两千多个字音的记录。这样，几个方面的条件都有了，我们就干起来。我们对每个字都有固定的一行，22个比特，每行按照顺序有固定的位置代表这个字的电报号码，有几个比特表示声母，有几个比特表示韵尾等等。这样就很方便进行比较，写程序也很简单。不过那时的计算机很原始，不像现在有终端机，要把材料打进卡片。所以工作量很大，我们从早到晚地干，好几个人干了好久才完成。除了《汉语方音字汇》的材料，我们还加上了上海话，M. SHIBATANI（他现在是言语研究学报的主编，在比较句法方面很有贡献）帮我们加了日语里的汉音、吴音的音读，韩语里的汉字音，还有中古汉语和中原音韵里的字音。

DOC 就是像字典一样的工具，但是比字典方便得多，利用它几天可以分析好的材料，没有它可能就要几个月甚至几年。例如我们要知道中古的日母在现代方言里变成什么情况，很快就可以得到。利用 DOC 材料写出来的论文已经有很多，如陈渊泉的博士论文，讨论汉语方言的鼻音变化过程。我们希望利用的人越多越好。美国国内已经有几所大学有了，我到欧洲教书，就把 DOC 带到欧洲。John Newan 在新西兰、Paul McFetridge 在加拿大也都装上了 DOC。反正现在复制很方便，所以如果有人有地方感兴趣，只要寄来两个磁盘，我们就可以把 DOC 寄给他。这样，用的人多了，大家讨论问题的时候，会有一个共同的基础。并且还可以再把其他的方言资料加上去，如连金发把闽南语方言材料加上去。这样越加越多，分析起来也就越完全。另外如果其中有什么错误，也容易找出来，改正过来。

问：您的研究常常是超出语言学之外，有很多跨学科的探讨领域，最近您一直在做这方面的工作。请您把您的想法和做法给我们讲一讲。

答：我认为语言是人类最复杂最广泛的一种现象，单从一个角度一个学科去看是太狭窄了。要从各个不同的角度，至少要跟文化历史、跟人群分布联系起来。我的老师 Peterson 是研究语音的大师。他对我讲过，研究语言必须要有跨科际的视野（inter-disciplinary perspective）。所以我的兴趣很多，我想一个人的兴趣不一定非要限制在某一个学科里面。这些学科的界限，如历史学、人类学、生物学，这都是别人画的，为什么一定要受它的拘束呢？如果你问了一个问题，解决这个问题需要几个不同学科的知识，那你就要去了解这些不同的学科。例如实验语音学就需要有一点生理学的知识，一点物理学的知识，还有一点数学的知识。当然不是要你去做一个物理学或生理学家，我只是说一个人要真正在学术上有成绩，就不能被学科之间的界限所支配。我小时候学过一句话：为学要如金字塔，要能广阔才能高。这句话是很有道理的。

1975 年纽约科学院召开了一个大会，题目叫做"语言的起源和进化"，请来很多方面的学者，心理学、生理学、社会学、哲学、生物学、社会学等等。语言学家请了四五个。（Annuals of the NY Academy of Science 280，1976）。在会上我发现好多学科都跟语言有关系。我觉得语言学越是能跟别的学科的想法搭上关系，就越会做出有意义的成果来。语言应当跟生理、跟社会越接近越好。这好像是语言学的两条腿，支撑着语言，一条是生理，一条是社会。要研究语言就不能离开生理和社会。

过去我曾做过的两种工作，一个是语言跟生理、心理的关系。这方面我和加州大学河边分校的心理学家曾志朗一起写过好几篇文章，关于汉字的辨识在心理上和大脑上的作用。汉字当中有形声字同时表示语音和语义，我看这是很理想的办法。外国人对汉字有很多误解，所以我想我还会继续做下去。另一个工作是要从生物学的角度深入了解语言的起源和变迁。我常常跟一些体质人类学家、遗传学家一起讨论，有着共同的兴趣：从生物学观点探索语言，对语言的起源重新加以研究与认定。我在这方面曾主编了一本书《语言涌现》（The Emergence of Language），其中汇集了我们讨论和研究的成果。

现在我正在跟斯坦福大学的一位基因学教授 Cavalli-Sforza 一起合作，准备写一本书叫《语言与进化论》（Language and Evolution）。我们觉得语言的演变跟生物的演变有很多可以相互对照比较的地方，有些是相同的特点，有些是不同的特点，很值得研究。1991 年夏天我们到意大利一个月，在北部的一个 Bellagio 研究中心，就是为了这件事。

问：研究工作中，常常遇到研究条件的限制，这就是主观条件和客观条件的矛盾，您是怎样看待这个问题的？

答：美国工业上有很多发明并不是在实验室里做出来的，而是几个人在自己后院车房里用一些零零碎碎的东西弄出来的。我这样说当然不是讲先进的仪器没有用处，可是常常是做学问朴素一点，可能会更有成绩。有很多学术上的突破并不是必须要以富裕的物质环境为条件的。梅祖麟给我讲过李方桂先生的一件事：抗战时李先生走了很远的路来到燕京大学的梅校长家里，请校长帮忙弄一瓶好一点的墨水。他说现在用的墨水实在不行，整理的笔记材料，常常过些日子就褪色了，要是时间再长就看不见了。我觉得这件事很动人。我们不要被现在的环境宠坏了。我有时还把这件事讲给学生听。一方面我们要尽量利用和发挥先进仪器的功能，另一方面不要受物质条件的限制，要努力发挥思想上的能力。

问：您在美国的几所大学都教过书，并且还到亚洲、欧洲几个国家也教过书。请您谈谈中国的学生跟外国学生有哪些不同的特点？

答：总的说来各地的学生能力和程度差别并不是很大。无论是在大陆还是在台湾，我教起本国的学生来师生感情上深厚一点，因为我虽然在国外那么久的时间，总觉得自己是个中国人，对中国的学生感觉亲近。另外，跟外国学生比起来，中国学生不那么愿意提出问题讨论问题，这也许是几百年的传统还不容易改过来。老师不过是多看了几本书，多吃了几年饭，并不见得比学生聪明很多。如果学生不提挑战性问题，老师可能还不知道自己有哪些是不清楚的。在探求真理的场合下，谁都不需要过分尊重别人，在思想上大家都应当平等。

在语言学的学习中，我觉得积累性很重要。语言学还是处在一个很初步的阶段，它不像数学、化学那样要有很多东西做为基础，要不就看不懂。我们要想使语言学成为一门有实际东西的科学，可以从别的学科来看语言，往往会有新的眼光、新的看法，这样对语言学会很有好处。例如我们不妨看看那些比较成功的学科，比方天文学、数学、物理学，看看它们是怎样成功的，这些东西很有参考价值的。

在语言学里头，新的理论越来越多，往往是这种理论时髦一阵，过两个月又有新的理论出来，这表明语言学还不成熟，我们的学问没有积累。我有个朋友是数学家，他有一次对我讲笑话：我知道语言学跟数学的差别在什么地方了。我们数学从古到今都是一代一代站在前人的肩上；我看你们语言学好像是一代一代都踩在前人的脸上！这就是说积累性对于学科的成功具有重要意义。只有把过去的学问积累起来，语言学才能一步一步向上。

问：您在 1960 年获得博士学位，至今已有 30 多年，您觉得语言学研究工作中最大的乐趣是什么？能不能把您感到最高兴的事告诉我们？

答：我在语言学界工作了很长一段时间。几十年来，我感到有一件事情很荣幸，那就是我有机会跟许多年轻学者一起学习和探讨语言学问题。我最早的学生是桥本万太郎和余霭芹。他们都是非常用功，肯动脑筋的。桥本是我的第一个博士，余霭芹是第二个。近几年来，余霭芹用词汇扩散理论来研究汉语里的句法变迁，很有成就，又给我们开了一条新路。前前后后恐怕已经有一二十人了。跟他们在一起，我觉自己也年轻了很多。如今他们有的到了大陆，有的到了台湾，有的留在美国，看到他们在语言学界有很多的贡献，我自己也感到满足和快乐。这是一种欣慰的心情，是很令人愉快的事情。

　　问：王先生对于自己的学生是很有感情的。我们记得桥本先生在日本去世之后，王先生曾题挽辞："出师未捷身先死，常使英雄泪满襟"。从中体会到王先生对自己的学生悼念和惋惜之情。王先生确实是对学生寄予很大希望的。

　　谢谢王先生的接待。

访问时间：1991 年 7 月 20 日

补记：

　　我记得第一次见到王士元先生是在上世纪 70 年代末。那时我正在人民大学读研究生，听说王士元先生到北京大学讲学，我们都赶去听。只见王先生站在讲台上，一身浅咖啡色的西服，后面是投影仪的幕布和黑板。他一边放出一幅幅画面，一边侃侃而谈，时而走到黑板边写下一些关键的术语。那些难懂的语言学原理变得明白清晰而发人深省。那种优雅的风采和渊博的学识给我留下深深的印象，原来语言学可以这样做！后来在 80 年代我翻译王先生的文章，91 年到美国参加语言学讲习班，95 年到香港当研究员两年半，实际上是跟随王先生做博士后。

　　王先生的学术思想和研究风格对我很有影响。包括在南开举办的全国语音学讲习班、中国语言学研讨班以及国际中国语言学年会。特别是在南开组织研究生沙龙十余年，都是跟王先生在伯克利的 POLA 讨论会和香港的研究生讨论会学来的，甚至时间都是每周三。包括形式和内容方面都努力跟王先生学样。特别是在内容上，全力以赴，很辛苦又很快乐。快乐，是因为学样的过程中，对于王先生的思想和胸怀有了更深刻的理解。他早早把计算机引入语言学，把考古学和遗传学跟语言学结合，又把脑科学技术用来揭开语言演化的奥秘。

在王士元先生那里，语言学有广阔的天地，研究的领域没有边界，方向目标始终如一，却总是令人有不一样的体验。

丁邦新教授访谈录[*]

石　锋

丁邦新教授简介

丁邦新先生，1937 年生于江苏省如皋县，寄籍浙江杭州。1959 年毕业于国立台湾大学中国文学系。1963 年获得台大中文研究所硕士学位，即进入中央研究院历史语言研究所任助理员。1966 年赴美国西雅图华盛顿大学，从李方桂先生读书，1969 年返史语所任职并撰写论文，1972 年获华大亚洲语文系博士学位。

丁先先在史语所任职前后共 26 年，自助理员、助理研究员、副研究员到研究员，其间并担任行政职务，自语言组代理主任、主任至副所长、所长。主持所务 8 年，至 1989 年辞职。1972 年至 1989 年之间，并在国立台湾大学中文系任副教授、教授。1989 年秋应聘美国加州大学伯克利校区东方语文系，任中国语言学教授，这一职位由赵元任先生开始，张琨先生继任；张先生退休后，即由丁先生继任。

丁先生主要研究中国音韵学及方言学，曾以《魏晋音韵研究》一书获 1977 年中山文化基金会学术奖。1985 年至 1989 年获国科会杰出学者奖，1986 年以其学术成就被选为台湾中央研究院院士。

丁先生除在台大任教外，并曾在台湾师范大学、清华大学、香港中文大学等校兼职，对中国语言学的发展提倡不遗余力。主持史语所语言

---

*原文载《汉语研究在海外》，北京语言学院出版社，1995。

组及任所长期间，对该所的学术发展有重大影响。目前执教美国，希望
更能发挥所长，推动中国语言学的国际性发展。

1992 年国际中国语言学学会成立，丁先生被推选为副会长，1993
年年会上被推选为会长。

一、语言与文学的关系

问：我们知道您除了在语言学范围里研究，还做了不少涉及文学的
研究工作。请您谈谈这方面的情况。

答：我原来是中文系毕业，难免对文学方面不能忘情，所以我就在
研究中国声韵学和方言学之余的一部分时间里，想一想语言跟文学的关
系。

在这个范围里，我写过几篇文章。其中一篇文章提到所谓元曲韵字
示意说，英文的名字 sound symbolism，声音的象征性的意思。我对这个
问题没有从整个它的意思来谈，只是从中文来谈。在元曲里，有人认为
哪一个韵的字代表雄壮，哪一个韵的字代表悲凉，例如"车遮凄咽，寒
山悲凉"，这种看法我觉得可能有些问题。所以我就想办法把元代散曲中
大作家的作品，至少他有 20 首曲子以上的，拿来做个比较。当时我心里
想，中原音韵里有 19 个韵部，一位作者至少要有 20 首散曲，才能大致
看一看，他是不是用某些韵的字代表某个意思。因为如果一个人的作品
太少的话，就不好比较。后来拿 20 几个作者的作品比较了一下，大概结
论的意思是说：可能有些韵的字有所谓雄壮或者悲凉这种现象，那是由
于那个韵里面有几个基本的字是这方面的字，例如车遮韵，它这里有流
血的血，分别的别，决绝的绝，毁灭的灭，这一类的字。所以看起好像
由于音的关系，让人觉得那个韵整个都是悲伤的韵，实际只是基本上有
几个字在里头的关系。当然我们承认一般的象声字或者一部分原始的语
言可能有跟声音有关系的地方，但是到了后来，要是也认为语音和意象
有很密切的关系的话，至少从元曲上看不出来。这是一方面。

另一方面就是关于中国的平仄的两分法的问题。为什么把平上去入
分成平仄？大家都知道这个分法。所以我曾经去想，平是什么意思？为

什么不把平上分在一起，或者把平上去合在一个呢？我在这方面花了一些时间去研究调值，然后就把调值的研究运用到文学方面来。我基本的办法是利用我们看得到的对于声调说明的文献，把它拿来跟梵文的长短音对照来看。最后的结论是很简单的，就是认为平声是一个平的调，而仄声是非平调，不是平调，跟传统的看法几乎没有二致，所以就是仄的意思了。但是我做的过程不同，用比较的方法来证明平仄的分别在于平跟非平的分别。这样我们大概对中国诗或诗歌里头平仄的区别就有个合理的看法。我同时又提出四声里头有长短的看法。其实这是很简单的，因为大家都是平仄嘛，我觉得平仄是一个明显的规律、明律。大家都看得见的。另外一个暗的律呢？就是平上去是长，而入声是短，这是中国方言里的现象，大家都知道。在文学的应用上，有时能看得出来，平上去比较长，入声短，尤其是仄声里，上去跟入声来比，自然很明显地看出入声短。我认为在平仄律以外，还有长短律，只是隐藏在里头。

另外就是你看到的，我有一篇文章。写的是各个时代，各有声韵特点。如果根据这个给文学作品作断代可能得要想一想。因为有时候我们总认为用语言证据来断代很可靠，但是音韵学知识能够运用到断代的有哪些方面，也许要仔细考虑一下，我写那篇文章的时候，就想基本上恐怕主要是韵部。韵部的演变，或者分支或者合流，大概到什么时候它就无法分辨了，后来人不大能够或没法子来伪造前人的语言。如果押韵的问题显然看得出来的话，这种现象大概是可以给文学作品断代的。在那篇文章里可以看到我的基本想法。

我还有没发表的想法，就是中国诗歌的演变为什么基本上从四言到五言、七言，到长短句，到元曲，到新诗。在诗经的时代，长短句都有，从两个字到九个字，什么样的句子都有。当然大多数是四言。那么为什么不是从长短固定的形式发展到字数不定的形式，而基本上是相反的呢？到了现代诗为何又有新发展呢？为什么从四个字、五个字，到七个字这样增加？当然由于汉语是单音节语言的关系。为什么这样演变，我的一个解释可能是节奏的关系。由于节奏的影响，中国诗歌趋向越走越接近自然的语言的节奏。因此我们的新诗走向目前的状况，规律的束缚越来越少，跟文化的演进、语言的演变、语言的节奏、文章的可读性有关。通常说一个句子有十一二个字的最容易了解，句子太长读起来就累了，可能跟这个也有关。句子方面的关系，诗歌的节律节奏也跟着放松了，而且慢慢地几乎没有显著的规律了。现在的新诗歌不讲究诗韵，不大讲诗律了。这也就是我对文学方面的部分想法了。我觉得民初的方块诗、豆腐干诗现在有时还用，但是韵要用得非常巧妙，让人不觉得你在那里凑韵。

二、语言研究方面的工作

问：我们知道多年来丁先生在语言研究方面做了大量的工作，有很多独到的见解，请您把这方面的情况向我们做一介绍。

答：我自己的研究除语言和文学这个问题副产品，主要的是对中国的古音和方言学花的功夫比较多。

在古音方面主要是做魏晋语音的韵部拟音。早年我们大家看到罗常培先生和周祖谟先生他们两位做的汉韵部演变的问题。两汉的部分出了好多年，没有继续出。两汉的韵部结构和上古结构非常接近，区别只有很少的一些，比如脂微合为一个部，真文成为一个部，大概有几个部这么合流的，另外，也有一个部的字挪到另外一部去。基本的间架跟上古接近得不得了。

当时李方桂先生跟我讨论这个音韵上的演变，上古和中古离得很远，可是汉代和上古又离得这么近，这中间是不是有转变？起源在什么地方？后来我就决定做魏晋音。做的结果呢？目前觉得可能魏晋是音韵演变比较厉害的时候，比如我觉得根据李先生的看法，大致认为阴声字是有韵尾的。阴声字的韵尾好像是到魏晋的时候差不多掉光了，或者这个时候产生相当厉害的音韵的演变。是不是与当时政治环境，其他民族跟汉族的密切交往有关系，使中国语言在那时产生大的改变。从那以后到南北朝到唐就是底下的另外一个阶段。所以我认为在古音演变中，汉代可归于上古，南北朝归于中古，可是魏晋正是介于两者中间的转变期。

除了我自己研究魏晋韵部分以外，对上古音我基本采取李方桂先生的看法，但在他的系统里，对其中一些问题也花费一些功夫做过一些研究。最基本的写的比较多的有个两个问题：一个是阴声韵韵尾的问题。我曾经考察了上古汉语的音节结构，看看它的音节结构怎么样，看它变到现代中国方言里阴声韵尾还有没有什么痕迹可寻。比如我们可以看一看收-i，收-u 尾的。就是复元音收-i、-u 尾的，在方言里真多。那么看中古音里当然更多得不得了。止摄、蟹摄、效摄，好多摄都是收-i、-u 尾的。收-i、-u 尾的韵的数量远远比自然语言里可能有的多得多。所以我想这大概就是早先的塞音尾的痕迹了。同时也因为研究这些韵的关系，就可以看到汉代，看到上古之间不同声调的字在一起押韵，它的频率改变的状况。假如说是王力先生所说的上古阴声字没有塞音尾的话，这些阴声字跟入声的来往和中古也是没有塞音尾的阴声字跟入声的来往，它的比例应该差不多。可实际上不然。我们看得出来，从上古以后，彼此之间的来往越来越少。等到魏晋的时候，我看到平声上声跟入声没有来往，只有去声有。所以我相信这恐怕是代表阴声字的塞音尾在不同的阶段丢失的一个过程。所以我接着对这部分写过几篇文章，想其他可能的问题：除掉从中国的方面看，像李先生发表的重要的汉语借字的问题之外，还看是不是有同族系语言其他的证明。

　　另外一个花费时间较多的是声调问题。声调问题除掉讲平仄的部分以外，我就想研究中国的声调的演变情况。我基本上有两个看法，一个是声调可能是从后面的韵尾上变过来的，但是这个时代一定在诗经之前，不应在诗经时候。因为在诗经时候还有很多条不同声调的字押韵的现象。那么要承认这些不同声调的押韵是声母韵母都相同，只有声调不同，这我觉得比较容易接受。就像元曲一样。如果那个时候这些不同声调根本是不同的韵尾，那么居然在一起押韵，我觉得比较不容易接受。因此我曾设想过，看看声调押韵的关系，那么跟我刚讲的阴声字韵尾也有关系啦。但是基本上可以看出来，每一代各调自韵的情形，比如平自韵平，上自韵上，还是绝大数。所以没有什么理由或者证据可以看得出来在诗经或者更晚的时候有字尾的看法，我不那么相信。

　　还有关于中国声调的演变问题。是不是在早先的时候从四个调，由于调值高低的不同，在不同方言里可能有不同的演变步调。有的方言可能四个变成八个，有的方言可能只是平声上声发生变化，由于清浊声母的关系。也许这点可以从实验语音学来看也不一定。如果不同的调型，不同调的方面，比如说平调或者升调，它前面如果是清声母或浊声母的话，基本上会对调的演变产生什么不同，否则为什么会有一个次序，当然这跟别人看法不一定一致。有人认为声调从四个变为八，像吴语一样，或者像广州活一样。可在我的想法，有的些方言里，也许从文献上看，有些方言早期它就是六个调或者五个调。我认为有的是平声先分阴阳，有的是上声也分阴阳。去声即使在目前很多北方话里分阴阳也非常非常少，是不是去声从一个变成两个，又从两个去声变回一个去声呢？我想可能不同的方言演变的步调不同，有的方言也许去声根本没有变。这点到目前为止，还不能有肯定的看法。这里对古音方面三言两语交待得差不多了。以往花的功夫基本在这两个方面。当然对于整个语言的演变的情形，总是常常会去想它的了。

另外，我做得比较多的是方言学。方言学部分我觉得要注意的工作一个是传统的，大家都做的方言调查。我觉得自己也应该做的。我曾要调查过一些方言，最近完成海南岛儋州话的部分报告。我觉得做中国方言调查除贡献资料以外，基本是要想方言来龙去脉，与其他方言的关系，以及这个方言在音韵变化上有什么特别的地方，在一般的语言学理论方面，它可能有什么样的特殊现像可以改进旧理论或者成立新看法的地方。

我自己比较注意的另一点就是方言跟历史联系的问题。对任何一种方言我大概总会去想一想，这个方言历史上什么时候从古语分出来，它与古代语音哪个时代有什么样的关系。所以我曾经写过关于闽语从汉代分支而来的想法。大家都觉得闽语早，究竟早到什么时候？很多条件是切韵以前的现象，但切韵以前的时间也长啊！究竟什么时候分出来的呢？我就从闽语里的特点推断，大概是从汉代分出来的。像对海南岛儋州话的文白两个层次的现象，非常整齐的文言一层、白话一层，两者之间关系相同的地方非常少。由于声调系统不同，所以几乎每个字都有两个读法，一文一白。我对这个问题产生很大的兴趣，究竟白话层的来源是什么，文言层的来源又是什么。所以后来结论说，文言层恐怕是广州话的一种读书音，白话的这一层也有可能是早期的客赣语。反正像这些现象都是很有趣很特别的现象。

在注意语言与历史的关系，进行方言调查以外，比较一般性的我注意两个问题：一个是中国方言分区的关系，我专门为这个写过一篇文章。以往关于汉语方言已经有很多文章，每个人提出的条件都不相同。这样的条件，那样的条件。我就想有没有一个理论把这些条件放在合理的秤上称一称，称称哪个条件重要，哪个条件次要。假如两种方言之间就三个条件来说，一种有两个，一种有一个，是否两个条件就比一个重要呢？我就把许多条件拿出来想一想，也许用历史上早期的条件来分大方言，用历史上比较晚期的条件分次方言。用目前看得到的平面的不同来区分小的方言。有了这种一般性的办法，使我们该用什么条件区分方言，比较有一点点可以遵循的规则。这就是我写的《中国方言区分的条件》这篇文章。

另一方面我注意的也跟古代声调有关系。我们从文献上研究古代的声调，从古语的押韵研究古代声调。看看有没有办法把声调用历史语言学的方法，用比较语言学的方法来拟测古代的调值。对于这一点日本学者平山久雄做得相当多，而且开始得很早。后来由于我调查海南岛的一种临高话，是非汉语的方言。发现它的变调与本调的关系，其中两个邻近的小方言每个都是六个调，有五个调是完全相同的，只有一个调不同。不同的那个调一个方言是低平调11，另一个方言是高升调35。可是在读35的那个方言里，有一个唯一的变调，35连读时变成11，这个11调正好和另外一个方言跟它对当的本调完全一样。当时碰到这种情形，我就想，我们一向把单念的调叫本调，连读的调叫变调。其实连读的调反而是早先的基本调。后来再拿这个想法来看一看，倒是好多地方可以得到证明。因此，我就提出所谓"变调"就是基调、也就是早期调值的看法，早先的调值其实就是连读的调。有好几个证明：一个证明就是有的方言表面是三个调，像银川话，但是它连读变调就是四个调，其中有两个调在连读时可以分的。因此我想连读的调反而保留早期四个调的方言早期现象，后来单念音变成三个调了。另外像苏州话表面看是 7 个调，可是在连读时它的阳去变调里有一个类是阳上的字。我觉得这些方言都能支持连读的调是一个早期调值的看法。

后来对这个问题我想得深了一点，就把吴语拿来做个实验，选择了差不多十个方言，把当时所能找到的方言拿来看，我这个办法能不能做。何大安有一篇文章讲到晋江方言的调值，哪个是新的变调，哪个保留早期调值的文章。我觉得他说的话有道理。所以我做吴语的时候，就提出另外一种观念，我们是不是给每个方言先找个基调。就是除掉它单念的调、连读的调以外，在这两个当中做一个选择，哪一些调可以作为我们推论的这个方言的基本的调值。我们从基本的调比较才能推断原调，推断早期的调值。有相当一部分我们可以看到大概它的连读的调就是基调，也就是早期的原调。但是也有一些未必如此。

我们这个理论基本上就是希望能够从各个方面调值的比较里来设法拟测古语的调值，而这个工作在西洋的比较语言学里几乎不大有人做，因为声调本来就是中国语言的特质之一，而且材料也是最丰富的。我也曾经注意过，降升调、升降调这些大概都是后起的，是从别的调变来的，也可能是从升调变来，也可能从降调变来，都有可能。所以对古语调值的拟测问题值得多花工夫。这方面我想以后还是要做，还有很多问题可做。因为我们调查的材料这么多，所以几乎每个方言都可以研究它的古调值。

至于方言里有些东西跟音韵历史有联系，这个面比较广一些，常常也有一些历史音韵的问题借助于方言的研究才能够解决。但是必须在做方言调查研究时，脑袋里有这样的问题，这样你才能有办法。我最近发表的讲北方话当中的若干问题那篇文章，就把许多历史上音韵学上遗留下来的没有解决的问题设法跟方言的研究放在一起来看。

举几个例子，我们都知道客家话是从北方出来的，出来后北方还有没有客家话的影子呢？客家话是全浊声母变送气。早先我们没有很注意。近年来大陆上做了一些方言调查，发现有些方言的白话层，真是显示早先全浊声母全部送气的现象是有的，而且它的范围并不窄。这让我相信客家话从北方出来的这种说法实际上从现在方言调查上也还能找得到一些真正的线索。

另外比如说日本学者桥本万太郎认为中国的鼻韵尾除掉双唇、舌尖、舌根这三个鼻音以外。他认为还有一个舌面的鼻韵尾。这个看法我一向不怎么赞成。后来注意方言现象的时候，知道实际上在有些方言里，受主要元音前元音的影响，可以把后面的韵尾不管是-n、-ng，整个变成一个鼻化音ĩ。而且后来鼻化音丢了，可以变为 i。这个意思就是说由于主要元音是前元音可以影响后面的韵尾，不管是舌尖韵尾还是舌根韵尾，统统走到同一个方向来。好像这里前元音的影响很大，恐怕不能因为他后来的读法不同就认为在中古或者什么时候有一个舌面鼻音。

再比如说关于蒙古语和中文对音的问题。它们的清送气音对我们的清送气音，可是它的浊音呢？全浊音对着我们的不送气清音，而清音又对我们的浊音，正是清浊相反的现象。这在我那篇文章里也有一些推论。相信这里有一个语音演变上的理由，可以拿来做个解释。

这就差不多了，一个人一辈子的研究也就是五分钟就说完了。

问：您还有什么再可以补充的想法呢？

答：我可以再补充两点，这是我最近的想法。认为在吴语底层里有闽语的成份。我就简单地说我的结论吧。我认为南北朝时候所谓的吴语，并不是今天吴语的祖先，反而是闽语的祖先。那么今天的吴语是当时南北朝从北方来的所谓北方话留下来的。这是当时民族迁徙的一个结果。从文献上从目前读音上来推想吴语，即现在所谓吴语，实际上底层有闽语的成份。而这要跟文献上的研究配合起来看，就能理清一个问题。那就是早期的吴语并不是现在吴语的祖先。所以尽管因为"吴"是个区域名称，吴语指称在那个区域里的方言。古时候是吴地方言跟现在这个地方的吴语方言不一定就有直接的关系。在南北朝时代，由于东晋北方的人大量南来以后，带来的方言我倒觉得是现在吴语的祖先。当时南北朝吴语里存在的有些东西现在反而在闽语中发现。这就是我的的一点想法，可以把人民的迁徙和方言的研究结合起来，从历史来源上把它理清的一种办法。

我还曾经花过相当长的一段功夫把赵元任先生的《中国话的文法》翻译成中文。我花了一年多的功夫，也花过相当大的精神。我做的是一个比较完整的翻译，后面有个索引。我觉得对中国研究文法的人而言，这也许是比较重要的参考书，因为赵先生的书好。但是原来的英文也许对中国学者看起来不这么方便。从中文看来也许对了解赵先生的想法，对整个文法的架构可能更清楚一些。即使到现在为止，文法方面新的理论层出不穷，但我们谈论中国的文法还是不得不回头看赵先生的文法书。也可以说他的文法书就是中国文法方面的一部经典著作。我想这一点我愿意提一下。

还有就是我做过一些高山族的研究，台湾南岛语言的研究。其中花的力量较多的是卑南语，我调查过卑南语的四、五个方言，花了很大的功夫，然后拟测它的古语，曾经发表过一篇篇幅较大的文章。

三、甲骨文的研究

问：听说近来年来丁先生很关心甲骨文的研究，不知是否在研究音韵学之外再扩大领域呢？还是音韵学研究中有哪些跟文字学相联系的内容？

答：对于上古音的研究，我们一向都放在诗经跟谐声字这个时候了，这当然我也同意。但是在很早年的时候，李方桂先生就有个看法，他发现谐声字里头有些跟诗经不配合的地方。他就想也许有谐声时代。这一点他只是在文章中提到，可是没有很郑重地提出来作为一个段落。所以在讲古汉语分期的时候，我就提出一个谐声时代，跟诗经时代分开。

谐声时代里我们当然可以说包含现在所有的谐声字里具有的早期现象,和诗经时代不一致的。比如我们认为有 b 尾，b 尾到诗经已经变为 d 尾了，它已经跟微部字押韵了。但从谐声字看来，跟收-p 的字有关系。这显然是早期谐声时代的现象。从这个地方看呢，是不是还有其他的东西也是谐声时代的现象，而不是诗经时代的现象呢？比如最近我谈上古元音时，我就怀疑谐声时代有个央高元音，到了诗经时代它变成普通的央中元音了。

　　这里有一点观念很重要，就是我们对谐声字大概总认为是不同人做的，可能代表不同的方言，研究起来比较困难。谐声字代表的信息资料并不一致。所以这两年我就想也许我们可以做甲骨文。因为甲骨文的资料属于讲同一方言的一群人，而且住在同一个区域（比如说在河南小屯），相当窄的一个区域。在它们早先搬来之前，到河南之前，相信在他们原来居住的地方这些人大概也还是讲同一种方言。所以我想在时间上是固定的，大概从公元前 11 世纪往前推，可以推上约两百年左右。也许还可以把时间再扩展，把盘庚迁殷之前这一段也算上的话。这一个资料，因为一向研究文字学的人大不弄声韵学，研究声韵学的人只是利用文字的谐声却不在研究早期文字的情形，所以我想我可以试着做这个工作。用甲骨文里能够表现出来的音韵现象，来推测殷代或早期谐声时代的中国语音的情况。

　　我入手的方面基本有三种资料可以做：一个资料是所谓同源字。这里的同源字跟一般研究语言的同源字有一点不同。这是一个字形代表语言当中相关的两个单位的。就好像写个"内"字，内外的内，它又代表里头，又代表纳入的"纳"，这样的情况。只写一个"内"字代表两个意思。这两个意思在语言上有关系。所以我称这个同源字。这样就能从一个代表相关的两个语言单位的现象来研究它的彼此关系。如果我们能肯定某一个字确实是代表两个东西，这就能从周代的音往上推来看它的关系，就像"内"和"纳"一样。

　　另外一个当然就是它的形声字。我们知道形声字到后来越来发展越多，现在占 80% 左右。早先在甲骨文里只有 25% 的样子。我们可以把甲骨文里的形声字拿出来，一一检计，一个一个看，看它的声符与字的关系。在那时候跟后代形声字有没有不同的地方。哪些字可以做别的字的声符，哪些字不能做。从基本上说，b- 跟 p- 的关系，全清跟全浊的关系很接近，彼此可以互相自由地作为声符。但是全浊的 b- 跟送气的次清的 ph- 的关系，就不是那么接近，稍稍远一点。从这地方我们可以容易推论出我们一向辩论很久的中国全浊音送气不送气的问题。李荣作切韵音系认为不送气，推翻高本汉送气的看法。拿到上古去看，全清和全浊的关系近的话，可见那个时候全浊是不送气的。或者 b 或者 d 基本上不会是送气的全浊音。因为假如是送气的全浊音，它应该跟次清那一类的送气的清音有紧密的关系才对。这类的研究我想可能给我们带来一些以前看谐声字时不能把握的问题。因为从前的资料太庞杂，现在的资料比较一致。

第三个用的假借字，这部分最难。因为假借字是根据现在研究文字学的看法，认为哪个字跟哪个字假借。这又得要根据字音上、声韵上有关系才能说假借。这里文字学家认为是假借的不一定可靠，可能每一个人的看法就不同。所以这些假借字也得拿来一一认定，基本上绝大多数都同意的、没有异议的当然最好。如果有异议，就要证实这个字做为假借字可不可靠。所以我想把它分成两类：一类是可靠的假借字，我们也加以讨论。综合这三类材料：同源字、谐声字、假借字，我们来看甲骨文时代的声音是怎么样的，希望能够把中国语音的历史、音韵的历史再推上几百年。这样对于有文献可证可查的资料做一个交代，我想也许对李先先所讲的谐声时代能够建立一个比较清楚而且跟诗经时代不同的一个间架。这是我这两年所想的，而且还要做上一两年。

四、研究资料的困难

问：在对汉语进行历史语音研究时，需要很多资料，如韵书、韵文、假借、方言、音训和对译等等。在利用这些资料时会有哪些困难？如何去解决呢？

答：因为语言是活的，资料是死的。在研究过程中，难免会遇到多方面的困难。比如，首先是引用对译资料时，若对引用国的语言没有清楚的认识，可能有误引资料的危险。就日本的吴音汉音来讲，在日本音韵史上曾经做过系统的整理，因此若是研究早期的语音，则必须利用日本的古籍直接寻找对音的资料。韩国情形也相似，在引用资料前必须明白所引用语言的演变，像这种情形有些是容易做得到，有些就不容易做到。

其次是资料不足的困难。大致说来。诗的韵脚和辞赋的文章，都只有韵而没有声类。切韵因为是韵书，可以系联声类。上古间就只能利用形声字。到了两汉、魏晋呢？解决这些问题的办法是增加材料，有声训的材料，或用其他语言和汉语的对音，如汉语和藏语、梵文的对音，再不然就历史文献上的地名音。例如有一个地名叫"楼兰"，从拼音文字上我们知道是 kroraimna，由前面这个 kr 的音，激发我们的兴趣，探讨"楼"字在当时是否为复声母？因此可以利用对音资料，但是也必须了解所用语言的历史背景。因此，这些资料只能做为辅助性的证据。在这个问题中，我们必须同时考虑到的是当时从事译音的人是属于哪个方言区的人，换句话说，必须对所译的语言历史演变背景有清楚的了解，也要知道当时翻译的人的母语是哪一种语言，才能对资料有把握，否则，虽然有资料可供讨论，但是这帮助是不确切的。譬如 Chicago 的地名，译成芝加哥，可能就是广东人翻译的，国语的读音就和原音相去较远。就日文来说，我们运用古代资料若以现代日语读音来做了解，其中就存在一些问题，因为古日文决不同于今日文，究竟译音确定的时代是什么时候？当时语音系统又是怎样的？因此，使用对音资料的每一面都存在语音断代的问题。

还有一种可能遭遇到的困难，就是语言本身的问题，这也是我们无法解决的问题。如果假设有一种语音成份，现存的语言都丢掉了，在这种情况下确实让人难以拿出很好的办法或有力的证据来证明它确实存在过。如今天的北方官话中，大部分方言都没有入声字，要证明入声字的曾经存在是很吃力的事。所以必须借语言上的知识去推断。在讨论过程中，像上古音的-b、-d、-g 的韵尾问题，就容易造成众说纷纭的现象。解决的办法，可以研究同一语系的语言，如藏语、西夏语等，也许在这些语言中能找到汉语系中已丢掉的语言成份的论证。

五、求学道路

问：语言学常常是要坐冷板凳的，尤其是历史语言学更是如此。请丁教授谈一谈您是怎样走上这条治学之路的。

答：我是 1955 年进台大中文系的，1959 年毕业。大学毕业论文是跟屈万里先生写诗经"桧风素冠之诗非刺不能三年之丧辨"，当时就对诗学感到兴趣，又因为大三的音韵学是跟许世瑛先生学的，许先生教书深入浅出，督促又严，因此也有浓厚的兴趣。后来进了研究所，就从事声韵方面的研究。当时系里除了许先生之外，在研究所里开课的还有董同和先生。后来就跟董先生念书。

在这段时间里，主要的收获是类似思考方法的训练，如何去阅读一篇论文，发现文中还有什么尚待解决的问题存在？可以再补充什么新的材料？是否可以用新的方法重新检讨？对一个问题如何去想？这一点对我日后研究工作思考问题有很有帮助。换句话说，就是如何将问题考虑得周密。另一个训练是田野调查，调查台湾南部高山族的语言。当时交通不便，工作非常辛苦，白天工作是一面记音，一面分析语音，晚上还要作卡片工作，这项训练对我研究方言和其他语言确实获益不浅。当时所里的老师都是博学笃实的学者，除前面提过的三位先生外，还有台静农先生、王叔岷先生、郑骞先生和戴君仁先生等，都使我受益良多。

在研究所里，使我把握到作学问的一些方法，如怎样去发掘问题，如何搜集材料，怎样去思考，寻找答案，解决问题，至于"有七分证据，不能说八分话"的治学态度也是深深受到董先生的影响。后来硕士论文作自己方言系统的整理工作，也因而对汉语方言产生了兴趣。

另一件有重大意义的事，就是大四那年，恰巧赵元任先生回台湾做一系列的讲演（后来集为《语言问题》一书出版），我是当时的记录之一，因为这一层经验，使我对一般语言的问题有较清晰的概念。研究所毕业后，服完兵役，就在1963年8月进入史语所工作。但是董先生却在那年的6月间去世了。

后来的两三年间，参加整理董先生遗著的工作，又把自己的论文改写发表，同时也研究高山族语言，在工作中常遭遇一些难题，不仅感到请教乏人，连可以讨论的同行也很少，使得工作不容易有进展。另一方面也觉得语言学的理论是从西方引进的，有到国外去看看的必要。恰巧西雅图华盛顿大学前辈李方桂先生是这方面的权威学者，经过所里的推荐，1966年就到美国跟李先生念书。

　　我念的是远东系，后来改为亚洲语文系，选修课程时，语言理论和亚洲语文各半。这段时间受到李先生的启发非常多。李先生是研究泰语、藏语等"非汉语"方面的权威，其实他对中国语言学同样有精深的研究，治学和研究的态度非常严谨。除了专心致意，恒久不辍的精神以外，对许多问题都有过人的洞识力，敏锐精确，真是令人佩服。后来我修的课程也跟着扩展到"非汉语"的部分，如泰语、西藏语、满语和蒙古文等。虽然后来并没有继续研究这些语言，但是对于跟汉语相关的语言得到了一点基础的认识。1969 年回国作调查工作和写作论文，两年间完成论文的写作——魏晋音韵的研究，于 1972 年得到学位。

　　在国外念书，我认为有几个重点：第一是理论的学习，例如语言学方面的理论受国外影响很大，对语音语法系统理论的研究必须吸收他们的长处。其次，便是他们的治学的方式和态度。在某方面说，和清代朴学的精神非常类似，先从目录着手，从书目上了解对这个问题或相关的问题前人已做过哪些研究，先去阅读这些资料才不至于对前人的研究不清楚，产生重复或浪费的情形，这种"实事求是"的态度和清代朴学精神真是非常相似。我在国外念书得到的好处就是理论上的学习，受到了严谨的训练，扩展了自己的眼界，再加上研究汉语音韵，才有比较切实的理论背景可以遵循。

六、到美国任教的情况

　　问：能不能请您谈一谈从台湾来到美国伯克利工作的情况？

　　答：我在台湾工作了 20 多年，基本在中央研究院历史语言研究所，同时也在台大教书。讲了十几年的古音、方言学方面的课。所以我在台湾整个工作的各方面是蛮好的。后来做史语所所长的职务，行政工作较忙，念书的时间少了。伯克利的职务出来以来，我的老师李方桂先生催促我来申请，长辈张琨先生也很支持，所以就决定来了。

　　对我来讲这个工作的机会代表好些意义。当然其中最大的意义就是这个职位原来是赵先生的，后来是张琨先生，现在由我来继承这个职位，有点责任重大的感觉。当然对我来讲多多少少得到这个职位有点荣誉感，觉得这是重要的位置。

现在来了两年了，工作上我觉得在新的资料、新的理论上知道得比较快，得到新消息如开会啦，刊行出来的杂志啦，知道最新的一些发展。这实际对自己是好的。这个学校图书馆本来就相当好，对我需要用的书，从赵先生、张琨先生就打下很好的根基。但是这里的教授也有很多事情要亲自去做。我现在根本没有助理，顶多有一个研究生帮我一下忙，还是我自己申请的经费。所以有时自己要很多时间，不是用在研究工作上。除了教学以外，还有许多琐碎的事情要做，也花时间。从这方面与台湾相比，研究的时间多一点，但多得有限。台湾行政工作费时间，在这里琐碎工作费时间。

我认为到这里来有它的意义，其中最大的意义就是把中国语言学的学问做个推展。由于这个原因，所以我们办了个暑期中国语言学研究所。这原来是我的想法，跟黄正德先生谈了，黄先生很赞成。后来黄先生来推动这个事情，当然也得到其他同行如王士元先生啦，郑锦全先生的支持，今年才办。这可以说是我到伯克利以前还没出国时想的一个方面之一，现在总算实现了。虽然不是我领头来做，但是我觉得成功不必在我。黄先生做得非常好，我希望他能够继续做下去。这对中国语言学的推展，让整个语言学界更了解中国语言学的情形，这是很重要的一件事。

对我工作来说，我想，得天下英才而教之是教书人最喜欢的事情。在台湾有台湾的学生，在美国呢，目前是美国的学生，但是也可以收到台湾和大陆的学生。在我作为中国人的想法来说，这是很关心的一件事情。因为我觉得如果能有很好的学生从大陆来这里念，跟我互相讨论，对我来讲也是很好的事情。假如说我从老师们那儿得来的学问还有若干好的地方，再有好的学生接下去，对我来讲是很重要的事情。大陆学生到台湾念书是很不容易的事，到美国来虽然很难，但毕竟比去台湾容易得多。所以我想在这里的事情除了我自己做研究的时间多一点，新的研究资料信息较快，同时也能够收到从不同地方来的对中国语言学有兴趣的学生。

我觉得美国工作是有得有失，但是已经来了，总得希望把工作做好，既想把自己的研究工作做好，又想把中国语言学的推展工作做好。

七、中美学生的不同

问：您在台湾和美国的大学中都教过书了，请您比较一下中国的学生和美国的学生在学习方面有什么不同。

答：我在台大教书这么多年，当然对那边的学生和这边的学生情形相当了解了。我觉得台湾的学生的基础比较雄厚。到研究所的时候，我教的研究生声韵学已经有了相当的根基，而且对这方面已经有了兴趣。所以我又催学生一定要去念语言学的基本课。因此基础比这边学生好。这边的研究生有两类，有的没什么根基，有的是有很好根基的学生。如语言学系毕业学过好几年中文，这种情形能有很好的发展。

美国的研究生真正好的是把全部精力用在里面，真正把学术研究作为终生之志的这种人也有。但是像我们这行不大能够出很多学生，如果在一两年、两三年能够有一个特殊好的学生，我就相当满意了。这是可遇而不可求的。

基本上我觉得中国的学生在这个方面占个便宜，就是对好些现象了解得比较深入，对很多背景的资料用不着交代。而外国学生即使是念了三四年中文，对中国文献的了解还是相当肤浅，需要相当长的时间才能对自己研究范围的文献有比较深入的了解。这对美国研究生来讲是不容易的。好的方面是他们能够把握问题，就这个问题的方向做一个相当深入的研究。

要有相当长的时间才能对很多事情有深入的了解。我们这行就要对《诗经》有了解，如果你要谈古音的话，就要对古代的韵文有相当的了解。这对外国学生来讲还是很难的。对中国学生来讲，如果他多少年来念了很多，在这方面涉猎了很多，自然就容易收集资料，分析资料，看出新的问题，解决旧的问题。

八、今后的打算

问：丁先生到美国任教已两年，我看您在伯克利已经打开局面，当然将来还会更有发展。不知丁先生今后对自己的研究还有哪些想法？

答：我的想法除了自己的研究工作做甲骨文方面的研究，还想做中国语言演变的一部字典，有上古、两汉、魏晋下来，每隔两百年左右一个阶段，能让我们知道中国的语音演变是什么样子，有一个这样的证据。除此之外，我还想自己过个一两年就离开伯克利一段时候，其中一个想法就是到大陆去，因为我总觉得自己深受北大清华前辈学者的教导，他们当初秉承的大学学术研究的精神我觉得真是受用不尽。对他们的精神我愿意跟现在大陆上北大清华还有南方的学校如复旦等很多的同行谈一谈，心理上很愿意同他们见个面，多些来往，当然语言研究所也是这样的，那里有很多同行也可以请教。

我觉得如果能够到大陆去个一年半年，和同行会面，能够讨论共同有兴趣的问题，如果自己还有功夫能够做一部分的方言调查，做自己有兴趣的东西，这样也许可以说我到伯克利来的另一个想法，就是可以和不同地方的学者、学生进行接触的想法得到实现。

九、对大陆学者和语言学的看法

问：就您所知，对中国大陆上语言学方面的学者和语言学研究的情况，请谈一谈印象。

答：我对大陆学者尤其是一些前辈先生的研究是知道的，像周祖谟、吕叔湘、李荣、朱德熙他们的研究，王了一先生当然更是了。后来大陆学者开始出国开会了，才有些接触，这使我觉得很有意思。比如说大陆学者第一次参加在法国召开的汉藏语言学会，这是大陆学者十几个人的一个大的团，朱德熙先生是领队的。因为我在台湾有行政职务的关系，我们去的人并不多。周法高先生、龚煌城先生我们三个人。那时李方桂先生正好在巴黎，就把双方的人请到一起吃饭。大家都跟李先生谈话，我跟朱先生面对面差不多有两个钟头，一句许也没有说。彼此都不互相了解，难免有些不放心的地方，彼此都不放心，大家都不说话。当然现在是很好的朋友啦。

谈到对大陆学者的印象嘛，我可以这么说，老少两辈之间有显著的不同。老一辈的先生们呢，对旧学的根基深厚，所以能够做很多很切实的工作。有很多研究跟古书有关系，跟古文献有关系，就容易做得很扎实，像罗先生、周先生韵部演变的研究。当然罗先生在中国语言学界跟赵先生是齐名的人喽。比他们晚的大陆学者，长辈做得还是非常的实在，资料上没有问题。比较年轻的一辈呢？我的感觉是收集资料的功夫深。但是是否其能把一些问题深入地想呢？有，但是比较少。这原因可能由于很多学者不能有长的时间做深入的构思，常常把一个方言拿出来调查，但是调查完了并没有注意这方言里有什么问题，与其他方言是什么关系，这方言本身文读白读的关系，一些异常的读法在语言学或者在演变上有什么意义，语法有没有特点，也就是在文法上有什么显著特殊的地方，跟一般中国话的文法特点有没有不一致的地方。光是指出有什么不同，这是一个层次。这个不同的资料里所显示的语言学上的意义，这是另外一个层次。一些年轻的学者在这方面做得不够，也许我看得不太多，难免有偏差的地方。

　　大陆一般学者和学生专注的精神我觉得很可佩。在台湾的学者有时候有旁鹜，很容易做一些别的事情，包括我自己做了些行政工作。那么学生也难免对这有兴趣。所以专注的人并不多。我觉得大陆的学者专注的多，真正在那里研究，真正的在那里肯下功夫。也许由于多年跟外面没有来往，所以对新的理论很多地方不怎么知道，或者知道得比较慢。这方面的研究需要跟外面多一点接触，对理论的背景可以了解得多一点。即使以我个人来讲，已是 55 岁左右的人了，对于新的理论也是有点赶不上，因为我的训练是比较旧的训练。

　　美国的理论尤其是语法方面的理论层出不穷，新东西多得不得了，我有个想法，对这些理论要有个选择。如果很多理论的目的只是把旧的语言事实做些解释，有的地方解释得要好一些，只是这样的话还不够。我们需要能够从新的理论上来发现一些我们没有或者不知道的语言的事实，而能够给予很好的解释。我觉得这个比较重要。所以要知道外面的理论，又不能够被外面的理论迷惑得太厉害。如果那样可能一个人一辈子搞理论，总是要被这个理论那个理论打扰，而最后不见得能有重要的贡献写出来。

假如对理论有兴趣的学者，我想设想问题的时候，也许可以跟印欧语的方向不同，因为中国语言的结构和研究传统有许多地方跟外边不一样的。也许可以从这些部分来想理论上的问题。那我想可能现在正在做的一些人，如王士元的词汇扩散理论就是从中国方言出发而做出来的。这是很有贡献的一种探讨。即使有不同的意见，即使不能视为定论，但是我们还是不能抹杀他的理论的有意义的地方。像现在做文法的一些人，有很多都是从这个立场来看的，希望对语言理论做些补充。那么是不是可以从中国语言本身得到一个理论的架构呢？我想这也许是大陆很多学者从事这方面的研究时可以去仔细想、可以发展的一个方向。

我到现在并没有去过大陆，可是我的感觉好像大陆不同单位之间学者的交往太少，也许这是地方大了，现在虽然有种种性质的年会，可是这个只是大家两三天见面谈一谈就走了。我觉得需要有长一点的能够在一起工作的小组，把不同专长而兴趣接近的人搁在一起做研究。我想这可以有好处，比如说经常有讨论，即使有些辩论也无妨，对彼此的学问都有长进。如果单位性太浓，学问只在我一个单位或一个学校里讨论，难免受到的限制多一点。

问：现在已经有一些个语言学方面的讨论会。如上海、北京、武汉等地方，有的还出了刊物。

答：这很好，要讨论得深入一些，才有收益。

还有一个问题，大陆年轻学者古文的根基要加强，如果要讨论中国古代的文法啦，古代的音韵啦，就需要加强读古书的训练。有些问题不从古书出发就不能深入，就难以温故知新。所以一定要把旧的和新的配合起来，并不是说要钻到老书堆里，不是这个意思，但是中国有这个资料在这里，不去用它这可太可惜了。这点希望对年轻的学生至少有提醒的作用，让他们能为未来的进展奠定深厚的基础。

问：谢谢丁先生。

访问时间：1991 年 7 月 21 日

补记：

丁邦新先生曾师从李方桂先生，我的博士导师邢公畹先生也是李方桂先生的学生，论辈分，我应尊丁先生为师叔。我最早见到丁先生是91年在美国圣克鲁斯的讲习班上，一起还有丁先生的学生何大安先生。丁先生学问精深，学风严谨，待人真诚亲切。他邀请我到伯克利加州大学东亚研究所的赵元任中国语言学中心访问研究，我一直心怀感激。我每次到美国，只要是在伯克利，丁先生和师母都要请我去最好的中餐馆吃饭。后来丁先生到香港科技大学当院长，也还是如此。每次我到了香港他都要跟师母一起赏饭的。

丁先生大家风范，是中国语言学传统继承创新的代表。音韵、方言、南岛语言都有独到建树，还有汉语词序研究，以及历史语言学理论探讨。我在美国就听过丁先生的讲课。丁先生是把汉语语音从上古到现代的发展演化，条分缕析，讲得最清楚最明白的人。我几次邀请丁先生到南开讲学。他把繁难的音韵和方言讲得饶有兴味，大家听得兴趣盎然。丁先生讲到如何抽丝剥茧解决一个难题，结局轻松，尽显率真，连说"好玩儿。"学问做到深处，自得研究之乐。让我们实际体会到：科学的原动力就是好奇。

丁先生曾参加整理赵元任先生《语言问题》一书，特别是翻译赵先生巨著《中国话的文法》，我多次向我的学生们推荐：要想认识汉语，首先要读这本书。学术翻译是译者跟作者的对话。我们在敬佩赵先生的同时，也感谢丁先生的翻译之功，功不可没。

丁师母是画家，曾送我《陈琪习作画集》，山水花鸟，工笔写意，清新俊逸，造诣脱俗。我一直放在案边奉为珍品。丁先生到各地讲学开会，身边总离不开师母伴随。丁先生70华诞庆祝文集《山高水长》封面上是师母画的高山青松配有丁先生题写的诗句，传为一段佳话。

梅祖麟教授访谈录*

石　锋　孙朝奋

梅祖麟教授简介

梅祖麟先生 1933 年生于中国北京。1954 年在俄亥俄州欧柏林学院获数学学士学位。1955 年在哈佛大学获数学硕士。1962 年在耶鲁大学获哲学博士学位。

1962 年到 1964 年梅先生在耶鲁大学任哲学讲师。1964 年到哈佛大学任汉语助教授、副教授。在此期间于 1967 年到 1968 年在普林斯顿大学中国语言学计划做研究员。1971 年以后，梅先生应聘在康奈尔大学任中国文学和哲学副教授，1979 年任教授至今。在此期间还曾主持亚洲学术研究会以及中日研究项目的工作。

梅先生努力于促进中国语言学的发展，曾到北京大学和台湾清华大学做访问教授进行讲学交流，并且应邀到中国社科院语言研究所以及法国巴黎东亚语言研究中心进行研究工作和学术交流。梅先生曾先后担任过汉语教师学会理事会、亚洲研究学会理事会和国际教育交流委员会中国项目常务委员会成员等学术工作，并且是《中国语言学报》副主编。

多年来，梅先生以广博的学识为基础，从事汉语语法史和汉藏语言比较研究工作，成果卓著。特别对于汉语声调史和闽方言历史情况的分析论证，颇多建树。梅先生以学风严谨、功底坚实著称，深得学术界的

*原文载《语文研究》1994 年第 2 期。原题为：学人谈治学。

尊重。

问：梅先生一开始学的不是语言学，现在成为著名的语言学家，能不能给我们讲一讲您是怎么走上语言学道路的？

答：我在大学念的是数学，研究院硕士也是数学，主要兴趣在数理逻辑。这类问题牵涉到哲学问题，而且在哈佛念数学念得不顺，就转到耶鲁去念哲学。

当时语言哲学是哲学中的热门题目，其中又可以分几支。一支是从罗素（Bertrand Russell）、卡纳普（Rudolph Carnap）来的。早在第二次大战以前，逻辑学家已经把命题中的逻辑关系分析成 &(and)∨(or)⊃(imply)种种观念。可以用形式逻辑的方式演算。后来希望能把日常语言中的观念都用形式逻辑的方式表达出来，Montague grammar 即承继这种精神。另一支大本营设在牛津大学，所谓 ordinary language philosophy，维根斯坦(Ludwig Wittgenstein)认为人与人之间的对话都是语言游戏，但不同的语言游戏有不同的游戏规则。传统的哲学家误用规则，张冠李戴，结果堕入陷阱，不能自拔。再发展下去就是近年来所说的（西洋）哲学破产，哲学的结束。这有点像禅宗"如桶子底脱"的悟。我在研究院时受维根斯坦的影响很深，觉悟到哲学家争论的是不可解决的假问题。既如此，就想找机会放弃哲学再改行。

我博士论文的题目是"语法理论的逻辑基础"，其实选这个题目是由于偶然的机遇。我对语言哲学有兴趣，就觉得学点语言学总是应该的。1956 年考完预考就去听勃劳克（Bernard Block)为语言系研究生开的语言学导论和语言结构两门课。在乔姆斯基(Norm Chomsky)兴起以前，勃劳克是结构主义学派的大师，布龙菲尔德（Leonard Bloomfield)的传人。上了他的课才知道语言学中别有一番天地。比如说，怎样知道一个东西是同一个东西是柏拉图以来哲学家一直争论不休的问题；所谓同中有异，异中有同。上勃劳克的课就学到"音位"这个基本概念：phonetic similarity and complementary distribution。两个音如果音韵性质类似而出现范围互补就算同一个音位。这样从语言学的观点就能说明两个不完全相同的音在什么情况下算是同一音位。勃劳克的课我 1962-63 在耶鲁哲学系当讲师时又听了一遍，那时扩充到"双份课"，占语言系研究生第一年课程的一半时间。我总共上了勃劳克六门课，比任何哲学系的老师还多。

对语言学发生兴趣另一个因素是教中文。夏天为了要赚钱谋生，就在耶鲁教中文。一连几个夏天都是如此。美国中文教学制度是一两个教授讲语法和音韵，负责一门课的整个教程，另外请一批中国人带学生练习发音、句式、会话；上课不许讲英文。我做的就是这种"操练教师"。但我也去旁听语法的课，记得第一回听到动补结构的分析，"打破"、"没打破"、"打得破"、"打不破"。哦，汉语里还有这样的语法规律，有意思极了。

教了几个夏天的中文，对现代汉语语法粗具知识。看到几个英国哲学家讨论主语和谓语的差别，还有尝试动词和成就动词的差别。他们举例用英文，却认为英文里的差别是一般性的，是逻辑关系在语言中的体现。我读后大不以为然，就撰文（1961a，1961b）指出汉语语法在这方面跟英文不同。这两篇文章以后扩充就成为我的博士论文。

1956-57 听勃劳克教授的课，学年终了他提到乔姆斯基《变换语法理论》（Chomsky：Syntactic Structure 1957），中文是王士元、陆孝栋译的。原书著者译为杭斯基。香港大学出版社，1966。）他说："有这么一本书，作者是杭（hom）斯基，仓姆（chom）斯基，反正是什么斯基。你们有兴趣不妨去看看，不看也可以。"我一看那本书，简直是出神了。里面问的问题是勃劳克课上没听过的，解答更是没听过的。五十年代结构主义的精神是描写。"什么"是可以问的，"为什么"是不可以问的。乔姆斯基打破这个禁区。为什么人类能用有限的语法规律造出无限的合乎语法的句子？为什么叙述句和询问句单复数的限制相同？用什么样的最简单的方式才能把叙述句变换成询问句？这都是《变换语法理论》提出的新问题。1957 年是语法理论研究的分水岭。1957 年以前是耶鲁结构学派的天下，1957 年以后乔姆斯基取而代之。

勃劳克跟我们这批学生提到《变换语法理论》时我觉得有嗤之以鼻的口气。本来嘛，乔姆斯基一派兴起把老的结构主义打倒，老的一派不愿意被打倒，看不起新兴的一派，也是人之常情。过了若干年，勃劳克故去后，美国语言学会庆祝六十年成立纪念，William Bright 有篇文章提到勃劳克，我才知道是我误解勃劳克对乔姆斯基的看法。

五六十年代勃劳克是《语言》学报的主编。后来柏来特（William Bright）接任主编的职位，就接收了《语言》编辑部的档案，其中有 Robert Lees 关于《变换语法理论》的书评，登在《语言》学报上。当时这篇书评是鼓吹变换语法理论极有影响力的文章。勃劳克做的卡片说："第一流的文章，非常重要。"眼见别人站在跟自己相反的立场，还能如此欣赏，这是勃劳克老师的器量。

1961-62 年我在麻省剑桥写博士论文，同时到麻省理工学院去听乔姆斯基的课。课上认识了马提索夫（James Matisoff），他那时大概是在念法国文学，也去旁听，下课后就搭他的车回家。

1962 年夏天在剑桥开第九届国际语言学家会议。汉语方面出席的有赵元任、李方桂、董同和、蒲立本（E.G.Pulleyblank）、包拟古（Nicholas Bodman，我后来的同事）、王士元几位。我那时还在治西洋哲学，汉语语言学什么都不懂，只是去凑热闹。会后跟王士元在哈佛广场咖啡铺喝咖啡畅谈。王士元在会上发表的文章是用变换语法理论的观点分析现代汉语语法，也是乔姆斯基学派在汉语领域中的第一篇文章。那时赵元任先生的《汉语口语语法》有几章已经成稿，王士元和我谈到那本书，记得他说："赵先生的书都要（用变换语法理论的观点）重写！"

我五六十年代对语言学的兴趣是变换语法理论。其实我对汉语本身并没有很大的兴趣，只是想把变换语法理论用在汉语身上。1964 年到哈佛远东系去教书。1965-66 年麻省理工学院的 John Rose 和哈佛的 George Lakoff 合教一门语法理论的课，两校语言系的师生都去听，差不多有两百人，真是轰动一时。我也去听。那一阵子乔姆斯基和麻省理工学派的语法理论变动很快，过三五年就有一套新理论出现，我渐渐觉得跟着人家跑有疲于奔命之感。同时我也试做变换理论的汉语分析，不久发现了一些基本句法（phrase structure），再做一些变换公式，固然可以衍生合乎语法的句子，可是不合乎语法的句子也源源不绝地产生。久而久之，这种困惑让我走到汉语语言史的领域来。

问：在汉语史领域中您认为哪些学者对您的影响最大？这些影响包括哪些方面？

答：在汉语史方面影响我最多的是董同和、罗杰瑞（Jerry Norman）和李方桂先生。

我入哈佛研究院的那年（1954），董同和先生也到哈佛去当访问学者，前后一共两年。其中半年赵元任先生也在剑桥，住在女儿赵如兰教授的家。董先生台大的两个高足高友工和和张光直也是 1954 年入哈佛，1955-56 年董先生和高、张同住在牧人街的一个楼里。在卞赵如兰家里和牧人街，我认识了董先生。

我去卞家和牧人街其实是因为嘴馋。学校宿舍的洋饭吃腻了，就五六点钟到卞家、牧人街走一趟，说不定有人会留我吃饭。赵如兰跟高友工都把我当小弟弟看待，那两年不知吃了他们多少顿饭。

饭后董先生就在他的房间里跟我们聊天。记得有一回高友工、张光直说，中国传统尊师，老师错了学生不敢驳正，结果中国学术进步不快。董先生生气了："你们该去看看段玉裁、王念孙给江有诰论古音的信。江有诰是个晚辈，改正了段王的错。以当时段王的学术地位，他们给江有诰写信，一点没摆前辈架子，以事论事，江有诰说他们错了，他们就承认自己错了。"过了若干年，我才知道王力先生的《汉语音韵学》是在清华授课时，用董先生的听课笔记编写成的。后来又读王先生的《中国语言学史》，也谈到段王和江有诰两代论学的佳话。于是恍然大悟，董先生 56 年跟我们说的话最初是在王力先生堂上听到的！

我认识董先生时他才四十出头。当时的感觉是汉语音韵史中该知道的他都知道，而且他的学习以及研究都是国内做的。到美国来以前，只曾到日本、泰国做过短期的访问。董先生在清华大学跟王力先生学汉语音韵史。入历史语言研究所后，先是跟赵元任先生做方言调查，抗战时期跟李方桂先生研究上古音，来哈佛前刚出版了《汉语音韵史》。

董先生给我还有个印象是做学问认真。当时高本汉的《汉文典》修正本（Karlgren, Grammata Serica Recensa）刚出版，董先生一个字一个字地去检讨他拟的上古音，有时也发牢骚："怎么李先生跟我已经纠正的他还拟成老样子。"同时他又在哈佛旁听机器翻译和印欧语言史的课。跟我们晚辈聊天碰到学术问题总是认真地讨论，一点都不放松。还有对学生辈的关切，我第一篇文章发表后寄给董先生，董先生特别回信夸奖，说是"学人的文章，不是文人的文章"。

　　因为我仰慕董先生的为人，就想学他那套学问。自己开始读《汉语音韵史》觉得吃力，就想找个机会按部就班地学。1962 年在剑桥见到董先生，印第安纳州立大学有意思要聘董先生，同时也想约我去。我就问董先生："您去不去印第安纳？您去我也去，您不去我也不去。"意思是想利用在同一学校教书的机会好好地跟董先生念汉语音韵史。董先生说："台湾还摆着一堆摊子（有研究工作要做，有学生要带），总得要收了摊子才能来。"不料董先生回台湾后不到一年，带学生调查高山族语言，山上胃病突发，下山后入医院动手术，就此与世长别。

　　我虽然没有上过董先生一堂课，但因为许过愿要做董先生的的学生，我自己一直也把自己当做董先生的学生。若干年后，我研究中古明母、晓母谐声的问题（1989b），想到"墨"、"黑"这类谐声音在上古的音韵关系，是抗战时期董先生和李方桂先生最初研究出来的。当时住在四川李庄，食不果腹，还有日本飞机来轰炸。四十多年以后我又研究这个问题。如果董先生还在世，当面跟他讨论一番，多有意思！想到这里，不禁热泪夺眶。

　　罗杰瑞是第二个在汉语史方面影响我的，也是影响力最大的人。1967-68 我哈佛休假，到普林斯顿大学去做一年 Chinese Linguistic Project 的访问学者。本来计划是去跟高友工合写一本唐诗批评的书的，结果遇见了杰瑞。跟他学了一年汉语音韵史和方言学，合写了两篇文章（1970b，1971b），跟高友工合作的计划反而搁下了。

　　罗杰瑞那年刚从台湾作了闽语调查回来，正在写博士论文，用比较拟构的方法重建共同闽语。他比我小三岁，当时是研究生。我是助教授。但在上古音、闽语史、汉语音韵史方面他都是我的老师。他在加州伯克利分校的三个老师，一个是赵元任先生，一个是 Malkiel，罗曼斯语言学

（拉丁语系的意大利、法兰西、西班牙等语言）的大师，另一个是 Murray
Emeneau，达罗毗荼（Dravidian）语言学的大师（梵文里有好多字在印
欧语系的欧洲语言中找不到同源词，是从印度土著语言 Dravidian 借来
的），杰瑞跟他学越南语和南亚语言学。我从来没好好学过欧洲语言史，
跟杰瑞闲谈时学了不少，此其一。杰瑞同时介绍我苏联雅洪托夫
（Yakhontov）、法国奥德里古（Haudricourt）、加拿大蒲立本（Pulleyblank ）
这几位学者关于上古音的著作。我们谈得最多的是上古汉语中的词头、
词尾（后来我 1980b，1989b 都写过文章），上古音和闽语之间的关系。
在杰瑞口中，语言事实都变活了：一个音怎样变成另一个音，闽语里的
词汇是怎么来的，都是我们聊天的话题，不知不觉地我学了不少汉语音
韵史，此其二。从杰瑞那里我学到用现代语言学的方法去研究借词和同
源词，每个字的每个音都要用历史的方法拟构，然后再去考察每个字的
历史。这种方法和传统训诂学的"一音之转"大不相同，此其三。

　　杰瑞为人又是极厚道极慷慨的。我在 1970 年发表了一篇文章
（1970d），其中一部分论汉语上声来自-ʔ，更早汉语根本没有高低升降形
成的声调。这一部分论点是杰瑞提出的，主要证据也是他收集的。文章
发表后，人家问我对"我"的上声来自-ʔ 说的看法，我自己有时信心动
摇，但杰瑞一直坚信不疑，因为此说本来就是他的。文中有一部分是用
古汉越语中汉语和越南语声调对应关系论证。我最近又在搞古汉越语。
清音和浊音声母的字，声调对应关系奥德里古早就说清楚了。次浊声母
（鼻音和边音）没说。我想弄清楚才能判断哪个字是唐代以后借去的汉越
语，哪个字是唐代以前借去的古汉越语。自己懒得做，就去查前人写的
文章,结果在自己的文章里找到了!怎么自己不知道自己文章里说什么?
因为那段是杰瑞写的,我照抄发表了二十年还不知道里面究竟说些什么。

　　杰瑞给我最大的影响是改变了我的语言观。乔姆斯基一派最注重的
是语言中抽象的、逻辑性的语法现象。跟罗杰瑞接触后深深地感到语言
是人类社会在历史过程中发展出来的，词汇有底层（substratum）也有上
加层（superstratum）。音韵演变固然我们希望能够找出绝无例外的规律，
但字汇层层积累就会打破这种只能应用到属于同一历史阶段的演变规

律。反正碰到人的事情就不会像物理或数学那样有机械性的规律。而且语言到底是可以观察的事实，依时依地依语言种类有所不同。把语言理论弄得抽象了，研究者就无法弄清楚这种理论能否成立。六十年代末期，最早追随乔姆斯基学派的，如王士元、马提索夫、拉波夫（William Labov），都纷纷脱队，我也是其中的一个。

问：一般认为汉语语法史是比较困难的方面，我们想知道您是怎样选择了汉语语法史的研究？

答：对汉语史发生兴趣以后，下一步是要决定做哪一方面的研究。罗杰瑞的音韵史和汉语方言学我一辈子也赶不上。在哈佛 68-70 年跟郑锦全同事，办公室相邻，常互相切磋，有一年还合教了一门汉语音韵史，难的部分如"重纽"就请他讲。锦全那时已经往计算语言学方向走，但音韵史知道得很多。记得有回跟他谈中古音，几个关键字的《广韵》反切，他不加思索都背得出来，我则要查半天书才能弄清楚中古音值。似乎董先生教过的学生都有这样的本事，我是望尘莫及。

汉语语法史是唯一我觉得还可能做出成绩来的领域。那时（以及现在）只有三本书可读：吕叔湘《汉语语法论文集》，太田辰夫《中国语历史文法》，王力《汉语史稿》（中）。尤其是吕先生的书，开创了这门学问，其中论证之细密，引征资料之丰富，看后都使人爱不释手。于是就按照太田和吕两位列举的书目去读语法史的基本资料。从 1968 到 1978 我读了十年基本资料，只写出了一篇文章（1980b，1975 年写的，因为种种原因，到 1980 年才出版），觉得非常苦恼。在这段时期我还写了一篇文章。在《中国语言学报》（Journal of Chinese Linguistics）创刊期上看到邓守信的一篇文章，按照当时流行的"衍生语义学（generative semanties)"，他认为"吃了₁饭了₂"应该分析为{［（吃饭）了₁］了₂}。结构是：吃饭这件事已经完结（了₁），完成（了₁）　吃饭这件事是个新情况（了₂）。我看后觉得这样说也行。不过总该有点别的证据，要不然谁都可以发明一套深层结构。

所以我想在历史文献中找证据：如果〔（吃饭）了〕这种分析法是正确的，文献上该有"吃饭了"（相当于现在的"吃了₁饭"，不相当于现在的"吃饭了 ₂")。那么多的文献，在哪个时期去找？于是我想到吕先生的文章中提到唐代有"归家不得"之类的句子。"~不得"和"~了"按照乔姆斯基的说法都属于 Aux 一类（也就是光杆动宾以外加油加酱的成分）。"动-宾不得"（"归家不得"）既然出现在唐代，"动-宾了"（"吃饭了"）也应该出现在唐代。翻检《敦煌变文集》，果然有一大堆"动一宾了"，而且"动了宾"非常少。整理好资料，写成文稿，发现张洪年做同样的题目也写了一篇文章，结论跟我一样，自己的文章只好搁下不发表。

我重提旧事是因为我是用推理的方式推出来某种句型的年代，而且居然在文献中证实了我的推论。自己觉得有点摸着了句型演变规律的脾气。

1975-76 年我在日本京都休假，主要时间花在读《祖堂集》。除了敦煌变文以外，《祖堂集》（1952 年序）要算是晚唐五代最重要的白话文献。同时我也参加了花园大学入矢、柳田两位先生的《祖堂集》会读。会读是个很好的日本制度：大家聚起来细读一本书。入矢义高先生是早期白话的专家，柳田圣山先生是禅宗史专家。班上还有京都各大学的教师和研究生，有治唐史的，有治佛学的，有治宗教制度史的。大家聚起来，每周一次两小时，轮流翻译讲解。碰到读不懂的地方就停下来讨论。据说我参加那年，已是《祖堂集》会读的第十年。

我日文勉强能读，听却几乎完全听不懂，所以上班既跟不上，也没法参加。但是下课以后，入矢义高先生总是请我上咖啡铺去喝咖啡，算是补习班。柳田圣山先生只会日语，无法跟他交谈。入矢先生汉语英语都行，却愿意跟我说英语。我问他的问题以资料的年代为主，譬如《敦煌变文集》有几篇可以断定是在唐代以前写成的？《洞山语录》、《庞居士语录》作于何时？入矢先生总是跟我耐心地讲解断代的困难，同时也告诉我还有些什么资料值得注意。宋代的《碧岸录》、《大慧书》就是那年读的。

问：梅先生长期在美国，请谈一谈在当今语言学理论和方法中，您

认为有哪些对研究汉语是重要的?在层出不穷的学派中,哪一派比较适合
于汉语的研究?

答:至于有些什么语言学的方法和理论可以用来研究汉语,我认为
有四个观念在历时语言学方面是比较重要的。

一、结构

汉语上古有上古的音节结构,中古有中古的音节结构,在语法和句
型方面,我想也各有它的典型结构,虽然我们在这方面知道得少些。

对我来说,语言有结构是天经地义,不用结构的观念去研究语言,
结果一定会像串不起来的散钱,七零八落。勃劳克老师指定教科书只有
两本。勃龙菲尔《语言》(Bloomfield,Language)以及霍凯特《现代语
言学教程》(索振羽、叶蜚声译,1986)(Charles Hockett,A Course in
Modern Linguistics)。

二、比较拟构

比较拟构和"音韵演变规律没有例外"无法分开。正是因为音韵演
变规律没有例外,所以一个祖语在各语言(或方言)里不同的演变都是
遵守规律的,所以求得出它们之间的对应关系,再做比较拟构。

据我所知,用比较拟构的学者不少,例如李方桂先生的共同台语,
丁邦新先生拟构的高山族古卑南语,龚煌城先生共同汉藏语的元音系统,
还有罗杰瑞先生的共同闽语。这里中国籍的也有,美国籍的也有;用在
汉语身上的也有,用在非汉语身上也有,不知为什么,唯独缺的是大陆
学者的比较拟构工作。

三、衍生(generative)

这个观念在乔姆斯基提出以后才被重视。在共时的领域,人类怎样
用有限规律,造出无限的、非常复杂的句子,这是个引人入胜的问题。
同样地,怎样用音韵变化规律来产生汉语某些方言中复杂的变调也是个
问题。

在历时的领域也是如此，我们想知道各方言为什么音系不同，新的句型或语法结构是怎样产生的，旧的为什么被淘汰。作为历史家，无论是研究社会、经济政治或语言，最终目的总是想找出因果关系——知其不可而为之。乔姆斯基早年提出"提出的充分性"和"解释的充分性"就是告诉我们不但要知其然还要知其所以然。

四、微观历时语言学和社会语言学

研究汉语史其实是研究宏观历时语言学，跟它相配合的是微观历时语言学。我们知道历史上的演变——能用规律描写的——是积累若干小变化而形成的。研究短时期之间的小变化就是微观历时语言学。

王士元先生的词汇扩散理论国内国外都非常有名，不必我作介绍。还有拉波夫（William Labov）的社会语言学，两者息息相关。拉氏指出任何方言——尤其是大都市的方言——都可以分成若干小方言，在互相影响下演变。而这些小方言又跟社会背景有关，如纽约城的黑人和白人，费城的中等阶层中年妇女和其他人。这些小方言有的走在前头，有的在后面赶，甚至于矫枉过正，于是诸小方言是参差不齐地演变。他们两位共同之点在于都精于运用统计方法。同音的字，在有的人口中已经变了，有的人口中还没有变。在同一个人的口中，同音字也会有的在变，有的还没有变。安东尼·克劳克（Anthony Kroch）最近在 Language Variation and Change 1（1989）发表一篇文章，用统计方法研究语法演变，值得我们效法。

上面谈到的四个理论，两个是老牌的：结构和比较拟构；两个是新兴的：衍生和微观演变。我觉得都不是"学派"，而是从事语言工作的学者应该知道的方法。

结构和结构主义不同。结构主义是个学派，"耶鲁"结构主义的特征是只谈形式结构，不谈语义。这是它的偏差。搞语法史的总会看到一种情况：同样的语法意义，在不同时期或不同方言用不同的语法手段表现，这就牵涉到语法中的语义问题。衍生和早期的乔姆斯基学派不同。早期的乔姆斯基用变换语法理论来解释衍生的现象。现在乔姆斯基自己已经不谈变换（transformation）了，但是衍生这个观念还有它的永久价值。

现在美国流行的各种学派是否能应用在汉语研究身上？这个问题不容易回答。譬方说麻省理工学院学派，就先要说明是哪年的，七十年流行的与八十年代不同，八十年代初期流行的跟晚期不同。据说美国西部流行功能语法学派，这也不容易弄清楚到底在说什么，什么是真牌的功能语法，什么是冒牌的功能语法。

另一方面，我觉得所有新的理论都值得试一试，不试不知道是否合乎汉语的个性。对乔姆斯基最近的"支配和约束理论"（theory of government and binding）我也采取同样的态度，希望黄正德教授和其他人继续做下去，看看是否能解释、描写现代汉语语法。但是乔姆斯基一直注重的是一般性语法（universal grammar），汉语也是用这几个原理，英语也是用这几个原理。先秦语法和唐宋语法也都是一般性语法的体现。那么我们搞语法史的不禁要问：既然都是一般性语法，先秦和唐宋之间的差别怎样解释？换言之，一个成功的语法体系总该能把历时演变放在一个适当的位置。如果不能，不但是我们研究汉语史的不能接受，任何研究语言史的——日耳曼，罗曼斯，印欧——都不能接受。

另外，我常想，有些早晚应该做的工作先作，不管是搜集资料，断定某种句型的出现年代，还是比较拟构。可能是徒劳无功的研究放在后面——虽然用的是最时髦的理论。

问：梅先生在汉语的历时研究中做了很多重要工作，请您把做过的研究工作讲一讲。

答：我做的研究分几个方面，往往同一个题目在不同的时期发表相关的文章。

（1）声调史

其中有两个主要问题。一、汉语声调是怎样产生的，二、产生的高低升降组成的声调以后，调值是怎样演变的。1970b 说上声来自-ʔ，1980a 说去声来自-s，都是针对第一个问题。1980a 还想说明去声别义可能分成两个时间层次，最古老的层次非去声字是动词，去声的字是名词。这部分不太成功。去声来自-s 之说在这篇文章之前已由其他学者证明。我用了另一种论证方法。藏文加上-s 能把动词变成名词，汉语把非去声的字变成去声同时也把动词变成名词。藏文有-s 没有去声，中古汉语有去声没有-s。去声和-s 功用相同，分布互补，所以汉语的去声来自-s。

因为我们不知道调值变化的规律，所以我采取的步骤是去找文献上对某个地区的调值系统的记载，先后写了 1970a, 1977, 1982a 三篇文章。本来是希望弄清楚同一个方言先后两个时期的调值，再去推断其中演变规律。可惜一直没有成功。

（2）闽语史

1976a 说闽语有南亚语的底层，1971 说闽语有 c1-型（现在要说 cr-型）复声母的遗迹，1988a 说闽语排除式和包括式的区别来自南亚语或南岛语的底层。这都是跟罗杰瑞合作的成果。我独自写的文章中，1979a，1983b 说脱落-r-介音是早期闽语的一个音韵特征，1989a 说闽南语"坐著椅顶"的"著"这种方位介词法是承继南北朝的用法，最近我又在研究闽语语法史。

自从跟罗杰瑞合写 1976a 开始，我对语源学（etymology）一直有兴趣，后来又在两方面做过研究。一方面是汉藏比较，另一方面是方言虚词。我研究方言语法史，出发点就是找到几个方言虚词的本字，再进一步研究这些虚词怎么会在某些方言中有如此这般的用法。

（3）汉藏比较

（甲）1979b 说明"岁"（上古音）*skwjats 和"越"（上古音）*gwjat 同源，这两个字又和藏文 skyod 同源；这些话又在 1980a 里说过。*skw->sw-最早是雅洪托夫 1960 年提出的。李方桂先生 1971 年的（上古音研究）拟构了*skwj->sw-，*sgwj->zw-，还有*skj->tś-，*skhj-> tśh-，*sgj->dź-，1976 的《几个上古声母问题》又取了最后三种演变规律的假设。七十年代*sk 型的复声母是个热门题目。我 1979b 那篇文章证明上古汉语确实有*skwj-这样的复声母，同时也说明*s-是个词头。1989 年龚煌城告诉我汉语"越"字的藏文同源词是 'grod "行，走"，bgrod "行，越过（河流）"，喻三的上古音是*gwrj-。现在拟构"岁"，"越"这个例该写作"岁"*skwrjats，藏语*skryod；"越"*gwrjat，藏语'grod。

（乙）雅托洪夫和李方桂两位都认为 *s-是上古汉语的词头。我 1989b 那篇文章指出，*s-词头在上古汉语里不但有使动化功用，还有名谓化的功用，其中"墨"*m->m-，"黑"*sm->x-；"林"*r->1-，森 *sr->s-这两个例比较可靠，其他例虽然用的是李方桂拟构的复声母，可其中问题重重，还需要重新考虑。

（4）汉语语法史

我做了三种工作：

（甲）参加《近代汉语语法资料汇编》（刘坚、蒋绍愚主编）的编辑工作。

（乙）方言虚词往往是有音无字（其实是知其音，知其用法，而不知其本字），文献上所见的虚字又不知道是否在某些方言里流传下来。我做的工作是把方言虚词和文献上的虚字配上对。1979a 说明吴语"吃仔饭哉"的"仔"的本字是"著"，又在《朱子语类》、《大慧书》等宋代白话文献中找到这种完成貌词尾"著"的用例。后来发现闽南话"坐 ti^2 椅顶"的 ti^2 就是《世说新语》"坐著膝前"的"著"，又写了 1989a 那篇文章，把"著"字方位介词，持续貌尾词，完成貌尾词这三种用法在方言里的用法联起来看，寻求它们的源流关系。最近悟出闽南话的"开 a"是"开也"，"写 lia u"是"写了也"，又写了 1991b，把闽南话的"V 也"，"V 了也"和《祖堂集》里的"V 也"，"V 了也"联结起来。

（丙）文献上所见的语法史

1978a 用结构主义的观点来看选择问句法的来源，后来朱德熙、张敏两位也研究这个题目，又把方言中的差别和历史语法联结起来，当然比我看得更深更远。其他几篇如 1981，1986，1987，1988a，1990a，1991e 只能当做专题的习作，选语法史中比较重要的题目整理资料，想说出一个演变的历程。但 1981 认为"动+结果补语+宾语"是"动+了+宾"的前身，1991b 已经更正。1990a 论唐宋处置式的来源也太着重处置式承继唐代以前的发展，没有突出处置式出现的创新意义，都是把事实看偏了。

问：今后梅先生在研究工作方面还有什么想法和打算可以谈一谈吗？

答：我以后想做的工作是继续研究方言语法史，写一部《汉语语法史要略》，行有余力，想用英文再写一遍。但其中有重要问题尚待解决，提笔写时往往有力不从心之感。

早期白话在晚唐兴起的社会背景，是我多年来关心的问题，但我不是历史家，知道问题的重要，不知道怎样去研究。钱大昕"古无轻唇"、"古无舌上"之说比格莱姆定律（Grimm 'law）还要早，其实是"音韵演变遵守规律"最早的例证。假吾以年，倒想了解一下钱大昕怎样会"无中生有"地发现音韵演变规律这么一个观念。

问：梅先生曾到大陆讲学，开会和研究工作，请淡一谈对国内语言研究的看法。

答：至于国内的汉语研究，有非常精彩的，如裘锡圭的甲骨文金文，朱德熙的现代语法，曹广顺的晚唐五代语法，张敏的反复问句的历时方言研究，周祖谟的两汉魏晋南北朝韵部演变等等。这几位学者的研究都是实事求是，寓理论于事实。读他们的作品，不怎么觉得他们是在用国外哪一派的理论，好象事实就是如此，但字里行间，却含有理论原则，接受了他们对事实的叙述，等于就接受了他们的理论。

还有一些作品，读起来往往有"躐等"的感觉。王士元"词汇扩散理论"之所以重要，是因为修改了"音韵演变没有例外"的理论。有些人乐意谈词汇扩散理论，却没有做过音韵对应或比较拟构的工作，对"音韵演变没有例外"理论的力量却没有体会，他们的文章读起来就有躐等的感觉。同样地，乔姆斯基现在的"支配和约束理论"以及其他 1957 年以来的研究，都是结构主义的延伸，有些研究语法的，把乔姆斯基八十年代的理论背得滚瓜烂熟，似乎没有精读过布龙菲尔德和索绪尔（de Saussure），他们的作品，读起来同样有躐等感觉。

此外国内语言学的科目似乎分得太细。研究方言音韵的有的不理会历史音韵，治历史语法的不治历史音韵，搞甲骨文金文的不懂上古音，研究上古音的不理会汉藏比较。比方说，我读国内讨论方言分类、方言分区的文章，第一个问题倒不是这篇文章说得对不对，而是说对了又怎么样。也就是说，用来作为分类或分区的音韵标准如果不能跟历史上的音韵演变联结起来，我真不懂为什么要如此区分。

汉语史是中国历史的一部分，治汉语史的当然希望把语言史和历史的其他部分联结起来。汉藏比较牵涉到汉族和藏缅族在远古时代的关系。北方的汉语方言多受阿尔泰语的影响，南方的多受南亚语和泰语的影响。方言的形成和民族迁移史息息相关。建业（建康）作为南朝的首都影响到《切韵》的韵部分类，唐代的长安使北方官话变为全国的标准语。以后辽、金、元、明又使北京话变成新的标准语。这都是治汉语史的常识。

　　总起来说，把汉语史看得全，把汉语史跟中国历史的其他方面放在一起看，是研究汉语史过去的方向，也是今后的方向。

1991 年 8 月 22 日

注：这次访问是以通讯方式进行的。由石锋和孙朝奋二人列出问题，请梅先生逐一以笔作答，写成此文。梅先生来信讲到，"写信的时候想念我的几位老师，大部分都故去了，到现在才有机会谈到我受他们的教诲。"令人深为感动。

注释：

1961a Subject and Predicate: A Grammatical Preliminary, Philosophical Review 52.153-175.

1961b Chinese Grammar and the Linguistic Movement in Philosophy, Review of Metaphysics 14. 463-492.

1963 The Logic of Depth Grammar, Philosophy and Phenomenological Research 24. 98-109.

1968a 　文法与诗中的模棱，《史语所集刊》39. 3-124.

1968b (with Yu-kung Kao) Tu Fu's "Autumn Meditations": An Exercise in Linguistic Cristicism,Harvard Journal of Asiatic Studies 28. 44-80. 汉语译文发在《中外文学》1. （1972）。

1970a Tones and Prosody in Middle Chinese and the Origin of the Rising Tone, Harvard Journal of Asiatic Studies 30. 56-110. 汉语译文发在《中国语言学论集》(1977) 。

1970b. （with Jerry Norman) The Numeral "six" in Old Chinese, in R. Jakobson and Kawamoto eds., Studies in General and Oriental Linguistic Presented to Shiro Hattori, 451-458.

1971a (with Kao) Syntax, Diction, and Imagery in T'ang Poetry, HJAS 31. 51-136. 汉语译文发在《中外文学》1. 10, 11, 12（1973）。

1971b（与罗杰瑞合作）试论几个闽北方言中的来母 s-声字,《清华学报》9. 96-105。

1976a. (with Norman) Austroasiatics in Ancient South China: some Lexical Evidence, Monumenta Serica 32. 274-301.

1976b. (with Kao) Ending lines in Wang Shih-chen's "ch'-chüeh", in Christian Murck ed., Artists and Traditions (Princeton University Press, 1976, 131-144.

1977. Tone and Tone Sandhi in 16th Century Mandarin, Journal of Chinese Linguistics 5. 237-260.

1978a. 现代汉语选择问句法的来源,《史语所集刊》49. 15-36。

1978b. (with Kao) Meaning, Metaphor and Allusion in T'ang Poetry, HJAS 31. 51-136. 汉语译文发在《中外文学》4. 7, 8, 9（1975-76 sic）

1979a. The etymology of the Aspect Marker tsi in the Wu Dialect, Journal of Chinese Linguistics 7.1-14; also appeared in Computational Analyses of Asian& African Languages (Tokyo) 9 (1978). 汉语译文发表在《国外语言学》1980.3.

1979b Sino-Tibetan "year", "month", "foot", and "vulva", Tsinghua Journal of Chinese Studies 12.117-133.

1980a. 四声别义中的时间层次,《中国语文》1980.427-443。

1980b 《三朝北盟会编》里的白话资料,《中国书目季刊》。

1981a 明代宁波话的"来"字和现代汉语的"了"字,《方言》1981.66。"

1981b 古代楚方言中"夕（柰）"的词义和语源,《方言》1981. 215-218。

1981c 高本汉和汉语的因缘,《传记文学》39. 2. 102。

1981d 现代汉语完成貌句式和词尾的来源,《语言研究》1. 65-77。

1981e A common etymon for Chih 之 and chí 其 related problems in Old Chinese phonology, Proceedings of the International Conference on Sinology (Section on Linguistics and Paleography),185-212.

1982a 说上声，《清华学报》14. 1-2. 233-241。

1982b 从诗律和语法来看《焦仲卿妻》的写作年代，《史语所集刊》53. 2. 227-249。

1983a 敦煌变文集里的"熠"和"𥝱（举）"字，《中国语文》1983. 1. 44-50。

1983b 跟见系谐声的照三系字，《中国语言学报》1. 114-126。

1983c (与张惠英合作）说"扁"和"恶"，《中国语文》1983. 3. 219-220。

1984a 从语言史看几本元杂剧宾白的写作时期，《语言学论丛》13. 111-153。

1984b The second annual meeting of the Linguistic Society of China , Journal of Chinese Linguistics 12. 1. 99-207.

1986a. In memoriam: Professor Wang Li, Journal of Chinese Linguistics 14. 2. 333-36.

1986b. 关于近代汉语指代词—读吕著《近代汉语指代词》，《中国语文》1986. 6. 401-412。

1987. 唐、五代"这"、"那"不单用作主语，《中国语文》1987. 3. 205-207。

1988a. 北方方言中第一人称代词复数包括式和排除式的来源，《语言学论丛》15. 141-145。

1988b. 内部构拟汉语三例，《中国语文》1988. 3. 169-181。

1989a. 汉语方言里虚词"著"字三种用法的来源，《中国语言学报》3. 193-216。

1989b. The causative and denominative functions of the *s-prefix in Old Chinese, Proceedings of the Second International Conference on Sinology(Section on Longuistics and Paleograph), 33-52.

1990a. 唐宋处置式的来源，《中国语文》1990. 3. 191-206。

1990b. 刘坚、蒋绍愚主编《近代汉语语法资料汇编》(唐五代卷）序。1-5。

1990c. 纪念台湾讲话研究的前驱者王育德先生，《台湾风物》40. 1. 139-145。

1991a. 词尾"底"、"的"的来源，《史语所集刊》59. 1. 141-172。

1991b. 唐代、宋代共同语的语法和现代方言的语法，《第二届中国境内语言暨语言学国际研讨会论文集》35-61。

1991c. 从汉代的"动·杀"，"动·死"来看动补结构的发展，《语言学论丛》16 辑。

1991d. (with Victor Mair) The Sanskrit Origins of Recent Style Prosody, Harvard Journal of Asiatic Studies, December, 1991。

补记:

　　梅祖麟先生与南开素有渊源。父亲梅贻宝和伯父梅贻琦都毕业于南开中学。梅贻琦先生长期担任清华大学校长并在抗战时主持清华、北大与南开合并的西南联大,梅贻宝先生抗战时曾任成都燕京大学代校长。我则是多年来在南开中学和南开大学形成南开情结。因此还没有见面,就对梅先生很有亲切感。我跟梅先生见过几次面,听过他的讲学。先生学贯中西,儒雅亲切,关心中国语言学的发展。

　　1991年我到加州,梅先生在康奈尔大学,我当时跟朝奋兄商量采用书面访谈,写出我们的问题,发给梅先生。结果梅先生亲笔对我们的问题逐一做了认真详细的回答。这使我们非常感动。

　　梅先生的回答中回顾自己,怀念师友,有两点对我深有启示。一是以亲身经历写出在美国的一批语言学家对乔姆斯基理论从兴奋追随到困惑脱队的转变过程。如梅先生所说:"反正碰到人的事情就不会像物理或数学那样有机械性的规律。而且语言到底是可以观察的事实,依时依地依语言种类有所不同。把语言理论弄得抽象了,研究者就无法弄清楚这种理论能否成立。"

　　二是梅先生讲到自己跟罗杰瑞两位学者之间的纯洁友情。他们在一起切磋交流,形成的学术观点你中有我,我中有你,这本是合作交流中常见的事情。难得的是两位先生从不彼此计较,这是一种境界,远超出世俗名利的玷污。使人珍惜向往,令人肃然起敬。学术为天下之公器。反观如今滚滚红尘中,仅为一篇文章署名的前后而形同陌路者有之,只因一时利禄计较而置学术于不顾者有之。这都源自把学术作为私利。仰望梅先生和罗杰瑞先生,这种人应该自惭形愧了。

缅　怀

但将万绿看人间
——深切缅怀吴宗济先生[*]

石 锋

2010 年 7 月 30 日，我在美国明德大学讲学。打开电脑邮箱，屏幕显示出：敬爱的吴宗济先生永远地离开了我们！我顿时大脑一片空白。以至随后给美国的研究生讲语言理论课的时候竟然不知所云……

很长一段时间里，吴先生那熟悉的身影和音容笑貌时时浮现在眼前，似在循循讲授，似在孜孜求索，似在侃侃述怀，似在谆谆叮咛，似在殷殷期盼。日前回到南开整理旧物时，找到吴先生的多封信件，重新捧读，无限怆然。往事历历，犹如昨日。

一、言传身教启蒙路

我的学术生涯是跟吴先生紧紧联系在一起的。三十一年前，我在人民大学读书，导师胡明扬先生亲自把我和同学廖荣蓉两人托付给吴先生，请他指导语音实验的学习。从此开启了我们的音路历程。

1979 年，吴先生应北京大学林焘先生之邀为语音学研究生讲授语音课程，我们闻讯都去听讲，结果成为一个有十人左右的研究生班。当时有三门课：林焘先生讲汉语语音研究；张家騄先生讲言语声学；吴先生讲的是实验语音学。吴先生不辞辛苦，每周骑车往返几十里路，从北京东南部劲松区的家中到位于西北部的北京大学来讲课。我们都很喜欢听

---

*原文载《世纪声路，大师足音—吴宗济先生纪念文集》，商务印书馆，2011 年。

吴先生的课。他讲课轻松自如，旁征博引，循循善诱，把深奥的语音学原理讲解得浅显易懂，还常常加入自己的亲身体验和最新的前沿动态，引领我们踏上语音学的学术旅程。

从秋天开学讲到严寒的冬天，每次吴先生都正点到达，准时上课。有一次，天气突然变化，北风呼啸，气温骤降，我们都为吴先生担心，希望他这次不要来了。可是就在上课之前，吴先生骑着自行车，跟往常一样准时来讲课了。要知道为了给我们上课，年已古稀的吴先生骑自行车迎着怒吼的北风，从东南到西北穿越了整个北京城！大家都深受感动，上前问候。吴先生走上讲台，打开讲义侃侃而讲，只字未提一路的艰难。当时的情景一直深深留在我的心中。这就是吴先生对待工作对待学生的认真执著，这就是身正为范的无声教导。我们从吴先生那里不仅学到如何做学问，更学到了怎样做人。

上学的时候，我们经常到吴先生家中登门求教，大约一两周去拜访一次。吴先生平易亲和，对我们十分热情。我们两个初学者提出的那些幼稚无知的问题，他都会一一给予耐心详细的解答，帮助我们解决了一个又一个学习中的疑难。我们就这样成了吴先生家中的常客。最后我们都分别顺利地完成了苏州方言的声调和塞音声母的实验分析工作，写出了毕业论文。我们从乍入语音学之门到能初步进行实验研究，这其中凝结着多少先生的心血！

二、亦师亦友忝忘年

吴先生在《语音丛稿》序言中写到，我们"谊属师友"，这其中蕴含着无数温馨美好的回忆。

毕业之后，我回到天津当了老师，到北京时常常会去看望吴先生，一年至少总要有五六次。期间还有几次我亲身经历的学术活动，值得记下来。

1984 年黄伯荣先生在庐山举办现代汉语讲习班，邀吴先生讲学。我也去参加了，还受命照顾吴先生，一直护送回京[图 1]。1986 年，南开大学跟语言所合办首届全国语音学讲习班，吴先生来南开讲学，当时听讲者近两百人，堪称一时之盛。后又屡赴南开讲学[图 2、3、4]。1991年在法国参加第十二届国际语音学大会，吴先生不仅有精彩的发言与各国学者交流，还在联欢会上跟外国友人一起跳舞。我拍下了珍贵的照片。后来吴先生在会议报告里讲中国参会的五人，提到我的名字[图 5、6]。

我到北京去看望吴先生，一般是先打好电话，早上到北京，上午去办事，下午就去吴先生家中。先生以语音为己任；以语音为乐趣，讲他最近的研究进展、读书体会、交流信息。常常是跟我讲过的内容不久以后就写成文章发表出来。如：塞音清浊的三种定义、塞擦音的共时发音、连调的跳板规则等。我很高兴能先"闻"为快。坐在他的书房里听他兴致盎然地侃侃讲述，艰深繁难的学术研究变得那么情趣盎然、引人入胜。我每次去看吴先生都是这样至少几个小时的学术升华，精神充电。

跟先生在一起总是有说不完的话题：日僧空海[①]、嵇琴阮啸、怀素狂草、写意山水，以至雷琴演奏[②]、含灯鼓词[③]。有时候谈到很晚，我们就共进晚餐。先生总会摆上精致的餐具，取出珍藏的红酒。饭后再接着讲，一直到深夜。我就睡在他的书房。我习惯晚上十二点一定睡觉，而先生通常凌晨三、四点才睡。由于我占据书房，他转到卧室继续看书。第二天，再跟先生共进早餐。先生家的早餐很有特点。他教小保姆做西式煎蛋，只煎一面。先生告诉我，他当年在考入清华之前，先到南开去念了一年的预科。这样算来，我还可以跟先生攀上校友。

有一年春天，我去日本讲学前到先生家告别，恰逢他的生日。正巧我带有一个新买的日本相机，便送给先生祝寿。先生当时十分高兴，说："以前什么样的相机都玩过，对这些新东西倒落伍了。"跟我讲起他的照相经历：他从小喜好摄影，上学时参加摄影社团，技艺超人，誉满校园。我知道 1957 年先生访欧时，曾把大量的珍贵文献资料一页一页地拍照复制，带回国再一张一张地放大冲洗出来，装订成册。我在语言所资料室里查阅过的，清晰整齐，在当时条件下，已臻极致。

先生曾从朱自清先生学诗，从俞平伯先生学词，入室亲炙，深有功底。写诗填词，挥洒自如。遣辞用典，极富文采。有《咏语图仪》诗，把语音仪器写得妙趣横生，饶有兴味。末尾"语言今可见，不待听斯聪"

两句，我还在讲课和文章里多次引用过。[图 7]

先生酷爱猫头鹰，嗜好收藏。我曾先后从国外给先生带来三个：贝壳的、玉石的、水晶的。他为猫头鹰正名的诗《癖鹏行》，以鸟自况，寓意深远。内有"人弃我偏取；群趋我莫逐。风物放眼量，百年亦云忽。"并录"人同天地春；室有山林乐"入诗。正是：诗言其志，文如其人。

先生善作诗，也喜读诗，对放翁《示友》④情有独钟。先生爱其豪气磅礴，生机盎然，多次引用。我见到三处：一是 88 年自述治学之道的《知从实处来》篇首全引为通篇之纲以自励；二是 93 年《语音丛稿》序末全引与我们后辈共勉；三是 99 年《赵元任语言学论文集》序中引"凌空一鹗上，赴海百川东"二句，颂赵先生之博大精深。

三、遍采百花成一家

吴宗济先生是中国语言学的百年宗师。他是中国现代语言学自始至终的参与者，也是中国现代语言学历史最权威的见证人。

"国宝、大师、语言学泰斗"，这些称号对于吴先生是名副其实、恰如其分的，然而吴先生对于这些虚名却毫无兴趣。他数十年如一日地埋头苦干，辛勤耕耘，在新中国的土地上重新奠基并发展了一个新的学科——语音学，这对于中国语言学至关存废兴衰的重大意义，将会随着时间的流逝而日益彰显在世人面前。

吴先生早年师从罗常培、王力先生，跟随赵元任、李方桂先生，得到四位中国语言学巨匠亲炙，后来成就中国语音学承前启后、继往开来之功，绝非偶然。

吴先生兴趣广泛，喜欢唱歌，爱好摄影。中学就加入摄影社团，在大学参加军乐团和管弦乐队。他在清华大学先是在工程系，后转化学系，最后到中文系。兼有文、理、工的基础。文包括语言和文学，文学又兼修中国文学和西洋文学。吴先生具备了语言学相关学科的全面知识。

当时的清华大学名师如林。有梁启超、王国维、陈寅恪、赵元任、刘半农、杨树达、刘盼遂、闻一多诸先生先后执教。吴先生跟罗常培、王力先生学习音韵学；跟朱自清、俞平伯先生学习古诗词；选吴宓先生西洋文学史；听闻一多先生先秦文学；向刘半农先生请教摄影等。可谓得天独厚。

吴先生从小既学古文又学英文，功底深厚。考入中央研究院之后，"汉语语言学之父"赵元任先生就把实验室的仪器全部交给吴先生，锻炼了他语音实验的能力。后随赵先生调查湖南方言，又跟"非汉语语言学之父"李方桂先生调查壮语，直接得到语言学田野调查的严格训练。参加整理湖南方言和湖北方言调查报告，是中国汉语方言的开创之作。前面的得天独厚加上后面的田野锤炼，真正是：天地灵气钟于一身。吴先生自己也称"非常幸运"。

吴先生个人的历程反映了中国语言学的历程。他的一生是中国语言学艰难起步的真实写照。吴先生代表了中国语言学曲折发展的一个时代。

1956年，时任中国科学院语言研究所所长的罗常培先生专函从上海调吴先生到所委以重任，重建中国语音学。罗先生当年给赵元任先生的信中就曾问到吴先生工作情况如何，赵回信非常满意。罗先生慧眼识人，其实早有所嘱。吴先生不负重托。奉派遍访捷克、丹麦、瑞典、前东德和前苏联五国，有国外同行学者帮助，得到先进的语音实验技术以及很多珍贵文献和技术资料。此行犹如唐僧取经西天，意义深远。

回国后，先生立即筹划研制和购置仪器以及研究规划的安排。如制作音高显示器测试汉语声调；设计腭位照相仪研究汉语元音和辅音。并由邮电研究院试制语图仪。（后来我和同学廖荣蓉就是用这台语图仪工作三个月，完成了我们的毕业实验。留下又一段师生缘。）吴先生费尽心血，组织力量先后完成《普通话发音图谱》（1963）、《汉语普通话单音节语图册》（1986）和《实验语音学概要》（1989）。为中国已成空白的语音研究奠定了发展的基础，使赵、罗等前辈开启的事业重新起航。

吴先生在学术上可谓自成一派——实验派。他继承了赵元任先生的事业，同时在实验探索中又有发展和创新。吴先生的学术贡献可以概述为以下几个方面：

首先，吴先生对于汉语普通话的声母和韵母在生理、物理方面的基本特性做实验考察，对声母韵母之间的协同发音也作了深入的探讨。奠定汉语语音研究的基础，追上国际学术发展的步伐。

其次，吴先生分析普通话的声调变化，从两字组、三字组到四字组。连读变调的研究是为研究语调打基础。他把连读组的调型作为语调单元，是汉语语调理论的创新。在语调单元的变化规则中，吴先生多有新的发现。

同时，吴先生的研究从"人际"语音学开拓到"人-机"语音学。亲身实践，引领潮流，与中国科技大学、清华大学等机构合作，把语音研究跟语言工程结合在一起，为提高语音合成自然度作出重要贡献，令人瞩目。

另外，吴先生通古博今，用现代科学手段刷新对传统音韵学的阐述和理解。还积极探索文学与艺术等其他学科的韵律规则跟普通话韵律之间的共性，提出书话同源。

吴先生历尽劫难，始终如一。在生活中，在思想上，时时把握学术的方向，将与语音联系的各领域的内容挖掘出来，使中国语音学从无到有，再次起飞，方兴未艾。

"赚得彩鸾心醉，身付与，寝馈难休。"⑤吴先生曾用"凌空一鹗上，赴海百川东"来评赞赵元任先生，这诗句同样也是吴先生自己的追求和写照。

四、尊师爱业赤子心

吴先生淡泊名利，尊师爱业。这是我从他的言传身教中得益最深的。他的尊师，正如他说赵先生的"予欲无言"⑥；他的爱业，岂止一句"事业心"所能涵盖。

吴先生讲："惠我至厚，影响至深"的有罗常培先生和赵元任先生。罗先生清华启蒙，屡召归队，拔人于"亡羊歧路"⑦之中。赵先生招考取录，亲聆指教，相马于"牝牡骊黄"⑧之外。吴先生一生有两个三分之二：其一是先生的全部论文有三分之二是在八十岁以后完成并发表出来的。这可以说是先生不负罗师当年三顾召归所付厚望，用一生孜孜不倦的努力，实现了先生重托。我没有听到先生讲过一句回报罗先生的言语，却看到他奉"解决积疑，可资实验以补听官之缺"（罗先生语）为座右铭，为书房取名"补听缺斋"。爱业即爱国，先生以身许国，最后一篇文章写于 2010 年春节，住院前不久。

其二是先生的全部论文中有三分之二是研究汉语韵律和语调问题的。这可以说是先生师承赵元任先生的学术思想，继续发扬光大。主编赵先生的文集，先生亲自审定全部稿件，细致认真负责，还把几篇国际音标的论文转译写为英文，并写了序言。赵先生评传是吴先生亲自作序。只要是老师的事情，吴先生都是全力以赴，忘我投入。最后一篇文章就是为最新一部赵元任评传写的序言。其中还提到随赵先生出游，那种"浴乎沂，风乎舞雩，咏而归"[9]的感受。对于恩师如沐春风，拳拳之心，跃然纸上。

有一次吴先生来南开讲学，我在家里设便宴欢迎。席间有人问吴先生：您这么高寿，身体这么好，有什么养生秘诀啊？吴先生笑称自己是"无心无肺，顺其自然"。一语道出情无限。先生在文革中不失生活的勇气，劫难里坚守事业的信念。看似瘦弱的身体中，有着无比强大的精神。先生的人生中折射了国家的足迹，代表了时代的历程，发人深省，给我启迪。

先生 85 岁开始让孙子教他学习电脑，上网、画图、写文章、发邮件，样样都会，常常两台电脑同时操作。"荧屏敲字省蝇头"[10]。在科学研究中，先生从不畏惧攀登高峰，跨越难关；一向爱好学习新的事物，打开新的领域。

1998 年春天，先生于望九之年写诗："覆瓿文章，雕虫学问；堕甑事业，伏骥心情。"[11]前三句是自谦，也是先生永无止境的一贯精神。最后一句抒发先生志在千里的报国豪情。他把 95 岁当成 59 岁。到百岁寿辰时，还是风采依然。

"吴先生一生对语音学研究始终有着一种执著追求的精神，因此才能够乐此不疲，乐而忘老。"（林焘语）

五、笔谈抒怀添情趣

2006 年第七届全国语音会在北京大学召开。吴先生已经九十七岁，仍然兴致勃勃参加会议。在会场见到先生，我非常高兴，先生也对我特别亲切，他像往常见面一样有很多话要对我说。于是我们一起坐在会场的侧面，一边听各位发言人轮流报告论文，一边用笔在小纸条上写字笔谈。有的是对于发言内容的评论和阐发，有的是讲研究的经验和心得。这种边听边写的笔谈方式别有情趣，先生越写越高兴，到散会时已积有很多字条。先生随手要丢进废纸篓，我赶忙请求留给我回去再好好琢磨理解。先生答应了。如今我手捧这些字条，好像又回到当年的会场，又坐在先生身旁，不禁热泪盈眶。

以下就是 10 月 21 日吴先生笔谈时所写字条的内容[图 8]。每个 △ 表示是一张字条。全部内容可以分为四个方面，四个标题是我所拟。因我当时写的字条已经丢弃，方括号中是我加的注释说明。

（1）理念与方法问题

△ 杨振宁：现代物理的基本目标就是追究"为什么"？为什么会有这许多的变量？必有原因。我的目标就是问原因。"事出有因"。

[语言学的发展是：规定性－描写性－解释性。解释性是现代科学的共同追求。]

△ 人类一生只做两件事：归纳与演绎。对别人的意见先演绎再归纳，最后就杀了他。

[先生写完这句，跟我相视而笑。这里的"杀"当然是指理论上的扬弃。]

△ 分析仪器越精密越害人不浅，最后是都成了疯子。牛角尖（不能钻）

△ 牛角尖可以钻，但别钻迷糊了。不揣其本，而齐其末。方寸之木，可使高于岑楼。（孟子）

[先生曾多次告诫：盲目孤立地钻语音，会搞出精神病。离经叛道，自以为独出心裁。他就遇到过几个。我后来也遇到了几个。因此一定要

有正确的理论。]

△数据库可以具备微观与宏观两种规格的符号。学术研究要微观，工程上不必太细。因为单音节的数据已够了。

△我有一段时间是专为合成方面找省劲的门道，而不是搞繁琐。

[文武之道，一张一弛。既要钻得进去，又要跳得出来。先生曾多次讲过：尽信书不如无书；尽信实验不如不实验。道出此中真谛。]

（2）声调和轻重音

△我的结论是：1. 语音要加重，调值必升高。2. 调值升高，语音不一定重。

△将来如有时间，似可用专文来谈这个问题。

[音高跟音强之间是一种非可逆的关系。说话如此，唱歌则不然。先生的研究计划理应由我们来完成。]

△他们文章说：听觉上的调差用于工程合成不合适？当然，工程上给的公式是线性频率坐标，当然不会相等。如改为半音，就不会有差别。

[音乐上的半音跟听觉是对应的。乐律：八度音程是十二个半音，在频率上则是增加一倍的关系。应使用公式把频率数据从赫兹单位换算为半音数据。]

△重音的坐标，他们用什么坐标？dB？mel？其他？

△我在 57 年左右作过，想法有稿，未发表。轻声的无量纲"计量"用"求积仪"数。相对关系。

[我跟先生说：我们对于音强首先采用幅度积的办法计算振幅在时间上的乘积，然后再得出不同单位之间幅度积的比值，称为音量比。其实先生早已有稿而未发，竟跟先生不谋而合。]

（3）介音问题

△在语图上介音的长度最短。

△试发普通话的"于"，舌位起点动作过程如何？有无过程？与 ia 的起点有无相似之处？（注意"于"的口形起始与到位，有无活动？）"于"是单元音，还是复元音？讨论焦点：起始如有 i 的过程，并不算有介音？

[发言人讲到介音分析。先生观察之细，令人钦佩。提出的问题实质是要考虑如何把握语音研究的"度"。我们是在具体的系统中研究语音。既要看到毫厘之微，又要理入系统之位。]

（4）塞擦音和擦音

△语图只能表达有声（包括不带音与带音）波的过程，不能表示舌尖的动作，所以塞擦的塞不明显。塞擦与无塞的擦音明显不同，在语图是能表现的，即，塞擦的擦，前沿一刀切。纯擦的擦，是起点高无[而之笔误]乱，然后渐正规。

△ s 散 sh 聚   定义：集中在 1k 的谱。

[发言人讲到如何区辨塞擦音和擦音。先生早年对此曾多方实验考察，写有数篇论文，颇有心得。]

△生理上发擦音时，如用高速 x 光照相，可看出舌尖先打到离齿龈几乎接触（但不顶死），然后迅速离开到能发出摩擦的位置。塞擦则是舌尖一塞即离到位。用电腭位图可显示。

△塞擦[先生画了示意图]前有 gap，擦[画了示意图]（没有。）发擦音时先紧一下再到位。

[再讲用不同方法显示的二者差异。语图中塞擦前的间隙 gap 是塞音的闭塞造成，上文的"前沿一刀切"则是塞音的爆发造成。擦音自然就没有这两项表现。]

△一般方言 清塞有送气、不送气。浊塞无送气。少数民族则有浊塞送气？

[我告诉先生，目前我国未发现有明显送气浊塞音成为单独音类的。印度有浊塞音送气和不送气的分类。我在日本时曾请印度学者录制发音留存。]

六、语调宏论勤研习

有一次给我印象极深，吴先生讲到应该写一部语法语音学，把所有语法现象从语音的角度进行描写，并且列举出从词语调群到语调韵律的各项内容。吴先生期待的目光使我深感这是对我们后辈学人的嘱托。就是从那时起，我跟一批又一批学生们逐步开展了汉语语调的分析。每次到吴先生家里，话题更集中在语调问题，有了更多的共同语言。

汉语语调的难点在字调和句调如何区分。赵元任先生开创汉语语调研究，他的"代数和"等比喻，学界多有引用。当时有学者提出质疑。我也跟吴先生请教过。吴先生看过赵先生的全部论著，把他对于汉语语调的认识分为三阶段，逐步深入，趋于完善：一、早年调查吴语时，注意到字调跟语调的问题，暂时无法平均，保留记录。二、提出代数和的比喻，后又几次补充。加上橡皮带、小波加大浪等说明。三、最后把汉语语调的变化归于基调问题。发前人所未发，是给了我们一把开门的钥匙。听了吴先生的讲述，给我很大启发，赵先生的语调论述不再只是字句，而是一个动态发展的过程。我回来就根据吴先生的启示按图索骥，把赵先生的有关论述按照年代简要摘录如下。

1929《北平语调的研究》"耳朵听到的总语调是那一处地方特别的中性语调加上比较的普通一点的口气语调的代数和。"1932《英语语调（附美语变体）与汉语对应语调初探》"汉语的语调实际上是词的或固有的字调和语调本身的代数和。" 1933《汉语的字调跟语调》"同时叠加的形式是：（a）↑ 音高水平整个提高（b）↓ 音高水平整个降低（c）↕ 音高范围扩大（d）⇕ 音高范围缩小"。1935《国语语调》"假如你在一块拉紧了一半的橡皮上画了阴阳上去的曲线"。1959《语言问题》"字调在语调上，就仿佛小波在大浪上似的，都可以并存。" 1979《汉语口语语法》（《中国话的文法》）"汉语只是基调（key）的差别，而不是像英语那样上升或下降的曲线"。其中贯穿一致的整体思想：字调格式在语调起伏盈缩中保持稳定。

我从中体会到吴先生对老师的尊重。不是胶柱鼓瑟，弃本求末；而是探骊取珠，得其精髓。认真梳理赵先生的论述，找到了理论的核心——基调的变化。吴先生依据大量实验，并参照赵先生理论，总结出实用的方案。从实质上：字调的变化在调型（曲线）；语调的变化在调阶。从功能上：字调作用在辨义；语调作用在表情。从处理上：短语变调在调型；语调变调在调域。这是真正继承和发展了赵先生对汉语语调的研究。

吴先生发展汉语语调的研究成果很多，最重要的是语调单元的思想。把连读组作为语调单元，分析二字组、三字组和四字组的声调变化规律，为语调研究奠定基础。语调单元在句子中用基调的移调方法进行处理。这是把赵先生的理论更进一步发展，这是吴先生对汉语语调研究的重大贡献。

根据吴先生嘱托，我们正在进行中的语调格局探索就是以赵先生理论为基础，吸取中外学者的成果，结合了吴先生的语调单元思想和沈炯学长的声调音域方法。吴先生的语调单元思想是语调格局探索的主要源头之一。

七、语音格局寄厚望

吴先生是最早支持我们进行语音格局研究的，可以说语音格局的探索从一开始就有吴先生站台的。

1986 年我在一篇论文中提出声调的 T 值计算方法，同时就在酝酿和考虑语音层次的观念和声调格局的认识。我对提出声调格局的概念还没有十分的把握，就写信给吴先生征询他的意见，他很快就回信表示支持和赞许："格"就是格式，每个声调有什么样的表现形式；"局"就是布局，各声调的分布，相互之间的关系。声调格局可以概括勾画出一种语言（或方言）的"调貌"，类似于地理学中对于不同地质区使用"地貌"的意义。这样我就增强了信心，在我的博士论文中分析了一系列汉语方言和侗傣语言声调格局的共性和个性特征。我的博士导师邢公畹先生认为是走出了一条新路。其实这多有赖吴先生在背后的有力支持。

后来在探索元音格局和辅音格局的过程中，我们也得到吴先生多次鼓励。先生曾两次当面叮嘱："在学术上抓住一个东西不容易。现在你们已经抓住了格局。一定要紧紧抓住，不能轻易放掉。"

2006 年 10 月在北京大学的语音学会议上，有一个晚上的沙龙由我主讲语音格局，九十七岁的吴先生竟亲临会场听我讲完，之后站起来做了热情洋溢的长篇讲评（录音整理稿参见《语音格局》序后）。他用生动的比喻阐述了语音格局的观念和意义，最后讲到："我祝贺你们的成功。"

这是对我们莫大的鼓舞。真是：一言之助，胜千斤之益。

《语音格局》商定在商务印书馆出版后，就想请吴先生作序。考虑到先生的年事，我们提议用06年的讲话录音整理作为序言，但先生不同意，执意要"重新写一个"。我知道这是为了表达出这本书在先生心中的分量。在2007年春节前一日，先生将序言用电脑打出来寄给我们。这是已经九十八岁的老人字斟句酌、炉火纯青的力作。序言非常精练，堪称典范。首先用234个字回顾了中外语音研究的千年历程。这是言简意赅的大手笔。然后阐发语音格局的意义：人与人之间的对话，要"框架"不差，这个"框架"就称为"格局"。先生思路清晰、一语中的。进而讲到得出"框架"的不容易。肯定"此举在今日同类文献中是付出大量的劳动而有创新意义的。"最后语重心长地提出殷切希望："作者如能在此基础上，在不久的将来为汉语语句多变的韵律梳理出'格局'，更有望焉。"这本书的扉页印着："献给吴宗济先生 百年华诞 一代宗师"，正是在先生百年华诞的庆祝会前出版。我在会上把书献给了先生。

为不负先生期望，我们决定集中全力研究汉语语调。我告诉吴先生这个消息，他兴奋地站起来，说："你们这样做太好了！我要到天津去，跟你们一起干！这比给我吃什么药都灵！"考虑到先生的身体，我们没有接先生到天津，而是来到先生家中。十余位南开的师生自带板凳坐在客厅里，听先生讲了近两个小时汉语语调研究的方法。最后先生跟我们共勉："永无止境"[图9、10]。

原计划每月听讲一次，后来改为向他汇报我们的进展。再后来因先生的身体原因中断了。汉语语调研究是先生一直念念不忘的课题，最后他把自己完成的社科院老年课题的全部资料和今后研究的设想计划都交给我们，叮嘱我们继续做下去。

"西游愿、于今得遂，不枉探求。"⑫吴先生心中有一个梦，有一个目标，有一个愿景，等着我们去实现。这就是：汉语语调格局。我们要牢记住先生所怀"薪传南北，莫负春秋"⑬；不辜负先生所盼"更有望焉"。

八、海军医院成永诀

今年春天在北京外国语大学开会时见到赵金铭先生，跟他谈起吴先生的人品学问，倍觉亲切。我告诉他这次会后就打算要去吴先生家中看望，赵先生却想起这正是周末吴先生家人团聚的日子。我因此就没有去潘家园看望，惟恐打扰吴先生和家人的天伦之乐。

我在南开正准备到美国去讲学的日子里，从鲍怀翘老师的电话中知道吴先生住院了。于是我急忙坐火车专程赶到北京海军总医院看望。经过多方奔走问询，来到先生的病房。只见先生仰卧在病榻上正在输液，一个输液瓶吊在床头。我看到吴先生双目微闭，神态安详，可是脸色憔悴，瘦弱了许多，两颊已经凹陷，我心中非常难过。

保姆认识我，趴在耳边告诉先生："南开的石锋老师来了。"他睁开眼睛，看着我微微点头，对我轻轻讲道："浑身很难受。没有胃口。不想吃东西。我已经活了一百多岁。够了。满足了。希望早点儿离开。"言语之间已失去了往日的神采和心情。我知道先生正在经受着巨大的身体和精神的痛苦。我忍住悲伤，告诉先生："您已经为中国语言学贡献了全部力量，请放心好好休养。尽量多吃一些东西，当作任务来完成。"听了我的话，先生同意喝果汁了，选择了橙汁。我把吸管放进吴先生口中，他喝了几口，一会儿就停下了。我说："您身体难受，可以听听音乐，减轻痛苦。"吴先生同意试一试。我请保姆拿出 MP3，对好音乐，把耳机给先生放好，先生就闭着眼睛，听着音乐，神情自然，慢慢睡去了。

我嘱咐保姆把我带来的西洋参熬汤给先生喝。保姆告诉我，吴先生身体一直还可以，只是最近感到肚子痛。到医院来看病时还是自己走进来的。我静静地坐在先生床边，陪了先生一个小时，临走的时候也不忍打扰，默默地不舍地离开了。

我回天津后，想到可以请医院开一些杜冷丁给吴先生减轻痛苦，就赶快打电话给鲍老师，请他帮助转告解决。

我到美国后一直担心挂念先生，希望回国再来探望。不想在 7 月 30 日接到电子邮件，得知先生已驾鹤仙逝。那次探望成为我和先生最后的永诀。

百年宗师，一代哲人。逝者如斯，生者永怀。
因学先生为元任先生作颂之步，为先生颂曰：
先生之学，论音五洋；先生之业，无界无荒；
先生之教，桃李芬芳；先生之风，历久绵长！

> 2010 年 10 月数次涌泪易稿于国庆假中，21 日午夜改定。

注：

＊　见先生词《浣溪纱·乙亥岁首退居遣兴，并以答见讯养身之道诸友》：析韵
调音兴未阑，生涯喜值泰平天。小窗情暖思联翩。三万六千余几许，赤橙黄紫又青
蓝，但将万绿看人间。

①　日僧空海著《文镜秘府论》，有"四声论"一文。

②　雷琴，拉弦乐器。比二胡琴杆长、琴筒大，音色柔和圆润，可拟人声说唱。

③　一种民间曲艺形式。演员演唱时，口含一横柄，上置圆盘有数支点燃的蜡烛。

④　陆游《示友》：道在虚中得，文从实处工。凌空一鹗上，赴海百川东。气骨
真当勉，规模不尽同。人生易衰老，君等勿匆匆！

⑤　见先生词《凤凰台上忆吹箫·寄怀北大实验语音学讲习班结业诸君，用易安
韵》：宽聚谐峰；窄分调浪，绘声仪器班头。似书家狂草，铁画银勾。赚得彩鸾心醉，
身付与、寝馈难休。西游愿、于今得遂，不枉探求。归休。学成致用，喜执新问故、
理实兼收。算雪泥鸿爪、图在音留。最是机前纸上，多少遍、耳目穷搜。须记取：
薪传南北，莫负春秋。（彩鸾：即鸾鸟，传说中的神鸟。或谓传说中的仙女。雪泥鸿
爪：雪地上偶然留下的鸿雁爪印。比喻往事遗留的痕迹。也指人生际遇不定，踪迹无
常。）

⑥　见《论语·阳货》：子曰："予欲无言。"子贡曰："子如不言，则小子何述焉？"
子曰："天何言哉？四时行焉，百物生焉，天何言哉？"

⑦　见《列子·说符》：杨子之邻人亡羊，既率其党，又请杨子之竖追之。杨子
曰："嘻！亡一羊，何追之者众？"邻人曰："多歧路。"既反，问："获羊乎？"曰：

"亡之矣。"曰："奚亡之？"曰："歧路之中又有歧焉，吾不知所之，所以反也。"杨子戚然变容，不言者移时，不笑者竟日。

　⑧ 牝牡骊黄：指相骏马不必拘泥于外貌及性别。牝牡，雌雄。骊，黑色。.

　⑨ 见《论语·先进》子曰："何伤乎？亦各言其志也。"曰："莫春者，春服既成，冠者五六人，童子六七人，浴乎沂，风乎舞雩，咏而归。"夫子喟然叹曰："吾与点也！"

　⑩ 见先生诗《乙亥立秋前一日闲居，偶得"电鼎、荧屏"二句，以为有新意，足成一律，不觉其为蛇足。"倒倾""耽坐"，亦即事也》：楼高难借树阴稠，夜永行看宿梦幽。电鼎烹茶翻蟹眼；荧屏敲字省蝇头。倒倾酒瓮叩余沥；耽坐书城淡俗谋。窗外忽听过街雨，今宵簟（diàn）枕好迎秋。

　⑪ 先生诗《戊寅春日自嘲》。覆瓿：喻著作毫无价值或不被人重视。亦用以表示自谦。堕甑：谓错谬已铸，后悔无益；或事已过去，不值得置意。

　⑫同⑤

　⑬同⑤

附记：

　文稿完成后不久，接到我最早的研究生焦立为（在美国宾州大学任教）发来邮件，并附有吴先生的一封信。兹追加在此。石锋　2010.11.10.

石老师，您好！

　您发的信及附件我都看了，非常感动。我知道吴先生对您的支持以及您对吴先生的尊敬。大概 01 年或 02 年的时候，有一段时间我常去吴先生家，甚至还吃过三、四次饭。那时候我是按您的嘱托去给吴先生安装您的软件。吴先生跟我聊了很多，包括关于您的，当然都是欣赏的态度了。

　我对吴先生也非常敬仰，因此也帮吴先生买了一些书，主要是关于刘复的，例如刘半农著的中国第一本摄影专著《半农谈影》，我见到之后就马上为吴先生买了。我也送过吴先生一些猫头鹰，包括草编的、成对儿的等。当然，如果我有问题的时候，也向吴先生请教，下面就是吴先生对我一次请教的回复，是关于调聋的，非常详细，很有价值。

吴先生的这封信是 2007 年写的，那时他已经 99 岁了，期颐老人为我写了长达 1300 多字的回信，让人难以想象！还有，都是用电脑打的，并且没有手误（肯定检查过），这是何等的精神和人格啊！

吴先生的去世真的是语音学界的巨大损失。我是通过您得知吴先生逝世的消息的，但是最终没有表示什么，因为毕竟辈分相差太悬殊了。但是我内心是很悲伤的，我一直把吴先生作为健康、向上的人格的楷模，也是语言学界的杰出代表。

现在吴先生去了，您的哀伤我能理解。请您节哀！

学生小焦上

-------------- 吴先生原始邮件 --------------

立为同学：

今日收到你寄来的画册，精美极了！真谢谢你！难为你还记得我的生日。本来这种小生日不必年年兴师动众。可是，同行们觉得我这年纪还能跟大家一起说笑活动，也是乐事。不过我是欠大家的情太多了。无以为报，好在精力还如常，只好多出点成果来报答了。

也真有这样的巧事。你的信和石锋的信同时收到。他的关于语音格局的文集将要出版，我给他写的序。他来信致谢。你们都有成就，而且青出于蓝。使我既高兴又自愧。

你对我的评价过高了。我们这一行目前已与言语工程挂钩，有了经济效益，又有新生力量的努力，研究的阵容、内容和质量已经大大超越前一代了。我自觉已是跟不上时代了。回顾我的研究过程，差不多是和上世纪的实验语音学发展的过程同步。我从上世纪三十年代起，应用的录音工具由唱片灌音、钢丝录音到磁带录音；分析仪器由渐变音高管、浪纹计、到 X 光照相、阴极示波器、到电声仪器、声级记录仪、频谱仪、语图仪、到计算机。我们分析语音的水平从传统的理论——传统的实验到现代的实验——到现代的理论。这些理论到头了吗？现在的课题已不只是满足于"语音"的实验研究，而是向"自然话语"的实验研究进军了。"行百里者半九十"，今后要达成理想的成果，恐怕要再搭上一二十年。

你提出的问题非常有趣，并且非常重要。要研究下去，恐怕要牵涉到好几个学科。

所谓"调聋"，要先考虑几个问题：第一、先查他是否是个"音乐盲"。他对音阶的辨别如何。是否如俗话所谓是个"五音不全"的人。第二、如果他对音乐感和唱歌都正常，而只是学他母语以外的汉语声调有问题，那也可能只是练习方面的问题。

我前些年曾在语言学院旁听过几次外国学生学普通话的课。有的德国学生读汉字的声调还不错，读两字还可以，一到三字以上，其后面的字就都成降调。（母语习惯）。

还有一位中国教师在日本教汉语，一读句子声调就乱了。她来信求教。我用我的二字组、三字组的连读变调材料，让她的学生只管读多少遍，不必考虑是什么调，这样下来，果然有效。遇到调同而字不同的字，他们也会类推地去读了。还有一个例子：我以前和一个同事是邻居。他是广东人，他把三岁的男孩接来，进了幼儿园。这孩子一句普通话都不会说，但是几个月后，我听他竟说得很好；而且使我吃惊的是，他把两上连读的前上都会读成阳平调。他并不是每个字都学过，而是有了"以类相从"的本事了。

你说这是什么缘故？这就可能带来第三个问题。如果他是没有"字调"的民族，那么，他学说汉语的声调是否就比有字调的民族学得困难？这就提出一个新问题：是否民族基因中还有一种有无"辨调功能因子"的差别？

今天正好我去同仁医院找耳鼻科的张华主任修理助听器，他很爱研究语音学知识，曾听过我的课。我把你提的问题告诉他，他很感兴趣。愿意在"调聋"患者中做实验。共同探讨此问题。将来你的文章出来，可给他研究研究。

昨日商务印书馆方面告诉我，我的文集已销罄，要再版。我立刻感到又高兴、又内疚。心想我的书6千册卖完，说明此书对这许多语音学者派了用场，是好事；但出版后才发现其中有一些错误，这就要影响几千个读者，这是犯罪。我只有在再版中力求改正了。

你的 E-MAIL 不知还适用否？此信姑且发出试试。

顺祝 新春纳福

宗济 2007，3，30。

前日按你的网址发一信，被退回。今日收到你的信，始知网址改了。现再发试试。

07，04，02.

图1   在庐山现代汉语讲习班（1984）

图2   南开语音学讲习班（1986）

图3   南开现代语言学讲习班（1987）

图4   南开现代语言学讲习班（1987）

图 5　第 12 届国际语音学会议上（1991）

图 6　第 12 届国际语音学会议上（1991）

图 7　南开现代语言学讲习班（1987）

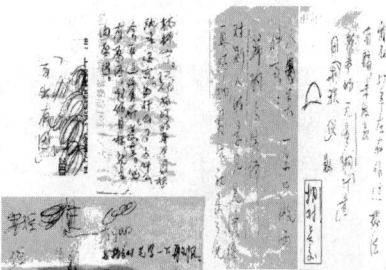

图 8　吴先生手谈笔迹

图 9　吴先生家中讲学

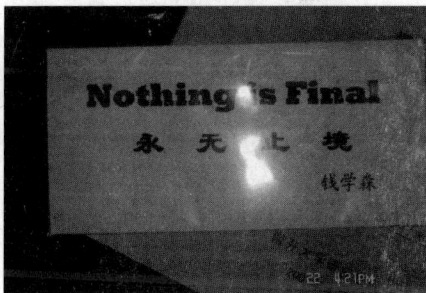

图 10　吴先生与大家共勉

一片冰心在玉壶
——深切缅怀林焘先生[*]

石 锋

林先生离去了。我的心里一直空荡荡的。只有在失去的时候，才倍
感珍贵，我现在深深地体会到这一点。在燕南园 52 号的客厅里，林先生
和师母在沙发上跟我亲切谈话的情景总是在眼前浮现。在我近三十年学
习和探索的旅途中，林先生对我的教导、关怀和支持的一幕幕往事，始
终萦绕在我的心中。

一、播撒学术的种子

上个世纪七十年代末期，我考到北京中国人民大学当研究生。当时
教育界和学术界浩劫过后、百废待兴，科学的口号激动人心。胡明扬先
生和谢自立先生支持我选择攻读实验语音学方向。正好那时北京大学在
林焘先生的主持下，请了美国的王士元先生、莱西斯特教授等学者来作
语音学报告，使我们打开眼界，看到了国门之外的语言学和语音学的大
千世界。

林焘先生在北京大学招收了最早的实验语音学研究生，为此专门聘
请了社科院语言所的吴宗济先生讲实验语音学基础，请中科院声学所的
张家騄先生讲声学语音学原理，林焘先生亲自讲汉语语音研究专题课。
这是为北京大学研究生安排的课程。我们人民大学和其他大学的同学知

* 原文载《燕园远去的笛声——林焘先生纪念文集》，商务印书馆，2007。

道了消息，也都赶去听课，而且每节课都不放过。林先生把我们外校的研究生当做他自己的学生一样认真耐心，答疑解难。实际上的讲课成了一个跨院校的专门研究生班，我们都是一个团结合作、平等和谐、互帮互学的特殊班集体的成员。那种师生融洽互相交流的讲学，培养和训练了我们以后在语音学的学习和探索中的基本功，同时也影响了我们在后来的教学和研究中的严谨认真、和谐开放的学风。

后来的事实充分证明，林焘先生是播撒了学术的种子，日后定会发芽、开花，为中国语言学做了一件大好事。这给改革开放以后中国语言学、语音学的复兴和发展打下了最初的基础。当年我们听课的一些同学现在都活跃在国内外的学术舞台上，做出了不同的成果。我常常给现在的学生们讲，我个人在学问上是吃百家饭长大的。一直到如今，见到吴宗济先生和张家骅先生还常常回忆起当年在北大听他们讲课的情景，忘不了林焘先生当年为中国语音学做出的重大贡献。

二、莅临南开讲学

林焘先生跟天津是有缘的，我觉得他对南开也是情有独钟。我遵邢公畹先生之命，于 1985 年奉调到南开大学工作，创建南开大学语音实验室，开办全国语音学讲习班。在这期间多次得到林先生全力的支持。

林先生曾多次亲临南开，在全国语音学讲习班上讲学。每次都是跟师母杜荣先生一起来，谢绝我们的额外照顾。林先生的讲学举一反三，深入浅出，把复杂的语音实验的方法和原理讲解得通俗易懂，并且联系语言教学的实际，深受学员们的欢迎。这给我们的讲习班增加了光彩和声誉。

记得有一次的全国语音学讲习班是在 1989 年暑期，正赶上学潮。当时南开校园里到处是游行和集会，窗户外面不时走过学生的游行队伍。教室里，林先生照常在专心认真地讲学，来自全国各高校的老师们也在聚精会神地听讲。

在那次讲习班进行中局势突然变化，我为了林先生的安全，劝他和师母在天津多住一段时间，但二位老人不放心北京家里的情况，坚持要立即返回北京。于是我就陪同他们坐火车到北京站。当时北京公交全部瘫痪，我在车站附近找到一辆出租车，让司机把林先生和师母直接送到北大校园，安全回到家中。

林先生事后对我们讲，那真是一种特别的经历和体验。记得王士元先生曾经讲过类似的情形：当他跟同事们在美国伯克利加州大学探索创建词汇扩散理论的时候，校园外的电报街上学生们的言论自由运动正是如火如荼，大街小巷充溢着最诱人的声音、景象和气味。"然而这一切都无法侵入我们这个词汇扩散的小天地。"林先生和王先生有深厚的友谊，又有这种相同的体验，学术史上常常有这样的事情。当时那种惊险的情形现在想起来还是历历在目，共同的经历大大加深了我跟林先生的师生情谊。

三、象父亲一样的夸奖

林先生和师母跟我父亲早年都同在当时的燕京大学学习，虽然是在不同的系，但彼此都是相识的。我父亲知道林先生来到天津讲学，总是要我陪他去看望当年燕京大学的老校友。

记得有一次林先生到南开后，我陪父亲到宾馆里看望林先生和师母。他们三位老同学相见，好像年轻人一样的兴奋，我坐在一旁也有极大的感慨。这五、六十年前的老同学欢聚在一起，互相询问其他老友的近况，彼此关切家庭亲属的生活，共同讲述文革时各自相似的遭遇，并且愉快地回想起当年在燕京大学京剧社同台唱戏的情景。看着他们三位古稀老人在一起高谈细语，畅怀说笑，好象忘掉了旁边还有我一个后辈。那时，我象个旁观者，发现了三位慈祥和善的老人的另一面：像孩子一样纯真的童心。我深受感动。

在谈到子女的教育培养时，林先生指着我对父亲说道："你养了一个好孩子。"看着林先生深情亲切的神态，听着林先生发自内心的夸奖，我就象儿时考得 100 分受到父母称赞一样快乐幸福。这是对我莫大的奖赏，比任何奖励的分量都要重得多，任何奖励都比不上这来自父辈的夸奖。后来林先生在对我的学术评语中也有类似的话语，只是用词都是学术性的，形式是书面的。我知道，这就是那句夸奖背后的意义。那天的情景我牢牢记在心里，直到如今。

林先生的一句象父亲一样的夸奖，温暖着我，鼓舞着我，激励着我，令我至今不敢懈怠，不敢停止，不敢有负于先生。

四、我为林先生写书评

林先生的文集《语音探索集稿》1990 年出版之后就送给我一本。我非常高兴，爱不释手。有次跟王理嘉老师谈到林先生的文集，他热情地鼓励我写一篇书评。一开始我还有点儿担心胆怯，就请王理嘉老师先征求林先生的意见。王老师不久就告诉我，林先生听到我要给他的文集写书评，很高兴，希望我放开去写。这样，我就先仔细研读了三遍，然后开始写了。

林焘先生的《语音探索集稿》是国内第一部现代语音研究的个人论文集，把语音研究作为语言研究的重要内容，把语音研究贯穿于语言研究的各个方面。先生五十年前就从补语轻音现象开始进行汉语语音跟语法、语义关系的探讨。近年来他的研究涵盖了汉语语音的听觉测试分析、语音学跟系系学的紧密结合、语言在社会中的变异和发展、北京话的历史变迁，林先生几乎在各个方面都有理论和方法的建树，都有重要的创新成就。

我在结尾写出了自己的亲身体会：有的人爱把简单的道理弄得复杂难解，林焘先生却是把复杂的问题讲得浅显易懂，使人不知不觉之中渐入佳境。听好的学术报告是一种享受。看好的学术著作也是一种享受。《语音探索集稿》就是这样一种学术著作。这篇书评后来发表在 1991 年的《语言教学与研究》上。

现在看来，那时我对于现代语音学学术理念和研究方法的认识还很粗浅，对于林先生的论著在中国语言学史中的重要意义的论说也不够充分。我认为，现在的学生们应该认真研读林先生的这本书。尤其在今天的语音学界，这是极有必要大力提倡的。

五、关爱后辈学人

我毕业后回到天津工作，每次到北京只要有可能都要抽时间去看望林焘先生。在北京大学校园中燕南园的客厅里，向林先生报告自己工作学习的情况，教学和研究中的进步。听着先生谆谆的教导，师母温馨的鼓励，就象在旅途上的休整。每次告别先生和师母的时候，我都感到振作了精神，增添了力量，明确了方向。

林先生非常关注我的工作情况和学术的进步，曾经跟我谈到希望我到北大工作。他细心地帮助我分析北大的学术力量和我个人的条件，指出我到北大工作的有利的方面和该注意的事情。我自然很愿意在先生身边，时时得到指导和教诲，能有更快的进步。最让我感动的是，林先生当时以古稀之年，亲自带我到中文系去见系里的领导，讨论我的工作调动问题。

后来，我因出国讲学，事情没有继续进行，至今还感到愧对先生的厚望。虽然时过境迁，但是我永远不会忘记林先生对于后辈学人的拳拳关爱之心，殷殷期待之情。

这使我回想起多年前，林先生自己的一位研究生毕业时，为了能够把他留在北大，先生四处奔走，百般努力，最后终于将他一家数口的户口调进北京。现在想起来这都是一件比登天还难的事情，而当时林先生竟然得以成功，此中真不知耗尽多少心血！

六、以推动语音研究为己任

为推动中国语音学发展，林先生首倡在北大召开全国语音学学术研讨会，后来各家轮流主办。每次开幕式都有林先生作总结过去，规划未来的主题发言。每一次听到林先生高屋建瓴、纵览全局的讲话我都倍感亲切。

2006 年 10 月第七届语音学研讨会又回到北大召开，我和我的十余位学生都来参加。在开幕式上，又一次高兴地听到林先生的讲话。没想到这一次讲话竟成为绝响！

　　记得在开幕式结束的时候，我和林先生边走边谈，愉快地回忆第一次开会的情形。先生感慨地说，第一次开会只有几十个人，这次约有二百人了。他还问我：那时候是三十人还是四十人？我看到先生对中国语音学的发展非常高兴，非常欣慰。我当时告诉先生我要去他家看望先生和师母。

　　第二天下午我来到燕南园 52 号门前。我好久没有来看望林先生了，这次一定好好向先生汇报我和我的学生们努力工作的收获和将来的研究思路，期待再次得到先生的指导和教诲。可是保姆告诉我，先生昨天开会有点累，还没有起来。我连忙要保姆别打扰先生。我留下了给先生带来的茶叶，写了一个字条：林先生请多保重身体。当天晚上，我就匆匆赶回了南开。

　　万万没想到一周之后惊悉噩耗，犹如惊天霹雳：林先生于 2006 年10 月 28 日故去。我感到无比悲痛，同时也万分懊悔和遗憾：那天我应该留下来。

　　肃立在林焘先生遗像前，眼前是记载先生一生历程的影集，耳边萦绕着悠悠的哀乐，我陷入了深深的哀思中……

　　我心中默默跟先生诉说：先生是怀着欣慰和从容离去的。我们一定要继承和发扬先生的精神，做好学问，做好人，努力实现先生的遗愿，把中国语音研究推向前进。

　　玉洁冰清哲人已逝，

　　高山仰止风范长存。

　　　　　　　　　　　　　　　　石锋

　　　　　　　　　　　　谨记于 2007 年 1 月 17 日 3 时。

心中的启明星
——深切缅怀胡明扬先生*

石　锋

一、巨星陨落

2011 年 5 月 26 日，我正从天津到北京国家语委参加审音工作会议，接到贺阳师弟电话说先生病重住院了。于是我就在会后匆匆赶到北医六院神经内科病房去看望。在医院走廊见到文华（先生次子），带我走进病房。先生正躺在病床上输液，双目微闭，神态安详，见到我很高兴，立刻就对我说起我们正在进行的语调研究问题，提出建议要多看文献，多做对比。我知道他身体很虚弱，不敢让他多说话，请他安静养神。可是他刚停了一小会儿就接着讲起来。话语中饱含着对我们研究工作的殷切期望，要我们尽力设法解决语调的疑难。最后还问我："南开语言研究的进展怎么样？"我连忙向先生保证一定按照他的要求全力投入。他满意地露出笑容。我问了文华医院治疗的情况，知道还没有最后确诊，已经请了护工。我当时觉得先生病情还不是很差。我怕再多坐又会让先生多说话，影响他休息，同时要赶到火车站当天回天津，就跟先生告别了。准备以后再来看望。

谁知道后来传来的都是令人担心的消息：先生被确诊为胰腺癌并已扩散到肝部，同时发生严重的脑梗塞，转院到 307 医院，进入重症监护

---

* 原文载《烛照学林——胡明扬先生纪念文集》，商务印书馆，2013。

室，靠呼吸机维持，每天只有半个小时能隔窗探视。我那时正负责组织在南开大学召开的国际中国语言学会议，情况已经不能允许我脱身离开了。我只能每天忧心忡忡，盼望能出现奇迹。

直到 6 月 22 日得到先生去世的消息时我还不敢相信：我们敬爱的老师竟这么快就走了。就在一个多月前，我们还在为先生庆贺 86 岁华诞，还在准备为硕果仅存的语言学泰斗撰写口述历史，保存中国语言学的史料，还在商议着如何筹备先生 90 大寿的庆祝文集。现在回忆起来，当时先生面含笑容听着大家的讨论，轻轻说了一句："我还不一定活到那个时候呢。"谁知道竟是这样一语成谶。

6 月 26 日我和王红旗教授一起从南开赶赴北京八宝山向先生作最后告别。北京和外地的亲朋友好，特别是语言学界的学者有二、三百人，汇集在八宝山排队向先生遗体鞠躬致敬。在长长的队列中，我看到好几位多年未见的泰斗级别的老先生，以及众多中青年同仁，都是仪态庄重，表情肃穆，共同为中国语言学界巨星陨落感到无比悲痛和怀念。

第二天我就出发到美国去讲学，以致没有能够参加一个月以后为先生举行的追思会。这一直是我的一个遗憾。多年来我已经习惯于有先生的引领把关，鞭策鼓励。现在我越来越深深地感觉到：再也没有人当面鞭策我打好基础，再也没有人不断督促我努力用功，再也没有人对我严格以求却又鼓励有加。先生是带我走上语言学道路的启蒙者，是引领我学术生涯的启明星，是支持我研究探索的顶梁柱。

现在先生去了。泰山其颓乎，梁木其坏乎，哲人其萎乎！[注 1]

二、学海乘桴

我是 1979 年中国人民大学复校后入学的首届研究生，在先生指导下学习做人和做学问的收获，对于我的人生选择和学术道路有着决定性的影响。我其实得到的是语言研究的启蒙。在人民大学度过的这三年难忘的时光，使我找到了语言学研究的方向。

先生对于我们要求非常严格，特别强调扎实的基本功。他用自己的亲身体验，主张基本功有三方面：注重专业、注重外语、注重古文。我们的课程也是按照这样的三方面安排的。先生亲自讲语言理论和英文原著，又请了古文专家孙先生讲《左传》。每天上课，再加上完成作业，复习预习，有时候真感到负担很重，有点儿吃不消，可是还都认真学下来了。后来，我们越来越体会到外语和古文对于语言研究的重要，无不钦佩先生当时的远见。从我个人的亲身体验，我之所以在学术上能取得一点进步，很大程度上是得益于外语和古文；同时我之所以没能有更大的进步，很大程度上也是由于外语和古文的拖累制约。直到现在，我还需要在外语和古文方面下功夫，不断地向别人请教才觉得有点儿把握。

先生的教学不仅是在课堂上。他指导我们走出书斋，调查苏州方言，调查北京话，收集社会语言学的材料。我们还去过北京的中学里调查"女国音"的情况。这一系列的实地语言调查不仅是让我们接触到实际交际中语言的生动表现，更使我们在课堂学到的书本上的语言理论有了实践的基础，有了感性的认识和实际的经验。能够调查语言，这是语言学者的本分，是语言学者的基本能力。我后来到南开大学去调查少数民族语言和汉语方言，以及做社会语言学和语言习得的调查研究，都是得力于当年在先生指导下积攒的那一点看家的本事。

先生的学术思想是开放的，学术眼界是广阔的。我们那一届共有七个同学。每人的背景各不相同，兴趣也不一样。先生并没有一刀切，也没有门阀观念，而是要求我们在语言学专业内每人自由选择自己的具体方向。于是我们在语言学这个大领域里面各自选题。何秋和是研究儿童语言习得的心理语言学；殷国光是研究古代汉语《吕氏春秋》中的句法现象；刘丽川、钱学烈研究近代汉语王梵志和寒山、拾得的白话诗集；涂光禄研究贵阳方言；我和廖荣蓉学实验语音学。先生对我们每个人都是既高屋建瓴，又具体入微地给予指导。从理论构架到分析思路，以及查找资料，参考文献，我们受益匪浅。每个人都圆满完成论文，顺利毕业。语言学界其他先生见到我们，都赞扬先生学术上的开明和开放，同时也无不敬佩先生学术修养的精深造诣。

记得先生亲自带我们到语言所吴宗济先生家中，请他帮助指导。从那以后，我们到北大林焘先生组织的语音学课堂听讲；请语言所鲍怀翘先生定期授课；向声学所张家騄先生登门求教，先后得到各位先生的悉心指教。可以说，我们的实验语音学的知识就是在先生的指导和鼓励下，吃"百家饭"得来的。以后我在带研究生的时候也是按照先生的办法依样画葫芦，根据学生的知识背景和兴趣爱好来帮他们选择具体方向并设计论文题目。

记得当时我们有几位文学专业的研究生同学不时在报刊杂志上发表文章，得到稿费就请我们一起去吃饭。我们都很羡慕，跟先生请求也要写文章去发表。可是没有想到先生一口拒绝。他说："你们现在不要急于写文章，要好好打基础。基础打好了，以后可以写很多文章。基础打不好，写出文章也不会有多大意义。"我们听从先生教导，上学期间没有发表文章，直到写出毕业论文顺利通过答辩。我的毕业论文后经先生推荐 1983 年在《语言研究》发表，那是我第一篇正式刊出的学术论文。果然如先生之言，到现在我已经发表一百多篇论文。

我后来在指导研究生的时候就按照当初先生的教诲照猫画虎，让他们打好基础，专心做好毕业论文。效果很好。只是近年来由于浮躁之风越来越盛，很多学校强行规定博士生在学期间不在核心期刊发表两篇论文就不能毕业，弄得学生一入学就要急于设法写论文发表，根本不能安心用功。我在心里庆幸当年遇到先生不准发表论文的禁令，使我能够用三年时间静心在学术上打下一些基础。

毕业后我到天津工作，还像当年做学生时一样，经常到先生家中看望，报告我在工作学习中的情况。先生仍旧给予谆谆教诲，继续鞭策勉励，使我不敢懈怠，再求进取。我在南开跟随邢公畹先生调查民族语言攻读博士，在香港跟随王士元先生做语言工程研究，到日本指导汉语研究生，最后回南开带领学生们继续学术探索。我所走过的每一步都凝聚着先生的支持和鼓励。

三、广阔视野

先生主张多学科的研究实践和理论思考，符合现代科学发展的方向。先生发表的研究论文的内容涵盖了语言学的各个方面，反映出他的学术观念开放，研究视野广阔。翻开先生的论著目录，里面有语言理论的阐述；汉语句法的分析；汉语方言的调查；虚词实词的考察；社会语言学调查；语言历史演化的追溯；近代汉语的查证思考；词汇学与词典学研究；语言教学（汉语、英语）的关注；语言规范以及语言的文化心理等等，看不到边界，看不出门派，但是每一方面都是独辟蹊径，独树一帜，见解独到。这正是来自语言学大师的宽广胸怀和深厚功底，才可以在语言学殿堂如此信步随心，挥洒自如。

常常看到一些学者把自己的学术理念和研究方法划出各种界限。有的是语言学的不同分支，如语音、语法、词汇；有的是语言的不同时代，如古代、现代；有的是语言学的不同流派，如形式派、功能派。画地为牢的，自我封闭，对于其他领域和相关学科不敢越雷池一步。初学者可以从一个方向入门，以后的道路不能总是如此狭隘。现代语言学要求文理结合，在语言学内部更应该融会贯通。先生是国内最早提倡并且实践语言学家跟计算机专家合作的学者之一。这对于中国语言学的发展方向具有重要意义。

王士元先生曾经讲到他自己的信念：不同学科之间的边界犹如画在沙滩上的线条，随着每一次先进知识的波涛到来，这边界就会发生变化，甚至完全消失。人类的知识，特别是研究语言的知识，应该是彼此相连的，并且最终是相互贯通的。

先生显然是有着相同的信念，并且已经用自己的实际行动树立了学科贯通的楷模。当初之所以放任让我们各自选择不同的方向和论文题目，就是因为先生自己在各个方面都已经有丰富的实际研究体验。下面举出两例：

先生对自己家乡浙江嘉兴海盐方言情有独钟。从上个世纪 50 年代开始起步，一直到 90 年代，先生对家乡方言反复进行调查研究，发表过一系列的文章，并著有《海盐方言志》。其中有海盐通园方言的代词（1957），海盐方言的人称代词（1987），海盐通园方言中变调群的语法意义（1959），海盐方言的存现句和静态句（1988），海盐方言的动态范畴（1996）等。海盐方言的代词中，人称代词最具特色，几乎三个人称的单数和复数都有Ⅰ式和Ⅱ式两种形式。Ⅰ式双音在动词前，Ⅱ式单音在动词后，类似主格宾格的变化。当地农村和文化水平低的人还能严格区分，城镇和文化水平高的人已不大能区别。先生分析海盐方言双音节至五音节变调群，指出变调连读的基本语法意义表现在一切辅助成分和附加成分在语音上没有独立性；详细列举各种语法结构和语法成分在变调时的连读与分读跟语法意义之间的关联；以后又以此为基础，进一步从动词附加成分的体貌表现梳理出海盐方言中的八种动态范畴；考察发现海盐方言存现句有不同于书面语的较强系统性：存在句和隐现句各有静态和动态之分，各有确定的形式标志和一致的句式变换关系。

先生研究家乡方言语法成果丰硕，不仅是因为对于母语能驾轻就熟，更多的是源自先生敏锐的学术洞察力。一般认为方言研究传统上都是以语音为主，其实，从刘复《中国文法通论》（1920）、黎锦熙《新著国语文法》（1924）、赵元任《北京、苏州、常州语助词的研究》（1926），到吕叔湘《中国文法要略》（1942），已经"形成了一个在汉语语法分析中运用方言材料进行比较分析的传统。"（胡明扬1998）先生首先从方言语法开始，而且始终以语法为中心，是忠实继承了这一传统。不过后来这个传统有一段丢失，多年后才又得到回归。如今，方言语法研究已经大行于世。从这个意义上，先生堪称方言语法研究承前启后的先驱者。

根据1853年的艾约瑟英文版《上海方言语法》和1941年布尔其瓦的法文版《上海方言语法》以及1928年赵元任的《现代吴语的研究》和1960年《江苏省和上海市方言概况》所载语言资料的认真比对分析，并核对参考了有关方志和年鉴，先生梳理出上海话一百年来的若干变化（1978），划分为三个时期，在语音、语法、词汇各方面条分缕析，列出各项演变的脉络轨迹和不同特点。并结合移民来源解释演化的变异，为我们展现出上海方言百年来与社会互动共变的图景。令人不禁赞叹先生独具慧眼的点石成金之法，竟然使那沉寂多年的资料娓娓讲出自身演化的历史。更值得一提的是，这篇文章初稿完成于1967年，当年先生还完成了另一篇"《老乞大谚解》和《朴通事谚解》中所见的《通考》对音"（1980）的初稿。在那十年浩劫的风雨岁月中，能够潜心写出这样高水平的学术论文，该需要怎样的坚强意志和如磐定力！

四、求实理念

一般我们都把求实作为学风来提倡。我也是一直这样来理解先生，学习先生。近年来通过认真研读先生的文章，以及自己亲身体验，发现先生的求实不仅是学风，而成为他的理念。求实者，追求事实，追求真实。用科学态度研究语言，求实，既是出发点，又是目的地。

首先，先生非常重视语言材料的收集、核实和取舍，这使得他的研究建立在坚实的基础之上，立足于不败之地。先生从一些文章征引的例句看到问题，提出了语法例证的规范性和可接受性（1988），这是曾被一些人忽略的语言研究的一个基本准则。他写到：规范应当理解为操这种语言、语言变体或方言的多数人认可的语言形式。根据不合规范的例证进行的论证是缺乏科学价值的，用不合规范的例证进行论争是没有意义的。有一些例证合乎规范还是不合乎规范是有争议的。语言学家最好避免引用有争议的例证。一个严肃的语言学家应该力求使自己使用的例证合乎规范并且是多数人所能接受的。先生常常是于平凡之处见义理。这也是他能够胜出凡人，屡有创获的缘由。他自己就是一位严肃的语言学家。

先生写文章通常不是在书斋里用内省的方法取得材料，而是采用文献引证和实际调查的方法收集材料，并且常常是在文章中对于语言材料收集的方法加以说明。分析北京话的时候，文章中的词语句子例证都要找北京本地人逐一核实；做社会语言学研究时，采用大样本实地调查资料；做汉语词类调查，多是穷尽式分析。其中有些是我们亲身参与过的工作。我们深深体会到先生在学术上取得的累累硕果，来源就是这种求实的理念和方法。先生言传身教，对我们影响极大，对于语言材料的真实可靠不敢有半点含糊。这种做法应该成为语言学研究的一个范式。语言学作为一门科学，首先要保证研究材料的客观真实。

先生求实理念的另一重要体现是语言学分析思考以语言事实为依据，忠实于语言事实。因此先生才能见人所未见，言人所未言。这就是先生的学者本色，大师风范。

在普通话和北京话（1987）中，先生从现有普通话定义的由来讲到历史上的官话并非以北京音为标准音。并举出实例说明北京话和普通话的差异。分析了北京话向普通话迅速靠拢同时普通话在不断向北京话靠拢的趋势。先生指出："普通话实际上是在现代白话文影响下，在北京话的基础上形成的，通行于广播、电影、话剧等群众性宣传渠道的汉民族标准语。……是一种在现代典范的白话文影响下通行于北京地区知识阶层的社会方言。"跟法语和英语相比较，"普通话的情况和标准英语及'通行读音'的情况有很多相似之处。也许这样来理解普通话的基础方言和语音规范会更加切合实际一些，并且也可以从而摆脱很多不必要的纠葛。"事实正是如此。我们都有这样的感觉，却没有这样的深刻的理解。我们从中深深体会到先生的求实理念是不以任何世俗观念为界限的。

近代汉语的上下限和分期问题（1991）集中反映出先生的求实理念。先生明确指出语言史分期不是给有关民族的历史分期。首先是分期的语言特点的标准选哪些，其次是分期的对象语言是口语还是书面语，这又涉及如何从文献资料中搜寻口语的材料。"看来，多数人在近代汉语上下限问题上的主张深受白话文学史分期的影响，也深受书面语史的影响，而考虑'汉语本身的发展经过'（吕叔湘 1985:1）似乎稍嫌不够。"甚至"五十年代有一种把社会政治史分期强加给各专业史的倾向"。先生以语言事实的出现为标准，提出了独到的分期意见：近代汉语上限不晚于隋末唐初，下限不晚于《红楼梦》以前。并且把语音、语法、语汇几方面的表现特点逐项细加考察，列表对照，划分出近代汉语的早、中、晚三期。先生的隋末唐初说与王力先生的宋元说、吕叔湘先生的晚唐五代说三足鼎立，成为近代汉语历史分期的代表性看法之一。

先生的每一部学术论著，无不贯穿着求实的理念。求实的理念就是科学的理念。用科学的理念研究语言，让语言学走上科学的轨道。长路漫漫，任重道远。求实二字，谈何容易！

五、《初探》再论

1987 年夏，我又一次去看望先生，他很高兴地把一本刚出版的《北京话初探》题签后送给我。我如获至宝。《北京话初探》虽然只有一百多页，收入八篇不长的文章，却如同一股清泉为中国语言学注入了新的活力，发人深省，给人启迪。我曾跟人合作发表过一篇书评"现代汉语研究的成功途径——读《北京话初探》"，文中写出了我读书的收获和体会。现在看来我们当时的认识还很不够。

这本书在先生的学术历程中意义重大，是一座重要的里程碑。那年先生62岁。（如今我也62岁了。）《初探》确实是"初探"，是基础，标志着先生开始向新的目标进行新的探索。先生后来多方面研究的发展都是以《初探》为重要起点。今天我们可以在更宽广的背景下对《初探》的八篇文章逐一作出更深刻的理解。

先生很早就关注"书面语和口语之间的关系"（1957），通过汉语历史上文言跟白话的更替，以及跟藏语、拉丁语口语与书面语的关系的对比，认为"书面语是经过加工、提炼和发展了的口语的书面形式。"理清两种语体之间的区别和联系。因当时研究现代汉语语法都是用书面语为对象，先生在《初探》自序中又进一步指出：现代汉语书面语"夹杂各种方言成分，古汉语成分，还有各种欧化语法成分。从如此驳杂的对象中整理出条理来，的确是难上加难"。索绪尔说："直到今天，普通语言学的基本问题还有待于解决。"过去如此，现在亦然，这就是语言研究的对象和材料问题。这个语言学的基本问题对于汉语语法研究关系重大，也是先生一直在思考的问题，在《初探》中得到解决："长期以来我总想选择一种比较单纯的对象来分析研究，最后选中了北京话。……对北京话的研究在一定意义上也就是对现代汉语的研究。"如此重要的问题因基本而平凡，进而往往被人忽略。然而正是在这基本问题上，人们常常失之毫厘，差之千里。

"北京、北京人、北京话"一文作为开篇，首先详述北京自周初燕国都城蓟丘以后历代地理政区沿革。因为"这些历史因素在分析北京话的某些方面时也许还需要考虑进去。"然后列举自商周以来北京历代人口数字和居民情况。因为"一个地区的语言变化是和居民成分的变化分不开的。"在这里，先生首次提出老北京人和新北京人的区分：老北京人是父母双方是北京人，本人在北京出生长大的人；新北京人是父母双方或一方不是北京人，但本人在北京出生长大的人。可以泛称为老本地人和新本地人。划分的依据是家庭语言环境对语言习惯形成的巨大影响。老本地人的话更有规律性；新本地人的话更具变异性。这样的区分很科学，很有必要，很切合实际。一经提出就立即得到学界公认。现在已经不仅应用于各种语言和方言的调查研究中，而且在语言习得、语言统计和社会语言学研究中得到广泛应用。

"普通话和北京话"一文重要意义已在第四节中论及，不再赘述。

"北京话社会调查（1981）"是国内最早用现代科学方法进行的社会语言学调查研究。过去人们把语言现象跟社会现象联系起来举几个例子，以为这就是社会语言学。真正的社会语言学是要走出书斋，深入社会，才能得到正在使用的鲜活的语言事实。就如同摄影记者抓拍新闻一样，很辛苦，很快乐。先生亲自翻译过特拉杰尔的社会语言学名著，以深厚的学养把它中国化，得风气之先，我也有幸参与其中的实际调查，获益匪浅。后来我跟学生做北京话声调实验统计（石锋、王萍 2006），得到的结论可以验证先生的报告。尤其是先生讲的"三十岁上下有一条比较明显的界限，百分比有比较明显的变化。"我们则发现老北京人40-50年龄段有一个明显的断层。时隔二十年，我们用实验证实了这同一界限。其原因正如先生所言："这是和三十多年前发生的重大社会变革密切有关的。"

一般认为语气助词和叹词研究难度最大，因此最好是本地人来做研究才方便。先生却知难而进，写出力作"北京话的语气助词和叹词"。先生为保证语料真实准确，除采用书面记录和录音资料外，并向九位老北京人当面调查。先讲读音，再论意义。文中有三个特色：一是把语气词的分析跟社会和心理因素结合起来。如"哟"表惊讶，老太太的"哟"很长，男同志说的较少，知识妇女也不大说。二是因为表达语气可以用语气词、语调和其他词语，所以要尽可能排除语调和其他词语对语气词分析的干扰，特别关注语气词和语调的分合关联。这对于我们研究语调极有启发。三是把语气分为表情、表态、表意三类。这具有普遍意义。

后来见到不少文章都用这种三分法。我们目前正在进行的语调实验语气分析也是按照先生的分法。

称谓是社会交际的纽带。先生依据当时北京汉族的称谓习惯梳理出"北京话的称谓系统"一文。说是记录，实际上是按照先生的思路整理分析出系统。文中注意到亲属称谓和社交称谓这两类称谓的不同：前者地方特色很浓，后者时代特色很浓；前者分为面称和背称，后者有敬称、谦称、通称等。先生指出：北京话的新的社交称谓系统目前还很不稳定，也还有一些缺漏的环节，正处在一个不断完善化的过程中。先生后来专门出版了《书面称谓和礼仪用语》（2011），告诉人们怎样称呼家人和亲戚，如何在社交中使用礼仪用语。可谓大师写小书，提高社会文明，普及语言文化，意义非凡。那写作的缘起就是由这篇文章发端的。

先生在"北京话形容词的再分类"中凭借过硬的语料——北京话四百个常用形容词，采用全新的理论和方法研究汉语的词类问题。对于前人时贤的定论都要重新检验，决定取舍。如：不采用形容词生动形式的成说，因为那不全是为使形容词生动，而大多表示主观感情。语法书上说形容词可以重叠，而北京话口语中只有半数常用形容词可以重叠。书上说形容词可以修饰名词，可实际就有少数形容词不能做定语，从中发现一类"非定形容词"。书上说形容词可以修饰动词，而实际情况出入较大，只有少数形容词可以不改变意义修饰动词。而且文末列出待解决的八个后续问题。提出的问题比解决的问题还要多。后来九十年代先生亲自组织攻关进行汉语词类问题考察（1996；2004），这篇文章应该是最初的设计蓝图。展现出先生在汉语语法研究实践中高屋建瓴的气魄和深思熟虑的目标。

"北京话声母 W 的音值"只有两页，是书中最短的文章，然意义并不因篇幅而减小。这也是体现了先生朴实无华的文风。文中报道北京话 W 声母两个变体及出现的条件。特别描述了唇齿半元音变体υ的发音状态。文末指出在所调查的一百个北京人中 90%有这个变体υ。那时北京大学林焘先生和沈炯老师带学生大规模调查北京话，其中就包括这个变项υ的调查统计（沈炯 1987）。先生对于捕捉有意义的语音现象非常敏锐。

这使我想起有一次先生对我讲到他家乡方言有一个元音在国际音标中没有符号：位于后半高元音ɤ和后高元音ɯ之间，跟ʊ或ɷ相对应的那个不圆唇元音。他还亲自发音给我听，确实如此。先生为此还专门设计了一个元音符号给我看。我非常赞成。不知后来情况怎样了。谨此存照。为先生留念。

　　先生的文章都在我的学生们必读之列。"关于北京话的语调问题"是我读的最多的文章，已经记不清有多少遍，还是常读常新。先生研究北京话语调应该是北京话语气词研究的延伸和拓展。语调跟语气词分合互动，弄清了语气词，也就同样弄清了语调。如果句子用了疑问语气词，就可以不用疑问语调；如果句子语义足以表达命令语气，就不一定再用命令语调；"太好了！"足以表达感叹语气，就不一定再用感叹语调；也就是各种语气都可以使用陈述语调。"在这种情况下如果再使用专用的其他各种语调，那就是表示强调或所谓'加重'。"我们按照先生嘱咐正在进行的汉语语调的实验研究，实际上就是先生卓见宏论的量化描述。其中陈述语调因其最没有个性，可以通用，我就称为语调基式，即基本形式，其他专用语调就可以称为语调变式，即基式的变化形式。其实这些也都是源自先生耳提面命的教诲。

　　学术的价值是由时间来衡量的。纵览中国语言学的发展历史，回顾先生学术思想的心路历程，《初探》的关键地位和重要意义会越来越清晰地显现出来。网上的评论恰如其分：学汉语必读的大师作品。

六、创获丰硕

　　先生一生夙兴夜寐，笔耕不辍，凡六十载如一日，发表学术论文二百余篇，撰写主编论著三十余部，另有多部语言学重要译作和不少文学作品与文集出版。先生讲学足迹遍及大江南北，欧美东瀛。他学养深厚，视野广阔，注重借鉴国外理论方法，结合中国语言实际，脚踏实地，锐意创新。先生在语言学理论、现代汉语语法、近代汉语语音、汉语方言语法、汉语语音史、社会语言学、计算语言学、词汇学与词典学、语言教学等多个领域都有开创性研究成果，为中国语言科学的发展做出了重要贡献。先生的学术思想和学术成就对于中国语言学是宝贵的财富，具有深远的影响。

（一）语言学理论

老一代学者中很多人都知道先生的理论很强，其实先生的实际研究同样很强。先生的语言理论有两个源头：一是借鉴国内外同行的研究进展；二是总结和提炼自己的研究实践，有坚实的客观基础。因而先生写出的大量理论文章都是结合实际，言简意赅，具有很高的实际应用价值，带有普遍的宏观指导意义。其中"论语法形式和语法意义"（1958）、"再论语法形式和语法意义"（1993）全面、科学地阐述了语法形式和语法意义的相互依存关系及二者结合的理论原则，成为中国语言学的经典性文献。这是先生学术思想的第一原则。

在"句法语义范畴的若干理论问题"（1991）中，先生首次提出句法语义范畴，通过语言学史的纵向评述和不同语言间的横向对照，论述句法语义范畴的意义和确定方法，并初步划分出句法语义范畴类别，勾勒出句法语义范畴系统。我在研读的时候，能感到这是先生倾注多年的学术积累，全心投入之力作。它不仅属于汉语，而且带有普遍性。这是中国语言学家首次提出的新的语言理论体系，具有里程碑意义，促进了中国语言学的发展。

（二）现代汉语语法

现代汉语语法研究是先生研究的重点，创新成果也最多。这里择要列出两个方面：一是最早发现并提出"完句成分"；二是现代汉语词类的全面考察。

短语加上句号成为句子。这似乎早已成为语法界的定论，很多人讲短语结构跟句子结构是不分家的。先生在"流水句初探"（1989）中讲到"非独立句段加陈述语调不能成句，总让人觉得缺了点什么……这就是所谓'完句成分'。"提出"完句成分"的概念，开启了一个重要的新领域。语法界多人进行多角度的深入探讨，又有人据此提出完句范畴。先生引领了这一具有基础理论价值的语法研究方向。

先生认为：现代汉语词类问题至今还没有妥善解决。这就影响到建立一个能得到公认的、基本可行的语法体系。先生不顾古稀之年组织汉语词类问题的深入考察。成果收入他主编的《词类问题考察》（1996）和《词类问题考察续集》（2004）。两部文集检验和修正已有的理论观点，全面、深入阐述汉语词类问题，是新的汉语语法体系的奠基之作。

（三）社会语言学

先生 1981 年进行北京话社会调查，这是国内最早的现代社会语言学研究。详见第五节。

（四）方言研究

先生从 1957 年开始先后发表多篇方言语法研究成果，倡导方言语法研究。详见第三节。

（五）近代汉语

先生除了近代汉语上下限和分期问题上的重大贡献（见第四节所述），还利用域外汉籍的对音资料先后发表"《老乞大谚解》和《朴通事谚解》中所见的汉语、朝鲜语对音"（1963）和"《老乞大谚解》和《朴通事谚解》中所见的《通考》对音"（1980），梳理得出 15-16 世纪北京话的语音面貌：浊声清化；知照合流；入派三声；疑母转喻；无闭口韵。从而填补了汉语语音史上的这一段空白，成为研究近代汉语语音的经典性文献。

（六）词汇学和词典学

先生主持编写的《词典学概论》（1982）是国内第一部词典学研究著作。词典编纂的实际经验，总结单语和双语语文词典的资料、选词、注音、释义原则和词条体例、编排方法等。对于促进词典学研究，提高词典编纂水平发挥了很大作用。

先生所写"说'打'"（1984）一文，通过考察典籍文献并对比方言和藏语彝语等民族语言，辨析了从东汉以后"打"字在字形、字音、字义方面的演变，详列动词义项九十八个，另加介词和衬字，引例上千条，逐一注明书页，入选书目四十余种，堪称汉语历史词典的典范词条，也为我们研究汉语词汇做出榜样。

（七）译介西方语言学论著

先生精通英语，兼通法、俄、德语。他翻译发表了大量西方语言学重要论文和著作，帮助国内学者借鉴西方语言学各种理论和方法，了解国际学术动态。先生主编的《西方语言学名著选读》精选十一位语言学名家的代表作，译出重点章节并加评介导读，受到海内外许多院校语言专业师生的普遍欢迎，影响广泛。在书的扉页有：他山之石，可以攻玉。

先生在数十年研究实践中形成了自己独特的学术思想、学术理念、学术风格。注重语料的真实可靠；注重方法的科学有序；注重选题的前沿意义。一位学者能在一个领域有一种开创性工作已属优秀。然先生如此在多个领域都有创见，并且在同一领域有多种创见，此诚非常人所能及。先生数十年来锲而不舍，勤奋执着的努力是最为重要的源头。先生自己都归功于吕叔湘先生早年的指教。

七、理解宽容

先生虚怀若谷，海纳百川，严谨以律己，宽容以待人。他在语言学界大力提倡理解和宽容精神。这对于开展学术讨论，促进学术繁荣至关重要。先生曾说：我估计到二十一世纪，中国语言学、语法学要出现一个百花齐放的局面。所以多年来一直在各种会议上讲宽容。先生自己为我们做出了榜样。

先生学生时期投身学运，1952年从外交部转入大学二十七年后晋升副教授，文革浩劫中饱受折磨，从没听到半句怨言。先生讲：如果没有昔日的挫折和坎坷，也许就不会有今天的我。他常常谦虚地自嘲说自己的研究是"半路出家"，还多次讲到五十年代大批判的教训：很抱歉我也参加了，批过高名凯先生，还批过唐兰先生，至今还觉得惭愧。

多年前有人点名指责他主张语言学家不当立法者的正确观点。学生们都感到不平，可是先生却淡淡一笑，处之泰然。宽容需要的是宽广的胸怀。先生正是有着这样与人为善，以德报怨的巨大精神力量。

先生特别提醒我们转变僵化的思维方式。他说：如果一个人的思维停止在一定的模式，那么他就会认为看到的新东西都是不对的。同样一个事物，可以从不同的角度、出于不同的目的、使用不同的方法去加以研究，为什么只能有一种研究是对的，别的都不行呢？他认为不同的声音反映了对世界不同的观察角度，与不同观点的人交流，才能拓宽思路、开阔视野。

先生希望青年人要理解老一辈的学者，老年人对青年人要宽容。他说：青年人有犯错误的权利。谁在年轻的时候能不犯错误？同时，先生一贯以满腔热情支持鼓励青年学者勇于探索，因而深受青年学者的尊重和爱戴。下面是我亲历的使我深受感动的两件事。

一件是先生看到高更生、王红旗《汉语教学语法研究》书中引用刘复使用转换分析的例句，"深深感到自己读的书太少了。"立即找来刘复原书研读，写出评介文章"刘复《中国文法通论》读后"（1998）。文中称赞"高更生和王红旗他们读的书比我多，并且独具慧眼，在他们的著作中专门引了一大段有关刘复使用转换分析的文字，从而把使用转换分析的历史又提前了 20 年。"字里行间看到先生的谦虚严谨和对晚辈学者的赞许鼓励。

另一件是先生读了阿错的《倒话研究》，非常赞赏作者的高度理论意识，发表书评"混合语理论的重大突破——读意西维萨·阿错著《倒话研究》"（2006）。文中肯定"阿错的贡献还不在于他详细描写了倒话的语音、词汇和语法系统，而主要在于他总结出了混合语的一般性的理论。"先生语重心长地指出："如果我们永远只会引进国外的语言理论和方法而没有自己的理论和方法，那么中国语言学就没有前途，就只能永远是西方语言学的附庸。从这样的角度来看问题，阿错的成就给我们提供了一个榜样，值得大家重视和学习。"先生是从中国语言学的前途和方向的高度出发，满腔热忱地寄希望于后辈学者。

八、学术愿景

先生对我非常严格，耳提面命，鞭策鼓励，当面从没有表扬过，尽管其他先生曾告诉我先生如何称赞我。每当坐在先生面前，我就好像又回到学生时代，聆听老师的谆谆教导，明确了研究的目标和方向，增加了探索的勇气和力量。

先生于 1990 年离休。我清楚地记得在那以后不久的一次谈话中，先生把他的宏伟计划告诉我，要写一部全新的现代汉语的语法。当时我非常兴奋。那正是先生写"句法语义范畴的若干理论问题"的时候。先生"从五十年代起就想寻找一条研究现代汉语语法的新路子"，到九十年代终于找到句法语义范畴的道路，确定了"建立一个能得到公认的，并且在实践中基本可行的语法体系"的宏伟目标。我知道先生很清楚这条路艰难漫长。先生却义无反顾，乐此不疲，为中国语言学事业做出一生的奉献。

当年有人觉得先生那篇文章前面理论阐述很详尽，后面的系统描述较简略。其实这是一部巨著的开篇。先生以实际工作继续着这部巨著的写作。他亲自组织的现代汉语词类考察就是这部巨著的第一章节，解决了最为困难的关键问题。正是：坚冰已经打破，道路已经开通，方向已经指明。先生发表的最后一篇文章是"汉语语法理论探索之愚者之见"（2011），文中还念念不忘探索汉语语法理论。这不只是先生个人的学术愿景，而且是整个中国语言学界的学术愿景。

我捧读先生为《实验音系学探索》写下的序言，就像先生的话语响在耳边："我曾多次跟石锋讲过，要把汉语语调作为汉语语音研究的重要内容。如今吴宗济先生也讲到，希望他'在不久的将来为汉语语句多变的韵律梳理出格局'。看来，我和吴先生在这一点上是不约而同了。听说石锋现在已经在探索分析汉语语调格局的表现和规律。我期待得到他成功的消息。"想到吴先生和先生都已去了，我不禁潸然泪下。日前知道我的书稿《语调格局》已经在商务印书馆通过选题，年内可以见书。到时一定要以书为祭，献于二位先生灵前，以告慰二位先生的眷顾之恩和期盼之情。

仰望星空，繁星点点。"寄意寒星荃不察。"先生就是我心中的那颗启明星。

2012 年 2 月 1 日写于南开园，10 日凌晨改于抚宁。

　　注 1：见《礼记·檀弓上》：孔子蚤作，负手曳杖，消摇于门，歌曰："泰山其颓乎，梁木其坏乎，哲人其萎乎！"既歌而入，当户而坐。子贡闻之，曰："泰山其颓，则吾将安仰？梁木其坏、哲人其萎，则吾将安放？夫子殆将病也。"

　　注：文中所引论文未注出处者请见《胡明扬语言学论文集》(增订本)，商务印书馆，2011。

参考文献：

　　胡明扬 1987、2005《北京话初探》，商务印书馆。

　　胡明扬 2011《胡明扬语言学论文集》(增订本)，商务印书馆。

　　胡明扬主编 1988、1999《西方语言学名著选读》，中国人民大学出版社。

　　胡明扬 1991《语言学论文集》，中国人民大学出版社。

　　胡明扬 1995 现代汉语词类问题考察，《中国语文》第 5 期。

　　胡明扬 2004 语言研究呼唤理解和宽容，《南开语言学刊》总第 3 期。

　　胡明扬 2011《书面称谓和礼仪用语》，外语教学与研究出版社。

　　胡明扬 2011 汉语语法理论探索之愚者之见，《语言研究》第 1 期.

　　胡明扬主编 1996《词类问题考察》，北京语言学院出版社。

　　胡明扬主编 2004《词类问题考察续集》，北京语言文化大学出版社。

　　胡明扬、劲松 1989 流水句初探，《语言教学与研究》第 4 期。

　　沈炯 1987 北京话合口呼零声母的语音分歧，《中国语文》1987 年第 5 期。

　　石锋、王萍 2006 北京话单字音声调的分组统计分析，《当代语言学》第 4 期。

　　石锋 2009《实验音系学探索》，北京大学出版社。

邢公畹先生千古[*]

石 锋

我们沉痛地向大家报告：著名语言学家、南开大学终身教授邢公畹先生因患癌症长期医治无效，于 2004 年 7 月 7 日凌晨 3 时 25 分在天津逝世，享年 90 岁。

邢公畹先生原名邢庆兰，原籍江苏省高淳县，1914 年 10 月生于安徽省安庆市。1937 年毕业于安徽大学，后考入中央研究院历史语言研究所。师从"非汉语语言学之父"李方桂先生学习侗台语调查研究。1942 年到南开大学边疆人文研究室工作，同时在西南联合大学执教。自 1946 年南开大学复校后，一直担任南开大学中文系教授。1953 年赴莫斯科讲学，先后在莫斯科东方学院和莫斯科大学任教授，至 1956 年回国返校。邢公畹先生在南开大学历任南开大学中文系主任、顾问、汉语侗台语研究室主任。曾担任中国语言学会副会长，中国音韵学研究会顾问，中国民族语言学会理事等学术职务。

邢公畹先生在汉藏系语言比较、汉语方言和音韵、语言理论、汉语语法等领域的杰出研究工作受到国内外学术界的重视。在进行语言学本体研究的同时，他还关注语言教学和语言规范等应用语言学问题。邢公畹先生主要论著有《远羊寨仲歌记音》（1942）、《莲山摆彝语文初探》（与罗常培合作，1950）、《汉语方言调查基础知识》（1982）、《语言论集》（1983）、《三江侗语》（1985）、《红河上游傣雅语》（1989）、《现代汉语教

---

* 原文载 Journal of Chinese Linguistics, 33. 1. (2005)

程》（主编，1990）、《汉藏语概论（汉语篇）》（1991）、《语言学概论》（主编，1992）、《汉台语比较手册》（1999）、《邢公畹语言学论文集》（2000）等。

在汉藏系语言比较领域，邢公畹先生曾从语法词序、语音对应等方面做了大量研究，特别是利用对应同源体系的方法，以及语义学比较的方法，探求汉语和侗台语在语义方面的深层对应关系，为论述汉语和侗台语言的亲属关系提出了丰富的论证。在这方面的重要论文有《汉语"子"、"儿"和台语助词 luk 试释》、《汉台语构词法的一个比较研究——大名冠小名》、《论调类在汉台语比较研究上的重要性》、《原始汉台语复辅音声母的演替系列》、《汉台语比较研究中的深层对应》、《汉苗语语义学比较法试探研究》等。《汉台语比较手册》（1999）是邢公畹先生集大成之力作。其中汉语的例证取自古籍十三经、古代字书和韵书，以及现代方言；台语资料来自侗语、傣雅语，并且参考藏语、缅甸语和苗瑶语的有关词项。作者在书中列举出 909 组对应词项，包括很多核心词、农耕和文化词项的语音语义分析，来证明他关于汉语和台语有亲属关系的信念。

邢公畹先生在进行汉藏语言亲属关系的研究中，把语言学的例证和考古学的发现结合起来。如：《汉藏系语言及其民族史前情况试析》（1984）、《汉藏语系研究和中国考古学》、《原始汉藏人的住所和火的使用》（1997）、《原始汉藏人的宗教与原始汉藏语》（2001）等论文，都表现出邢公畹先生开阔的现代学术视野和敏锐的分析洞察功力。

在汉语方言和音韵的研究上，邢公畹先生除了专著《汉语方言调查基础知识》（1982）之外，他的论文《安庆方言"字调群"的组结模式》、《安庆方言入声字的历史语音学研究》对安庆方言的连读变调模式、语音与语法的联系以及语音的历史演化做了精辟的剖析和论述。《说"鸟"字的前上古音》（1983）、《<诗经>"木"字说》（1991）、《上古汉语塞音韵尾*-g, *-gw, *-kw 和*-d》（2002）等论文更显示出掌握汉藏系语言的资料在汉语上古音研究中所占据的重要位置。

在普通语言学领域，邢公畹先生最早翻译乔姆斯基《句法结构》，除主编《语言学概论》之外，还曾经写过长篇论文《谈荀子的"语言论"》，以及《<红楼梦>语言风格分析上的几个先决问题》、《论转换生成语法学》、《论"语感"》(1981)、《说句子的专化作用》(1983)、《语言和信息》、《信息论和语言科学及文艺科学》、《论语言和文学的关系》、《论语言普遍性的研究》、《论语言的可译性》、《符号学和语言研究》等论文，分析深刻，论述精到。

在汉语语法等研究领域，邢公畹先生很早就写出《中国文法研究之进展——<马氏文通>成书 50 年纪念》(1947)、《<论语>中的否定词系》、《<论语>中的对待指别词》、《现代汉语的构形法和构词法》(1956)。后来又写过《语法和语法学》、《词语搭配问题是不是语法问题》、《说汉语的"连锁复句"》、《论汉语的"连锁复句"》、《现代汉语具有"位置移动"语义特征的动词》等重要论文，见解独到，给人启迪。

在语言教学和语言规范等应用语言学领域，邢公畹先生也是非常关心的。他在这方面写的文章有《怎样学好汉语》、《谈语法教学》(1982)、《语言的"专化作用"和对外汉语教学》、《汉语汉字的多系统性与规范化问题》(1987)、《精神病患者的言语分析》(1987)、《从对外汉语教学看"语言""言语"划分的必要性》、《我谈语文规范化》、《论语言的深层结构和对外汉语教学》等，表现出理论和实际相结合，把语言的本体研究和应用研究相联系的学风。

邢公畹先生主张"治学应当不断地从旧范围里走出来，走向新的境界。"常以荀子的"君子之学如蜕"来自励并教导学生在语言学世界中努力探索。

邢公畹先生一生勤奋，笔耕不辍。他的最后一篇文章《论"汉台苗语"调类的分化和再分化》发表于 2003 年，那是他最后病重住进医院之际。先生如此钟情语言研究，敬业献身精神，令人景仰。

邢公畹先生千古！

*文中未标有年代的论文，都已经收入商务印书馆于 2000 年出版的《邢公畹语言学论文集》。

永远怀念敬爱的邢公畹先生
——在邢公畹先生遗体告别式上的讲话

石　锋　　　　　　　　　　　　　　2004 年 7 月 10 日

　　邢公畹先生离开了我们，我们全体邢门弟子都悲痛万分，都深深地哀悼先生的逝世。中国语言学失去了一位大师，国际汉藏语言研究陨落了一位泰斗。

　　三年前，经我提议，又跟我的学长马庆株先生、我的师弟洪波老师和师妹曾晓渝老师共同商议，决定开始启动邢先生 90 华诞庆祝专集的筹备工作。我们得到副校长兼文学院院长陈洪教授的全力支持。他指示说，为了庆祝邢公畹先生 90 华诞，除了出版庆祝专集之外，还将出版邢公畹先生自选集和召开学术研讨会等系列学术活动。

　　有 30 位学者接受我们的约稿邀请，陆续寄来了他们精心撰写的论文。我们对各位学者表示衷心的感谢。我们曾多次开会认真商讨，论文集的各项编印工作进展顺利。在此期间，邢凯老师代表邢先生的家人对于我们的工作给予了积极的支持和配合。还有很多的老师在具体工作中付出了大量的努力，很多研究生参加了联系、整理、校对等事务。

　　邢先生病重住院之后，我们加快了编印工作的进度。出版社和印刷厂的工作人员也加速了出版程序，缩短了印刷时间。

　　就在这本庆祝专集全部印刷完毕，即将装订成册的时候，我们一直担忧的事情还是终于发生了，我们敬爱的邢先生离开了我们。

邢先生生前没有看到我们为他编印的庆祝专集。这成为我们邢门弟子的永远的遗憾。

邢先生，您九泉有知。让我代表您的学生，您的弟子，把这本专集敬献给您，把它放在您的身旁，让它永远伴随着您。我们请求您的谅解，同时为您增添一份慰藉。

您的所有的弟子，我们这里所有的人，将把这永远的遗憾化为永远的怀念。

邢先生，您永远活在我们的心中。

记　言

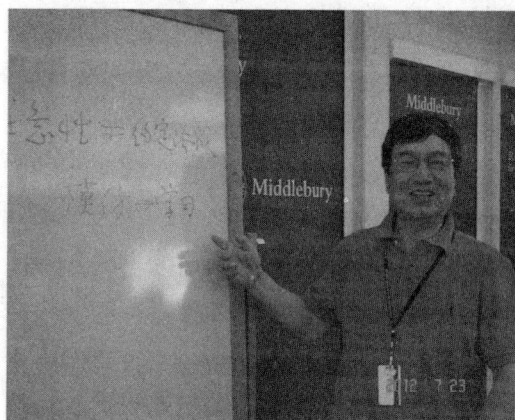

贺南开百年
——在南开百年庆祝会上的讲话

石　锋　　　　　　　　　　　　　　　2004 年 10 月 17 日

尊敬的各位领导、

敬爱的各位老师、

亲爱的各位同学、

难忘的各位校友：

大家好！

能参加这个欢庆百年南开的盛会，我感到非常的兴奋，特别的激动。我跟南开有着三重的联系——南开中学的学生，南开大学的学生和南开大学的教师。同时我的一家三口都是南开人：我的爱人田美华和孩子石林都在南开中学毕业。

在这里我向母校南开中学百年华诞和母校南开大学 85 周年的校庆表达衷心的祝贺，呈献上深深的祝福。

42 年前，当时我考入南开中学，第一次聆听老校长杨志行讲南开的校史传统，就是坐在这个瑞廷礼堂。那仿佛就是发生在昨天的情景。真是别梦依稀。那时候，南开大学马蹄湖畔的小桥流水就是我一直向往的地方。星移斗转，在 20 多年以后，我终于真的走进南开园，在马蹄湖畔学习和工作。夙愿得偿。所以我对于南开是倍感亲切。

　　回顾南开的百年历程，我深切体会到，严范孙先生和张伯苓校长当年创建南开学校，独具特色。南开一不在规模大，二不在财产多。始终是平民本色。提倡的是奋斗精神，追求的是学术精良。尽管几经磨难，仍然矢志不渝。这就是南开精神。南开的精神造就了一代一代南开人。南开精神的精髓是什么？自强不息；勤奋向上；志存高远；爱国爱校。

　　南开的校训：允公允能、日新月异。这是南开精神的精练的概括。允公允能的公，不是一般的品德，而是天下为公的思想境界；这里的能，不是一般的知识，而是救国建国、服务社会的能力。我们的周恩来校友就是南开精神的集中体现。日新月异，就是与时俱进。惟有如此，南开才能跟上时代的脚步，不断发展壮大。

　　南开之所以有今天的辉煌，是一代代南开人坚持不懈努力奋斗的成果。就像种子发芽、开花，要有适合的阳光土壤。一方水土养育一方人。南开有天津这一片沃土，得天独厚。有天津千百万父老乡亲的信赖，争相把他们好学的儿女送到南开，才使南开能够薪火相传到如今。南开中学是天津市的重点，南开大学是教育部的重点。南开已经成为天津教育界的一面旗帜，足以使天津人引以自豪，使南开人引以骄傲。

　　像孩子眷恋母亲，我们南开学子有着浓浓的南开情结。愿母校不断前进，兴旺发展。让我们对母校深情地说出共同的心声：

　　我是爱南开的。

荒友聚会暨《躬耕南阳》首发式致辞

石 铎   2008 年 8 月 16 日

永丰南阳各位北大荒的荒友们、

各位哥们儿、姐们儿、发小儿们：

大家好！

咱们又相聚了！今儿个真高兴啊！真的好想你们哪！我们都是从南阳走出来的乡里乡亲。有人说，聚一次少一次喽。老乡见老乡，两眼泪汪汪。还有人说，聚一次多一次啊。天涯常聚首，人生情满怀。我们说，聚一次，是一次。这次的聚会还没完，大家就会问：下次聚会——定嘛日子？搁哪疙瘩？

岁月如梭，当年的知青已经变成"知老"——老头老太，不少已经当了爷爷奶奶外公外婆。相逢一笑，我们老了吗？在额头的皱纹里隐约留有少时的虎气，从鬓边的白发中依稀透出青春的风采。我们豪情依旧，宝刀未老。何以为证？有书为证。请看《躬耕南阳》。这是我们全体南阳人、包括列位作者加上编委会诸君，无私地奉献给社会、奉献给历史的一朵奇葩，一枚硕果。

打开书页，北大荒的泥土气息扑面而来，我们仿佛又置身在南阳的大堤上，草房前，稻田里，牛车旁，与绿野蓝天为伴，跟冰封雪飘奋争。

《躬耕南阳》是我们青春的印记，岁月的留痕，生活的写照，情感的结晶。书中内容都是真情实录，每位作者无不出力尽心。哪是用笔写，用笔画；这简直就是在用心写，用心画。写出一颦一笑，画出一动一静。记录人生足迹；展现心路历程。

应该说，我们当年离开南开中学，来到南阳，是进了南阳大学。这是社会的大学，这是人生的大学。人生就是经历、探求、体验、思考。我们来过了，我们做过了，我们痛苦过了，我们快乐过了，我们付出了，我们收获了。收获了满载的精神财富，让我们受益终生，难以忘怀。

人生的价值何在？不在物质多寡，金钱数量；不在房屋大小，职位高低；而在于精神的富足，心态的平和。能有一个阳光的心境，笑对明天。

（温家宝）**多难兴邦**。对于个人：生于忧患。《躬耕南阳》记录的不只是我们一群人，而是一代人。我们的经历，反映了民族的复兴；我们的进步，预示了国家的兴旺。个人的荣辱进退与祖国的盛衰崛起息息相连。

（周恩来）**愿相会于中华腾飞世界时**。我们今天欢聚一堂。说奥运圣火，看巨龙乘风，正应总理豪言。中华腾飞世界，此其时也，不亦乐乎。

辞不达意，言不尽情；情到浓时，只恨笔短。最后让我以一个美好的愿望来作为结束语。

衷心祝福各位亲爱的朋友：

好好活着，并且快乐着。

语言接触国际学术研讨会开幕致辞

石锋　　　　　　　　　　　　　　2009 年 6 月 20 日

各位前辈、先生，各位同行、朋友：

首先，欢迎大家莅临南开大学，出席这次语言接触的学术研讨会。我们现在真是高朋满座，可谓"群贤毕至，少长咸集"。"有朋自远方来，不亦乐乎"，这正表达了我们此刻非常高兴的心情。

多年前，南开曾经召开过一次汉藏语研究方法的研讨会，那还是我的业师邢公畹先生在世时的事情，那次会议给我留下深刻的印象。如今南开又有如此的盛会，别有意义。学术为天下之公器。我们今天汇集在南开，今天就是南开语言学的学术节日，预示着中国语言学的和谐与发展。

近年来我们对于语言的理解和语言接触的观念已经有了不断的深化的认识。语言的研究方法方面也有了进一步的发展。用王洪君老师的说法，现在就是面临"语言学的转向"，我们就是处在新旧交替的过渡阶段。

从我个人来讲，语言接触的观念也在不断深化。语言接触是一个广泛存在的客观现象。现在语言世界上使用人口比较多的语言都存在不同时期、不同形式、不同程度上的语言接触的痕迹。其中都有大量借词，在语音、语法、语义等各个方面都有影响，甚至发生语言混合或语言替换，出现根本性的变化。现代社会更是大量存在着双语、双方言以及多语、多方言的情况。第二语言的习得是一种特定方向的语言接触，在儿童语言习得中也越来越多地出现语言接触的问题。我认识的一位香港老师，家中父亲说国语，母亲说英语，孩子跟父亲说汉语，跟母亲说英语，跟幼儿园的小朋友说粤语。因此语言接触的研究已经成为一个广泛深刻的语言研究的课题。语言研究的深入发展将大大提升我们对于人类语言的认识和理解。

另外，当前语言研究的方法也呈现一个多元化、互补型的发展，呈现出一种"百花齐放"的局面。包括层次分析法、变异比较法、历史溯源法、系统格局法、语言实验方法等等，不一而足。语言研究的方法不断地改良、不断地发展。当前语言学的研究正处在一个转变的时期，从定性的研究到定量的研究；从经验的、内省式的研究到实证研究；从发现事实、描写事实到解释规律、探索语言的秘密。从静态到动态，从思辨到实验，这是一个飞跃和提升。同时，研究语言也呈现出多学科、跨学科的现象，不同学科之间的交流合作越来越广泛，在学科的交叉点上往往就成为创新成果的生长点。语言学历史上理论的创新常常是由于方法的改进，我们期待并且促进中国语言学的这一发展，希望成为一种和谐、融洽的新方向。

南开语言学科是一个发展中的学科。我们南开语言学团队有三个特点：第一是团结融洽，我们不分年龄，不分领域，不分学院，文学院、外语学院和汉语言文化学院，三个学院语言学的同仁都非常融洽，学生可以自由听课；第二个特点就是阵容整齐，汉语、外语、民族语、语音、语法、词汇，现代、古代各领域都有老师在做；第三就是梯队成型，有相当的实力，更有相当的潜力。这是一个团结和谐的团队，使我们对于南开的语言学发展充满信心。这次语言接触会议也是我们的一个很好的机会向各位先生，各位学者学习，我们非常珍惜这个难得的好机会。南开语言学科的发展离不开国内、国外各位前辈师长、各位同行朋友的帮助和鼓励。我们感谢各位先生多年来对南开语言学的鼎力支持和关怀厚爱。

最后，祝大家在南开过得愉快，祝大会取得圆满成功！

天津语言学会 2009 年会开幕讲话

石　锋　　　　　　　　　　　　　　2009 年 11 月 28 日

祝贺、欢迎。

一年一度语言年会。既是学术盛会，又是师友聚会。大家都精神焕发，心情愉快，我很高兴。

每年的年会都是一次天津语言学界的检阅、交流、展示。形成传统模式，专家报告之后、聚会交流，包括会餐时的自由谈话和小组的论文宣读。专家报告是学术前沿，今年的四位各有建树，报告精彩。大家提交的论文数量多，质量高，胜过历年。这都预示会议的成功。预示天津语言学的活力旺盛。预示天津语言学的新的振兴和繁荣。天津学人应该对全国的语言学有更大贡献。

学会的生命力在于学术。天津语言学会就是要团结天津语言学同仁，为促进语言研究、语言教学、语言应用的繁荣昌盛、百花齐放提供一个组织形式、运作平台、发展契机。在这里讲四点意见，供各位参考、思考。

1. 开放的心态。希望各分支领域：语音、语法、词汇、现代、古代、方言、民族语言，相互开放。希望不同条块：中文、外语、国际汉语、以至不同学校相互合作。希望与兄弟学科：文学、历史、社会、考古、遗传、心理、物理、生理、信息、经济、法律、新闻、统计相互交流。学科交叉点=学术增长点。

2. 创新的精神。学术的精髓在于创新。不是标新立异、不是哗众取宠、更不是欺世盗名。如黄锡禹。怎样创新？八仙过海，一言难尽。闭幕式上可能还有时间跟各位讨论。

3. 高尚的学风。首先是诚信，不抄袭不作假。起码的道德底线。目前都很难。其次是互助合作，助人为乐。目前可能更难。惟其难才要知难而上。高尚的人是健康长寿的。语言学家长寿的比较多。

4. 明确的方向。创新和应用结合，理论和实践结合。既要出世又要入世。谁能不食人间烟火？语言学是热门还是冷门？靠我们自己去做。儿童语言的习得—母语教学；第二语言习得—国际汉语、外语教学；这是提高全民族素质的大事。汉语规范、语言文字工作、现代科技、信息科学与语言学结合，改变生活方式、变更社会面貌。语言学是领先的科学，是未来的热门，其实已经是热门。语言学人真是任重而道远。

怎么办？路在脚下。现在先开好本届年会。我们有具体想法、措施，希望得到大家的建议、支持。闭幕会还有一点时间说。

祝大会圆满成功，祝各位今天在这里度过愉悦而有创获的时光。

谢谢大家。

纪念 XY 三十年
——上海 XY 讨论会 30 年纪念贺信

石　锋 　　　　　　　　　　　　　　　　　2012 年 3 月 20 日

　　我虽然出生于四十年代,属于 40 后,但是心里常常忘掉自己的年龄。这次纪念 XY 三十周年,却真的使我梦回青春。我在心中一直把自己当成是 XY 的一员。

　　我在 1980 年到苏州调查方言,硕士论文就写苏州方言。于是毕业后得以参加 1982 年复旦召开的第一届吴语会,从而结识了上海的很多师友。当时会议氛围热烈活跃,别有天地,给我深刻印象。与会的上海学友都是生气勃勃,立意进取,使我深受感染。这就是我所见到的海派风格。那一次上海之行跟海派结缘,对我的学术研究路向有重大影响。

　　我没有参加过 XY 讨论会,但是却期盼每一期的油印会刊寄来,关注每一个讨论的问题,每一种新颖的观点,从中得到启示,受到鼓舞,在书山学海中不觉寂寞。我珍藏着全部会刊,犹如这也是我自己的历史。我在 2001 年从国外回到南开到现在,一直坚持研究生沙龙活动,这其中应该有 XY 的早年影响。

　　我记忆中曾经看到讨论会发出"建立中国的语言学学派"的创意,记得是邵敬敏学长的提议。这给我心中激起波澜壮阔,至今未忘。建立中国的语言学学派,这是中国语言学人的历史使命。多少年之后,这要记录在中国语言学史册上的。这也是日后我在香港和南开对邵学长敬重有加的缘由。

　　当然,创意和实现还有很长的路要走。但是,同是走路,有目标跟无目标大不一样。从索绪尔到乔姆斯基，记下了人类探索语言奥秘的足迹。创新从模仿开始，模仿是创新的序幕。马建忠、赵元任是中国语言学现代化的先驱。如果当时中国语言学的落后还有客观原因，那么三十年后已是而立之年。中国语言学走过了模仿的初级阶段，已经走向成熟。世界也已经因现代科学技术的发展而改变了模样。遗传学的 DNA、心理学的镜像神经元，使我们对于人类自身认识有了革命性的进展。对于语言学同样将会有重大的影响。

王士元先生早就讲到：十九世纪的语言学在欧洲，二十世纪的语言学在美国，希望二十一世纪的语言学在中国。现在世界已经跨进二十一世纪，随着语言学从单一学科的封闭型到多学科多领域的开放型的转型，种种迹象表明，如今的国际语言学呈现了转向汉语的潮流。面对不少外国学者不熟悉汉语还要研究汉语的尴尬状态，我们的话语权应该大大增加了。

为了实现王先生的预言，中国语言学人做好准备了吗？

我们今天纪念 XY 三十周年，表明我们需要 XY 精神。

让我们呼唤 XY 精神。

2012 年 3 月 20 日于南开园。

述职报告

石　锋　　　　　　　　　　　　　　　　2010 年 6 月 25 日

一、为学校和学院所做的学科建设工作

个人作为南开大学语言学学科带头人申报天津市重点学科取得成功并获得教育部重点培育学科。在学校支持下整合文学院、汉语言文化学院和外语学院的语言学力量，成立南开语言所。主编《南开语言学刊》，列入全国核心集刊。创办《语言学文选》和《语言学译林》，目前两册第一期创刊号都已经定稿，校对并付印。年内出版。今年南开成功主办全国语音学学术会议和第二届演化语言学会议。筹备暑期全国语言学讲习班工作就绪。明年主办国际中国语言学会议准备工作已经启动。南开已成为中国语言学的精锐主力。个人担任天津语言学会会长尽心尽力。

十年来，学院教师队伍有了巨大变化：十余名教授和二十多位副教授，近三十人有博士学位。已经达到除北京语言大学之外的国内最强势教师阵容，为学科发展打下良好基础。汉院教师的《教学研究论文集》是我跟施向东老师给大家的留念。《博士文库》和《学者文丛》第一批著作已经出版。希望以后能够继续下去。

二、建立并改进南开汉语教学的新模式

用五年时间逐步确立并不断改进南开汉语教学的新模式。初步完成

教学模式的转换。以学生为中心，以教师为主导，设置主任教师，集体备课，教师轮换，统一考试。教师系统性授课，学生全方位学习。使我们的教学水平和教学效果不断提高。留学本科增设商贸汉语方向将使我院的汉语教学增加吸引力。

经过全体教师的共同努力，实现了全院专职教师向留学生本科和中国本科生以及研究生专业课程的转向。取得了课程安排的主动权。提高了教师的专业水平和学术素养。使我们学院的性质成功地从单纯教学型转变为教学科研型。

三、加强国际联系，扩大合作交流

致力于国际合作联系是我们留学生来源多元化的重要途径。国际交流是我们的生命线。我们多方努力，利用在国际学术界的广泛联系，积极开展对外交流合作。来自韩国之外的国家的学生人数不断增加。日本爱知大学之后，国学院大学和名古屋学院大学已经向南开输送学生。马里兰大学也加入派送短期班的学校名单中。短期生—长期生—学位生。这是我们留学生汉语教学的三个紧密联系的环节。

我们一系列的对外合作项目中，最新的是跟威斯康星大学的学生互换计划。希望成功。

四、崇尚学术、鼓励科研、初见成效

教师的学术水平和精神状态直接决定学院的形象定位和发展前景。我们鼓励教师确立学术方向，制定研究计划。邀请国内外一流学者为教师和学生做学术报告，交流教学经验。努力在学院树立钻研学术，注重教学的风气。制定政策，激励教师积极申报科研项目，取得良好效果，今年学院有一人获国家社会科学基金项目，三人获教育部项目。这次学校对 40 岁以下教师的九个项目指标，开始我还担心报的人数不足，结果有十四人申报。形势喜人。

五、优化管理，树立正气，共建和谐学院

十年来，学院在职称晋升、出国、招聘、招生、奖励、分配等等有关教师学生切身利益的大事上，程序透明、决策公允。杜绝了打电话、开后门、收礼品的现象。多年来没有一位教师为晋升到我家或办公室，或打电话。

学院招待国内外客人，请客吃饭节俭为要。一是可请可不请的尽量不请；二是必须请的则限定人数；三是一般情况尽量在校内；四是点菜喝酒适量而止，杜绝浪费。为学院树立正气奠定基础。

学院全局的各项工作中，很多都是重复出现的。我们提倡要认真总结，完善步骤，规范程序，增加自觉性，减少盲目性。如：经过多年的反复摸索实践，制订完善了开学分班的原则和换班的程序，每次开学初期的分班问题已经基本解决。

采取措施，逐步取消了教师出国向学院交费的土政策。为学院保留了两栋完整的教学楼。这是我们学院生存发展的安身之地。我已经向学校提出，学院保留在现校园的建议。

六、加强学生工作，增强学院吸引力

本科生毕业论文工作。我们强调原则，制定程序，把工作做到前头。从选题开始，指导老师按照步骤要求进行工作。结果论文质量普遍提高。老师分组按照流程顺利完成答辩。

重视活跃中外学生课余文体活动。经常召开班导师会议，学生班长会议，使学生对于南开有归属感，提高学院的凝聚力。增强学院的吸引力。

我对于自己指导的学生严格规定，在学期间不准以任何形式送礼请客。严格执行。

七、不足之处

学院还有很多不尽人意的地方。我也很不满意。其中有客观条件的

制约。主要是个人的能力和水平有限，希望今后能够逐步改进。我作到了两个方面：一是没有利用职位来为个人和家庭谋取利益；二是我为学院每一位老师的好事而高兴。我可能曾经使有的老师暂时不愉快，但是绝不是出自任何个人的原因。希望忘掉我的坏处，记住我的好处。

七、今后努力方向

提倡团结和正气，提倡团队互助。树立关心学院的风气。树立教学研究的风气，使每位老师在学院的总体发展中得到个人充分发展的空间；充分发挥我院教师阵容在国内领先的地位，使我们的教学和研究水平达到国内和国际的领先地位。这一直是我的理想，我的目标。

希望每一位老师都做友好使者，建立和促进我们学院的对外合作和交流，使我们的朋友遍天下。这不仅是为了学院的发展，也是为国家的贡献。职业—事业；工作—愉悦。

最后，感谢肖、施、郑诸位的合作。感谢靖文瑜、刘松岩二位努力替我分担很多教学和行政的压力。感谢办公室和各部系以及全院每一位老师的理解支持。使我顺利平安度过愉快的十年。

我会以普通一兵的姿态跟大家一起，在新院长领导下为学院继续奉献力量。我坚信：没有石锋的南开汉院会更加美好。

祝大家把健康当作一项事业。今后的生活和工作中，健康愉快，幸福和谐。

汉院十年

石　锋　　　　　　　　　　　　　　　2010 年 9 月 19 日

　　2001 年我来到南开大学汉语言文化学院任院长。到现在已经将近十年。回想那时的情景，才恍然发现这十年来汉语言文化学院的巨大变化，这也反映出了我们汉语加快走向世界不断发展前进的脚步。

一、学院的学科建设工作

　　师资队伍：十年的时间，学院教职工的人数已经由当初的三十一人，增加到目前六十多人，翻了一番。如今学院教师队伍有了巨大变化：正教授从原有一名到现在的十余名；副教授已经有二十五位，三十余人有博士学位。这个阵容在国内同类院校当中，除北京语言大学之外，应该是最为雄厚的教师阵容之一。这样强势的师资队伍为学科发展提供了重要条件，打下良好基础。

　　此外，学院投入大量的人力、物力，加强教师培训，加强兼职教师队伍建设，取得明显效果。形成了一支较稳定的、水平较高的兼职教师队伍。

　　办学层次：学院原有留学生汉语进修课程、留学生汉语言本科专业、语言学与应用语言学硕士研究生专业。2002 年开始与文学院联合培养博士生及博士后研究人员。2002 年增设中国学生对外汉语本科专业。2003 年又增加汉语言文字学硕士研究生专业。2006 年增设留学生经贸汉语方向本科专业。

2006 年率先在语言学及应用语言学硕士专业增列汉语国际推广方向，2007 年后开始汉语国际教育专业硕士研究生的招收和培养。

随着办学层次的不断增加，绝大多数教师要不同程度地担任本科生和研究生的专业课程的讲授和论文指导。汉语言文化学院的性质成功地实现了转型：从单纯语言教学型转变为专业教学科研型。

学术影响：在学校支持下，整合汉语言文化学院、文学院和外语学院的语言学教师力量，成立南开语言所。跨院整合的语言学及应用语言学专业申报天津市重点学科取得成功并获得教育部重点培育学科。

学院跟文学院联合编辑的《南开语言学刊》，已经出版十五期，列入全国核心集刊。创办《语言学文选》和《语言学译林》，目前第一期创刊号都已经定稿，校对并付印。《语言学文选》创刊号已经出版。汉语言文化学院"博士文库"和"学者文丛"第一批著作已经出版。

学院跟文学院联合主办多种国际和全国的语言学和语言教学的学术会议和讲习班。包括"国际中国语言学会年会"、"全国语音学学术会议"、"演化语言学会议"、"暑期全国语言学讲习班"、"实验音系学讲习班"、"对外汉语师资讲习班"等。南开大学已经成为中国语言学和语言文化教学研究的重镇。

二、坚持改革方向，提高教学质量

南开模式：学院吸取原有教学方式的优点，进一步锐意创新、大胆实践。用五年时间逐步试行并不断改进南开汉语教学的新模式。现在已经初步完成汉语教学模式的转换，形成了独具特色的"南开模式"。这就是：以学生为中心，以教师为主导，设置主任教师，集体备课，教师轮换，统一考试。教师系统性授课，学生全方位学习。通过教学评估对教师的教学质量进行检验和反馈，使我们的教学水平和教学效果不断提高。

2004 年以来，学院先后逐步在基础班、初级班和中级班进行教学模式的改革，是把原先各自为政的汉语四门基本技能课（精读、听力、口语、写作）统一安排，协调进行。教学形式分大、小班授课。时间上也统筹使用，改变过去以教师讲授为主、学生被动接受的状况。大班导入，以讲练词语、语言点、讨论课文为主；小班操练，更充分地操练大班课讲过的词语、语言点，并进行口语和听力的延伸训练。教师在课堂上设计并创造出较真实的、生活化的语境，引导学生操练，师生互动，生生互动，提高学生的参与意识和开口率。学生的汉语听说读写能力全面系统地得到提高。许多零起点的学生经过三四个月的学习，一般都可以取得 HSK 考试三级成绩，少数能得到四级，个别优秀的甚至会得到五级。

网络和课件：教学手段的现代化是提高教学质量的重要环节。学院新教学楼全部教室都安装了电脑网络和投影仪等多媒体教学设备，同时为每位教师都配备了笔记本电脑和音频视频存储设备。学院要求全体教师掌握计算机技术，使用多媒体手段进行课堂教学，并为此举办了多次培训活动。在全面培训的基础上，请具有专长和教学优秀的老师给全体教师传授备课经验，讲述心得体会，推动教学手段的更新。现在，全院绝大部分教师都自己做课件。不仅语言技能课，而且在专业课上，配合教学内容，使用了大量的多媒体音频和视频形式，制作生词卡、幻灯片、照片、动画、录象等多种辅助手段，大大丰富了教学内容，显著提高了教学效果。

实现转型：在建立新的汉语教学模式的同时，学院也注重本科生专业和研究生专业课程的改进和完善。在留学生汉语言本科专业增设商贸汉语方向，使学院的汉语教学增加吸引力，也促使学院教师增扩了新的专业课程内容。

在中国学生的本科及研究生教育上，也在保留原有特色的基础上，逐步完善教学管理。除了出国任教，我院正副教授都要为本科生上课。每位高级职称的教师一年至少为本科生开两门课，平均每学期至少开一门课。经过全体教师的共同努力，实现了全院专职教师向本科生和研究生专业课程的转向。很多教师从过去只教单一的语言技能课转变为语言课和专业课都能教的多面手。一方面教师个人的专业水平和学术素养大大提高了，另一方面学院也取得了在课程安排上的主动权。在教师个人教学转型的同时，我们学院的性质也成功地从单纯教学型转变为教学科研型。

三、加强国际联系，扩大合作交流

孔子学院建设： 学院在学校和主管部门的领导下，积极努力配合全局工作，为汉语走向世界贡献自己的力量。南开大学与马里兰大学合办的马里兰大学孔子学院是美国的第一所孔子学院。我们学院派出的教师不辱使命，坚持不懈，艰苦努力，改变了困难的条件，迎来了成功的局面。此后，我们又在多个国家承办孔子学院，并多次向国外派遣优秀教师出国任教，进行国际汉语教学或培训国外汉语师资，同时向国外派出本科生和研究生做志愿者担任汉语教师。派出国家包括日本、韩国、泰国、越南、美国、加拿大、新西兰、法国、约旦、哥伦比亚、保加利亚、意大利等多个国家。

发展国际交流： 国际合作联系是我们留学生来源多元化的重要途径。国际交流是我们的生命线。在国际交流合作方面，南开大学汉语言文化学院与英国爱丁堡大学、美国马里兰大学、密歇根州立大学、威斯康辛大学、哥伦比亚大学、韩国建阳大学、汉阳大学、日本爱知大学、法国东方语言学院、哥伦比亚安第斯大学、加拿大魁北克拉瓦尔大学等几十所高校建立了长期合作关系，提供各种类型的汉语教学课程。其中，与日本爱知大学合作的"爱大现地教学项目"已成功实施了十余年，建立了良好而稳固的合作关系。继爱知大学之后，日本国学院大学和名古屋学院大学也已经向南开输送学生。马里兰大学也加入派送短期班的学校名单中。由短期生到长期生，由长期生到学位生。这是我们留学生汉语教学的三个紧密联系的环节。

四、崇尚学术、鼓励科研、初见成效

组织学术报告： 学院邀请国内外一流学者为教师和学生做学术报告，交流教学经验。2003年以来，学院从国内外聘请了讲座教授、客座教授6人，举办了学术讲座数十次，讲演的专家有来自美国、加拿大、新西兰、香港和国内各著名大学、社科院的著名教授。这些学术交流活动对学院的教学和科研的进展起到了巨大的推动作用。

鼓励科研项目：教师的学术水平和精神状态直接决定学院的形象定位和发展前景。我们鼓励教师确立学术方向，制定研究计划。制定政策，激励教师积极申报科研项目，取得良好效果，2002 年在学院鼓励下，有六人取得国家汉办科研项目，实现了过去零的突破。以后每年都有发展。今年学院有一人获国家社会科学基金项目，三人获教育部项目，可喜可贺。

出版学术成果：学院按计划资助出版"博士文库"和"学者文丛"，编辑汉院教师的教学研究论文集。努力在学院树立钻研学术，注重教学的风气。

五、以人为本，共建和谐学院

树立正气：十年来，学院在职称晋升、出国、招聘、招生、奖励、分配等等有关教师学生切身利益的大事上，充分发扬民主，程序透明，决策公允。杜绝了打电话、开后门、收礼品的现象。工作中的接待吃饭以节俭为要。一是可请可不请的尽量不请；二是必须请的则限定人数；三是一般情况尽量在校内；四是点菜喝酒适量而止，杜绝浪费。为学院树立正气奠定基础。学院还适当采取措施，逐步取消了过去教师出国向学院交费的土政策。

优化管理、改善环境：学院全局的各项教学行政工作中，很多都是重复出现的。我们提倡认真总结，完善步骤，规范程序，增加自觉性，减少盲目性。如：经过多年的反复摸索实践，制订完善了开学分班的原则和学生换班的程序。改变了过去入学和分班的混乱状况，逐步形成了制度健全的行政管理规程和良好的教学秩序。

学院争取到学校领导和有关行政部门的大力支持，2004 年搬进了新教学楼，2005 年翻修了旧教学楼，使教学环境有了显著的改善。后经有理有利的抓住时机，果断行动，为学院保留下两栋完整的教学楼。另外，教学楼内的厕所卫生管理是校园内所有建筑物中保持最好的。这些都为我们学院生存发展建构了良好的内外环境条件。

以人为本：学院工作的根本是什么？是以人为本。要为教师谋利益，要为学生谋发展。学院的一切工作都需要一个具有凝聚力的教职团队作保障。要让每个成员更好地融入团队，这个团队才会更具凝聚力。学院提倡每个人都在学院的发展过程中，把握自己的发展机会，开拓自己的发展空间。学院尽最大力量为师生创造一切条件，让他们在各方面都能取得成绩。其中很重要的一点就是要根据不同人的不同背景和经历，帮助他们设计适合的发展方向和发展计划。每个人的进步和成绩汇集在一起，就是学院的成功。

学院积极组织师生的文体活动。如举行各种文体比赛，参加学校的活动。丰富学院教师的生活情趣。学院全体教师连续几年参加学校举办的合唱比赛，获奖从三等到二等，并两次获得一等奖。

六、加强学生工作，增强学院吸引力

留学生奖学金：学院的一切工作的出发点和目的地都是为了培养学生。学院投入大笔资金，建立了留学生奖学金制度、社会实践和专业实习制度，调动了学生的积极性，促进了学生汉语学习的进步。对于留学生同样要教书育人。在指导本科生毕业论文工作中，我们强调坚持原则，制定合理程序，把工作做到前头。指导老师从选题开始，要求学生按照力所能及的调查分析的内容为主来选定，按照步骤要求进行工作。结果论文质量普遍提高，按照流程分组报告，顺利完成论文答辩。

课余文体活动：学院重视活跃中外学生的课余文体活动。定期组织留学生篮球赛、排球赛、摄影赛、作文赛、卡拉 OK 赛、文艺演出比赛、趣味运动会、优秀生评选表彰大会、迎新年联欢会等丰富多彩的课外活动，极大地丰富了学生的文体生活。经常召开班导师会议，学生班长会议，听取学生对于学院和教师的意见，及时反馈改正，使学生对于南开有归属感，增强学院的吸引力，提高学院的凝聚力。

汉语节活动：学院支持对外汉语本科专业同学每年定期举办汉语节，宣传汉语的魅力，促进中外学生间的交流，成为南开极具特色的学生活动之一。在校运会上，学生们也多次获得良好成绩和精神文明奖励。留学生积极参加各项活动，并多次在世界汉语大会"汉语桥"朗诵艺术大赛等各项比赛中获奖，南开大学也曾荣获大赛的优秀组织奖。在天津市的留学生文艺晚会上，我校留学生认真准备，积极参与，多次演出精彩节目，获得组织奖。

六、回首过去，放眼未来

我们提倡团结和正气，提倡团队互助。树立关心学院的风气，树立教学研究的风气。要使每位老师继续不断在学院的总体发展中得到个人充分发展的空间。充分发挥我院教师阵容在国内领先的优势，使我们的教学和研究水平达到国内和国际的领先地位。

回首这十年间南开汉院的发展，也是对外汉语教学事业十年发展的一个缩影。愿我们每一位老师都做中外友谊的友好使者，促进和发展我们学院的对外合作和交流，使我们的朋友遍天下。这不仅是为了学院的发展，也是为国家做贡献。把我们从事的职业作为我们的事业；在我们的教学研究工作中感受到耕耘和收获的愉悦。

石　锋

2010 年 9 月 19 日于南开静轩

我们的意见
——关于解决音韵学会问题

亦鸣先生并转呈

鲁先生：

　　我们先后收到宁先生、麦先生、简先生、黎先生和鲁先生的来往邮件，看来大家都在认真地关心中国语言学的发展，希望学术进步，希望学会团结。目前出现意见不一致的情况，如果各方都以适当的方式来正确处理，事情会有可能向好的方向发展，实现学术民主、团结、进步的新局面。

　　这里我们向会长和秘书长提出自己的意见和建议，愿学会能够及时采取妥善措施，促使事情圆满解决。

　　所有邮件内容可以大体分为三个方面：一、学会会长换届问题；二、学术理念观点问题；三、学者个人之间的意见。我们分别加以说明。

　　一、学会会长换届问题，应遵循学术民主的原则。首先是选举的方式和程序的规范。会员选理事，理事选会长。候选人可以由会员和理事自由提名，也可以毛遂自荐。提名和自荐都要说明理由。选举可以用协商式或竞选式。为保障无记名投票，可以公推二、三位监票人，公开计票。监票人在场的情况下打开信封，计票结果有监票人签名。

　　增加副会长的问题涉及修改会章，建议秘书处征集会员的意见建议，先草拟会章修改讨论稿，有利于解决这一问题。

　　二、学术理念和学术观点，应提倡百花齐放、百家争鸣。学术讨论和学术批评应心平气和，摆事实，讲道理，不要带有个人意气。可以集中讨论几个问题，不能因学术的批评影响团结，影响大局。学术讨论和学会换届虽有一定联系，但毕竟还是不同的事情，因此建议在有关网站或刊物另设专栏，可以随时发表意见，进行讨论，而不一定要跟学会换届问题放在一起。

三、对于学者个人之间的看法，相互的意见，以及事情的经过说明等问题，我们建议暂且停止公开讨论，待冷却一段后再妥善解决。一方是我们敬重的温厚长者，一方是成果卓然的学界精英，都跟我们保持着很好的关系。我们愿意在中间起一个桥梁的作用，使大家顾全大局，求同存异。为中国音韵学会的团结和进步，为中国语言学事业的发展和繁荣，共同努力。

祝愿各位先生新春快乐，万事如意！

南开大学　石　锋、曾晓渝

2006 年 1 月 22 日

四条"铁的纪律"
——在研究生沙龙的讲话

石　锋　　　　　　　　　　　　　　2011 年 9 月 21 日

从很早以前，我们对学生就有几条纪律要求，一直执行到现在，我们把它们叫做"铁的纪律"。你们的师兄师姐都很清楚，他们遵守得都很好。

第一条纪律就是在上学期间不许给老师送东西。同学们可以到老师的办公室，老师的家里面去提问、请教、讨论，这都是没问题的，但是不能带东西。为什么这么规定呢？在上学期间，老师和同学是存在利益关系的，一个同学要送东西，其他的同学就要考虑了，一个人送东西老师收下了，那么第二个人肯定还要送，第三个人亦是如此，而且送的东西可能一次比一次贵重，一次比一次多，因为如果有的人送东西了，有的人没送，那么没送的人就要担心是否会受到不平等的待遇。这就像我们在学院里面，老师出国、晋升这些问题上，我当院长的时候，就是一条规定：任何人不准送东西，不准打电话。把每位老师发表的文章、教学的成果，摆上去，大家公开透明，问题就很简单。所以，每一次晋升的时候，对有的学院的领导来说，可能是最紧张，最繁忙的时候，但是我那个时候最轻松，没有一个人打电话，没有一个人到家里来，每年都是这样很平静，大家都心平气和。为什么呢？一个人送东西，找上门来，解决问题了，其他的人就蜂拥而至了，他要不来就会吃亏。我们从第一个人就掐断，以后就再也没有来的了。所以这条纪律，我们还是一定要坚持的。我们同学脑子里不要总想着怎么给老师送东西，怎么通过关系来解决问题。脑子里整天要想着什么呢？要想怎么样搞研究，怎么样认真学习，提高自己，通过这样的一个途径，使自己能够在将来做出成果，能够顺利地毕业、成才。

根据同学们的表现，我们增加了一条纪律：**不许以任何借口，逃避老师的指导。**有的同学，上学的时候经常向老师请教，遇到疑难找老师，成绩都很好。因为我挂名指导老师，找我问问题是应该的。而有的同学呢，躲老师很远，最好不要让老师看到他；有的人自以为很聪明，老师的指导听不进去。这些年来，我最大的体会就是：学生的水平高低在于其次，他学得好不好，能不能顺利写完毕业论文然后毕业，第一个要素，就是他自己的学习态度。越是那些小聪明的人，半瓶子不满的人，越让我们老师费力气。因为他自己觉得自己了不起，老师说的话，要求做的事，看的书，需要解决的问题，他都听不进去，他总认为自己是"老子天下第一"。什么叫自满啊，就是认为自己的知识是满的，老师的东西听不进去，所以写不出论文来。我想说，既然你自己已经很好了，不用听老师话，那你还来学习干什么呢？越是自以为聪明的人，越是自以为不错的人，写论文越让老师费劲，一遍一遍地谈话，一遍一遍地讲，有的甚至哭了一次又一次，最后，好不容易才写出来。而那些虚怀若谷的人，即使他原来的基础比较差，但是因为他们学习态度很好，总是虚心接受老师的指导，坚持按照老师的要求去做，都能够顺利的毕业。这个事情，我有个很好的例子，李晶同学，她是学外语出身，第一学期的沙龙，因为她晚上有课不能参加，所以进步很小，而从第二学期开始，她每次沙龙都参加，听大家的报告和老师的指导，很顺利的就写出了十几万字的论文来，是我最省劲的一个同学，现在在澳大利亚墨尔本大学。所以不看本来的基础的好坏，而是看你的学习态度如何。

有些同学，一问他为什么不找老师啊，他总是说"怕打扰老师"。怕打扰老师就不要来上学了啊！越是怕打扰老师，越是给老师增加麻烦。你想，他自己跑，发现此路不通，然后再回到起点，都是要老师费很大力气的。最好你做什么事事先和老师讲，遇到了什么困难和老师讨论，免走弯路，免费时间，才会使你的精力放到正路上。所以这里我们就规定了一条，一定要主动积极地接受老师的指导。不能以任何借口逃避老师的指导。实际上我们老师看得很清楚，谁总是离开老师，躲老师远远的，肯定学习有问题。

第三条，每天要锻炼身体，时间为半个小时到一个小时。做硕士论文和博士论文，尤其是十几万字的博士论文，要耗费的精力和体力是非常大的。没有一个好的身体是很难完成的，特别是经常感冒，发烧，学习都受影响。我们要保证正常的学习，避免"非战斗减员"，所以我们要规定每一个同学每天都要锻炼身体，早中晚都可以，走路、跑步、打球……总之每天要保持一定的活动量。一个人每天要是 8 小时学习，抽出来 1 个小时的时间来锻炼身体，那么其他的学习时间就少了吗？其实不然。我们原来有一个 8-1>8 的公式，就是你一天抽出来 1 个小时的时间锻炼身体，其他的时间的效果，得到的学习的成绩就大于你不去锻炼身体，每天 8 个小时都是读书，不去锻炼身体的效果，无论是从短期还是长期来看，都是这样的。

以前有个山本同学，原来在日本的时候，让她到北京师范大学学习一年，可是并没有学到什么。我问她为什么什么也没有学成，她说在那里整天生病，躺在床上。所以学习了一年，一无所获。然后她来南开跟我读博士，我就和她定好，每天要锻炼身体，而且还派一个同学，每天和她一起锻炼，跑步啊，打球啊，结果她顺利地完成了学业，身体也很好。然后毕业回到了日本，在大学里面当老师。我到日本，她爸爸请我去吃饭，非常感谢我，说他的女儿以前身体很不好，经常生病，不知道能不能学得好，结果到南开以后，学习学得也好身体也好，现在工作做得也很出色，他们家人都非常高兴。所以锻炼身体很重要。

后来我们又增加了一条纪律：**沙龙一定要发言。**我们的沙龙坚持了很长时间，我从日本回来，应该是从 2002 年开始，每周三晚上，雷打不动。外国的研究生上学，跟老师学专业课，有的学生一个星期两个星期都见不到老师。和老师谈话都要提前预约，但是，他从周围的同学那里学到的东西比从老师那里学得还多。他们有的是物理系的，有的是经济系的，交流的内容也十分丰富。我希望我们的沙龙也起到同样的作用。

我们每次让两位学生各讲半小时，然后大家各讨论半个小时，一方面是给老师留点时间讲评，而更重要的是要同学之间互相切磋。

参加沙龙，发言不发言是个态度问题。你能不能把你自己放到这个研究之中，成为研究的参与者，沙龙的主人。我们不是旁观者，来看个热闹，听完后只是说："哎，这个人讲得不错！"这不行，每一次作报告的同学，有的是你的师兄，师姐，有的是你同年级的同学，他们做的事情，从理论上来讲，你们都能做到，对不对？所以，一定要问问题。问什么问题？最简单的问题就是"你是怎么做的？""你为什么这么做？"这样你就把自己摆进去了，你才会有收获；不把自己摆进去，只去看热闹，就像看电影一样，看戏一样，你能有什么收获呢？为什么有的人坐在这里，他的研究就能提高，论文就能写出来，有的人坐在这里，什么也得不到？差别那么大？原因在哪里？收获大小，就看你的态度怎么样。所以大家一定要提问题，将来我们要做记录，谁提的问题多，谁没有提问题，三次没有提问题，我们就采取公示，把他的名字列出来，将来要影响他的毕业，对不对？

目前来说我们的四条纪律主要就是为了保证我们同学的学习，保证一个轻松，健康的学术氛围。我们的沙龙很重要，很多同学毕业之后，还怀念我们的沙龙，而且这样的沙龙，在别的学校是体会不到的，很多外校的同学，也参加这个沙龙。我们要营造这样一个氛围，就像是物理学上的"场"，在这个氛围里面我们学习、研究、进步。当然，离开了这个氛围，我们也可以研究学习，但是付出的努力要更大，所以大家一定要好好珍惜这个学习的机会，好好学习，好好听老师的指导。

答美国学生的书面采访

2012 年 5 月 10 日

美国宾西法尼亚大学 2012 年春季中文 312 班
对南开大学石锋教授的网上采访
关于知青经历：

1. 您去黑龙江插队的时候，家人是支持还是反对？

   我不是插队，是到农场。农场比插队情况要好，每月能有 32 元工资。插队就要挣工分了。因为社会上的形势就是要求学生去下乡，所以家人当时是支持的。尽管是迫于形势。

2. 刚到农场，您感到最惊讶的是什么？

   给我们住的小草房里地上都是大坑，需要我们用土填平。另外就是冬天很冷，要到零下 40 度。

3. 在黑龙江农场，您做什么样的工作？

   一开始是农业劳动，种田、锄草、割麦子，后来又打铁、赶牛车。最后当了村里的小学老师。

4. 在黑龙江下乡的时候，吃什么东西？吃得饱吃不饱？吃不饱肚子的时候怎么办？

   在黑龙江农场吃的还不错，大米、白面、玉米渣。有一段时间菜不多，土豆、南瓜，都是自己种。一般都能吃饱。

5. 您在农村的时候最喜欢吃的菜是什么？

   我们喜欢吃肉，但是肉不多。一年能有几次吃肉。

6. 农村人喜欢知青吗？他们对知青好不好？

当地人对我们还是不错的。对我们很关心。

7. 在农场的时候，您很想回到城市吗？

   当时很想回到城市工作，但是没有机会。

8. 您和其他知青对毛泽东的印象怎么样？

   当时人们都迷信毛泽东是红太阳。现在知道他也会犯错误。

9. 您下乡的时候，是不是一直对政府有信心？曾经对政府失望过吗？

   我在农场时还是很关心国家政治的。比如：我根据当时报纸的新闻报道内容，在政府没公布的时候就证实了林彪事件的传说。并根据国际形势的报道，预测尼克松总统将会访华，后来果然是这样。

10. 在艰苦的条件下，您怎么保持对未来的希望？

    在农场也能自得其乐。我曾经写过一篇回忆。那是一种无欲无求的生活。我把那篇文章发给你们，也许能更好地回答这个问题。

11. 文革期间，城市和农村的教育有什么不同？

    我在农场当小学教师，是一个教室有几个年级的复式班。城市里就没有这样的情况，城里条件要好很多。

12. 为什么下乡的时候您还想努力学习？

    在农场因为当老师，所以需要多学习一些知识。

13. 在艰苦的条件下，怎么坚持读书？

    我有一盏小油灯，每天晚上点小油灯看书，很有情趣。后来我把这小油灯带回天津家里，当做纪念。

14. 您为什么想当老师？您最喜欢的职业是什么？

    老师是很好的职业。老师有两个快乐其他人都得不到。一个是得天下英才而教之，人生一大快事也。一个是研究学问，独步天涯，如入仙境之美，非言语所能喻也。

15. 在下乡的时候，能见到您在城市的父母和家人吗？

    每年可以请假回城里家中探亲。

16. 您和下乡的同伴关系好吗？大概有多大比例的人没有返城？

我们那里的知青基本都先后回城了。我们下乡时在生活和劳动中都是互相帮助的。我则常在关键问题上给予帮助。如 77 年高考报志愿时，建议一位同伴改报天津的学校而使他回到天津。

17. 您下乡时的同伴现在一般做什么工作？

    当时回城一般是到各种工厂当工人。现在我当年的同学们大部分已经退休了。

18. 下乡的知青与留在城里的青年人日后的生活的差异大不大？

    返城的知青很多都不如留城的青年人生活好，少数人考上大学改变命运。

19. 您觉得文化大革命的好处多还是坏处多？

    文化大革命坏处多。是中国的一场劫难。

20. 您觉得这样的经历是不是年轻人有必要体验一下？尤其是现在的年轻人？

    年轻人应该经受各种锻炼磨练。一个人得到的磨练跟人生的事业成功有重要关系。

21. 您认为知青的经历对现在的国家领导人有什么样的影响？

    现在已经有一批当年的知青做了领导人。他们的知青经历可能会帮助他们为人民多做些好事，少做些坏事。

22. 您现在还会跟当时在黑龙江农场的朋友联系吗？

    1998 年，离开农场 20 年时，我带一家人回到当年住过的农场的南阳村看望农场的朋友们。当年我的那些学生们都已经长大成人，正在为建设农场贡献力量。

23. 您对美国大学生的看法？

    美国大学生积极好学，喜欢在上课时提问题，我最喜欢。我常向中国学生介绍。希望他们向美国同学学习，思想活跃，多提问题。

    谢谢！

谢谢您！

毕业寄语——给南开汉院毕业生

2009 年 6 月 20 日

从学校这个游泳池到社会的大海洋，
要学会做搏击各种风浪的勇者。
在生活中低调；
在工作中高调。
保持健康的体魄，
充满愉悦的精神。
为国家、为人民做贡献。
为人生、为南开添光彩。
同学们，努力吧！
未来是你们的。

——石锋
2009 年 6 月

行　旅

游美散记*

石 锋

（按：作者石锋博士是南开大学教师，今年夏天曾参加在法国普罗旺斯大学召开的国际语音学会大会，会议前后在美国、英国进行学术交流活动。写下一系列日记、笔记，兹摘抄其中部分章节，以飨本刊《天津文史》读者）

飞出国门　飞机之上

1991 年 六月二十日。

上午 10 时，阳光灿烂，碧空如洗。我坐在机舱座椅上，轻轻地舒了一口气，一切都已成为过去。办理出国手续的奔波，等待入境签证的焦虑，准备行装的忙碌以及刚刚在机场大厅里登机前的慌乱，统统丢到脑后。漂亮的空中小姐从容地招呼着旅客，她们温馨的微笑赶走了我最后一丝的不安。我似乎忘掉了这是第一次坐飞机，又是第一次出国。只是把头靠在椅背上静静地坐着，等待着飞机起飞。

开始了，飞机转上跑道，由慢而快，在发动机的轰鸣中，腾空而起。透过机舱窗口，房屋、树木、街道、田野，都变小，变小，先是像积木，模型，后来像大片大片的沙盘，最后跟地图上的地形鸟瞰图一样，只看

---

* 原文载《天津文史》1991 年 11 月。

见河流山脉和田野。一个个的村庄只是分散在田野中的小点点了。

飞机穿过了云层，飞在云海和蓝天之间，我惊异于这奇异的景观：一望无际的云海在眼下变幻着各种形态，有时像起伏的山峦，有时像草原上的羊群，有时像飘曳的轻纱，有时像奔腾驰骋的群群骏马，更多的是像大海的滚滚波涛，上面是碧蓝碧蓝的天空。远处云天相接之处真像地平线一样。阳光闪烁在天边，也映出五彩的霞光，逗得我们这些第一次坐飞机的人们兴奋不已。为了应付时差，我强迫自己利用飞行的时间睡一个好觉，因为下飞机以后，还要迎接另一个六月二十日的白天。

"旧金山到了！"邻座的伙伴们惊呼起来，把我从睡梦中叫醒。啊！窗外已看到了大片的陆地。美国的西部加州的海岸线正在脚下绵延。

这就是大洋彼岸。飞机降落在旧金山机场，美国到了。我取出照相机，摄下眼底这陌生的土地。

初踏异邦　　高速公路

一出机场，就见到事先约好了的沈君在大厅等候迎接，我们一同出了大厅，迎面就是一座三层的立交桥。数不清的汽车穿梭般来来往往。汽车多，多的惊人。这就是我到美国的第一印象。坐上沈君的汽车到伯克利的途中，听他介绍，这就是美国的高速公路，可以并排行驰五六辆汽车，我们已开到每小时六十五"迈"（英里 mile 的译音，1 英里=1.609 公里），可是周围的汽车们都是用同样的速度，所以相比之下我的感觉并不很快。不久，我们就到了加州大学伯克利分校，这里是我在美国的第一站。

也算接风

沈君，还有几位朋友，一行四、五人一起到一家中国餐馆去吃饭。餐馆老板，一位华人，听说我刚从中国来，特地免费给我们加了一盘炸豆腐。大家很高兴，沈君笑着说，"这也算给你接风一样。"边吃边谈。饭后开始参观校园。

万金家书

忽然想起，给家里写的信还没寄。转念又一想，在这里发信要十天以上才能收到，如果发一个传真，当天就能收到。这里是周五下午，国内是周六凌晨，正好一早就收到了。并且信里也确实有紧急的事务要处理。就这么办。一页传真才用五美元，可是"家书抵万金"呢！

漫步街头

早晨，我就到大学外面伯克利街头去散步。清晨的美国城市宁静整洁，偶尔看到一两个行人匆匆走过。街上的店铺都关着门，一般要到九点半才开始营业。两旁的建筑各具特色，很少相同的样式，房屋外也都是鲜花和草坪、绿树。我看到好几棵樱桃树和枇杷树，树上结满果，有的还掉在地上。我正在街头漫步，忽然看到前面地上有两个人半躺半坐，似乎刚刚睡醒，这就是美国的街头流浪汉了。我想起昨天在一家中国餐馆吃饭时，就看到有一个人在桌旁把别人吃剩下的饭收在一起吃掉。当时我口中不说，心中却在想：美国也有这种人。他们是有家不归，还是无家可归呢？我边想边绕开了他们。

马路上不时驰过一辆辆的汽车，却几乎看不到自行车。交叉路口上没有警察，汽车却自动在红灯亮时停下来，等绿灯亮了再开。我又发现就是没有红绿灯的街口，汽车也都是自动地停一下，再开动，不管前面是否有行人和车辆，都是如此。

伯克利的六月，天气凉爽宜人，听说这里一年到头都是这样，并不像东北部四季分明。

在邮局里

我见一个正向校园走去的年青人，连忙打听去邮局的走法。在他热情的指点下，我找到了邮局。

一进门，先在临门的取号处撕下一张印有号码的小纸条，然后再去排队，也可以去粘信封、贴邮票。营业员是按号叫人来到柜台的，先收号码条，再收钱办理。等候的人一般要离开柜台前面的人一米多远。我是去买邮票和信封。当我向营业员说明我是从中国刚到美国，想多买几种美国邮票寄给家里。他非常高兴，立刻拿出好几种样子，一边向我说明，这几种是国内寄信用的，那几种是寄到国外用的。我挑选了几种，付钱之后，他倒向我道谢。我呢，就只有向他说再见了。

美国"警察"

来到美国之后，一直谨小慎微，可是今天刚刚第三天，一早晨就出了一个差错。我吃过早饭后，想起要给李方桂先生的夫人徐樱师母打一个电话，就来到办公室，刚刚接通，对方接电话的是李师母的女儿林德教授。还没有来得及说话，就听门铃响起来，我对话筒说了声："请等一会。"就赶快跑下楼去开门。因为我的一个美国朋友杰弗逊今天要来找我，按动门铃的准是他了。我开门一看，他已往回走了，因为等的时间长，以为没有人。我急忙出门去叫住他。就在杰弗逊回头的同时，大门自动关上了。

我立刻意识到事情不妙。我的钥匙以及所有的东西都被锁在里面。美国星期六和星期日都是休息日，别人都不会来的。真是要叫天天不应，叫地地不灵了。杰弗逊看我着急的样子，安慰我说："让我想想办法。"就带我一起到校园里转，打算找清洁工人问一下，可是休假日的早晨，学校哪里有一个人影？

正好有两个警察开着车过来。杰弗逊拦住车，把情况告诉他们，请求帮助。我在旁边半信半疑。这两个警察下车跟我们走到锁住的大门前，掏出一串钥匙，居然把门打开了。我正要道谢，他们却转过脸来对我说："对不起，请把锁在屋里的钥匙给我们看一下。"他们一直跟我走到办公室，看到桌子上的钥匙，才满意地告辞而去。原来他们不是警察，而是校园的保安人员。

一场虚惊过去了。我来不及和杰弗逊详谈，请他坐下等一会儿，我就马上拿起放在桌子上的电话话筒，继续打电话。我告诉林德："刚才出了一点小问题，现在解决了。"她要我晚上七点到奥克兰李师母家。她们开汽车到地铁车站接我。

我挂上电话，又来招呼杰弗逊。他是开了汽车接我到旧金山游览的。吃了一个苹果，喝了一杯茶，就出发上路了。

美丽的旧金山

首先是金门大桥。当年中国移民见到金门大桥，就是到了美国了。桔红色的宏伟的大桥横跨在两边，锁住海湾的入口，桥座下也是美国南北战争时期修筑的堡垒，而今供人参观。高墙上铁制的枪眼，满是斑剥的锈迹，红色的砖墙上长满了红色的苔藓，这倒引起我们的注意。太平洋的波涛拍击着岸边的巨石，激起一阵阵浪花飞溅。

随后，我们又驱车来到旧金山城中，穿过绿草如茵的金门公园，来到市中心的双峰山上，从这里可以俯瞰全市的风光。旧金山林立的高楼、繁华的街道，尽收眼底。这里山高风大，很多游人被旅游车拉到这里，匆匆地照上几张像，就坐回车里又开走了。

我们又接着"走马观花"。鳞次栉比的高楼大厦，清新雅致的街心公园，如茵的草坪，明净的湖面，杰弗逊一边开着车，一边滔滔不绝地给我介绍这个地名的来由，那个公园的历史。他指着路边一幢幢风格各异的房屋建筑，兴致勃勃地告诉我，他最喜欢这里的房屋。这里简直是一个世界各种建筑风格的博览会。

"语言学家"

他知道我是研究语言的，特别讲了他所注意到的不同地区，不同年龄、职业的美国人所说的英语的差异，边说边学，有时还顺便告诉我几个加州当地的俚语土话。如流行在加州年轻人中的"far out"，意思就是"好极了"。我想，这可能相当于北京年轻人中的"盖了帽"吧！

杰弗逊没有到过中国，但他很喜欢中国，他希望将来能有机会到中国。他反对海湾战争。60年代美国的反战运动给他留下的印象是深刻的，那时他正在上学。突然他指着刚驰过的一条路说："你还记得有名的反战大进军吗？"我说，"我知道，那是美国青年反对越南战争的一次重要行动。"他高兴地说，"就是在这里开始的"。

我打趣地说，"今天我不但有一个向导给导游，而且发现了一个语言学家和一个社会活动家。如果有机会我一定请你到我们大学讲堂上去讲一课，那些对于语言研究感到枯燥无味的学生们一定非常欢迎。"

结婚仪式

我们后来到了圣玛丽亚大教堂。高大古朴的建筑，给人一种庄严肃穆的气氛。教堂两个大门中间正壁上雕刻着圣经故事的金属浮雕像，更增添了人们的平静纯洁的感情。走进大门，一对新婚夫妇正在举行宗教婚礼。我们正要走上前去把这难得的情景摄入镜头，旁边的修女轻声告诉我们，这是一个私人的婚礼，新婚夫妇不愿别人拍照。我们只好轻轻退出来。杰弗逊说："六月是美好的。很多年轻人选在六月举行婚礼。"

果然，我们很快就在一片美丽的滨湖草坪上，看到了几对新婚夫妇在照像。新娘身披洁白的轻纱，手持美丽的鲜花，在英俊的新郎的衬映下，更显得楚楚动人。后面是湖水和宫殿，前面是天使般的新人，简直令人感到是身置仙境之中。我们赶快下车连摄影师一起抢拍下来。

"太师母"的晚宴

晚上七点钟，我正点到达奥克兰玛丽娅湖边的一座豪华公寓大楼门前。这就是我的"太师母"徐樱女士的家。我的博士论文导师是邢公畹先生，邢公畹先生早年师从李方桂先生。与赵元任先生被誉为"汉语研究之父"一样，李先生被誉为国际语言学界"非汉语研究之父"。记得邢公畹师曾有文章写道："方桂先生远居海外，七十年代末至八十年代初曾两度回国讲学。一次，陪同先生游颐和园，避雨长廊，叩以积疑，先生一一为之剖析，所疑涣然冰释。先生循循善诱，一如四十年前。"李方桂先生以八十五岁高龄在美国去世之后，我还曾陪同邢先生到北京参加中国语言学界在北京召开的李方桂先生追思会。这次我来到美国是遵邢师之命来看望太师母。

按响门铃之后，开门的是李师母的女儿林德教授。她知道我是初来美国刚刚两天，很惊讶地问我："你是怎么来的？我们想待你打电话来再去车站接你呢。"我笑着告诉她是一位朋友开车送我来到楼门口的。她把我让进宽敞、优雅、中西合璧的客厅里，又去请李师母出来。李师母徐樱是当年段祺瑞部下的将军徐树铮的后代，很有才华。她和李方桂先生曾是金婚伉俪。如今，她又完成了英文本《李方桂传》，令人敬佩！

我向李师母致敬意，并转达了邢先生的问候。她很高兴。八十多岁的老人，已经满头银丝，但是精神极好，身体健康，看上去才有五、六十岁的样子。老人性格开朗，非常健谈。她的身体好，是得益于心情的愉快。她告诉我，李先生待人诚恳热情，中国的学者到了美国都喜欢来家中做客。我借这个机会向太师母提出为李方桂先生焚香致敬，于是林德代为点上香，我静静地肃立在李先遗像前，看着李先生荣获的银盾奖牌（注：这枚奖牌是泰国国王的皇姐颁发给李先生的），心中默默缅怀这位中国现代语言学的前驱。

李师母招呼我们入席开宴。除太师母、林德和我以外，还有李方桂先生在美国教过的学生洪女士和李师母的好友顾太太，大家围坐在一起。桌上摆的既不是西餐，也不是中餐，都是我没有见过的。林德告诉我，这都是越南式的饭菜。她还特地买了泰国的名贵水果榴莲，分给我们每人一份。我却没有口福，因为实在不敢领教这种异国风味，就请主人代劳了。李师母说起当年她在泰国时，一开始也是一口不沾这种水果的，到后来才慢慢习惯了。

吃饭时，林德问我早晨打电话怎么突然中断了。我就把我被锁在门外的风波讲给她听（注：电话中断及被关在门外之事见前文）。她笑着说她也有过这样的经历。有一次她开车买东西，回家把门打开，回到车里去拿东西，突然一阵风把房门吹关上了。她的钥匙已经放在房子里，进不去了。马上打电话给母亲："妈妈救救我。"可是母亲也没找到她家的钥匙。她只好连夜冒雨开车去找她家的保姆。半路上又被警察拦住要罚款。好容易找到保姆，要了钥匙，回来打开房门，已经是凌晨三点了。

林德谈到还有一次，是在普林斯顿的旅馆里，她在房间里发现了一只老鼠，追出去到走廊上，房门自动关上了。后来找到茶房（注：旧时对服务员的一种称呼），才打开了门。

一提到老鼠，李师母想起了一件趣事：当年在伯克利跟安德森太太一起开中国烹饪课，她讲理论方法，我做示范。有一次我发现菜蓝子里有一只老鼠，怕学生们看到，就悄悄用油瓶压死了。正好安德森太太让我示范。下课以后，她问我为什么动作慢了，我告诉她：我杀死了一只老鼠。一听说有老鼠，安德森太太立刻跳到椅子上。我忙去拉她说，老鼠早就让我扔掉了。她马上把我的手拦开，说：你的手太脏！大家听她讲得绘声绘色，都笑得喘不过气来。顾太太说：真不知你还有这样的经历（按：徐樱女士开烹饪课事曾在《今晚报 副刊》上登载过）。

李师母乘兴又讲了赵元任先生的一段轶事。赵先生夫妇年纪大了，眼睛又不好，家里有老鼠也看不见。女儿赵如兰教授每次从哈佛大学回来看望父母，就发现家里有老鼠，告诉赵先生。赵先生对我说：怎么如兰一来，我家里就有了老鼠呢？

大家边吃边谈，兴致都很高。不觉已经很晚了。我向李师母告辞并道谢。林德开车送我回伯克利。车上林德问我对在美国的这第一次晚宴的感想。

我说：在这里吃饭我感觉最深的一点就是气氛很自由。随便你吃什么，吃多少。主人没有一点强加的意思。在国内我最怕别人请我吃饭，主人的热情完全表现在让你多吃多喝，而且主人认为好吃的东西，也一定要让你觉得好吃，要多吃，甚至给你夹上很多。记得有一位外国朋友对我讲过一个真实的故事：他到一位中国朋友家中做客。主人给他碗里放了两块肉，他不愿吃肉，想吃青菜。但是碗里有了肉，不便再去吃青菜，就想快一点把肉吃光，再去吃青菜。可是主人看他很快吃完了肉，就以为他喜欢吃肉，马上又给他碗里放了很多肉。这样重复了几次。结果这位外国朋友吃得很不舒服。

"其实我也是希望吃饭时能尊重各人的'主权'的。否则一顿饭吃下来是太累了。"林德曾几次回到中国，所以也很有同感。

圣克鲁斯的公共汽车

圣克鲁斯座落在太平洋岸边，有着蓝色的大海、白色的沙滩、绿色的树林，景色秀丽、气候宜人，是加州的重要海滨旅游城市。人口才十几万，可一到夏天，游人如云，好像比当地人还要多。我要参加的暑期语言学讲习班就在加州大学圣克鲁斯分校举办。美国语言学会每年轮流在各地主办暑期语言学讲习班，邀请著名学者讲学，同时举行各种语言学的座谈会、讨论会等，吸引了很多各国、各地的语言学者和研究生。今年又第一次增设了汉语语言学讲习班。可见国际语言学界对于汉语研究的重视。

我为了节省，没有住在校园里，而是经朋友帮助在校外租了一间房子，跟我住在同一套单元的是香港来加州读书的莫君。他也是来参加讲习班的。莫君到美国已经三年了，知道我初来美国，热情地告诉我入乡随俗该注意的事情，我也很高兴有这样的一位同伴提供咨询和经验的帮助。

讲习班的第一天早晨，我和莫君一起乘公共汽车到学校去，这是我在美国第一次乘坐公共汽车。这里的公共汽车乘客并不很多，早晨上班是"高峰"时间，我们坐在车上，还空着一少半的座位。我想这可能是因为这里是小城市，到了大城市也许会跟北京、天津的公共汽车一样，在上下班时间，一辆辆的汽车挤得满满当当的。在车上并不报站，乘客大多是本地人，快到自己要下车的车站，就按一下电钮，司机那里就响一声笛，表明下一站要停车有人下去。一般如果没有人按响笛声，站上又没有人，司机就不停车了。

莫君按响了笛声，汽车停下来，我们到了圣克鲁斯校园。因他对语法很喜欢，而我感兴趣的是语音，下车后我们就匆匆分手，奔向各自的讲堂。听讲、讨论、休息、用餐。第一天就结识了好几位同行，谈笑问讯，"口"不暇接。直到天色向晚，才想起忘掉去找我的同伴莫君。我意识到：如果早晨是我第一次在美国乘公共汽车，那么我现在所面临的就是要第一次独自乘美国的公共汽车了。

　　首先就是等车。街上空无一人，车站上只有我一人等车。这里的公共汽车站牌上不仅标明汽车的首、末车的发车和收车时间，而且标出每一次车的到站时间。高峰时候，间隔小一些，五分钟或十分钟；人少的时候，间隔大一些，十五分钟或二十分钟。每一次车都很准时。早晨，莫君曾告诉我，这里的乘客也都习惯了按时乘车。平时汽车站很少有人等车，快到汽车来的时候，乘车的人们就出现了。

　　现在，下一次汽车还要十分钟才能到。这时候我看到远处摇摇晃晃走来两三个人影，到离我有二、三十米的时候，我才看清是几个喝醉的流浪汉，拉拉扯扯地往前走。我不想让他们靠近，就离开车站也向前走。这样我们总是距离二、三十米远。正好前面有一条叉路，我拐过去，看到他们并没有跟着我，而是继续照直走去了。我才又回到车站。

　　一会儿汽车来了，车里也只有四、五个人。我连忙跳上车去。司机是一位健壮的黑人。我对他说："没有零钱买票，是不是可以找钱呢？"这时，一位坐在旁边的白人妇女向我表示她可以为我换成零钱，我高兴地感谢她的好意。买票的时候，我告诉司机，我是初次来这里，请到劳雷尔（Laural）大街时告诉我下车，司机答应了。

　　美国的公共汽车也是有前后两个门。不过，后面的门只下人，乘客都从前面的门上车。司机兼做售票员。乘客上车后，主动出示乘车卡片（相当于月票，但不一定是按月买），或将零钱放在靠近司机的一个玻璃箱里，司机就撕下一张车票给乘客。玻璃箱里的钱多了，司机就按动开关，里面的钱就都掉到下面的铁制的钱箱里了。

　　一会儿车停下来，司机回头招呼我：可以下车了。我说了一声谢谢，就下了汽车。站在水泥马路上，我才发现周围的景物全然不对，一看站牌上写的是劳伦特（Laurent）大街。原来司机把劳雷尔大街错听成劳伦特大街，我不知道这里有这么声音相近的两条大街，又都是同一条汽车线路上的站名。真糟糕！

　　我在寂静的街道上好容易才遇到一位和善的老人提着篮子走过来，我向他讲了我的遭遇并问他到劳雷尔大街该到哪个车站乘车。他告诉我，这是一个交叉环行线路，到劳雷尔大街必须向回走一站到线路交叉处的车站去乘车。我请他给我指路，他招了一下手说："跟我去吧，我家也在同一个方向。"于是我们边走边谈。老人知道我是刚从遥远的中国来到这里的，立刻告诉我说，他的祖上曾到过中国和俄国，那时候那里的人们生活很苦。他问我现在中国人生活怎么样。我说：比以前好得多了。老人连连点头，他指着路旁草坪后面的一所房子说：这是我的家。你再顺着这个方向走五分钟就是车站了。我向老人告别，继续向前走去。

道路静静地伸向前方，两旁是树林，晚风中只听见树叶的沙沙声。这在白天，无疑是一片美丽的景色。但是，此时我却走在道路中间，耳朵和眼睛注意着两旁和前后的动静。终于看到了前面的站牌。不大一会儿，汽车来了。

我一上车，就看到刚才的那位黑人司机。我对他讲了下错车站的事，他连连向我道歉，并对我说："因为是我的过错，这次你不用买票了。"汽车在静静的街道上开得很快。拐过几个弯儿之后，司机笑着告诉我：这一次确实是劳雷尔大街了。

我下车一看，果然是早晨上车的地方。沿着熟悉的方向，穿过马路，我住的房子就在眼前。莫君正在房门口张望。见到我，他高兴地说，"你刚来美国几天，我真担心你找不回来呢。"我开玩笑说：天无绝人之路，何况，上帝还保佑着我呢！

中国人不说中国话

说起来很有意思，我虽然调查过一些汉语方言，但是却听不懂广东话。莫君说得一口广东话，却一句普通话也不懂。于是，我们谈话只好用英语作为共同的语言。我们都是中国人，却要用外国语交谈才能够互相听懂。当我把这个现象作为笑话告诉在美国的朋友们时，他们说这种情况在美国是经常遇到的，并不是新鲜事。我由此痛感中国的方言差异造成如此的不便。

司机罢工

圣克鲁斯是一个海滨城市，座落在太平洋岸边，有着蓝色的大海、白色的沙滩、绿色的树林，景色如画，气候宜人，是加州的著名旅游城市。我们每天往来于学校和住处之间，上课、看书，悠然自得。有一天发生了一件事告诉我们，这里并非世外桃源。

那天早上，我和同伴莫君照例起床洗漱吃饭之后，按时走出院门到马路对面的公共汽车站去等车到学校去。有一位过路人见我们站在那里等车，就叽咕了一句："汽车不会来了"。一边说着一边走过去了，象是对自己说，又象是对我们讲。我们以为是他随便讲讲，并没有在意。一般等两、三分钟，就有汽车来了。可是这次等了十几分钟还不见汽车的影子。马路上急驶而过的大多是私人的小轿车。心里不禁有点发急，才想到刚才路人说的话可能有些来由。

正疑惑间，有一辆白色的小汽车从我们身旁驶过后，又停车倒退回到我们面前。开车的是一位金发女郎，她问，"你们是不是参加暑期语言学讲习班，要到圣克鲁斯校园去？"我们说，"是的。"她立刻打开车门，让我们上车。我们坐好以后，她一边开车一边告诉我们：今天全市公共汽车工人举行罢工，在当地电台的新闻节目中已经广播。我们这才恍然大悟，我们每天读书写字，很少打开电视机和收音机，难怪这样关系重大的事情都不知道。从谈话中我们知道，这次罢工的原因是汽车公司当局削减职位，引起工人反对，所以工会决定罢工。

这位女士还告诉我们，她的名字叫凯瑟琳，在圣克鲁斯大学图书馆工作。每天从城里开车来上班。今天见到我们站在汽车站，就想到可能是从外面来参加讲习班的，所以停下来让我们搭乘到学校。我们高兴地感谢她，她笑着回答说：希望你们在圣克鲁斯过得愉快。

汽车开进校园，停在我们上课的楼房前面。下车道谢告别，目送汽车走远之后，我对莫君说："今天我们遇上了好心人。"

上了一天的课之后，又面临着没有汽车的问题。一位台湾来的留学生自告奋勇为同胞出力，在校园公路上伸出拇指，把手臂平举，拦住一辆小汽车。原来是这个学校的一位教师，家住在学校里。这是开车带着全家到城里去看电影。他很高兴顺路送我们回去。他的两个孩子都七、八岁，一路上向我们问这问那，这样有说有笑地回到我们的住所房前。

回想今天的经历，真是靠了运气。

"无面之交"

我计划离美国之后，还要到法国去参加国际语音科学会议。因为在国内来不及签证了，就在圣克鲁斯给旧金山的法国领事馆打了电话，约好了这个周三去办理到法国去的签证。于是周二早晨就乘一种叫做"灰狗"的长途汽车到了旧金山。下车后打电话给杰弗逊，十分钟后，他就开车来接我了。

杰佛逊是一位建筑师，因为当天晚上他要出发到外地去，不能陪我一起去法国领事馆了。但是他微笑着拍拍我的肩膀，说："我会尽力帮助你的。"然后就开车来到座落在布什大街的法国领事馆门前，找到距离最近的地铁车站，让我先熟悉一下路线，记住站名。然后又开车约一个小时送我到伯克利我的住处。

路上，他把车停在一家中餐馆门旁，请我吃一顿中国的炒面，他说他非常喜欢这种中国饭，还特意拿起两根筷子，问我姿式是不是正确。我说还不错，他很高兴。他没有到过中国，但是他希望将来能有机会去看一看。他有一个女儿在洛杉矶的迪斯尼乐园工作，他为自己的女儿而自豪。我祝愿他们实现"中国梦"。

饭后，杰佛逊又开车找到了伯克利的地铁站。这一次他陪我下到入口处的自动售票机前面，为我讲解自动售票机的用法，以及乘坐地铁的基本常识，并且掏出几枚硬币替我买了一张车票让我明天使用。他这番结合实际的说明，对我这个初出国门的人，帮助确实极大。后来我在纽约、巴黎、伦敦等地对于那密如蛛网的地铁线路都能应付自如，还真要归功于杰佛逊如此细心的"启蒙"。

到了伯克利的住处，我挥手送别了杰佛逊，在屋子里刚刚坐稳，就听见敲门声，开门一看，杰佛逊又来了。原来，外面刚刚下起小雨，他怕我明天出去要淋雨，顺便买了一把雨伞来送给我。我紧紧握住他的手，深深地感谢这位"一面之交"都没有过的朋友这样细心周到的关心和帮助。为什么说一面之交都没有呢？我在来美国之前，偶然遇到学校里的一位美国教师，他知道我就要到美国去，很高兴，随手给我写了几个名字和电话号码，告诉我可以在需要的时候请他们帮助。杰佛逊就是其中之一。所以，在此之前，我们是连一面之交都没有呢。

晚上看报纸，旧金山发生一件抢劫案，是一伙越南移民抢劫一个越南人的商店，劫匪熟知内情。店主的儿子从屋顶逃出到邻居家打电话报案，劫匪才仓惶逃跑。读后令人感叹不已。

独闯旧金山

第二天一早来到地铁上车，这是第一次乘美国的地铁，要独闯旧金山了。说是地铁，实际上它的线路并不是都在地下，而是有时在地面上，有时在地底下，有时还高高地奔驰在金属架架起的空中线路上。这可能是因为这一带的地形起伏不平而特别设计的。难怪它有一个特别的名字叫 BART，我在好几本字典里都查不到，只好说是地铁。

车厢里面整洁舒适。坐在我旁边的一位女士穿着淡雅的西服裙装，告诉我说：她是一个公司的职员，家住在伯克利，每天到旧金山去上班。乘坐 BART 很方便。一个多小时之后到达旧金山，下车出站，走在车水马龙的大街上，跟坐在汽车里又有别样的观感。高楼林立之下，汽车、行人来来往往。这里比伯克利和圣克鲁斯都热闹多了。在那匆匆走过的西装革履的女士和先生们之外，我也遇到过在街头讨钱的小孩和擦皮鞋的老人，在巷尾吹口琴的青年和捡垃圾的老妇。

一会儿就走到布什大街的法国领事馆，守门的黑人警察把每个进门的人都盘问检查一番才准放行。办理签证的是在一个小胡子官员领导之下的两位法国小姐，都是金发碧眼，面带微笑，和霭可亲。然而开口一讲话，我立刻发现她们的英语说得并不比我好。一切表格填好，手续齐备，交纳了六十法郎之后，她们告诉我一个月之后见通知来取签证。我说因为还要到美国其他地方旅行，希望能快一点。她们仍然微笑着说对不起。礼貌归礼貌，事情办不了。我只好跟她们一个月以后再见了。

沿布什大街向回走不远，见到一座金碧辉煌的牌坊。上面写着"中国城"。这里就是旧金山的唐人街了。虽然刚刚离开故土，但是在异国他乡，见到这么多栉次鳞比的店铺招牌广告写的都是中国字，很多黑头发、黄皮肤的老板和顾客说着中国话，别有一番滋味，感到格外亲切。

因为还要赶到长途汽车站乘车回圣克鲁斯，我就在这中国城内粗略地浏览一回，找到一个洁静的小店，要了三明治面包和牛奶，吃饱之后，就匆匆上路，告别旧金山，踏上归途。

联欢"派对"

历时六周的暑期语言学讲习班即将结束了，讲习班主任黄正德先生提议搞一次联欢晚会。并且为此做了不少准备工作。采购了很多糖果饮料。并印发了一些歌词给大家准备，我很喜欢其中的几个闽南民歌。记得有一首"望春风"很有意思，歌词是这样的：

> 独夜无伴守灯下，
> 春风对面吹，
> 十七八岁未出嫁，
> 遇着少年家。
> 果然标致面肉白，
> 谁人的子弟，
> 想欲问伊惊歹势（害羞），
> 心内弹琵琶。
> 想欲郎君做尪婿，
> 意爱在心内，
> 等待何时君来采，
> 青春花当开。
> 听见外面有人来，
> 开门来看 mai，
> 月娘笑阮（我）憨大呆，
> 付（被）风骗不知。

到了联欢这一天，吃过晚饭，大家就陆陆续续来到会场。主任黄正德指挥着黄师哲（中国留美学生）、包华莉（德国访问学者）等人忙前忙后，我也跟着摆桌椅，取糖果，布置好会场。人们来得真不少，比较多的是大陆的和台湾的学者和留学生，还有日本、韩国以及欧洲的来客，有几位美国大学的汉语教师也参加了联欢。

在伯克利校园

我们来到美国加州大学伯克利分校，校园内一片翠绿，与蓝天白云相映，给人清新的感觉。沈君和赵君陪我在这里拜访了图书馆、语言学系和东亚语言学系。林间小路很美丽，我们穿行在草坪、树木、鲜花间。

路上遇到该校语言学系主任。见我是中国语言学者，他很高兴地说："欢迎！很高兴到我们这里来。这里是美国最好的学校。"

我们在赵元任先生纪念室，看到赵先生和夫人的相片，以及各种学术活动的照片和著作。还有于右任的题联："钓鱼一潭水，放鹤千顷云。"想到赵先生对语言学的功绩，看着赵先生以前用过的黑板，感到中国语言学者的自豪。沈君告诉我，在伯克利这样有名的学校里专为中国学者设一间纪念室，可见赵先生在美国学术地位之高，影响之大。

在东亚语言学系，经过丁邦新先生办公室，已是中午一时。赵君说："丁老师经常在办公室，我们不妨敲门试一下。"一敲，果然里面回答："请等一会儿。"几分钟后门开了，丁先生出来了，和善地笑着欢迎我进去，一边表示歉意，"刚才在办公室打瞌睡，所以请多等了几分钟。"他每天都到办公室来，书架满屋，上面有很多大陆新出的书，如《汉语方言概要》（新版），《汉语方言词汇》（第二版）等等。

他说："赵元任先生在这里工作多年，李方桂先生也曾在这里工作，他们打下了良好基础。现在我和王士元先生商量，争取把这里办成一个中国语言研究中心。正好我是侧重古代方面，王先生是擅长现代方面，可以互相补充。"

我说："就象当年赵元任和李方桂、罗常培他们几位老先生一样，相互支持，相互补充。"丁先生笑了。

他又谈到用甲骨文材料研究上古音的方法问题，对我启发很大。告辞出来以前，丁先生拿出新发表的两篇文章赠我：《声韵学知识用于推断文字作品时代及真伪之限度》和《吴语中的闽语成分》。这也是中国语言学的新成果。

校园里阳光明媚，鸟儿有各样颜色：绿色、红色、黄色。松鼠在树木间游戏。学生们在草坪上或躺或坐，在休息，在读书。

天津日报 1991 年 8 月 26 日 星期一 第五版

伯克利访陈省身

我到美国第二天，立即给陈省身先生打电话。刚响两下铃，就有人答话了，一问，正是陈先生自己。我说："您请天津丁先生作的画已经画好，我给您带来了。"陈先生要我马上到他的办公室去。

十分钟之后，我来到埃文斯大厦九层楼上，陈先生的办公室开着门，老人正在等我。看了画他很高兴，说："这是给我的孩子要的，他给我作的画放在南开大学我的客厅里呢。"接着，老人就关心地问我的情况。

我说："出国前，我就计划来伯克利，曾想先跟您联系一下，可是您又是庆祝八十岁的生日盛会，又是各种学术讨论和讲演，太忙了。我想等您闲下来时再说，过两天再一问您已经回美国来了。"

"这一次到中国见到很多人，我很高兴，也确实忙。全国数学方面的朋友都来了，都想跟我谈。一个人半小时，几十个人就不得了，何况不止这些。"老人说，"你是搞中文的，能到美国来，又要到法国、英国去开会、访问。你的工作一定做得很好。"

我连忙说："不是工作好，是运气好。系里很多其他同志工作都比我好。"

陈先生笑着告诉我今天很巧，他已退休，可是学校还给他保留办公室，他平时很少来，今天因为汽车送去保养，下午才能取出来，他就来到办公室等候。刚到办公室就接到我的电话。否则他的家住得远，很不好找。

我说："这一次又是我的运气好了。"

"正好中午我也要在外面吃饭，我请你吃一次便餐，也好说说话。你是喜欢三明治还是馄饨，学校外面都很方便。"

　　我说："那就尝尝美国的馄饨吧。"

　　在一家清静幽雅的中国餐馆，陈先生要了两大碗馄饨和一些小吃。我们边谈边吃，他很关心南开大学的发展前景，问这问那，还问邢公畹先生身体和工作的情况。

　　这时我发现老人碗里已经快吃完了，而我这里还剩下很多，打趣道："他们看您年纪大了，就少给一点。看我还年轻，就多给一点。"

　　"不是他们给的多，而是你说得多了，"陈先生说，"现在你努力吃，我多说一些。"

　　老人很健谈，他接着把话题转开："现在就要指望年轻人，人一到年老就不行了，新东西进不来了。有人说要干到最后不能干才停。那怎么能行？出成绩还是年轻人，我现在主要把希望放在年轻人身上。"

　　我说："您能看到这一点就说明您在精神上是年轻的。"

　　吃完饭我们走出餐馆，老人的腿走路有一点跛，手里拿着拐杖。我要搀他走，他摆摆手；我要帮他拿提包，他也不让。他说："西方的老人要自立，这跟中国不同，中国的老人是受到照顾的。我们都要靠自己，现在我还自己开车。"我只好陪着他走到校园的交通车旁，看着他上车坐好，才招手告别。

天津日报 1991 年 8 月 30 日 星期五 第五版

香港随笔

石 锋

（我在 1995 年到 1998 年曾在香港城市大学电子工程学系做研究员，跟随王士元先生做语言工程方面的研究。期间随手写了一些香港的风物观感，随写随丢，很多已经找不到了。还好留下了一篇。）

香港的文化义演

常听人讲过香港是"文化沙漠"。意思是香港的经济很发达，但是文化方面却落后。可是我在香港并没有这个印象。

在九龙尖沙咀的海边，有一幢造型独特的建筑——香港文化中心。里面有展览厅，两个剧场和一个音乐厅等。文化中心的大厅顶上是一盏巨大的艺术吊灯，墙壁上有各种艺术造型，高雅别致，各具风格。展览厅每个展牌都是艺术图片，上面有精制的小灯探出来，光线柔和，布局新颖。身临其境，会感受到其中特有的文化氛围。

香港文化中心的音乐厅和剧场经常上演国内外著名艺术团体的节目。对于学生和 60 岁以上高龄人士给予优惠票价，并有部分免费门票派发。我曾在大剧场看过莫斯科歌剧团演出的名剧"海鸥"。为了避免影响演出，音乐厅和剧场都要求观众准时入场。迟到的人要等到中场休息或适当的间歇时间才能准予进场。有的节目甚至可能拒绝迟到的观众进场。

香港文化中心每周都有市政局主办的免费节目。由本港或旅港的艺术家和艺术团体出演，并且每月都印有免费节目预告单供市民及游人随意取阅。这种义演的文艺节目一般分为四种：（1）周二文化午餐；（2）周四黄昏乐聚；（3）周末合家欢；（4）午间管风琴演奏。前三种是在文化中心大厅舞台上演，管风琴演奏是在音乐厅上演。节目安排的内容多姿多彩，演出的团体及个人也是多种多样。如最近常上演的节目及演出人有：中国古筝学院的古筝合奏，香港铜管乐五重奏乐队的铜管五重奏，香港民族舞蹈团和香港青年民族舞蹈团分别上演的中国舞蹈，美国妇女协会的合唱音乐会，香港演艺学院的爵士音乐及多媒体音乐，亚历山大·弗雷的钢琴演奏，香港国际音乐学院的吉它及长笛二重奏，国际舞蹈协会的东南亚舞蹈，创艺舞蹈艺术学院的社交舞以及东方杂技团和香港福建杂剧团分别演出的魔术和杂技等等，不一而足。

　　我曾按照节目预告单上的时间去看了两次文化中心的文艺演出，一次是文化午餐的演出，时间在周二的下午一时十分至一时五十分，一次是周末合家欢的节目，时间是周六下午二时三十分到四时三十分。这些文艺节目并不因免费而降低质量，都是具有专业水平的上乘演出，演员的动作表情极为投入，观众反映也很热烈，台上台下情感交流，其乐融融，给我留下很深的印象。

　　那次文化午餐是由香港青年民族舞蹈团演出的中国民族舞蹈。节目还没有开始，舞台前已聚满了人。其中有老人，有青年，还有很多外国的游客，手持相机，摄像机在等待着，连对着舞台的两个宽宽的楼梯台阶上，也坐满了热心的观众。演出开始了，主持人手持话筒，用广东话和英语介绍演出的舞蹈和演员。上场的演员身穿艳丽的民族服装，依次表演了蒙古族舞、藏族舞、朝鲜族舞、满族舞、彝族舞，以及新疆舞和傣族的孔雀舞。每次出场有四个人到八个人不等，其中孔雀舞只是一位演员表演。全部演员并不多，只有十人左右。可见演员具有深厚的舞蹈功底，能掌握多种民族舞蹈的表演特色。她们的动作认真，姿态优美，演技不俗。在演出中，观众的掌声很热烈。照像机的闪光灯一闪一闪，此起彼伏，气氛很感人。这确实是一种艺术享受。然而，平心而论，跟中国大陆内地的民族舞蹈相比较，香港的民族舞蹈总好像缺少一点乡土气息。服装也很好，动作也很好，但这只是形似，没有达到神似。这有点像在海外的很多中餐馆，同样的调料，同样的饭菜总是有点西洋的味道。这可能也跟海外的观众品味有关。

那次周末合家欢的节目很多。一开始是苏格兰的音乐舞蹈。在苏格兰的民间音乐声中，几个金发碧眼的外国人跳集体舞，并邀请台下的观众上去一块跳。动作很简单，但是活泼、欢快。满场是快乐而热烈的气氛。那些动作看看就会，我也可以跳，只是没有勇气上台去试试。跳了十几个集体舞之后，就是哑语歌，伴随着优美的音乐教哑语的手势。后来是一个儿童剧，由香港少年艺术剧社演出。说的是一个顽皮的孩子不好好学习，不听话，弄出好些笑话。台下观众中确有很多父母带着小孩来看，可真称得上合家欢。

下面又有魔术表演，很精彩。一会儿展翅飞翔的鸽子变成大白兔，一会彩绸变成彩球抛向观众，报纸卷起来就可以倒出水来，一转眼又变出很多糖果，分发给前面坐着的孩子们。不时搏得大家一阵又一阵掌声。照像和摄像的也很多。

最后是香港舞蹈家江青等人为大家介绍纳西舞蹈"玉龙第三国——纳西情死"的片断。纳西族是现代唯一还使用象形文字的古老民族。舞蹈的气势很大，演员很多，男女各半，穿着原始的衣服，其实就是像麻袋片一样系在身上的。光着脚，赤膊拿着刀和假面具，动作粗犷豪放。内容是驱赶鬼神和欢庆胜利的场面。这是香港舞蹈团演出的，专业性很强，水平很高，音乐也很美。本来应该是四点半结束，结果一直持续到五点，观众才在掌声中依依不舍的离开。

在看节目时，我结识了一个从广州来香港移居的中年妇女。因为我不太懂广东话，她坐在我旁边，一边看一边给我翻译其中的意思。她是10年前来到香港，丈夫是香港人，结婚五年才批准到香港来定居。她在广州是个工人，到这里在一个商店收费。工作很累，她说从早干到下午三点，然后再从六点干到晚十点。工资也不高，住的地方也远，每天在外面十几个小时，上学的孩子要自己在家中煮饭，看来在香港的生活并不像有人想象中那样美好。

德国、法国汉语教学考察报告

石　锋　　　　　　　　　　　　　　　2002 年 11 月 12 日

　　国家对外汉语教学领导小组办公室组织的"赴德国、法国汉语教学考察团"于 2002 年 10 月 8 日至 22 日对德国和法国的汉语教学情况进行了考察。考察期间先后访问了德国的法兰克福大学、柏林自由大学、慕尼黑大学，以及法国普罗旺斯大学、里昂第三大学、巴黎东方语言文化学院和巴黎拉辛中学。考察团广泛接触了两个国家的汉语教学和汉学研究人员，了解了大量两国汉语教学方面的情况，探讨了国内院校与两国院校加强合作的各种可能。以下将分几个方面报告考察团所了解的内容。

一、访德情况

法兰克福大学哥德学院汉学系

　　2002 年 10 月 9 日上午考察团访问了法兰克福大学哥德学院汉学系（JOHANN WOLFGANG GOETHE UNIVERSITY FRANKFURT AM MAIN）。系主任韦荷雅（Dorothea Wippermann）教授（女）接待了我们。

　　法兰克福大学汉学系现有学生 180 名，分 4 个年级。学生的汉语课每周 10 节。原来的汉学系主要是研究中国古代文化的课程，如中国古代哲学，甲骨文研究等。但现在完全改变了，现当代中国成了最受关注的内容。原先古代汉语课每周 6 小时，现代汉语每周 4 小时。现在古代汉语第三年级才开始教，学生主要学习现代汉语，强调提高学生的语言交际能力，重视语音教学。

　　法兰克福大学汉学系现有教授 1 名，助教 1 名，1 名教语言的老师

（中国人）。在德国，一般每个系只有 1 名教授。当教授不仅需要博士学位，还要有 6 年的教学经验，一本专著，并要经过考试。现在德国也在进行改革，博士毕业就可以当教授，汉语可翻译成"见习（年轻）教授"，这些都是新政策。现在汉学系获学校批准，可以招聘第 2 名教授，目前有 6 名人选竞聘。每个系可以有 2 名教授的试点就是从汉学系开始的。

韦荷雅教授担任主任才一年，她对法兰克福汉学系的侧重点进行了调整，更多注意语言教学，而不是只将汉学研究当成主要的研究领域。法兰克福大学校方也很重视汉学系，支持汉学系跟中国的院校交流。他们跟北京大学合建了一个研究中心，派遣部分学生到北大接受汉语训练，去年就有 5 名学生由"克虏伯基金会"资助到北京大学学习。除了汉学系以外，法兰克福的其他院系也有跟中国大学建立联系的，如中国政法大学就计划跟法兰克福大学合作，开设有关德国法律的课程。法兰克福的很多院系都开设了与中国有关的课程，尤其是经济系、法律系等。汉学系也开设一些供全校学生选修的汉语课程，如商贸汉语。

德国大学很注意培养学生各方面的能力，一般除一个主修的专业外，还要兼修一、两个其他专业。有些学生虽然专业不是汉语，但汉语水平相当高，甚至超过汉语专业的学生。近年汉语系毕业生的 60% 在经济领域工作，就业情况良好，呈现供不应求的状况。一些高年级的学生还没有毕业就已经找到工作了。出现的"问题"是：高年级的学生缺课情况比较突出。

韦何雅教授还专门介绍了最近在法兰克福大学召开的一个"全德汉语教师协会教学研讨会"。这个研讨会有 40 多人参加，会议的主要议题是"汉语的新发展"，"汉语教学的新趋势"。讨论了汉语新词、新语、新的语法现象；推荐介绍了一些新的教材，如新的汉语教学软件；讨论了"语""文"分家，不借助汉字，用汉语拼音进行教学的可行性。韦何雅教授介绍，教师协会的大多数教师认为在初级阶段，要求学生学汉字会影响他们其他语言技能的发展，他们希望见到完全用汉语拼音编写的教材，特别是那些非汉语专业的学生和社会上业余学习汉语的人士更是不愿意学习汉字。她说，虽然真正对汉语感兴趣的学生最后也都能学会汉

字，但汉字确实吓跑了不少学生。汉字就像长城一样，把中国文化围了
起来，让许多西方人进不去，有些人放弃学习汉语的原因就是对汉字有
恐惧心理。不过，韦教授也说，也有汉语教师接受不了这种观点。

韦何雅教授告诉我们：在德国，几乎每个大的综合性大学都有汉学
系，都开设了汉语课程。80 年代有一个中国热，89 年后少了很多，相反
学习俄语的学生多了起来。90 年代中期以来，学习汉语的学生又多了起
来，恢复到以前的水平，但学生比较分散，有些学校学生很少，只有 2、
3 个学生。德国大学中文系学生人数最多的是汉堡大学、柏林大学。

柏林自由大学东亚研究所

2002 年 10 月 10 日上午考察团访问了柏林自由大学东亚研究所
（FREIE UNIVERSITY BERLIN）。系主任罗梅君（Mechththild Leutner）
教授（女）、国际交流处副处长 Gottfried Gügold 先生接待了我们。中国
驻德使馆一等秘书李国强陪同我们进行座谈。德方参加座谈的还有汉语
教师海迪（女）、正在该校任教的汉语教师邓恩明（原北京语言学院退休
教授）。

东亚研究所设有汉语、日语、韩国语专业。其中学习汉语的人数最
多，有 300 多名，在德国是比较大的。学生来自全德各地。去年一年级
有 67 个学生。汉语系共有 13 位教师，其中有 4 位教授，分别为系主任
罗梅君（Mechththild Leutner）教授（女）、Von Mende 教授、Sandschneider
教授和前语言学院退休教授邓恩明。

一年级学生要强化学习，每周 16 个学时，3 个老师合作完成教学。
学习《实用汉语课本》一、二册，一年内学完。

二年级为中级阶段，现在进行新的实验，叫"实验课"。就是开设
一门主干的汉语课，他们叫主修课，内容综合，有听、说、读、写、报
刊，除报刊用繁体字和简体字外，其他都用简体字。主要使用的教材是
《话说中国》。这门课学分也比较大，在这个课的下边再分出偏重句型、
口语、语法的课。原来学生要选 4、5 门不同的课才能修够学分，每门课
都有各自的生词，难度大。现在上实验课的学生不用再分别学很多不同

的课，生词量降低了。

中高级的学生不仅有来自汉语专业的学生，也有从别的院系转过来的。高级班有阅读、写作、电影课。也有的学生从其他国家转到他们的研究所学习汉语。95%以上的学生毕业后从事经济、国际关系、文化交流等活动，并且相当活跃。在最近国家汉办主办的"汉语桥"比赛中，有学生获奖。

东亚研究所的汉学研究和汉语教学在德国很有影响，历史非常悠久，最早可以追溯到 19 世纪。他们注意语言教学的特点，也很强调在语言学习中融入人文内容。中德关系史、民国时期政治思想史、当代政治、妇女问题、农村发展都是他们学习和研究的对象。

东亚研究所出版了很多研究专著，如《中德关系史》等。还出版了一套 40 本的丛书，重点也是中国近现代历史、当代中国研究的内容。这些专著全部用德文、英文写作。

在德国有 80 所中学开设汉语课，但这类学校的汉语课要求不高，多是选修的性质。现在有些学校汉语课成为正式课程。东亚研究所也注意和德国中学的联系，想在假期搞一些汉语培训课程。

跟中国的院校交流很多，但主要集中在研究方面，教学方面的合作比较少。学校鼓励学生到中国接受汉语训练，校方承认中国大学的学分。他们也为非汉语专业的学生开设了汉语课作为副修课，每周 4-6 节。

国际交流处副处长 Gottfried Gügold 先生代表校长表示，汉语教学在柏林自由大学的地位越来越重要，他们已经与中国多所大学和研究机构建立了关系，并且鼓励与中国的大学和研究机构在更广的领域加强合作与交流。

慕尼黑大学东亚研究所汉学系

2002 年 10 月 14 日上午，考察团访问了慕尼黑大学东亚研究所（Ludwig Maximilians University Munchen）。汉学系主任普塔克（Roderich Ptak）教授接待了我们。参加座谈的有叶翰（Hans van Ess）教授、何曼（Thomas O.Höllann）教授和一位在该校任教的原浙江大学汉语教师

（女）。

慕尼黑大学东亚研究所是大学第 12 系下属的学院中的一个机构，以前叫东亚学院，去年改为亚洲学院，有汉学系、日本学系、印度学系。汉学系主要研究中国古代历史、考古、艺术方面的内容。现有 3 位教授。系主任普塔克（Roderich Ptak ）教授，叶翰（Hans van Ess）教授，何曼（Thomas O.Höllann）教授。

德国的大学中，学习人文科学的学生有一个主科，两个副科。如在汉学系学习的学生就有把汉学当主科的学生和把汉学当副科的学生。把汉学当主科的学生有 150 多名，把汉语当副科的学生有 120 多人，他们主要是医学、经济、法律系的学生。汉学系每年都有 10 个学生拿到硕士（MA），3-4 个学生拿到博士学位。这些毕业生的研究内容大多数是关于古代中国的，论文答辩用德文。95%的博士、硕士生到过中国学习，大学生也有 50%左右到过中国，一般是一年。有一个学生在北京大学得了博士。学生去中国的途径很多，有一些基金会，如克虏伯基金会，也有一些协会资助奖学金。

汉学系第一、二、三、四学期汉语语言课比较多，如一般每周有 16 节课，其中有 4 节古代汉语课。第四学期结束时有一个考试，包括两方面内容，汉语言和中国历史文化知识。汉语考试为口试，历史文化知识用德文答卷。第五学期后汉语课就少了很多，主要是中国古代知识的课多了，第五学期开始学习中国考古方面的知识。除专门的语言课外，其他知识课全部用德语讲授。有不少学生从欧洲各地来学习汉学，有法国、意大利、荷兰人，甚至有韩国、日本人来学习汉学。

汉学系非常强调古代中国研究，与中国社会科学院之间在历史、考古方面的交流比较多。他们关于古代中国研究的力量很强。他们告诉我们，慕尼黑的巴伐利亚中央图书馆有关中国的资料非常丰富，可以跟普鲁士（柏林）媲美，其中的古代资料更胜一筹。柏林方面是研究现、当代为主，而这里的重点是古代方面。现、当代研究和古代研究的比率约为 4：6。普塔克教授戏称为："我们是今为古用，不是古为今用。"他们也出版了不少研究专著。

汉语教材以前是用德国自己编写的教材，现在用北大《新汉语教程》。造成的问题是，学习汉语时是简体字，进行专业研究时又遇到很多繁体字。

二、访法情况

普罗旺斯大学

10 月 15 日上午考察团访问法国普罗旺斯大学。该校中文系主任杜特莱（Noel Dutrait）教授等接待了我们。郑教授、ROKEN 老师、车老师参加了座谈。

普大中文系成立于 20 世纪 60 年代，是法国较早成立中文系的大学。首任系主任是汉学家王德迈教授，第二任系主任戴千里教授曾担任过法国总统的汉语翻译，第三任系主任是郑教授（女，法国人，丈夫是台湾人，她主要研究中国台湾方面的问题）。现任系主任杜特莱教授主要研究中国现当代文学（法籍华裔作家高行健获诺贝尔文学奖的作品，就是由杜和他的妻子共同翻译的）。中文系现有 8 位老师，两位教授（杜、郑），另有研究教学法的 ROKEN 老师，以及刚刚受聘到该系任教的车老师（其父是中国人，他主要研究中国的道家和道教），此外还有甘宗明（北京语言大学的）等两名中国同事。

中文系的学生今年一年级 60 多人，没有去年人多。二年级 30 多人，三年级 20 多人，四年级 15 人。据介绍，这里的学习条件不错，师生关系融洽，学中文的学生和教中文的老师组成了一个"中文大家庭"。跟汉语相关的专业（文凭）有：A、专门学习和研究汉语的（课程基本上以汉语和中国文化为主）；B、同时学习中文和英文，属于应用外文专业（英、汉课程各占 30%，其他课程为经济、法律、国际贸易等）；C、其他系三年级学生有的继续学习汉语和中国文化课。此外，博士前教育中也有的选修汉语和中国文化课。

据郑教授介绍，法国大学大部分都是政府拨款，包括教授和教师的岗位设置。目前法国经济不景气，教育部将进行教育体制和学科调整，使法国的教育体制跟整个欧洲主要国家的教育体制一体化。简而言之，就是要跟英、美等的教育体制接轨，包括课程体系的接轨。目前法国大学里面学生学习文科的占绝对多数，学习科学方面的（理、工科）学生越来越少；大学生中法国人越来越少，外国人越来越多，总有一天外国人要比法国人多。

中文系学生一、二年级以后，能继续学汉语的大约只有 15%，大部分学别的专业去了。不过，在学习汉语的学生中，来中国的越来越多。中文系鼓励学生到中国去，回来参加考试就行。去年中国教育部给 3 个奖学金名额，台湾给 2 个，法国政府给 3 个；同时学校已经跟中国西安外院建立互换学生的交流项目，西安外院今年到普大的学生 3 人，普大到西安外院的学生有 6 人。

普大杜特莱教授十几年前曾编过以 80 年代中国电影（如《保密局的枪声》等）为蓝本的视听教材。现在用的是台湾编的繁体字本视听教材，教材经常换，往往是"拼凑"。教学中，汉语课用汉语讲（实际上，许多时候还是要法语来帮忙），文化课都是法国老师用法语讲。近年来，学习中国当代文学的学生，有不少是来自中国大陆、台湾和香港。三年级学生可以参加法国政府的"伽贝思"（中文）考试，获得资格证书者，可以在法国中学里教中文。

中午，普大副校长宴请了考察团一行。考察团团长石锋教授致感谢辞，并赠送礼品。

里昂第三大学

考察团 10 月 17 日上午访问了里昂第三大学。中文系主任利大英（Gregory Lee）教授、外事处办公室主任 Velay、外事处东亚项目主管 Schmidt-Szalewski 和图书馆馆长接待了考察团一行。

首先我们参观了里昂第三大学人文社科校区、图书馆，然后在校长接待室播放了介绍学校的录象。该校同中国的复旦大学、中央民族大学、厦门大学、武汉大学、中山大学有合作协议。里昂三大目前也面临教育体制的改变，现行的"本科 3 年、硕士 5 年、博士 8 年"的制度将要调整。里昂三大现有学生 2 万多，交换生 500 人，留学生 1000 人，中国自费学生 200 人。

中文系有专职教师 5 人，外聘代课教师 5 人。现任系主任利大英教授曾在美国教授汉语四年，在香港中文大学任教四年，研究戴望舒。另有两名教师研究中国现代文学。

中文系一年级 60 多人，包括语言文学专业和应用外文专业（汉语和英语）；二、三年级 50 多人；四年级（称为硕士课程）10 多人。博士专业叫语言文学，已有十几年的历史。近年来，学汉语的人数越来越多，已经超过学俄语的人数，占外语中的第四位（英语、意大利语、西班牙语、汉语、俄语）。中文可以作为第一外语来学，但实际上多数是作为第三外语来学。此外，中文系还为成人来校学汉语开课，每周 2 学时，有 50-60 人。

中国国内编写的教材很难找到适合法国学生用的，主要是不适合这里的课时量，这里一年只有 25 周时间教授汉语。购买教材也很困难。将来打算主要发展多媒体教材。

中午，里昂三大两位副校长宴请了考察团一行。团长石锋教授致感谢辞，并赠送礼品。

巴黎东方语言文化学院

考察团 10 月 18 日上午访问了巴黎东方语言文化学院。中文系主任徐丹(Xu Dan)博士和副主任葛立(Laurent Galy)博士接待了我们。

中文系主任徐丹博士介绍说，法国东方语言文化学院的中文教学早在 1843 年就已经开始了。20 世纪 20 年代以来中文教学持续发展，到 80 年代初就有了博士点。现有教师 50 多人，其中终身制教授 20 人，另有 30 多位合同制教师。教师注重科学研究，有研究中国近代史的、有研究语言的，等等。学生以法国人为主，另有少数华侨子女。法国学生纯洁、浪漫，向往中国文化，学汉语跟工作、职业目的相关的不多。

就整个欧洲来讲，这里的中文系都可以说是大系，对外声称有学生 1300-1500 名，实际有中文学生 1200 多人。学制 5 年，3 年基础。目前，一年级学生 600-700 人，二年级 200-250 人（一年级以后多数由于不及格、跟不上而被淘汰），三年级 100 人，四年级 80 人，五年级 50-60 人。三年级及其以后的学生是学汉语的"铁杆"，学得也好。

教材是自编的，已经用了两年，边用边改，二、三年级的正在编写之中。国内编写出版的教材，由于学制和学习环境等的不同，并不适合这里使用。

课程体系方面，一、二、三年级语言课，每周 8-9 学时，包括会话、语法等；文化课用法语讲课，所以各年级都可以选，拿到学分就行。三年级必修的课程有：古代汉语、现代汉语、翻译、听力、写作等。必选文化课：地理、历史。四、五年级必须选方向课，够一定学分就可以毕业。

今年法国大学生注册率普遍下降，但注册中文的人数仍然相当多。中文和阿拉伯语的注册数总是名列前茅。东方语言文化学院中文系鼓励学生到中国学汉语，用注册费为学生购买到中国的机票。在中国的学习成绩经认证可以承认，并根据该系的"中国成绩和法国学分转换表"确认相应的学分。另外，法国学生不大重视物质条件，他们对在中国的学习和生活往往非常满意。

徐丹主任还担任法国中文研究与教学学会主席，她应邀介绍了今年 3 月 9 日成立的法国中文研究和教学学会的情况。学会打算开展以下几方面的工作：教材、课程研究；法国大学白皮书；两年后出一本语言研究论文集；开展教师专题培训。

最后，徐丹主任特别希望今年中国国家汉办组织的"汉语桥"活动能继续搞下去，说这是一项极有影响而又很实在的活动，对推广汉语和扩大汉语的影响十分有利。她建议，时间最好充裕些，可以提前通知，以便早做准备。如果一年不能搞一次的话，两年也可以，但希望一定要搞下去。

巴黎拉辛中学

考察团一行 10 月 18 日下午访问了巴黎市拉辛中学，受到兰美琪 (Michele Laborey)校长和老师们的热情接待。拉辛中学创建于 1886 年，学校以法国 17 世纪大剧作家、诗人拉辛命名。这所中学以开办半日制艺术班和教授多种外语两个显著的特点有别于其他中学。70 年代初开设中文课，成为巴黎最早开设中文课的国立中学。现开设英语、德语、西班牙语、意大利语、汉语、日语、俄语、葡萄牙语和土耳其语。配有多媒体语言实验室。

现有在校生 1200 人，学汉语人数 100 多。专职汉语教师一人，每周汉语课 17 节。有的班每周 2、3 节不等。凡在该中学学过汉语的学生，到大学后仍然学汉语。到大学后不一定以汉语为专业，但都不放弃汉语学习，汉语成了他们的一个强项。学校准备明年再申请一位汉语教师的名额，争取每个年级都设立一个汉语班。目前，该校跟中国上海松江中学建立了校际联系。

三、德、法两国汉语教学存在的问题和改善策略

汉学研究和汉语教学的矛盾

考察团一直注意两国大学汉语研究和汉语教学的情况。从考察的结果看，两国大学原有的重视汉学研究，忽视汉语学习的传统有了一些改变。这在法兰克福大学表现得最突出，柏林自由大学和法国的学校也有改变。欧洲汉学界重研究、轻教学的传统不可能马上改变，因为其学术地位是以研究能力来决定的。单纯的语言研究和语言教学研究不是欧洲汉学家的传统，也较难成名。我们接触的汉学家大都是中国历史、中国艺术史、中国文学方面的专家，如法兰克福韦荷雅研究文学，柏林自由大学罗梅君研究近现代历史，慕尼黑大学普塔克、叶翰、何曼研究敦煌、考古、艺术史等。

可喜的是，学习汉语的非汉学专业的学生人数越来越多，而汉学专业的毕业生也越来越多地从事经济、贸易、文化交流等活动。学生对掌握汉语的要求从阅读理解古代文献向实际运用现代汉语的转变必将推动欧洲大学的汉学系把提高学生的实际的汉语交际能力提高到更重要的地位。德国海德堡大学汉学系就是在第一年集中学习汉语，每周 20 节，这比我们考察过的这些院校多得多。

现有汉语教材和汉语教学的矛盾

现在两国大学使用的教材大部分是国内编写的，但他们普遍反映国内的汉语教材并不完全适用。第一是难度大；第二是汉字多；第三是内容不合适。视听多媒体教材更少。他们追切希望能有在一定程度上脱离汉字的纯拼音汉语教材。

邓恩明教授说，国内教材还有一个问题，不实惠。如阅读材料，里边语法注释等太多，而实际的阅读材料很少，我们在国外本来就需要多一些的阅读材料。另外内容也偏难。

李国强秘书说，柯比德教授认为国内要派人来合作编写教材的话，一定派专职的人，和德方组成一个班子。现在教育部和国家汉办的支持力度已经有了，但缺少一个实际的操作。要把这方面的项目立起来，做起来。比如，帮助外国培训中学教师的任务，国内派专家来应该比较方便。

面对这些问题，国家汉办宋若云副处长说，国家汉办也注意到这个问题，正在编写对德语地区的教材。派遣教师是没有问题的，汉办师资处就负责派遣教师。国外院校有什么要求可以跟国家汉办联系，我们都可以帮助联系和解决。

如何加强与两国大学在汉语教学方面的合作

我们考察过的大学都跟国内大学在汉语教学上有过合作联系，但大多没有具体的成果。往往就是校长握握手就完了，没有具体落实。以后的工作要重在落实，要具体操作。在合作办学问题上，一些院校也表示出相当的热情，柏林自由大学罗梅君表示，要考虑怎样组织，怎样合作，怎样实现？比如哪些课在中国学，哪些课在德国学，要配合好。另外，网上教学、远程教学等等，怎样进行合作。这些方面还有很多具体的工作要做。

附：考察团名单

石　锋　教授、博士生导师　南开大学汉语言文化学院院长（团长）

宋若云 国家汉办教学处副处长

唐　煜 国家汉办助理调研员

刘少华 教育部国际合作与交流司 副处长

李　泉 教授 中国人民大学对外语言文化学院院长

马箭飞 副教授 北京语言大学校长助理

陈晓燕 副教授 南京大学海外教育学院

吴慧珍 副研究员 复旦大学国际文化教育学院

郑振贤 副教授 上海外国语大学国际文化交流学院

张世涛 副教授 中山大学外国语学院对外汉语教学中心

石锋根据张世涛和李泉的初步报告综合整理 2002 年 11 月 12 日

美国汉语教学考察报告

石　锋 　　　　　　　　　　　　　　2002 年 12 月 10 日

　　国家对外汉语教学领导小组办公室组织"赴美国汉语教学考察团"
于 2002 年 11 月 19 日至 30 日参加了美国外语教学协会 2002 年大会并对
美国的汉语教学情况进行了考察。

　　19 日下午,代表团刚下飞机,就赶到了长期从事汉语教学工作的南
海公司创办的"南海教育中心",该中心同时也是"美国加州中国语言教
学研究中心"。中心的潘兆明教授和公司董事长施旭东女士介绍了他们推
广汉语教学的工作情况。他们特别提到了 2002 年 11 月 2-3 日在旧金山
湾区举办的"第三届美西地区中文学校研讨会"非常成功。他们感谢国
家汉办派教师来参加研讨会,并与国务院侨办派来的教师一起对当地的
中小学教师进行培训。

访问斯坦福大学

　　斯坦福大学的孙朝奋系主任、申晓红中心副主任都对协助国家汉办
做好汉语教学工作表示了十分积极的态度。他们非常热情地接待了代表
团,安排代表团的成员参观胡福中心,并购票请代表团成员登上胡福研
究所的高塔,鸟瞰斯坦福大学。他们安排代表团成员参观了该大学的语
言实验室,了解了该校语言教学实验室编制的语言教学平台的运行情况。
该平台使原来传统的实验室内学生同时借助磁带听录音、模仿,然后学

生自己录音变成了网络形式，学生和教师的相互交流可以采取更多的形式进行，口试考试也可由学生自己选择时间，随时在网络上录音，老师也可以在自己方便的时间内调取录音资料，进行判分。

孙朝奋教授明确表示，他们十分愿意明年开始使用《新实用汉语课本》。他们希望国家汉办明年派来的老师，能够主要帮助他们编辑、制作在我们参观的网络教学上平台使用的配套教辅材料和相关练习，以保证学生除了在课堂上听讲外，还能利用现代的网络语言教学平台进行大量的实际操练。代表团认真询问了他的想法，感到他对国内派来教师的实际要求更接近于一个"助教"。代表团认为国内在选派教师时应注意这个情况。

20 日下午，参观访问旧金山大学：

文理学院院长倪思德(Stanley D. Nel)、太平洋研究所执行主任Barbara K. Bundy、交流研究所 Johnnie Johnson Hafernik、吴小新老师接待了我们。文理学院院长本人是一个国际型开放人士，他 13 年来一直担任文理学院院长，从没有别人能够竞争过他，取代他担任文理学院院长的职位，足以说明他的工作能力和影响。他本人是一个南非人，今年刚刚拿到美国护照（南非的护照到其他任何国家都要办理签证）。他对中国很友好，曾多次访问中国，对发展与中国各高等院校的交流与合作非常支持。今年与华东师范大学合作举办跨文化的汉语教学国际研讨会（Teaching Chinese across the world），他给予了极大的重视，邀请了美国西部的众多从事汉语教学的教授到会，取得了较大的影响。

执行主任是太平洋研究所的创始人。她于 14 年前受命组建太平洋中心，只有 5000 美元，但她充分发挥她曾担任过另外的天主教学校校长的经验和积累的才干，将太平洋中心办成了颇具规模的研究中心。该中心的主要功能是组织研讨会、出版学术刊物。该研究中心将整个环太平洋的国家作为研究对象，并不特别区分某一地区。

Hafernik 是交流研究中心的教授，并担负英语作为第二语言教学方面的协调员。她在英语作为第二语言教学方面颇有建树，并且她曾到厦门教育学院任教（该大学与厦门教育学院有合作英语作为第二语言教学硕士班的合作项目）。

利马窦研究所是学校另一有特色的机构，以 18 世纪到中国传教的传教士利马窦的名字命名，主要收藏中国明清年代的著作，特别是宗教方面的著作。因此，这是世界上从宗教角度研究中国和西方文化交流关系的著名研究所。所内人员并不多，共有 4 个全职工作人员，1 个半日制工作人员。所长吴博士是国内北外的毕业生，1984 年来北美，在旧金山大学（USF）获得教育学博士学位，很荣幸地被母校聘任为利马窦研究所的主任（北美的高校一般不留用本校刚毕业的博士）。研究所主要为从宗教角度研究中西文化交流提供服务，包括举办各种研讨会，出版学术著作等。这个研究所被认为是 USF 这个皇冠上的一颗珍珠：研究所的图书资料室的顶棚和四壁的上部全由金箔贴就。

这个大学是由祖籍意大利的家族创办，主校区的建筑带有明显的意大利建筑风格。地理位置优越，地处旧金山的中心地带，距离唐人街约只有 10 分钟的路程。如举办 HSK 考试，是比较理想的地点。但该校没有中文本科专业，所开设的汉语课为选修课程。汉语专业的负责人，如今是现代与古典语言系主任的 Stephen Roddy，曾于 80 年代到北京大学学过汉语，近年来没有再到中国去访问。

文理学院非常希望能更广泛地开展与中国的交流与合作。院长曾多次提到可以和中国大学专门研究汉语作为第二语言教学与英语作为第二语言教学法的比较研究方面的合作，并且可以在这方面合作培养研究人员，接受中方即将从事对外汉语教学的人员来 USF 进修英语作为第二语言教学理论与实践，提高他们的学术水平。代表团希望 USF 能够通过与中国对外汉语教学的基地院校的合作，落实这个愿望。

到达盐湖城

11 月 21 日中午张国庆团长率团抵达盐湖城，全体团员不顾旅途疲劳，没有休息就在华盛顿教育处方庆朝、余有根同志的协助下开始布置展台了。由于临行前国家汉办已对展台的布置已做了很充分的准备，再加上大家积极出主意、想办法，使我们的展台布置得非常引人注目：印有国家汉办对外汉语教学领导小组和乾清宫的 4 米宽的大横幅，在 200 多个展台中耀眼夺目，各类图书在带有国家汉办会标的小旗儿的围绕下整齐地摆放在书架和展台上。

22 日上午 8 点 30 分刚一开展，许多汉语教师、汉学家就闻讯赶来，到 24 日上午撤展，约有 600 人次来展台参观、咨询。大家对国家汉办组团来盐湖城参加年会感到欢欣鼓舞，中国政府首次派团参加年会代表着中国综合国力的提高、对开展北美汉语教学的重视。那些从国内去美国并在美国从事汉语教学和研究的学者倍感亲切，许多人不止一次地来展台表达他们的激动心情，真诚地与代表团就汉语教学、教材的编写交换意见。他们对展览的汉语教材表现出极大的兴趣，由于本次只展览，不出售，大家只好订购选好的教材。可以说国家汉办的展台人气最旺，连其他展台的都来表示祝贺。

参加美国外语教学协会 2002 年大会外语教学书展的共有来自美国、英国、法国、西班牙、瑞士、德国、日本、意大利、中国等 9 个国家的 700 余个机构，共设展位 1200 个。我国家汉办第一次参加了书展，租用了两个展位，展示了我国大陆近年出版的汉语教材及音像资料共 600 种，2000 余册（件）。

第 36 届美国外语教学年会总结

2002 年 11 月 22 日，第 36 届美国外语教学协会年会在美国盐湖城隆重开幕。美国中文教师学会、全美中小学教师协会也同时召开各自的年会。共有各界代表数千人参加了这次全美外语教学届的盛会。

中国国家汉办也派出代表团参加了大会。代表团成员共有 14 人，是历年来参加该组织年会的最具规模的中国代表团。代表团成员有国家汉办的主要负责人和其有关处室的处长、国务院新闻办、国家计委、国家新闻出版署的有关负责同志，以及北京大学、复旦大学、南开大学、北京语言文化大学的专家和学者。

参加此次全美外语教学协会年会以及另外两个汉语教学组织的年

会，是国家汉办今年贯彻落实"让汉语走出国门、走出亚洲、走向世界"方针的重要措施，它适应了我国加入世界贸易组织后国际地位日益提高，对外经贸和文化往来日益增多，世界各国人民、特别是美国人民日益重视汉语学习，以便更好地了解中国文化和更广泛更深入地与中国进行经贸往来的新形势，必将大大有利于在美国外语教学界扩大国家汉办和中国大学的影响。

国家汉办代表团还借此次大会的机会，举办了我国出版的汉语教材展。共展出了近年来出版的各种对外汉语教材600余种2000余册。展台以中国北京故宫的乾清宫大殿为背景，突出了国家汉办的标识。摆放在展台前沿的是今年专门聘请有关高校专家为北美地区编写的对外汉语教材：《新实用汉语课本》、《当代中文》和《中国全景》。国家汉办将在此次展览中，与在北美进行汉语教学的教师们深入探讨这些新教材在北美地区的推广使用工作，以解决北美地区缺乏适合本地人学习汉语的好教材的状况，积极扩大我国新编教材的影响。目前已有包括斯坦福大学在内的数所大学和部分中文学校表示十分愿意试用这些新教材。代表团将和他们就具体环节进一步商谈。

大会期间，我国驻美国大使馆公使衔参赞钱一呈先生举行盛大招待会，招待参加大会的从事对外汉语教学事业的各界人士，美国犹他州和盐湖城的政府官员等。代表团向中文教师协会成立40周年、全美中小学中文教师协会成立15周年表示热烈的祝贺并赠送书法作品以资纪念。

这一系列活动在年会上都引起了轰动。国家汉办的名字在北美汉语教学界将不再陌生，许多学者表示以前单兵作战的时代即将结束，终于有了国家汉办这个带头羊，相信大家会加强与国家汉办的联系，团结一致发展北美的汉语教学，弘扬中华文化。北美将迎来汉语教学的新高潮。

书展与教材

在参加全美外语教学年会的同时，我代表团还参加了年会组办的外语教材和图书展览，展出了中国汉语教材和图书。

受到了与会代表和参观者的极大关注。书展期间，汉办的展台自始至终都是参观人数最多的展台之一，展出收到了预期的成效。

这次书展的成功和收益，可概括为以下几个方面：

1. 有效地宣传了汉办。

赴美之前，代表团的领导率工作人员做了较好的准备，制作了大幅展幕挂图，将汉办的主要职能及其所从事的项目一一列出，同时制作了汉办简介光盘在书展期间循环播放，制作了汉办电子名片和汉办徽章向参观者发放，这些宣传手段让参观者对汉办在中国对外汉语教学中的领导地位及其所从事工作的内容有了较为全面、深入的了解。这样有效的宣传将为汉办同美国汉语教学界的合作奠定良好的基础。

2. 介绍了我国对外汉语教材，重点推介了汉办规划出版的新教材。

这次书展，我团共展出图书 600 余种，图书品种包括对外汉语教材、学术著作、各类课外读物、汉语水平考试辅导书、汉语学习工具书，等等。其中新近出版的汉办规划教材《新实用汉语课本》、《当代汉语》、《快乐汉语》、《中国那个地方》是书展的重点介绍图书，这些图书受到了参观者的好评，许多参观者希望在书展上能够购买到这些展出的图书。

3. 了解了美国汉语教学的状况以及对汉语教材的需求。

在书展期间，代表团成员和参观者进行了广泛的交流，对美国汉语教学的状况以及他们对汉语教材的需求有了初步的了解。比如我们了解到在美国的大学，课后的作业通常是学生在网上做，老师在网上批改，因此他们希望有与课本配套使用的网上作业课件，而不是像我们通常的做法——出版一本练习册；我们也了解到美国中小学外语学习的课时量与课程安排；我们还了解到美国学校里因学生有无中文背景而开设的汉语课程会有很大不同，因而对教材的需求也呈现出多元化，等等。所有这些情况的了解都有助于我们今后有的放矢地规划、出版更适合美国的不同的汉语学习者的教材。

4. 为下次书展积累了经验，对今后教材出版规划也得到了启示。

这次书展我们虽然做了较好的准备，取得了很大的成功，但这毕竟是我们第一次参加这样的书展，有很多地方可以改进。比如：

--书目的准备：这次参展我们没有准备参展书目，也没有准备订购书目，因而不便于参观者选书订书。下次参加类似的书展时，我们应当准备必要的书目，如参展书目、订购书目、重点书推介书目、分类书目，等等。

　　--展品（书、磁带、录像带、光盘等）的准备：这次我们展出的图书虽然品种不少，但缺乏系统性，因而显得比较凌乱，目的性不强，也不便于介绍和查找。下次参展，我们应对参展图书进行细致地遴选，系统地分类。

　　--订书与供书：这次参展我们只展不卖，使许多参观者购书的愿望不能满足，我们参展的目的也无法达到。下次参展，我们应当展出与订货同步。

　　在教材出版方面，这次参展也给了我们很多启示。如：

　　--在教材编写方面，我们应当根据美国外语教学的状况和需求，有的放矢地规划和编写，而不是沿袭中国国内汉语教学的情况来编写；

　　--在图书发行方面，我们应当建立多种发行渠道，让我们出版的图书及时到达美国读者的手中。如我们可以建立网上书店；可以和当地出版机构进行版权贸易；可以和当地的书商合作，请他们代理发行；也可以建立我们自己的直销网点。总之，我们要通过各种渠道，让我们的图书占领美国汉语教学市场。

霍普金斯大学

　　11 月 26 日，代表团访问了霍普金斯大学的王学瑛女士。她是主管语言技术的主任，近年来主持开发了该校汉语及其他外语的计算机辅助教学系统。其中汉语的教学系统已经基本完成，正在进一步试用。这个教学系统共有 64 个单元（以下简称为课），一年级 28 课，二年级 22 课，三年级 14 课。她告诉代表团，主持中美网络语言教学项目的美方有关人士曾经希望能够将该教学系统介绍给参加中美网络语言教学项目的专家们，但被礼貌地拒绝了。学校认为在他们完成试用过程，正式出版前，不能提供给开发和试用学校教师和学生之外的任何人（将来正式出版以后则另当别论）。据王学瑛说，目前已有许多出版社与他们洽谈合作出版或代理发行事项，但他们学校坚持在学校正式出版前不和任何人谈合作出版或代理之事。为了保密，他们已经警告了曾被雇佣刺探该系统的商业间谍，永远禁止他进入霍大校园。甚至学生也不准将有关该系统的任何文字说明带出语言实验室内的课堂。

应代表团的邀请，她向代表团部分成员演示了二年级部分课程的内容。从其演示的内容看，这个系统仍然采用书面教材加计算机辅助教学的模式，学生不仅可以在网络上或通过光盘来阅读课文内容，同时还可得到一份书面的教材。学生可以通过网络系统做各种练习，例如练习跟读句子，也可以自己录音，然后播放老师读的例句和自己读的练习句，比较其效果。系统还存有其他各种练习，包括使用填空、连线等方法编制的语法练习和书写方面的练习。从演示内容中，尚没有发现与目前我们见到的学习外语软件有特别奇特之处。但据王学瑛介绍，这套系统包括多种语言的教学，目前汉语的已经基本完成，阿拉伯语的也接近完成，他们正在编制法语等其他语种的课程。她说他们这套系统最突出的特点就是，不仅他们的投入很大（具体经费数额她并不愿意透露），而且是通过在第一线任教和学习的师生充分试用，反复修改而形成的，有许多练习的最后版本都被修改得与刚开始编写的版本完全不一样了。因此，这个系统非常适合美国学生学习汉语的实际情况，绝大多数练习都是根据在学校就读的美国学生经常所犯错误而编写的，非常有针对性。

王学瑛认为这是一个非常完整的系统，有学习成绩考试（performance test），以检测学生是否完成了预定的学习任务。但她表示，他们很希望能够有一个能力考试来检验学生最后的效果。她非常愿意能够在他们的教材正式出版时，先给我们提供一套，请我们根据 HSK 对词汇和能力的要求，评估他们这个系统（教材）能够达到 HSK 什么等级的要求，并出具有关文字评估结果说明。他们愿意把这个文字评估说明印在教材后面，以说明他们该系统（教材）的效力。

代表团认为如果能够按照王学瑛的要求组织恰当的评估，并出具有关证明，这无疑把我们的 HSK 与这个系统联系到了一起，对于我们双方来说，都不失于是扩大影响和宣传效果的一件好事。代表团建议应积极研究王学瑛的这个提议，以便在条件具备时，及时地进行评估。

加州理工大学

11 月 29 日，代表团访问了加州理工大学，负责对外交流工作的国际交流中心副主任、我留学人员曹瑛女士接待。这个学校 11 年来每年都组织学生暑期到国内进行短期教学活动，目前已经在杭州浙江大学、北京语言大学建立了固定的交流合作点。

曹瑛表示每年组织学生到国内开展短期教学活动的效果非常好，使位于美国理工科第一位的学校的美国学生亲身经历和了解了中国，加深了这些美国学生（将来大多数将会成为美国理工界的精英）与中国大学生间的友谊。她表示，以前学校一般只派一、两个暑期短期教学活动团，但随着中国经济的快速发展、中国国际地位的日益提高，有越来越多的美国学生对到中国短期学习感兴趣，明年将有 8 个类似的短期教学团前往中国。12 月，她将赶赴杭州和上海进一步落实这类短期教学的安排。

她表示，作为学校负责对外交流工作的负责人，她认为单单组织这样的短期教学团已经不够了，她还计划将来正式开设汉语科，来吸引更多的学生学习汉语，使他们能够更好地学习、了解中国。她还再次表示了希望能得到国家汉办的支持和帮助，将来在学校建立汉语学习中心。

她还表示，她们组织的到中国短期教学的团组当中，有些是由收养中国儿童的家庭组成的。这些家庭的家长们将和他们收养的孩子们一起到中国去短期学习中国文化，希望他们收养的孩子继续学习和保持中国的文化传统。她希望届时能够同意安排他们到国家汉办去访问一下，这将是对他们关注和热爱中国文化行动本身的最好的鼓励。

代表团对曹瑛女士积极扩大中华文化的影响，鼓励和帮助更多的美国学生亲身感受和实地了解中国的工作热情所深深感动。

明德记事

田美华

2007 年 7 月 11 日（三）

今日上午乘 CA981 航班飞往美国纽约。

上午 6 点 50 分乘常师傅车到南京路国航巴士站，乘空港巴士到北京。

下午 1 点飞机准时起飞。北京到纽约飞行距离 10989 公里，6828 英里。至北京时间 12 日凌晨 2 点 50 分飞机平安抵达美国纽约肯尼迪机场，共飞行 13 小时 50 分钟。一路上吃了两顿正餐（鸭肉米饭、牛肉米饭）及一次早餐（三明治）。此外机仓里闭灯，大家都在休息，只是一些旅客的孩子们常常哭。此起彼伏，有些烦人。

入关后，取行李，询问转机的地方，很顺利，也不远。遇到一对中国人夫妇，带着女儿的两个小孩。他们办手续不会英语，帮他们翻译半天才办完手续，已下午 4 点。（纽约与北京时差 12 个小时）即北京的 12 日凌晨 4 点。

到登机口时，才发现去波林顿的飞机晚点。本应 8 点 16 分起飞，却晚点到 11 点多。没办法，外边正在下雨，也许是天气的原因而晚点。

候机大厅里人很多，大概都不同程度的晚点了，大家都在等待，不时也遇见中国人。

后来发现大厅的边上，有矮的担架（很宽，绿色的）有人躺在那儿休息，估计是供旅客休息的。我也躺了半天，可是喇叭一直在喊什么。很吵，也没睡着，而且有点冷，只好起来了。后来又发现折叠床旁还有个枕头，栓在床头上，供旅客用。

因为天气有点冷，大厅时不时有工作人员（这里的工作人员大多是黑人）拖着一个大塑料袋，问旅客们要不要毛毯，有的人要两条，连铺又盖，又多打开几个折叠床供大家休息。

打电话的地方也排了长队，虽然电话机很多，但也供不应求，因为晚上打电话的人太多了。

候机大厅里的各种餐厅生意不错，都在吃西餐或喝咖啡。不过价钱也太贵了，一个面包（不大的）要 6 美元。跟中国一样，机场里的东西就是昂贵。

突然听到登机口一片掌声，原来广播里传出来去奥本尼（Albaly）的可以登机了，旅客兴奋极了。这航班应该是 5 点起飞的，现在是 9 点55 分了。这样就走了一部分旅客，我们还在等待。

候机大厅里，气温有点低。我们穿着长衣长裤都有些冷，不时去厕所，可是美国人有穿薄夹克衫的，也有穿短裤短褂的，尤其是小孩，穿得更少。他们也不怕冷，大人也不管，有的睡觉了（在小推车里）也不给盖点东西。其实大人们手里有毛毯，顺便的事，他们也不做，自己照例干自己的事，看书或打游戏机。

我看见有个美国女人，自己带两个小孩。一个放儿童车里躺着，妈妈给一瓶牛奶（比咱们的儿童奶瓶大许多），小孩自己抱着喝。这个孩子也就是十个月左右。另一个也很小，也许有三岁，坐在旁边。妈妈把微型电脑打开让他玩。我特意过去看看，觉得好奇，看他这么小会在电脑里干什么，原来是玩游戏机，开大车的卡通图画，很有意思。美国小孩也这么早接触电脑玩游戏机，真没想到。

候机大厅里有给旅客使用电脑和手机的电源插头和充电器，一些使用电脑的人都坐在插座附近的大椅子上，这也是人性化的一种表现吧！

现在已 10 点 15 分，有些旅客干脆席地而卧休息了，地面是地毯很干净，有的小孩在地上打滚玩，大人也不过问。

回想当时在飞机上，下飞机时，我们在后边往前面舱门走，看到地上椅子上一片狼籍，废纸、塑料袋、吃剩的面包食品满地都是，毛毯也扔到地上，耳塞也扔的到处都是。但有的座位却很干净，我们则是把废物收好，把毛毯叠好，放好，耳机放好，这也是我们的习惯。

美国的候机大厅是干净，但也有随地扔东西的，不时有清洁工来打扫清理地上杂物。这在日本我们根本看不到的，这也是日本区别其他国家的地方。

以前见到日本的孩子个性特强，大人不能管，什么都自己说了算。今天我发现美国的孩子也是这样，大人全然不管。坐在我们对面的一家三口人，爸爸带两个女儿。大的 13-14 岁，小的不到 10 岁，都是黄色长发。她们从旁边的餐厅买来吃的。(餐厅里大都是老年人在里边吃，其他人都买出来吃)。爸爸买了两个汉堡包，一杯饮料，自己吃起来。二女儿买了两块三明治，一瓶果汁，费了很大劲才打开。大人在旁边全然不管，就像没看见或不是自己的小孩子一样。大女儿买的一盘蔬菜沙拉，他们各吃各的。大女儿把沙拉中自己不爱吃的像煮鸡蛋块，大红云豆，全挑出来放在盒盖上，蔬菜也没吃多少。一会俩孩子分别把剩下的饭扔到了垃圾箱里，二女儿连一个三明治也没吃完，全扔了，大人看见也不闻不问。

不一会两姐妹分别打开自己双肩背包。里边都是各自喜欢的玩具，摆弄起来。她们玩的实在幼稚，小狗和小猫一手一个相互打架……这在中国这么大的孩子不可能这么玩儿。美国孩子太天真太幸福了。然后姐俩每人抱着一个布偶动物，并排席地而卧，美美的休息了。

我还发现了一个奇怪的现象，一些美国人吃完包装好的食品后，不是随便把包装盒扔了，而是要把包装盒上的标签撕掉，以前我只是听说过，并没看见过，这次见了几个人都是这样，他们主要是防止包装盒再利用，这真是个好办法。

不一会儿又是一片掌声和欢呼声，去华盛顿的飞机也开始登机了。11 点半左右，我们也开始登机了。这是个小型飞机，每排 4 个座位，共

12 排，全部满员。一个棕色皮肤的妇女一边说不太地道的英语，一边从头走到尾，从尾走到头，并随时给需要毛毯的人发毛毯。

　　不一会儿飞机开始起飞了，这位空嫂开始发饼干和矿泉水，之后就坐在旁边面对着大家，原来这航班只此一位空嫂。没多长时间，飞机就降落了，我还以是乘错航班，怎么这么快到了，不是说一个半小时吗？结果才飞了 45 分钟。就是这 45 分钟，让我们从下午 3 点等到 12 点，足足等了 9 个小时。

　　出站后，见到明德大学的白老师和丰琨同学，他们开车来接我们。汽车沿着乡间公路开了一个小时，到了学校。可能是刚下过雨，空气特别清新，学校像一个大花园，各种风格的建筑，都不太大。我们到学校办公室，办了证件，来到我们住的房间。

　　卫生间很大，澡盆很大很干净，屋里两张桌子两个床，一个沙发。收拾完东西，洗澡之后睡觉时已是早晨 5 点。没睡一会，6 点我就起来了。

7 月 12 日（四）

　　早晨空气很新鲜。校园里除了建筑物楼房，就是树和草坪，可以说没有裸露的土地。环境非常优美。

　　小丰老师带我们去食堂吃早饭，正宗的西式早餐。各种果汁、牛奶、咖啡、燕麦粥，各种面包、果酱、奶酪、黄油，各种水果：苹果、香蕉、面瓜、橙子、西红柿、绿苹果……各种烤肉、牛肉、鸡肉，各种蔬菜沙拉……不过这里的菜和肉没有味道，需要自己加自己所喜欢的调料。各种调料齐全。另外还有几个煤气灶台，供学生们自己炒菜、炒饭，真是太方便了。

　　中午和晚上还有米饭、粥、炒菜。听白老师说，学校规定饭后每人可以带回一个水果。

　　吃饭后，一片夕阳，校园里又是一番风景，学生们都在操场上活动，操场也就是绿草坪。一群学生在踢足球，里边有男生也混有几个女生，另有学生在打排球（草坪上有几个排球网），还有一些同学在中国老师带领下打太极拳。他们的态度非常认真，打得也不错。草坪上散放着一些带有靠背和扶手的木制椅子，供学生们坐在那里看书学习。白天的时候，学生们有的在那里晒日光浴，晒的时候穿很少的衣服，唯恐有的部位晒不到。

晚饭后，关键老师带我们去散步。走在绿色草坪上很舒服。路旁有很多小房子，都是当地居民。每家之间相隔较远，不象中国那样一家挨一家的。主要是美国地方大，人少。

离学校不远的地方有个瀑布，水的落差很大，汹涌澎湃，很壮观。

晚上 10 点左右我们就睡了，我觉得没有什么时差反应。

7 月 13 日（五）

夜里很凉快，要盖毛巾被，后来下雨了，还要加盖毛毯，一夜睡得很美，早饭后，行政助理——一个美国小孩，开车带我们去机场附近办安全证，需要半天的时间，因为很远。

在汽车上，通过说话才知道这个小助理没上过大学。他是参军后在部队学的汉语。他明年准备上大学，学东西文化。他很活跃，汉语又好，学校留他当助理。他是学生（尤其是初学汉语的学生）与教师之间的纽带和桥梁。上传下达，还搞很多的活动，如球类比赛等。吃饭时他用两种语言通知大家，而且还非常谦虚，总是说"我做的很不好"，"都是我的错"。他还帮我们把 E-mail 联接好，并找人把电话修好，非常热心，也非常忙。

这个明德大学是个私立学校，平时有很多系和专业。但每年暑假时，这里就是大的语言学校，开设 9 种语言的暑期学校，包括汉语、日语、韩语、俄语、德语、法语等。都是外聘的老师，学生来自美国的各个地方，另外还有研究生班。

我们住的这个楼是"Forest Hill"，森林楼，也可以叫汉语楼。共 150 多个学汉语的学生和 30 多个老师，基本上课、住都在这个楼里。楼里有小教室、茶室（里边有大冰箱，各种餐具、灶具、开水壶、咖啡壶、小点心等），底层有洗衣房，特方便。还有休息室，里边有大电视，可以看香港卫视台。还有一个大钢琴，上午我在那弹了半天，傍晚又弹了半天，只是没带乐谱来，有些遗憾。

这个学习班可以说是强化班，学费很贵，两个月要 7000 美元学费，不包括吃、住。每个人都要向学校立下保证不说母语。所以他们吃饭时，休息时，玩时都说汉语。老师也非常认真，学生与老师的比例是 5：1，上午上课，下午老师一对一的带着练口语，他们叫"谈话"。晚上楼里有值班室，每天一个老师值班，解答问题。每天都留作业，老师看完后当天就发送到休息室里，每班学生的作业桌上。

我觉得这种教学方法值得借鉴，肯定外语水平提高的快。学校暑期办这个班，资源也不浪费，经济效益肯定好。

学生们都充分利用时间和机会说中文，晚上我弹琴后，遇见几个学中文的美国学生。他们和我用中文聊天，一句英语也不说。学生里有的只有二十岁左右，他们说不到二十一岁不能喝酒。也有已经工作的，也来学习。二年级的学生就能说简单的对话了，也能比较清楚表达自己的意思了。

我们一直说到晚上 10 点半，才高兴地分手。我说明后两天休息，你们不出去玩吗？他们说周一要考试（中期考试）还面试，不能出去，要念书。真是好孩子呀！

下午各种语系的学生还有足球和排球比赛，气氛非常活跃，有拉拉队，吹喇叭的。运动员很顽强，为救球，不惜摔倒。因为地上是草地，也不脏。他们都是打赤脚比赛的，场面很漂亮。

7 月 14 日（周六）

明德大学是在波林顿（Burlington）市附近的一个小镇叫 Middlebury 的地方，学校的英文名叫 Middlebury College。

在我们住的楼里，每天听到的只是汉语，除了从国内和美国聘的汉语老师外，就是美国学生。老师中有一位美国教授顾百里，吃饭时也和我们在一起。他说 28 年前他在台湾学习汉语，是丁邦新老师的学生。他汉语说得非常好，在台湾呆了 9 年，父母是德国人。他请石锋给他的研究生讲课，非常客气。

中国的老师都是非常年轻的，一部分是从国内来的，一部分也可说是是从美国各大学校挖来的。他们原来都在国内上学、教书，后来到美国来教书，很不简单。他们和美国学生打成一片，一起上课，一起搞活动，关系非常融洽，而且非常活跃。

白老师是中国人，他是暑期中文学校的校长。已经当了8年了，每年暑假过来办班，他为学校立下汗马功劳了。我们这次来也是他请我们来的，主要是给研究生上课。研究生主要是台湾和香港的学生，也有大陆的，还有美国人，他们学得很深了。

这里天气很好，白天不太热，有时还下一阵雨，雨后空气更清新，太阳又出来了。晚上很凉快，要盖两层毛毯。

校园的草坪里，随处可见松鼠在跑或吃什么东西。

7月21日（周六）

上午10点韩大卫老师开车，我们共11个人又出发了，今天去了直销店（波林顿附近）买东西，再去乔治湖玩。

美国的直销店就像个镇子一样，马路两旁盖了一座座房子，都是品牌店，这就叫mall。东西也比较便宜，而且一般到周末都会打折。昨天他们去的Cherch street一无收获！因为是周五，没有打折活动。今天就不一样了。大家都买了很多东西，我们也买了一双"Bass"品牌的皮鞋，80美元40%OFF，才50美元，不到400元人民币。还买了2件衣服：T恤衫和短裤，买了两条皮带20元。

然后我们到乔治湖玩。这是个旅游景点，有许多外国人来玩。一路上两旁有很多非常好看的房子，门前写着Motel。这些房子是专供旅游人住的，房前用鲜花装扮的非常漂亮。还有一段路边是树林子，里面有许多支起的帐蓬，是旅游的人住的，还有房车。马路上人也很多，各种打扮的都有。

湖边码头上有大游轮和小汽艇，还有拖伞。湖边有个地方有沙滩，供人们游泳。水很清，有个地方搭起个平台，供游人玩，并供游泳人跳水。有许多美国小孩在跳水，有的人躺在沙滩上晒太阳。

不远处传来掌声，原来那边有演出，是一个乐队在演奏。他们统一着装，有招待，有椅子供游人坐着听音乐。后来又来了一队乐队，苏格兰式着装，男女均穿花格裙子，每个人拿着奇怪的乐器，整队边走边演奏，很别致。

乘船要每人 17 元，没有时间了。我们每人吃了一个三明治，韩老师开车接我们来了，并把买东西的人一起接回到学校。已经快 8 点了。

学校的图书馆，阅览室

2010 年 7 月 9 日

这几天真热，简直受不了了，学校校长通知停课一天（昨天），每天我都去星星楼旁的图书馆（实际是个阅览室）。

说是阅览室，实际比天津一般的图书馆都大，一座楼，四层。我只去过一层，楼里装饰金碧辉煌，宽敞的楼道里有很多沙发，沙发前有方凳，是看书的学生用来放腿的，很舒服。楼里很多屋子，屋里有大沙发、小沙发，有长桌子，每个座位旁边都有非常漂亮的台灯，屋顶装饰的也很漂亮，我都用摄像机摄下了。

这有一间大屋，四周都有带隔断的小空间，供每个人看书用。地面都是地毯，图案很漂亮。还有几间教室，都可以用做多媒体教学用。一个大教室里还有一个三角钢琴。还有一间小屋，只有四个座位，供个人使用，比如我看 DVD 可以用它的设备，前面有个电视屏幕就像自己放电影一样。

楼道一面墙上有哗哗流水的声音，原来是瀑布样流水顺墙壁流下来，很惬意。

楼里有空调，屋顶还有吊扇，非常凉快。到这里要多穿衣服，否则会感到冷。我们经常来这里，很休闲，氛围很好。学生来的也不多，很安静。不时有一些人在像导游的人的带领下来参观。也有时教室里有上课的。为什么说是阅览室呢？因为这里不借书，只供看书，也没有服务人员。

晚上里边更漂亮了,各种灯都开了,真是富丽堂皇,象是一个宫殿。在这里看书一是氛围很好,更重要的是一种享受。

巧遇美国外交官

2010 年 7 月 19 日

明德学校里有一个免费的 shuttle bus,每半小时一趟,绕学校各个地方转一圈后就到学校附近的镇上。镇上也有好几处是我们经常去的地方,购物,玩,很方便。乘车的人很少,有时走空车,司机多是年龄大的男人或女人,态度非常好。当我下车时还主动告诉我回来时 each half hour (每半小时一次)。

今天我乘这个车去镇里买东西,在等车时遇到一个后面梳小辫子的美国男人,大约 50 多岁。主动跟我说话,我半懂不懂地和他聊天。他说他去过中国北京,北京很漂亮。美国人对中国人非常友好,善谈。路上遇到都打招呼或常有微笑,早晨碰到基本都说 "morning!",很礼貌。这点有些像日本人,不认识也打招呼。

买完东西我刚出商店门,发现一辆 shuttle bus 刚刚走,我喊了几声,司机也没听见。我在后面喊,他肯定听不见.我想只有再等半个小时吧。就在这同时,一辆小汽车停在前面,开车的女士探出头来和我打招呼。当时我以为她是想开车去叫 shuttle bus 等我。可我走近她时,她用中文说:你是去明德大学吗?我说:是。她说:我是明德的学生,我认识你,坐我的车吧!我非常感动。上车后,我问她是否现在回学校,我怕她专门送我。她说她买了点饮料,正要回去。我真不知说什么好,她说不要客气,没关系。

她边开车边说,她 8 月份会去中国的北京,她在中国的美国大使馆工作,她有三个孩子,大孩已上大学……。她滔滔不绝说了很多,一直把我送到星星楼宿舍。

回来听二年级老师说她叫苗玲,是个外交官。她学习很努力,一点架子也没有,非常平易近人。回想起在大使馆工作的中国人倒是不可一世，盛气凌人。我们这次在大使馆签证，中国工作人员的态度太可恶了。

这个外交官高高的个子，散开的黄头发，高鼻子，大眼睛，炯炯有神，平时面带笑容，特别可亲，人家主动与我打招呼，主动帮我，我怎么不感动呢？

课余活动

2010 年 7 月 20 日

明德大学暑期学校共有十所语言学校，中、俄、日、韩、法、德、意、希伯莱、葡萄牙、西班牙、阿拉伯。平时吃饭的时间错开，不冲突，经常有些课外活动，如排球、足球比赛。

中文学校目前己经比了 4 场足球，都胜了，今天我去看比赛，助威加油。美国学生的足球比赛不分男女，混合的。今天是和葡萄牙语学校比。每队都有 2 个女生。她们踢得不亚于男生，很顽强。通过看这场比赛，我特别喜欢美国的这些学生，朴实、顽强，精神可嘉。这点中国的大学生远远不如人家。

中文学校有一些老师也去了。我们有个鼓和一个锣，每次比赛都带着，但很少有人敲。今天我说陈老师敲敲吧。说也凑巧，陈老师刚敲几下，马上进了一个球。不一会我又敲了几下，又进一个球。结果 3：1 赢了。这传为佳话，以后踢球敲鼓。

还有一个有意思的事，比赛当中，我们听葡萄牙语的队员不时地说"输吧！"我们很奇怪，是不是让我们输？谁教他们这样说的？我们想回去也问问葡萄牙语"输"怎么说，以后也这么说他们。可是比赛前他们还祝我们好运呀！怎么喊成"输吧"呢。

比赛后去食堂，才知道"输吧"是葡萄语的"加油"的意思，这太巧合了，这样大家的疑团才散去。

几乎每周都有足球比赛，每次我是必到，主要是为他们鼓劲，加油。他们球员都说我是他们忠实的拉拉队。每次只要我们中国语队进攻时，我就敲鼓，为他们加油。一个女队员说你一敲鼓，我踢得就更带劲。昨天又是赢了塞尔维亚语学校队，成绩 6：0。真过瘾。

一个女队员告诉我,他们做了个录像光盘,里面有我在为他们敲鼓的镜头,很好看。问我是否同意,我说没意见,谢谢。今天中文二年级老师也说看到球赛场面,里边有我。真高兴。

上次是和俄语学校比赛排球。两个队都是男女生混合。打得都很勇敢,传球、救球时拼的劲头让我非常佩服。他们的拼搏精神和吃苦精神,使我更加喜欢他们。

双方打得都很好,每次发球后都要来回打好几个回合。只是俄语队太不讲理,明明是界内球,他们硬说出界了,抱着球不给我们。打手出界也不承认,他们打手的队员都承认了,才罢休。最后还是 2∶1,我们中文队获胜。

语言学校的戒律

据说这些学生到明德来学习各语言,学校有个严格的戒律,学习期间严禁说母语,否则会有除名的危险。明德暑期学校共有十一种语言学校,学生大部分是美国人。中文学校的学生也有华裔后代,他们是台湾、香港的中国孩子,从小在美国长大,甚至是在美国出生。虽然他们的外表一看就是中国人,但他们的生活习惯已经完全象美国孩子,就是那种"香蕉人"。除了美国人外,据我和他们聊天,知道还有加拿大人,葡萄牙人,韩国人,德国人,他们也都是在美国长大的。

特别有意思的是,学校里近千名学生,没有一个说英语的,尤其我们接触的中文学校学生,每天出来进去,吃饭,搞活动,聊天,都是说着带着洋腔洋调的中文,有的学生说的还是很不错的。据一年级的老师说,他们刚来时一点中文也不会说,这才六个星期,已经能够大胆地说中文了。吃饭时他们总是找话题和我们聊天,说得很不错了。

他们很自觉地遵守学校的戒律,一点儿不说英语。这点儿我已体会到了。那天在足球场上,两个日本人模样外校的人走到我面前,他说我不会中文,会说英语,我有事商量。我当时不假思索地指我旁边一个学中文的美国学生,可他毫不犹豫地用中文说:"我给你找一个可以说英语的人。"于是他把这两个日本人领到双语老师跟前。双语老师是可以说母语的，她们是中文学校助理，协调各种事物工作和组织各种活动的，对此我非常佩服这些学生，已经习惯不说母语了，而且非常自觉地遵守。我想这种场合他说了英语也没有人知道的。

今天听中文学校的校长说，有一个学生说英语了，校长刚找他谈了话。看来学校管理还真严格，说了英语校长要找他谈话，太可怕了。

不过退一步想，只有在这样的严格管理下，在这种语言环境中，才能学到东西，才能真正练习口语。对比一下，中国学生从小学到大学都学英语，学习这么多年，有多少能流利地说英语呢？看来学习方法和教学方法要有实质性的改变才行。

中文学校的教师绝大多数是中国人。他们严格遵守集体备课，大课讲课，小课操练，下午是一对一的练习上午学的对话，晚上老师答题。这样的教学方法很好，学一点马上掌握一点，立竿见影。南开大学汉院也是这样教学的。

中国包子受欢迎

明德语言学校的伙食都是西式自助餐，各种食品应有尽有，鱼、虾、肉……。这些都非常适合美国人和西方人的口味。为了让中文学校的学生尝尝中国的饮食，中国语的老师每年都为学生们改善一下伙食。去年我亲历了为学生蒸包子的过程。

提前一天我们就开始准备了。首先是准备肉馅，大家没有分工但配合非常默契。先用打碎机将白菜打碎，有的老师将碎馅里的水挤去，有的切葱姜，陈彤老师和李群虎老师和馅，还做了些没有肉的素馅。

这时食堂里的厨师长把面也和好了，我们想试着包一次，以便明天效果会更好，大家一起忙乎起来，有揉面的，有揪剂子的，有擀皮的，有包包子的，人多力量大，不一会就包了一屉。晚饭时蒸出来一看，怎么不像包子呢，没发起来，是面软了，还是面没发好？

第二天下午很早我就到食堂了，面案子上那么多面，软软的，我想也许揣点干面，使面硬点就好了，我一块块地将白面往和好的面里揣，好容易揣好了，忽然陈彤老师跑过来说："田大夫别揣了，面里没放发酵粉！"这才恍然大悟，为什么昨天包子没发起来。于是厨师长把面重新放到和面机里，放上发酵粉，只见和面机运转起来，几个搅拌桨和起面来就象手和面一样，和得特别匀，不一会就和好了。

这时大家在饭厅里等着包包子了。我赶紧推上带轮子的小车，上面放上和好的面，给大家送去。大家马上投入包包子中，不一会包出了很多包子，我又去打屉盘，看见一屉屉的包子也很有意思。包子样子都不一样，各具情态，素馅的还包成饺子样。最后没有馅了，剩下些面，有人出主意蒸馒头，有人出主意蒸卷子，结果大家又忙活了一阵。蒸卷子：把面擀薄，撒上盐面和胡椒面，抹上油，把面皮卷起来，最后切成一块一块的。终于大功告成了。

吃饭前我们盼着包子快点蒸出来，看看如何。包子蒸好后，端出来果然非常好看，尝尝也特别好，成功了。

另外，我们包包子的时候陈彤老师和曹老师他们又利用时间做了几个中国菜。

晚饭时，食堂把包子端出来，同学们闻风而至。取饭时限制每人只许拿两个包子，肉的或素的不限。只见美国学生拿着包子，边吃边拿别的菜，嘴里还一个劲地说"好吃，好吃"，有的学生甚至又去拿包子，看来他们真爱吃包子，我看在眼里，心里美滋滋的。中国菜也很受美国学生欢迎。

因为我们蒸的包子太多了，而且又限制一人只许拿两个，最后还剩了许多，第二天学生们以为还有包子呢，一问才知道那些包子让别的语言学校的学生吃了。据说别的语言学校的学生也很爱吃包子，而且拿出来多少都一抢而空。

看来中国的饮食文化在美国还是有市场的。以后我们要多向他们宣传中国的饮食文化，让他们品尝。

又见明德*

石　锋

　　世上有这样一片乐土：这里聚集着最优秀的汉语教师；这里吸引着最用功的中文学生；这里实践着最高效的教学模式。

　　斗转星移，年复一年，师生共享教与学的辛苦和甘甜，同时感悟着人生真谛，体味着心路历程……

　　　　　　　又见明德，笑语欢颜，
　　　　　　　　旧友新朋抱成团。
　　　　　　　黑肤白牙，金发碧眼，
　　　　　　　"你好""再见"[①]满校园。

　　　　　　　又见明德，绿野连天，
　　　　　　　　晚风习习廊桥边。
　　　　　　　灯下操练，饭厅交谈，
　　　　　　　　苦读汉语不觉难。

　　　　　　　又见明德，心中伊甸[②]，
　　　　　　　　书声朗朗意犹酣。

---

* 原文载《明德之路》，北京语言大学出版社，2013 年。

写字似画，说话如歌，
　中文学子非等闲。

又见明德，世外桃源，
　白楼白云映蓝天。
地球两端，人生驿站，
　乐为汉语献韶年③。

① 都读为阳平。
② 精神家园。
③ 爱的奉献。

2011 年 7 月 10 日写于明德，
　8 月 9 日最后改定。

思 忆

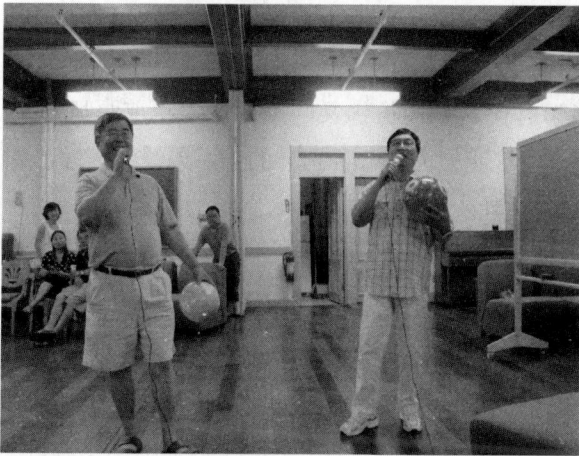

校园思缕[*]

石　锋　　田美华

回首中学时代，我们仿佛又回到四十多年前那风华正茂的如花季节。母校南开留给我们的是一种别样的美，如溪流淙淙，如微风拂煦。别梦依稀，情思缕缕。

一、马缨花开

那时校园的中楼大门前的两侧种有几棵小树。树虽不高，可是枝杈繁茂，小小的绿叶子，整齐地排为两列成对生长，跟其他的大树别有不同，给人以清新的感觉。每到春夏之交，树上就开满粉红色的花朵，那花朵不是普通的花瓣，而是一簇簇的花丝，如同骏马头上的缨穗，煞是好看。同学们把它称做马缨花，不知道真是这种树的学名，还是依照花的模样想当然起的名字。

每天早晨上学，一走进南开的校园，就看到整洁的校园里那几棵小树上盛开的马缨花，绿叶丛中点缀着淡淡的花朵，伴随着耳边的朗朗读书声，心中充满愉悦。这给一天的紧张学习带来轻松和快乐。下课后跟同学在树下闲谈，在校园散步，马缨花给我们宁静、幽雅的情境。记得当时的《南中周报》上发表过一位同学写的一篇作文，题目就是《当马缨花开放的时候》。美丽的马缨花给我们的校园学习生活增添了不少情

---

[*] 原文载《感念南开》，中国社会科学出版社，2006年。

趣。

告别南开以后，我在别处再也没有看到过马缨花。那几棵马缨花作为中学时代的美好印象深深留在我的记忆中。现在想起来，也许我们熟悉的《雪绒花》这首歌唱的就是马缨花吧？

二、莫道君行早

我们上初中的时候，毛主席题词：向雷锋同志学习。神州大地人人学雷锋、做好事，拾金不昧，助人为乐，蔚然成风。社会风气空前之好。"我在马路边拣到一分钱"的儿歌就是在那时流行的。领袖的号召如春风化雨。南开校园闻风而动。课后，校园里到处是"学习雷锋好榜样，忠于革命忠于党"的歌声。同学们的精神面貌焕然一新。杨志行校长要求"学雷锋，见行动"。大家都在到处寻找好事去做。我跟几个同学商量好，早晨为教室生炉子。

那时我们的教室没有暖气，冬天天冷的时候要在教室里安上烟筒炉子。每天早上点火叫做"生炉子"，课间要加煤。这样才能保证老师和同学们正常上课。生炉子是一个技术活儿。先要把废纸、刨花、引柴（细小的木柴）、劈柴（较大的木柴）和煤球分别准备好，再依次摆放在炉子里，最后从下面点火。等到木柴烧完，最上面的煤球就红了。

一大清早我们来到学校，推开教室的门，屋子里温暖如春，炉火正红。看来有人比我们来得更早。这会是谁呢？我们到旁边的教室去看，那里的炉子也已经点好了。一连看了几个教室，终于发现了一个人影，正在熟练利索地依次为我们年级的教室生炉子。转脸一看，原来是高年级的蔡燕同学。真是：莫道君行早，更有早来人。那一刻，一股暖流涌向我们的心头。眼前她的身影也高大起来。

到初三毕业时，品学兼优的蔡燕同学放弃了升学而选择了支边，毅然坐上西去的列车，投身边疆建设。她的行动在我们同学中激起很大的反响，使我们重新思考人生的价值，选择生活的道路。因此，蔡燕不仅点着了教室的炉火，进而还点起了我们思想的炉火。

三、瑞庭礼堂

生活工作在南开大学，常常因为没有一个像样的礼堂而抱怨。每当这时，我们就不禁会说起，南开中学有一个很值得自豪的礼堂——能坐两千人的瑞庭礼堂。身处瑞庭礼堂"百年南开"的校庆会场，热烈的场面使人回想连翩，感慨万千。能够坐在这个礼堂中是一种幸运。这个礼堂与我们的中学生活连接着太多的回忆，存留着不解之缘。

有些沉闷的回忆把我们带到过去。记得那时候不时要到礼堂里听一些冗长的政治报告。常常是台上的领导平淡无奇地念着厚厚的讲稿，台下学生的音量象收音机的旋纽的转动，一开始是鸦雀无声，不一会儿就有窃窃私语，最后变成大珠小珠落玉盘了。往往在这个时候，政教处的周毓英老师会在讲台侧面出现。台下的声音立刻就静下来。而且这样的情况屡试不爽，象有一种魔力，至今令人迷惑不解。

最愉快的印象莫过于文艺演出。期中期末，新年节日，学生会经常会在礼堂组织各种庆祝活动，各班学生以及很多课外社团自编自演，师生同台，其乐融融。高三同学的集体化装表演唱《十送红军》，情真意切，感人至深。葛树清老师的拿手保留节目是"唱支山歌给党听"，那浑厚的嗓音，悠扬的曲调，不知赢得了多少掌声。我们高一和初一同学的小话剧《100分不是满分》风趣活泼，一炮成名。当时几位演员在校园里红极一时，格外引人注目。可惜后来他们都没有在演艺方面发展，否则要比现在这些星星和大腕儿的资历派头强多了。

每年开学典礼，我们都要全体列队，进入礼堂，按序坐好，聆听杨志行老校长做校史报告。我们一遍一遍地听过许多次，但在当时以为是例行程序，脑子里并没留太深的印记。这就是"不知庐山真面目，只缘身在此山中"的情形，也有些"身在福中不知福"的意味。有人讲过，只有在失去以后才会理解拥有时的珍贵。在离开南开以后的岁月里，我们对南开的感受和理解随着时间的增长而越来越深，历久而愈醇。

曾在南开，是我们珍贵的经历；曾在南开，是我们一生的骄傲。

南阳忆絮[*]

石　锋

引

从 1969 年 8 月到 1978 年 2 月，我在南阳度过十个年头。那正是我 20 岁到 30 岁的青春年华。我们把人生的黄金时节留在北大荒。在那如诗的岁月里，我跟同学们一道，春天播种，夏天锄草，秋天收割，冬天则是开河挖渠修水利。送粮时我曾肩扛 200 斤的麻袋包走上高高的跳板，打铁时我曾抡起近二十斤的大锤打出镰刀和马蹄铁。还有各色各样的活计：运石，脱坯，铡草，盖房，脱谷，沤麻，赶牛车，最后是到南阳小学做老师，当上了孩子王。

我们在生活的磨难中，使思想和身体得到历练。与其说我们是耽误了十年的宝贵青春，毋宁说是我们积累了人生的财富。

一

我曾读到海涅写有这样的诗句：

痛苦

　　是大海，

　　　　欢乐

---

* 原文载《躬耕南阳—黑龙江省永丰农场南阳知青文集》，2008 年。

是大海里的珍珠。

这个比喻睿智而深邃，同时不免给人沉重的压抑感。南阳带给我们痛苦，也带给我们欢乐。人生就是如此，有痛苦，也有欢乐。人生是痛苦，也是欢乐。

二

鲁迅说：哀莫大于心死。南阳曾给我们留下刻骨铭心的痛苦。当年每次坐上探亲南下天津的火车，就感觉心在解冻，苏醒，复活，打开；而每次探亲之后在北上返回农场的途中，会感到心灵又在干涸，冻僵，麻木，封闭。忧国忧家，忧人忧己，悲凉之感，不时笼罩在我们心头。

我们体验了北京街头捡煤渣老太婆的辛酸，我们亲历了浩劫前后神州板荡的悲喜。我们曾经耳闻目睹，亲身见证了太多的痛苦。我不喜欢读伤痕文学的作品，好象是又撕开我们心灵的伤口，再撒上一把盐。有一段时期我只愿看喜剧而不愿看悲剧。

彷徨也是痛苦。我们不失向上的追求。我们跟命运抗争。我们期待涅槃之后的新生。

三

农家乐。在南阳村外的大堤上，晚霞染红了半边天空，炊烟袅袅在草房上飘起。那么蓝的天，那么美的霞，那么绿的田野，那么傻的一群小伙儿。一天的辛苦劳作之后，躺在牛车上，随着认路的老牛悠悠漫步在归途中。口哼着歌儿，眼望着天空。那是一种无欲无求的快乐，悠闲忘情的轻松。

那份清纯恬静的心情，我已经久违了。离开南阳以后，再也没有了那种体验。

人生忧患识字始。在车水马龙的城市，时时有喧嚣的声音，处处是躁动的画面，使我的心得不到一丝的安宁。我愿梦回南阳，找回那份宁静，找回当年的我。

四

人为万物之灵。痛苦和幸福是一种感觉。悲哀和欢乐是一种体验。痛苦浇铸欢乐。多少艰难困苦，都可以历久弥坚。我们把痛苦比作沙，欢乐比作金。或者沙里淘金，或者大浪淘沙，时间的长河会使一切归于平淡。留在心中的总是欢乐。

俄国文豪高尔基曾写过《我的大学》。南阳何尝不是一所社会大学。我们，不是一个人，不是一群人，而是一代人。南阳是时代的缩影，是人生的财富，是我们的大学。

五

这里不是简单的怀旧。这里不是老人的罗嗦。没有辛苦哪有幸福。没有饥饿感哪能知道饭菜香。据说现在的中学课本里已经没有了《触詟说赵太后》的课文。很多小孩子不爱吃饭，就像很多现代人缺乏幸福感。难怪有人主张挫折教育，不过也难。

希望我们的后代不要像我们所经历的，又希望我们的后代不要忘记我们所经历的。

愿他们能知道：他们是生活在幸福之中。我们羡慕他们，我们祝福他们。

2008 年 3 月 19 日
于北京怀柔

永丰知青碑

2009 年是我们下乡赴永丰农场 40 周年，众荒友决定立碑纪念。

碑文 40 字：

戊申秋始，学子两千，自哈沪津，屯垦永丰；艰苦磨砺，更有牺牲，感念铭心，勒石永志。三地知青，己丑某月。

碑题 8 字：

情胜故里　荷锄人生

大家所拟、后经反复修改的碑文内涵可分几个层面：

1. 记叙史实：

（1）从何时始？（**戊申秋始**）

（2）几多何人？（**学子两千**）

（3）来自何地？（**自哈沪津**）此顺序为三地知青下乡先后次序，不能因韵律所需而改。

（4）目的何为？（**屯垦永丰**）；

以上四句主要是记叙真实史实，碑文第一要务即是为后世留记客观史证。

2. 抒发感怀：

（**艰苦磨砺，更有牺牲**）

3. 建碑立意:

（感念铭心，勒石永志）

4. 文末落款:

（三地知青　己丑某月）

我们集中大家意见，将碑文平实叙写，符合一般碑文撰写规范。此部分不做渲染、无需浪漫色彩。

碑题: **情胜故里　荷锄人生**

我们将对永丰父老、黑土地之感情借以表达（**情胜故里**），同时，把那一段特定历史下的经历，感悟为耕犁荷锄大写意人生（**荷锄人生**）。加强了文采，深化了建碑意境，也为浏览者及后人辟留广阔的思索认识空间。

以上拙释，如有不妥，敬请斧正海涵!

（初拟者有胡光、德宁、宴新、朝平等众人，
后与德明共同汇总定稿。）

北大荒躬耕录*

1969 年 8 月到 1978 年 2 月到黑龙江永丰农场下乡。美华与我一同下乡，而先于 1972 年回津上学。对躬耕生活印记颇深，回忆清晰，远胜于我，且录此以存照。

初到北大荒

我们南开中学的 126 名同学，于 1969 年 8 月 16 日在铜鼓喧天热烈欢送的气氛里，乘上了北上的专列火车，奔赴黑龙江农场。当时岁数大的仅 20 岁，最小的只有 14 岁。在火车上大家一腔热血，畅谈自己的理想，憧憬着屯垦戍边的未来。

列车经过 30 余小时的奔驰终于停下来了。记得当时已是深夜，车厢外漆黑一片。当时虽然是夏天，但我们还是感到了祖国北疆的寒意。大家在火车没停以前早已把所带的衣服全穿上了。不一会车厢门打开了，只听外边一个粗犷的汉子操着东北口音不停地喊着："大家把衣服都穿上。"

我们下了火车，天上下着毛毛细雨，一阵寒风袭来，冻得大家直哆嗦。这个火车站不很大，四周黑乎乎的，依稀有几根木头电线杆子上有微弱的亮光，显得格外凄凉。大家像玩老鹰捉小鸡一样，后边同学抓着

---

* 原文载《躬耕南阳——黑龙江省永丰农场知青文集》，2008 年。

前边同学的手，深一脚浅一脚地跟着往前走。没多会儿，到了几辆大卡车边上。带队干部让我们上车。那么高的卡车，大家你拉我拽地总算上去了。

这时雨越下越大，带队干部拿来好大一块篷布，让我们在卡车上遮雨。大家蹲在卡车上，大篷布铺在我们上面。可是卡车一开起来篷布兜风，篷布往后跑随时有刮跑的危险。于是我们几个大个子站到最前面，双手用力拽着篷布。卡车越开越快，风又很大，我们拼命地拽着，雨水从篷布上流下来，顺着我们的胳膊流到我们的袖子里，一直流到衣服全湿透了，再加上大风猛吹，就更冷了。为了同学们不被雨淋，我们就这样一分钟一分钟地坚持忍耐着。经过一个多小时的颠簸，汽车终于停下来了。我们几个人的胳膊连累带冻已经不听使唤了。

大家互相搀扶着下了车，个个冻得瑟瑟发抖。当时天还没亮，下车的地方前面依稀可见是水面，茫茫一片。听说我们的新家就在前面不远的地方，前边有人带路，我们各自提着自己的随身物品紧随其后往前走。由于下雨，道路很泥泞，我们每走一步，鞋就会被粘掉一次，提好鞋又被粘掉，总提鞋又怕掉队，只好趿拉着鞋走，真是举步维艰哪。

不知这样走了多长路，终于看见前边有几排低矮的土房子，从窗户里发出微弱的灯光，大家很兴奋，于是脚步也加快了。

这时天蒙蒙亮了，我们才发现前面的房子是土坯房，又矮又破。由于房子矮，门更矮，就连女同学进屋都得要低着头才能进去。我们陆陆续续的钻了进去，借着屋里微弱的灯光看到屋子里的情形，不禁一愣。只见不大的屋子里，两边是土炕，中间是一人多深的大坑，只在灶边不宽的地方才能站住人，站不好就会掉进中间的大坑里。

我们坐在炕沿上，心里很不是滋味，难道我们以后就住在这里？这就是我们的第二个家乡？大家心情很沉重，来以前讲的我们住的青砖瓦房在哪里？为什么要骗我们？大家坐在那里谁也不说话，也不想说话，再加上身上都湿透了，也没有衣服换，只好呆呆地坐在那里。几个年龄小的女同学偷偷地哭了。

这时天渐渐大亮了，只听外边有说话的声音，打破了寂静。原来是哈尔滨知识青年给我们送饭来了。大家谁也没有心思吃饭，但还是吃了北大荒的第一顿饭——大米饭加西红柿汤。

下午我们的行李被送来了，大家争先恐后往前跑。运行李的车停在公路上，我们很艰难地把行李一件件卸下车。大家不分你的我的，四个人抬一个箱子，二个人抬一个铺盖卷，力气小的女同学拿点小件的，一步一步往土房子方向走去。为了走得方便，我们干脆把鞋子脱掉光着脚走，这样既不滑也不掉鞋，但是脚有点扎得慌，时间长了也就不觉疼了。这样来回搬了不知多少趟，总算把行李搬到"家"。

行李全被雨淋湿了，箱子里边的衣物也全湿透了。大家身上的湿衣服也没有干衣服替换。好在天已放晴，于是大家在土房子前打开自己的箱子和行李，摆起地摊，晾晒衣服和被子。整个房前摆满了，走路都没有插脚的地方。当天，我们就这样度过了。大家话很少，晚上就这样睡下了。

此后的几天里，连队安排大家整理内务。于是大家找来铁锨、竹筐，在附近挖土把每个屋里的坑填平。不知挖了多少土，抬了多少筐，终于把大坑填平了。这样屋子里总算象个样子了。我们把每个人的箱子摆好，摆不开的，在坑的里面墙上钉上木架，把箱子架起来。窗户没有玻璃，我们就用塑料布当玻璃。经大家这样一弄，屋子里还挺像样的，有了家的感觉。

房子前边有一片空地，大家在空地前钉几个木桩子，再栓上绳子，用来晒衣服。我们又在空地前面的小水沟边盖了两个厕所。后来连队又成立了炊事班，开了伙，又多了一份温馨。

我们就这样，靠自己的力量，创造条件在北大荒安下家来。

迷 路

北大荒的冬季白天很短。每天很晚才天亮，很早就天黑了。这样我们连队一天只吃两顿饭，利用中间这段时间干活。那天我们去山里砍柳条，背回来编筐，以便为明年开春兴修水利做准备。

当时是冰天雪地，大地是一片银白色的世界。讷谟尔河水早已结成很厚的冰了。我们走在河床的冰上，随着杂沓的脚步，河上的冰发出清脆的声音，象钢琴的琴音一样，很动听。我们每人手握镰刀，一边走路一边欣赏千里冰封万里雪飘的北国风光。河边附近的山脚下生长许多柳条。据说这些柳条是别人特意种的，我们来这里砍柳条要悄悄地进行，不能被别人发现。

到了山脚下，看见这么多的柳条，大家争先恐后地砍起来。挑最长、最直的砍，以便好编筐。不大会儿功夫，每人就砍了一捆，捆好后大家陆续往回走了。

男同学们舍不得立刻离开，就在山上玩。有的同学还唱起了"穿林海，跨雪原……"，这声音在整个山里回荡，与山林雪景交融在一起，宛如真的到了当年杨子荣的林海雪原一样。

我也被这么好的景色所陶醉，真的不想走了。既然走了这么远来一趟何不多砍些柳条回去？我一边欣赏他们的歌声一边继续砍柳条，不知不觉又砍了许多，捆起来足足一大捆，我真担心扛不回去呢。这时那些男同学在山上走得更高更远了，我喊他们回去，他们说再玩会。我决定不等他们了。其他女同学都已经先走了，现在只有我一个人了。我得赶快去追上她们。

我觉得自己是顺着原路往回走的，恨不得快赶上她们，脚步走得很快。走了很长一段时间，却连个人影都没见到。他们走到哪里去了？还是我走错了路？为什么后边的男同学也没赶上来呀？这时我一下子意识到，我迷路了。因为讷谟尔河有很多分支，遇到分支的岔口时我可能不知不觉走错了方向。

这时我才发现雪地上都是横七竖八的动物脚印，就是没有人的脚印。再往前走还发现更大的四只脚的脚印。是不是熊瞎子的，或是大老虎的脚印？我越看越想越害怕，不禁出了一身冷汗。心想，这下子可完了，万一野兽来了怎么办？当时只有一个念头——拼，拼个你死我活。肩上扛的柳条我还是舍不得丢掉，这是我一根一根砍下来的，好不容易得来的劳动成果。我把肩上的柳条捆掂了掂，扛牢，把镰刀握得更紧了，随时准备与野兽搏斗。

这样又走了一段时间还不见人影。天渐渐黑下来了,这时忽然听见远处有车轮子碾雪的声音,我惊喜万分,心想这回有救了。我拼命地朝那声音跑去,只见远处有一辆马车,我声嘶力竭地喊着:"喂!同志,往德都县城怎么走啊?"可能是马车离我太远了,车老板没有反应。马车的影子渐渐消失了,希望破灭了。

这时天更黑了,我又累又怕,走得湿身衣服都湿透了,汗水从皮帽子里顺着脸颊流出来。我没有别的选择,决定顺着讷谟尔河最宽的河道,坚信会走回去的。这样不知又走了多长时间,远处依稀看见德都县城的灯光了,终于找到回连队的路了。我当时别提多兴奋了,顿时也不觉得累了,三步并作两步,一口气跑到连队。

这时天已完全黑了。连队的同学们早已吃完晚饭。他们告诉我,先走的女同学也迷了路,刚刚回到连队不久。在山上玩的男同学没迷路,早就回来了。再看我自己,还扛着那一大捆柳条,脸上的汗还不住地往下流。

后来回想起来,这是多么惊险的经历呀!如果真的遇见野兽,我也许早已成为它们的美餐了。现在想起来还真有些后怕呢。

救 火

记得那年的大年初四,场部晚上有联欢活动。我们连队驻地离场部只有四里地,大家当然都愿意赶去看节目了。各班的病号就留下来看家了。正好我是轮到连队值班,也没有去,在屋子里给家里写信。

突然,外边一阵急促的敲盆声夹着喊叫声打破了黑夜的寂静。"着火啦!快救火啊!"一声声的叫喊声越来越近。我心里一惊,"这个时候连队没有人,是不是有人在搞破坏?"赶忙穿上棉袄跑出门去,只见连队东边那排房子火光冲天,旁边还冒着浓烟。我三步并做两步跑过去,这时连里留下的几个病号也赶到现场。原来这排房子是本地留教子弟宿舍。他们也到场部看节目去了,屋里没有人。由于有风,火借风势,越烧越大。

火光就是命令。这时同学们和许多老乡都用铁桶和脸盆取水，向屋里泼水。可是位置低，泼不到高处的火苗，还是无济于事。说时迟那时快，只见炊事班长郑秀璐蹭的一下子窜上房去，居高临下。可是下面的水盆还是递不上去，我急中生智，脚踩门框三下两下也上了房。我站在房沿上接过别人举过来的水盆，再递给郑秀璐去泼水救火。这样还是太慢，不能解决问题，火势越烧越旺。

这时不知是谁递给我一把斧子，我马上交给郑秀璐，让他把房檩砍断。他抢起斧子连砍数十次，终于把房檩砍断了。这样火势就不至向旁边蔓延。最后大家终于把火扑灭了。这次大火损失不太大，只是烧坏了一间屋子。

听说南阳着火了，在场部看节目的同学们都跑着赶了回来。大家看到火已熄灭，都松了口气。这时我才发觉自己还站在房上。我都忘了当时是怎么爬上房的，现在想从房上下来，也不知怎么下来了。刚才救火时端水盆洒了一身水，现在全冻成了冰，衣服硬得象盔甲一样，不能活动了。大家帮着我从房上下来，看着我们这样子都笑了。我可是浑身一点力气也没有了，腿还在打哆嗦，不知是冻的，还是刚才太紧张了，心里久久不能平静下来。

麦收大会战

1969 年是我们到北大荒的第一年，麦收季节，我们参加了场部搞的麦收大会战，至今记忆忧新。

当年的麦子长得不很好，又连续下了几场大雨，我们连队的麦地地势较高，没受雨水影响，几天就收割完了。这时场部传来消息：五分场的麦地大部分被水淹了，联合收割机无法进去只有靠人工来割麦子。场部要在五分场搞一个麦收大会站。各连队纷纷响应，我连也不示弱，抽调了大部分劳力立即赶赴五分场，参加麦收大会战。

我连经过三个小时的急行军赶到了会战现场。只见指挥部为各个连队准备好了帐篷，里边是用砖头和木板搭的大通铺。我们放下行李，拿起镰刀，马上投入到紧张的麦收大会战中。

麦地里的会战现场场面十分热烈，各连队的队旗插在各自的地头上，迎风招展，每个战士手里挥舞着镰刀，你追我赶割着麦子。远处还不时传来鼓动的口号声和连队互相挑战的口号声。

我们立刻被这动人的场面所感动，大家只有一个信念，争分夺秒，让麦子颗粒归仓。

我连负责收割的这段麦田地势较低，麦子全部淹在水里。这样就增加了割麦子的难度。我们穿着高腰球鞋，在泥泞的水里深一脚浅一脚地割着麦子。由于麦秆被水泡得很软，而且镰刀是在水里面割，很难割下来，需要用左手抓住麦秆的上半部，右手再使劲才能割下来。割下来的麦子还不能放到水里，要及时打好捆，放到没有水的地垅上。这样进度很慢。为了加快速度，我们干脆扔下镰刀改为拔麦子，这样快多了，不一会大一大片麦田就被我们征服了。可是许多同学的手已磨起了血泡，但没有一个人叫苦。

中午，指挥部开着大卡车给我们送饭来了。这时我们才感觉到真是饿了。大家跑过去，嘿！饭菜真不错，有白菜烩肉、烧茄子、炒粉条、土豆炒辣子等等，主食是大米饭和馒头。大家如饥似渴地盛着饭菜，有的同学盛了满满一饭盒米饭，有的干脆用筷子一串就是4个大馒头，大家三五成群地围坐在一起，狼吞虎咽地吃饭。由于送水不方便。指挥部还给我们带来几麻袋东北的大黄瓜，象天津的大菜瓜似的。饭后，大家用镰刀把黄瓜皮削削就吃了，真是又甜又解渴，这时远处还不时传来同学们打逗的笑声和歌声。

傍晚时分，天突然阴下来，不一会整个天空乌云密布，并刮起了大风，紧接着一场瓢泼大雨夹杂着电闪雷鸣向我们袭来。指挥部命令收工。我们被雨水淋得个个象落汤鸡似的，淌着泥水艰难地向驻地走去。大家只有一个念头，回去好好洗洗换上干衣服。

没想到离驻地不远的地方，远远看见我们的帐篷被大风刮倒了，有的地方都掀起来了，我们的行李大部分都露在外边被水淋湿了。我们三步并做两步跑过去，钻进倒塌的帐篷里，费了九牛二虎之力，总算把帐篷又支起来了。大家很无奈地呆呆地站在那里，谁也不说话，真是不知如何是好。

这时指挥部领导看我们来了，并把我们安排到上海知青的连队里住。上海知青对我们非常热情，帮助我们打饭，还拿出他们干净的衣服让我们换上。晚上我们每个人都分别和一个上海知青挤在一个蚊帐里睡下了。

这样连续干了几天，由于我们的双脚整天在泥水里泡着，许多同学的脚趾都烂了。晚上洗脚时，都要忍痛把脚趾之间创面的泥沙洗掉。第二天起床时发现脚趾之间流出的黄水已把脚趾粘在一起了，稍一碰就非常痛。我们没有别的办法，只好小心翼翼地穿上潮湿的袜子和湿鞋，继续参加麦收。

九月初北大荒的早晚还是很凉的，地里的泥水就更凉了。溃烂的脚一下到泥水里，冰凉不说，杀得钻心地疼。这时没有很大的勇气是很难下水的。我们心里不住地给自己鼓劲："下定决心，不怕牺牲，排除万难，去争取胜利。"不一会泥水和沙子渗到鞋里，渗到溃烂面就更疼了。可是干起活来，谁也顾不上了，个个象小老虎似地往前冲，谁也不甘心落后。

会战持续了一周，五分场的麦子全部收完了，我们提前完成了任务，也该打道回府了。

我们选择了地势稍高的山坡路回连队，这样路比较好走些。大家背着自己的行李，边走边唱，"日落西山红霞飞，战士打靶把营归……一、二、三、四！"我们尽情地享受着劳动后的喜悦，脚步也显得轻快多了。大家一边走，一边采摘山坡上的黄花菜，有的同学还采到了许多榛子。连长在前边不时地喊："快走啊，别掉队！"

到连队后，我们第一件事就是解决脚的问题。再不解决，五个脚趾有可能长在一起分不开了。我们连队卫生室的陈医生是部队转业的，他的医术在当时算是很高明的。陈医生看了我们的脚后，给每人发一包白色的药面，并嘱咐我们把药面混到搽脸的雪花膏里，涂在洗干净的脚趾创面上，尤其是脚趾之间。我们按陈医生的方法做了。还真神了，第二天起床后，我们奇迹地发现脚趾之间没流黄水，而且也分开了，更主要的是也不疼了。真是神医呀！几天之后我们的脚完全好了。为此我们更加敬佩我们的陈医生。不知当初他给我们的是什么药，现在猜想也许是抗生素之类的药吧！

从那以后，像这样的大会战每年都有，比如秋收大会战、春播大会战等等。虽然时间、地点不断改变，但我们屯垦戍边，建设祖国北大荒的信念始终不变。

种稻

我们农场位于北纬 48 度，是中国种植水稻最北面的地方。种水稻比起种别的庄稼要多费力气，在北大荒种水稻更是如此。不单是费力气，而是要吃很多很多苦。这一点我们是深有体会的。

水稻的生长期长，需要 120 天左右。本来在北大荒种水稻是不适宜的，弄不好秋天初霜来得早，就会落得颗粒无收。因此，为了争取时间，一切必须提早动手。在北大荒种水稻不是象南方那样插秧，而是在水田里播种，这也是为了节省时间。

首先是要浸种。稻种要选优良品种，用农药和化肥搅拌在一起，掺上水浸泡起来，待稻种发芽后再撒播到水田里。一般需要浸泡一个星期左右。从农药的配制到水分的掌握，都是需要技术人员指点的。

其次是翻地整地，为播种做准备。刚刚开春，田地还没完全化冻，就要开始翻地了。翻地就是要把去年收割的稻茬一片一片翻到土下边。我们每人一把四齿钯子作为工具，往地上使劲一抢，刨松一小块土，再往后一拉，把这块土扣翻过来，上面的稻茬就被压在底下了。

这个活最累了。由于地还有些封冻，使劲小了钯子根本就扎不进土里，使劲大了干一会儿就筋疲力尽，所以必须学会用力适当，才能长久。如果用不好劲，干几下手就起血泡。就是弄好了，一天下来也免不了要出几个血泡。第二天就不好干了，血泡破了就更坏了。所以我们都带上手套保护，尽量使手不出血泡。往后拉四齿钯也是很费劲的，没有相当的力量拉不起这块土，干一会儿手臂和腰腿都酸痛了。后来我们想出个窍门，用绳子一端拴在四齿钯头上，另一端拴在自己的腰上，用腰的动作配合，很容易就把土块翻过来，果然省劲不少。

翻地之后紧接着就是整地。整地就是在播种前往稻田里放水，利用水的平面把地整平，为播种作好最后的准备。整地的时候是用木推子，有点象天津街头摊煎饼的那个工具一样，只是大了很多，在水里推来推去，把地整平这个活最累了。遇到起伏太大的地方，就用牛拉的大木架子来整平。

这个活最苦了。北国的初春仍然非常寒冷。稻田里灌满了水，早晨水面上还有一层薄冰，我们就要踏进这冰冷的水里干活。每天一早的下水，是需要拿出一点儿勇气的。穿长腰胶靴吧，在水里干活不方便，走一步拔一步靴子。不穿吧，双脚就踩在泥水里。泥水下面是没有化冻的地，实际就是踩在冰上。开始两只脚冻得厉害，不知怎么是好，过一会儿冻麻木了，也就不觉得太冷了。我们把绒裤挽到膝盖以上，后来有人发明了穿棉短裤，这样就暖和一些了。在水里连冻带泡，小腿红红的。冷风一吹，整个小腿顺着皮肤的纹路裂开许多小口子，在水里跟扎进许多钢针一样，疼痛难忍。收工回来洗完腿，为了保护皮肤，在裂口处抹些凡士林。谁知这样更坏了。第二天一下水，因为腿上有凡士林，泥巴都进到裂缝里，跟油合在一起，感觉更痛了，也洗不下去了。在种稻那些日子里，我们的两条小腿总是黑乎乎的，洗也洗不干净。

北大荒种水稻不象南方那样插秧，而是用播种机播种。播早了稻种会冻坏，播晚了，赶上秋天早来的霜冻，就会颗粒无收。

我们用的是一种特制的小播种机，一个人可以拉起来在水田里跑。两个大轮子是用竹片子弯成的。连接轮子的轴上是用木头做的细长的稻种箱，没有盖儿，底部有 6 个小孔，稻种就从这里漏出去。每个小孔上方有一个随轮子转动的小毛刷，可以调节稻种漏出的多少。箱子两旁各接出一根长木柄，播种的时候双手拉着木柄往前跑。

播种是很苦很累而且技术性很强的活。首先是要赤脚浸在水田里，跟整地的滋味一样。另外还要拉着装满浸好种子的播种机，按前方竹竿标示的方向跑直线。随着轮子的转动，带动木箱子里毛刷转动，将稻种播下。

播种的时候，有的同学整地，有的同学抬种子，往播种机里倒，有的同学专门用竹竿在播种机前方做标记。最辛苦的是拉播种机的同学，他们要拉着播种机在稻田里按照前方的标记奔跑，往往弄得浑身上下全是泥水。播完种的地块要做好标记，以免造成漏播或重播。

播种后地里就要有专人看管，定时放水。看水员要住在地里，在地头搭个小草棚，把铺盖搬过去，一住就是四个月，待稻谷成熟才能回去。这是很辛苦的，也是责任重大的活儿。每天很寂寞工作也很单调，还要自己做点饭吃。晚上有蚊虫叮咬，但是他们没有任何怨言，默默地工作着。

水稻秧苗长出来后，我们还要下到水田里拔稗草。刚开始我们不认识稗草，误将稻子拔了。经过当地老农的指点，才知道稗草根是扁的，而且颜色发红，这样我们又学了一手。

我们路过稻田都要看看秧苗长了多高，稻子抽穗没有，抽穗以后灌浆了没有，稻谷长硬了没有。秋天有时预报有初霜冻，我们赶紧在稻田周围点火防霜，保护水稻，保护我们的劳动成果。

到了金秋十月，是我们开镰割稻的季节。看着一望无边的稻田，沉甸甸的稻穗在秋风中随风摆动，我们感到丰收的喜悦和自豪。能在北大荒种出水稻，这也是一个奇迹吧！但是一想到为种稻子付出的艰辛时，有时我们就半开玩笑半赌气地说：我们宁可不吃稻米，也不想再种水稻了。确实，为了种水稻我们付出的太多了。话虽这么说，可是来年照样种水稻，照样吃自己亲手种出的稻米饭。

我们南阳的稻米真不次于天津的小站稻呢！

脱 谷

北大荒的冬天，地里农活都干完了，正是脱谷的好时机。庞大的脱谷机耸立在场院上。脱谷机前有一条传送带，像游乐园里的滑梯一样，从高高的入口处一直拖到地上。我们把稻子放到传送带上，送进那张开的大口里。稻秸被脱谷机粉碎，稻粒就从机器一侧的出口流进麻袋里。说着简单，实际上这是个又脏又累的苦活儿，而且需要大家的默契配合才能干好。

每年连队脱谷都是早中晚三班倒着干，停人不停机。早班和中班还好，夜班是最辛苦的了。北大荒的冬天气温最低达零下40多度，夜间在场院露天干活，其艰难辛苦是可想而知的。

夜里场院上灯火通明，把脱谷场照得跟白昼一样。脱谷工作是有连续性的，首先要有人爬到稻垛上，用二股叉将稻捆不断地扔下来；再有人用叉子将稻捆运到脱谷机传递带前；然后需要用镰刀将捆稻子的要子砍断，使稻捆散开；传送带两旁还有人用叉子把散开的稻子放到传送带上，均匀摊开，保证机器正常转动，不出故障。侧面出口处，有人用麻袋接着流出的稻粒，每流满一麻袋就拖到一边扎好口抬走。大家分工合作，哪个环节有问题，别人就主动来帮忙。机器在不停地转动，我们手里也非常紧张地干着，不能停歇下来。人们开玩笑说："冬天在北大荒干活，不是累死就是冻死。"意思是，必须不停地干活，否则就要挨冻。

脱谷机轰鸣地转动着，稻秸的碎屑混着尘土都卷扬起来。场院里的大灯照出的光柱里，清楚地显现出空气中悬浮着大量灰尘。整个场院笼罩在弥漫的灰尘当中。再看我们，每个人都象土猴一样。虽然都戴着口罩和帽子，捂得严严的，可仍然满脸是土，口罩都变成黑色的了。前额的碎头发上挂满了稻秸碎屑和尘土，与口中呼出的哈气结成了霜，挡在我们的脸前。只能凭借个头和声音才能大体分辨出谁是张三谁是李四。在寒冷的冬夜里，我们干得热火朝天，谁也不觉得冷了。我们的衣服早已湿透了，可是不能休息，一停下来，湿衣服贴在身上就象是贴着一层冰，会把人冻坏的。这样我们就要不停地干一夜。

天亮了，收工了，每个人都筋疲力尽，象一群土人从场上走回来。大家习以为常，先是互相用扫帚把身上的尘土和碎屑扫掉。脱下棉衣一看，棉衣早已湿透了，在外面的罩衣里层是一层厚厚的霜。原来这是由于身上出汗的热气遇到外面的寒冷形成的霜。棉衣一定要放在火墙上烤干，否则没法再穿了。棉鞋也需要烤，里面的鞋垫要拿出来分着烤，不然明天鞋就成了个大冰坨子。这也是我们总结出来的经验。最后是痛痛快快地洗个澡，香香甜甜地睡一觉。

　　脱谷是秋收的最后一道工序。看着丰收的一袋袋稻谷，我们心里充满了劳动后的喜悦。这种喜悦，没有经过艰苦劳动的人是体会不到的。

附　录

共和国同龄人石锋：如果旅程是一次散步*

王晨辉

这是一个自豪的生日，57 年的光阴洗礼让他们隐约显出岁月的安详；这是一段同步的经历，时代的荣辱苦乐让他们永远坚守着最初的赤诚。他们与共和国一起长大，触着最深处的脉络和心跳，当年热血却变成了社会的臂膀。57 年的如歌年华，当所有的印记最终归结于今天的幸福。当一段无悔的激情最终变成满斟的美酒，他们应该骄傲和自豪，因为他们无愧于这个光荣的称号。

人物索引：
石锋，共和国同龄人，南开大学汉语言文化学院院长，博士生导师。
57 年关键词：
放羊，集体生存，乡村教师，读书。
同龄人感言：
最大的遗憾是时间太少。

推开院长办公室的门，石锋给了我一个小小的惊讶。打破了我潜意识里等待的那种打着官腔的客套、寒暄，他甚至有些局促和羞涩。他身

---

* 原文载《每日新报》，2006 年 10 月 1 日。

上浓郁的学生气让整个人显得单纯简洁。我想，他肯定是个特别受学生喜欢的教授，因为他无论给你掰开揉碎讲实验语音学还是挠着脑袋苦思冥想已经忘记的往事，那神态都像一个老友。所以，坐在他的院长室里，那些褐色实木椅子，那些高高摞起的文件柜，都被这种情绪过滤成了家具。甚至在听他讲故事的时候，我肆无忌惮地笑出了声，他也跟着在一旁笑。

采访更像是一次对一个人的探听，被问得紧了，石锋拿起电话向夫人求救。不一会儿，妻子田美华也来了。三个人，一起将时光的沙漏倒转。

五十七年，是一个人的多半生。石锋一直说自己很幸运，在适当的时候抓住了适当的东西。其实对于很多人来说，这样的幸运并不轻松，因为五十七年里中国发生了很多变化。

启程：下乡

石锋的小学是从保定开始的。一提起小学生活他就充满感情。那时班主任买了两只小羊，在班里成立了羊场，而石锋被任命为羊场场长，官儿还真不小。他放学后带着几个同学去河边草地放羊，作业也在那里做完了，这情景多田园啊！从石锋的眼神里能看到他对童年生活的无限留恋。可羊不是兔子，指望喂几天下出一窝是不可能的。随后，全中国的"困难时期"就到了，粮食增量法让很多人身体浮肿。石锋说："当时老师让学生排一队，挨个儿按手背和小腿，浮肿厉害的可以领到一点红糖和黄豆，发给我一次，我还挺高兴的。"

苦难不是意外，在那样的年代承载已经成了习惯。

石锋最初接触的流行歌曲是《我们走在大路上》、《革命人永远是年轻》，那是在他考上了梦寐以求的南开中学。唱着这样的励志歌，石锋在南开中学读书用功，学农学工，度过了中学的时光。上山下乡的大潮把同学们全部卷入其中。去黑龙江农场的任务落到南开中学的同学头上，而黑龙江是什么样，大家都不太清楚。126 人组成的连队里，石锋是排长，田美华是连队副指导员。

1969 年 8 月 16 日，天津火车站锣鼓喧天，同学们登上了北上的列车。火车晃悠了三十多小时，半夜时分，停在漆黑的小站。只听车厢外有人喊："到了，到了。让同学们把衣服都穿上，外面冷。"当时石锋还在想，三伏天能冷到哪去？可车门一开，一阵寒风袭来，所有人都打一激灵。几根木棍似的电线杆上挑着晃悠的灯泡，发出昏暗的灯光。天上下起了小雨。这就是车站？同学们鱼贯而出，一个一个猫着腰，跟老鹰捉小鸡似的，后面的人一手拉着前面人的衣服，一手拎着自己的行李。队伍断了又接上，缓慢在雨里前移。最后，大家都上了一辆大卡车，没篷子，一群人就那么淋着，车子在颠簸，耳边有了此起彼伏的哭声。

凌晨，车停了，到处是水，下车一看，是一个村边的水坑。进村的路上因为地上泥泞，大家穿的又是布鞋，所以走几步就得有人蹲下提鞋。到了破泥草房里放下行李，大家顾不得哭泣，顾不得抱怨，动手填平土坑，钉箱子架，拴晾衣绳，打扫房前屋后。他们要住在这里开始过集体生活。离开天津的第一日直到今天依然历历在目。

人知道认命是妥协也是美德。

石锋在广阔天地里春种秋收、赶车打铁。很少有人再提学习。春天，稻田里还有冰碴儿就得光着脚下地播种，风一吹，腿上裂得都是血口子。秋天，麦收大会战时，连队杀猪改善伙食。抓猪的时候男同学一个比一个勇敢，石锋的手还被猪咬了一口，至今手指上还有个疤。

收获苦难的同时上天也是公平的，共同的劳动生活让石锋收获了爱情。

中途：返城

1976 年石锋和田美华结婚了。当时田美华已经选调回津成为中心妇产科医院的一名医生，而石锋还留在黑龙江一个偏僻农村里当着乡村教师。当时一间教室装着好几个年级的二十多个学生，有聪明的孩子一年级的时候三年级的东西跟着也都听会了。全校男学生的理发都归石锋管，他自己看《上海裁剪》，儿童节还给学生做新衣服。如今他教过的学生最小的也有四十多岁了。

1977 年恢复高考，石锋在临考前一个星期才得到可以考试的批准，条件是只能报考省内师范院校。考试那天下起了大雪，他们坐的车还坏在了半路，时间在一分一秒流过。车好不容易再次启动，到了考场，好心的老师没发卷子，一直在等着他们。心里的温度在升腾，驱散身体的寒意，石锋一边往手上哈着哈气一边抓紧抢答可以改变自己命运的各科卷子。

命运像唱片的唱针，一下就跳到另一个页面。石锋被哈尔滨师范大学录取了，但他自己还不知道。在探亲返回农场的路上，有人兴奋地问他："你不去学校报到怎么还上这儿来？"这时候他才体验迟来的兴奋。那时候离开学还有一个多月，石锋就提前去大学报到了。之后他整天泡在图书馆看书，一直到开学。

大批知青返城高峰来了，石锋比任何一个时期都想家。回家，成了他的信念。

说来很巧，学校允许本科生在大一的时候报考研究生。读书是唯一的出路，石锋仿佛又看见了一线光亮。他早起晚睡，把全部时间兑换成课本里的知识，人也进入一种临战状态。他的同学居然都没见过他睡觉。用田美华的话说，当时石锋瘦得就是三根筋挑个脑袋。

开始石锋报考的是南开大学的研究生，但考试临近，指导教授生病住院，必须赶紧转学校。一封加急电报到田美华手里，让她找南大研究生院的魏老师速办转志愿手续。也不知道这个老师的具体名字，田美华攥着电报在南大校园里挨家挨户问，直到中午才打听到。可是魏老师偏巧不在，只好下午再去。一天的奔波，终于换来了人民大学研究生院的准考证。

当石锋到了北京，妻子也怀孕了，幸福包裹着这对依然无法在一起的夫妻。

驿站：学校

游子十三年，终于回家了。拉行李的时候石锋找了辆三轮，拉三轮的人很奇怪地问："大哥，这都是嘛呀那么沉，您带的大石头？"石锋笑笑说："都是书。"

石锋选择了一个很前沿的学科，实验语音学。他在北京读研究生的时候到处去听课，北大、清华、科学院声学所、社科院语言所等等。他说这个学科入门很难，声学原理比较枯燥，语言波形、计算数据听了两三堂课还不是很清楚。但他却从这个文理交叉的学科里读到了美感。毕业后他在天津外国语学院教了三年书，1985 年调到南开大学中文系。转年他创建了语音实验室，并开办全国语音学暑期讲习班。后来又在职攻读博士。1991 年他应邀赴美国、法国、英国出席国际会议进行学术交流。一个人拎着三个大箱子，奔走于十几个城市访问研讨。

1993 年石锋成为天津第一批用互联网的人，一台"386"让他离世界很近。1995 年石锋到香港城市大学电子工程系做研究员。

石锋被学校派往日本名古屋学院大学讲学，一去就是四年。他上课用汉语，跟老师讨论用英语，出门用日语，回家说汉语。自己在院子里种花，晚上和妻子打打乒乓球，日子过得快乐而温馨。

2001 年，石锋被任命为南开大学汉语言学院院长，一周十几节课，加上众多博士生和硕士生，他最大的遗憾就是时间太少了。说到最大的乐趣，石锋笑着说：我每次给学生讲课都感到很高兴。说着又笑了起来，他说退休以后想好好在家看书写字。

大概这就是那代人吧，如果旅程是一次散步，那么，他们的步伐应该是最坚定和自信的。

撰稿/王晨辉 摄影/段毅刚

"诺贝尔奖都是从实验室里得到的……"
——石锋教授访谈录

按： 汉语韵律及语调研讨会于 2009 年 8 月 20 日至 21 日在大连举行，会议举办了为期五天的实验音系学高级研修班。西南大学为配合文学院语音室的建设，派金小梅、孙琳两位老师前往参加。在会议和研修班期间，老师们多次就语音室建设的有关问题请教了会议和研修班主办单位负责人——南开大学语言研究所所长、汉语言文化学院院长石锋教授，并代表《桥》报对百忙中的石锋教授进行了采访。本期《桥》报以文学院语音室建设为核心内容，在征得石锋教授同意后，我们将这个访谈发表出来，以帮助大家了解语音学的发展前景。

孙琳老师： 首先感谢石老师在百忙之中接受采访，感谢对《桥》报的支持。

石锋院长：《桥》报办得挺不错，挺有特色。希望它越办越好，在信息传递和学术进步方面有更大突破。

孙： 谢谢。我们一定会努力的。

石老师是实验语音研究方面的专家。而语音研究由于实验仪器、方法的特殊性，不像语法研究、词汇研究那样普遍，对我们的许多学生来说，这还是个相对陌生的领域，所以，今天想请石老师对实验语音学的有关问题作个介绍。

石： 当今时代，语言学已经由卡片之学转为数据之学。数据是什么？数据就是资料，就是语言事实。从数据中可以得出语言规律、语言系统。过去的语言学理论多是假设的、思辩的。现代科学需要假设，但是不能只有假设，不能仅仅停留在假设。语言学不能是玄学，不能总是清谈。我们要证明这些假设。人们常说，实践是检验真理的标准。我们可以说实验是检验语言学理论的标准。假设与实验的关系也即理论与实践的关系。诺贝尔奖都是在实验室里得到的。

孙：美国威斯康辛大学的张洪明先生说过，汉语语音学的研究是性价比最高的，虽说从事研究的人数远不如语法的研究人数，但成果颇丰。根据我对国内实验语音学研究方面的了解，我认为张先生的话是比较客观的，并不夸张。而且我们也注意到了实验语音学研究的覆盖面越来越大，仅以石老师为首的团队就几乎包揽了整个现代汉语语音系统的研究，比如辅音、元音、声调、语调等等，而且还在向汉语方言、民族语言、外语等研究领域延伸。

石：从 80 年代开始，我们先后把声调格局、元音格局、辅音格局等静态语音表现的分析范式和方法逐步摸索出来。三年前，进入动态语音研究，即语调研究。现在整个团队全方位进行韵律和语调的研究。这次参会的文章如《汉语普通话陈述句语调的起伏度》、《汉语普通话疑问句语调的起伏度》、《汉语语调对声调作用的实验探索》、《日语陈述句语调的起伏度分析与汉语语调的对比》等等，都是最新的研究成果。

语言研究的三个平面的理论未提及语音平面，是一个很大的缺憾。语言在哪里？语言在我们的口里，在我们的耳朵里。语音是外壳，感知语言即从语音开始，语音是第一平面。我们正在努力，在语言学的语音平面上作出更多成果。

在进行语音研究的同时，我们一直很关注语法和语义。语调问题已经远远超出了单纯的语音学的领域。今后我们会专门研究语法和语音的联系、语义和语音的联系。我们的目标是语言学的整体研究。语音研究只是语言研究的第一选项。很多语言学家是通过语音研究入门，进入语言学的学术殿堂的。

孙：是否可以这样理解：语音研究只是过程、手段，揭开语言奥秘是终极目标。

石：对。所以你们建立语音室是件好事，一方面可以扩大老师和同学们语言研究的视野；另一方面对教学也有帮助，特别是汉语作为二语教学。学习一种语言都是从语音开始的。语言的一切都要有语音的表现。没有语音，谁知道你想的是什么呢？在实验过程中自己动手来发现语言的奥秘真是一种独有的快乐。现代的研究需要量化的结果。不能总是说"多一点，大一点"，而是要说"多百分之多少，大百分之多少"。从语音出发，去探索如何表现语法、语义、语用、情感，这都需要一步步突破。语言接触、语言习得、语言教学、社会变异都可以这样分析。汉语同英语、法语、日语等语言的表现有共性也有个性，要用实验数据展示出来。

孙：我们特别佩服石老师的是，您的行政工作、科研工作非常繁重，这么忙碌的状态下您出了那么多成果，而且与一些埋头做学问的学者不同的是，您甘愿花费许多精力举办一期期的培训班、研修班。

石：这样做的目的也就是为了能让更多的人加入语音学研究的行列。我们的理念和方法是开放的，希望得到越来越多的语言学青年学者的理解和参与。语音研究一定跟语言系统结合在一起才有前途。同样，语言研究没有语音表现方面的分析，就是一个瘸腿的学科。所以我们一直强调语音格局的考察、实验音系学的分析、实验语言学的探索。用各种实验的方法来研究语言。你说这得需要多少人呢？目前的研究队伍还不够，所以要一批批地培训，要把大家发动起来。这种培训会继续下去。

其实这种语音格局的实验分析并不难。只需要会加减乘除就可以。声调格局的实验方法一小时就可以学会；元音格局用两个小时；辅音格局用三个小时；语调格局是四个小时。加起来一共才十个小时。学会了一项就可以做各种语言各种方言各种发音人的实验分析，写出无数论文，而且都是独创性的。哪里还用现在那些到处抄袭的麻烦。如果把各项都学会了就是十八般武艺，真会天下无敌了。（笑）

孙：石老师您这是一个宏伟规划，我和我的同事们、学生们愿意为语音研究倾注一份自己的力量。

石：欢迎你们加入研究队伍。你们可以根据西南地区方言的特点、对外汉语教学的有关问题等进行研究。条条道路通罗马。路在何方？路就在脚下。看准目标，大胆向前走吧！

孙：我们希望石老师能在百忙中抽出时间指导我们的实验室建设，指导我们的科学研究。再次感谢石老师接受采访！

石：期待你们的实验室早日建立起来，发挥作用。希望每一个有语言教学的学校都能有语音实验室。那样我们的语言学和语言教学就会有大的进步。

后 记

　　几年前就开始准备编这本《秋叶集》。秋叶的名字来自一首歌："等到秋风起，秋叶落成堆……"在我六十岁的前几年，学生们就开始酝酿为我出版庆祝文集，被我叫停。一是认为成绩不大，二是觉得自己还小，不值得麻烦大家兴师动众。这里只是自己把过去零散的碎片收集一下，立此存照，也算留念。

　　回顾六十多年来，每十年左右走过一个阶段，现在还在旅途中。第一段儿童时代：共和国的同龄人，出生在天津，到承德度过七载童年，在保定上到小学三年；第二段初经风雨：回到天津上小学、中学，期间经历文革浩劫，又是十年；第三段饱受磨练：下乡到北大荒 69 年到 78 年，七七级的幸运儿，在哈尔滨师范大学一年，一共十年在黑龙江；第四段勤奋求学：到北京人民大学上研究生三年，在天津外语学院做对外汉语老师三年，调到南开大学两年后又攻读博士三年，这是十一年；第五段流浪周游：91 年开始先后到美国、英国、法国、香港短期交流开会，95 年到香港做研究员两年半，又在日本当客座教授四年，不是海归而是海漂；第六段重返南开：任汉语言文化学院院长十年。第七段卸任回归，正在进行中，希望会比较平静。

　　个人的命运与国家前途息息相联。感谢毛泽东打下新中国，使我们脱离战乱之苦。虽有大小运动直至文革浩劫，还都幸免于难。感谢华国锋粉碎四人帮，感谢邓小平恢复高考，改革开放。感谢耀邦、紫阳拨乱反正，为国为民；感谢江朱、胡温、习李换班掌舵，继续前行。

感谢父母养育之恩。父亲一介书生，正直谨慎；母亲家庭主妇，勤劳慈爱。二人合力齐心，千辛万苦，于风波浪里撑船转舵，使家庭之舟平安到港。我们兄妹三人各自事业家庭有成之后，父母分别于近九十高龄安详离去。我们心中充满感恩怀念之情。

感谢师友指教扶助。我本愚钝，今能跻身学界，多靠吃百家饭，全仗师友不弃。感谢国内的师友和国外的师友，感谢支持我的师友和反对我的师友。人说：出门靠朋友，确实如此。

感谢我的学生们，四十多位博士和六十多位硕士，以及本科班、讲习班的学生们，还有那黄埔三期的弟子们，如今多已成为校长、院长、教授、博导、硕导等栋梁之才。教学相长，我从学生那里学到很多，得到很多。跟学生们在一起，我就有活力，"发愤忘食，乐以忘忧，不知老之将至。"

最后应该感谢我的家人和我自己。老伴儿总是伴随我，儿子、儿媳总是支持我，孙女总是我快乐的源泉。选择语言学事业，人生旅途方向明确，回首往事不会遗憾。几十年如一日，几十人成团队，为语言学做了一点儿事情。这本《秋叶集》是别样的途中小憩。天假以年，还可以再为语言学做一点儿事情。

本书内容先后请刘静、李亚男等几位同学帮忙收集整理，最后是邓文靖同学完成初稿校排交给出版社，又核对校样，费心费力。感谢陈洪友赠序，感谢洪明友题诗，感谢占鹏、克强鼎力支持，感谢纪益员副总编的精心策划，感谢尹建国老师工作认真尽责，特别感谢谢芳周老师和照排中心的高效工作，使这本书能够在很短时间内印出来。

石铎

2013年2月14日春节初五